GOLDMANN

Bianca

Buch

Star's Haven: Nur über eine Seilbahn ist das Luxushotel hoch in den Bergen von Palm Springs, einst Traumvilla einer legendären Hollywood-Diva, zu erreichen. Hier trifft sich die Crème der Reichen und Schönen aus Hollywood, um die heißesten Deals auszumachen, die geheimsten Gerüchte zu erfahren und die abgefeimtesten Rachefeldzüge zu inszenieren. Alle aber fragen nach Marion Star, der Diva, die nach einer Mordnacht auf mysteriöse Weise verschwand. Erst als ihr Tagebuch entdeckt wird, enthüllt Hollywood eines seiner bestgehüteten Geheimnisse ...

Jetzt soll ihr Leben verfilmt werden, und drei Frauen setzen alles daran, um davon zu profitieren: die Schauspielerin Carole Page, die ihre Karriere mit einer neuen Hauptrolle aufpolieren will; Frieda Goldman, die als Star-Agentin einen großen Deal wittert, und Andrea Bachman, die ganz privat Rache nehmen möchte.

Und schließlich ist da noch die geheimnisvolle Beziehung zwischen der Hotelbesitzerin Beverly Burgess, die vergeblich vor ihrer dunklen Vergangenheit zu fliehen versucht, und Philippa Roberts, der schönen Chefin des millionenschweren Kosmetikkonzerns »Starlite« ...

Autorin

Kathryn Harvey ist das Pseudonym einer erfolgreichen amerikanischen Bestseller-Autorin.

KATHRYN
HARVEY

Die Sternen-fängerin

ROMAN

Aus dem Amerikanischen
von Dinka Mrkowatschki

GOLDMANN VERLAG

Neuausgabe

Die Originalausgabe erschien unter dem Titel
»Stars« bei Villard Books, New York

Umwelthinweis:
Alle bedruckten Materialien dieses Taschenbuches
sind chlorfrei und umweltfreundlich.

Der Goldmann Verlag
ist ein Unternehmen der Verlagsgruppe Bertelsmann

Umschlaggestaltung: Design Team München
Druck: Elsnerdruck, Berlin
Verlagsnummer: 42713
Made in Germany
ISBN 3-442-42713-4

1 3 5 7 9 10 8 6 4 2

Für Harvey Klinger, den besten Agenten
der Welt, einen wirklichen Schatz.

Zu niedrig baut, wer unter den Sternen baut.

Edward Young (1683–1765)

Prolog

Los Angeles Herald, 4. Juli 1932:

Palm Springs, Kalifornien. In den frühen Morgenstunden wurde der berühmte Filmregisseur Dexter Bryant Ramsey tot in Star's Haven, dem Haus der Filmdiva Marion Star auf dem Mount San Jacinto, aufgefunden. Eine Hausangestellte entdeckte die nackte Leiche Ramseys im sogenannten Obszönen Badezimmer, mit einer Kugel im Kopf. Die Polizei hat eine Fahndung nach Miss Star eingeleitet, die, laut Zeugen am Tatort, während der Nacht auf mysteriöse Weise verschwand. Ein Motiv für den Mord konnte noch nicht ermittelt werden, aber Spekulationen zufolge besteht die Möglichkeit, daß Marion Star, die für ihren verschwenderischen Lebensstil und ihre sexuellen Ausschweifungen bekannt ist, einen brutalen Racheakt vollzogen hat...

»Einmalige Angebote«. Rubrik des
Palm Springs Realtor, 1984:

Einmalige Lage in Gipfelnähe des Mount San Jacinto: 36-Zimmer-Haus mit Nebengebäuden, auf dem 37 Hektar großen Besitz, der unter dem Namen Star's Haven 1927 erbaut wurde, seit 1930 voll elektrifiziert, seit 1932 unbewohnt. Zufahrt vom Highway 111, eine Meile nach der Windy-Creek-Ausfahrt. Kauf oder Tausch gegen Höchstgebot.

Aus Sue Cooks Kolumne im Magazin
Palm Spring's Life, 1988:

Wer ist der anonyme Käufer, der endlich das geheimnisumwitterte Star's Haven gekauft hat, das seit fast sechzig Jahren in der Einsamkeit der Berge leerstand, Schauplatz des sensationellen Mordes an Dexter Bryant Ramsey, der nach all den Jahren noch immer nicht aufgeklärt ist? Was sind seine Pläne für das angeblich von Geistern heimgesuchte Haus? Was bringt der stete Strom von Lastern und Transportern den langen Weg über die Straße nach oben? Und entspricht es der Wahrheit, daß am Fuß des Berges rund um die Uhr an einer Seilbahn gearbeitet wird, die die zweitausend Meter Höhe zu dem Besitz überwinden soll? Uns bleiben nur Mutmaßungen...

Die Einladungen zum Weihnachtsball im Star's auf dem Mount San Jacinto waren seit Wochen verschickt. Auf der Vorderseite prangte das Logo des Kurhotels: ein eleganter Silberstern vor dunkelblauem Hintergrund, darunter der Slogan: Star's – entdecken Sie den phantastischen Traum.

Erster Tag

1

»Ich habe eine Überraschung für dich«, sagte er. Sie spürte, wie er erneut in sie eindrang, und stöhnte leise. Ihr kam es vor, als würden sie sich schon unzählige Stunden lieben. Seine Ausdauer war bemerkenswert und auch sein Einfallsreichtum. Und nun hatte er noch eine Überraschung!

»Was ist?«

Er rollte sich zur Seite, und sie sah ihn fragend an. Wollte er nicht weitermachen? »Laß die Augen zu«, flüsterte er und streichelte die Innenseite ihres Schenkels. Sie erschauerte. Es erstaunte sie, daß er sie immer wieder sexuell erregen konnte. War sie denn unersättlich? Bei Sanford schon, dachte sie und lachte leise. Er war der aufregendste Liebhaber der Welt. »Wo ist die Überraschung? Was ist es?«

»Ein Abschiedsgeschenk, damit du mich nicht vergißt. Mit der Verpackung habe ich mir besondere Mühe gegeben«, sagte er leise und strich mit dem Mund über ihr Ohr, seine Hand beschrieb aufreizende Kreise zwischen ihren Schenkeln. »Die Verpackung war die schönste, die ich finden konnte – nur für dich, mein schöner Filmstar.«

Das gab ihr einen Stich. Sie wünschte, er würde sie nicht so nennen. »Wo ist es?«

Als er sie berührte und sagte: »Hier«, schlug sie die Augen auf. Sie sah sich im Spiegel über dem Bett, die Beine auf dem pfirsichfarbenen Satinlaken gespreizt und ihn neben sich, den Kopf auf eine Hand gestützt, die andere zwischen ihren Beinen. Sie sah seine muskulösen Arme, die dunklen Haare auf seiner Brust und seine Erektion... Wie schnell er wieder bereit war! Ihr Blick fiel auf seine Hand. Was tat er? Sie keuchte. Sie fühlte –

Er beobachtete lächelnd ihr erstauntes Gesicht, während er die Halskette langsam herauszog.

»Wann hast du –«, begann sie, als die Perlen langsam auftauchten, eine nach der anderen. Sie hatte nicht gemerkt, wie er die Halskette hineingesteckt hatte, aber nun spürte sie jede einzelne Perle wie tastende Fingerspitzen. Jetzt lag die Kette zwischen ihren Schenkeln, und sie sah ihn an, sah in die amüsierten grauen Augen, die sie einst für gefährlich gehalten hatte. Es war wirklich ein Wunder, daß in all den Jahren ihr Liebesspiel nichts von seinem ursprünglichen Zauber verloren hatte.

Sie griff nach der Kette, aber er sagte: »Warte«, und tauchte sie in einen Kristallkelch mit Champagner, der auf dem pfirsichfarbenen Teppich neben dem Bett stand. Dann legte er die Schnur großer, samtig glänzender Perlen um ihren Hals und sagte: »Für meinen Filmstar. Meinen wunderschönen Filmstar.« Er beugte sich über sie, und sie schlang ihre Arme um ihn, zog ihn fest an sich, um die Wärme seines Körpers auf ihrer Haut zu spüren. Sie küßten sich innig, und sie versuchte, nicht zu weinen und nicht an den Verrat zu denken, den sie plante. Sie liebte ihn sehr, so sehr, daß er nie herausfinden durfte, was sie vorhatte.

Die weiße, überlange Limousine rauschte die Wüstenstraße entlang in die winterliche Dämmerung, und Carole Page griff nach der Flasche Champagner in dem silbernen Eiskübel und füllte wieder ihr Glas. Sie spürte, wie ihre Hände zitterten und fragte sich, ob ihre beiden Mitreisenden es ebenfalls bemerkt hatten. Carole kannte die zwei Frauen nicht, sie hatten sich nur kurz höflich begrüßt, als die Limousine vom Star's sie vor zweieinhalb Stunden im Beverly Hills Hotel abgeholt hatte. Während der langen Fahrt von Los Angeles durch die Wüste hatten sie kein Wort mehr gewechselt.

Alle waren tief in Gedanken versunken. Carole Page, ein Filmstar, der gerade die beängstigende Vierzigergrenze überschritten hatte, plagte der Gedanke an Sex – nicht erfreulicher Sex wie mit Sanford vor ein paar Stunden, als er sie mit der Kette überrascht hatte, sondern geschäftlicher Sex. Sie warf einen Blick auf ihre goldene Cartieruhr, ein Geschenk ihres Mannes nach Fertigstellung ihres dritten Films. Schon bald würden sie ihr Ziel erreichen, es blieb nur wenig Zeit, um noch abzuspringen.

Genau das war der Grund, warum sie in dieser Limousine fuhr. Sie nahm einen Schluck eiskalten Champagner und zuckte zusammen. Ihre Lippen schmerzten noch von den Kollagen-Injektionen. Sie war nicht mit dem eigenen Wagen gefahren, damit sie nicht in letzter Sekunde in Panik umkehren konnte. In der Hotellimousine war das unmöglich. Sanford hatte gefragt, warum sie nicht ihren eigenen Rolls-Royce nahm, und sie hatte gemurmelt, vielleicht brauche er den Wagen und außerdem nutze er ihr sowieso nichts oben auf dem Berg. Er schien keinen Verdacht zu haben. Kurz zuvor hatte Sanford sie fast dabei erwischt, wie sie heimlich ihr Pessar aus dem Badezimmer holte und in die Handtasche steckte. Er hätte sie sicher gefragt, wozu sie ausgerechnet das brauchte, wenn sie sich doch im Star's nach ihrem letzten anstrengenden Film allein erholen wollte.

Inzwischen war ihr klargeworden, daß sie keinen Grund hatte, besorgt zu sein. Die Basis ihrer Ehe mit Sanford Page war Vertrauen. Und Sex... Sanford war der beste Liebhaber, den sie je kennengelernt hatte. Seine Perlen ruhten zwischen ihren Brüsten, und ein wohliger Schauer überkam sie bei dem Gedanken, wie originell er sie ihr überreicht hatte. Danach hatten sie sich noch einmal geliebt, dann mußte Carole sich für die lange Fahrt fertigmachen.

Carole überlegte, wer die beiden anderen schweigenden Frauen wohl sein könnten, warum sie zum Star's fuhren und ob sie der Meinung wären, sie tränke zuviel – der Dom Pérignon war schließlich für alle drei gedacht. Bis jetzt aber trank nur sie. Carole schaute aus dem getönten Fenster. Irgendwie hatte die nachmittägliche Wüste etwas Unheimliches, ja fast Bedrohliches. Die Schatten zwischen den Sanddünen und Kakteen schienen so dunkel, so unergründlich, als lauerten dort Gefahren. Und diese alte Straße, auf die sie eingebogen waren, war seltsam leer. Carole packte mit einemmal die Panik, als sie realisierte, daß sie schon seit einiger Zeit kein anderes Auto mehr überholt hatten. Sie konnte sich kaum daran erinnern, wie ihr Fahrer aussah. Ein gutaussehender junger Mann in einer schwarzen Uniform mit blitzenden Silberknöpfen. Und dem Logo vom Star's auf der Brusttasche eingestickt. Aber wer war er wirklich?

Carole riß sich vom Anblick der geisterhaften, einsamen Wüste los und starrte die undurchsichtige Trennwand zum Chauffeur an. Sie unterdrückte den Impuls, den Knopf zum Öffnen der Trennwand zu drücken und nahm noch einen Schluck Champagner. Sie brauchte den Alkohol einfach, sonst hätte sie nie den Mut, ihren Plan durchzuziehen.

Wie war es möglich, daß drei Leute, die so lange nebeneinander im Wagen saßen, nicht miteinander redeten, auch wenn sie sich nicht kannten? Aber was hätte sie auch sagen sollen? »Ich wollte Ihnen nur mitteilen, meine Damen, daß ich nicht zum Star's fahre, um mich von meinem letzten Film zu erholen, obwohl mein Presseagent das allen Leuten erzählt. Ich fahre dorthin, um einen ahnungslosen Mann dazu zu verführen, mit mir zu schlafen, einen Mann, den ich kaum kenne. Und das mache ich, um meine Ehe zu retten.« Nein, das konnte sie wirklich nicht sagen. Sie leerte statt dessen ihr Champagnerglas, griff nach der Flasche und sagte: »Normalerweise trinke ich nicht soviel, aber ich bin einfach so nervös.«

Die anderen beiden starrten Carole an, als wäre ihnen ein Geist erschienen.

Die Frau, die ihr gegenübersaß, etwa fünfzig, mit Schildpattbrille und altmodischem Pagenschnitt, blinzelte sie verstört an und sagte: »Nervös?«

»Ja«, sagte Carole, wischte sich eine aschblonde Strähne aus dem Gesicht und deutete auf die schneebedeckten Berge, die immer näher rückten. »Ich hab' schreckliche Angst vor Seilbahnen.«

»Seilbahnen! Welche Seilbahnen?«

Carole warf ihr einen fragenden Blick zu. »Na ja, die, die uns zum Star's hinaufbringt. Das Kurhotel liegt da oben«, sagte sie und zeigte auf die ehrfurchtgebietenden schneebedeckten Gipfel. »Auf dem Gipfel des Mount San Jacinto. Zum Star's kommt man nur mit der Seilbahn.«

Die andere Frau versuchte, etwas durch das Fenster zu erkennen. »Ja, ich weiß, daß das Hotel da oben liegt«, sagte sie. »Aber ich dachte, es gibt eine Straße. Mein Gott, das sieht ja aus wie die Alpen! Mit Schnee hab' ich nicht gerechnet«, sagte sie beleidigt, nahm den Aktenkoffer vom Boden hoch und hielt ihn wie einen Schutzschild vor sich.

Carole hatte beim Einladen ihres umfangreichen Koffersets aus

Aalleder bemerkt, daß die Frau gegenüber nur einen kleinen Koffer hatte und sehr leicht angezogen war. Der Chauffeur hatte große Mühe gehabt, Caroles Gepäck und die ebenfalls sehr zahlreichen Koffer der dritten Frau unterzubringen. Diese hatte sogar Skier dabei und eine große Nylontasche, die der Fahrer auf dem Sitz neben sich verstaut hatte. Lediglich eine kleine Aktentasche, die wie eine Arzttasche aussah, hatte sie mit ins Auto gebracht. Carole hatte einen Blick auf den eingeprägten Namen erhascht: Dr. J. Isaacs.

Carole füllte ihr Glas und versuchte, nicht alles auf einmal hinunterzukippen, in der Hoffnung, der Champagner würde zumindest den Schmerz in ihren aufgepumpten Lippen betäuben. Dann musterte sie noch einmal die Frau, die ihr gegenübersaß. Irgendwie kam sie ihr bekannt vor. Und dann fiel es ihr ein: Sie war eine Agentin, Frieda Goldman, Carole war ihr kurz auf einer Party nach der Oscar-Verleihung letzten April begegnet. Miss Goldman hatte wohl einen der Nominierten vertreten, ansonsten hätte sie nie Zugang zu einer so exklusiven Gesellschaft gefunden. Carole fragte sich, wer das wohl gewesen war. Miss Goldman hielt ihre Aktentasche so verkrampft an sich gedrückt, schaute so ängstlich aus dem Fenster und ständig auf ihre Uhr, daß Carole sich sicher war, daß sie zum Star's fuhr, um einen Vertrag abzuschließen, einen ganz heißen Vertrag. Die Frau sah tatsächlich aus, als würde sie vor freudiger Erregung gleich platzen. Aber was ging sie das an. Carole zog sich wieder in die luxuriöse Umarmung ihres Silberfuchsmantels zurück und konzentrierte sich erneut auf Sex und das schwierige Problem, wie sie es anstellen sollte, in Larry Wolfes Bett zu kommen.

Der Wagen bog von der alten Hauptstraße ab und folgte einer schmalen, schlechten Nebenstraße, die sich durch die Wüste allmählich zu den Ausläufern der Berge hochschlängelte. Die Limousine verlangsamte die Fahrt und blieb vor einem Wachhaus mit Schranke stehen, dem ersten der drei Kontrollpunkte, der Schaulustige, nicht angemeldete Gäste und Paparazzi fernhalten sollte. Ansonsten war weit und breit kein Anzeichen von Leben zu erkennen, nur die Straße, auf der scheinbar seit Jahren niemand mehr gefahren war, inmitten von sandverwehtem Gestrüpp. Ein uniformierter Wächter unterhielt sich kurz mit dem Chauffeur, und der Wüstenwind ließ die

Papiere auf seinem Clipboard flattern. Das Auto setzte sich wieder in Bewegung, und Carole sah ein Schild neben der Straße, auf dem stand: SEILBAHNSTATION – 2 MEILEN. Ihr wurde mit flauem Gefühl im Magen bewußt, daß es in wenigen Minuten kein Zurück mehr geben würde. Sie griff nach der Champagnerflasche.

Schnee! dachte Frieda Goldman, als sie zum billionstenmal seit L. A. auf ihre Uhr sah. Sie hätte damit rechnen müssen, schließlich lag das Star's auf dem Gipfel eines Berges, und es war Dezember. Was soll's, dachte Frieda Goldman, ich werde mit allem fertig, sogar mit Schnee, wenn's um den größten Deal in Hollywood geht.

Und in den letzten hektischen, chaotischen Tagen hatte Frieda mit einigem fertig werden müssen. Wer hätte gedacht, daß es so kompliziert sein könnte? Zuerst hatte Bunny geheimnisvollerweise ihren Aufenthalt im Star's verlängert, obwohl sie ursprünglich nur zwei Wochen hatte bleiben wollen – das war vor vier Monaten gewesen! Dann ihre unerklärliche Weigerung, sich mit Frieda am Telefon zu unterhalten, und jetzt dieser dramatische Walkürenritt auf den Berggipfel. Einfach war es nicht gewesen, ein Zimmer im Star's zu kriegen, sie waren auf Monate ausgebucht. Eine Stornierung in letzter Minute hatte Frieda gerettet. Sie hatte Syd Stern, den Regisseur, angerufen und ihm versprochen, daß sie ihm Bunny verschnürt, versiegelt und unterschrieben bis morgen liefern würde.

Bei ihrer hastigen Packerei heute morgen hatte sie nur an Palm Springs gedacht, das am Fuß des Gebirges lag, eine Oase von Wüstenhitze, Palmen und Sonne, hatte ein paar Toilettenartikel, ihr bißchen Make-up, eine Bluse und Unterwäsche zum Wechseln in ihren kleinen Koffer geworfen und war in ein Taxi nach Beverly Hills gesprungen. Aber jetzt, angesichts der immer größer werdenden Berge, hatte sie Visionen von Schneeverwehungen, Frost und Eiszapfen.

Frieda konnte es kaum erwarten, das Kurhotel zu sehen, über das die Filmindustrie sich das Maul zerriß. Das Geheimnis wurde gehütet wie ein riesiges Weihnachtspaket in Goldfolie mit Silberschleifen. Keine Illustrierte berichtete darüber, keine Zeitung; die wenigen Werbeanzeigen verrieten nichts, und Reisebüros konnten keine Prospekte liefern. Die einzigen Informationen darüber kamen aus der

Gerüchteküche der Filmkolonie. Frieda erinnerte sich an das, was eine ihrer Klientinnen ihr vom Star's erzählt hatte, von einer »Zerstreuung«, die dort angeboten wurde – eine Art diskreter Begleitservice, für Männer und Frauen. Nach außen hin war die Begleitung für Abendessen oder Tanz, aber man konnte die Dienste auch im Schlafzimmer in Anspruch nehmen, falls Bedarf bestand. Das erinnerte Frieda an ihre letzte Reise nach New York. Sie hatte allein an der Hotelbar gesessen, und ein sehr gewandter junger Mann in der Uniform eines Pagen hatte sich unauffällig zu ihr gesellt. »Sind Sie allein auf Besuch in Manhattan?« hatte er höflich gefragt. »Sind Sie Gast hier im Hotel? Sollten Sie irgend etwas brauchen, rufen Sie einfach Housekeeping an und fragen Sie nach Ramon. Ich besorg's Ihnen.« Dann hatte er sich vorgebeugt, ihr zugezwinkert und hinzugefügt: »Egal was.«

Damals war Frieda entsetzt gewesen, genau wie jetzt, bei dem Gedanken, mit einem völlig Fremden ins Bett zu steigen. Seit Jakes Tod vor sechzehn Jahren war sie mit keinem Mann mehr zusammengewesen. Eine lange Zeit der Abstinenz, aber Frieda war der Meinung, Sex müsse aus Liebe erwachsen, insbesondere für eine Frau von dreiundfünfzig mit zwei erwachsenen Kindern und fünf Enkelkindern. Trotzdem ging ihr der Chauffeur und die Art, wie er sie angelächelt hatte, als er am Hotel ihren Koffer genommen hatte, nicht aus dem Kopf. Strahlend weiße Zähne, Grübchen, ein energisches Kinn und lange schwarze Haare. Machte er auch Begleiterdienste, wenn er nicht gerade die Limousine des Star's fuhr?

Frieda verdrängte gewaltsam den Gedanken. Sie fuhr schließlich nicht auf diesen Eisberg, um irgendwelche Bettgeschichten zu erleben, sondern um Bunny zu holen. Und das so schnell wie möglich. Der Vertrag konnte nicht warten. Sie mußte Bunnys Unterschrift innerhalb von vierundzwanzig Stunden auf diese Papiere kriegen, das hatte sie Syd Stern versprochen. Während das Auto lautlos in den Sonnenuntergang glitt, immer weiter weg von jeglicher Zivilisation, fragte sich Frieda erneut, was wohl mit Bunny passiert war. Das arme Mädchen hatte sich scheint's da oben auf dem Berg vergraben, um ihre Wunden zu lecken, weil man sie bei der Oscar-Verleihung im April übergangen hatte. Nahm sie deshalb ihre Anrufe nicht an? Egal in welche Depression das Mädchen sich gestürzt hatte, sie würde jetzt ein Ende haben, mit Pauken und Trompeten. Frieda konnte es kaum erwarten. Warum fuhr dieses Auto nicht schneller? Bunny würde vielleicht Augen machen, wenn sie ihre Neuigkeiten hörte! Die ganze Welt würde Augen machen!

Das Klirren eines Glases lenkte Friedas Aufmerksamkeit wieder auf Carole Page, die inzwischen die Flasche Dom Pérignon fast geleert hatte. Frieda war das egal, sie würde feiern, sobald sie Bunny den Inhalt ihres Aktenkoffers gezeigt hatte. Frieda hatte eine Flasche Mandarine Napoléon mitgebracht, Bunnys Lieblingslikör, mit dem würden sie auf eine wunderbare neue Welt anstoßen.

Frieda beobachtete, wie Carole Page die leere Champagnerflasche in den Eiskübel stellte, und ihr kam der Gedanke, daß die Frau nicht aus Angst vor der Zahnradbahn, sondern aus anderen, schwerwiegenderen Gründen trank. Gerüchten in der Branche zufolge war Caroles letzter Film ein Flop, der dritte in Serie, ein sicheres Zeichen, daß ihr Stern sank. Frieda versuchte, die schöne Schauspielerin so unauffällig wie möglich zu beobachten, und da war er: dieser gehetzte Blick, den man überall in Hollywood sah; der ängstliche Blick einer Frau in den Fängen des Alterungsprozesses. Mit Zwanzig und Anfang Dreißig war Carole Page atemberaubend gewesen, ihre Präsenz auf der Leinwand war erfüllt von einem ihr eigenen Funkeln und Glanz. Aber der Glanz verblaßte, und jetzt lauerte die Angst in diesen saphirblauen Augen. Die Angst der schönen Frau vor dem Alter.

Frieda mußte niesen. Sie holte hastig ein Taschentuch aus ihrer Krokohandtasche und warf der Frau neben Carole, die kurz hochgeschaut hatte, einen schuldbewußten Blick zu. Der Arzttasche mit dem eingeprägten Namen nach zu schließen, war sie Ärztin. Sie sah auch so aus: kein Make-up, kastanienbraunes Haar mit einem rötlichen Schimmer, im Nacken zu einem dicken Zopf geflochten; schmucklose, kräftige Hände mit kurzgestutzten Nägeln. Frieda schätzte die Ärztin auf Anfang Dreißig, unverheiratet (kein Ehering) und fragte sich, was sie wohl in das verschneite Kurhotel führte.

Der Wagen blieb an einem zweiten Tor stehen, wo ein weiterer Wachmann ihre Namen auf seinem Clipboard abhakte, dann fuhren sie weiter die Straße hoch, die immer schmaler und steiler wurde. Mit einemmal war die Sonne verschwunden, und Nacht hüllte die Wüste ein. Die Limousine war eingeschlossen von den steilen Granitwänden einer Schlucht, die mit riesigen Felsbrocken übersät war. Lange Schatten ergossen sich aus urzeitlichen Klüften und Schluchten, das Gestrüpp ging allmählich über in verkrüppelte Nadelbäume, und die Luft wurde eisig, obwohl es in dieser Höhe noch keinen Schnee gab. Frieda konnte sich genau vorstellen, wie das Kurhotel aussehen würde: entsetzlich rustikal, mit unerträglichen Filmsnobs, die Unsummen dafür bezahlten, »ländlich« zu leben. Aber der Gedanke an die fünfzehn Prozent, die ihr von dem Multimillionendollarvertrag zustanden, sobald Bunny unterschrieben hatte, ließ sie das alles vergessen.

»Das muß es sein«, sagte Carole, als die Limousine vor einem kleinen, schlichten, fensterlosen Gebäude anhielt, nur mit einer einfachen Tür. Daneben war ein winziger Parkplatz, auf dem sich Jaguars, BMWs, eine Corvette und zwei grellrote Ferraris drängten, bewacht von einem uniformierten Wachmann. Gleich hinter dem kleinen Gebäude sah man den ersten der Kabeltürme und die Ecke des Schuppens, in dem die Maschinerie für die Seilbahn untergebracht war.

Der Chauffeur öffnete die Tür, und Carole zögerte noch einmal kurz. Jetzt war die letzte Chance, ihren irrsinnigen Plan aufzugeben und umzukehren, zurück zu Sanford. Aber das, was sie vorhatte, war ja schließlich für ihn, also reichte sie dem Fahrer ihre behandschuhte Hand, erwiderte sein charmantes Lächeln und stieg aus. Frieda Goldman stieg als nächste aus, den Aktenkoffer fest umklammert, und spürte, wie die Gebirgsluft durch ihre unzulängliche Kleidung drang. Der Fahrer grinste sie anzüglich an, und sie bemerkte, wie kräftig die Hand war, die sie stützte. Sie eilte hinter Carole her und hoffte, daß das Gebäude innen geheizt war. Die dritte Frau stieg als letzte aus, zog ihre Daunenjacke mit einer Hand fester zusammen, in der anderen hatte sie die Arzttasche. Sie ignorierte die Hand des Chauffeurs und reagierte auch nicht auf sein Lächeln. Ihr Blick war gebannt von dem majestätischen Berg, der vor ihr aufragte. Sie folgte Carole und Frieda durch die schmucklose Tür. Eine atemberaubende Aussicht erwartete sie drinnen hinter einer Glasfassade auf der anderen Seite des luxuriös ausgestatteten Raums.

Dr. Judith Isaacs war einmal mit der Concorde zu einem medizinischen Kongreß nach London geflogen. Die British Airways Lounge in New York hatte ähnlich ausgesehen wie diese Seilbahnstation – voller Menschen, die sich um ein üppiges Buffet und eine glänzend ausgestattete Bar drängten. Im Gegensatz zum Grau der Concorde Lounge war dieser Warteraum hier exklusiv im romantischen Wüstenstil eingerichtet: weiße Leinensofas, Rupfenkissen, Indianerdecken, präkolumbische Skulpturen und Palmen und Kakteen in riesigen Tontöpfen aus dem Südwesten.

Judith suchte die Menge rasch nach Kindern ab, aber es waren keine zu sehen. Man hatte ihr versichert, daß es im Star's keine Kinder gebe. Sie wurde etwas ruhiger.

»Siebzig Prozent ihrer Patienten im Star's sind wegen Schönheitsoperationen dort«, hatte man ihr während des Vorstellungsgespräches gesagt. Sie musterte die wartenden Gäste in Luchsjacken und Zobelmänteln, mit Skistöcken und Golftaschen, die berühmten Gesichter und andere, die so aussahen, als müßten sie berühmt sein, und fragte sich, was in aller Welt diese schönen, vollkommenen Menschen denn noch chirurgisch verbessern wollten. Vielleicht würden ein paar davon ihre Patienten werden, dachte sie, vielleicht Carole Page, die im Auto so nervös gewesen war und soviel getrunken und sich ständig an den Mund gefaßt hatte. Die Schauspielerin hatte sich wohl ihren Mund vergrößern lassen, die weißlichen, unnatürlichen Konturen und die flache Einbuchtung der Oberlippe verrieten normalerweise die Kollagen-Injektionen. Vielleicht war Carole Page für weitere kosmetische Eingriffe ins Star's gekommen, obwohl ihr schleierhaft war, wie man diesen schlanken Körper mit den großen Brüsten noch verbessern könnte. Aber all das war Judith egal. Ob diese Leute nun mit Tennisarm oder Facelifting zu ihr kamen, auf jeden Fall würde es keine wirklich ärztliche Tätigkeit sein. Dr. Isaacs hatte sich geschworen, nie wieder wirkliche Medizin zu praktizieren.

Sie ging zu der kalten Glaswand und schaute hinauf zu dem schneebedeckten Berg, der aus dem düsteren Wüstenzwielicht emporragte. Der eigentliche Gipfel des San Jacinto war hinter wirbelndem Dunst verborgen. Von dem Kurhotel war nichts zu sehen, was es noch geheimnisvoller machte und ihre Erwartungen noch steigerte. Die zerklüfteten Hänge und Schluchten hatten seltsame, unnatürlich intensive Farben. Die Santa-Rosa-Gebirgskette strahlte in einem goldenen Rostrot, umringt von unergründlichen violetten Schatten, die Canyons und Arroyos füllten. Es erinnerte Judith an das Gemälde, das in ihrem Schlafzimmer hing. Das in ihrem Schlafzimmer gehangen *hatte*.

Sie beobachtete im Spiegelbild der Glaswand, was sich hinter ihr tat. Einige der Paare saßen dicht beieinander, murmelten über ihren Drinks, andere Gäste saßen allein, trommelten nervös mit den Fingern, mit heimlichen, aber wissenden Blicken aus den Augenwinkeln. Judith fragte sich, wie viele Seitensprünge es wohl heute geben würde, wie viele heimliche Rendezvous. Da war zum Beispiel die dunkelhaarige Schauspielerin an der Bar, bekannt durch ihre Rolle als Biest in einer Abendserie. Sie warf immer wieder Blicke über die Schulter auf einen blonden Jüngling, der offensichtlich nur vorgab, den *Hollywood Reporter* zu lesen, und die schnellen, heimlichen Blicke erwiderte. Romantik lag in der Luft. Nein, Sex, um genauer zu sein. Die Luft vibrierte davon.

Im Spiegelbild sah sie, wie Carole Page mit einem Glas Champagner in der Hand von der Bar wegging, und Judith dachte, wie perfekt die Schauspielerin in diese Ansammlung wohlgestalteter Menschen paßte, schlank und atemberaubend schön mit ihren aschblonden Haaren, die bis auf die breiten Schultern ihres Silberfuchsmantels fielen. Carole sah sich ängstlich um und stellte sich dann zu Judith ans Fenster. Sie starrten schweigend hinauf zu dem so zerbrechlich wirkenden Seil, das sich durch die tannenbestandenen Hügel nach oben schwang und in den Wolken verschwand. Kurz darauf sagte Carole unvermittelt: »Angeblich spukt's da oben.«

»Verzeihung?«

»Oben im Star's«, sagte Carole. »Das Haus hat diesem Stummfilmstar gehört, der in den Dreißigern auf so geheimnisvolle Art und Weise verschwunden ist. Es hieß Star's Haven, und dort ist ein sensationeller Mord passiert – irgendein Filmregisseur, der sexuell abartig veranlagt war. ›Der Mord im Obszönen Badezimmer‹ nennen sie es. Marion Star war die Hauptverdächtige, aber sie verschwand. Man hat nie herausgefunden, wer den Mord begangen hat.«

Judith starrte Carole kurz an, dann richtete sie den Blick wieder auf den Berg, den jetzt die Nacht immer schneller verschlang. Sie dachte zurück an ihr Vorstellungsgespräch mit dem Geschäftsführer des Kurhotels vor ein paar Wochen, bei dem mit keinem Wort der Eigentümer des Star's oder die Identität von Judiths eigentlichem Arbeitgeber erwähnt worden war. Erst jetzt wurde ihr klar, wie seltsam es war, für jemanden zu arbeiten, der ihr nie begegnet war, dessen Name sie nicht einmal kannte. Sie sagte zu Carole: »Wissen Sie, wem es gehört?«

»Nein, und ich kenne auch niemanden, der das weiß. Freunde von mir waren schon da, aber keiner hat je den Eigentümer zu Gesicht bekommen. Es kursieren Gerüchte, daß er oder sie eine zweifelhafte Vergangenheit hat, aber keiner weiß etwas Bestimmtes.«

Die beiden beobachteten stumm, wie die spielzeugähnliche Seilbahngondel langsam den Berg herunterkam. Die Kabine sah viel zu klein aus für all die Leute hier, und das Kabel schien viel zu dünn. Carole überlegte, daß sie vielleicht tatsächlich Angst vor Seilbahnen hatte, und nahm einen kräftigen Schluck Champagner. Judith hoffte, das Seil sei stark genug, sie nach oben zu bringen, herunter wollte sie ohnehin nicht mehr.

Frieda Goldman inspizierte das üppige Büffet und entschied sich für einen Riesenpilz, der mit Krebsfleisch angefüllt war. Während sie daran knabberte, überlegte sie, wieviel Kalorien das Ding wohl hatte, und sah sich in der Lounge um, die auch sie sehr überrascht hatte. Sie erkannte viele Leute. Die meisten waren aus dem Filmgeschäft, und alle schienen seltsam aufgekratzt. Die Luft vibrierte vor Erregung, und angesichts der funkelnden Goldketten und Diamanten revidierte sie schleunigst ihre Vorstellungen über das Berghotel. Schnee und Eis gab es da sicherlich, ansonsten war es mit Bestimmtheit nur vom Feinsten, absoluter Luxus und Eleganz. Allmählich dämmerte ihr, warum Bunny so lange geblieben war – sie hatte einfach Spaß. Und angesichts des sündhaft gut aussehenden Chauffeurs kam Frieda der Gedanke, daß die kleine Kowalski aus Scranton endlich Liebe und Romantik gefunden haben könnte.

Frieda ging quer durch die Lounge zu Carole Page und der Ärztin und murmelte: »Du lieber Himmel.« Ihre Augen hinter der Schildpattbrille wurden ganz groß. »Wir sind ja am Nordpol.« Sie schüttelte ihren eisgrauen, perfekt geschnittenen Pagenkopf.

»Ich habe gehört, daß Star's wie eine kleinere Version von Hearst Castle ist«, sagte Carole sehr leise, als hätte sie Angst, den Berg zu stören. »Viele Leute fahren nur hin, um den Schauplatz des Mordes zu sehen. Aber ich bin hier, um mich auszuruhen.« Eine glatte Lüge. Carole war hier, weil Larry Wolfe Marion Star's Geschichte schreiben wollte. Und Carole hoffte, ihn zu verführen, um zu kriegen, was sie wollte, und dann so schnell wie möglich diesen Berg wieder zu verlassen.

Judith sagte: »Nächsten Samstag abend findet dort ein Weihnachtsball statt, und wie ich höre, ist es sehr schwer, eine Einladung zu bekommen. Aber als Gäste werden Sie beide sicher eingeladen werden.«

»Ich werde nicht mehr da sein«, sagte Frieda und versuchte nicht zu zeigen, wie aufgeregt sie war.

»Ich auch nicht«, sagte Carole mit hoffnungsvoller Stimme. Sie irrten sich beide.

2

Philippa hatte gerade »Erfolg will gelobt werden« in ihren Kassettenrecorder diktiert. Sie hob den Kopf und sah durch das große Fenster vor ihrem Schreibtisch einen jungen Mann vom Strand kommen, direkt auf die Terrasse ihres Hauses zu. Sein Oberkörper war nackt, und seine schlanken, muskulösen Arme glänzten im australischen Sonnenlicht. Er stieg die Treppe zur Terrasse hoch, barfuß, in engen Jeans, die seine starken Schenkel und eine vielversprechende Wölbung unter dem Reißverschluß betonten.

Sie starrte ihn an, das Mikrofon in ihrer Hand war vergessen, das Tonband lief weiter.

Er ging frech weiter in Richtung Terrasse, hinter ihm tanzten Sterne von Sonnenlicht auf dem Swan River, auf dem Boote aller

Klassen mit majestätisch gebauschten weißen Segeln kreuzten. Der Wind trug Gelächter und Geschrei der Urlauber von den nahen Stränden durch Philippas Fenster, das Dröhnen der Außenborder und die Schreie der Seemöwen. Ein Santa Claus mit wehendem weißen Bart rauschte auf Wasserskiern vorbei, als Erinnerung für alle, daß Dezember war, Hochsommer, und in zwei Wochen Weihnachten.

Philippa beobachtete, wie der junge Mann zum Ende ihres Swimmingpools im italienischen Stil ging und neben den hohen Säulen stehenblieb, die das schimmernde grüne Wasser umgaben. Er stand ganz lässig da, sein langes blondes Haar flatterte um seine bloßen Schultern, er schien auf etwas zu warten. Philippa war wie hypnotisiert von seinem Anblick.

Jetzt öffnete er den Reißverschluß seiner Jeans und streifte sie ab. Sein Körper war nahtlos goldbraun, er sah aus wie ein junger Gott, den das Sonnenlicht gerade geboren hatte. Offensichtlich einer dieser australischen Surffreaks, die hier im Westen auf Booten jobbten und windsurften, einer dieser arroganten, waghalsigen jungen Männer, die an ihre eigene ewige Jugend glaubten und nichts fürchteten.

Seine Bewegungen waren vollkommen natürlich, es scherte ihn nicht, ob ihn jemand beobachten könnte. Er reckte und dehnte sich wie eine Katze. Philippa stockte der Atem, als sie seine Erektion sah.

Sie schaltete das Tonband ab, erhob sich von ihrem Schreibtisch, ging quer durchs Haus zum Wohnzimmer, das sich zur Terrasse öffnete, und horchte, ob etwas aus der Küche zu hören war. Hatte der Koch den jungen Mann gesehen?

Dieser sah sich noch einmal um, dann machte er einen perfekten Hechtsprung in das limonengrüne Wasser.

Ein Schnellboot schoß in einer Fontäne von Gischt auf dem Fluß vorbei, und die Leute darauf brüllten ihr »Hallo!« zu, dann verschwand es außer Sicht.

Philippas Villa lag auf dem Nordufer des Swan River in Dalkeith, dem luxuriösen Vorort von Perth,. Westaustralien, im teuersten Wohnviertel des Landes. Es trug aus gutem Grund den Spitznamen Millionaire's Row und wurde regelmäßig von Touristenbussen heimgesucht. Die Ortsansässigen bezeichneten das als »Die Große Mauertour«, denn mehr war nicht zu sehen als die Mauern, die versteckte

Besitze vor neugierigen Augen schützten. Die Millionäre hinter diesen Mauern verkehrten per Sprechfunk mit den Leuten vor elektronisch gesicherten Toren, und wann immer sie sich aus ihren geschützten Besitzungen wagten, benutzten sie Autos mit getönten Scheiben oder verließen ihren Besitz in Booten übers Wasser.

Bei Ebbe konnte man bis zum Point Resolution gehen, wo hohe Eukalyptusbäume in Bambusdickicht, wilde Feigen und Rizinuspflanzen übergingen. Von dort aus hatte man eine atemberaubende Aussicht auf die verschiedenen Marinas von Fremantle, wo die Segelyachten der Reichen im Wind schaukelten. Dahinter lagen die klaren blauen Wasser des Indischen Ozeans mit seinen stürmischen Gewässern und dem mörderischen Wind, den die Matrosen »Fremantle Doctor« nannten.

Von den Bediensteten im Haus war nichts zu hören, also wagte Philippa sich hinaus in das gleißende Sonnenlicht der Terrasse.

Wegen der Hitze hatte sie in Shorts und einer hochgebundenen Bluse ohne BH gearbeitet. Sie schrieb an ihrem neuen Buch: *Der 99-Punkte Starlite Diät- und Schönheitsplan*. Es war die Fortsetzung ihres Buches *Die Starlite Einstundendiät*, das fast ein Jahr lang die Bestsellerlisten angeführt hatte. Das Buch an sich war nichts Neues, sondern lediglich eine Zusammenfassung des gesamten Starlite-Programms, eigentlich eine Zusammenfassung von Philippas Lebenswerk. »Erfolg will gelobt werden«, der Satz, den sie gerade in ihr Tonband diktiert hatte, war Punkt 43 ihres Plans.

Sie ging zum Rand des Pools und beobachtete fasziniert, wie der junge goldbraune Körper unter der Oberfläche des grünen Wassers hin- und herschwamm. Als er zum Luftholen auftauchte, schien er Philippa gar nicht zu bemerken, er warf sein blondes Haar aus dem Gesicht und tauchte dann wieder zum anderen Ende des Pools.

Während Philippa beobachtete, wie er noch ein paar Runden schwamm, merkte sie allmählich, wie erregt sie war. Sie warf einen kurzen Blick aufs Haus, um sich zu versichern, daß sie keiner beobachtete, und trat dann auf die erste Stufe, wo das zugleich kühle und warme Wasser des Pools ihre Knöchel umspielte.

Die Sonne brannte unbarmherzig auf sie herab, als sie noch eine Stufe hinunterstieg. Die weißen Mauern, die die Terrasse umgaben, pulsierten förmlich vor Hitze, die Palmen und Farne in ihren riesigen Töpfen waren fast zu grün, ihre Fächer schimmerten wie Smaragde. Philippas Villa war im ägäischen Stil erbaut, von einem australischen Biermogul, der sich bei einem Besuch Griechenlands in die kahlen weißen Mauern der griechischen Inseln verliebt hatte. Hier versteckte Philippa sich vor der Welt. Sie hatte das Haus vor einem Jahr geerbt und wollte hier ihren geheimen Schmerz pflegen. Einen Schmerz, der ihr ständiger Begleiter war, sogar jetzt, wo das schimmernde Wasser ihre Schenkel umspülte und die Ränder ihrer Shorts benetzte.

Philippa Roberts war die Leiterin des Starlite-Imperiums, das jährlich Millionen Profit machte. Sie war Eigentümerin einer Yacht, eines Privatjets und einer Sammlung seltener westaustralischer Eingeborenenkunst, die mit über einer Million US-Dollar taxiert wurde. Sie konnte sich alles kaufen, was sie wollte, reisen, wohin immer sie wollte. Doch nachdem das Nachlaßgericht ihr nach langem Hin und Her die Villa zugesprochen hatte, hatte sie einen Blick darauf geworfen und gedacht: Hier werde ich mein Buch schreiben. In den letzten zehn Monaten hatte sie die Villa kaum verlassen, bis auf ihren täglichen Spaziergang zum Point Resolution, immer zur selben Stunde, wo sie ihre private Gedenkwache hielt.

Sie stieg die letzte Stufe hinunter und stand jetzt bis zur Taille im flachen Teil des Pools. Der junge Schwimmer war am anderen Ende des Beckens angelangt und wollte in einer Gischt von goldenen und silbernen Tropfen wenden, als er sie sah. Er erstarrte für einen Augenblick, dann schwamm er auf sie zu, ohne sie aus den Augen zu lassen.

Er hielt so dicht vor ihr, daß sie die Wassertropfen auf seinen blonden Brauen und Wimpern erkennen konnte. Wortlos schaufelte er mit den Händen etwas Wasser auf und ließ es über Philippas Bluse tropfen. Die plötzliche Nässe erschreckte und erregte sie zugleich. Er begoß sie mit Wasser, bis die Bluse durchnäßt war und ihre Nippel durch den durchsichtigen Stoff sichtbar wurden.

Jetzt griff er an den Knoten um ihre Taille und löste ihn langsam, dann streifte er behutsam die Bluse von ihren Schultern und ließ sie ins Wasser fallen. Sie trieb davon. Philippa erschauerte trotz der

Sommerhitze, und als er seine Hände auf ihre Brüste legte, durchfuhr es sie wie ein elektrischer Schlag, der sich wie ein süßer Dolch durch ihren Körper bohrte, tief in ihr Innerstes, dort wo sie ihren Schmerz bewahrte. Und zu ihrem Erstaunen verebbte der Schmerz, als wären seine Hände auf ihrer nackten Haut Balsam.

Wie in Zeitlupe erlebte Philippa reglos und verzaubert seine sanften Hände, die zärtlich ihre Brüste liebkosten. Dann tauchte er unter und zog ihre Shorts herunter. Er spreizte ihre Beine und schwamm durch sie hindurch, streifte ihre Schenkel mit seinem langen, seidigen Haar. Er tauchte hinter ihr auf, seine Arme umfingen sie, griffen ihre Brüste, seine Zunge glitt über ihren Nacken, und sie spürte, wie sein Glied sich gegen ihren Po drängte.

Philippa hatte das Gefühl zu brennen, selbst im Wasser. Seine Hand glitt nach unten über ihren Bauch, ihren Nabel, dann tastete sie sich unter Wasser vor. Sie lehnte sich gegen ihn, als sein Finger in sie eindrang und der Schmerz allmählich zerfloß. Instinktiv drehte sie sich zu ihm und suchte seinen Mund.

Sie taumelten eng umschlungen sich küssend ins Wasser, als im Inneren des Hauses eine Glocke ertönte, das Signal, daß ein Wagen das elektronische Tor passiert hatte. Keiner von beiden hörte es.

Draußen auf der roten Klinkerauffahrt hielt ein Taxi, und Philippas Haushälterin Nyree, ein Aborigines-Mischling, eilte die Stufen herunter.

»Miss Charmer!« sagte sie, als der Fahrgast ausstieg.

»Hallo Nyree«, sagte Charmie und blinzelte in das grelle Sonnenlicht, das irgendwie transparenter und schärfer schien als die kalifornische Sonne. Nyree war ein Abkömmling des Pilbara-Stammes, groß, mit seidigen braunen Haaren, die zu einem strengen Knoten gebunden waren, tiefliegenden rotbraunen Augen und einem breiten Mund, der gerne und oft lächelte, auch wenn Nyree ein ziemlicher Snob war. Niemand wußte genau, wie alt sie war, wohl so um die Fünfzig oder Sechzig, mit sehr würdevollem Gehabe, das die meisten arrogant fanden. Sie war seit neun Monaten bei Philippa und bewachte ihre Arbeitgeberin wie eine Glucke. Die Uniform, die sie trug, war ihre eigene Idee gewesen.

»Miss Charmer!« sagte sie noch einmal.

»Was ist denn los, Nyree? Es überrascht dich anscheinend, daß ich hier bin. Hat dir Philippa denn nicht erzählt, daß ich komme?«

Der Haushalt war natürlich von Charmies plötzlichem Besuch informiert und auch darüber, daß man sie besonders bevorzugt behandeln sollte, da sie im allgemeinen Weihnachten mit ihrer Familie in Amerika verbrachte. Keiner wußte, wie lange sie bleiben würde oder was sie und Miss Roberts während ihres Aufenthalts planten. Vielleicht würden sie eine kleine Weihnachtsparty geben, hatte Philippa der Haushälterin gesagt, oder einen Ausflug auf dem Fluß machen und möglicherweise eine Einkaufstour ins nahe Perth.

»Doch«, sagte Nyree zögernd. »Aber wir hatten erst später mit Ihnen gerechnet.«

Charmie lächelte. »Wir hatten starken Rückenwind.«

»Sie hätten anrufen sollen. Dann hätte ich Ihnen den Wagen geschickt.«

»Ich habe nichts gegen Taxis.« Charmie machte sich auf den Weg ins Haus. Nyree bedeutete dem Hausboy, Charmies Koffer zu nehmen und sagte: »Kann ich Ihnen irgend etwas bringen, Miss Charmer?«

»Aber ja! Einen Gin-Tonic bitte, Nyree. Ein großes Glas und nicht zuviel Tonic! Wo ist Philippa? In ihrem Arbeitszimmer?«

Nyree stellte sich ihr hastig in den Weg. »Ich werde Miss Roberts melden, daß Sie da sind.«

»Das ist nicht nötig. Ich werde sie überraschen«, sagte Charmie, erstaunt über die untypische Nervosität der Frau. Sie ging die Treppe hoch in das kühle Haus, durchquerte das Foyer mit der Acrylwand, auf der die Aborigines-Borkenbilder so gut zur Geltung kamen. Sie fragte sich, warum Nyree so verstört war. Man hatte sie schließlich erwartet. Sie hatte mit Philippa telefoniert, ehe sie L. A. verließ.

Charmie war Vorstandsvorsitzende von Starlite Industries, deren Begründerin und Präsidentin Philippa war, und ihr Besuch war geschäftlich. Nachdem Philippa beschlossen hatte, sich vorübergehend hier in der südlichen Ecke des Globus einzuigeln, hatte Charmie die Leitung des Konzerns in der Zentrale in Los Angeles übernommen und informierte Philippa regelmäßig über Telefon. In den letzten drei Monaten hatte sie ihre Freundin dreimal hier besucht, teils zum Vergnügen, diesmal jedoch war der Besuch rein geschäftlich. Charmie hatte am Telefon nichts erwähnt, aber sie war die Überbringerin beunruhigender Nachrichten.

Charmie hörte das Geplantsche im Pool, noch ehe sie die Terrasse erreicht hatte. Sie überlegte, ob sie sich den Badeanzug anziehen sollte, als sie zwei nasse Köpfe im Sonnenlicht sah. Philippas kastanienrote Locken sahen röter aus als gewöhnlich, der andere Kopf war goldblond ...

Charmie blieb mit offenem Mund stehen.

Philippa lag auf dem Rücken und hielt sich mit ausgestreckten Armen am Poolrand fest, der junge Mann trieb über ihr, und sein Körper bewegte sich so heftig hin und her, daß er Wellen schlug. Er stutzte, als er etwas aus dem Augenwinkel sah, und schaute hoch. Er hielt inne und murmelte: »O je.«

»Nicht aufhören«, sagte Philippa, doch dann sah sie seinen Gesichtsausdruck. Sie wandte den Kopf und sagte erstaunt: »Charmie! Du kommst zu früh!«

»He, Philippa«, sagte Charmie lächelnd, überquerte die Terrasse und lehnte sich an eine der Säulen. Dann wanderte ihr Blick zu dem jungen Mann, der sie ganz selbstverständlich anlächelte. »Hallo, Ricky«, sagte sie.

»Hallo, Miss Charmer. Schön, daß Sie wieder da sind.«

»Ja, das war's dann wohl«, sagte Philippa mit einem kleinen Seufzer.

Charmie sagte: »Ich kann ja wieder ins Haus gehn«, aber Philippa lachte und sagte: »Nein, ist schon in Ordnung. Gib mir bitte den Bademantel dort vom Stuhl.« Sie wandte sich an den jungen Mann und sagte: »Ich brauche dich vorläufig nicht. Meine Notizen von heute früh sind auf dem Tonband. Schreib sie bitte ab, dann kannst du dich um die Korrespondenz kümmern.«

»In Ordnung, Miss Roberts!« sagte er, hievte sich mit einer raschen Bewegung aus dem Pool und verschwand durch die Säulen in Richtung Haus.

»So so«, sagte Charmie und beobachtete neiderfüllt, wie ihre schlanke Freundin sich in den Frotteemantel hüllte. Charmie war zwar nur ein Jahr älter als Philippa, aber sie hatte längst den Diätkampf aufgegeben. Die beiden Freundinnen hatten seit ihrer Zeit in der Tarzana-Diätklinik so manches geschafft. Damals hatte Philippa fünfundneunzig Kilo auf die Waage gebracht.

»Wie lange geht das schon?« fragte Charmie.

»Etwa einen Monat«, sagte Philippa. »Es ist ganz zufällig passiert. Ich hatte bestimmt nicht vor, ein Verhältnis mit meinem Sekretär anzufangen.« Sie drehte sich zu ihrer Freundin. »Ricky hilft mir, den Schmerz zu vergessen, Charmie.«

»Hauptsache, es funktioniert«, sagte Charmie und betrachtete eine Weile lang wehmütig den Pool. Dann sagte sie: »Was wird Esther davon halten?« Philippas Tochter besuchte ein College in Kalifornien. Ricky war nur ein paar Jahre älter als Esther.

»Ich glaube, es wird ihr nicht gefallen«, sagte Philippa und ging zum schattigen Teil der Terrasse. Esther fand es zwar »cool«, daß ihre Mutter einen Mann als Sekretär hatte, aber was eine sexuelle Beziehung mit ihm anging...

»Wie war dein Flug?« fragte Philippa, als sie sich auf den gepolsterten Gartenstühlen unter der gestreiften Markise niederließen. Auf dem weißlackierten Schmiedeeisentisch stand eine gekühlte Flasche Wein bereit, eine Schale mit tasmanischen Äpfeln, Kiwis und Mangos, ein Stück Brie und Cracker. Nyree hatte das umsichtig wie immer bereitgestellt, als sie sah, was im Pool passierte.

»Ich hab' gedacht, ich komme nie an!« sagte Charmie und warf einen skeptischen Blick auf die Obstschale. Während ihrer Besuche in Australien hatte sie Geschmack an den Spezialitäten des Landes gefunden, von denen hier aber nichts zu sehen war. »Warum muß Australien nur so weit weg sein! Wie kommst du mit dem Buch voran?«

»Bis jetzt ganz gut«, sagte Philippa, streckte die Hand nach einem Kästchen aus, das in der Mauer eingelassen war, und drückte einen Knopf. Eine männliche Stimme sagte: »Ja, Mrs. Roberts?« und sie erwiderte: »Ricky, bitte bring mir die gestrigen Seiten.«

»Bist du in ihn verliebt?« fragte Charmie leise.

»In Ricky? Nein. Aber ich glaube, er in mich oder vielleicht in das, was ich vorstelle. Das wird sich legen – wie diese jugendlichen Leidenschaften es so an sich haben.«

»Ich darf also davon ausgehen, daß Esther an Weihnachten nicht hierherkommt?«

»Meine Tochter ist verliebt! Und diesmal ist es, glaube ich, etwas Ernstes.« Esther studierte Biochemie und hatte vor, in die Forschung zu gehen. Sie hatte vor kurzem ihrer Mutter mitgeteilt, daß sie eine »echte Beziehung« mit einem Biochemiestudenten begonnen habe. »Esther hat mich gefragt, ob es mir recht wäre, wenn sie über die Feiertage in Kalifornien bliebe. Ich habe gesagt, es würde mir nichts ausmachen.« Sie sah ihre Freundin an: »Apropos Ferien, warum bist du denn nicht in Ohio bei Nathan und den Kindern?«

Charmie legte die Ledermappe, die sie mitgebracht hatte, auf den Tisch. »Philippa, wir müssen uns unterhalten«, sagte sie ernst.

Philippa musterte die Frau, die seit Jahren ihre engste Freundin war. Charmie bezeichnete sich selbst als »unverbesserlich sinnlich« und hatte immer schon das Leben in vollen Zügen genossen. Ihr farbenprächtiger Kaftan in Pink und Aquamarinblau, der ihre üppigen Formen locker umspielte, war typisch für ihre Garderobe. Die dunkelblonden Haare waren auf dem Kopf mit einem passenden Schal zusammengerafft, und klobiger Schmuck aus Plastik und Holz vollendete das Bild.

»Schlechte Neuigkeiten?«

»Gut sind sie nicht«, sagte Charmie und sah an den Augen ihrer Freundin, wie sie sich innerlich rüstete. Charmie hoffte, ihre Freundin würde dieser neuen Krise mit derselben Entschlossenheit begegnen wie all den anderen, die sie beide im Laufe der Jahre durchgestanden hatten. Philippa hatte um ihr Selbstvertrauen gekämpft, anstatt sich an den Meinungen anderer Leute zu orientieren. »Ignoriere, was andere denken, egal wer es ist«, hatte Philippa einmal gesagt, als sie am Krankenbett saß, in dem Charmie um ihr Leben rang. »Vergiß alle anderen, steh ein für das, was du bist, und geh deinen eigenen Weg.« Dieser Augenblick war ein Wendepunkt in Charmies Leben gewesen, sie hatte dem alten keine Träne nachgeweint.

Nyree erschien mit einem Tablett Drinks, ein großes Glas mit geeistem Gin für Charmie, Eistee für Philippa. Sie warf ihrer Herrin einen neugierigen Blick zu, schaute kurz zum Pool und verschwand dann im Haus.

»Wie schlecht deine Nachrichten auch sein mögen, Charmie«, sagte Philippa, »ich bin froh, daß du hier bist. Ich glaube, ich habe eine gute Nachricht. Ivan Hendricks hat vor zwei Tagen angerufen. Er hat Neuigkeiten für mich, und er kommt persönlich zur Berichterstattung.«

»Ivan!« sagte Charmie hocherfreut. Der Gedanke an eine explosive sexuelle Begegnung mit dem Privatdetektiv durchzuckte sie wie ein Blitz. »Worüber denn?«

»Er glaubt, er hat meine Schwester gefunden.«

Auf Charmies skeptischen Blick hin fügte Philippa hastig hinzu: »Ich weiß, das hat er schon öfter gesagt. Aber diesmal klang er sehr überzeugt. Er sagte, er habe schlüssige Beweise, die er mir zeigen will. Oh, ich weiß, ich sollte mir keine allzu großen Hoffnungen machen, aber ich kann mich nicht dagegen wehren.« Philippa suchte schon seit Jahren nach ihrer Schwester, ihrer Zwillingsschwester, von der man sie gleich nach der Geburt getrennt hatte.

»Wann wird er hier sein?«

»Bald. Er hat gesagt, er kommt mit der Morgenmaschine der Qantas.«

Ein Schatten fiel über den Tisch, und als sie hochsahen, stand Ricky direkt im Sonnenlicht. Seine goldblonden Haare waren zu einem ordentlichen Pferdeschwanz gekämmt, und er trug statt der Jeans weiße Bermudas und ein gestärktes Safarihemd mit offenem Kragen. Er reichte Philippa lächelnd einen Stapel Blätter und sagte: »Die gestrigen Seiten, Miss Roberts.«

»Danke.« Philippa nahm sie, und Charmie sah ihm nach, wie er zurück ins Haus ging. »Erstaunlich«, murmelte Charmie, die immer noch überrascht war über das, was sie vorhin im Pool gesehen hatte.

»Hier, das sind meine neuesten Notizen«, sagte Philippa und reichte Charmie die Seiten. »Sag mir, was du davon hältst.«

Charmie las die Punkte laut vor: »Punkt sechsunddreißig: Weiche Butter läßt sich dünner streichen. Siebenunddreißig: Bauch rein.« Sie sah Philippa an. »Das gefällt mir. Das ist neu, oder? Punkt achtunddreißig: Ein Liter Flüssigkeit wiegt ein Kilo. Punkt neununddreißig: Essen Sie nicht über der Spüle.« Sie sah kurz zu Philippa, und beide grinsten bei dem Gedanken, wie Charmie früher immer einen

Topf Spaghetti alla carbonara gekocht hatte, sie dann direkt aus dem Topf über dem Spülstein gegessen und den Topf schnell gespült hatte, bevor ihr Mann nach Hause kam.

Charmie gab Philippa die Seiten mit einem Seufzer zurück. Alte Laster, die sie längst überwunden hatte. »Mir gefällt's«, sagte sie. »Hast du alle neunundneunzig?«

»Noch nicht. Beim zehnten bin ich mir noch unsicher.«

»Wie wär's mit ›Sex verbrennt Kalorien‹?«

Philippa lachte. Das Buch war eigentlich Charmies Idee gewesen. Seit dem letzten Starlite-Bestseller waren vier Jahre vergangen, und Charmie war der Meinung, das Buch wäre eine gute Therapie für Philippa. Es würde ihr helfen, einen tragischen und verfrühten Tod zu verarbeiten.

»Jetzt spuck's schon aus«, sagte Philippa. »Warum bist du hier?«

»Um ehrlich zu sein, aus zwei Gründen. Hier ist der erste«, sagte Charmie und reichte Philippa einen Artikel aus dem *Wall Street Journal*. »Diese Firma hat heimlich Starlite-Aktien aufgekauft.«

Philippa überflog den Artikel und sah Charmie fragend an. »Die haben fast drei Prozent unserer Aktien aufgekauft. Was, glaubst du, hat das zu bedeuten?«

»Wir haben keine Ahnung. Ich habe ein paar Nachforschungen über Miranda International machen lassen. Hauptsitz ist Rio, und sie importieren in erster Linie tropische Nüsse und Kautschuk.«

»Hast du Verbindung mit ihnen aufgenommen?«

»Alan war bei meiner Abreise gerade dabei«, sagte sie. Alan war der Finanzchef von Starlite und ebenfalls Mitglied des Vorstands.

»Glaubst du, sie planen eine Übernahme?«

Charmie hob resigniert die Schultern. »Das Ganze ist uns ein Rätsel. Alan wird sie auffordern, eine Stillhalteerklärung zu unterschreiben. Halt die Daumen, daß sie es tun.«

Philippa las den Artikel noch einmal, was ihr aber auch nicht weiterhalf. Wer oder was war Miranda International, und wieso zeigten sie plötzlich dieses aggressive Interesse an ihrer Firma? »Eine Übernahme ergibt doch gar keinen Sinn, Charmie. Starlite war noch nie interessant für kurzfristige Geldanlagen. Was, in aller Welt, haben diese Leute vor?«

Charmie war wesentlich besorgter, als sie sich anmerken ließ. Massive Aktienkäufe waren eine echte Bedrohung für Starlite. Sie und Philippa könnten die Firma verlieren. Sie betete, daß es Alan gelingen möge, Miranda dazu zu kriegen, eine freundschaftliche Stillhaltevereinbarung zu unterschreiben.

»Das habe ich mich auch gefragt«, sagte sie, griff in die Mappe und holte noch ein Bündel Papiere heraus. »Ganz plötzlich ist da ein lebhafter Handel mit Aktien einer Firma, die in letzter Zeit an der New Yorker Börse kaum gehandelt wurde. Und die Leute wollen wissen, warum. Du hättest den Betrieb in der Telefonzentrale erleben sollen, nachdem der Artikel erschienen war. Jeder wollte wissen, ob Starlite ein phantastisches neues Produkt herausbringen will oder ob es vielleicht einen größeren Konzern gibt, der uns aufkaufen will. Alle wollen wissen, welche Insiderinformationen Miranda International hat, die Starlite plötzlich so begehrenswert machen. Aber da gibt es keine, Philippa. Es gibt nicht den geringsten Anlaß dafür, daß dieser Konzern plötzlich hinter unseren Aktien herjagt. Also habe ich ein paar Nachforschungen angestellt, um herauszufinden, was es sein könnte, das uns für Miranda so interessant macht.«

»Und was hast du gefunden?«

»Vieles, und lauter höchst merkwürdige Sachen. Zuerst bin ich unsere gesamten Bücher durchgegangen und habe festgestellt, daß Starlites finanzielle Rücklagen ziemlich im Keller sind. Also hab' ich alle Rechnungskonten überprüft. Zuerst ist mir nichts Ungewöhnliches aufgefallen. Aber dann habe ich das gefunden.« Sie reichte Philippa einen Computerausdruck.

»Das ist eine Liste unserer Lieferanten, Philippa. Alle, die Starlite beliefern. Hier zum Beispiel ist Specialty Foods, von denen wir Produkte für unsere Gefrierkost kaufen. Falls du dich erinnerst, sind wir letztes Jahr auf sie umgestiegen, als wir unseren Vertrag mit Canaan Corp gekündigt haben.«

»Ich erinnere mich«, sagte Philippa.

»Aber schau hier.« Charmie deutete auf einen Posten auf der Liste. »Canaan ist immer noch in unseren Büchern. Warum?«

»Schau's dir noch mal an. Da steht nicht Canaan, sondern *Caanan*. Die Schreibweise ist anders.«

Philippa sah Charmie an. »Ein Schreibfehler?«

»Das dachte ich auch, bis ich die Zahlungen für letztes Jahr durchgegangen bin und festgestellt habe, daß wir an diese Caanan Corporation regelmäßig Zahlungen geleistet haben. Ich hab' unsere Fabrik in San Francisco angerufen, und sie sagen, sie werden nur von Specialty Foods beliefert. Also bin ich die Rechnungen durchgegangen und habe das gefunden.« Sie reichte Philippa ein normales Rechnungsformular mit einem Logo und dem rotgedruckten Namen der Caanan Corporation im Briefkopf.

»Wenn du's dir genauer ansiehst, wirst du merken, daß es den Rechnungen der Canaan Corporation sehr ähnlich ist, bis auf die andere Schreibweise. Und das Logo ist auch ein bißchen anders.«

»Und die Adresse?«

»Sie existiert nicht.«

»Eine Scheinfirma? Wieviel haben wir denn an sie bezahlt?«

»Fast eine Million Dollar.«

»Du lieber Himmel.«

»Weißt du, was ich glaube, Philippa? Jemand hat sich, nachdem wir unseren Vertrag mit Canaan gelöst haben, irgendwie Zugang zu unserem Zentralcomputer verschafft, den Namen Canaan ein bißchen verändert, so daß er auf den ersten Blick immer noch gleich aussieht, sich Rechnungsformulare drucken lassen und uns fiktive Lieferungen in Rechnung gestellt.«

»Aber wieso hat die Rechnungsabteilung das nicht entdeckt? Die wissen doch, daß wir seit über einem Jahr nicht mehr mit Canaan arbeiten.«

Charmie zuckte die Achseln. »Ich wollte erst mit dir sprechen, bevor wir eine gründliche Untersuchung einleiten.«

Erst jetzt begriff Philippa die Tragweite dessen, was Charmie ihr da unterbreitet hatte. »Das heißt, daß nur jemand innerhalb von Starlite das Geld unterschlagen haben kann. Aber wer könnte das sein, Charmie? Doch wohl nicht einer von uns?«

Mit »einer von uns« meinte Philippa die Mitglieder der kleinen Gruppe aus den Anfängen von Starlite, als sie das Geschäft noch von ihrem Wohnzimmer aus führte.

»Ich habe mich gefragt, ob es zwischen diesen beiden Vorgängen einen Zusammenhang gibt«, sagte Charmie. »Könnte ein Insider bei Starlite Geld unterschlagen und damit Aktien kaufen? Das würde dann nämlich bedeuten, daß ein Insider bei Starlite die Übernahme plant.«

»Charmie!« Philippa war plötzlich ein neuer Gedanke gekommen. »Wer weiß bei Starlite, daß du hier bist?«

»Niemand. Ich wollte den Schuldigen nicht alarmieren, falls es einen gibt. Sie glauben alle, ich wäre in Ohio bei meinem Mann und den Kindern. Nathan hat Anweisung, mich hier anzurufen, wenn jemand mich zu erreichen versucht.«

»Aber Alan weiß, daß du hier bei mir bist?«

»Nein. Ich hielt es für ratsam, ihn nicht zu informieren. Und Hannah auch nicht.«

»Verdächtigst du Alan?« sagte Philippa erschrocken. Alan war von Anfang an dabeigewesen. Er hatte die Firma mitbegründet.

»Nein, ich habe Alan nicht im Verdacht. Aber ich hielt es für angebracht, äußerste Vorsicht walten zu lassen, bis wir uns sicher sind, was genau vorgeht. Die beiden Geschichten haben vielleicht gar nichts miteinander zu tun. Vielleicht aber doch. Was immer da vorgeht, es ist verdammt ernst, und wir müssen vorsichtig sein.«

»Ja, natürlich«, sagte Philippa, die plötzlich trotz ihres dicken Bademantels fror.

In diesem Augenblick kam Nyree aus dem Wohnzimmer und meldete die Ankunft von Ivan Hendricks, dem Privatdetektiv.

»Danke, Nyree. Er soll bitte im Wohnzimmer warten, ich muß mich schnell umziehen. Bete, daß er gute Neuigkeiten bringt, Charmie. Ich könnte jetzt welche brauchen.«

Ein paar Minuten später gesellte sich Philippa zu Charmie und Ivan. Sie trug Hose und Bluse und hatte sich ihr Haar gefönt. Die beiden saßen in dem geräumigen, hohen Wohnzimmer, dessen schwarzer Schieferboden und weiße Wände die Antiquitäten aus Australiens Pioniertagen erst richtig zur Geltung brachten.

Ivan Hendricks erhob sich. Er sah erstaunlich fit aus für einen Mann um die Fünfzig. Ein bißchen wie ein pensionierter Sergeant mit seinem muskulösen, gedrungenen Körper und den kurzgeschnittenen Haaren. Sie kannte ihn schon seit fünfundzwanzig Jahren, und er kannte all ihre Geheimnisse, auch diejenigen, die Charmie nicht kannte.

»Was haben Sie für mich, Ivan?« fragte sie, nachdem sie ihn kurz umarmt und sie sich beide gesetzt hatten.

»Diesmal ist es ein echter Knaller, Miss Roberts. Sie werden es kaum glauben.«

Nyree kam herein und stellte ein Tablett auf den Couchtisch mit einer Karaffe eines zwölf Jahre alten Scotch, einem Teller Soleier, die Ivan sehr mochte, zwei Eistees und frisch geschnittenem Gemüse. Charmie beäugte das Angebot mißtrauisch und sagte dann zu Nyree: »Hast du denn nichts Besseres zu bieten?«

Nyree kannte Charmies Geschmack und sagte augenzwinkernd: »Die Fleischpastete wärmt gerade im Ofen, und ich hab' heute früh extra für Sie einen frischen Kuchen mit Kokos gebacken.«

Ivan grinste Charmie kurz an. Das hatte er an ihr immer schon geschätzt, wie sie das Leben genoß. Eine üppige Frau mit üppigem Appetit. Im Bett war sie sicher ein Festmahl. Auch er erinnerte sich sehr wohl an seine kurze, atemberaubende Begegnung mit ihr.

»Eine Affenhitze ist das hier unten«, sagte er und zog sein zerknittertes Jackett aus. »In Palm Springs hat's 15 Grad, mit Schnee auf den Bergen, die Straßen voller Weihnachtslieder und die Luft voller Habgier. Ich war schwer versucht dortzubleiben.«

Er nahm einen Ordner aus seiner Aktentasche. »Eigentlich war's ein reiner Glücksfall«, sagte er und zog ein paar Papiere heraus. »Meine Spürnase war es nicht, fürchte ich. Ich arbeitete gerade an einem anderen Fall, als mir das hier in die Hände gefallen ist.« Er reichte Philippa einen Zeitungsausschnitt. »Aus dem Anzeigenteil der *Los Angeles Times*«, sagte er.

Philippa las die Anzeige: »Wenn Sie Informationen über den Verbleib von Christine Singleton, geboren 1938 in Hollywood, Kalifornien, haben oder solche, die zu ihrer Auffindung beitragen könnten, kontaktieren Sie Beverly Burgess, Star's, Palm Springs, bitte. Es handelt sich um dringende Familienangelegenheiten.«

Christine Singleton! Seit Jahren hatte Philippa nicht mehr an diesen Namen gedacht. »Star's. Ich habe schon davon gehört. Das ist ein Sanatorium in den Bergen oberhalb von Palm Springs.«

»Schauen Sie sich das an.« Ivan holte eine Seite eines teuren Hochglanzmagazins heraus. Es war eine ganzseitige Anzeige, eine Wolke von Silbersternen vor einem mitternachtsblauen Hintergrund. In der unteren Hälfte der Anzeige stand in dicken Silberlettern: »Star's«. Und darunter: »Entdecken Sie den phantastischen Traum...«

»Das war vielleicht ein Theater, bis ich es geschafft hatte, da raufzukommen«, sagte Ivan. »Erstens kommt man nur per Seilbahn rauf, und in die Seilbahn kommt man nur, wenn man eine Zimmerreservierung oder eine Reservierung zum Essen hat. Ich hab's geschafft, zum Mittagessen raufzukommen, und da ist es vielleicht zugegangen! In ein paar Tagen gibt's dort einen großen Weihnachtsball, und anscheinend will jeder, der was auf sich hält, dabeisein.«

»Und wie sah's da oben aus?« fragte Philippa. »Ich habe gehört, es sei ungeheuer beeindruckend.«

»Hunderte von Filmstars, so ist es mir zumindest vorgekommen. Sehr Schickimicki. Gar nicht meine Klasse, Miss Roberts, aber ganz die Ihre. Natürlich habe ich keinen persönlichen Kontakt mit dieser Beverly Burgess aufgenommen, genau wie Sie verlangt haben.« Diese Order bestand seit neun Jahren. Damals hatte er geglaubt, er hätte Philippas richtige Mutter gefunden, aber er hatte die Frau verschreckt, ehe Philippa mit ihr reden konnte, und sie war auf Nimmerwiedersehen verschwunden.

»Ich habe mich ein bißchen umgeschaut«, sagte er, »und habe dieses Pressefoto von Beverly Burgess aufgetan. Es ist nicht sehr scharf – offensichtlich wollte sie sich nicht fotografieren lassen.«

Charmie stellte sich hinter Philippa und sah sich das unscharfe Foto an. »Da ist tatsächlich eine gewisse Ähnlichkeit«, sagte sie. »Sie könnte tatsächlich deine Schwester sein, Philippa. Seid ihr ein- oder zweieiige Zwillinge?«

»Keine Ahnung. Warum?«

»Wenn ihr eineiige seid, dann ist diese Frau nicht deine Schwester. Bei zweieiigen wäre es möglich.«

Das alles war zwar mehr, als Philippa erwartet hatte, aber sie machte sich keine allzu großen Hoffnungen, zu oft schon waren sie enttäuscht worden. »Das ist immer noch kein Beweis, daß sie meine Schwester ist.«

»Wer sonst sollte dich denn suchen?« sagte Charmie. »Wer sollte denn sonst nach Christine Singleton suchen? Und das Geburtsdatum? Du bist 1938 in Hollywood geboren. Wie viele Christine Singletons sollen denn da noch geboren sein?«

»Du darfst nicht vergessen, Charmie, daß ich nicht als Christine Singleton auf die Welt gekommen bin. Diesen Namen haben mir meine Adoptiveltern gegeben. Diese Person muß mich gekannt haben, als ich ein junges Mädchen war.« Jemand aus San Francisco, dachte Philippa niedergeschlagen. Oder noch schlimmer, aus San Quentin. Unangenehme, längst verdrängte Erinnerungen stellten sich plötzlich wieder ein.

»Aber schau dir das Gesicht an«, sagte Charmie. »Ich finde schon, daß es da eine Ähnlichkeit gibt. Nehmen wir doch mal an, deine Schwester hat nach dir gesucht, genau wie du nach ihr, und hat herausgefunden, daß du von den Singletons adoptiert wurdest.«

Philippas Puls beschleunigte sich. War das möglich? Natürlich konnte man nichts mit Bestimmtheit sagen, aber die Frau auf dem Foto war anscheinend schlank und groß wie Philippa, und ihre Kopfhaltung, die Schultern, wie sie dastand, hatten eine frappierende Ähnlichkeit mit denen Philippas. Das Kinn auch und vielleicht die Nase. War die Frau tatsächlich ihre Zwillingsschwester?

»Was haben Sie über sie herausfinden können, Ivan?« fragte sie.

»Nun ja, Miss Roberts, ich bin da auf eine sehr mysteriöse Sache gestoßen. Eine Frau wie diese, die sich einen Besitz in Millionenhöhe kaufen kann und ihn dann zum Luxusspielplatz für Prominente macht, müßte doch eigentlich bekannt sein wie ein bunter Hund. Dem ist aber nicht so. Ich habe in Palm Springs herumgefragt, aber keiner scheint etwas über Beverly Burgess zu wissen. Die gesamte Öffentlichkeitsarbeit des Kurhotels liegt in Händen des Geschäftsführers, eines Schweizers namens Simon Jung. Diese Burgess ist anscheinend vor zweieinhalb Jahren aufgetaucht, hat das Haus dieses Stummfilmstars oben in den Bergen gekauft und es in ein exklusives Kurhotel umgebaut. Ich habe mit der Frau gesprochen, die die Gesellschaftskolumne für *Palm Springs Life* schreibt, und sie hat gesagt, sie habe Beverly einmal persönlich gesehen. Sie schätzt sie auf Ende Vierzig.«

Ivan Hendricks lockerte die Krawatte, die er sich auf der Fahrt vom Flughafen umgebunden hatte. Das war das schwierigste: nicht mehr zu erzählen. Er wünschte jetzt, wie schon so oft, er könnte ihr die Wahrheit sagen – das, was er tatsächlich wußte. Aber er hatte einer gewissen Person sein Wort gegeben, und Ivan Hendricks hielt immer Wort.

Philippa sagte: »Bitte entschuldigt mich einen Moment«, und verließ das Zimmer. Sie ging in ihr Arbeitszimmer, ihre ganz private Zuflucht. Hier in diesen vier Wänden mit dem riesigen Schreibtisch, den Büchern, dem Computer mit Modem und zwei Druckern, war seit ihrem Umzug von Los Angeles ihr ganzes Leben komprimiert: Fotos, Urkunden, Preise, alles. Ihr Sekretär Ricky hatte sein eigenes Büro neben seiner Wohnung über der großen Garage. Sie rief ihn über die Gegensprechanlage. »Ricky, würdest du bitte zu uns ins Wohnzimmer kommen?«

Ihr Blick fiel auf die beiden Fotos auf ihrem Schreibtisch. Das eine zeigte einen lachenden Teenager im Jogginganzug – Esther, ihre Tochter, mit sechzehn; das zweite, in einem antiken Zinnrahmen, einen gutaussehenden Mann am Steuer einer 17 Meter langen Rennyacht, mit Sonne und Wind im Gesicht und dem Glanz des Sieges in den Augen. Das Foto war an dem Tag aufgenommen, an dem er sich auf die Teilnahme an der Regatta Sydney–Hobart vorbereitet hatte. Es war auch der Tag, an dem sie beschlossen hatte, ihm zu sagen, daß sie seinen Heiratsantrag annähme, und ihm nach Australien nachgeflogen war, um ihn zu überraschen. Statt dessen hatte sie kurz nach ihrer Ankunft mit ansehen müssen, wie die Yacht *Philippa* unweit von hier untergegangen war, direkt vor Point Resolution, dem Schauplatz ihrer täglichen Mahnwache. Diese Villa hatte er unmittelbar vor seinem Tod erworben und ihr in seinem Testament vermacht. Den Streit mit der Familie entschied das Gericht vor einem Jahr zu Philippas Gunsten, und sie war nach Sydney gekommen, um ihr schmerzliches Erbe anzutreten.

Philippa betrachtete sein markantes Gesicht. Sie konnte und wollte sich mit seinem Tod nicht abfinden. Sie träumte davon, daß er eines Tages zu ihr zurückkommen werde. Er würde in einem Krankenhaus irgendwo auf einer abgelegenen Insel aufwachen, sich erinnern, wer er war, und zu ihr zurückkommen. Deshalb ging sie jeden Tag zum Point Resolution.

»Soll ich es wagen, noch einmal zu hoffen, Liebster?« sagte sie zu dem Foto. »Die Frau namens Beverly Burgess – könnte sie meine Schwester sein? Sie hat ein Kurhotel, das Star's heißt. Ich besitze Starlite Industries. Solche Phänomene soll es ja bei Zwillingen geben, die nach der Geburt getrennt wurden. Könnten Star's und Starlite ein Zeichen sein, daß sie tatsächlich meine Schwester ist?«

Und wäre es nicht wunderbar, wenn Esther und ich ein bißchen mehr Familie hätten, nicht nur uns beide? dachte sie.

Sie ging ins Wohnzimmer zurück und sagte: »Wir dürfen keine Minute mehr verlieren. Ich fliege mit dir zurück, Charmie. Ich muß herausfinden, ob Starlite tatsächlich in Gefahr ist, und wenn ja, ob einer unserer Freunde dahintersteckt. Und dann werde ich diese Frau im Star's besuchen. Und wenn nur die geringste Chance besteht, daß sie meine Schwester ist, muß ich der Sache nachgehen. Und wenn sie tatsächlich meine Schwester ist, dann werden die leeren Stellen in meiner Geschichte gefüllt sein. Ich werde endlich wissen, wer ich wirklich bin und woher ich komme.«

Sie wandte sich an Ricky, der mit Stenoblock und Stift bereitstand. »Rufe den Flughafen an, schau, ob Captain Farrow noch da ist und finde raus, wann der Jet wieder startklar ist. Besorge uns eine Ersatzcrew, die uns sofort nach Los Angeles zurückfliegt. Sorge dafür, daß bei der Ankunft eine Limousine bereitsteht und reserviere uns eine Suite im Century Plaza Hotel. Faxe zu Star's in Palm Springs und versuche, dort Zimmer für uns zu bekommen. Wenn das nicht geht, versuch's im Marriott Desert Springs oder im Ritz-Carlton, wo immer etwas frei ist. Und, Ricky, das Allerwichtigste: Niemand bei Starlite darf wissen, daß ich komme.« Ich muß den Vorteil der Überraschung auf meiner Seite haben, dachte sie. Ich möchte ihre Reaktionen sehen, wenn ich zur Tür hereinspaziere.

Schließlich wandte sie sich an Hendricks. »Ivan, Sie kehren zurück nach Palm Springs und versuchen, so viel wie möglich über Beverly Burgess herauszufinden. Graben Sie in ihrer Vergangenheit. Finden Sie heraus, woher sie das Geld hat, ein Riesenprojekt wie das Star's aufzuziehen. Besorgen Sie sich, falls nötig, ein Zimmer im Star's.

Ricky wird Ihnen ein Spesenkonto einrichten. Sie können mir Bericht erstatten, sobald ich in Palm Springs eintreffe. Oh, und noch eins: Kann einer Ihrer Detektive eine Firma für mich auskundschaften? Sie heißt Caanan Corporation, und ich habe den Verdacht, daß sie nur eine Scheinfirma ist, über die unterschlagene Gelder laufen.«

Jetzt drehte sie sich zu Charmie und sagte: »Komm, hilf mir pakken. Wir brechen sofort auf. Wer immer mir meine Firma abnehmen will, wird eine böse Überraschung erleben!«

Philippa nahm das Foto, das Ivan aus Palm Springs mitgebracht hatte, und sah es lange an.

»Beverly Burgess«, murmelte sie. »Wer bist du?«

3

Er kennt mein Geheimnis, dachte Beverly Burgess. Er kennt mein Geheimnis und wird es dazu benutzen, mich zu zerstören.

Sie stand auf dem höchsten Turm des sogenannten Schlosses und schaute hinaus in die verschneite Nacht. Manchmal kam sie sich wirklich vor wie die Prinzessin im Märchen, die durch einen Fluch gezwungen war, hier ihre Tage zu fristen, den Verlust des Geliebten zu beklagen und goldene Schnüre aus ihren Haaren zu flechten.

Allerdings war ihr Haar längst nicht mehr golden, oder auch nur blond wie früher. Und der griechische Knoten, jahrelang Beverlys Markenzeichen, war einem schicken Kurzhaarschnitt gewichen. Prinzessin war sie leider auch keine, und der Turm war ihr Büro. Das Schloß war das Hauptgebäude vom Star's, dem Kurhotel, das ihr seit zweieinhalb Jahren gehörte.

Nicht nur ihre Frisur hatte sich geändert, sie hatte auch einen neuen Namen. Vor vielen Jahren hatte sie ihren Namen, Rachel Dwyer, geändert und sich nach zwei Straßen in Hollywood Beverly Highland genannt. Und dann war, vor dreieinhalb Jahren, Beverly Highland »verstorben«. Das Beverly hatte sie beibehalten. Burgess war der Mädchenname ihrer Mutter.

All das war geschehen, um ihre Identität wieder einmal zu schützen. Leider hatte sie Grund zu der Annahme, daß es diesmal nicht so erfolgreich war wie beim letztenmal.

Er weiß, wer ich bin, dachte sie, wandte sich vom Fenster ab und schaute das Buch an, das auf ihrem Schreibtisch lag. Es hieß *Butterfly entlarvt*, und der Mann, den sie fürchtete, war sein Autor, der Klatschreporter Otis Quinn, der vor kurzem in einem Fernsehinterview behauptet hatte, Beverly Highland sei noch am Leben.

Woher konnte er das wissen? Sie war doch so vorsichtig gewesen! Der inszenierte Tod – der Wagen, der über die Klippe ins Meer gestürzt war –, die Beerdigung in Forest Lawn, die Aufteilung ihres umfangreichen Besitzes unter ihre engsten Freunde. Beverly hatte keine Spuren ihres früheren Lebens hinterlassen, als sie nur dafür gelebt hatte, sich an diesem einen Mann für das, was er ihr angetan hatte, zu rächen.

Beverly hatte sich vor drei Jahren aus ihrem Versteck gewagt, nach einem kurzen Aufenthalt auf einer Insel im Pazifik, wo sie ein paar Monate lang nur mit einem jungen Liebhaber, Jamie, gelebt und allen Genüssen gefrönt hatte. Aber das war Beverly schließlich zu langweilig geworden, sie hatte beschlossen, sich die Welt anzuschauen. Sie hatte sich sorgsam eine neue Identität und ein neues Aussehen geschaffen und war dann in ferne exotische Länder gereist. Und dabei war wieder die alte Lust erwacht – die Sehnsucht, einen Ort zu schaffen, an dem Leute umgeben von Schönheit und Luxus glücklich sein konnten. So ein Platz war Butterfly gewesen, das Etablissement, das sie über einem exklusiven Geschäft für Herrenausstattung am Rodeo Drive geschaffen hatte – ein Ort, an dem Frauen in völliger Sicherheit und Anonymität in eleganter Umgebung sexuelle Erfüllung finden konnten. Genau so etwas wollte sie wieder schaffen. Also hatte Beverly sich auf die Suche nach dem richtigen Platz dafür begeben und ihn auch gefunden: »Star's Haven« auf dem Mount San Jacinto.

Das Herz von Star's Haven war ein riesiges graues Steingebäude, ein Schloß mit Türmchen und Türmen und Zinnen und sogar einer Zugbrücke – ein Märchentraum aus dem mittelalterlichen England. Die Stummfilmdiva Marion Star hatte es erbauen lassen, eine Kopie der Kulisse aus einem ihrer Filme: *Robin Hood*. Nach dem Tod der

Diva hatte es viele Jahre lang leergestanden, war aber erst vor kurzem auf den Markt gekommen. Jetzt hieß das Haus »Das Schloß«, und hier hatte Beverly ihr Büro. Die Hauptrestaurants des Kurhotels, der Ballsaal, die Cocktaillounge, Boutiquen und die Privatklinik waren hier ebenfalls untergebracht sowie einige Luxussuiten für die Gäste und die vier Turmsuiten mit Privataufzügen. Alles lief wunderbar, das Kurhotel war ein Riesenerfolg. Beverly hatte ihre frühere Identität geheimhalten können, keiner ahnte etwas von ihrer Vergangenheit. Und dann hatte dieser Otis Quinn sich entschlossen, die Geschichte von Danny Mackay und Beverly Highland auszuschlachten und diese sogenannten Recherchen durchzuführen.

Sie starrte das Buch an. Die meisten Sachen darin waren reine Spekulation. Quinn war es nicht gelungen, hieb- und stichfeste Beweise für Beverlys Verbindung mit dem Bordell am Rodeo Drive zu finden. Er behauptete zwar, er habe Frauen interviewt, die die Räume über Fanellis Laden besucht und sexuellen Verkehr mit den Männern, die dort arbeiteten, den sogenannten »Companions« gehabt hätten. Aber Quinn hatte keinen einzigen Namen genannt, angeblich hatten die Frauen darauf bestanden, anonym zu bleiben. Beverly war sich sicher, daß er die Geschichten einfach erfunden hatte. Trotzdem war das Buch so sensationell, daß es Monate auf der Bestsellerliste stand und Beverly das Gefühl hatte, der weiße Buchdeckel mit dem rosa Schmetterling verfolge sie auf Schritt und Tritt, um sie zu verhöhnen und uralte Erinnerungen zurückzubringen...

Das Kind Rachel Dwyer, wie es ein Foto seiner Mutter mit zwei Babys im Arm fand. »Wer war das andere Baby, Mama?« hatte sie gefragt, und Naomi Dwyer hatte geantwortet: »Deine Zwillingsschwester. Sie ist kurz nach eurer Geburt gestorben.«

Und dann Rachel, vierzehn Jahre alt, allein in dem Wohnwagen, in dem die Dwyers lebten; ein heftiger Sturm, wie er für New Mexico so typisch war, tobte; ihr Vater, der betrunken nach Hause kam, auf sie losging und ihrem Körper Schmerzen zufügte und dabei schrie: »Wir haben die Falsche hergegeben!«

Später in dieser Nacht hatte sie ihre Mutter gefragt, was ihr Vater mit »die Falsche« gemeint habe und ihre Mutter hatte gesagt: »Schatz, als ich damals im Krankenhaus entbunden habe, waren wir total pleite. Wir hatten keinen Pfennig Geld. Es war mitten in der Depression, und wir hatten dich und deine Schwester und kein Geld, um das Krankenhaus zu bezahlen. Und als dieser Mann gekommen ist und gesagt hat, er kennt ein nettes Paar, das uns tausend Dollar für eins unserer Babys zahlen würde...«

Beverly verdrängte die Erinnerung. Sie drehte sich wieder zum Fenster und schaute hinaus in die dunkle Dezembernacht. Im Tal waren Lichter zu sehen, das funkelnde Palm Springs, legendärer Spielplatz der Superreichen, Wohnsitz dreier früherer US-Präsidenten, wo es angeblich mehr Golfplätze gab als irgendwo sonst auf der Welt und mehr Schönheitschirurgen als in jeder anderen Stadt. Ein Ort, an dem die Straßen Frank Sinatra Drive oder Bob Hope Drive hießen, eine Wüstenoase, die liebevoll als »Hinterhof von Beverly Hills« bezeichnet wurde.

Und Beverly Burgess – vormals Burgess Highland – vormals Rachel Dwyer – war hier oben, zweitausendsiebenhundert Meter über all dem.

An der Wand neben dem schießschartenähnlichen Fenster hingen Fotos, darunter ein kleines, vergilbtes in einem Silberrahmen. Es war 1938 aufgenommen und zeigte eine junge Frau in einem Krankenhausbett, die in jedem Arm ein kleines Baby hielt. Eins dieser Babys war Beverly, das andere ihre Zwillingsschwester, die ihre Eltern verkauft hatten, die den Namen Christine Singleton bekommen hatte und die Beverly trotz jahrelanger Suche nicht gefunden hatte.

Wieder wanderte ihr Blick zurück zu dem verhaßten Buch auf dem Schreibtisch. Es ließ sie einfach nicht los.

Beverly war schockiert gewesen, als sie *Butterfly entlarvt* in einer Buchhandlung entdeckte. Anfänglich dachte sie, der Titel wäre ein Zufall und hätte nichts mit dem Etablissement über Fanellis Laden zu tun. Dann hatte sie es durchgeblättert und gelähmt vor Entsetzen gekauft. Die Lektüre einer Nacht hatte alle alten Alpträume wieder aufleben lassen: Danny Mackay, der sich einer vierzehnjährigen Ausreißerin annahm, ihr Vertrauen gewann, ihr sagte, daß er sie liebe, und sie dann in einem billigen Freudenhaus in San Antonio, Texas, unterbrachte. Und Rachel, verängstigt und krank vor Heimweh, die außerstande war, Hazels Kunden zu bedienen und wünschte,

Danny würde sie von all dem wegholen, und Danny, der zurückkam und sie überredete, es mit fremden Männern zu treiben. »Leg dich einfach hin, Schatz«, hatte er gesagt, »und stell dir vor, du würdest es mit mir machen.«

Und dann, als sie sechzehn war und dachte, sie würden heiraten. Und Danny, der sie zu einer Engelmacherin gebracht und gezwungen hatte, ihr Baby zu töten. Sie hatte gebettelt, ihn angefleht, und er hatte sie aus dem Auto geworfen, ihr gesagt, sie wäre häßlich und er hätte sie nie geliebt und sie sollte sich seinen Namen gut merken, denn er wäre ein Mann, der hoch hinaus wollte. Danny Mackay, hatte er gesagt. Vergiß den Namen nicht.

Und sie hatte ihn nicht vergessen, er hatte ihr ganzes Denken beherrscht. Immer war sie auf der Suche nach der perfekten Rache an Danny Mackay gewesen. Als es dann vor dreieinhalb Jahren schließlich soweit war, hatte sie geglaubt, ihre geheime, verworrene Geschichte habe endlich ein Ende gefunden.

Aber jetzt war da dieser Journalist, der Lügen fabrizierte und unverschämte Spekulationen anstellte über die Beziehung der reichen Dame der Gesellschaft Beverly Highland und Reverend Danny Mackay. Danny Mackay, der eine Milliarden-Dollar-Fernsehgemeinde kontrolliert hatte und schon mit einem Bein im Weißen Haus gestanden hatte. Jedermann im Land, das wußte Beverly, las entweder *Butterfly entlarvt* oder redete zumindest darüber. Sogar eine Fernsehserie sollte darüber gedreht werden.

Doch dann war etwas noch Schlimmeres passiert.

Otis Quinn hatte in einem Fernsehinterview verkündet, seiner Meinung nach sei Beverly Highland noch am Leben. Sie sei nicht bei einem Autounfall getötet worden in der Nacht, als sie Danny Mackays Leben zerstört und ihn in den Selbstmord im Gefängnis von L. A. getrieben hatte. Und er behauptete, er habe sie gefunden.

Und jetzt war Otis Quinn auf dem Weg zum Star's.

Ein diskretes Klopfen an der Tür riß Beverly aus ihren Gedanken. Sie warf einen Blick auf ihre Uhr. Das war sicher Simon Jung, ihr Geschäftsführer, der seinen täglichen Bericht machen wollte.

»Herein«, sagte sie.

Simon Jung, gebürtiger Schweizer, war ein gepflegter, gutaussehender Mann Ende Fünfzig. Beverly hatte ihn in Rio de Janeiro im Luxusrestaurant Amanha kennengelernt. Simon hatte über dreißig Jahre Erfahrung im Hotelgewerbe vorzuweisen, er hatte in den besten Häusern der Welt gearbeitet, und außerdem war er der einzige Mensch, bei dem Beverly das Gefühl hatte, ihm vertrauen zu können.

Doch nicht einmal Simon wußte etwas über ihre Vergangenheit oder ahnte auch nur, daß sie die Beverly Highland war, über die Otis Quinn in *Butterfly entlarvt* geschrieben hatte.

»Guten Abend, Beverly«, sagte er und schloß leise die Tür hinter sich.

Wie immer brachte der Anblick Simons in einem seiner Armani- oder Cardin-Anzüge ungewollt ihren Puls auf Hochtouren. Beverly hatte vor Jahren den Männern abgeschworen – bis auf das kurze Zwischenspiel mit Jamie. Auf ihren Reisen, die sie in so exklusive Hotels wie den Mount Kenya Safari Club in Ostafrika, ins Raffles in Singapur und das Hôtel du Cap an der Riviera geführt hatten, war sie oft Männern wie Simon begegnet, doch keiner hatte sie gereizt.

Aber irgendwie war in den zweieinhalb Jahren, in denen sie Seite an Seite mit Simon gearbeitet hatte, ihr Widerstand allmählich ins Wanken geraten. Simon löste ganz seltsame neue Gefühle in ihr aus, einen Hauch von Erinnerungen an etwas, da sie vor langer Zeit schon einmal empfunden hatte. Sie wußte nur nicht, was das gewesen war.

»Unsere Gäste sind eingetroffen«, sagte er und legte eine Liste auf ihren Schreibtisch. »Einige der Namen werden Sie kennen. Da wäre einmal Carole Page, die Filmschauspielerin, die gerade einen Film abgedreht hat und sich hier ausruhen will. Sie hat einen der Bungalows, und man hat ihr absolute Ungestörtheit garantiert. Dann ist da die Agentin Frieda Goldman aus Hollywood, sie bleibt nur eine Nacht. Dr. Judith Isaacs, unsere neue Hausärztin, ist ebenfalls eingetroffen. Sie inspiziert gerade die Klinik und macht sich mit ihren Patienten vertraut. Ihre Einladung zum Essen für heute abend hat sie mit Vergnügen angenommen.«

Simon zählte noch die anderen auf, die mit der abendlichen Seilbahn eingetroffen waren: ein berühmter Filmregisseur, ein Studiomanager, zwei Produzenten, eine weitere berühmte Schauspielerin, ein reicher Makler und seine Frau, ein Ölbaron aus Texas und seine

Begleiterin, ein Gemmologe von Tiffany und noch einige andere wichtige oder berühmte Leute. Er fügte hinzu: »Mr. Larry Wolfe und seine Sekretärin erwarten wir mit der nächsten Seilbahn. Sie haben um einen Bungalow gebeten. Mr. Wolfe ist ein eifriger Schwimmer und zieht es vor, einen privaten Pool zu haben.«

Larry Wolfe, der mit dem Oscar ausgezeichnete Drehbuchautor, kam ins Star's, um eine Biographie Marion Stars zu schreiben. Beverly hatte ein Tagebuch dieser geheimnisumwitterten Frau entdeckt und es versteigern lassen. Larry Wolfe hatte den Zuschlag bekommen. Er wollte ein Drehbuch daraus machen und auch den Film produzieren.

»Wann erwarten wir Otis Quinn?« fragte Beverly.

Simons Blick streifte kurz das Buch auf ihrem Schreibtisch. Er hatte *Butterfly entlarvt* nicht gelesen, er wußte nur, daß dieses Buch Beverly aus irgendeinem Grund beunruhigte, wie auch die Ankunft seines Autors Otis Quinn.

»In vier Tagen. Wir haben ihn für eins der Chalets vorgemerkt. Haben Sie irgendwelche besonderen Anweisungen in bezug auf Mr. Quinn?«

Beverly betrachtete das Buch. Sie kannte es inzwischen fast auswendig. Quinn hatte die Polizei dazu gebracht, ihm die Räume über Fanellis Herrenausstattungsladen zu öffnen, damit er sich umsehen konnte.

»Die Räume glichen Hotelzimmern«, hatte er geschrieben, »geschlossene Türen entlang eines langen Korridors. Jeder Raum war nach einem anderen Motto eingerichtet. Ein Zimmer war ein kompletter Western Saloon, sogar mit Sägemehl auf dem Boden, hier konnten die Frauen für Geld Sex mit Männern haben, die als Cowboys kostümiert waren. Ein anderes Zimmer war wie ein billiges Motel eingerichtet, es gab ein Himmelbett...«

»Nein«, sagte sie zu Simon Jung. »Keine besonderen Anweisungen für Mr. Quinn.«

Simon fuhr mit seinem Bericht fort. Seine perfekt manikürten Finger blätterten in den Notizen. »Prinz Habib el Mahdy hat um eine dreisprachige Sekretärin gebeten. Und hier ist eine Liste der Gäste, die für den Weihnachtsball reserviert haben. Der Präsident und Mrs. Reagan mußten zu ihrem Bedauern absagen.«

Er informierte Beverly, daß die Hausdame berichtet habe, Bademäntel seien wieder einmal knapp. »Viele der Gäste nehmen sie mit, wenn sie abreisen«, sagte er. »Die Buchhaltung hat wieder darum gebeten, daß wir sie berechnen.«

Als Beverly beschlossen hatte, ein ganz besonderes Luxushotel zu schaffen, war sie um die ganze Welt gereist und hatte die besten Hotels besucht: das Regent in Hongkong, das Bel-Air in Los Angeles und das Pierre in New York. Und was immer ihr an den Serviceleistungen besonders gut gefallen hatte, bot sie auch in ihrem neuen Hotel. Zum Beispiel Designer-Toilettenartikel in den Badezimmern, täglich frische Blumen, Körbe mit Obst und Käse für jeden Gast bei der Ankunft. Beverly hatte nicht gefallen, daß die meisten dieser Luxusherbergen zwar Bademäntel zur Verfügung stellten, sie aber den Leuten, die sie mitnahmen, berechneten oder darauf hinwiesen, daß sie im Hotelshop gekauft werden könnten. So etwas gab es im Star's nicht.

»Die Hausverwaltung soll so viele bestellen, wie sie braucht. Und mitgenommene Mäntel werden nicht berechnet.«

Simon war nicht damit einverstanden, aber er wußte, daß es keinen Sinn hatte, darüber zu diskutieren. Er hatte entdeckt, daß Miss Burgess nicht nur wegen des Profits im Hotelgeschäft war. Sie mußte ihren Lebensunterhalt nicht aus den Einkünften des Hotels bestreiten. Er hatte keine Ahnung, woher ihr persönlicher Reichtum stammte, er wußte lediglich, daß sie in Brasilien in Smaragdminen und Kaffeeplantagen investiert hatte.

Er legte den Bericht auf ihren Schreibtisch, zögerte einen Augenblick, dann ging er um den Tisch herum und stellte sich neben sie. »Im Großen Ballsaal wird gerade der Weihnachtsbaum geschmückt«, sagte er. »Alle Gäste helfen dabei. Und der Chefkoch hat ganz köstliche marinierte Wachteln mit Wildpilzen zubereitet. Warum essen Sie nicht mit uns, Beverly?«

Sie sah in seine sanften grauen Augen und merkte, wie gerne sie dabeisein würde. Aber der Preis für die Vernichtung Danny Mackays war ihre Freiheit gewesen. Sie konnte nicht riskieren, erkannt zu werden. Ganz besonders jetzt nicht, wo *Butterfly entlarvt* ein solcher Bestseller war mit vielen Fotos von Beverly Highland.

»Danke, Simon. Aber ich habe zu arbeiten.«

»Arbeit, Arbeit, immer nur Arbeit, Beverly«, sagte er. »Ich kenne Sie jetzt mehr als zwei Jahre, und ich habe noch nie erlebt, daß Sie etwas anderes tun als arbeiten. Das ist nicht gut«, fügte er leise hinzu.

Seine Nähe, das Gefühl von Kraft, das er ausstrahlte, löste wieder dieses seltsame Empfinden aus, eine Erinnerung an etwas... Und mit einemmal wurde ihr klar, was es war: Simon Jung erinnerte sie an die Liebe.

»Bitte«, sagte sie lächelnd. »Gehen Sie doch nach unten, genießen Sie die Gesellschaft anderer Menschen, und sorgen Sie dafür, daß alle sich gut amüsieren.«

Er wollte etwas erwidern, doch dann drehte er sich um und ging zur Tür. »Übrigens«, sagte er, »vorhin hat Ricardo Cadiz angerufen. Er mußte seine Reservierung stornieren. Ein Notfall, sagte er.«

Ricardo Cadiz war der argentinische Romancier, der vor kurzem den Nobelpreis für Literatur erhalten hatte. Beverly hatte sich darauf gefreut, ihn kennenzulernen. »Dann steht der Bungalow leer«, sagte sie. Cadiz hatte für zwei Wochen reserviert.

»Glücklicherweise haben wir vorhin ein Fax aus Australien bekommen, jemand, der so bald wie möglich hierherkommen will.«

»Aus Australien?«

»Eine Miss Philippa Roberts.«

Beverly überlegte. »Der Name kommt mir bekannt vor.«

»Ihr gehört Starlite Industries. Sie und ihre Mitreisenden werden in vier Tagen eintreffen. Sie sagten, der Bungalow wäre ihnen sehr recht.«

Als Simon gegangen war, wanderte Beverly durch ihr Büro. In der Mitte des Raumes stand ein Modell des Hotelkomplexes, naturgetreu, selbst kleine Bighorn-Schafe waren vertreten, dort, wo der Grund von Star's an den Mount San Jacinto Wilderness State Park grenzte, in dem die vom Aussterben bedrohten Tiere geschützt waren.

Über die vielen Morgen Land verstreut lagen zusätzliche Gästeunterkünfte: drei große Bungalows, jeder mit zwei Schlafzimmern, Küche und privatem Pool, der durch eine Mauer geschützt war. Dann die Cottages mit heißen Tauchbädern und privaten Gärten und noch weiter vom Hauptgebäude entfernt die Chalets mit offenem Kamin im Schutz riesiger Tannen. Kleine verschlungene Wege ermöglichten es den Gästen, per Golfcart oder zu Fuß überallhin zu gelangen und sich an großen Rasenflächen mit Brunnen oder in verschwiegenen Lauben auszuruhen. Es gab zwei große Swimmingpools, Tennisplätze, einen 9-Loch-Golfplatz, der so angelegt war, daß man neunundzwanzig Löcher spielen konnte, und einen Skilift zu vier Abfahrten von verschiedenen Schwierigkeitsgraden. Im Gesundheitsclub gab es getrennte Turnhallen für Männer und Frauen, Saunas, Schwimmbecken, Hallenaschenbahnen und einen exklusiven Starlite-Salon.

Die Krönung war das Schloß mit seiner atemberaubenden Aussicht über das Coachella Valley. An klaren Tagen konnte man über die ganze Wüste bis nach Arizona sehen.

Die Leute kamen aus den verschiedensten Gründen hierher. Einige wollten den Luxus und die Abgeschiedenheit genießen, andere studierten hier Drehbücher, lernten Rollen, schlossen Verträge, frönten geheimen Affären, und viele kamen, weil es ein so schöner, legendenreicher Platz war. Jedes Zimmer im Star's, jede Wand, jedes Möbelstück hatte seine eigene Geschichte aus der farbigen Vergangenheit der Filmwelt. Die Menschen wollten sehen, wo Dexter Bryant Ramsey ermordet worden war, sie wollten die zweihundert Quadratmeter große Garderobe sehen, in der Marion Star ihre vielen tausend Gewänder und Kostüme aufbewahrt hatte; sie kamen, um das Treppengeländer zu bestaunen, über das ein trunkener John Barrymore angeblich eines Nachts hinuntergerutscht war. Sogar in Beverlys Büro stand ein interessantes historisches Requisit – eine mittelalterliche Rüstung. Angeblich hatte sich in dieser Rüstung 1932, bei einer von Marions wilden Partys der junge Gary Cooper beim Versteckspielen eingeklemmt und war stundenlang nicht gefunden worden. Es spielte keine Rolle, ob diese Geschichten Wahrheit oder Legende waren, die *Idee* von Star's zog viele Leute hierher.

Jemand ging draußen auf dem Gang vorbei und summte ein Weihnachtslied. Beverly wurde sich ihrer Einsamkeit bewußt. Sie hatte keinen Mann, keine Kinder, keine Familie. Nur ein Leben voller schmerzlicher Erinnerungen. War es das wirklich wert gewesen, fragte sie sich, all diese Opfer, nur um sich an Danny Mackay zu rächen? Wenn sie doch nur ihre Zwillingsschwester finden könnte! Dann wäre sie nicht so einsam.

Sie hatte versucht, ihre Schwester zu finden, hatte sogar einen Privatdetektiv engagiert, der Jahre damit verbracht hatte, falsche Spuren zu verfolgen. Nachdem er festgestellt hatte, daß sie von einer Familie namens Singleton adoptiert worden war, die ihr den Namen Christine gegeben hatte, hatte er ihre Spur wieder verloren.

Warum kam Otis Quinn hierher? Wußte er, daß sie Beverly Highland war? Hatte er Beweise? Wollte er sie bloßstellen? Oder kam er aus einem ganz anderen Grund? Star's zog eine Menge interessanter Leute an, vielleicht war er hinter irgendeiner anderen Geschichte her. Paparazzi versuchten ständig, hier einzudringen, um Schnappschüsse von einer Prinzessin, einem Playboy mit Drogenproblemen oder einem ehebrechenden Filmstar zu ergattern. Aber Beverlys Sicherheitssystem war undurchdringlich. Nur gelegentlich erlaubte sie ausgesuchten Fotografen, Bilder vom Hotelgelände oder vom Schloß zu machen, in dem der sensationelle Mord passiert war.

Vielleicht wollte Quinn auch nur das Badezimmer sehen, in dem der Mord passiert war, oder das berüchtigte Schlafzimmer, in dem Marion Star angeblich an einem Wochenende die ganze Football-Nationalmannschaft empfangen hatte. Vielleicht war es die Geschichte von dem Geist, der hier angeblich spukte, die ihn lockte. So etwas wollten die Leute immer lesen. Oder möglicherweise wollte er einfach nur diese Zuflucht der Superreichen und Superberühmten einmal selbst sehen und erleben. Vielleicht hatte dieser Besuch überhaupt nichts mit *Butterfly entlarvt* zu tun oder mit seiner Behauptung, Beverly Highland sei noch am Leben.

Beverly beobachtete, wie die Lichter von Palm Springs allmählich im Schneegestöber verblaßten, und sie spürte, wie ihr Mut und ihr Kampfgeist wieder erwachten. Gleichgültig, wie entschlossen Quinn sein mochte, die Geheimnisse anderer Leute auszugraben, sie würde sie noch entschlossener verteidigen.

Sie hatte keine Angst vor Otis Quinn. Kein Mann konnte ihr mehr Angst einjagen. Obgleich es einmal vor langer Zeit einen Mann gegeben hatte, vor dem sie sich fürchtete. Aber er war tot. Danny Mackay war tot; sie war in Sicherheit. Und sie brauchte nie wieder vor irgendeinem Mann Angst zu haben, nie wieder.

4

Danny Mackay war tot.

Tot, tot, tot.

Und das war genau das, was Danny Mackay gefiel. Er war sogar inzwischen zu der Überzeugung gekommen, daß er tot wesentlich besser dran war.

»Ich sag' dir eins, Bon«, sagte er zu seinem alten Freund Bonner Purvis, der am Fenster saß und in das nächtliche Malibu hinaussah. »Tot sein hat wesentlich mehr Vorteile, als ich gedacht habe. Zum Beispiel kann ich jedes Verbrechen begehen, so viele Verbrechen, wie ich will, und keiner würde mich verdächtigen.«

Danny stand mit freiem Oberkörper vor dem Spiegel, musterte sich, drehte sich hin und her, spannte seine Muskeln. Er hatte sich durch monatelanges intensives Training wieder fit gemacht, jetzt war er besser in Form als vor seinem »Tod«. Er sah tatsächlich halb so alt aus, wie er wirklich war.

Es war natürlich nicht einfach gewesen. Als er in dem alten Holzhaus in San Antonio, Texas, vor drei Jahren wieder zu Bewußtsein gekommen war, hatte man ihm erzählt, daß er vier Monate im Koma gelegen hatte. Irgendeine Gehirnverletzung, hatte ihm Bonner erklärt, etwas war falsch gelaufen bei seinem getürkten Selbstmord im Bezirksgefängnis von Los Angeles. Danny war tatsächlich gestorben, oder zumindest fast. Als er schließlich aufgewacht war und Bonner sah, der ihn besorgt anstarrte, war er in einem Gefängnis geschwundener Muskeln und schlaffen Fleisches gefangen gewesen. Der Weg zurück in die Gesundheit war lange und schwierig gewesen. Oft war Danny drauf und dran gewesen aufzugeben, wenn ihn das Versagen der Lunge oder ein Schleier vor den Augen an die Verletzung seiner Zerebralarterien erinnerte.

Aber dann hatte Danny schließlich Hilfe bekommen. Ein Buch mit dem Titel *Butterfly entlarvt* war erschienen, und als er es gelesen hatte, durchflutete eine Woge neuer Energie seinen geschwächten Körper.

»Weißt du was, Bon«, sagte Danny zu seinem Freund, »dieser Quinn ist gar nicht so blöd. Hör dir das an.« Er nahm das zerlesene Buch und schlug es auf einer Seite auf, die er inzwischen fast auswendig kannte: »Meiner Theorie nach haben Danny Mackay und Beverly Highland sich tatsächlich insgeheim schon viele Jahre gekannt. Entweder waren sie Freunde, Geschäftspartner oder sogar ein Liebespaar. Und etwas in dieser gemeinsamen Vergangenheit hat Beverly Highland veranlaßt, einen komplizierten und brillanten Racheplan gegen den ahnungslosen Mackay zu ersinnen.«

Danny warf das Buch beiseite. »Quinn glaubt, ich hab' ihr ein Leids getan, wie es in der Ballade heißt. Echtes Genie.«

Er ging weg vom Spiegel ins andere Zimmer, schob den Vorhang an dem kleinen Fenster beiseite und warf einen Blick auf das Haus nebenan. Es waren keine Lichter zu sehen, und es stand auch kein Wagen in der Einfahrt. Otis Quinn war noch nicht zu Hause.

»Mann o Mann, Bonner, ist schon komisch, wie das Schicksal so spielt, was?« Er nahm ein petrolblaues Seidenhemd vom Bett und streifte es genüßlich über. Seide war etwas Wunderbares auf der Haut. Vor dreieinhalb Jahren war da ein Moment gewesen, in dem Danny für den Bruchteil einer Sekunde gedacht hatte, er würde nie wieder etwas fühlen. »Ich meine«, sagte er, während er die Perlmuttknöpfe zumachte, »da war ich und habe meinen getürkten Tod vorbereitet und habe die ganze Zeit gedacht, das Luder wäre draufgegangen, als ihr Wagen über diese Klippe gestürzt ist, und jetzt, drei Jahre später, muß ich feststellen, daß sie auch ihren Tod getürkt hat! Ich hätte damit rechnen müssen! Das Luder war immer schon verdammt raffiniert!«

Seine Miene verdüsterte sich plötzlich. »Bloß ist sie bei ihrem getürkten Tod nicht fast draufgegangen, so wie ich.«

Er lachte wieder und strich über die Seide. Das Hemd hatte zweihundert Dollar gekostet. Maßarbeit.

»Ich sage dir eins, Bonner, als ich diesen Quinn im Fernsehen gesehen hab', wie er gesagt hat, er glaubt, Beverly Highland wäre noch am Leben, und er hätte Beweise...« Er zog sich einen Krokogürtel durch die Schlaufen. »Du warst doch schließlich dabei, Bon. Du hast doch gesehen, wie tobsüchtig mich das gemacht hat. Die Vorstellung, daß sie noch am Leben ist! Natürlich lebt sie noch! Ich muß bekloppt gewesen sein, ich hätte es wissen müssen!«

Er ging zurück zum Spiegel, und sein Gesicht wurde grimmig. Er stellte sich vor, wie Beverly die Champagnerkorken hatte knallen lassen, während sie sich seine Beerdigung in Houston im Fernsehen ansah. Sie rieb sich wahrscheinlich heute noch vor Wonne die Hände bei der Erinnerung. Aber das würde jetzt ein Ende haben. Sobald Danny sie gefunden hatte.

Er schaute auf seine Uhr – gutes Schweizer Fabrikat, aber nicht die fünfzehntausend-Dollar-Rolex, die er im Auge hatte. Seit seiner Ankunft in Südkalifornien hatte er einiges gekauft, aber da gab es noch so vieles, das er haben wollte. »Kleider machen Leute«, sagte er immer.

Quinn hatte gesagt, er lebe augenblicklich in einem gemieteten Strandhaus in Malibu, kurz nach der Sunset-Ausfahrt, also war es nicht schwer gewesen, ihn zu finden. Nachdem Danny und Bonner festgestellt hatten, welches Haus dem Journalisten gehörte, hatten sie sich einfach nebenan eingenistet. Jetzt wartete Danny auf Quinns Heimkehr, um ein kleines Schwätzchen mit ihm zu halten.

Und danach würde Danny wissen, wo Beverly Highland war – und ihr heimzahlen, was sie ihm angetan hatte.

Dannys Mund verzog sich zu einem schiefen Lächeln, und als er im Spiegel sah, wie sexy er so wirkte, wußte er, daß trotz allem, was er in den letzten dreieinhalb Jahren mitgemacht hatte, der alte Danny-Mackay-Zauber noch so stark wie eh und je war.

Natürlich war er jetzt ein bißchen älter, und sein dickes rötlichbraunes Haar hatte auch schon ein paar graue Strähnen, aber dieser melancholische Blick der grünen Augen und das sexy Lächeln taten immer noch ihre Wirkung. Er hatte es beobachtet, als er in Houstons berühmter Galleria eingekauft hatte. Die Verkäuferinnen hatten sich reihenweise in ihn verliebt. Und Danny hatte es genossen, sich unter die River-Oaks-Millionäre zu mischen – Leute, die einmal kräftig dafür gezahlt hatten, bei ihm mitmachen zu dürfen – und nicht erkannt zu werden. Yes Sir, Danny hatte immer noch dasselbe Charisma, das via Fernseher jedes einsame Christenwohnzimmer erfüllte, wenn er seine Predigt in der »Good News Hour« hinausschmetterte. Und wie eine Springflut waren danach die Dollars ins Hauptquartier von Dannys Good News Ministries geflossen, schneller als sein umfangreiches Personal es zählen, wickeln und zur Bank tragen konnte.

Aber nicht alles Geld war auf die Konten der Ministries geflossen. Danny hatte einen Teil dieser gesegneten Dollarflut auf spezielle Nummernkonten umleiten lassen, von denen nur er und Bonner Purvis wußten. Diese geheimen Rücklagen hatten ihn vor einem lebenslänglichen Aufenthalt hinter Gittern bewahrt. Jetzt konnte er alles nach Herzenslust ausgeben.

Nun hatte er also Gesundheit, Reichtum, und bald würde er auch noch Macht haben. Er war ein toter Mann und deshalb unsichtbar. Und Gespenster konnten sich alles erlauben.

Fast hätte er sich einmal mit der Präsidentschaft der Vereinigten Staaten zufriedengegeben, dabei konnte er jetzt die ganze Welt haben.

»Die ganze Scheißwelt«, murmelte er seinem Spiegelbild zu.

Und seine Macht würde beginnen mit dem, was er Beverly antun würde, sobald er sie gefunden hatte.

Scheinwerfer beleuchteten plötzlich die gegenüberliegende Wand. Danny ging zum Fenster und spähte hinaus. Ein kleines japanisches Auto war gerade in die Einfahrt nebenan gefahren. Otis Quinn war zu Hause.

Es ist soweit, dachte Danny und ging rasch ins andere Zimmer. Unterwegs stolperte er und mußte sich am Türrahmen festhalten. Er schaute auf den Boden. Er war über einen Arm gestolpert. Der Arm war jetzt kalt und leblos; er und Bonner hatten die Frau vor Stunden umgebracht, als sie in ihr Haus eingebrochen waren. Reine Notwendigkeit, sie mußten in Quinns Nähe kommen.

Danny beugte sich hinunter und hob sie auf. Sie war nackt.

Er legte sie aufs Bett und rückte sie zurecht. Jetzt erst sah er, daß sie hübsch war. Eine Schande. Und er kannte nicht mal ihren Namen.

Er ging zurück in das andere Zimmer, nahm seine Jacke, zog sie an und sagte: »Otis ist zu Hause, Bon. Ich geh' mal rüber und mach' einen kleinen Freundschaftsbesuch.«

Bonner gab keine Antwort. Er war ebenfalls tot.

Danny betrachtete einen Augenblick lang das weiße Gesicht seines Freundes, die leblosen Augen, die in die Nacht starrten. Danny und Bonner waren über dreißig Jahre lang zusammengewesen, seit ihrer wilden Jugend in San Antonio; zwei geile junge Böcke, die in Zelten predigten und geile Bäuerinnen bedienten. Danny hatte gewußt, daß er seinen besten Freund früher oder später loswerden mußte, er wußte einfach zuviel. Bonner hatte nach dem getürkten Selbstmord alles geregelt; er hatte Dannys »Leiche« zurück nach Texas gebracht, ihn versteckt, ein armes Schwein gefunden, das Dannys Platz im Sarg einnahm, und Danny gesundgepflegt. Aber Bonner hatte Zugang zu Dannys Vermögen, und er war der einzige Mensch, der wußte, daß Danny Mackay noch am Leben war. Jetzt wußte es nicht einmal mehr Bonner. Und Danny hatte das ganze Geld für sich.

Er löschte das Licht, sagte: »Adios Amigo«, und ging.

Otis Quinn rieb sich die Stelle unter dem Brustbein, die brannte, als hätte er eine glühende Kohle verschluckt. Sein Magengeschwür machte sich wieder bemerkbar – seit er entdeckt hatte, daß die Frau, von der er glaubte, sie wäre Beverly Highland, es doch nicht war.

Er drehte die Lichter seines gemieteten Strandhauses an, schaltete die Anlage ein, goß sich ein Bier ein und ging zu den Glasschiebetüren, die zu einer verwitterten Terrasse führten. Er stellte sich ans Geländer und beobachtete die Brandung, die gegen die Küste donnerte. Es war eine kühle Dezembernacht, der Strand war verlassen. Er nahm einen Schluck Bier, schaute nach links und stellte überrascht fest, daß im Haus seiner Nachbarin kein Licht brannte.

Er kannte sie eigentlich gar nicht, sie war eine von diesen Bräuten, die anscheinend nicht arbeiten mußten, um ihren Lebensunterhalt zu verdienen; trotzdem fuhr sie ein Mercedes Cabrio und feierte ständig wüste Partys. Quinn hatte sie gegrüßt, aber sie hatte kein Interesse an ihm gezeigt. In den letzten paar Wochen hatte er öfter überlegt, ob er vielleicht rübergehen und ihr sagen sollte, wer er war. Sie hatte sicher *Butterfly entlarvt* gelesen, oder zumindest hatte sie ihn im Fernsehen gesehen. Das würde sie sicher beeindrucken, da war er ganz sicher.

Otis konnte nie so richtig begreifen, warum er Probleme mit Frauen hatte. Er fand sich gar nicht so übel – na schön, er war kein Mel Gibson, aber ein Penner war er auch nicht. Er war fit für einen Mann, der auf die Fünfzig zuging. Er hatte immer noch alle Haare, und er hatte sich einen Intellektuellenbart stehen lassen, der seiner Meinung nach sehr gut zu der Barry-Goldwater-Brille paßte. Warum ging er dann immer leer aus?

Otis' Magen machte sich wieder bemerkbar, und er mußte rülpsen. Er rieb sich die brennende Stelle, ging ins Haus und beschloß, etwas zu essen, bevor er sich an die Arbeit machte.

Während er Dijonsenf auf Roggenbrot schmierte und die Pastramischeiben in der Mikrowelle wärmte, dachte er daran, wie *Butterfly entlarvt* ihm den großen Durchbruch verschafft hatte. Natürlich war das meiste, was er geschrieben hatte, totaler Quatsch, aber das wollten die Leute. Sie verschlangen es. Nach jahrelangem Malochen für irgendwelche Supermarktblätter hatte Otis endlich den großen Coup gelandet. Und er hatte vor, ganz oben zu bleiben – indem er Beverly Highland fand.

Die Mikro summte, und er türmte dampfendes Pastrami auf eine Brotscheibe, deckte es mit einer weiteren Scheibe zu, häufte den Rest Pastrami darauf und vollendete das ganze mit einer dritten Scheibe Brot. Dann ging er zu seinem Schreibtisch, legte das triefende Sandwich neben seine Schreibmaschine und nahm das Mikrofon seines Tonbandes. Er begann zu diktieren.

»Nach einigen Recherchen betreffs der Vergangenheit meiner Topkandidatin ...«, er drehte seinen Stuhl und schaute auf ein Foto, das auf dem vollgestellten Cafétisch lag; er hatte daruntergeschrieben: Ist das Beverly Highland? »... bin ich zu dem Schluß gekommen, daß sie doch nicht Beverly Highland ist. Sie war nicht einmal in Los Angeles zu der Zeit, in der Beverly Highland ihre Kampagne gegen Danny Mackay startete.«

Otis hielt inne, nahm einen kräftigen Biß von seinem Sandwich, kaute nachdenklich, schluckte und fuhr dann fort: »Aber glücklicherweise war diese Frau nicht meine einzige Spur. Und nachdem ich alle anderen überprüft und aus verschiedenen Gründen verworfen habe, bleibt ein Name auf der Liste übrig, und ich bin überzeugt, daß sie Beverly Highland ist. Ihr Name ist Beverly Burgess, ihr gehört das Hotel Star's in Palm Springs. Ich habe mich in Palm Springs und im Coachella Valley umgehört, aber nicht viel erfahren. Miss Burgess tauchte vor zweieinhalb Jahren aus dem Nichts auf, mit genug Geld für den Kauf des verlassenen Hauses von Marion Star, Star's Haven auf dem San Jacinto. Ich habe vor, Miss Burgess unter die Lupe zu nehmen. Ich habe eine Reservierung im Star's für Ende nächster Woche –«

Es klingelte an der Tür. Otis schaltete das Tonband aus, wischte sich den Mund am Ärmel ab und ging zur Tür.

Er schaute durch den Spion, aber er konnte nur die Silhouette eines Mannes erkennen.

»Ja?« sagte Quinn durch die Tür. »Was wollen Sie?«

»Mr. Otis Quinn? Ich muß mit Ihnen reden. Es ist sehr wichtig.«

Otis überlegte kurz. Er hatte noch einen Haufen Arbeit vor sich, die Akte über Beverly Burgess zusammenstellen und seine Strategie für ihre Entlarvung festlegen. Aber Otis war freischaffender Journalist, und seine Ideen für Storys kriegte er meist durch Tips, die häufig zu den seltsamsten Zeiten kamen, unerwartet und oft anonym.

»Okay«, sagte er und öffnete die Tür.

»Hallo«, sagte sein Besucher mit sehr charmantem Lächeln.

Otis runzelte die Stirn. Das Gesicht des Mannes kam ihm irgendwie bekannt vor.

»Ich hoffe, ich störe nicht«, sagte Danny höflich.

Jetzt hatte Otis ihn erkannt. Er sagte: »Mein Gott«, und wich einen Schritt zurück.

Danny grinste. »Richtig«, sagte er und reichte ihm die Hand. »Danny Mackay.«

Otis ignorierte die Hand, er stand einfach da und starrte den Mann an.

»Was dagegen, wenn ich reinkomme?« sagte Danny. »Wenn ich ungelegen komme, Mr. Quinn, sagen Sie's einfach. Ich weiß, daß Sie ein vielbeschäftigter Mann sind.«

Danny schaute ihn erwartungsvoll an, aber Otis war immer noch sprachlos. Also trat Danny ein, schloß die Tür hinter sich und ging ins Wohnzimmer. »Nett haben Sie's hier, Mr. Quinn. Tolle Aussicht aufs Meer.«

Er drehte sich um und lächelte den fassungslosen Quinn an. »Ich hätte mich gerne mal mit Ihnen unterhalten.«

Quinn wollte etwas sagen, hustete, fing sich wieder und sagte: »Mein Gott, Sie sind tatsächlich Danny Mackay! Und Sie leben!«

Danny legte den Kopf zur Seite, lächelte und sagte: »Vorhin hab' ich in den Spiegel geschaut und muß Ihnen recht geben.«

»O mein Gott...!«

»Wie mir scheint, sind Sie ein religiöser Mann, Mr. Quinn«, sagte Danny grinsend.

»Oh!« sagte Otis. »Tut mir leid – mein Gott – ich meine, kommen Sie rein – nein, Sie sind ja schon da. Setzen Sie sich, Mr. Mackay – Reverend Mackay – Danny –«

Danny ging lachend langsam durchs Zimmer und musterte die verstreuten Bücher, Briefe, Zeitungsausschnitte, die leeren Kartoffelchipsbeutel, bis sein Blick auf ein Zeitungsfoto fiel. Es zeigte eine Frau, und jemand hatte mit roter Tinte darunter geschrieben: Beverly Highland?

Er drehte sich lächelnd zu Quinn. »Ich hab' Ihnen wohl einen Schreck eingejagt, Mr. Quinn. Sie dachten, ich wäre tot, nicht wahr?«

Otis hatte sich inzwischen wieder etwas gefangen. »Sie haben mich allerdings erschreckt. Ich hab' gedacht, ich seh' einen Geist!«

»In gewissem Sinne, mein Freund, stimmt das auch. Aber das ist eine lange Geschichte, und soviel Zeit hab' ich jetzt nicht. Aber wir können das ja später einmal nachholen.«

Otis bekam ganz große Augen, und Danny konnte sich gut vorstellen, was in seinem Kopf vorging. Danny Mackay am Leben! Ein Exklusivinterview! Verkauf an den Meistbietenden. Die Geschichte war bestimmt Tausende wert. Hunderttausende.

»Ich hab' Ihr Buch gelesen«, sagte Danny. »Sehr aufschlußreich, wirklich. Wissen Sie, daß ich diese Räume über Fanellis Laden nie gesehen habe? Stimmt es, was in den Zeitungen stand?«

»Äh, ja«, sagte Otis, mit einemmal nervös. »Den großen Durchbruch hab' ich geschafft, als ich ein Mädchen kennenlernte, das dort gearbeitet hatte. Ich hab' sie betrunken gemacht, und sie hat mir von den Spezialräumen erzählt. Dann hab' ich mir durch einen Freund bei der Polizei Zugang verschafft.«

»Was haben Sie gefunden?«

»Eigentlich nicht viel. Ich mußte meine Phantasie strapazieren.«

»Aber es war doch ein Hurenhaus?«

»O ja, ohne Zweifel. Aber ich konnte mir nicht vorstellen, daß ein Mann wie Sie etwas damit zu tun haben sollte.« Otis räumte einen Stuhl für seinen Besucher ab. »Kann ich Ihnen etwas anbieten, Reverend? Bier? Kaffee?« Gütiger Himmel, dachte Otis, und sein Magen brannte wie Feuer. Danny Mackay. Hier. Unterhält sich mit mir. O Gott!

»Otis, Sie machen den Eindruck eines Mannes, dem man vertrauen kann«, sagte Danny; den Stuhl ignorierte er. »Ein Mann, dem ich vertrauen kann.«

»Das können Sie, Mr. Mackay, das können Sie!«

»Ja, Otis – ich darf Sie doch Otis nennen? Ich hab' Sie vor ein paar Wochen im Fernsehen gesehen und konnte nicht fassen, was Sie da über Miss Highland erzählt haben. Ist es wahr, daß sie noch am Leben ist? Ich meine, haben sie wirklich Beweise dafür?«

Otis spürte Schweißtropfen zwischen seinen Schulterblättern. »A-also, ich habe so eine Art Beweis. Ich meine, ich hab' sie gefunden –« Otis verstummte. Die Öffentlichkeit anlügen war ja gut und schön, aber diesen Danny Mackay konnte er nicht täuschen. »Nein, ich habe keinen Beweis, nur so ein untrügliches Gefühl.«

Danny grinste. »So wie das, das Bernstein und Woodward den Pulitzer eingebracht hat?«

Otis bekam ganz große Augen. Das gefiel ihm. Offensichtlich nahm Danny Mackay ihn ernst. »Genau so. Eins kann ich Ihnen sagen, Mister – Reverend, es ist nicht leicht, ein guter Journalist zu sein. Heutzutage sind so viele Stümper unterwegs. Ich hab' also diesen Riecher gehabt, daß Beverly Highland noch am Leben ist, und hab' angefangen nachzuforschen. Ich bin einigen Spuren nachgegangen, bis ich schließlich die meiner Meinung nach echte Beverly gefunden hatte.«

Danny hob das Zeitungsfoto auf. Er betrachtete es kurz, dann sagte er: »Und das ist tatsächlich die echte Beverly Highland?«

Otis warf einen Blick auf das Bild. Nein, das war nicht Beverly. Er sagte: »Diese Frau ist genauso alt wie Beverly und lebt sehr zurückgezogen. Sie ist immens reich und hat eine gewisse Ähnlichkeit mit Beverly. Ich hab' mich mit der Vergangenheit dieser Frau beschäftigt und –«

Otis drehte Danny den Rücken zu, um nach der Beverly-Burgess-Akte zu greifen. Er sah das Messer nicht kommen. Er spürte nur einen plötzlichen, brennenden Schmerz an seinem Hals und eine warme Nässe an seinem Kragen.

Er sah Danny verwirrt an, dann brach er zusammen.

Danny stieg über den toten Mann, ging zum Schreibtisch und nahm sich die zweite Hälfte von Otis' Sandwich. Ein bißchen viel Senf, fand er, aber eigentlich nicht schlecht. Er starrte unverwandt das Bild in seiner Hand an. Beverly Highland.

Plötzlich fühlte er sich wieder dreieinhalb Jahre zurückversetzt, in eine Suite im Century Plaza Hotel. Im Vorzimmer drängten sich Dannys Helfer bei der Präsidentenwahlkampagne, das Telefon klingelte pausenlos. Er saß mit Bonner, Beverly und ihrem Leibwächter zusammen, und Beverly sagte zu Danny: »Wenn du willst, daß ich dich rette, Danny, mußt du darum betteln. Ich möchte dich auf den Knien sehen, so wie ich einmal vor dir auf den Knien gelegen habe. Ein Wort von mir, Danny, entscheidet, ob du der nächste Präsident der Vereinigten Staaten wirst oder ob die Welt dir den Rücken kehrt und du den Rest deines Lebens im Gefängnis verbringst.«

Danny hatte keine Wahl gehabt. Er war auf die Knie gegangen, tränenüberströmt, und hatte gebettelt.

Und dann hatte sie ihn den Wölfen vorgeworfen.

Er musterte das Gesicht auf dem Foto. Die Frau sah zwar nicht direkt aus wie Beverly, aber es könnte Beverly sein.

Je länger Danny das Bild anstarrte, desto überzeugter war er, daß es Beverly war. Er wollte es glauben, mußte es einfach glauben.

Er las den Namen in der Bildunterschrift: Philippa Roberts.

Danny lächelte. Philippa Roberts stand da, augenblicklich ansässig in Perth, Westaustralien.

Er hatte das Luder tatsächlich gefunden. Und jetzt würde er sie sich greifen und sie büßen lassen.

5

Perth, Westaustralien

Vor fünf Jahren, als er dem Leben auf der Apfelfarm in Tasmanien den Rücken gekehrt hatte, auf der Suche nach Abenteuern an der australischen Westküste, hätte der damals zweiundzwanzig Jahre alte Ricky Pemberton sich nicht träumen lassen, daß er einmal Sekretär werden würde, und das auch noch bei einer Frau. Aber jetzt, wo er auf die Bestätigung ihrer Reservierung im Star's wartete und durch das Fenster auf den Pool und den funkelnden Swan River schaute, konnte er sich gar kein besseres Leben vorstellen als mit Philippa Roberts.

Nicht zu fassen, wenn man überlegte, daß er diesen Job nur wegen einer Fünf-Dollar-Wette in einem Pub an Land gezogen hatte.

Manchmal konnte Ricky gar nicht begreifen, daß das alles nur ein Jahr her war – diese Zeit, in der er sich mit Jobs auf Yachten durchbrachte und immer am Strand herumlungerte und seine ganze Garderobe aus Jeans und einem alten Akubra-Hut bestand, den er einem Eingeborenen für ein Bier abgekauft hatte. Schuhe und Hemden hatte er nicht gebraucht, und er hatte von einer Woche auf die andere nicht gewußt, woher das Geld für die nächste Miete kommen würde. Aber er war glücklich gewesen und hatte nicht den Ehrgeiz gehabt, aufs College zu gehen und Opfer zu bringen, um in der Welt weiterzukommen. Ricky wollte, wie die meisten seiner Freunde, gut leben ohne große Anstrengung. Viele von ihnen ermöglichten sich das, indem sie auf den Millionärsbesitzen entlang des Swan River jobbten. Und so kam es, daß Ricky und seine Freunde eines Abends auf die zurückgezogen lebende Amerikanerin Philippa Roberts zu sprechen kamen.

Die Frau war vor etwa einem Jahr plötzlich aufgetaucht und war in die Villa eingezogen, die schon seit einiger Zeit leerstand. Alle wußten, daß sie eine Firma leitete, die international so bekannt war, daß sogar Rickys Mutter seit Jahren Mitglied von Starlite war. Bis jetzt war es aber noch keinem von Rickys Freunden gelungen, auf ihrem Besitz einen Job zu kriegen.

Ricky hatte sie schon oft gesehen, wenn er auf einem Boot arbeitete oder in der Nähe von Point Resolution windsurfte. Sie erschien jeden Tag um dieselbe Zeit und stand dann, mit dem Gesicht im Wind, auf der äußersten Spitze der Landzunge und schaute hinaus auf das Meer. Sie blieb immer eine Stunde, dann ging sie am Strand zurück zu der Villa, in der sie allein lebte. Er war sich sicher, daß sie Boote und Segeln liebte. Und dabei war ihm eine Idee gekommen.

»Ich glaube, ich weiß, wie ich an sie rankomme«, hatte er gesagt.

»Das schaffst du nie. Die zieht bestimmt nicht.«

Aber Ricky schloß eine Wette ab und machte sich daran, zu gewinnen.

Zu seinem Plan gehörte die große Yacht, die an Philippas privatem Anlegeplatz vertäut war, eine exquisite Regattayacht, die tagaus, tagein dort im Fluß schaukelte und langsam verfiel. Ricky wählte einen Tag, an dem der Wind nicht so stark war, da Miss Roberts an windstillen Tagen ihr Mittagessen auf der Säulenterrasse hinter ihrem Haus einnahm. Er war mit einem Dingi und seiner Ausrüstung zu der Yacht gerudert und hatte angefangen, den Vogelkot von den Decks zu kratzen. Dann hatte er seine Taucherausrüstung angelegt, war getaucht, um den Schlick vom Kiel zu entfernen. Er war immer wieder aufgetaucht, um zu sehen, ob sie schon auf der Terrasse war, und schließlich wurde seine Geduld belohnt. Er tauchte auf, und da stand sie am Dock und schaute ihn an.

Er hievte sich aus dem Wasser, streifte Flaschen und Anzug ab und wollte gerade seinen zurechtgelegten Text aufsagen: »Ich glaube, Sie brauchen jemanden, der sich um das Boot kümmert, Ma'am«, aber sie kam ihm zuvor.

»Boote machen mir angst«, sagte sie. »Das Meer macht mir angst.«

Ricky starrte sie an. Aus der Nähe sah sie gar nicht so schlecht aus. Er hatte gehört, sie wäre so um die Vierzig, was für einen Sechsundzwanzigjährigen natürlich uralt klang. Aber sie hatte kaum Falten, ihr Körper in Bikinioberteil und Shorts war fit und gepflegt, und ihr üppiges kastanienbraunes Haar wehte aufreizend im Wind. Ricky hatte mit einer harten, aggressiven Frau gerechnet. Verletzlichkeit hatte er nicht erwartet.

Einen Augenblick lang war er sprachlos, stand einfach triefend auf dem Steg. Dann sagte er: »Warum? Warum machen Ihnen Boote angst?«

»Weil jemand, den ich liebte, auf einem Boot umgekommen ist, gleich dort drüben. Es ist gesunken, und er ist damit untergegangen.«

Ricky schaute auf die Stelle, zu der sie deutete, und überlegte. »Meinen Sie etwa die *Philippa*?« sagte er. »Mein Gott, ein Freund von mir hat auf der *Philippa* gearbeitet! Ein Schulfreund. Wir sind zusammen aus Tasmanien hierhergekommen. Die *Philippa* hat für die Regatta Sydney–Hobart trainiert und ist von diesem Schnellboot gerammt worden. Ich habe da drüben gestanden«, er zeigte auf einen Punkt an der fernen Küste, »als sie untergegangen ist.«

Er spürte, wie Philippa ihn durch ihre große dunkle Sonnenbrille musterte.

»Ich habe diese Yacht mit dem Haus geerbt«, sagte sie, »aber ich will sie nicht. Ich hätte sie wohl verkaufen sollen; jetzt ist sie reparaturbedürftig, nicht wahr?«

»Das kann man wohl sagen. Das ganze Holz muß neu lackiert werden, das Tauwerk ist zerschlissen, ein paar Klampen sind locker, und Sie müssen was gegen diesen Vogelkot tun.«

»Können Sie das machen?«

»Aber ja«, sagte Ricky. »Sie kann in ein paar Tagen wieder in perfekter Form sein. Vielleicht müssen wir sie –«

»Dann machen Sie es bitte. Und suchen Sie einen Schiffsmakler, schicken Sie ihn zu mir. Sie kriegen eine Kommission und was Sie für die Reparaturen verlangen. Je schneller das Boot hier weg ist, desto besser.«

Und so hatte es angefangen. Danach hatte Philippa andere Jobs für ihn gefunden, und als sie entdeckte, daß er sich mit Computern auskannte, stellte sie ihn als Sekretär ein. Rickys Glück wäre vollkommen gewesen, wenn da nicht zwei Geheimnisse schwer auf seiner

Seele lasteten. Er betete, daß Philippa nie dahinterkommen würde. Erstens hatte er keinen Freund an Bord der *Philippa* gehabt, und zweitens hatte er sich in sie verliebt.

Ihre sexuelle Beziehung hatte sich ganz zufällig ergeben, etwa vor einem Monat, als sie zusammen das große Rennen in Melbourne im Fernsehen anschauten. Philippa hatte auf ein Pferd gewettet, nur weil ihr sein Name gefiel, angeblich hatte sie keine Ahnung von Pferden. Das Pferd hatte gewonnen, und Philippa war impulsiv aufgesprungen und hatte Ricky umarmt. Die Umarmung hatte einen Herzschlag länger gedauert als notwendig, einen Augenblick später küßten sie sich. Keiner von beiden hatte es gewollt, und hinterher war es beiden sehr peinlich gewesen. Am meisten aber erstaunte Ricky, daß er eine Frau liebte, über die er praktisch nichts wußte, selbst nach neun Monaten als ihr Angestellter. Er war sehr überrascht, als der Detektiv vor ein paar Stunden die Nachricht über Philippas Schwester gebracht hatte. Und dann hatte er zu seinem Erstaunen auch noch erfahren, daß Philippa früher einmal Christine hieß. Sein Boß steckte voller ungeahnter Geheimnisse. Damals, bei dem Rennen im Fernsehen, hatte er auch nicht gewußt, warum Philippa das Pferd ausgesucht hatte, das Püppchen hieß.

San Francisco, Kalifornien, 1950

»So, Püppchen! Iß auf! Sei mein braves Mädchen!«

Die zwölfjährige Christine saß an dem langen Mahagonitisch und verschlang mit großem Appetit die würzigen Schweinekoteletts, während ihr Vater in der Küche arbeitete und sich durch die offene Tür mit ihr unterhielt. Sie mußte lachen, wenn sie ihn ansah: Er hatte seine Smokingjacke ausgezogen und sich eine Rüschenschürze umgebunden. Er hatte eine Bratpfanne in der einen Hand und einen Heber in der anderen und tänzelte durch die Küche, um seine Tochter zu amüsieren.

»Also wirklich, Johnny«, sagte die blonde Frau, die in einem Ledersessel neben dem Kamin saß und in einer Illustrierten blätterte. »Du gibst dem Mädchen zuviel zu essen. Sie wird fett.«

»Unsinn«, sagte er und brachte Christine eine Schüssel mit dampfendem Kartoffelbrei. »Püppchen wächst doch noch! Meine Mutter hat mir auch soviel zu essen gegeben, und es hat mir auch nicht geschadet!«

»Bei Männern ist das anders«, sagte die Blondine und musterte ihre langen roten Fingernägel. Christine mochte Johnnys neueste Freundin nicht. Sie mischte sich immer in alles ein und tat so, als wäre sie hier zu Hause.

»Püppchen, was sagst du dazu?« sagte Johnny Singleton und drehte eine kleine Pirouette. »Hat meine Kocherei meine Figur ruiniert?«

Christine lachte. Ihr Vater war so schlank und so gelenkig. In ihren Augen war er vollkommen. Er sah genau aus wie Richard Conte, der Schauspieler, nur war er größer. Johnny Singleton war elegant, sexy und großzügig. Er trug doppelreihige Anzüge und Borsalinos mit breiter Krempe wie ein Filmheld, und genau wie ein solcher umgab er sich gern mit schönen Frauen.

Er macht das nur, um sich über Moms Tod hinwegzutrösten, redete Christine sich ein.

»Was ist los, Püppchen?« fragte er plötzlich.

Christine sah auf ihren Teller und entdeckte ein vergessenes Kotelett. Als sie seinen besorgten Blick sah, nahm sie es in die Hand und biß hinein. Johnny strahlte. »Da siehst du«, sagte er, »wenn Papi kocht, ist mein kleines Mädchen glücklich.«

Die Blondine schnaubte verächtlich, und Johnny verschwand wieder in der Küche.

Christine wußte natürlich, daß ihr Vater kein Filmstar war. Er war Geschäftsmann, sie wußte nur nicht genau, was für Geschäfte er machte. Wenn sie danach fragte, lachte er immer nur und sagte, sie brauche sich keine Sorgen zu machen, sie wären reich, und alles andere wäre egal. Aber es gab Zeiten, in denen Christine wünschte, sie wären nicht reich, weil ihr Vater dann öfter zu Hause wäre, so wie der von Martha Camp. Johnny blieb wegen seiner Geschäfte oft wochenlang von zu Hause weg, und dann fühlte sich Christine immer sehr einsam.

Johnny steckte den Kopf durch die Küchentür und sagte: »Wie

schmecken dir die Kartoffeln, Püppchen? Mein eigenes Rezept. Hab' ich heute abend erfunden.«

Sie schaute die dampfende Schüssel an. Sie wollte nichts mehr essen. Aber sie wollte ihn nicht enttäuschen, also löffelte sie die Kartoffeln auf ihren Teller und begann zu essen.

Die Blondine seufzte, stand auf und ging in die Küche. Die beiden begannen zu streiten, Christine konnte nur Bruchstücke davon erhaschen: »... zuviel.« »Mein Gott, sie hat ihre Mutter verloren.« »... zulassen, daß sie fett wird.« »Das ist doch Babyspeck, Linda! Das wächst sich aus.« »Vielleicht war ihre Mutter dick. Hast du sie je gesehen?« »Halt den Mund!« Und dann fiel die Küchentür zu.

Christine schaute an sich hinunter. Solange sie denken konnte, war sie immer »mollig« gewesen. Aber in letzter Zeit nahm sie anscheinend an den falschen Stellen zu – ihre Brüste spannten die Bluse, und ihre Schenkel wurden immer dicker. Christine bemerkte ähnliche Veränderungen bei anderen Mädchen ihres Alters, aber an ihnen sah das hübsch aus. Nur bei ihr sah es einfach fett aus.

Sie begriff nicht so ganz, was die Blondine damit gemeint hatte, ihre Mutter wäre vielleicht dick gewesen, jeder wußte doch, daß Christines Mutter schlank gewesen war. Auf dem Kamin stand ein Foto von ihr.

»Wie geht's meiner kleinen Puppe?« sagte Johnny, als er aus der Küche kam. Er hatte die Schürze abgelegt und seine Smokingjacke angezogen. Er kniete sich zu ihr und sah sie liebevoll an. »Tut mir leid, daß ich heute abend wieder ausgehen muß, Püppchen. Aber du hast doch ein schönes Abendessen gehabt, nicht wahr?«

»Ja, Daddy«, sagte sie mit einem Seitenblick auf die Blondine, die ungeduldig an der Tür wartete.

»Und im Kühlschrank ist eine Überraschung für dich. Käsekuchen mit Karamel.«

Christine versuchte, sich nicht anmerken zu lassen, wie zuwider ihr das war. Es war das einzige, was sie auch ihrem Vater zuliebe nicht essen konnte. Sie tat immer so, als würde sie es für später aufheben und warf es dann weg, sobald er fort war. Das war ihr einziges Geheimnis vor ihm. Das und die geheime Sache, die sie machte, immer wenn er nicht da war.

»Wohin gehst du denn heute abend, Daddy?« fragte sie.

»In den Tango-Club an der Polk Street. Ich muß mich ein bißchen amüsieren, Püppchen. Ich hab' so schwer gearbeitet, und jetzt muß ich mich ein bißchen entspannen.«

Sie wußte, daß er schwer gearbeitet hatte. Er war drei Wochen weg gewesen, und als er heute morgen nach Hause kam, war er sehr nervös. »Kannst du dich denn nicht hier mit mir amüsieren?« fragte sie.

Er lachte und umarmte sie. »So mag ich mein Püppchen! Ja, wir zwei werden uns auch amüsieren. Aber das heben wir uns für morgen früh auf. Ich fahre mit dir in die Stadt. Wir gehen zum Fisherman's Wharf und essen Krabben und Hummer. Und ich gehe mit dir in den Golden Gate Park und kauf' dir ein Hot dog. Und dann können wir ins Kino gehen – du darfst den Film aussuchen. Und du kriegst Popcorn, soviel du willst.« Er schob sie ein Stück weg. Seine Augen glänzten vor Freude. »Wie findest du das, mein kleines Püppchen?«

»Oh, das wäre wunderbar, Daddy!« sagte sie ganz aufgeregt.

Johnny strich ihr übers Haar. Christine sah, wie seine Augen feucht wurden. »Du bist mein kleines Püppchen«, sagte er zärtlich. »Ich werd' den Tag, an dem du zur Welt gekommen bist, nie vergessen. Ich hab' fast geweint, als sie dich mir in den Arm gelegt haben. Ich habe mir immer ein kleines Mädchen gewünscht. Seit deine arme Mama gestorben ist, muß ich auf dich aufpassen und dafür sorgen, daß du glücklich bist. Bist du glücklich, Püppchen? Wie gefällt dir deine neue Lehrerin?«

»Sie ist okay«, sagte sie und wünschte, sie könnte wie andere Kinder auf eine normale Schule gehen. Aber Johnny bestand darauf, seine Tochter von Privatlehrern unterrichten zu lassen. Christine war noch nie in einer Schule gewesen. Seit sie denken konnte, hatte es immer Gouvernanten, Privatlehrer und Leibwächter gegeben. Und wann immer sie irgendwo hinfuhr, war das in einer schwarzen Limousine mit kugelsicheren Fenstern und einem Leibwächter am Steuer. Daddy sagte, es wäre zu ihrem Schutz, weil sie so reich wären und es viele neidische Menschen gäbe, die ihr vielleicht etwas antun könnten.

Doch gelegentlich kam sich Christine vor wie im Käfig, vor allem seit sie zwölf geworden war und merkte, wie eine seltsame Unruhe in ihr wuchs. Es war furchtbar, den ganzen Tag in einem Penthouse auf dem Nob Hill eingesperrt zu sein, in Gesellschaft einer Haushälterin, einer Lehrerin und einiger Leibwächter, die den ganzen Tag Karten spielten. Deshalb hatte sie sich diese geheime Sache ausgedacht, das einzige, was sie ihrem Vater verheimlichte. Sie wußte, daß es einen Riesenärger geben würde, wenn er dahinterkam.

»Weißt du was, Püppchen?« sagte Johnny jetzt. »Wie wär's, wenn wir morgen so richtig einkaufen gehen.«

Christine war entsetzt. Einkaufen hieß, daß sie in Charlenes Molly-Chic auf der Powell Street gehen würden, wo nur fette Mädchen einkauften. Sie haßte es, daß sie nicht wie andere Mädchen ins Kaufhaus gehen und etwas von der Stange kaufen konnte, nur weil sie zu dick war. Aber wie sollte sie das ihrem Vater erklären? Sein Geschenk an sie war Essen, und ihr Geschenk an ihn, daß sie es aufaß. Seit sie denken konnte, war es so gewesen.

Eine ihrer frühesten Erinnerungen war ein Tag kurz nachdem ihre Mutter gestorben war, an dem Christine nicht hatte aufhören können zu weinen. Johnny hatte ihr seine Spezialmakkaroni gekocht; Christine hatte sich beruhigt. Im Laufe der Zeit war Essen zu ihrem Liebespfand geworden.

»He, Püppchen«, sagte Johnny. »Ich muß jetzt gehen. Mach schön deine Hausaufgaben, und morgen gehen wir aus.«

Sie schob ihren Stuhl zurück und stand auf. Überrascht stellte sie fest, daß ihr Kopf fast bis an Johnnys Schultern reichte. So groß war sie doch nicht gewesen, als er vor drei Wochen weggefahren war. Sie geriet in absolute Panik und flehte insgeheim Gott an, sie nicht auch noch groß werden zu lassen. Sie kam sich ohnehin schon vor wie ein Elefant.

Während Johnny einen Leibwächter rief und sich mit ihm unterhielt, ging Christine zu ihrem Plattenspieler und blätterte durch ihre neuesten Platten – Perry Como und Frankie Laine. Sie warf einen Blick auf die Blondine, die am Spiegel neben dem Kamin stand und Lippenstift auflegte. Sie trug eins dieser neuen schulterfreien Kleider, und sicher hatte sie drunter einen trägerlosen BH an, wie Christine ihn in der *Vogue* gesehen hatte, etwas, das sie sicher nie tragen könnte. Die Blondine war sehr dünn, wie ein Mannequin, und

Johnny schien sie so zu mögen, was Christine nicht ganz verstand, weil er sie selbst doch fett haben wollte.

Christine warf einen Blick auf ihren Vater. Er unterhielt sich mit dem Leibwächter Hans, den Christine nicht mochte.

Schließlich drückte Johnny Christine noch einmal fest an sich und versprach ihr noch einmal, morgen den ganzen Tag für sie dazusein. Sie klammerte sich an ihn, als wollte sie ihn nie wieder loslassen. Sie warf einen giftigen Blick auf die Frau in der Tür, aber die hatte sich abgewandt. Und in diesem Augenblick fühlte Christine etwas, was sie noch nie zuvor empfunden hatte: Neid, Wut und Eifersucht.

Und sie wußte, daß sie heute abend die geheime Sache machen würde. Sie konnte nicht anders.

Aber um das zu tun, mußte sie die Wohnung verlassen.

Eigentlich war das gar nicht so schwer. Die Leibwächter waren ja nicht dazu da, sie im Haus zu halten, sondern um Eindringlinge fernzuhalten, also achteten sie nicht darauf, ob jemand die Wohnung verließ. Sie mußte nur warten, bis Will, der in der Küche saß, um die Hintertür zu bewachen, aufstand, um aufs Klo zu gehen. Die Leibwächter merkten nie, daß sie fort war, weil sie glaubten, sie wäre in ihrem Zimmer, und da schaute nie einer nach. Das Zurückkommen war ein bißchen schwieriger. Wenn der Aufzug im Stockwerk des Penthouse angekommen war, rief Christine vom Aufzugstelefon aus an, und Hans ging dann ans Telefon. Christine schlich sich ein, sobald er außer Sichtweite war, und er glaubte immer, es wäre eine falsche Verbindung gewesen.

Jetzt war sie in ihrem Zimmer und traf die letzten Vorbereitungen.

Sie wartete, bis sie endlich hörte, wie Will ins Gästeklo ging, dann rannte sie quer durch die Wohnung. Als sie die Hintertür hinter sich geschlossen hatte, blieb sie kurz stehen, um Luft zu holen. Es gab nur zwei andere Wohnungen in dieser Etage, in einer wohnte Martha Camp mit ihren Eltern, in der anderen ein pensionierter Senator mit seinen zwei Pudeln. Als sie sicher war, daß niemand sie gesehen hatte, lief sie zu dem Privataufzug, stieg ein und drückte den Knopf. Ihr Herz klopfte bis zum Hals. Wenn ihr Vater sie je dabei erwischen würde...

Eine Woche später waren sie auf der Tiburon-Fähre und überquerten das graue, aufgewühlte Wasser der San Francisco Bay. Es war kalt, und beide zitterten, waren aber bester Laune. Christine klammerte sich an ihren Vater und hätte ihn am liebsten überhaupt nicht mehr losgelassen, er fühlte sich so gut und so stark an. Wenn sie ihn umarmte, gab ihr das Selbstwertgefühl und Selbstachtung, wie sie sie nie empfand, wenn er nicht da war. Jedesmal wenn Johnny zurückkam, spürte Christine, wie sie wieder zum Leben erwachte.

»Da schau, Püppchen!« sagte er und deutete auf das Ufer. »Tiburon.« Wenn er das sagte, klang es so romantisch wie Shangri-La und El Dorado und nicht wie ein Teil der San Francisco Bay.

Sie hatten Decken, einen Picknickkorb und ein Scrabblespiel dabei, die die Leibwächter tragen mußten, die ihren Boß aus diskreter Entfernung im Auge behielten. Nachdem die Fähre angelegt hatte, gingen Johnny und seine Tochter die Hauptstraße entlang bis zu einem Feldweg. In den bogen sie ein und gingen im Schatten großer Bäume weiter. Die Luft war frisch und kühl, würzig von der salzigen Meeresluft und dröhnte vom Geschrei der Möwen. Sie suchten nach einem Platz für ihr Picknick, es sollte ein ganz besonderer Platz sein, darauf bestand Johnny.

Schließlich fanden sie eine Lichtung, wo das Gras genau richtig, die Blumen erblüht, der Wind nicht zu stark und die Sonne mild und warm war. Er breitete die Decke aus, damit Christine sich setzen konnte wie eine Prinzessin, und packte den Korb aus. Er bediente sie und nannte sie »Madam«. Das Essen hätte für eine Kompanie gereicht, aber die beiden aßen alles auf und tranken dazu zwei große Flaschen Milch, die Johnny in Kristallkelchen servierte.

Während des Picknicks stellte Johnny die üblichen Fragen über die Schularbeiten, Christine fragte ihn nach seiner letzten Geschäftsreise, und er antwortete wie üblich ausweichend. Dann wischten sie sich die Hände ab mit den feuchten Tüchern, die Mrs. Longchamps in ein Glas gepackt hatte, und begannen Scrabble zu spielen.

Aber schon bald bat Christine: »Erzähl mir noch mal von Mami.« Und Johnny veränderte sich schlagartig. Vergessen war der ewige Witzbold, er wurde zärtlich und sentimental. »Sie war die schönste Frau der Welt, Püppchen«, sagte er, legte sich auf die Decke und starrte so sehnsüchtig in die Wolken, als würde dort Sarah Singletons Gesicht schweben. »Sie war immer sehr zerbrechlich, wie eine Porzellanfigur, manchmal hatte ich direkt Angst, sie anzufassen. Ich werde nie verstehen, was sie an einem Kerl wie mir gefunden hat. Als wir uns das erstemal sahen, war ich ein ziemlich grober Kerl. Wenn ich den Mund aufgemacht habe, konnte man Brooklyn meilenweit hören.«

Er stützte sich auf einen Ellenbogen und sah Christine an. »Deine Mutter war eine echte Lady, Püppchen. Sie hatte Klasse, und sie hat einen Gentleman aus mir gemacht. Sie hat mir beigebracht, richtig zu reden, und ist mit mir in die Oper gegangen. Und überall wo wir waren, haben die Leute uns angestarrt, so beeindruckt waren sie.«

»Sie fehlt dir immer noch, nicht wahr, Daddy?«

Er legte eine Hand auf ihre Wange und sagte: »Das ist die Untertreibung des Jahres, Püppchen. Als deine Mutter starb, ist auch ein Teil von mir gestorben. Manchmal bete ich zu Gott, daß er mich irgendwann in den Himmel läßt, damit ich bis in alle Ewigkeit mit deiner Mutter zusammensein kann.«

Christine war ganz überwältigt vor lauter Liebe für ihn und ihre Mutter. Sie wünschte sich, daß er eines Tages auch so über sie reden würde. »Seh' ich ihr ähnlich, Daddy?« fragte sie. Auf den wenigen Fotos, die von Sarah Singleton existierten, hatte sie keine Ähnlichkeit feststellen können.

Johnny setzte sich auf und fuhr sich über sein pomadeglänzendes Haar. »Du gleichst ihr im Geist und im Herzen, Püppchen, und nur das zählt.«

Sie beschlossen, einen Spaziergang zu machen, und Christine nahm die Gelegenheit wahr, Johnny noch einmal nach seinen Geschäften zu fragen. »Was genau machst du, Daddy?« Die Frage lag ihr auf der Seele, seit Martha Camp gesagt hatte, ihr Vater habe Johnny einen Verbrecher, einen Gangster genannt, und sie wollte Martha sagen können, daß ihr Vater ein Lügner war.

Doch Johnny sagte nur: »Laß dich nicht von der Meinung anderer Leute beeinflussen, Püppchen. Es zählt nur, was wir selbst von uns denken. Respektiere dich selbst, dann werden es die anderen auch tun.«

Sie dachte an die anderen Dinge, die Martha gesagt hatte: Johnny sei ein Drückeberger, weil er nicht in den Krieg ging wie andere Leute. Aber Christine wußte, daß ihr Vater sich freiwillig gemeldet hatte, wegen eines Lochs im Trommelfell jedoch abgelehnt worden war – genau wie Frank Sinatra.

»Wir wollen doch nicht unsere Zeit damit verschwenden, über mich zu reden«, sagte Johnny, als er Christine über einen schlammigen Bach half. »Reden wir doch über mein Lieblingsthema – über dich! Erzähl mal, was willst du werden, wenn du groß bist?«

Die Frage war nicht leicht zu beantworten. Christines Träume änderten sich jede Woche, je nachdem welche Zeitschrift sie gerade gelesen oder welchen Film sie gesehen hatte. Momentan wollte sie werden wie Myrna Loy in *Die besten Jahre unseres Lebens.* Also sagte sie: »Ich will heiraten, Daddy. Ich möchte einen Mann und Kinder und ein schönes Haus haben.«

»Püppchen«, sagte er, »du kannst alles werden, was dein Herz begehrt. Du mußt dich nicht mit Heiraten zufriedengeben, bloß weil das andere Mädchen wollen. Du kannst viel höher hinaus, wenn du willst, so hoch wie der Vogel da oben, schau, wie er sich in die Luft schwingt!«

Sie sah, wie der Vogel die Flügel ausbreitete und sich vom Wind davontragen ließ, und dachte: Daddy ist genauso. Und im nächsten Augenblick wußte sie, was sie tun wollte, wenn sie erwachsen war. »Ich möchte in dein Geschäft einsteigen«, sagte sie.

Er lachte und umarmte sie, und sie runzelte nachdenklich die Stirn. »Aber... wie verdienst du denn Geld, warum sind wir reich?«

»Ich mache geschickte Investitionen. Mehr braucht es nicht. Ich weiß einfach, wo ich mein Geld anlegen muß. Weißt du, was eine gute Investition ist, Püppchen? Du mußt rausfinden, was die Leute wollen, und dann dein Geld da reinstecken.«

»Aber woher weiß man, was sie wollen?«

»Indem du dich selbst fragst, was du willst. Sag mir, was würdest du dir wünschen, wenn du einen Wunsch frei hättest?«

Sie überlegte kurz, dann sagte sie: »Eine Pille, die mich dünn macht.«

»Mein Gott, Püppchen! Wenn ich das erfinden könnte, wäre ich der reichste Mann der Welt! Aber warum zerbricht sich ein junges Mädchen wie du den Kopf über sein Gewicht. Wenn du erwachsen bist, wirst du dünn werden, du wirst schon sehen.«

Christine konnte es kaum erwarten, erwachsen und dünn zu werden. Dann würden Martha Camp und ihre Freundinnen sie nicht mehr hänseln wie neulich, als sie im Aufzug stand und Martha und die anderen Mädchen, die auch nach oben wollten, sagten, sie solle besser allein fahren, der Aufzug könne sonst abstürzen. Und dann hatten sie boshaft gelacht.

Johnny sah ihr trauriges Gesicht, blieb stehen und sagte: »Du kannst alles auf dieser Welt werden, was du willst, Püppchen. Du mußt vielleicht darum kämpfen, aber wenn es dein Traum ist, ist es den Kampf wert. Ich bin in einem Armenviertel aufgewachsen. Das Leben dort war hart, und es gab jeden Tag Kämpfe, nur ums Überleben. Ich war entschlossen, da rauszukommen und etwas aus mir zu machen. Weißt du, was General Eisenhower einmal gesagt hat? Er hat gesagt: Beim Kampf zählt nicht die Größe des Hundes, sondern die Größe seines Kampfgeistes. Glaub an dich selbst, Püppchen, dann kannst du alles erreichen, was du willst.«

Sie setzten ihren Spaziergang fort, und nach einer Weile sagte Johnny: »Ich muß wieder verreisen, Püppchen. Tut mir leid.«

Christine war nicht überrascht. Die ganze Woche war er schon nervös gewesen, hatte stundenlang telefoniert und war mitten in der Nacht aus dem Haus gegangen. So war er immer, wenn er, wie er sagte, ein paar Eisen im Feuer hatte.

»Tut mir leid, Püppchen«, sagte Johnny und legte den Arm um ihre Schultern. »Mir macht es genausowenig Freude wie dir, aber bei meinem Geschäft muß ich da sein, wo das Geld und die Kunden sind. Eines Tages wirst du es verstehen.« Er nahm ihr Gesicht zwischen seine Hände. »Aber ich möchte, daß du eins weißt: Ich liebe dich, Püppchen, und werde dich immer lieben. Du bist der Grund, warum ich soviel unterwegs bin – ich möchte, daß du das allerbeste Leben hast. Wir haben doch nur einander.«

Sie drückte sich fest an ihn. Alles würde gut werden, das wußte sie, wenn sie endlich erwachsen war. Dann würden sie zusammen Geschäfte machen, und er würde sie überallhin mitnehmen.

Christine mußte wieder ihre geheime, verbotene Sache machen. Sie mußte einfach, sie fühlte sich so elend.

Sobald Johnny weg war, setzte die Haushälterin Christine auf Diät, aber Christines Körper war nicht daran gewöhnt, frisches Gemüse und Salate zu verdauen. Sie bekam Magenbeschwerden und hatte deshalb versucht, selbst etwas zu kochen; jetzt hatte sie fürchterliches Bauchweh.

Sie saß wie ein Häufchen Elend in der geräumigen Wohnung und starrte traurig auf das neueste Geschenk ihres Vaters.

Am Tag nachdem er New York verlassen hatte, war diese Hi-Fi-Anlage angeliefert worden, mit allen LPs von Perry Como und Bing Crosby; die Leibwächter Hans und Will hatten sie für sie angeschlossen. Anfangs war sie ganz begeistert gewesen, aber nach einiger Zeit legte sich die Begeisterung. Es machte keinen Spaß, Musik zu hören, wenn keiner da war, der die Freude mit ihr teilte.

Sie war zu dem Schluß gekommen, daß nur eins helfen würde: die verbotene Sache zu machen.

Sie zog sich rasch an, und ein paar Minuten später war sie unten auf der nebligen Straße. Sie lief die California entlang bis zur Cable-Car-Haltestelle, stieg ein und fuhr bis zur Endstation. Sie mischte sich unter die Fußgänger auf der Market Street und eilte weiter. Dann war sie endlich da, im grellen Licht von tausend Glühbirnen unter einer Markise. Ihre Erregung wuchs, als sie sich mit den anderen an die Kasse drängte, ihre Eintrittskarte kaufte und in den Vorraum des Kinos ging.

Ihre Laune wurde sofort besser. Christine ging zum Kiosk und kaufte sich eine große Schachtel Popcorn, weil Johnny und sie das auch immer machten, wenn sie ins Kino gingen.

Zuerst kam die Wochenschau, dann ein Zeichentrickfilm.

Christine saß in der Dunkelheit des Kinos, glücklich und zufrieden, hier fühlte sie sich geborgen. Sie liebte den Geruch von Kinos und die Vorfreude, kurz bevor der Hauptfilm anfing – Reihen über Reihen von Menschen, die dem Alltag entfliehen wollten wie sie selbst und jetzt gespannt auf das Abenteuer warteten. Das Kino war Christines liebster Platz auf dieser Welt, und wenn Johnny nicht da war, war es *ihre* Welt, ihr geheimer Ungehorsam.

Christines Puls beschleunigte sich, als sie sah, daß heute *König Salomons Diamanten* lief. Sie hatte den Film schon sechsmal gesehen. Filme vertrieben die Einsamkeit. Hier vergaß sie Martha Camps Gemeinheiten und Charlenes Molly-Chic und Mrs. Longchamps' Gemüse. Filme waren wie riesige Türen, die sich weit öffneten und sie für eine kurze Zeit hereinwinkten in eine andere Welt, in ein anderes Leben. Vor drei Jahren hatte Christine sich das erstemal heimlich ins Kino geschlichen, als Johnny auf Reisen war. Er war kurz zuvor mit ihr im Kino gewesen, und beide hatten am Schluß des Films geweint. Das Gefühl war so toll gewesen, daß sie versuchte, es allein noch einmal zu erleben. Es war zwar nicht so schön wie mit ihrem Vater gewesen, aber es hatte trotzdem Spaß gemacht. Und zu ihrer Überraschung hatte sie hinterher festgestellt, daß sie in diesen zwei Stunden glücklich gewesen war.

Immer wieder las Christine die Postkarte, auf der Johnny ihr geschrieben hatte, daß er seine Geschäftsreise vielleicht verlängern mußte. Sie legte sich auf ihr Bett und drückte die Karte an ihr Herz, in der Hoffnung, sie würde etwas von seiner Liebe ausstrahlen.

Plötzlich spürte sie, daß jemand im Zimmer war, schlug die Augen auf und sah Hans in der Tür stehen. Er starrte sie mit seinen blassen, farblosen Augen an.

»Ich weiß alles über dich, Christine«, sagte er. »Ich weiß, daß du immer heimlich ins Kino gehst. Du möchtest doch sicher nicht, daß ich das deinem Daddy erzähle. Wenn du nett zu mir bist, verrat' ich dich nicht.«

Sie setzte sich auf und zog die Knie an. »Was?« sagte sie.

»Du hast doch gehört. Ich werd' deinem Vater nichts erzählen, wenn du nett zu mir bist.« Er schloß die Tür hinter sich. »Die Haushälterin hat heute frei, und Will hab' ich weggeschickt. Wir sind ganz allein, mein kleines Mädchen.«

Er packte sie am Handgelenk, und sie schrie vor Schreck.

»Sei still, oder ich muß grob werden«, sagte er und zog sie hoch. »Mensch, du bist vielleicht schwer. Aber ich mag mollige Weiber. Wie alt bist du eigentlich? Zwölf? Junge mag ich ganz besonders gern.«

Christine versuchte, sich loszureißen, aber er packte ihr anderes Handgelenk und zog sie an sich, dann faßte er sie um die Taille. Sein Gesicht mit den blassen Augen war ganz dicht vor ihrem. »Bitte nicht«, sagte sie.

»Also dein Daddy«, sagte der Leibwächter und hielt mit einer Hand ihre Arme umklammert, während er mit der anderen unter ihrer Bluse fummelte, »dein Daddy mag die Mageren. Wie dieses blonde Luder. Aber ich mag gut gepolsterte Mädchen. Und, Schätzchen«, er drückte ihre Brust, »du hast –«

Jetzt fing sie an zu schreien. Er versuchte, sie zu küssen, aber Christine wehrte sich verzweifelt. Sie spürte etwas Hartes an ihrem Schenkel – eine Pistole! Er wollte sie umbringen!

Sie riß sich los und rannte zur Tür. Er fing sie wieder ein, riß sie herum und schlug ihr ins Gesicht. »Ich hab' dir gesagt, du sollst lieb sein!« brüllte er. »Jetzt muß ich grob werden.«

Er griff mit einer Hand unter ihren Rock, aber Christine trat um sich und strampelte. Sie fielen gegen ihr Nachtkästchen, Fotorahmen zerschmetterten auf dem Boden. Seine kalten Finger versuchten, ihre Schenkel zu spreizen.

Er war zu stark für sie, sie spürte, wie ihre Kräfte schwanden, und fing an zu weinen.

Und dann flog plötzlich die Schlafzimmertür auf, Hans wurde von ihr weggerissen, und Christine sah, wie Johnny den überraschten Leibwächter hinaus in die Diele schleuderte. »Du verdammtes Schwein!« schrie er. »Du verdammtes Dreckschwein!«

Christine stolperte aus dem Zimmer, versuchte, ihre zerrissene Bluse zusammenzuraffen, und mußte entsetzt mit ansehen, wie ihr Vater auf Hans einschlug, bis er reglos in einer Blutlache am Boden lag.

Dann ging er zu Christine und nahm sie in den Arm. »Bist du okay, Baby?« sagte er. »Hat er dir weh getan?«

Sie schluchzte an seiner Brust, immer noch zitternd vor Angst.

»Ich mach' es wieder gut, Püppchen«, sagte Johnny. »Ich werde mich um dich kümmern und dich beschützen. Keiner wird dir je wieder weh tun.«

Christine saß niedergeschlagen im Besucherzimmer der St. Bridget-Klosterschule für Mädchen auf der Insel Tiburon. Ihr war jetzt erst klargeworden, daß sie ihren Vater falsch verstanden hatte, als er sagte, er wolle sie beschützen. Sie hatte gedacht, er wolle zu Hause bleiben, und nicht im Traum wäre ihr eingefallen, daß er sie wegschicken könnte.

Eine der Nonnen kam herein, eine junge Frau in einem langen schwarzen Gewand mit zahllosen Schleiern, einer gestärkten Haube und einem Kragen, der knarzte. »Alles ist in Ordnung, Mr. Singleton«, sagte sie mit sanfter Stimme. »Christine kann ab sofort bei uns bleiben.«

»Danke, Schwester«, sagte er. »Kann ich noch kurz allein mit ihr sprechen?«

Nachdem die Nonne gegangen war, wandte Johnny sich zu Christine. So schlecht hatte er noch nie ausgesehen. Sein Gesicht war eingefallen, als wäre er in den letzten vierundzwanzig Stunden ein alter Mann geworden. Und Christine konnte das Gefühl nicht loswerden, daß es irgendwie ihre Schuld war.

»Jetzt hör gut zu, Püppchen«, sagte er mit sehr ernster Stimme. »Das hier ist nur für kurze Zeit. Ich weiß jetzt, daß ich dich nicht so beschützen kann, wie ich gern möchte. Hier bist du sicher, bis ich mein Leben neu organisiert habe.«

»Wissen sie –?« begann sie.

Er stutzte kurz, dann sagte er: »O nein, Püppchen, natürlich nicht. Keiner außer dir und mir weiß, was passiert ist.«

Christine war nicht imstande, ihre Gefühle in Worte zu fassen. Sie kam sich wertlos und schmutzig vor. Nachdem Johnny Hans bewußtlos geschlagen hatte, hatte er einen Arzt gerufen, der Christine untersuchte. Diese Untersuchung war für sie das schlimmste gewesen, viel erniedrigender als das, was Hans ihr angetan hatte.

Beim Verlassen des Zimmers hatte der Arzt Johnny zugeflüstert: »Ihre Tochter ist noch Jungfrau, Mr. Singleton«, und sie war vor Scham rot geworden.

»Es ist alles meine Schuld«, sagte sie. »Ich war ungezogen.«

Er packte sie an den Schultern und sagte: »So etwas darfst du nie sagen, Püppchen. Du bist etwas ganz Besonderes, und ich bin stolz auf dich, stolz, daß du meine Tochter bist. Ich möchte, daß du immer den Kopf hoch hältst, wie eine Prinzessin, denn dann wissen die Leute, wie einmalig du bist.«

»Ich will's versuchen«, sagte sie weinend.

»Hier bist du gut aufgehoben, Püppchen«, sagte er und nahm sie in den Arm. »Die Schwestern werden gut für dich sorgen, und bald wirst du alles vergessen haben. Wir fangen neu an, du und ich.«

Sie hatte sich an ihm festgeklammert und geschluchzt: »Bitte, laß mich nicht hier! Bitte, nimm mich mit!«

»Gräm dich nicht, Püppchen«, sagte er und wischte ihr sanft die Tränen ab. »Es ist nicht für lange. Wir werden bald wieder zusammensein. Und dann trennen wir uns nie mehr.«

Perth, Westaustralien

Im Wagen, auf dem Weg zum Flughafen mit Charmie und Ricky, holte Philippa die Akte heraus, die Ivan Hendricks mitgebracht hatte. Sie starrte lange die Annonce an, die lautete: »Wer Informationen über den Verbleib von Christine Singleton...«

Dann sah sie sich noch einmal das Foto von Beverly Burgess an, die sich anscheinend nur sehr ungern fotografieren ließ, und fragte sich: Was weiß diese Frau über Christine Singleton?

Philippa erschauerte im kühlen Luftzug der Klimaanlage des Wagens.

War es möglich, daß Beverly Burgess *alles* wußte?

6

Das Telefon klingelte sechsmal, ehe eine verschlafene Stimme antwortete: »Ja?«

Die Stimme des Anrufers klang, als spräche er von Übersee: »Es ist wegen Philippa Roberts.«

Ein Papagei krächzte irritiert und wurde sofort zum Schweigen gebracht. »Was ist mit ihr?«

»Sie verläßt Perth. Sie ist auf dem Weg zurück nach Kalifornien. Sie plant einen Überraschungsbesuch im Hauptsitz von Starlite.«

Eine kurze Pause folgte, und danach war die schläfrige Stimme gar nicht mehr schläfrig. »Ein Überraschungsbesuch? Das heißt, sie hat Verdacht geschöpft. Was sonst noch?«

»Anschließend reist sie nach Palm Springs, in ein Kurhotel, es heißt Star's. Sie glaubt, dort könnte ihre Schwester sein.«

»Okay, finden Sie heraus, wo sie in Los Angeles absteigt, wen sie sieht, beobachten Sie jeden Schritt, und anschließend erstatten Sie mir Bericht. Aber zuerst wäre da noch etwas, was Sie für mich tun sollen...«

7

Frieda Goldman hatte sich immer gewünscht, reich zu sein. Nicht nur wohlhabend, sondern unanständig, widerlich reich. Sie hatte sich auch immer gewünscht, einer der heißesten Agenten Hollywoods zu werden. Und jetzt, endlich, lag dieses Ziel in greifbarer Nähe.

Als die Seilbahn unter dem Gipfel anhielt, verabschiedete sie sich schnell von Carole Page und Dr. Isaacs und ging sofort ins Hauptgebäude.

Ein Hotelboy hatte sie an der Seilbahn abgeholt und ihr erklärt, ihr Chalet sei in einiger Entfernung vom Schloß, und er werde sie dorthin begleiten. Aber Frieda hatte abgelehnt. Zu allererst brauchte sie ein Telefon, um herauszufinden, wo Bunny Kowalski war, und dann mußte sie Bunny in ihrem Zimmer aufsuchen. Sie konnte es nicht erwarten, ihr Gesicht zu sehen, wenn sie ihr von dem Vertrag mit Syd Stern erzählte.

Frieda zögerte einen Augenblick, als sie die große pseudogotische Eingangshalle betrat. So etwas hatte sie noch nie gesehen. Die Wände waren behängt mit Gobelins, Schilden, Wappen und Rüstungen.

Alles erstrahlte im Glanz der Weihnachtsdekoration; Feuer prasselten in drei großen Kaminen. Die Lüster sahen aus wie brennende Hochzeitstorten und tauchten die riesigen Fotos von Marion Star, die die Wände schmückten, in ein warmes Licht. Irgendwo spielte ein Geiger romantische Weisen, als lade er zum Tee im New Yorker Plaza Hotel, und ein mit Sternen verziertes Plakat pries den in vier Tagen stattfindenden Weihnachtsball.

Sie fand die Telefone: verschnörkeltes Rokoko in kleinen, mit rotem Samt eingeschlagenen Séparées. Ihre Hände zitterten vor Aufregung, als sie die Nummer der Telefonzentrale wählte und um eine Verbindung bat.

Besetzt.

»Vermittlung? Würden Sie es bitte noch mal probieren?«

Kein Glück. Bunnys Leitung war immer noch besetzt.

Na ja, zumindest war sie in ihrem Zimmer, wo immer das war. Die Vermittlung war nicht bereit, ihr die Zimmernummer zu geben. »Hausregel, damit die Leute ungestört sind«, sagte das fröhliche junge Ding am anderen Ende. »Aber ich stelle Sie gern durch.«

Nach einem dritten vergeblichen Versuch beschloß Frieda, es in ein paar Minuten wieder zu probieren. In der Zwischenzeit schaute sie sich ein bißchen um und sah einen diskreten Wegweiser zu exklusiven Boutiquen. Sie mußte sich auf jeden Fall ein paar warme Sachen kaufen, sonst würde sie in ihrer dünnen Leinenhose und der Bluse erfrieren.

Kurze Zeit darauf kam sie mit einem Nerzmantel über dem Arm zurück. Jetzt waren die vier Telefonzellen besetzt. Vielleicht sollte sie es von ihrem Zimmer aus versuchen.

Köstliche Düfte zogen durch die Halle, und Gäste in Abendgarderobe zogen in Richtung Speisesäle. Frieda lief zwar das Wasser im Munde zusammen, aber sie blieb eisern, da sie ziemlich zugelegt hatte. Sie würde ihren Mineraliendrink nehmen und sonst nichts. Dick und erfolgreich zu sein, war ein Ding der Unmöglichkeit in Hollywood. Zumindest für eine Frau.

Endlich wurde ein Telefon frei, und Frieda manövrierte sich, ihre Aktentasche, ihren kleinen Koffer und den Nerz in die Kabine. Dabei fiel das Preisschild aus dem Ärmel – 12 000 Dollar. Sie hatte einfach zwölftausend Dollar für einen Mantel ausgegeben, den sie vielleicht nur einen Tag tragen würde. Aber das spielte keine Rolle. Sobald Bunny diese Verträge unterschrieben hatte, konnte Frieda sich für jeden Tag im Jahr einen Mantel kaufen, wenn sie Lust dazu hatte.

Diesmal klingelte Bunnys Telefon, und kurz darauf sagte eine verschlafene Stimme: »Hallo?«

»Bunny! Ich bin's, Frieda! Ich bin hier im Star's.«

Eine Pause. Dann: »Frieda! Was, in aller Welt, machst du denn hier?«

»Geht's dir gut, Bunny? Du klingst so komisch.«

»Ich bin okay. Ich hatte nur eine Grippe und bin noch ein bißchen schwach.«

»Grippe! Da siehst du, wohin diese Depressionen führen. Du hast nicht auf dich aufgepaßt.«

»Frieda, was machst du denn hier im Star's?«

»Ich muß mit dir reden, Bunny«, sagte Frieda und versuchte, sich zu beherrschen, am liebsten hätte sie ihre Neuigkeiten hinausgebrüllt. »Welche Zimmernummer hast du? Ich komm' gleich rauf.«

»O... nein, Frieda. Mir... mir ist heute nicht nach Gesellschaft. Und der Arzt wird jeden Augenblick kommen.«

»Hör mal, ich bin extra hierhergekommen, um dich zu sehen. Ich *muß* dich sehen. Ich muß etwas Wichtiges mit dir besprechen.«

»Ich bin heute wirklich nicht in der Stimmung. Aber morgen können wir uns sehen. Wie wär's denn mit morgen abend? Da geht's mir sicher wieder besser.«

Frieda starrte erstaunt das Telefon an. Bunny war immer offen und ehrlich gewesen, sie hatte sogar eine fast neurotische Angst vor dem Lügen – wahrscheinlich hatte das etwas mit ihrer Angst vor ihrem Vater, dem mächtigen Industrieboß, zu tun. Und trotzdem hatte sie jetzt das Gefühl, daß Bunny ihr etwas verheimlichte. Frieda zwang sich, ruhig zu bleiben, und sagte: »Na schön, dann muß ich wohl bis morgen abend warten, wenn's nicht anders geht.«

»Frieda? Was ist denn los?«

»Das möchte ich nicht am Telefon sagen. Ruh dich aus, und wir reden morgen abend darüber.«

»Dann treffen wir uns zum Abendessen. Ich bin im dritten Stock des Ostflügels. Dir werden die Augen rausfallen, wenn du mein Zimmer siehst.«

Nachdem Frieda aufgelegt hatte, klopfte sie nervös mit den teuren Acrylnägeln auf ihre Aktentasche. Hier war etwas faul, Bunny hatte ganz komisch geklungen. Nun, morgen würde sie alles erfahren.

Jetzt mußte sie erst einmal überlegen, was sie bis morgen abend mit sich anfangen sollte. Sie könnte natürlich einiges für andere Klienten erledigen, aber der Syd-Stern-Vertrag spukte ihr ständig im Kopf herum, es war schwierig, sich auf etwas anderes zu konzentrieren. Sie schaute sich in der Halle um und fragte sich, was Leute an einem Ort wie diesem wohl machten.

Sicher gab es die üblichen Unterhaltungsprogramme: Dinner und Tanzen, vielleicht ein berühmter Star aus Las Vegas mit einer Show. In der Lobby hatte Frieda ein Schild gesehen, das die Gäste informierte, daß ständig Filme von Marion Star in dem Vierzig-Plätze-Kino im zweiten Stock liefen.

Es waren eine Menge »heißer Leute« hier, wie Frieda feststellte. Oscar-Preisträger jeder Kategorie rauschten an ihr vorbei durch die riesige Halle, die aussah, als würde Robin Hood jeden Moment um die Ecke biegen.

Lauter heiße Leute, dachte sie noch einmal. Und jetzt, verdammt, würde Frieda Goldman auch dazugehören. Sobald sie mit Bunny gesprochen hatte.

Die Probleme mit Bunny hatten bei der letzten Oscar-Verleihung angefangen. Bunny Kowalski, eine relativ unbekannte Darstellerin, war für ihre Rolle in *Children Again* für den Oscar als beste Schauspielerin in einer Nebenrolle nominiert worden. Mit einemmal war Bunny Mittelpunkt verwirrender und unerwarteter Aufmerksamkeit. Und dann hatte sie den Oscar doch nicht gewonnen, und weitere Erfolge blieben für Bunny aus. Es gab einfach keine Rollen für sie. Sie war zu klein, zu wenig hübsch, zu koboldhaft. Schließlich hatte Bunny deprimiert und überzeugt davon, ihre Karriere wäre am Ende, bevor sie richtig angefangen hatte, ein Geschenk ihres reichen Vaters angenommen: einen unbegrenzten Aufenthalt im luxuriösen Star's, wo sie sich verstecken, ihre Ängste pflegen und ihre Zukunft in Hollywood neu überdenken konnte.

Frieda hatte verzweifelt versucht, für sie Rollen zu finden, hatte aber auch schon fast resigniert, als plötzlich der junge Regisseur Syd Stern, Hollywoods neuestes Wunderkind, in Friedas Büro anrief. Am nächsten Tag traf sie sich mit Stern in der Polo Lounge.

Bei Lachsmousse und Wodka-Martinis erklärte ihr Stern, daß er eine Reihe von Abenteuerfilmen plante, alle mit derselben Heldin, eine Art weiblicher Indiana Jones. Syd wollte für die Rolle ein frisches, nicht allzu bekanntes Gesicht. Er dachte an Bunny Kowalski... Er hatte sie in *Children Again* gesehen.

Am besten gefiel ihm an Bunny, daß sie so frech aussah. »Wie Puck im *Sommernachtstraum*«, hatte er zu Frieda gesagt. Bunny hatte eine Figur wie eine Puppe und das Gesicht eines verwirrten Kindes, mit der das weibliche Publikum sich identifizieren konnte. Sie war keine dieser zahllosen schlanken, schönen Schauspielerinnen, die irgendwie alle gleich aussahen, hatte Syd begeistert gesagt. Er stellte sich Bunny als eine neue Antiheldin vor, wie die Antihelden der sechziger Jahre, Gene Hackman und Al Pacino. Die Leute würden die Kinokassen stürmen, um Bunny Kowalski zu sehen, sagte er zu der sprachlosen Frieda, die noch keinen Bissen von ihrer Lachsmousse gegessen hatte.

Und so wurde, zwei Mittagessen und zahllose Telefongespräche später, der Vertrag ausgehandelt.

Trotzdem war Frieda an diesem verschneiten Winterabend ein Nervenbündel. Sobald bekannt würde, daß Syd Stern diese Serie plante und nach der richtigen Hauptdarstellerin suchte, würde sein Büro von hoffnungsvollen Schauspielerinnen gestürmt werden. Syd hatte natürlich gesagt, er wolle Bunny, aber Frieda würde kein Auge zumachen, bis sie Bunnys Unterschrift auf diesen Papieren hatte; er hatte für nichts garantiert, solange Bunny nicht gegengezeichnet hatte.

Frieda beschloß, Bunny doch noch einmal anzurufen und ihr alles zu sagen, aber als sie es versuchte, ging niemand ans Telefon.

Sie griff noch einmal nach dem Hörer, um zu Hause Bescheid zu sagen, wo man sie erreichen konnte; sie war so überstürzt abgereist, daß nicht einmal dafür Zeit gewesen war. Ein junger Mann im Smoking mit rotem Kummerbund ging vorbei. Er war groß, gut gebaut, mit dunkler Haut und blauschwarzen Haaren. Frieda sah ihm fasziniert nach.

Der junge Mann drehte sich plötzlich um und lächelte. Sie schaute über die Schulter, um zu sehen, wem er zulächelte, aber dann merkte sie, daß er tatsächlich sie meinte. Er verwechselte sie sicher mit jemandem. Er blieb stehen, und die Aufforderung in seinen Augen war so unmißverständlich, daß Frieda richtig schockiert war. Sie war schließlich alt genug, seine, na ja, Tante zu sein, und eine Schönheit war sie weiß Gott auch nicht. Sie hatte schon immer ein Pferdegesicht. Er blieb noch kurz stehen, eine stumme Frage im Blick, dann ging er weiter und verschwand im Gewühl schöner Menschen.

Frieda schüttelte ihren kurzen grauen Pagenkopf, nahm wieder das Telefon und rief ihre Tochter an, um ihr zu sagen, wo sie war. Nachdem sie sich angehört hatte, daß ihre dreijährige Enkelin Princess (der Name stand tatsächlich in der Geburtsurkunde) jetzt Fachärztin für Frühgeburten werden wollte, fragte ihre Tochter: »Aber du wirst doch hoffentlich an Weihnachten hier sein, Mom?«

Und da war er plötzlich wieder, der attraktive junge Mann im Smoking. Er ging an der Kabine vorbei, und da war wieder dieser Blick, den er ihr zuwarf, genau wie vorhin. Frieda war es nicht gewohnt, von Männern angemacht zu werden, vor allem nicht von einem, der aussah, als könnte er jede Frau hier haben. Doch dann fiel ihr plötzlich ein, was ihre Freundin ihr von dem speziellen Service im Star's erzählt hatte, den sogenannten »Begleitern«. War er einer von ihnen?

Sie verdrängte den Gedanken. Frieda Goldman war nicht der Typ, der mit fremden Männern ins Bett ging und womöglich noch dafür bezahlte.

»Kommt drauf an«, sagte sie ins Telefon, ließ aber den jungen Mann nicht aus den Augen und fragte sich, wie das Hotel wohl seine Dienste berechnete. »Ich hab' geschäftlich hier zu tun.«

»Das klingt aber geheimnisvoll, Mom.«

»Wie meine Enkelin«, sagte Frieda. »Ich rufe an, sobald ich mehr weiß.«

Sie legte auf und wählte dann sofort wieder. »Hallo«, sagte sie, als der Teilnehmer abnahm. »Mr. Bradshaw, bitte.« Dann: »Hallo, Mr.

Bradshaw, Frieda Goldman hier. Ja, sehr gut, danke. Ich habe mich nur gerade gefragt... dieser Lamborghini Diablo, den ich heute früh bestellt habe, gibt's den auch in anderen Farben außer rot, weiß und schwarz?«

Dr. Judith Isaacs war gerade im Begriff, sich mit der kleinen Privatklinik des Star's, die im Westflügel des Schlosses untergebracht war, vertraut zu machen. Sie war durch eine Tür mit der Aufschrift PRIVAT vom Rest des Schlosses getrennt und bestand aus einem kleinen OP, einem Aufwachzimmer, einem Behandlungsraum und einem Lager. Sie hatte gerade einen Schrank mit der Aufschrift »Titten« gefunden und sah sich die hellblauen aufeinandergestapelten Schachteln an, als eine Stimme hinter ihr sagte: »Das sind Brustimplantate.«

Judith drehte sich um und sah eine Frau, die sie auf etwa dreißig schätzte, sehr dünn, mit blaßbraunen Haaren, in T-Shirt und Jeans, die lächelnd ins Zimmer kam. »Backen sind hier drin«, sagte sie und zog eine Schublade heraus. »Kinn und Nasen in diesem, Penisse dort drüben.« Sie grinste Judith an. »Tag, ich bin Zoey Larson, die Schwester. Sie müssen die neue Ärztin sein.«

Judith reichte ihr die Hand. »Freut mich«, sagte sie.

»Ich nehme an, Simon Jung hat Ihnen von mir erzählt. Ich bin ausgebildete Krankenschwester«, sagte Zoey. »Ich habe Erfahrung auf Station und im OP und bin seit der Eröffnung vor zwei Jahren im Star's. In der Klinik hier ist es meistens sehr ruhig, gelegentlich gibt's ein paar Sportverletzungen oder Magenbeschwerden, Ausschlag oder kleinere Infektionen. Und sexuell bedingte Probleme, wie Vaginismus oder Blaseninfektionen«, fügte sie lachend hinzu. »Die Luft hier oben macht die Leute romantisch. Und dann haben wir natürlich Atemprobleme. Die Menschen vergessen, daß wir hier zweitausendsiebenhundert Meter hoch sind. Im Star's kriegen wir nur schöne Menschen, und wenn sie es nicht sind, machen wir sie schön! Drei Schönheitschirurgen aus Palm Springs schicken regelmäßig ihre Privatpatienten nach der Operation zu uns«, fuhr Zoey fort und schob sich eine braune Strähne aus dem Gesicht. »Einige lassen sich auch hier operieren. Die Routinesachen erledigt dann der Hausarzt, und das sind jetzt Sie. Willkommen an Bord.«

»Danke«, sagte Judith, sah sich um und entdeckte einen Aschenbecher voller Kippen.

»Wenn Sie irgendwelche Fragen haben, steh' ich gern zur Verfügung. Haben Sie schon einmal in einem Kurhotel wie diesem gearbeitet?«

»Nein«, sagte Judith. »Noch nicht.«

»Das ist ganz anders als in einem richtigen Krankenhaus, das kann ich Ihnen sagen. Hier kommen lauter berühmte Leute her, Filmstars und so.« Zoey verschränkte die Arme und lehnte sich gegen einen Schrank. »Die meisten Patienten sind hier im Gebäude, gleich den Gang hinunter. Augenblicklich haben wir vier. Ich verrate Ihnen ein Geheimnis, Judith«, sagte Zoey zwinkernd. »Sie haben einen superlässigen Job gelandet.«

Plötzlich sah Judith ihr Spiegelbild in einer Glastür. Sie starrte es an, wie in letzter Zeit öfter, so als hätte sie eine Fremde vor sich. Da stand eine Frau Ende Dreißig, nicht unattraktiv, mit dichtem mahagonifarbenem Haar, das ihr bis zur Taille reichte und das sie zu einem Zopf geflochten hatte. Ihr Aussehen interessierte Judith nicht, das wichtigste war für sie ihr Verstand. Judith hatte ihr Medizinstudium als Beste ihres Semesters beendet, und sie hatte von einigen Klinikzentren und medizinischen Fakultäten Angebote bekommen, als sie ihre Praxis in Green Pines, Kalifornien, aufgemacht hatte. Damals war sie eine junge Frau mit großer Zukunft gewesen. Und jetzt war sie eine nicht mehr ganz junge Frau mit einem »superlässigen«, anspruchslosen Job.

Zoey sagte: »Sie werden es hier ganz leicht haben, Judith. Die meiste Arbeit in der Klinik mache ich. Es ist nur gesetzliche Auflage, daß ständig ein Arzt hier sein muß.«

Judith musterte sie. Zoey hatte ein offenes, nettes Gesicht und stand ganz entspannt da, als wäre sie in ihrem eigenen Wohnzimmer. Sie gehörte wohl auch zu den Frauen, dachte Judith, die einen weiblichen Arzt nicht für voll nehmen und ihn automatisch beim Vornamen nennen, was sie sich bei einem männlichen nie erlauben würden.

Judiths Gedanken wanderten zurück zu ihrem Einstellungsgespräch für Star's. Die Eigentümerin, Beverly Burgess, hatte sie nicht selbst engagiert, sie hatte sie bis jetzt noch nicht kennengelernt.

Simon Jung, der sehr elegante und attraktive Geschäftsführer des Hotels, hatte sie im Ritz Carlton in Palm Springs zum Abendessen getroffen und sich mit ihr unterhalten. »Wir suchen einen Arzt, der nichts gegen Isolation hat. Es wird erwartet, daß Sie im Hotel wohnen, und da kann es manchmal sehr einsam sein. Dr. Mitgang, Ihr Vorgänger, fand das ruhige Leben zu langweilig. Wir suchen einen Arzt, der mit diesem Arrangement zufrieden und mit der Führung einer kleinen Klinik vertraut ist.«

Simon Jung hatte dann einen Blick auf ihre Bewerbung geworfen. »Sie sind nicht verheiratet, wie ich sehe.«

Judith dachte an Mort, ihren Mann, und ihren letzten gemeinsamen Nachmittag nach vierzehn Jahren Ehe. Mort schaute sich im Fernsehen Football an; sein Team war in Schwierigkeiten, und mit jedem verlorenen Punkt wurde sein Schweigen bedrückender. Judith wollte gerade einen Auflauf in den Ofen schieben, statt dessen stellte sie ihn auf den Fernseher und sagte: »Ich verlasse dich.«

Er hatte nichts gesagt, und sie hatte ihre Koffer gepackt. Die Bruins hatten verloren und Mort und Judith ebenfalls.

»Ich bin geschieden«, hatte sie zu Simon Jung gesagt.

»Haben Sie Kinder?«

Sie zögerte. »Nein«, sagte sie. »Keine Kinder.« –

»Das hier ist wirklich ein toller Job«, unterbrach Zoey ihre Gedanken. »Die meisten Angestellten leben im Tal und kommen jeden Tag mit der ersten Seilbahn hoch. Aber ich hab' rund um die Uhr Dienst. Mir ist das egal. Die Bezahlung ist toll, und da ich zu den wenigen Angestellten gehöre, die hier oben auf dem Berg wohnen, kann ich die Hoteleinrichtungen benützen – solange ich keinen Gast störe, wenn sie wissen, was ich meine.«

Simon Jung hatte die zusätzlichen Vergünstigungen aufgelistet, die Judith als Angestellte im Star's haben würde: eine Wohnung im Schloß, Mahlzeiten im Restaurant mit seiner ausgezeichneten Küche, Zimmerservice, Zimmermädchen, ein großzügiges Gehalt und leichte Arbeit.

Er hatte gesagt: »Haben Sie irgendwelche Fragen?« Und Judith hatte erwidert: »Wird von mir erwartet, daß ich auch Kinder versorge?«

»Kinder? Nein. Kinder haben keinen Zutritt im Star's. Keine unter achtzehn.«

Und das hatte den Ausschlag gegeben. Die nächsten Kinder waren unten im Tal, zweitausendsiebenhundert Meter tiefer. –

»Judy?« sagte Zoey. »Möchten Sie Ihre Patienten kennenlernen?«

»Ja«, sagte Judith und vermied es, ihr Spiegelbild in der Glastür noch einmal anzusehen. Diese Judith Isaacs existierte nicht mehr. Und die andere war heraufgekommen, um sich im Schnee zu vergraben und nie wieder hinunterzufahren. »Und ich möchte auch einiges hier verändern. Erstens Rauchverbot.« Sie zeigte auf den übervollen Aschenbecher. »Und ich möchte, daß dieses Schild abgemacht wird.« Sie zeigte auf das »Titten«-Schild. »Und, haben Sie vielleicht eine Schwesterntracht?«

»Sicher. Aber das ist hier nicht notwendig«, sagte Zoey. »Wir sind doch eigentlich gar keine richtige Klinik. Die Patienten wissen doch alle, wer ich bin.«

»Ich möchte, daß Sie ab jetzt im Dienst die Schwesterntracht tragen. Und wenn es Ihnen nichts ausmacht, wäre ich Ihnen dankbar, wenn Sie mich mit Dr. Isaacs ansprechen. Soll ich Sie Schwester oder Miss Larson nennen?«

»Zoey genügt«, sagte sie mit plötzlich gar nicht mehr freundlicher Stimme. »Sonst noch etwas?«

»Ich möchte jetzt meine Patienten sehen.«

»Ja, Dr. Isaacs.«

Die beiden verließen die Ambulanz und gingen den dunkel getäfelten Gang entlang.

»Patient Nummer eins«, sagte Zoey, blieb vor einer Tür stehen und reichte Judith ein Krankenblatt. »Brustimplantate, seit einer Woche hier.«

»Sie meinen wohl Patientin?«

»Nein, der Patient ist ein Mann.«

Der Patient war Star einer beliebten Fernsehserie, sein Torso war bandagiert wie eine Mumie. Man hatte ihm muskelförmige Siliconeinlagen in die Brust eingepflanzt, damit er wie ein Bodybuilder aussah; der neueste Schrei für Männer.

»Unser nächster Patient«, sagte Zoey, während sie und Judith zum nächsten Zimmer gingen, »wurde vor drei Tagen eingeliefert. Dr. Newton hat ihn vorgestern operiert; er hat schon den ganzen Tag große Schmerzen. Ich habe Dr. Newton Bescheid sagen lassen, aber er hat sich noch nicht gemeldet.«

Judith las im Weitergehen das Krankenblatt des Patienten. »Mr. Smith«, stand da – wohl ein falscher Name. Als sie den richtigen Namen sah, war sie entsetzt. »Mr. Smith« war ein legendärer Leinwandheld, hauptsächlich bekannt für seine romantischen Rollen in Abenteuerfilmen; Judith war mit seinen Filmen aufgewachsen.

»Hat er Fieber?« fragte sie, als sie vor dem Zimmer standen.

»Vor einer Stunde waren alle Körperfunktionen normal.«

»Hat er Schwierigkeiten beim Urinieren?«

»Nein. Ich vermute, das Problem liegt am Einschnitt, aber er läßt nicht zu, daß ich ihn mir anschaue.«

Judith überflog noch einmal das Krankenblatt. Laut Dr. Newtons Anmerkungen war Mr. Smith neunundsechzig, einsfünfundachtzig, wog einhundertachtzig Pfund, und seine Verfassung war gut. Behandlung: Abdominale Fettabsaugung.

Zoey klopfte an die Tür und sagte: »Mr. Smith. Der Doktor ist da.«

Judith war überrascht, als sie das Zimmer sah. Sie hatte einen düsteren Raum mit monströsem Himmelbett und schweren Samtvorhängen erwartet und nicht pfirsichfarbene Tapeten, luftige Vorhänge, weißen Teppich, helle Möbel und indianische Bilder an der Wand. Nur Kleinigkeiten wie die Sauerstoffzufuhr in der Wand neben dem Bett, die Stecker für die Monitore und das Bett selbst natürlich verrieten, daß es ein Krankenhauszimmer war.

Und dann sah sie den Mann im Bett sitzen. Mit seinen silbernen Haaren, der gesunden Bräune und dem Seidenpyjama mit Monogramm paßte er perfekt in diesen eleganten Raum.

Einen Augenblick lang war Judith etwas verunsichert. Dieser Mann war einmal ihr Leinwandidol gewesen.

»Wer sind Sie denn?« sagte die berühmte Stimme mit ihrem kultivierten schottischen Akzent.

»Ich bin Dr. Isaacs, die neue Ärztin hier.«

»Ich werde auf Dr. Newton warten«, sagte er und bedeutete ihr mit einer Handbewegung, daß sie überflüssig sei.

Zoey sagte: »Wir versuchen, Dr. Newton zu finden, Mr. Smith. Aber es kann einige Zeit dauern. Er ist unten in Palm Springs.«

Judith ging zum Bett und sagte: »Da Ihr persönlicher Arzt momentan nicht verfügbar ist, kann ich vielleicht helfen.« Aus der Nähe sah sie den Schweiß auf seiner Stirn und den Schatten des Schmerzes in seinen Augen.

»Aber Sie sind eine Frau.«

»Zoey sagt, Sie haben Schmerzen.«

»Das kann warten, bis Dr. Newton kommt.«

Judith spürte, daß Zoey sie beobachtete und sagte: »Es ist sehr wichtig, daß wir die Ursache für die Schmerzen feststellen, Mr. äh Smith. Wenn etwas die Zirkulation des Blutes behindert, besteht die Gefahr, den betroffenen Bereich zu verlieren.«

»Verlieren?« Er sah sie erstaunt an.

»Ja. Ein Körperteil, der nicht mit Blut versorgt wird, stirbt ab. Wie bei Erfrierungen.«

Er murmelte: »Du lieber Gott«, dann sagte er: »Ich nehme an, Sie wissen, wer ich bin?«

Sie wußte es sehr wohl. Sie mußte dauernd an ihren Lieblingsfilm mit ihm denken, ein Piratenopus aus den vierziger Jahren. »Sie sind mein Patient«, sagte sie, »und Sie haben starke Schmerzen. Bitte gestatten Sie, daß ich mir die Sache anschaue, dann können wir vielleicht etwas dagegen tun.«

»Mir ist das nicht recht, wenn eine Frau das macht«, sagte er niedergeschlagen.

»Mr. Smith, seit vielen Jahren gehen Frauen zu männlichen Gynäkologen, ohne daß es ihnen peinlich ist.«

»Das ist etwas anderes.«

»Warum?«

Er warf ihr einen mißtrauischen Blick zu. »Sind Sie eine richtige Ärztin?«

Sie lächelte. »Natürlich. Was für eine Frage.«

»Nach meiner nicht unerheblichen Erfahrung arbeiten richtige Ärzte nicht an Plätzen wie hier. Genau wie auf Kreuzfahrtschiffen. Sind das nicht Ärzte, die es im richtigen Leben nicht schaffen?«

»Vielleicht«, sagte sie. »Auf jeden Fall bin ich der einzige Arzt hier im Moment, ob nun richtig oder nicht. Und außerdem war ich vierzehn Jahre verheiratet. Hilft das vielleicht?«

Judith schickte Zoey aus dem Zimmer und untersuchte dann Mr. Smith' Verband und Wunde, wobei sie ihm erklärte, daß sie nach Anzeichen von inneren Blutungen und Infektionen suche. Smith hielt den Blick starr aufs Fenster gerichtet, durch das sanft rieselnder Schnee zu sehen war. »Ich verspreche Ihnen«, hatte Dr. Newton ihm vor dem Eingriff gesagt, »daß Sie hinterher den Bauch eines wesentlich jüngeren Mannes haben werden.«

»Eine solche Quälerei«, sagte er seufzend. »Und das nur aus lauter Eitelkeit.«

Judith versuchte, ihn mit einem Lächeln zu ermutigen. »Sieht alles wunderbar aus«, sagte sie und zog die Decke wieder hoch. »Ich werde Ihnen etwas gegen die Schmerzen geben. Sollten Sie doch wieder schlimmer werden, rufen Sie sofort die Schwester. Ich weiß, wie unangenehm das ist. Aber wir müssen sehr vorsichtig sein.«

»Ich bin mir dessen völlig bewußt, Doktor«, sagte er. »Ich ärgere mich nur über meine Eitelkeit. Die Angst, daß ein Bauch meinen Ruf ruinieren könnte. Es war zwar gar kein richtiger Bauch, aber die ersten Anzeichen waren da. Gymnastik hat nicht mehr geholfen. Darf ich fragen, wie Sie heißen, Doktor?«

»Dr. Isaacs«, sagte sie. »Judith Isaacs.«

»Darf ich Sie Judith nennen?«

»Wenn Sie wollen.«

»Die Schwester hat mir erzählt, Sie fangen gerade erst hier an. Ich bin sehr neugierig. Wie kommt eine erfahrene und wie man sieht sehr fähige Ärztin dazu, alles hinter sich zu lassen, um sich hier oben zu vergraben? Darf ich Sie etwas Persönliches fragen, Judith?«

»Kommt drauf an«, sagte sie.

»Was macht eine junge, hübsche Frau wie Sie in dieser Einsamkeit hier? Warum sind Sie nicht da draußen in der Welt und stürzen sich ins Leben?«

»Ich habe mich bis jetzt ins Leben gestürzt, Mr. Smith. Und jetzt möchte ich etwas anderes versuchen.«

Er sah sie prüfend an. »Ich spüre, daß Sie ein Geheimnis haben«, sagte er.

Sie sah ihn an und erinnerte sich an den ersten Film mit ihm, den sie gesehen hatte, einen Schwarzweißfilm mit Olivia de Havilland. Sie war vierzehn gewesen, mitten in der Pubertät, und hatte sich unsterblich in ihn verliebt.

Und jetzt mußte die achtunddreißigjährige Judith entsetzt feststellen, daß er wieder dieselben Gefühle bei ihr auslöste. »Ich schau' später noch einmal zu Ihnen rein«, sagte sie und wollte zur Tür gehn.

»Tut mir leid, wenn ich Sie verlegen gemacht habe«, sagte er. »Normalerweise stelle ich keine so persönlichen Fragen.« Sein Lächeln war sehr charmant, obwohl er dabei vor Schmerz zusammenzuckte. »Besonders nicht beim ersten Rendezvous.«

Sie kam zurück an sein Bett, erstaunt und etwas verängstigt über ihre Reaktion auf ihn. »Ich werde in der Nähe sein«, sagte sie leise. »Ich muß mit meinem neuen Arbeitgeber zu Abend essen. Wenn Sie irgendwelche Schwierigkeiten haben, dann kann mich die Schwester holen. Ich habe rund um die Uhr Dienst.«

8

St. Bridget's Klosterschule, Tiburon, Kalifornien, 1950

Christine saß im Empfangsraum zwischen den frisch polierten Möbeln und Vasen voller Blumen. Ihre einzige Gesellschaft war eine weiße Gipsstatue der heiligen Bridget, der Patronin von Irland. Die Sonne strömte durch die offenen Fenster, und eine leichte Brise kam vom Meer. Von unten war das fröhliche Lachen der Mädchen zu hören, die Besuch von ihren Verwandten und Freunden hatten. Seit dem Tag ihrer Ankunft vor einer Woche hatte Christine täglich geduldig und schweigend hier gesessen und auf die Ankunft ihres Vaters gewartet, den Koffer, wie immer, neben sich auf dem Boden, den Mantel ordentlich darüber gefaltet.

Christine schaute auf die Uhr an der Wand. Die Minuten schlichen träge dahin. So lang war ihr die Zeit nicht einmal im Penthouse gewesen, wenn sie auf die Rückkehr ihres Vaters wartete. Sie ging zum Fenster, sah hinunter auf die Einfahrt und versuchte, sich einzureden, daß jeden Moment die schwarze Limousine um die Ecke biegen würde, daß ihr Vater heute kommen würde, weil Samstag immer die Besucher kamen.

Voller Neid beobachtete Christine die Mädchen im Garten, die mit ihren Eltern und ihren Geschwistern lachten und scherzten, und ihr Herz wurde schwer vor Schmerz.

Sie mochte St. Bridget's überhaupt nicht. Da sie nur vorübergehend hier war, schlief sie nicht bei den anderen Mädchen, sondern hatte ein eigenes Zimmer im Trakt der Novizinnen, wo sie sich wie eine Aussätzige fühlte, abgeschnitten von der Welt. Jede Nacht weinte sie sich in den Schlaf, gepeinigt von dem Gedanken, daß sie selbst sich in ihre augenblickliche Situation gebracht hatte.

Die Turmglocke läutete, und Christine sah erschrocken auf die Uhr. Die Besuchszeit war vorbei! Sie beobachtete, wie die Mädchen ihre Besucher umarmten und zum Abschied küßten, und hätte am liebsten geschrien: Nein, geht noch nicht! Mein Daddy kommt doch noch!

Eine Gruppe Mädchen kam ins Besuchszimmer, angeführt von Amber, einer Vierzehnjährigen, mit großem Busen und einem schönen Gesicht. Im Vorbeigehen zeigte Amber auf Christine und flüsterte einem anderen Mädchen etwas ins Ohr; das Mädchen kicherte. Christine merkte, wie sie rot wurde. Das hatte Amber schon öfter mit ihr gemacht. Wahrscheinlich machten sie sich darüber lustig, daß sie so dick war und ihr Kleid so altmodisch. Die anderen Mädchen sahen alle so schick aus in ihren Schuluniformen, vor allem Amber, groß und schön und schon ganz fraulich. Ihr stand die weiße Bluse mit dem Faltenrock besonders gut.

Nach einiger Zeit kam eine Nonne ins Zimmer, und als sie Christine so allein und verlassen da stehen sah, sagte sie: »O du meine Güte! Du mußt dich zum Abendessen fertigmachen, Kind. Komm jetzt mit.«

Christine warf noch einen sehnsüchtigen Blick aus dem Fenster, wo sich das Tor gerade hinter dem letzten Besucherwagen schloß, dann nahm sie seufzend ihren Koffer und folgte der Nonne.

Der Speisesaal war eine große Halle mit Balkendecke, hohen Bleiglasfenstern und Steinboden. Die Internen saßen an langen Tischen entlang der Halle, die Nonnen und Lehrer auf einem Podest am Ende des Raumes. Hier hatte man Christine plaziert, neben einer fast tauben alten Nonne. Während die Mutter Oberin in ihrem weißen Gewand die Schülerinnen beim Gebet anführte, lugte Christine über ihre gefalteten Hände und sah, daß Amber sie beobachtete.

Das Essen wurde von den Novizinnen serviert, eine davon setzte Christine einen Teller vor. Das Mädchen starrte angewidert auf den Schinken mit Honigkruste und die kandierten Süßkartoffeln.

Das Essen in St. Bridget's war mit das Schlimmste für Christine. Am ersten Morgen hatte es heiße Schokolade und Waffeln mit Sirup gegeben, was für die anderen anscheinend ein Festmahl war. Christine wußte, wenn sie das essen würde, war ihr sicher den ganzen Vormittag übel, also schob sie lustlos das Essen auf dem Teller hin und her, ohne es anzurühren. Die alte Nonne neben ihr murmelte etwas von undankbaren Kindern, die die Gaben des Herrn nicht schätzten. Bis Mittag war Christine sehr hungrig, mußte dann aber mit Entsetzen feststellen, daß es zum Mittagessen Fruchtsalat und Saft gab. Unter den strengen Blicken der alten Nonne hatte Christine sich gezwungen zu essen, mit dem Erfolg, daß ihr schon am frühen Nachmittag so übel war, daß sie in der Kapelle fast in Ohnmacht gefallen wäre.

Es ist ja nur für kurze Zeit, redete sie sich ein. Ihr Vater würde bald kommen und sie nach Hause holen.

Während Christine versuchte, den süßen Schinken hinunterzuwürgen, blickte sie sich in dem lauten Speisesaal um und sah, wie Amber sie mit bösen grauen Augen beobachtete. Christine spürte, daß die Mädchen sie nicht mochten, wahrscheinlich weil sie als Gastschülerin nicht gezwungen war, die strikten Schulregeln zu beachten.

Bitte komm und hol mich weg von hier, Daddy, betete sie insgeheim. Hol mich hier raus. Ich werde auch nie wieder ungezogen sein, das verspreche ich.

Nach dem Dankgebet kam eine der Nonnen zu Christine, Schwester Gabriel, die Christine vor einer Woche in die Schule aufgenommen hatte. Christine mochte Schwester Gabriel, sie war irgendwie verständnisvoller und freundlicher als die anderen Nonnen. Und außerdem war sie sehr hübsch, trotz ihrer strengen Haube.

Als sie sagte: »Würdest du bitte in mein Büro kommen?« machte Christines Herz einen Satz. Daddy war da! Er war doch gekommen!

Doch zu ihrer großen Enttäuschung war Schwester Gabriels Büro leer.

»Bitte setz dich«, sagte die Nonne. »Ich habe dich hierhergebeten, Christine, weil wir von deinem Vater Anweisungen für deinen Aufenthalt hier erhalten haben. Er hat uns die Gebühren für ein halbes Jahr geschickt und uns gebeten, dich in die Schule aufzunehmen.«

Christine starrte sie fassungslos an. »Und was heißt das?«

»Du wirst hierbleiben und die Schule besuchen, Christine.«

»Nein, das glaube ich nicht. Mein Vater hat mir etwas anderes gesagt.«

»Seine Anweisungen liegen hier vor mir.«

»Das muß ein Irrtum sein. Mein Vater hat gesagt, ich muß nur ganz kurz hier bleiben.«

»Ich verstehe deine Verwirrung, Christine«, sagte Schwester Gabriel. »Aber hier ist sein Brief. Und er hat dir auch einen Brief geschickt.« Sie reichte ihr einen Umschlag.

Es war tatsächlich die Handschrift ihres Vaters auf dem Umschlag. Darin befanden sich ein Brief, zwei Fotos und ein Hundertdollarschein. Mit tränennassen Augen las sie: »... tut mir leid, daß ich dir das antun muß, Püppchen, aber momentan geht es nicht anders... Denk immer dran, daß du etwas Besonderes bist. Halt den Kopf hoch wie eine Prinzessin...«

Wie aus weiter Ferne hörte sie Schwester Gabriels Stimme: »Wir werden deine Maße für eine Schuluniform nehmen, und dir wird ein Zimmer im Schlaftrakt zugewiesen.«

Christine hob ihr tränennasses Gesicht und sah Schwester Gabriel an. Sie brachte keinen Ton heraus.

Die Schwester stand auf und legte ihre Hand auf Christines Schulter. »Wir werden direkt in den Schlaftrakt gehen, damit du dich dort einrichten kannst. Die anderen Mädchen sind in der Kapelle, also hast du ein bißchen Zeit für dich allein. Du wirst dich bestimmt wohl fühlen hier. Ich habe beschlossen, dich zu einem der älteren Mädchen zu legen, damit sie dir helfen kann, dich einzugewöhnen. Ihr Name ist Amber. Eigentlich heißt sie ja Alexandra Huntington, aber es ist Tradition an dieser Schule, daß alle Mädchen einen Spitznamen haben. Du und Amber, ihr werdet euch bestimmt gut verstehen.«

Christine war gerade mit dem Auspacken fertig, als sie die anderen Mädchen auf dem Gang draußen hörte. Sie erstarrte.

»Ach nein«, ertönte eine Stimme an der Tür. »Wen haben wir denn da!«

Sie drehte sich um und sah die Mädchen. Amber überragte sie alle, ihr honigfarbenes Haar umrahmte ein schönes, arrogantes Gesicht. Die anderen Mädchen drängten sich aufgeregt um Amber und warteten auf ihr Kommando. Plötzlich bekam Christine Angst.

»Wer bist du?« fragte Amber. »Und was hast du in meinem Zimmer zu suchen?«

Bevor Christine etwas sagen konnte, war Amber ins Zimmer gekommen, hatte einen Unterrock aus Christines Koffer gezogen und inspizierte ihn. Dann ließ sie ihn auf den Boden fallen. »Sieht aus wie für einen Elefanten gemacht«, sagte sie, und die anderen kicherten.

Amber stellte sich jetzt vor Christine und stemmte die Hände in die Hüften. »Das ist mein Zimmer. Ich hab' dich gefragt, was du hier zu suchen hast.«

Christine hatte keine Ahnung, wie sie sich zur Wehr setzen sollte. »Ich – ich –«

Amber wandte sich ab, streckte die Hände gen Himmel und sagte: »Ich, ich, ich.« Ihre Bewunderer lachten.

Sie drehte sich wieder zu Christine. »Sperr die Ohren auf«, sagte sie. »Ich weiß, daß du auf dieses Zimmer gelegt worden bist. Also mußt du unsere Regeln lernen. Dieses Zimmer ist mein Zimmer, kapiert? Ich mache die Regeln, auch für den Schlaftrakt. Und die Regeln lauten wie folgt: Du verstaust deine Klamotten auf oder unter deinem Bett, du darfst den Schrank nicht benutzen, und das Radio hast du nicht anzufassen. Wenn du Bilder an der Wand haben willst, bittest du mich um Erlaubnis, und ich entscheide, was aufgehängt wird. Und wenn du zu Schwester Gabriel rennst und petzt, wirst du streng bestraft.«

Amber ging mit schwingenden Hüften zu Christines Nachtkästchen und nahm den doppelten Fotorahmen, den Christine dort hingestellt hatte. Es waren Bilder von ihrer Mutter und ihrem Vater.

Amber sah Johnny lange an und sagte dann: »Wer ist das?«

»Mein Vater.«

Amber ließ das Bild mit einer verächtlichen Geste auf das Nachtkästchen fallen. »Was macht er?« fragte sie.

Christine sah sie ratlos an. »Was?«

»Was macht dein Vater? Wieviel Geld verdient er?«

»Ich – das weiß ich nicht.«

Amber sagte mit verächtlichem Blick: »Hör gut zu, Pummel. Ich mag keinen Pöbel. Meine Mutter ist eine Gräfin. Sie ist gerade in Frankreich und macht Urlaub mit dem König und der Königin von England. Wir sind sehr reich und sehr wichtig, also kann ich mich nicht mit Leuten unter meinem Stand abgeben. Hast du das kapiert?«

Christine begriff überhaupt nichts, sagte aber: »Ja.«

»Wie heißt du?«

»Christine Singleton.«

»Die echten Namen zählen hier nicht, Singleton. Wir haben Spitznamen. Meiner ist Amber. Du wirst auch einen brauchen.«

»Ja, also mein Vater nennt mich Püpp...«

Ambers Blick war kalt wie Stahl. »Du kannst dir deinen Spitznamen nicht aussuchen, dumme Kuh«, sagte sie, und die anderen kicherten wieder. »Ich suche deinen neuen Namen aus. Bis mir einer einfällt, hast du keinen. Kapiert?«

Christine nickte verwirrt.

»Und wie gesagt«, sagte Amber, als die Turmuhr schlug und die Mädchen sich anschickten, in ihre Zimmer zu gehen, »deine Klamotten haben hier nichts zu suchen.« Sie griff in die Kommode, holte Christines Sachen heraus und warf sie auf den Boden.

Schwester Gabriel verteilte die letzten Briefe und Pakete und sagte: »Das ist alles, Mädchen.« Diejenigen, die nichts bekommen hatten, schlichen traurig und niedergeschlagen davon. So auch Christine. Sie war jetzt schon einen Monat in St. Bridget's und hatte noch nichts von ihrem Vater gehört.

Sie konnte das aufgeregte Lachen und Geplapper der Glücklichen, die Post bekommen hatten, nicht ertragen und ging nach draußen, wo die Sonne auf die Beete mit rosa Petunien und violetten Stiefmütterchen schien. Jeden Tag ging sie voller Hoffnung zur Postausgabe, und jeden Tag wurde sie wieder enttäuscht. Aber sie hatte ja noch Johnnys ersten Brief, mit dem würde sie sich jetzt trösten und so tun, als wäre er gerade heute gekommen.

Sie ging zu einer kleinen Grotte am Rande der Gärten des Klosters, einer Rosenlaube mit einem Madonnenschrein. Christine hatte in den letzten drei Wochen oft hier Zuflucht gesucht und war bis jetzt immer ungestört gewesen. Heute fand sie zu ihrer Überraschung ein anderes Mädchen dort vor, ein Mädchen, das sie schon im Schlaftrakt und bei den Mahlzeiten gesehen hatte. Sie war klein und untersetzt mit Sommersprossen und einer Mähne gekräuselter burgunderroter Haare. Sie saß auf der Marmorbank und weinte.

»Fehlt dir was?« sagte Christine.

Das Mädchen hob den Kopf. »Nein, nein«, sagte sie und wischte sich mit der Hand die Nase ab. »Ich hab' bloß eine schlechte Nachricht gekriegt, sonst nichts.«

Christine setzte sich neben sie und gab ihr ein frisches Taschentuch.

»Danke«, sagte das Mädchen.

»Tut mir wirklich leid für dich«, sagte Christine, »was immer es ist.« Sie sah, daß das Mädchen ein zerknülltes Stück Papier mit ein paar Zeilen darauf in der Hand hielt.

»Es ist von meiner Mutter«, sagte das Mädchen, trocknete sich die Augen und gab Christine das Taschentuch zurück. »Sie schreibt, daß sie doch nicht zu meinem Geburtstag kommen kann.«

»Oh.«

»Sie kann nichts dafür, wirklich. Weißt du, mein Vater ist gestorben, und sie hat wieder geheiratet, und ihr neuer Mann findet, daß ich im Weg bin. Deshalb haben sie mich hierher geschickt. Sie leben im Osten und kommen nur selten zu Besuch. Bloß manchmal werd' ich so traurig, verstehst du?« Sie zwang sich ein Lächeln ab. »Ich heiße Mop, wie heißt du?«

»Christine. Heißt du wirklich Mop?«

»Nein, so nennen mich bloß die Mädchen hier. Du bist neu hier, ich weiß. Ich hab' dich schon gesehen.«

»Ich dich auch. Du hast neulich Ärger gehabt, weil du Schwester Immaculatas Geschichtsklasse geschwänzt hast.«

»Ja«, sagte sie grinsend. »Das stimmt. Aber jetzt erzähl, warum du hier in St. Bridget's bist?«

»Mein Vater ist viel unterwegs, und ich hab' keine Mutter, also fand er, es wäre das beste, mich hierherzubringen. Warum nennen sie dich Mop?«

»Amber hat mir den Spitznamen gegeben, wegen meiner Haare. Sie sagt, sie sind häßlich. Sie hat recht. Ich hasse meine Haare.«

»Ich finde deine Haare toll. Meine sind so normal. Ich wünschte, sie hätten auch so eine Farbe.«

Mop starrte sie mit verschwollenen Augen an und sagte dann: »Ich habe hier keine Freundinnen, du auch nicht?«

Christine schüttelte den Kopf, und Mop sagte: »Wollen wir beide Freundinnen werden?«

Die Turmuhr läutete zum Mittagessen, und die beiden Mädchen gingen zurück ins Haus.

Auf dem Weg zum Speisesaal kamen sie an einer Gruppe vorbei, die über einem Foto kicherten, das eine von ihnen gerade bekommen hatte – das Bild eines Cousins, der angeblich traumhaft aussah. Christine sah Amber ein Stück weiter vorne.

»Woher hat Amber denn ihren Spitznamen? Wegen ihrer Haare?«

»Soweit ich gehört habe, hat sie sich den selbst ausgesucht, weil ihre Mutter Gräfin ist und sie angeblich das Recht dazu hat.«

»Aber warum Amber?« fragte Christine. Sie war neugierig auf alles, was dieses Mädchen anging, das ihr das Leben seit vier Wochen zur Hölle machte. Christine hatte zwar inzwischen gelernt, ihr aus dem Weg zu gehen, aber immer wieder gelang es Amber, ihr eins auszuwischen. Wenn es nicht eine Schlange im Bett war, versteckte sie ihr die Kleider, sobald sie in der Dusche war, so daß Christine nackt in ihr Zimmer laufen mußte.

»Warum nennt sie sich ausgerechnet Amber?« fragte Christine noch einmal.

Mop setzte sich neben sie an den Tisch und flüsterte: »Sie hat damit angegeben, daß sie das Buch *Forever Amber* besitzt. Wenn die Nonnen das rausgefunden hätten, wäre sie von der Schule geflogen. Sie hat allen erzählt, sie hätte es von vorne bis hinten gelesen.«

Christine hatte zwar das Buch nicht gelesen, aber den Film *Amber, die große Kurtisane* mit Cornel Wilde hatte sie fünfmal gesehen.

Mop fuhr fort: »Sie behauptet, sie wäre genau wie die Amber im Buch. Im Schlafzimmer, weißt du. Amber behauptet, sie hätt's schon gemacht. Genau wie die richtige Amber, mit all diesen Männern geschlafen.«

In diesem Augenblick betraten die Schwestern den Speisesaal, und die Mädchen verstummten. Das Tischgebet wurde gesprochen, und als die Novizinnen die Teller servierten, bekam Christine einen Schock. Mop und die anderen bekamen Spaghetti und Knoblauchtoast, sie dagegen nur Karottenstifte, Quark und Pfirsiche.

»O je«, murmelte Mop. »Sieht so aus, als hätte dich die Mutter Oberin auf Diät gesetzt.«

Christine starrte entsetzt ihren Teller an, weil sie genau wußte, daß sie von diesen Sachen wieder Bauchweh kriegen würde. Tränen schossen ihr in die Augen. Daddy, dachte sie, wo bist du? Warum schreibst du nicht oder rufst an? Was hab' ich nur getan, daß du mich so schlecht behandelst?

»Schwester Gabriel«, sagte Christine, nachdem sie angeklopft hatte und ins Büro gebeten worden war. »Darf ich bitte meinen Vater anrufen? Nur ganz kurz. Ich weiß, daß er unterwegs ist und es ein Ferngespräch sein wird, aber er hat mir nicht geschrieben, nicht mal eine Postkarte, und ich mache mir Sorgen.«

»Ich verstehe deinen Kummer«, sagte Schwester Gabriel sanft. »Aber dein Vater hat geschrieben, er sei einige Zeit nicht zu erreichen. Sobald er eine Adresse habe, werde er sich melden. Hab Geduld, meine Liebe. Es wird sicher nicht mehr lange dauern.«

»Aber Sie wissen doch, wo er ist, nicht wahr? Er muß Ihnen doch eine Adresse für Notfälle gegeben haben.«

»Christine, glaub mir, er hat dich nicht einfach hier ausgesetzt. Vertrau auf Gott, dann wird bald alles wieder in Ordnung sein, du wirst sehen.«

Christine dachte einen Augenblick nach, dann sagte sie: »Darf ich Sie etwas fragen, Schwester? Ich bin dick, das weiß ich. Aber warum ist das so schlimm? Warum lachen mich die anderen Mädchen aus? Ich meine, vielleicht war ja Jesus auch dick. Wir wissen doch gar nicht, wie er ausgesehen hat. Und vielleicht kann man ja gar nichts dafür, wenn man fett ist. Die Leute lachen doch auch niemanden aus, weil er im Rollstuhl sitzt, nicht wahr? Warum ist man was Besseres, wenn man dünn ist?«

Die junge Nonne sah sie überrascht an. »Christine«, sagte sie, »Gott mag dich so, wie du bist. Vertrau auf den Herrn und seine gesegnete Mutter, und die Last deines Schmerzes wird dir genommen werden. Sie lieben dich, glaub mir. Sie lieben dich.«

Bei Christines Rückkehr in den Schlaftrakt hielt Amber wie jeden Abend Hof in ihrem Bett. Die Mädchen lümmelten in ihren Schlafanzügen herum, drehten sich die Haare auf, schmierten sich Cold Cream ins Gesicht oder hörten Radio.

»Schau mal einer an, Schwester Gabriels kleines Herzipopperl«, sagte Amber.

Christine versuchte, sie zu ignorieren, aber als sie ihr Nachthemd holen wollte, sah sie, daß die Fotos ihrer Eltern aus dem Doppelrahmen fehlten.

Sie stellte sich mit pochendem Herzen vor Amber. »Ich weiß, daß du sie genommen hast. Wo sind sie?«

»Was schert dich das? Die besuchen dich doch nie. Du bist schon einen Monat hier und hast noch nicht mal einen Brief oder einen Anruf gekriegt.«

Christine sagte wütend: »Sag mir, wo sie sind, oder du wirst es bereuen.«

»Warum? Was willst du machen? Zu Schwester Gabriel laufen? Du rennst wahrscheinlich sowieso dauernd zu ihr und beklagst dich über uns. Du bist wirklich armselig.«

»Und du? Du machst dich unglaublich wichtig, Alexandra Huntington, aber du kriegst auch keinen Besuch und keine Post und keine Anrufe. Ich wette, deine Mutter ist nicht mal eine echte Gräfin!«

Die Mädchen waren stumm vor Schreck. Amber stand langsam

auf, stellte sich vor Christine, die sie um Haupteslänge überragte und sagte: »Dafür wirst du bezahlen. Das wird dir noch sehr, sehr leid tun.«

Hans rappelte sich langsam vom Boden hoch, Blut strömte über sein Gesicht und sein Hemd. Er stolperte auf Christine zu, in der Hand eine Pistole, die genau auf sie zielte. Johnny war irgendwo im Schatten versteckt und sagte: »Diesmal kann ich dir nicht helfen, Püppchen. Wir werden uns nie wieder sehen...« Hans drückte ab, und Christine schrie auf.

Sie öffnete die Augen und sah sich um. Die grelle Nachmittagssonne blendete sie, und ihr fiel ein, daß sie in ihrem Zimmer im Schlaftrakt war, allein. Es war Samstag, und die anderen Mädchen waren bei ihren Besuchern, auch Amber, die immer von den anderen eingeladen wurde, mitzukommen, weil sie selbst keinen Besuch hatte. Christine hatte beschlossen, einfach im Zimmer zu bleiben, sich in ihre Phantasiewelt zurückzuziehen, um nicht wieder einen enttäuschenden Samstag erleben zu müssen. Statt dessen war sie eingeschlafen und von Alpträumen heimgesucht worden.

Sie sah auf die Uhr auf ihrem Nachtkästchen, es war gleich Zeit für die Postverteilung. Sie wusch sich rasch das Gesicht, kämmte sich, und als sie in den Besuchsraum kam, rief Schwester Gabriel gerade ihren Namen auf.

»Schau, Mop!« Sie zeigte ihrer Freundin strahlend den Brief. »Er ist aus Italien! Schau dir die Marken an! Mein Vater ist in Italien! Und fühl mal, wie dick der Umschlag ist. Er hat ganz viel geschrieben!«

Als die beiden wegliefen, um den Brief zu lesen, bemerkten sie nicht, wie Ambers gefährlicher Blick ihnen folgte.

Der Brief erzählte alles über Johnnys Reisen; Christine saß auf ihrem Bett und las ihn der hingerissenen Mop vor, die keine Post bekommen hatte. Johnny hatte auch ein Bündel Postkarten dazugesteckt, eine gebrauchte Eintrittskarte der Oper in Mailand und ein Chiantietikett. Es war wunderbar!

Aber als der Nachmittag sich dem Ende zuneigte und die untergehende Sonne melancholische Strahlen über die Postkarten warf, wurde Christine traurig. Sie wäre so gern bei ihm gewesen. Er fehlte ihr so sehr...

Beim Abendessen war Christine still und niedergeschlagen und hatte keinen Appetit, schon gar nicht auf den Quark und die Karotten, die man ihr vorgesetzt hatte. Sie merkte zuerst gar nicht, daß sie plötzlich das Zentrum gefährlicher Aufmerksamkeit war.

»He, psst, Christine!«

Sie hob den Kopf und sah, daß eine von Ambers Freundinnen, Ginger, etwas von ihrem Teller hochhielt.

»Magst du eins von meinen Schweinekoteletts?« flüsterte Ginger.

Christine sah Ambers hinterlistigen Blick nicht und hörte auch nicht das unterdrückte Kichern der anderen Mädchen; sie sah nur das dicke, saftige Kotelett und war plötzlich wieder im Penthouse, und Johnny tanzte im Smoking und Schürze herum.

»Aber... willst du es denn nicht, Ginger?« sagte sie.

»Ich bin allergisch gegen Schweinefleisch«, sagte das andere Mädchen und zwinkerte Amber boshaft zu. Christine sah nur das Kotelett.

»Ja«, hörte sie sich sagen. »Aber nur, wenn du es nicht willst.«

»Gut! Da hast du«, sagte Ginger und legte es auf Christines Teller.

Christine packte das Kotelett rasch in ihre Serviette und steckte es in ihre Tasche. Sie war plötzlich ganz aufgeregt. Sie würde es später essen, in ihrem Zimmer. Ganz langsam würde sie es genießen und Johnnys Brief dazu lesen...

Amber verbrachte den Abend mit ihrem Hofstaat im Zimmer eines anderen Mädchens. Christine war allein, froh, daß Amber anscheinend kein Interesse mehr daran hatte, sie zu hänseln. Es war schon fast Zeit, das Licht auszumachen. Christine ging ins Bad, um sich die Zähne zu putzen, und stellte fest, daß sie das erste Mal seit zwei Monaten gute Laune hatte: Ihr Vater hatte ihr geschrieben, und sie würde das Kotelett essen und den Brief lesen.

Aber als sie in ihr Zimmer zurückkam, waren alle anderen Mädchen da, und Amber saß auf ihrem Bett und hielt das Kotelett in der Hand. »Wir wollen zuschauen, wie du es ißt«, sagte sie.

Christine wurde es flau im Magen. »Was?«

»Du hast schon gehört. Los, Schweinchen, friß!«

»Bitte, tu mir das nicht an.«

»Schweinchen, friß, oder ich werf's in den Abfall.«

»Warte«, sagte Christine. »Tu das nicht.«

»Wenn du's willst«, sagte Amber verächtlich, »mußt du dich hinknien und wie ein Hund darum betteln. Komm, mach schön Männchen.«

»Laßt sie in Ruhe«, rief Mop, die gerade in der Tür erschienen war.

»Halt die Klappe«, sagte Amber, und zwei andere Mädchen versperrten ihr den Weg.

»Bitte, Amber«, sagte Christine. »Warum tust du mir das an?«

»Mach, was ich sage, oder ich werf's weg. Auf die Knie! Komm schon«, sagte Amber. »Mach Männchen wie ein braver Hund.«

»Christine«, rief Mop. »Mach das nicht!«

Amber flüsterte zwei Mädchen neben sich etwas zu, und die beiden gingen zu Mop, packten sie, zerrten sie ins Zimmer und hielten ihr die Arme auf den Rücken.

Amber nahm eine Schere von ihrem Schreibtisch und ging langsam damit auf Mop zu, das Kotelett wedelte sie mit der anderen Hand hin und her. Sie hielt Mop die Schere unter die Nase und sagte: »Ich glaube, dieses Mädchen hat zu viele Haare. Ich werde sie ihr schneiden.«

»Laß sie in Ruhe«, sagte Christine und schob die anderen Mädchen beiseite. »Und ich werde auch nicht tun, was du verlangst. Und du wirst Mop nicht weh tun.«

Die Mädchen beobachteten starr vor Schreck, wie sie die beiden, die Mop festhielten, wegschubste. Dann drehte Christine sich zu Amber und sagte: »Und du wirst uns nie wieder weh tun. Du bist gemein und grausam, Amber, und du tust mir leid. Und jeder, der hinter dir herläuft und macht, was du sagst, kann sich wohl selber auch nicht ausstehn.« Sie schaute die anderen an, die betreten den Boden anstarrten. »Du machst dich über uns lustig, weil wir nicht so schön sind wie du, aber wir haben zumindest unseren Stolz. Mein Vater hat mir beigebracht, mich selbst zu respektieren. Und genau das werde ich tun, Alexandra Huntington. Ich werde nicht zulassen, daß du mich oder Mop je wieder schikanierst.«

9

»Keine Sorge, Püppchen, es ist nicht für lange. Wir werden schon bald wieder zusammensein.«

Das Echo seiner Stimme aus der Vergangenheit. Philippa legte ihren Stift weg und schaute aus dem Fenster des Starlite-Jet. Es war Nacht. Nach dem Auftanken auf den Fidschi-Inseln hatten sie direkten Kurs auf Südkalifornien genommen. Die Kabine war nur schwach erleuchtet; Charmie, die Philippa gegenübersaß, las, Ricky war in der Kombüse und machte Kaffee und heißes Gebäck für die Crew. Sie waren die einzigen Passagiere an Bord.

Philippa versuchte, das dunkle Gefühl von Vorahnung zu verdrängen und sich wieder auf die Arbeit an ihrem Buch zu konzentrieren. Sie starrte die Seite an, die sie halb beschrieben hatte, und steckte schließlich mit einem Seufzer ihren Stift weg. Sie konnte sich einfach nicht konzentrieren. Das Gefühl eines bevorstehenden Verlusts lenkte ihre Gedanken zurück an eine neblige Nacht in San Francisco vor zweiundvierzig Jahren. In dieser Nacht hatte sie alles verloren. Keine Warnung, keine Vorwarnung, kein Omen hatte sie auf die drastische Wende vorbereitet, die ihr Leben nehmen würde. Und dann kam auch die Erinnerung an die anderen beiden furchtbaren Verluste in ihrem Leben: der erste, als sie 1958 in ein schäbiges Apartment hinter Grauman's Chinese Theatre eingezogen war, damals, als der Verlauf ihres Lebens für immer festgelegt wurde, und schließlich der Tag, an dem sie am Point Resolution gestanden hatte und mit ansehen mußte, wie die *Philippa* unterging.

Wartete am Ende dieses Fluges wieder so ein Wendepunkt in ihrem Leben auf sie? Philippa versuchte, ihre Ängste zu analysieren. Was fürchtete sie mehr: den Verlust ihrer Firma oder die Entdeckung, daß einer ihrer Freunde sie verraten hatte. Sie schickte ein Stoßgebet hinaus in die schwarze Nacht: »Bitte, lieber Gott, wenn es einen Verräter in der Firma gibt, laß es nicht einen von uns sein.«

Zwischen ihrem und Charmies Sitz stand ein niedriger Tisch mit einer Schale voll frischem Obst, einem Teller mit Keksen und einer

Kristallkaraffe Perrier mit Zitronenscheiben. Philippa goß sich ein Glas ein und lehnte sich zurück. Sie mußte über so vieles nachdenken.

Beverly Burgess in Palm Springs ging ihr nicht aus dem Sinn. Die Reklame für Star's fiel ihr ein, Silbersterne vor dunkelblauem Hintergrund, genau wie die Einrichtung hier in diesem Jet. Philippa fragte sich, ob das wohl einer dieser Zufälle sein könnte, von denen man behauptete, es gebe sie bei Zwillingen, die getrennt aufwuchsen. Waren die Namen Star's und Starlite und ihre so beunruhigend ähnlichen Logos ein Beweis, daß Beverly Burgess ihre Schwester war?

»Alles in Ordnung?« fragte Charmie leise und legte ihr Buch und ihre Lesebrille beiseite.

»Ich weiß es nicht«, sagte Philippa. »Ich mach' mir Sorgen über das, was uns erwartet, vor allem darüber, daß uns jemand verraten haben könnte, der mir nahesteht. Bist du sicher, daß keiner weiß, daß ich komme?«

»Glaub mir, sie haben keine Ahnung. Sie denken alle, ich bin in Ohio. Wenn du durch die Tür von Starlite kommst, werden sie vor Schreck aus den Latschen kippen.«

Genau das wollte Philippa – ihre Reaktion auf ihre unerwartete Rückkehr beobachten. Auf den Gesichtern der Schuldigen mußte doch etwas zu erkennen sein.

»Eigentlich war ich noch nicht bereit, Perth zu verlassen«, sagte sie. Das Flugzeug vibrierte, der Pilot hatte sie gewarnt, daß sie vielleicht durch die Ausläufer eines tropischen Sturms fliegen würden. »Ich dachte, solange ich dort bin, halte ich die Hoffnung aufrecht, daß er irgendwie überlebt hat, daß er zurückkommen wird. Ich habe das Gefühl, daß ich ihm diese Chance nehme, wenn ich weggehe. Klingt das verrückt?«

»Nein, tut es nicht.« Charmie beugte sich vor und legte ihre Hand auf Philippas Arm. »Aber irgendwann mußt du das aufgeben, Philippa. Er würde das auch wollen. Er würde wollen, daß du an die Zukunft denkst und nicht in der Vergangenheit lebst.«

»Du hast natürlich recht.« Philippa lächelte. »Esther freut sich so, daß ich über die Feiertage nach Hause komme. Sie kann es kaum erwarten, daß ich ihren Freund kennenlerne. Deshalb bin ich eigentlich ganz froh, Charmie, daß du mich aus Perth befreit hast. Wenn das mit dem Jungen wirklich so ernst ist, wie Esther sich anhört, planen wir vielleicht bald eine Hochzeit.«

»Und kurz darauf«, sagte Charmie grinsend, »bist du vielleicht schon Großmutter.«

»Du lieber Himmel. Bin ich denn nicht zu jung, um Großmutter zu werden?«

Charmie nahm einen Schluck Gin Tonic. »Alter ist ein Gemütszustand«, sagte sie und beäugte Rickys Hintern, als er an ihr vorbei zu seinem Sitz ging.

Philippa hatte ihren Stuhl gedreht, so daß sie Ricky über Charmies Schulter sehen konnte. Er beobachtete sie. Sie sagte: »Ich glaube, ich mach' mich ein bißchen frisch.«

Die Toilette im hinteren Teil der Maschine war etwas größer als die in Verkehrsflugzeugen und luxuriös ausgestattet. Philippa machte die Tür hinter sich zu, sperrte aber nicht ab. Sie ließ das kalte Wasser laufen und wusch sich das Gesicht. Als sie es trockentupfte, hörte sie ein diskretes Klopfen an der Tür, und Ricky sagte: »Alles in Ordnung, Miss Roberts?«

Sie erwiderte: »Ja«, und wartete.

Er öffnete die Tür, sah sie fragend an, kam herein und schloß die Tür hinter sich. »Ist wirklich alles in Ordnung?«

»Ich mach' mir Sorgen«, sagte Philippa. Sie hatte Ricky alles über den Grund ihrer Reise erzählt – die drohende Übernahme, die Möglichkeit, daß Hendricks ihre Schwester gefunden hatte. »Und ich habe ein bißchen Angst.«

»Alles wird gut werden«, sagte er leise. Dann legte er die Hände um ihre Taille und zog sie an sich. Sie schlang ihre Arme um ihn, preßte ihr Gesicht an seinen Hals und genoß das Gefühl seines harten jungen Körpers. Zuerst hielt er sie zärtlich, massierte die verkrampfte Stelle zwischen ihren Schulterblättern, dann wurde seine Umarmung heftiger. Sie packte seine langen Haare, und er küßte sie fordernd, seine Zunge schmeckte süß, nach gezuckertem Kaffee. Plötzlich begehrte sie ihn, schnell, jetzt, sofort.

Sie griff nach ihm, er stöhnte und hob sie auf das Waschbecken, dann streifte er ihren Schlüpfer herunter, schob ihren Rock um die

Taille hoch und stieß so abrupt und heftig in sie, daß ihr der Atem stockte. Er griff unter ihre Bluse, hob sie ein Stück hoch und wiegte sie hin und her; sie klammerte sich an ihn, preßte ihre Lippen auf seinen Mund.

Die Maschine machte einen Satz, sie merkten es aber nicht. Und als sie ein Klopfen an der Tür hörten, brachte Philippa nur ein atemloses »Ja?« heraus.

Es war Charmie. »Der Captain schlägt vor, daß du auf deinen Platz zurückgehst. Er sagt, wir durchfliegen gleich ein paar Turbulenzen.«

Philippa begann zu lachen und begrub ihren Mund in Rickys üppigem Haar.

Philippas Foto klebte am Spiegel, und während Danny Mackay an seiner Verkleidung arbeitete, träumte er davon, wie er sie bestrafen würde.

Vielleicht würde er sie aufhängen und tanzen lassen wie einen Fisch an der Angel. Vielleicht würde er sie auch sterben lassen und dann wiederbeleben, so wie es dieser Trottel von Gefängnisarzt, dem er ein Vermögen bezahlt hatte, mit ihm gemacht hatte, nachdem er ihn zu lange hatte hängen lassen. Der Gedanke, wie sie schreien und um ihr Leben betteln würde, brachte ihn in Hochstimmung. Danny würde das auskosten. Vielleicht würde er sie auch nicht töten, wenn er sie da unten in Westaustralien gefunden hatte, sondern sich mit ihr anfreunden, ohne daß sie ahnte, wer er war und was er mit ihr vorhatte. Sie hatte schließlich dasselbe mit ihm gemacht, als sie vorgab, seine politische Kampagne zu unterstützen, Geld spendete und so weiter, während sie doch seine Erniedrigung und Zerstörung geplant hatte.

Danny drückte den angeklebten Bart fest, ging einen Schritt vom Spiegel weg und betrachtete kritisch sein Werk. Er mußte sich verkleiden, da Millionen von Leuten ihn aus dem Fernsehen kannten, als Prediger und als Präsidentschaftskandidat.

Zufrieden mit seinem veränderten Aussehen durchsuchte Danny methodisch Quinns Haus und nahm ein paar Sachen an sich, die ihm vielleicht unterwegs nützlich sein würden: einen Presseausweis und die Brieftasche mit dreiundsiebzig Dollar Wechselgeld. Schließlich nahm er die Akte mit der Aufschrift »Philippa Roberts«, zog das Bild vom Spiegel ab und steckte es zu Quinns Notizen über sie.

Danny sah sich noch einmal kurz um, sein Blick streifte desinteressiert über die Akte mit der Aufschrift »Burgess/Star's«, dann schaute er hinaus aufs Meer, wo ein perlmuttfarbener Sonnenaufgang den Pazifik aus der dunklen Nacht in dunstige Morgendämmerung holte. Er sah, daß die Flut den Sand glattgewaschen hatte und alle Spuren der drei Gräber, die er nachts gegraben hatte, ausgelöscht waren.

Beim Verlassen des Hauses, berauscht vom schönen Morgen, von der Freude, am Leben zu sein, und von seinen Rachegefühlen, dachte Danny an die geheime Liste, die er einmal geführt hatte, eine Liste von Leuten, die ihm in die Quere gekommen waren und die er systematisch bestraft hatte, einen nach dem anderen.

Danny jagte den Toyota hinaus auf den Highway, überholte einen Porsche und einen Maserati und fühlte sich mächtig und unbesiegbar – ein Mann konnte schließlich nicht zweimal sterben, oder? Seine Racheliste fiel ihm wieder ein. Früher war sie sehr lang gewesen, jetzt stand nur noch ein Name drauf: Philippa Roberts. Und für sie würde er sich etwas ganz Besonderes einfallen lassen.

10

»He! Schau dir das an!«

Larry Wolfe kam aus seinem Schlafzimmer, in der Hand einen Bademantel. »Schau mal, was die uns schenken!«

Andrea Bachman, Wolfes Assistentin, die in ihrem Zimmer auf der anderen Seite des Salons auspackte, schaute durch die halb geöffnete Tür zu Larry hinüber. Sie hatte den mitternachtsblauen Bademantel mit den aufgestickten Sternen in ihrem Badezimmer auch schon gesehen. »Ich glaube nicht, daß das Hotel uns die schenkt, Larry«, sagte sie.

»O doch. Es steht nirgends geschrieben, daß wir sie nicht mitnehmen dürfen.«

Andrea machte sich nicht die Mühe, mit ihm zu streiten. Am liebsten hätte sie gesagt: »Larry Wolfe, du bist so dämlich, daß einem ganz schlecht wird.« Statt dessen packte sie weiter aus. Die Tage waren ein für allemal vorbei, an denen sie jedes Wort, das Larry sagte, vergötterte. Jetzt ging er ihr allmählich auf die Nerven.

Aber in einem Punkt hatte er recht, die Bademäntel waren wirklich exklusiv, genau wie die Toilettenartikel im Bad, alles nur die feinsten Marken.

Auch ihr Zimmer war eine wirkliche Überraschung. Keine weißen Hotellaken, sondern himbeerfarbene, mit einer Laura Ashley-Überdecke, und eine Vase mit frischen violetten Hyazinthen – im Dezember!

Als Andrea schließlich in den Salon ging, war Larry bereits zum Abendessen umgezogen und inspizierte sich in dem großen Spiegel mit dem Goldrahmen über dem Kamin. Sie fand es immer noch erstaunlich, daß sie ihn jetzt ansehen konnte, ohne daß ihr Herz ins Stocken geriet. Jetzt sah sie ihn ohne rosa Brille, und da blieb nicht mehr viel übrig. Larry Wolfe, vierundvierzig, dunkelhaarig, mit gemeißeltem Macho-Kinn, sah gut aus, aber auf eine recht billige Art, wie ein zweitklassiger Conferencier. Und keiner ahnte, was für eine schale Persönlichkeit sich hinter dieser Fassade verbarg: absolut hohl und total langweilig. Andrea hatte einmal zufällig gehört, wie er einem Freund von seiner Affäre mit einer bekannten Schauspielerin erzählte. »Und wenn ich zu ihr sage: ›Laß uns bumsen‹, wird sie wütend. Sie läßt sich nur anfassen, wenn ich sage: ›Ich will dich lieben.‹ Also hab' ich eines Abends gesagt: ›Ich will dich lieben‹, und im Bett, als sie kurz weggeschaut hat, hab' ich sie gebumst.«

Larry Wolfe.

»Wann ist unser Treffen mit Yamato?« fragte er Andrea, ohne sie anzusehen.

»In vier Tagen«, erwiderte sie und griff nach ihrem Mantel. Mr. Yamato war ein reicher Geschäftsmann aus Tokio, der ganz wild darauf war, Larrys nächsten Film zu finanzieren: die Marion Star-Story. Es war Larry Wolfes erster Versuch als Produzent. Nachdem er vorigen April den Oscar gewonnen hatte, war er zu dem Schluß gekommen, daß er nicht mehr damit zufrieden war, Drehbücher zu schreiben, jetzt wollte er produzieren. Ein Produzent hatte mehr Prestige, mehr Geld, mehr Macht, mehr Frauen.

»Okay, gehen wir«, sagte er und ging zur Tür, ohne Andrea in den Mantel zu helfen. »Ich brauch' einen Drink.« Er öffnete die Tür und ging hinaus. Andrea, zweiundvierzig und in ihren eigenen Augen unattraktiv, tappte hinterdrein wie schon seit Jahren. Aber das würde jetzt ein Ende haben. Beim Einsteigen in den kleinen Elektrowagen, den Andrea bestellt hatte, um sie zum Schloß zu bringen, strahlte sie ihn an, als wäre er das Beste seit Erfindung der Schraubverschlüsse für Weinflaschen. Sie mußte vorsichtig sein, um ihn in Sicherheit zu wiegen. Sie wartete nur auf den richtigen Zeitpunkt.

Und dann würde sie ihm alles heimzahlen.

Im Bungalow nebenan bereitete sich Carole Page auf ihr erstes Treffen mit Larry Wolfe vor. Sie dachte: Einige Dinge kann man nicht mit Geld oder Macht oder Einfluß kaufen. Die gibt es nur gegen Sex. Damit konnte man alles kaufen. Und sie, Carole Page, Diva in Nöten, würde sich einen Mann kaufen. Präzise gesagt, Larry Wolfe.

Sie ging vom Schlafzimmer in den Salon, wo ein junger Mann mit einladendem Lächeln und hübschem Hintern ein Feuer im Kamin angezündet hatte. Daneben stand ein Messingeimer mit in Wachs getauchten Pinienzapfen. Wenn man sie ins Feuer warf, knisterten sie und sprühten bunte Funken. Wirklich erstaunlich, was die Hotelleitung sich alles einfallen ließ, zum Beispiel diese Ringe mit Öl über den Glühbirnen, durch die das ganze Zimmer nach Orangenblüten duftete. Sehr romantisch. Sie wünschte nur, Sanford wäre hier, um das alles mit ihr zu teilen.

Aber das ging natürlich nicht. Schließlich wollte sie einen anderen Mann verführen.

Als Carole hörte, daß Larry Wolfe Marion Stars Tagebuch gekauft hatte und einen Film daraus machen würde, witterte sie ihre Chance. Sie stellte ein paar Nachforschungen über den Drehbuchautor an und fand heraus, daß er ein größenwahnsinniger Mistkerl war. Aber er war ein gutaussehender Mistkerl und hatte anscheinend japanische Geldgeber, die ihn unterstützten. Sie hatte auch herausgefunden, was Larry Wolfe an Frauen gefiel: »Ich muß das Gefühl haben, daß ich der Eroberer bin«, hatte er in einem Interview gesagt. »Frauen, die sich mir an den Hals werfen, und davon gibt es reichlich, haben bei mir keine Chance. Je schwerer sie zu kriegen sind, desto lieber ist es mir.«

Somit hatte Carole ihre Strategie gefunden. Sie würde Larry kriegen, indem sie ihn glauben ließ, er hätte sie erobert.

Nachdem sie in der Gesellschaftskolumne gelesen hatte, daß Larry und seine Assistentin Andrea Bachmann zum Star's fahren würden, um das Tagebuch abzuholen und sich anzuschauen, ob das alte Haus als Drehort in Frage kam, hatte Carole sich sofort ans Telefon gehängt und eine Reservierung für denselben Zeitraum geordert. Larry sollte heute ankommen. Jetzt mußte sie nur ein zufälliges Treffen arrangieren und dann die Desinteressierte spielen.

Carole griff nach ihrem russischen Zobelmantel und spürte wie ihr Spitzen-BH kniff. »Ich könnte schwören, sie werden größer«, hatte sich Carole bei ihrem Schönheitschirurgen beklagt. »Durch das Absaugen werden die Fettzellen ein für allemal entfernt«, hatte er erwidert. »Sie haben das an Ihren Schenkeln machen lassen, und da der Körper keine neuen Fettzellen schafft, sucht er sich einfach einen neuen Platz, um das Fett abzulagern. Ihr Körper hat sich Ihre Brüste dafür ausgesucht.«

Die Implantate hätte sie sich wirklich schenken können.

Carole streifte ihren Mantel über, und plötzlich schoß ihr eine schmerzliche Erinnerung durch den Kopf: ihr Bild auf einem Titelblatt und die Schlagzeile: »Ist Carole Pages Karriere zu Ende?«

Nach drei Filmflops und dem vierzigsten Geburtstag mußte Carole nun plötzlich der Tatsache ins Auge sehen, daß der Glanz ihres Ruhms zu verblassen begann. Es machte ihr angst. Und sie haßte es. Sie war eine gute Schauspielerin, das sagte jeder. Aber in letzter Zeit hatte sie nur Rollen in miesen Filmen bekommen. Die Rollen für »ältere Frauen« wurden mit jedem Jahr weniger. Die Gewerkschaft der Filmschauspieler hatte vor kurzem eine sehr beängstigende Statistik veröffentlicht: 71 Prozent aller Filmrollen gingen an Männer und nur 29 Prozent an Frauen. Der Anteil von Film und Fernsehrollen für Schauspielerinnen über Vierzig waren armselige 8,8 Prozent.

Nur noch eins konnte sie jetzt retten: ein Drehbuch von Larry

Wolfe, dem momentan gefragtesten Autor Hollywoods. Und jetzt wollte er auch noch selbst produzieren, damit hatte er Einfluß auf die Besetzung. Und deshalb mußte sie Larry dazu bringen, sie zu engagieren. Leider blieben ihr nur ein paar Tage Zeit, das zu bewerkstelligen. Sanford erwartete sie Weihnachten zu Hause, in ihrem Haus in Beverly Hills. Sie mußte zurück zu all ihren Ängsten und Falten und den verzweifelten Erinnerungen an bessere Tage.

Und Sanford, ihr geliebter Mann, der seinen »schönen Filmstar« im Bett befriedigen konnte wie kein anderer – wie lange würde sie ihn noch halten können?

Auf dem Weg zur Tür sah sie sich im Spiegel – eine große, attraktive Blondine, die wie höchstens dreißig aussah. Aber es waren nicht die flüchtigen Blicke, die ihr Sorgen machten, sondern die Nahaufnahmen. Würde sie überhaupt mit Larry Wolfe schlafen können und sich nicht ständig fragen, ob er die kleinen, fast unsichtbaren Narben von ihren kosmetischen Operationen an Bauch und Schenkeln entdecken würde? Und würden sie ihn vielleicht abschrecken? Oder noch schlimmer, würde er sie auslachen und sagen, sie wäre zu alt, um eine fünfundzwanzigjährige Sexgöttin zu spielen? Und was dann? All das machte ihr entsetzlich angst.

Aber ihre größte Angst war, daß sie Sanford verlieren könnte. Carole war ein großer Star gewesen, als sie sich kennenlernten, und gerade deshalb hatte er sich auch in sie verliebt. Das hatte er ihr immer gesagt und sagte es auch heute noch. Manche Männer konnten es nicht ertragen, wenn sie im Ruhm ihrer Frauen verblaßten, Sanford Page genoß es. Aber würde er sie noch haben wollen, wenn ihr Stern sank? »Ich möchte, daß du immer stolz auf mich bist, Sanford, mein Schatz«, flüsterte sie ihrem Spiegelbild zu. »Ich könnte es nicht ertragen, wenn du mit ansehen müßtest, wie ich in der Versenkung verschwinde, *noch* eine alternde Schauspielerin, die keine Rolle finden kann. Ich weiß, daß es unsere Beziehung kaputtmachen und ich dich am Ende verlieren würde. Und wenn ich nicht mit dir leben kann, mein Herz, dann möchte ich überhaupt nicht leben.«

Beim Anblick des Schlosses fühlte sich Andrea Bachman an die Eröffnungsszene des Films *Rebecca* erinnert – ein geheimnisvolles Haus im Mondlicht, die Stimme einer Frau, die sagt: »Gestern nacht träumte ich, ich wäre zurück in Manderley ... dem geheimnisvollen, schweigenden Manderley ...«

Während der Golfwagen den betonierten Weg entlangsummte, der von den Bungalows zum Hauptgebäude führte, gab ihnen der junge Fahrer ein paar Informationen über den Hotelkomplex. »Der Fitneßclub ist da drüben, zur Tennishalle geht's da entlang.« Andrea schaute immer nur auf das Haus. Es sah zugleich romantisch, mittelalterlich und bedrohlich aus. Sie erwartete jeden Augenblick, daß Kevin Costner als Robin Hood um die Ecke biegen oder von einem der Türme oder Zinnen springen würde. Auf jeden Fall brauchten sie für die Marion Star-Story keine Kulissen zu bauen, das echte Haus war der beste Set.

Die Geschichte selbst hatte es allerdings auch in sich. Das Verbrechen, das hier vor fast sechzig Jahren begangen worden war, am 4. Juli 1932, war nie aufgeklärt worden. Ramseys Mörder wurde nie gefunden und auch nicht die schöne junge Marion Star. Angeblich war Marion beim Anblick der nackten Leiche ihres Liebhabers im sogenannten Obszönen Bad hysterisch in die Nacht hinausgelaufen und hatte sich irgendwie im Schnee verirrt. Trotz intensivster Suche war ihre Leiche nie gefunden worden, es wurde vermutet, daß wilde Tiere sie gefressen hatten.

Der Mord gab auch einige andere Rätsel auf: bestimmte anrüchige Fakten, die in den Zeitungen nicht berichtet wurden, aber trotzdem die Runde machten – Hinweise darauf, daß Ramseys Körper symbolisch verstümmelt worden war.

Ja, dachte Andrea, als sie vor dem Schloß vorfuhren, Marion Stars Leben würde ohne Zweifel ein aufregendes Drehbuch abgeben. Sie konnte es kaum erwarten, das Tagebuch zu sehen, für das Larry einen astronomischen Preis bezahlt hatte. Andrea wollte es gleich heute nacht lesen.

Einer der Türsteher kam die vereiste Treppe herunter, um Andrea auf den roten Teppich zu helfen. »Guten Abend, Madam«, sagte der erstaunlich gut aussehende junge Mann. Sie wußte nicht mehr, wann die Leute aufgehört hatten, sie Miss zu nennen. Ihre Angst vor dem Älterwerden war zwar nicht so panisch wie die Carole Pages, aber an ihrem zweiundvierzigsten Geburtstag hatte Andrea doch kurz die Angst gepackt.

»Verzeihung, Sir«, sagte der junge Türsteher, »sind Sie nicht Larry Wolfe, der Drehbuchautor?«

Larry warf ihm einen gelangweilten Blick zu und sagte: »Ja, ich denke schon.«

»Das ist eine große Ehre, Mr. Wolfe, Sie haben den Oscar wirklich verdient.«

Larry ging wortlos an ihm vorbei.

Der junge Mann lief zur schweren Eingangstür des Schlosses hoch, öffnete sie und sagte: »Haben Sie vielleicht ein paar Tips für einen angehenden Drehbuchautor, Mr. Wolfe? Ich –«

»Ich bin im Urlaub«, sagte Larry und ging an ihm vorbei.

»Nehmen Sie's nicht persönlich«, sagte Andrea mitleidig zu dem niedergeschlagenen jungen Mann und gab ihm zwanzig Dollar. »Mr. Wolfe ist immer schlecht gelaunt, wenn er Hunger hat. Vielleicht ein andermal, wenn er bessere Laune hat.«

Beim Betreten der hell erleuchteten Halle, in der junge Mädchen in Uniform die Gäste von ihren Mänteln und Schals befreiten, beobachtete Andrea, wie ihr Arbeitgeber ein hübsches junges Ding charmant anlächelte und sich mit ihr unterhielt. Larry Wolfe war die Art Mann, dem Frauen sofort zu Füßen lagen. Früher einmal hatte Andrea deswegen manch schlaflose Nacht gehabt, damals, als sie noch zu denen gehörte, die ihn liebten, bis zu dem Tag, an dem ihr die Augen geöffnet wurden und sie feststellte, was für ein Erzschwein er war.

Damals, bevor sie beschlossen hatte, sich an ihm zu rächen.

Andrea reichte einem der Mädchen ihren Mantel, und plötzlich wanderten ihre Gedanken zurück zu einem versmogten Abend auf dem Campus der UCLA, vor siebzehn Jahren...

Die Nachtluft war heiß und süß duftend, der Mond groß und orangefarben, Paare umarmten sich lustvoll, und die fünfundzwanzigjährige Andrea versuchte krampfhaft, sie nicht anzustarren. Sie war so versunken in Gedanken von Sex und Liebe, daß sie gar nicht sah, wie ein junger Mann ihr plötzlich in den Weg trat. Sie erschrak und ließ ihre Bücher fallen.

»Tut mir leid«, sagte er, bückte sich und hob ihre Sachen auf. »Ich wollte Sie nicht erschrecken.«

Andrea sah jetzt, daß es Larry Wolfe war, der denselben Abendkurs wie sie besuchte. Für sie war er einer der attraktivsten Männer, die sie je gesehen hatte.

»Tut mir leid«, sagte er noch einmal und lächelte. »Ich dachte, Sie hätten mich gesehen.« Eine schwarze Locke baumelte über seiner Stirn. »Ich bin Larry und im selben Drehbuchkurs wie Sie. Ich wollte mit Ihnen reden.«

Das haute sie um. Andrea machte sich keinerlei Illusionen, was ihr Aussehen betraf: es war ebenso unauffällig wie es ihre Persönlichkeit auch war. Kein Typ brach sich einen ab, um Andrea Bachman zu begegnen. Ganz besonders nicht gutaussehende Angeber wie Larry Wolfe.

»Worüber denn?« sagte sie schüchtern.

»Ja, also, ich hab' da ein Problem, und ich dachte, Sie könnten mir vielleicht dabei helfen. Aber nur, wenn es Ihnen nichts ausmacht natürlich.«

Fünfzehn Minuten später saßen sie in Ship's Coffee Shop auf dem Wilshire Boulevard und teilten sich einen Teller Pommes. Auf dem Weg von der Uni dorthin hatte Larry ihr alles über sich erzählt. Er war sechsundzwanzig, arbeitete als Kellner, und sein Lebensziel war die Filmindustrie. »Ich bin zu dem Schluß gekommen, daß ein Drehbuch schreiben die einfachste Methode ist, um da reinzukommen«, sagte er. »Deswegen hab' ich mich für den Kurs eingeschrieben. Und ich war beeindruckt, als unser Dozent heute abend Ihr Drehbuch gelobt hat.«

Andrea wurde rot.

»Mich interessiert dieser Wettbewerb, der da ausgeschrieben ist«, sagte er. »Das beste Drehbuch der Klasse gewinnt 5000 Dollar und wird wichtigen Regisseuren und Produzenten gezeigt. Ich muß diesen Wettbewerb gewinnen, Alice.«

»Andrea«, sagte sie. Sie hatte sich genauestens über diesen Wettbewerb informiert, da sie selbst vorhatte, daran teilzunehmen. Und sie hatte vor zu gewinnen. Dieser Gewinn war lebenswichtig für sie.

Andrea Bachman war eine schüchterne junge Frau aus Santa

Monica, die bei ihren schon sehr alten Eltern lebte und kaum Leute kannte. Sie hatte eine unbefriedigende Arbeit als Sekretärin bei einer Versicherungsgesellschaft in Culver City. Sie war zu dem Schluß gekommen, daß sie sich von all dem befreien mußte, um etwas im Leben zu erreichen. Sie hatte immer schon Schriftstellerin werden wollen und auch bereits ein paar Kurzgeschichten an Magazine verkauft, die ihr Talent lobten. Nachdem sie in der *L. A. Times* eine Anzeige für einen Kurs im Drehbuchschreiben, der auf zwanzig Studenten begrenzt war, gesehen hatte, glaubte sie, vielleicht ihre Chance gefunden zu haben. Jetzt, nach sieben Wochen Kurs, hatte der Dozent Andrea vor allen anderen gesagt, daß ihr Drehbuch wirklich vielversprechend sei. Andrea hatte gestrahlt. Genau wie jetzt, dank Larry Wolfes Aufmerksamkeit.

»Sie müssen doch zugeben«, sagte er, »das ist der Beruf überhaupt. Ich habe gelesen, daß William Goldman für sein Drehbuch zu *Butch Cassidy und Sundance Kid/Zwei Banditen* 400000 Dollar gekriegt hat. Wie lange, glauben Sie, hat er gebraucht, um das runterzuklopfen? Ein paar Wochen vielleicht?«

Larry verstummte und starrte Andrea an, die plötzlich verlegen wurde. »Also«, sagte sie und mußte husten. »Also, was genau wollen Sie von mir?«

»Eigentlich nichts. Ich meine, ich will Sie nicht belasten. Eine talentierte Frau wie Sie hat wahrscheinlich sehr viel zu tun...«

Und Andrea verliebte sich Hals über Kopf.

Jetzt stand sie in der großen Halle des Schlosses und verdrängte diese Gedanken gewaltsam. Sie sah sich um – überall waren Vitrinen mit Andenken und persönlichen Gegenständen Marions, riesige Fotos, die ihren traurigen Blick für die Ewigkeit eingefangen hatten, schmückten die Wände. Was war in jener Nacht wirklich passiert? Warum war der Mord nie aufgeklärt worden?

Andrea mußte sich beeilen, um Larry einzuholen, der im Laufschritt zum Speisesaal ging, wo der Maître ihn wie den verlorenen Sohn begrüßte. Männer fuhren auf Larry genauso ab wie Frauen, aber aus anderen Gründen.

Der Maître entschuldigte sich, weil es eine Weile dauern würde, bis er einen Tisch frei hatte, und Larry wies Andrea an, sich schriftlich beim Management zu beschweren, drehte sich auf dem Absatz um und ging zur Cocktaillounge. Andrea folgte ihm pflichtschuldigst wie immer. Ein paar Tage lang mußte sie diese Maskerade noch durchhalten, er durfte keinen Verdacht schöpfen.

Carole ging die Treppe zum Schloßeingang hoch und spielte nervös mit der Kette ihrer Abendtasche. Noch konnte sie umkehren, nach Hause zurück fahren zu ihrem Mann und ihrer kaputten Karriere.

»Guten Abend, Miss Page«, sagte der Türsteher.

Sie setzte ihr betörendstes Lächeln auf und sah auf dem strahlenden jungen Gesicht, daß es immer noch seine Wirkung hatte. Sie ging in die Halle, reichte einem Mädchen ihren russischen Zobel und schaute sich dann um. Zahlreiche Gäste standen vor dem Kamin der Lobby oder saßen auf den brokatbezogenen Sofas und nippten Champagner oder knabberten an Hors d'oeuvres, die von hübschen jungen Kellnern serviert wurden. Larry Wolfe war nicht zu sehen. Sie ging weiter in die Cocktaillounge, blieb stehen und musterte die Menge.

Hollywood muß leer sein, dachte sie angesichts der vielen bekannten Gesichter aus der Filmindustrie. Und dann stockte Carole das Herz. Larry Wolfe und seine Assistentin, Andrea Bachman, saßen in einer der getäfelten Nischen. Sie überlegte kurz, wie sie es anstellen sollte, ihm zufällig zu begegnen und beschloß dann, einfach an ihm vorbeizuschweben, ganz Glitzer und weißer Satin. Dann würde sie ihn erkennen und ihm zu seinem Oscar gratulieren.

Larry sah Carole zuerst gar nicht kommen, so war er mit seinen Gedanken beschäftigt. Erstens würde Marion Stars Tagebuch ihm bestimmt den nächsten Oscar einbringen, diesmal als bester Film; den bekam nämlich immer der Produzent. Außerdem konnte er es gar nicht erwarten, die Eigentümerin dieses Hotels kennenzulernen, Beverly Burgess, die sehr zurückgezogen lebte und kaum jemand empfing. Larry war fasziniert von unnahbaren Frauen. »Beverly Burgess sieht sehr gut aus«, hatte ein Regisseur ihm nach einem Aufenthalt im Star's erzählt. »Ich habe sie nur ganz kurz gesehen, sie mischt sich sehr selten unter die Gäste. Aber sie ist genau mein Typ, groß, schlank, und sie hat Klasse. Und soweit ich das feststellen konnte, gibt's keinen Mann in ihrem Leben.«

Larry Wolfe freute sich schon sehr auf eine Schloßbesichtigung mit der eleganten und unnahbaren Miss Burgess.

»Oh, hallo«, sagte eine samtweiche Stimme. »Sie sind doch Larry Wolfe, nicht wahr? Glückwunsch zu Ihrem Oscar.«

Larry hob überrascht den Kopf. »Hallo«, sagte er und musterte die aschblonden Haare, die funkelnden Diamanten und das atemberaubende Dekolleté. Sein Blick blieb an den dicken Perlen hängen, die zwischen ihren Brüsten lagen. »Miss Page, das ist wirklich eine große Freude. Wollen Sie sich nicht zu uns setzen«, sagte er.

Carole zögerte. »Nun ja, ich warte eigentlich auf einen Tisch im Speisesaal.« Sie schaute sich in der Bar um und stellte erleichtert fest, daß sonst kein Platz mehr frei war.

»Dann setzen Sie sich doch zu uns, bis Sie gerufen werden«, sagte Larry.

Sie zierte sich noch ein bißchen, aber dann setzte sie sich doch und sagte: »Ich bin das erste Mal hier. Mein Bungalow ist ein Traum. Er hat sogar einen eigenen Pool.«

»So ein Zufall«, sagte Larry und strahlte wie eine Zahnpastareklame. »Ich bin im anderen Bungalow. Dann sind wir ja sozusagen Nachbarn. Wie lange bleiben Sie hier?«

»Nur ein paar Tage. Ich muß mich ausruhen. Und Sie?«

Larry inspizierte ungeniert ihr Dekolleté und erzählte ihr, daß er einen Film über Marion Star machen wolle und deshalb hier sei.

»Ach wirklich?« sagte Carole und schob die Nüsse beiseite, die Larry ihr anbot. Wenn sie Marion Star spielen wollte, mußte sie noch einiges herunterhungern. Aber das hatte sie schon öfter gemacht, die Quälerei gehörte zu ihrem Beruf. Sie konnte sehen, daß Larry sie sensationell fand. Er ahnte ja nicht, welche Foltern sie erlitten hatte, um den Effekt zu erreichen: Haare eingeflochten, Poren ausgekratzt, Lippen aufgespritzt. Es war einfach unfair. Larry war zwei Jahre älter als sie, und er hatte sich heute abend nur die Haare kämmen müssen, um gut auszusehen.

Sie seufzte und sagte: »Ich wünschte, Sanford wäre hier. Das ist ein so romantischer Ort.«

Larry lachte.

»Warum wollen Sie denn Ihren Mann hier haben?«

Caroles Blick war eisig. »Man kann verheiratet und trotzdem noch verliebt sein.«

»Davon werden Sie mich nie überzeugen können«, sagte er. »Warum ist dann Sanford nicht mitgekommen?«

»Er hat momentan so schrecklich viel zu tun.«

Larry sah sich in der Bar um und fragte sich kurz, ob vielleicht die geheimnisvolle Miss Beverly Burgess irgendwo in der Menge wäre. Dann wandte er sich wieder Carole zu. »Was werden Sie dann hier so allein machen?«

Sie war mit einemmal ganz die unnahbare, unerreichbare Frau. »Ich bin hier, um mich auszuruhen und allein zu sein. Wenn ich Sanford nicht haben kann, will ich niemanden.«

Jetzt hatte Larry Blut geleckt. Seine Augen funkelten interessiert.

Andrea konzentrierte sich auf ihre Margarita. Diese Szene hatte sie schon Hunderte von Malen erlebt: Larrys Verführung einer desinteressierten Frau. Aber Carole Page hatte zumindest Klasse und war eine tolle Schauspielerin, auch wenn ihr letzter Film ein Flop war.

Ein Mann kam jetzt an den Tisch, groß, mit dunklem Haar und grauen Schläfen, in einem sehr eleganten Anzug. »Verzeihung, Mr. Wolfe?« sagte er. »Ich bin Simon Jung, der Geschäftsführer des Star's. Hätten Sie jetzt Lust, Miss Burgess kennenzulernen?«

Einen Moment zögerte Larry, dann drehte er sich zu Andrea und sagte: »Warum gehst du nicht mit Mr. Jung und bringst alles in Gang? Ich werde hierbleiben und Carole Gesellschaft leisten.«

Gemälde von nackten Männern und Frauen bedeckten die Wände, unendliche Variationen sexueller Umarmungen. Andrea war hingerissen.

Und dort stand die erstaunliche Badewanne, in der Ramsey getötet worden war – aus handgeschliffenem Bleikristall, groß genug für mehrere Leute –, und Simon Jung sagte gerade: »Obszön ist eigentlich nicht das Wort, erotisch wäre wohl richtiger. Aber die Moral der dreißiger Jahre sah es eben so.«

Andrea versuchte, seinen Akzent zu ergründen. Französisch? Er war unglaublich gewandt und sah außerdem noch aus wie Christopher Lee.

Schließlich verließen sie das Badezimmer und gingen einen langen Korridor entlang, der mit zahllosen Rüstungen dekoriert worden war. »Mr. Jung«, sagte sie, »es gibt Gerüchte, daß Ramseys Körper nach seinem Tod verstümmelt wurde. Ist das wahr?«

»Er wurde kastriert«, sagte Jung.

Sie kamen in das Büro, in dem ein riesiges Modell des Star's aufgestellt war, und Andrea wurde Beverly Burgess vorgestellt, die eine dunkle Sonnenbrille trug. »Ein Augenleiden«, erklärte sie knapp. Beverly Burgess war offensichtlich eine gutaussehende Frau mit brünetten, sehr schick geschnittenen Haaren. Sie überreichte Andrea das in Leder gebundene Tagebuch und sagte: »Wir haben es zufällig gefunden, als wir einige Umbauten im Nordflügel machten.«

Andrea nahm das Buch und sagte: »Ich könnte mir vorstellen, daß die Polizei daran interessiert ist.«

»Der Fall wurde vor langer Zeit abgeschlossen«, sagte Beverly. »Das Gericht kam zu dem Schluß, Marion habe Ramsey getötet und sei dann anschließend irgendwo in diesen Bergen umgekommen.«

Andrea schlug das Tagebuch auf und las, was auf der ersten Seite in dünner, krakeliger Schrift stand: »Man könnte wohl sagen, ich bin zweimal entjungfert worden. Oder dreimal. Oder vier- oder fünfmal, kommt darauf an. Beide Männer haben mich in dieser Nacht genommen. Den Sohn habe ich geliebt, aber sein Vater wollte mich auch haben. Ich kann nicht sagen, welcher von beiden mich entjungfert hat. Sie haben mich betrunken gemacht, ausgezogen und sind im Schlafzimmer über mich hergefallen, bis sie befriedigt waren. Ich habe keinen von ihnen je wiedergesehen. Ich war vierzehn Jahre alt.«

Andrea klappte das Buch zu.

Beverly sah den Ausdruck in ihrem Gesicht und sagte: »Es ist ziemlich unverblümt. Und manche Stellen sind richtig brutal.«

»Das habe ich gesehen«, sagte Andrea nachdenklich. »Also dann, herzlichen Dank, Miss Burgess. Ich möchte Sie nicht länger aufhalten. Und Mr. Wolfe kann es kaum erwarten, es zu lesen und mit dem Drehbuch anzufangen.« Eine glatte Lüge. Larry dachte gar nicht daran, das Tagebuch zu lesen oder das Drehbuch zu schreiben. Keine Menschenseele wußte, daß Larry Wolfe ein Betrüger war und daß er und seine Assistentin der Welt seit siebzehn Jahren etwas vorspielten. Wie unschuldig Andrea doch damals gewesen war, als sie ihm angeboten hatte, sein Drehbuch für den Wettbewerb zu lesen...

Sie hatte sich mit Larry im Studentenverein der UCLA verabredet. Sein Drehbuch hatte sie bei sich. Es war grauenhaft. Grauenhaft war milde ausgedrückt: es stank zum Himmel. Und sie mußte einen Weg finden, ihm das möglichst schonend beizubringen.

Sie konnte nicht ehrlich sein, ihm nicht ins Gesicht sagen, daß er die Schreiberei besser aufgeben sollte. Ihre Mutter hatte ihr beigebracht, wie empfindlich das Ego eines Mannes war und daß es nicht klug wäre, den Herren der Schöpfung einfach seine Meinung zu sagen.

»Hallo, Alice«, sagte Larry und setzte sich zu ihr. »Schieß los, was hältst du davon?« Er stützte sich auf seine muskulösen Arme, und seine grünen Augen bohrten sich wie Laserstrahlen in das Logikzentrum ihres Gehirns.

»Nun ja«, sagte sie und holte mit zitternder Hand das Drehbuch aus dem Umschlag.

»He«, sagte er und grinste. »Nimm's nicht so schwer.« Und er legte seine Hand über die ihre.

Andrea flog ein paar Runden durchs Universum und kam dann auf die Erde zurück.

»Also, was hältst du davon?« fragte er.

»Es ist vielversprechend.« Ihre Mutter wäre sicher begeistert gewesen von dieser Antwort.

»Wunderbar! Sag mir, was ich tun muß, um es zu verbessern.« Am besten: verbrennen. Aber dann sah sie sein Lächeln, und ihr wurde klar, daß sie ihn nie wiedersehen würde, wenn sie ihm die Wahrheit sagte. »Ich glaube, du solltest den Hauptdarsteller ein bißchen verändern. Er ist etwas zu... grob. Er ist ziemlich brutal zu Frauen. Der Anfang ist zu langsam. Du brauchst Action, es ist doch schließlich ein Action-Film und dann...« Die Liste war endlos. »Und, äh, Island ist, glaube ich, nicht so ganz der richtige Ort, an dem Vietnamveteranen durchdrehen. Manhattan an einem heißen Donnerstagnachmittag würde mehr Spannung schaffen.«

»Hm«, sagte er und runzelte attraktiv die Stirn. »Das klingt nach einer Menge Arbeit. Und ich hab' einfach nicht die Zeit, meine Arbeit im Restaurant und so weiter...« Er legte den Kopf zur Seite und lächelte. »Siehst du vielleicht eine Möglichkeit, daß du mir ein bißchen unter die Arme greifen könntest? Ich wär' dir wahnsinnig dankbar.«

»Na gut«, sagte sie, während ein anderer Teil ihres Gehirns sagte: Bist du total übergeschnappt? Und dann schoß ihr plötzlich ein ganz seltsamer, unerwarteter Gedanke durch den Kopf: Du bist fünfundzwanzig und immer noch Jungfrau.

Sie hatte keine Ahnung, was genau das nun mit Larry Wolfe und seinem Drehbuch zu tun hatte, aber mit einemmal war ihr klar, daß sie ihm einfach helfen mußte. Sie sagte: »Okay, ich helf' dir.«

Larry sagte: »Wunderbar. Weißt du was? Ich lass' das Drehbuch einfach bei dir, und du schaust, was du damit machen kannst. Laß es mir rechtzeitig vor der nächsten Stunde zukommen, dann lad' ich dich zu Ship's zum Essen ein. Was hältst du davon?«

»Gut«, hatte Andrea gesagt und ihre Seele für einen Hamburger verkauft.

Bei ihrer Rückkehr in die Cocktaillounge war Larry immer noch mit dem Versuch beschäftigt, Carole Page mit seinem Charme zu überwältigen. Andrea stand mit Marion Stars Tagebuch in der Hand da und dachte daran, wie sehr sie ihn damals geliebt hatte und viele Jahre danach. Aber die Vorfälle von damals waren nicht der Grund dafür, daß sie jetzt seine Vernichtung plante. Der Grund dafür war eine neue Wunde, die er ihr geschlagen hatte, erst vor ganz kurzer Zeit.

Und dafür würde Larry Wolfe bezahlen.

11

St. Bridget's Klosterschule, 1954

»Der junge Gentleman kniete zwischen ihren gespreizten Schenkeln, das Ziel lag einladend vor seiner mächtigen, erigierten Maschine.«

»Du lieber Himmel«, platzte Mop heraus.

»Pssst«, zischten die anderen.

Dee Dees Stimme fuhr leise fort, und ihr gebanntes Publikum lauschte mit angehaltenem Atem im flackernden Schein der Kerze. »Er betrachtete seine Waffe selbstzufrieden und führte sie dann mit der Hand in den einladenden Schlitz, wo er sie mühelos bis zum Heft begrub, was Polly den Schrei entlockte: ›Oh! Ich kann es nicht ertragen. Es ist zu viel, ich sterbe!‹«

»Warte«, flüsterte jemand plötzlich. »Ich glaube, ich hab' etwas gehört.«

Dee Dee versteckte das Buch unter einem Kissen, während ein Mädchen zur Tür schlich, sie vorsichtig öffnete und in den dunklen Gang hinauslugte. Es war schon fast Mitternacht. Alle Bewohner von St. Bridget's schliefen bereits, bis auf die Mitglieder des geheimen Starlets-Clubs, die sich in Christines Zimmer getroffen hatten, um das sehr erotische Werk *Fanny Hill* zu lesen. Dee Dee hatte es eingeschmuggelt und las bei jedem Treffen ein paar Kapitel vor.

»Ein Irrtum«, sagte das Mädchen an der Tür und schloß sie. »Die Luft ist rein.«

Ein Seufzer der Erleichterung ging durch den Raum. Alle wußten, daß es strenge Strafen hageln würde, wenn die Nonnen den Geheimclub entdeckten. An Clubabenden stellten sich die Mädchen schlafend, bis das Licht unter Schwester Gabriels Tür ausging, dann versammelten sie sich für ein oder zwei Stunden verbotener Freuden in Christines Zimmer. Nur die ältesten Mädchen – Christine, Dee Dee und Mop – verstanden, worum es bei *Fanny Hill* überhaupt ging, aber auch die anderen hörten bis hin zur Jüngsten, die elf war, mit größter Begeisterung zu.

Im Starlets-Club ging es aber nicht nur um das Lesen verbotener Bücher. Hier wurde auch mit Make-up experimentiert, die Mädchen diskutierten über Mode, drehten sich gegenseitig die Haare auf, flüsterten sich Geheimnisse, Ängste und Träume zu. Der Club war vor vier Jahren geboren worden, nach dem Vorfall mit dem Schweinekotelett. Damals war Ambers Popularität rapide gesunken, und die Mädchen schlossen sich Christine und Mop an.

In dieser regnerischen Nacht drängten sich zwölf Mädchen in Christines Zimmer, und es stank nach Parfüm, Nagellack und Dauerwellentinktur. Christine versuchte, Mops Haar mit einer neuen Packung zu glätten, die sie neulich gekauft hatten, und rollte es jetzt auf riesige Wickler. Mop saß mit einem Handtuch da und futterte Kekse aus einer Schachtel, andere Mädchen versuchten neue Nagellackfarben, erfanden Frisuren und probierten durchsichtige Nylons mit Handschuhen an, damit sie keine Fäden zogen. Sie aßen Chips und Schokoriegel und tranken Coca-Cola – alles Dinge, die die Schwestern verboten hatten. Die Clubregel war: Nur verbotene Sachen durften bei Starlets-Treffen gemacht werden, alles Erlaubte war verpönt. Am wichtigsten war natürlich das Reden. Sie redeten über alles, was ihnen in den Sinn kam, am meisten natürlich über Jungs und Sex.

In letzter Zeit bezogen sie ihre Informationen über die Außenwelt hauptsächlich von Dee Dee. Sie war siebzehn, wie Mop, und sehr welterfahren. Sie war das neueste Mitglied des Clubs, erst vor ein paar Wochen aus Philadelphia eingetroffen.

Dee Dee machte auch so gewagte Sachen, wie die Falten ihres Schuluniformrocks zuzuheften, so daß sie praktisch einen engen Rock hatte. Außerdem hatte sie einen Freund in Philadelphia, mit dem sie »es« schon gemacht hatte.

Trotzdem war aber Christine Singleton die treibende Kraft von Starlets, weil sie das Geschick hatte, den Mädchen mehr Selbstvertrauen zu geben, und so folgten alle ihrem Kommando, keinen störte mehr, daß sie dick war.

Jetzt war gerade eine heftige Diskussion darüber im Gange, was genau der junge Gentleman mit seiner »Waffe« machte. Mop seufzte, steckte sich noch einen Keks in den Mund und sagte: »Ich werde mich nie mit Männern einlassen. Ich mache Karriere.«

»Natürlich«, sagte Christine und drehte noch eine Haarsträhne auf einen Wickel. »Ich vertraue da ganz auf dich.«

Mop warf einen kritischen Blick in den Handspiegel. »Wenn ich doch nur etwas gegen diese Haare machen könnte!«

»Uns wird schon was einfallen. Wenn das nicht funktioniert, probieren wir was anderes.«

»Ich wünschte, ich wäre eine Blondine«, sagte Dee Dee, die gerade ihre Zehennägel frisch lackierte. »Wie Marilyn Monroe. Ich hab' mal versucht, mir die Haare zu färben. Meine Mutter hat mich fast umgebracht.«

»Wie kriegt man blonde Haare?« fragte Lanie Freeman, genannt Maus.

»Wasserstoff«, sagte jemand.

»Marilyn Monroe ist auch keine echte Blondine. Wie macht sie das?«

»Ich würde alles drum geben, so auszusehen wie sie«, sagte Maus traurig. Ihre Haare waren wirklich sehr unansehnlich mausgrau.

Christine mußte plötzlich an Amber denken, die echte blonde Haare hatte und von der ganzen Schule darum beneidet wurde. Eines Nachts war sie zum Klo gegangen, und Amber war dagewesen und hatte sich übergeben. »Bist du krank?« hatte sie gefragt, und Amber hatte gezischt: »Halt die Klappe, Ignorantin.« Und dann hatte sie sich den Finger in den Hals gesteckt, um weiter erbrechen zu können. »Warum machst du das?« hatte Christine gefragt, und Amber hatte gesagt: »Denkst du, ich will so fett werden wie du?« Was Christine ungeheuer schockiert hatte.

Sie steckte den letzten Wickler auf Mops Kopf fest und fragte sich, ob Amber wohl jetzt glücklich wäre. Sie hatte vor einem Jahr ihre Abschlußprüfung gemacht, und zu aller Erstaunen war ihre Mutter zur Feier gekommen, eine schlanke, elegante Frau, die in einem Rolls-Royce mit einem Wappen an der Tür vorgefahren war. Amber hatte also tatsächlich nicht gelogen, und die Mädchen waren sehr neidisch gewesen, obwohl Christine fand, daß sie bei der Abfahrt von der Schule sehr unglücklich ausgesehen hatte.

Maus sagte etwas Komisches, und die Mädchen strahlten. Das Mädchen blühte bei diesen Geheimtreffen immer richtig auf. Tagsüber war sie so leise, daß man ihre Anwesenheit leicht vergaß, und sie hatte mit ihren zwölf Jahren so wenig Selbstachtung, daß sie sich am liebsten unsichtbar gemacht hätte. Maus war eines der vielen Mädchen an der Schule, das ihren Eltern lästig war und deshalb hierhergeschickt worden war.

Maus hatte dem Club seinen Namen gegeben. Als sie vor einem Jahr an die Schule gekommen war, hatte es lange gedauert, bis sie überhaupt wagte, den Mund aufzumachen. Aber die anderen hatten sie so lange ermutigt, bis sie schließlich eines Abends mit ihren privaten Träumen herausplatzte: »Ich möchte ein Starlet werden.« Und von da an hatten sie sich so genannt.

»Und was jetzt?«

»In der Anleitung steht, dreißig Minuten warten.«

»Das Zeug stinkt, glaubst du, es wird funktionieren?«

»Du wirst phantastisch aussehen.«

Christine wollte ihre Freundin nach dem, was heute nachmittag passiert war, aufheitern.

»Ich pack' das nicht allein«, hatte Mop heute morgen gesagt. Es ging um ihre Mutter, die einen ihrer seltenen Besuche angekündigt hatte. »Du mußt mir helfen, sie zu überzeugen, mich in New York auf die Schauspielschule gehen zu lassen.«

Christine hatte ihre Freundin begleitet. Leider vergeblich. Mrs. Randall lehnte das kategorisch ab. Für sie gehörten Schauspieler zur niedrigsten Klasse, und sie würde unter keinen Umständen dulden, daß ihre Tochter sich mit solchem Pöbel abgab. Mops wirklicher Vater war schon seit Jahren tot, und Mrs. Randalls neuer Mann hatte keinerlei Interesse an dem Mädchen. Also gab es niemanden, der Mop hätte unterstützen können.

Mrs. Randall war in Begleitung von Mops Tante Lois gekommen, einer stillen, einfachen Frau, die mit gefalteten Händen dasaß, wie in der Kirche.

»Du kannst nicht bei uns wohnen«, hatte Mrs. Randall gesagt. »Unsere Wohnung ist zu klein, und dein Stiefvater will es ohnehin nicht. Wir müssen an unsere gesellschaftlichen Verpflichtungen denken. Du solltest wirklich froh sein über Tante Lois' großzügiges Angebot, dich nach deiner Abschlußprüfung aufzunehmen.«

»Aber Tante Lois wohnt auf einer Farm«, hatte die Siebzehnjährige gesagt. »Ich hasse Farmen.«

»Das dürfte wohl kaum eine Rolle spielen. Du kannst nach deiner Abschlußprüfung nicht in St. Bridget's bleiben. Wohin würdest du denn gehen?«

»Ich möchte nach New York, Mama, das hab' ich dir doch gesagt. Ich möchte auf die Schauspielschule.«

»Und ich habe dir bereits gesagt, daß das nicht in Frage kommt. Du bist wirklich undankbar und schätzt gar nicht, wie großzügig Tante Lois ist.«

»Bitte, Mama –«

»Keine Diskussion mehr, mein liebes Mädchen, du wirst tun, was man dir sagt.«

Mop schaute noch mal in den Spiegel und sagte: »Ich hab' Tante Lois einmal besucht, als ich zwölf war. Sie ist sehr nett, aber in ihrem Haus gibt's nicht mal ein Radio. Sie backt dauernd Kuchen oder näht oder strickt und verkauft das Zeug auf dem Kirchenbasar. Bei der würde ich vor Langeweile sterben!«

»Deine Mutter kann dich doch nicht zwingen, oder?« fragte Christine. »Bis es soweit ist, bist du achtzehn.«

»Ich bin nicht so stark wie du. Ich kann mich nicht gegen sie behaupten.«

»Sicher kannst du das«, sagte Christine lächelnd. »Du mußt nur an dich selbst glauben und darfst nie die Hoffnung aufgeben.«

Christines eigene Hoffnungen wurden durch die monatlichen Briefe ihres Vaters am Leben erhalten.

Sie kamen immer aus dem Ausland, aus London oder Stockholm, und waren gespickt mit aufregenden Beschreibungen, vor allem von Speisen. Johnny legte auch immer Postkarten bei und gelegentlich ein Souvenir, Theaterkarten oder Eintrittskarten für Museen. Christine hatte die Wand neben ihrem Bett damit dekoriert: eine bunte Collage von Ansichten fremder Städte.

Sie beantwortete brav jeden Brief und schickte sie postlagernd ins nahe Marin, weil er die Wohnung in der Stadt aufgegeben hatte.

Die Briefe hatten ihr geholfen, die Zeit zu überbrücken, und aus den Monaten waren Jahre geworden, und ehe sie sich's versehen hatte, feierte sie ihren sechzehnten Geburtstag in St. Bridget's. Sie hatte damit gerechnet, daß er an diesem Tag kommen würde, um mit ihr zu feiern, aber er hatte nur eine Schachtel Pralinés und einen Blumenstrauß schicken lassen. Wenn er doch nur ein einziges Mal anrufen würde oder es eine Nummer gäbe, wo man ihn erreichen konnte. Vier lange Jahre hatte sie kein einziges Mal seine Stimme gehört.

Es war wirklich erstaunlich, wie gut sie sich nach den ersten schwierigen Monaten an das Leben in St. Bridget's gewöhnt hatte. Nachdem sie ihrem Vater geschrieben hatte, daß man sie auf Diät gesetzt hatte und ihr von den Karotten schlecht wurde, hatte Johnny die Schule angewiesen, seiner Tochter dasselbe Essen vorzusetzen wie allen anderen. Zumindest hatte sie jetzt diesen kleinen Trost wieder, und die besten Abende waren, wenn es Makkaroni mit Käse gab oder Backhuhn oder Kartoffelbrei und Sauce.

Aber der Hauptgrund dafür, daß sie hier glücklich war, war ihre Freundschaft mit Mop.

»Okay«, sagte sie zu Mop, »jetzt müssen wir nur noch abwarten, bis wir die Wickler rausnehmen können.«

Mop betrachtete sich eine Weile im Spiegel, dann hob sie den Kopf zu Christine: »Du wirst mir fehlen, wenn ich hier fortgehe. Ich weiß nicht, was ich ohne dich angefangen hätte. Mir wird ganz schlecht, wenn ich dran denke, daß ich jetzt ohne dich auskommen muß. He!« sagte sie plötzlich. »Ich hab' eine tolle Idee! Warum kommst du nicht mit mir nach New York? Wir können uns zusammen eine Wohnung und Jobs suchen und wie Schwestern zusammenleben.«

»Das würde ich gerne, Mop, aber ich werde bei meinem Vater leben, wenn ich hier weggehe. Warum gehst du nicht hier in San Francisco auf die Schauspielschule? Du könntest bei uns leben. Er hat sicher nichts dagegen.«

Ein Schrei gellte plötzlich durch den Schlaftrakt.

»Wo kommt denn das her?« sagte Christine und sprang auf. Sie schaute sich im Zimmer um. »Wo ist Maus?«

»Sie hat gesagt, sie muß aufs Klo –«

Wieder ertönte ein Schrei, und Christine rannte den Gang entlang zur Toilette.

»Hilfe, Hilfe, Hilfe«, schrie Maus, die mit nassen Haaren und zugekniffenen Augen blindlings durchs Badezimmer taumelte. Ihr Gesicht war beängstigend rot.

»Maus!« Christine lief zu ihr. »Was ist passiert? Oh, Maus!«

Eine zertrümmerte Flasche lag auf dem Boden, die giftige Dämpfe verbreitete.

Christine schrie: »Mop! Jemand soll Schwester Gabriel holen! Schnell!« Dann zerrte sie Maus in eine der Duschkabinen, drehte das kalte Wasser an und hielt den Kopf des völlig hysterischen und vor Schmerz brüllenden Mädchens unter den kalten Strahl.

Die anderen Mädchen schauten stumm vor Entsetzen zu, bis Schwester Gabriel im Nachthemd mit der Erste Hilfe-Tasche angelaufen kam. Sie warf einen Blick auf Maus und sagte zu Mop: »Renn in die Küche und hol eine Flasche Olivenöl. Schnell! Dee Dee, lauf und weck die Mutter Oberin auf. Sie soll einen Krankenwagen rufen!«

Sie stellte die Tasche auf den Boden, öffnete sie und sagte: »Was ist passiert?«

»Sie hat dieses Zeug –«, stotterte die verängstigte Christine, »in der Flasche, sie hat es auf den Kopf getan.« Sie hielt die schluchzende Maus immer noch unter die Dusche, beide waren bis auf die Haut durchnäßt.

Schwester Gabriel hob eine Scherbe auf und murmelte: »Gütiger Himmel.« Es war eine Flasche Reinigungsflüssigkeit, mit der die Novizinnen die Kacheln säuberten.

Die Nonne stieg jetzt ohne Rücksicht auf ihr Nachthemd und ihre Schlafhaube unter die Dusche und übernahm Maus von Christine. »Ganz ruhig, mein Schatz«, sagte sie. »Halt dein Gesicht unters Wasser. Wir müssen es wegspülen.«

Maus hatte sich jetzt etwas beruhigt. Schwester Gabriel sagte: »Nur noch ein paar Minuten, dann mache ich dir einen Verband über die Augen.« Sie streichelte den Kopf des Mädchens und hielt plötzlich eine Handvoll Haare in der Hand.

Die Mädchen schrien vor Entsetzen, Christine wurde schlecht.

Ein paar Minuten später kam Mop mit dem Olivenöl, und die Mädchen beobachteten stumm vor Entsetzen, wie Schwester Gabriel Maus aus der Dusche hob, in ein Badetuch wickelte, in jedes Auge ein paar Tropfen Öl träufelte und dann den Kopf des Mädchens verband.

Christine starrte voller Entsetzen, als weitere dicke Büschel von Maus' Haaren ausfielen.

Die Mutter Oberin zitterte vor Wut, als sie Christine und Mop in ihrem Büro zur Rede stellte. »Wißt ihr Mädchen überhaupt, was ihr getan habt?« sagte sie mit schneidender Stimme. Auf ihrem Schreibtisch lagen Kosmetika und Nylonstrümpfe, die in Christines Zimmer konfisziert worden waren. Darunter auch das Buch *Fanny Hill*. Christines Gesicht war rot vor Scham.

»Der Geheimclub war deine Idee, nicht wahr, Christine?« sagte die Mutter Oberin. Hinter ihr prasselte der Regen gegen das Fenster. Vor einer Stunde hatte der Krankenwagen Maus abgeholt. Man fürchtete, sie könnte für immer erblinden.

»Du bist eine Schande für diese Schule, Christine Singleton«, fuhr sie wutentbrannt fort. »Du hast die anderen Mädchen ermutigt, unerlaubte Dinge zu tun, und die arme Lanie Freeman dazu angestiftet zu versuchen, ihre Haarfarbe zu ändern. Du hast ihr eingeredet, sie hätte ein besseres Leben als Blondine, und deshalb hat sie sich das Reinigungsmittel über den Kopf gegossen. Wenn das arme Mädchen erblindet, ist es deine Schuld. Du bist eitel und selbstsüchtig und denkst, Regeln gelten nur für andere Leute. Aus dir wird nie etwas werden. Ich schäme mich für dich. Und auch für dich, Mop. – Was habt ihr zu eurer Verteidigung zu sagen?«

»Es tut mir leid, Ehrwürdige Mutter«, flüsterte Mop mit gesenktem Kopf. Die Wickler hatte sie längst herausgenommen, und ihre Haare sahen noch krauser aus als sonst.

»Mir tut es auch leid, Ehrwürdige Mutter«, sagte Christine. »Ich werde es mir nie verzeihen, wenn Maus wirklich blind wird. Nur eins – bitte, erzählen Sie meinem Vater nichts davon.«

»Dazu ist es zu spät, er weiß es bereits.«

Christine starrte sie fassungslos an. Der Regen schien noch heftiger gegen das Fenster zu prasseln. »Sie haben mit meinem Vater gesprochen?« sagte Christine. »Sie haben heute abend mit ihm gesprochen? Sie wissen, wo er ist? Wo ist er? Bitte sagen Sie es mir!«

»Ich fürchte, das kann ich nicht tun, Christine.«

»Was wirst du tun?« fragte Mop. Die beiden Mädchen saßen in ihrem Zimmer und lauschten dem Regen. Christine war es nicht gelungen, der Mutter Oberin weitere Informationen über ihren Vater zu entlocken, nur, daß er die Ehrwürdige Mutter irgendwie dazu überredet hatte, Christine auf der Schule zu behalten.

»Sie wissen, wo er ist«, sagte sie. »Sie haben eine Telefonnummer und haben die ganze Zeit gewußt, wo er ist, und sie wollen es mir nicht sagen. Aber ich werde ihn finden.«

»Wie?«

»Meine Akte liegt im Büro der Mutter Oberin. Der Schrank ist nicht abgesperrt. Ich hab's gesehen, als sie die Akte weggepackt hat.«

»Aber das ist doch furchtbar gefährlich, Christine. Du könntest erwischt werden, und was werden sie dann mit dir machen?«

»Ich hoffe, sie werfen mich raus.«

»Das willst du doch gar nicht, Christine, dein Vater wäre bestimmt sauer.«

»Vielleicht hätte ich das schon lange tun sollen. Vielleicht hätte ich ihn zwingen sollen, mich zu holen. Und genau das werde ich jetzt tun.«

»Ich komm' mit.«

Das Büro der Mutter Oberin war nicht abgesperrt, und die Mädchen fanden mit Hilfe einer Taschenlampe ohne große Mühe die gesuchte Akte. Der Strahl der Taschenlampe zitterte, als Christine las: Christine Singleton, geboren 1938 in Hollywood, Kalifornien. Beruf des Vaters: Geschäftsmann. Mutter: verstorben. Daneben war eine Telefonnummer für Johnny.

»Ich hab's gefunden, Mop!« flüsterte Christine und schrieb hastig die Nummer ab. Sie stutzte – es war eine örtliche Nummer.

»Ist er denn in San Francisco?« fragte Mop, die ihr über die Schulter schaute.

»Ich weiß nicht«, sagte Christine. »Ich versteh' es nicht. Die Mutter Oberin hat gesagt, sie hätte heute abend mit ihm gesprochen. Wenn sie ihn unter dieser Nummer angerufen hat, muß er in der Stadt sein.« Sie blätterte den Rest ihrer Akte durch, Berichte über Kinderkrankheiten, Impfungen, Zeugnisse von ihren diversen Privatlehrern, bis sie zu einer Seite kam, die Schwester Gabriels Handschrift trug. Es waren Informationen, die sie dem Datum nach an dem Tag niedergeschrieben hatte, an dem Christine in die Schule aufgenommen worden war, vor vier Jahren. Ein Wort sprang sie förmlich an.

Adoptiert.

»Die formelle Adoption fand in Hollywood, Kalifornien, statt«, hatte Schwester Gabriel geschrieben, »als Christine zwei Wochen alt war. Mr. und Mrs. Singleton brachten das Baby nach San Francisco, wo sie seit diesem Tag lebt.«

Sie starrte das Papier an. »Ich versteh' es nicht«, murmelte sie.

»Was ist denn los?«

Sie sah Mop an. »Hier steht, daß mein Vater gar nicht mein richtiger Vater ist, daß ich adoptiert bin.«

»Aber das muß doch ein Irrtum sein.«

Mit einemmal wurde Christine einiges klar: die Nacht, in der Johnnys Blondine gesagt hatte: »Hast du je ihre Mutter gesehen? Vielleicht war sie dick.« Und damals bei dem Picknick in Tiburon, als Christine gefragt hatte, ob sie ihrer Mutter ähnlich sehe. »Du gleichst ihr im Geist und in der Seele, Püppchen«, hatte er gesagt. Jetzt verstand Christine, warum sie zwischen sich und der ätherischen Schönheit auf dem Foto keine Ähnlichkeit hatte feststellen können. Sie waren nicht verwandt.

»Nein«, flüsterte sie. »Es ist nicht wahr. Ich glaub' es nicht.«

»Vielleicht warst du eine Waise«, sagte Mop. »Vielleicht hat dein Vater dich nur vor etwas Furchtbarem beschützt.«

»Ja, das muß es sein.«

Christine klammerte sich an diesen Hoffnungsschimmer. Wenn ihre wirklichen Eltern tot waren und Johnny sie gerettet hatte, war alles nicht so schlimm.

Sie blätterte die Akte noch einmal durch, zitterte aber so heftig, daß ihr alles aus der Hand fiel. Sie sammelte die Papiere wieder ein, fand aber keine Geburtsurkunde oder sonst etwas, das zeigte, wer ihre wirklichen Eltern waren. Da war nur eine Notiz am Rand des Anmeldeformulars in Schwester Gabriels Handschrift: »Es besteht keine Verbindung zwischen den natürlichen Eltern und den Singletons.«

Das Zimmer drehte sich plötzlich.

Waren sie womöglich noch am Leben? Ihre Eltern?

Mop hatte inzwischen ihre eigene Akte gefunden und sagte plötzlich: »O mein Gott! Meine Mutter hat der Schule keine Nummer für Notfälle gegeben! Hier steht, sie will nicht verständigt werden, wenn mir etwas passiert!«

Sie packte Christines Arm. »Meine Mutter will mich nicht«, sagte sie. »Sie hat mich nie gewollt...«

Als Mop ihren Arm packte, hörte das Zimmer auf sich zu drehen, und Christine starrte wieder dieses eine furchtbare Wort an: Adoptiert. »Meine echte Mutter wollte mich auch nicht haben, Mop. Sie hat mich weggegeben, als ich zwei Wochen alt war...«

Die beiden Mädchen standen in dem kalten, dunklen Büro und versuchten, den Verrat und die Lügen ihrer Eltern zu verdauen.

Nach einiger Zeit richtete sich Christine auf und sagte: »Ich hau' ab, Mop. Ich bleib' keinen Tag mehr hier. Ich hau' heute abend ab.«

»Wie willst du das machen?«

»Ich hab' ein paar hundert Dollar gespart.«

»Ich geh' mit dir.«

»Ich muß allein gehen, Mop. Ich muß meinen Vater finden.« Die Telefonnummer würde ihr dabei helfen.

»Ich will auch weg von hier. Wir gehen zusammen und trennen uns, wenn wir in San Francisco sind. Ohne dich halte ich's hier nicht aus. Ich werde nach New York gehen. Ich hab' auch Geld gespart.«

Die beiden Mädchen schauten sich im Schein der Taschenlampen an, und mit einem Schlag wurde ihnen klar, daß die Tage ihrer Kindheit vorbei waren. »Ja«, sagte Christine. »Wir gehen beide.«

Mop sagte: »Ich hasse meine Mutter. Ich will nichts mehr mit ihr zu tun haben. Ich wünschte, ich wär' jemand anders. Ich wünschte, ich könnte meinen Namen ändern.«

»Nimm doch meinen«, sagte Christine. »Es ist doch sowieso nicht mein richtiger, oder?«

»Und du kannst meinen nehmen. Hier.« Mop zog ihre Geburtsurkunde aus der Akte und reichte sie Christine. »Ich bin 1937 geboren, ein Jahr vor dir, aber du kannst dich leicht für siebzehn ausgeben. Und von jetzt an werde ich du sein, und du bist ich.«

Sie nahmen die erste Fähre im Morgengrauen. Der Regen hatte aufgehört. Sie trugen ihre Regenmäntel und Koffer und hatten sich normale Kleidung angezogen, die Uniformen hatten sie zurückgelassen. Als die Fähre am Fisherman's Wharf angelegt hatte, schauten sich die beiden Mädchen lange an. Die Morgenluft war beißend und salzig und roch nach Fisch von den Imbißständen, die gerade öffneten.

»Ich werde dich nie vergessen, Christine«, sagte Mop feierlich.

»Ich dich auch nicht«, sagte Christine. »Freunde auf ewig.«

»Freunde auf ewig.«

»Bis in den Tod.«

»Bis in den Tod.«

Sie umarmten sich. Beide kämpften mit den Tränen. Dann schaute Christine Mop nach, die zur Tramstation ging, um in die Stadt zu fahren. Ihre unbezähmbare dunkelrote Mähne ragte wie ein Leuchtfeuer in den Dunst.

Dann suchte Christine eine Telefonzelle.

Sie hievte ihren Koffer in die Zelle und holte Kleingeld heraus. Ihr erster Anruf war im San Francisco General Hospital, wo man Maus hingebracht hatte. Sie gab sich als ihre Schwester aus und erfuhr, daß ihr Augenlicht mit größter Wahrscheinlichkeit gerettet würde.

»Gott sei Dank. Bitte? Eine Nachricht hinterlassen? Ja, bitte sagen Sie, Christine hat angerufen. Und sagen Sie ihr bitte – es tut mir sehr leid.«

Dann holte sie die Telefonnummer heraus, die sie aus der Akte abgeschrieben hatte, und überlegte, was sie zu Johnny sagen sollte. Sollte sie ihn einfach direkt fragen, warum er ihr so viele Lügen erzählt hatte? Oder sollte sie ihm einfach verzeihen und so tun, als wüßte sie nichts, und nur sagen: »Daddy, ich komme nach Hause.«

Sie steckte die Münze hinein und wählte. Eine Männerstimme sagte: »Justizvollzugsanstalt.« Sie sagte: »Tut mir leid, ich habe mich verwählt«, legte auf und wählte wieder. Und da war wieder dieselbe Stimme. Sie fragte den Mann, ob sie Johnny Singleton sprechen könnte.

»Personal oder Insasse?«

»Wie bitte?«

»Ist er beim Personal oder ist er Insasse?«

»Wie soll ich das verstehen?«

»Arbeitet er hier?«

»Ja.«

»Einen Moment... Tut mir leid, ich habe keinen Johnny Singleton auf der Personalliste.«

Jetzt bekam Christine Angst. »Aber er muß auf Ihrer Liste sein. Er ist mein Vater. Diese Nummer hat er in der Schule für Notfälle angegeben.«

»Einen Moment, Miss, ich verbinde Sie.«

Sie umklammerte das Telefon wie einen Rettungsring, und als die nächste Stimme »Insassenkontakte« sagte, wurde ihre Angst noch größer.

»Ich versuche, Johnny Singleton zu erreichen, aber man hat mich mit Ihnen verbunden. Mit wem spreche ich denn? Wo rufe ich denn an?«

»Hier ist die Justizvollzugsanstalt, Miss.«

»Ja, aber wo?«

Der Mann am anderen Ende der Leitung zögerte kurz, dann sagte er: »Dies ist das Staatsgefängnis San Quentin.«

Sie starrte ihr Spiegelbild in der Glasscheibe an.

Der Mann sagte: »Johnny Singleton?« Und er sagte es, als wäre ihm der Name wohlvertraut.

Sie legte stumm vor Entsetzen auf und stolperte aus der Zelle.

Ihr Vater war im Gefängnis. In San Quentin. Hochsicherheitsgefängnis. Nur die schlimmsten Verbrecher. Was hatte er getan? Vielleicht hatte Martha Camp recht gehabt – vielleicht war Johnny tatsächlich ein Gangster!

Und die Briefe aus Übersee? Er hatte sie von jemand anderem schicken lassen.

Sie ging zum Ufer und holte Johnnys Bild aus ihrer Handtasche. Warum hast du es mir nicht gesagt? fragte sie stumm das lächelnde, attraktive Gesicht. Warum konntest du mir nicht vertrauen? War es wegen der Geschichte mit Hans? Hast du ihn umgebracht, bist du deshalb im Gefängnis? Warum hast du mich wieder angelogen – unser ganzes gemeinsames Leben war auf Lügen aufgebaut. Und jetzt gibt es nichts mehr, was uns noch zusammenhält.

Sie zerriß die Fotos ihres Vaters und ihrer Mutter und warf sie in die Bucht. Sie schaute zu, wie die Flut die Fetzen davontrieb, und hörte noch einmal die Worte der Mutter Oberin: »Aus dir wird nie etwas werden.« Und Christine dachte: Sie irrt sich. Ich werd' es ihr zeigen, ich werd' es allen zeigen. Ich werde jemand sein, so wie Johnny es mir gesagt hat. Ich werde für das, was ich will, kämpfen, und eines Tages bin ich wer.

Schließlich holte sie Mops Geburtsurkunde heraus und dachte: Ich bin jetzt nicht mehr Christine Singleton. Ich habe nichts mehr mit Johnny und seinem Namen zu tun. Von heute an werde ich die Person auf diesem Stück Papier sein. Ich werde Philippa Roberts sein. Und ich werde Erfolg haben!

Zweiter Tag

12

Das Telefongespräch wurde heimlich geführt, um sicherzugehen, daß es von niemandem belauscht wurde.

»Ich bin informiert worden, daß Philippa Roberts auf dem Weg nach Los Angeles ist, wo sie den Hauptsitz von Starlite besuchen wird. Ich fürchte, das erfordert eine sofortige Änderung aller Pläne.«

Die Person am anderen Ende antwortete nach kurzem Schweigen, unterbrochen vom ungeduldigen Krächzen eines Papageis.

Dann: »Einer meiner Männer beobachtet sie und erstattet mir Bericht. Wir müssen jetzt vorsichtig sein und sehr behutsam vorgehen. Was? Nein, dafür ist es zu spät. Sie ist bereits unterwegs. Sie wird in ein paar Stunden dort sein. Ja, ich bin bereit. Ich muß eins betonen: Sie weiß bis jetzt noch nichts. Und sie soll es nie erfahren. Ist das klar? Ich habe folgendes im Sinn...«

13

Sie sahen aus wie Marsbewohner, die beiden schlanken androgynen Wesen in hautengen pinkfarbenen Trikots, verbunden durch die gelben Nabelschnüre eines ebenso gelben Walkmans. Sie glitten auf Rollerskates vorbei an der Starlite-Limousine, überquerten eine stark befahrene Straße und hielten vor einem riesigen, drei Stockwerke hohen Schokoladekrapfen, einem Zuckerbäckerladen. Dann glitten sie, jeder oder jede mit einem Krapfen in der Hand, weiter über den Gehsteig.

Charmie schüttelte lachend den Kopf und sagte: »Willkommen in

Südkalifornien, Land der Irren. Siehst du, was du verpaßt hast, Philippa?«

Philippa, Charmie und Ricky saßen in der Limousine, die sie vom Flughafen abgeholt hatte. Die Trennscheibe zum Fahrer war geschlossen, so daß die Passagiere in schalldichtem Komfort dahinschwebten, mit eisgekühlten Softdrinks und kleinen Häppchen versorgt und von leiser Musik berieselt.

Charmie knabberte gerade an einem winzigen Käse-Peperoni-Sandwich, und Ricky versuchte, durch die Rauchglasscheiben einen ersten Eindruck von Kalifornien zu gewinnen.

»Meinen Sie, wir sehen vielleicht irgendwelche Filmstars?« fragte er, als sie ein Schild passierten, auf dem stand: HOLLYWOOD 17 MEILEN.

»In L. A. weiß man nie, was man sieht!« sagte Charmie und goß sich vorsichtig ein Cola Light ein.

Philippa schaute auch aus dem Fenster und mußte zugeben, daß es einfach keinen tolleren Platz gab auf dieser Welt als Los Angeles im Dezember: Die umliegenden Berge hatten Schneekronen, die smogfreie Luft war scharf wie handgeschliffenes Kristall, und heute abend würde die Bucht ein glitzerndes Meer kitschiger Weihnachtslichter sein.

Mit einemmal war sie froh, wieder zu Hause zu sein. Sie hatte so lange nicht mehr an diese Stadt gedacht. Dabei war sie ganz hier in der Nähe, in Hollywood, geboren, hier hatte sie ihren ersten Atemzug getan, und sie hoffte, eines Tages hier auch ihren letzten zu machen. Unweit von hier, in der Straße hinter Grauman's Chinese Theatre, hatte sie ihre Jungfernschaft verloren. Und ganz in der Nähe hatte Starlite seinen Anfang genommen, gleich hinter den Santa Monica-Bergen, in einer Stadt mit dem unmöglichen Namen Tarzana. Sogar in der Post hingen dort vor vielen Jahren Gemälde von Tarzan, wie er mit Löwen kämpfte oder Elefanten durch den Dschungel ritt. Sie fragte sich, ob sie wohl noch da hingen.

Der Wagen fuhr eine Auffahrt hoch und fädelte sich in den Verkehr auf dem Santa Monica Freeway ein. In der Ferne war gerade noch das dünne blaue Band des Pazifiks zu sehen. Dahinter, Tausende von Meilen entfernt, lag Perth, lag Point Resolution, wo die *Philippa* untergegangen war. Sie spürte förmlich die unsichtbaren Bande, die sie über die vielen Meilen mit dem Mann verbanden, den sie nie aufgehört hatte zu lieben.

Auch ihn hatte sie nicht weit von hier kennengelernt. Hier war einmal sein Zuhause gewesen, genau wie ihres. Es war wohl doch ihre Bestimmung gewesen, hierher zurückzukehren.

»Willst du zuerst ins Hotel?« fragte Charmie, als der Wagen sich Century City näherte. »Ich dachte, du willst dich vielleicht frisch machen, bevor du dich den Barrakudas stellst.« Philippa hatte zwar noch ein Haus in Beverly Hills, das sie aber geschlossen hatte, als sie nach Australien ging, um ihre ererbte Villa in Besitz zu nehmen. Im Augenblick war es einfacher, im Hotel zu wohnen. Sobald die ekelhafte Geschichte bei Starlite und die Sache mit Miranda International geklärt war und sie herausgefunden hatte, wer diese Beverly Burgess vom Star's war, würde sie entscheiden, ob sie nach Perth zurückkehren oder hier bleiben würde.

»Nein danke, Charmie«, sagte sie. »Ich will direkt ins Büro.« Sie wandte sich zu Ricky. »Wenn uns das Auto abgesetzt hat, fährst du ins Hotel und checkst uns ein. Reservier uns für acht Uhr einen Tisch für sechs Personen zum Dinner. Den Rest des Nachmittags brauche ich dich nicht.«

»Ja, Miss Roberts«, sagte er, und Philippa fügte leise hinzu: »Willkommen in Kalifornien, Ricky. Ich bin froh, daß du hier bist.«

Das Gebäude, in dem Starlite Industries untergebracht war, ragte eindrucksvolle vierzig Stockwerke über den Wilshire Boulevard. Der Optimismus der Los Angelenos war immer wieder erstaunlich – ihre Wolkenkratzer wurden trotz des Damoklesschwerts Erdbeben, das ständig über der Stadt schwebte, immer höher, als wollten sie die Natur bewußt herausfordern.

»So, Charmie«, sagte Philippa, als sie am Eingang des Gebäudes vor dem plätschernden Bronzebrunnen anhielten. »Ein Augenblick der Wahrheit steht uns bevor. Wir gehen direkt nach oben, keine Anmeldung. Wir müssen genau beobachten, wie jeder reagiert, wenn er mich sieht. Wenn eine Übernahme im Busch ist und jemand von Starlite darin verwickelt ist, wird derjenige sich bestimmt verraten, wenn er mich plötzlich sieht.«

Starlite Industries hatte seinen Sitz in den oberen Stockwerken des Gebäudes, die Chefetage befand sich im obersten Stock. Philippa und Charmie traten aus dem Aufzug in das elegante Foyer, das in gedämpften Farben ausgestattet war. In einer Vitrine waren alle Bücher Philippas ausgestellt: *Das Starlite Diät- und Schönheitsprogramm, Die Ein-Stunden-Diät* und die vier Starlite Kochbücher. Alle waren internationale Bestseller, bis auf das sehr wissenschaftliche persönliche Buch von Philippa mit dem Titel: *»Hyperinsulinämie: Ursachen, Erkennen und Kontrolle durch Diät«*.

Die Empfangsdame, die zwischen einem riesigen Weihnachtsstern und einem winzigen Christbaum saß, war eine junge Frau, die noch nicht lange bei Starlite war und Philippa nie gesehen hatte. »Miss Charmer«, sagte sie. »Ich dachte, Sie wären über die Feiertage im Osten.« Sie griff nach dem Telefon. »Ich werde Sie anmelden –«

Aber Charmie sagte: »Nein, lassen Sie«, und sie und Philippa rauschten an ihr vorbei durch die gegenüberliegende Doppeltür. Erst als die Tür zugefallen war, dämmerte der Empfangsdame, wer die andere Frau war. Philippas Foto war auf allen Büchern in der Vitrine.

Auf dem Schild an der Tür stand: Hannah Scadudo, Modedesign. Philippa und Charmie betraten einen großen, sonnendurchfluteten Raum, in dem Designer und Grafiker an Computern und Zeichentischen saßen, umgeben von einem lauten, geschäftigen Durcheinander. Leute liefen hin und her, Telefone klingelten, der Boden war mit Papieren übersät, Stoffballen türmten sich bis zur Decke, und die Luft roch nach alten Krapfen und Kaffee. Philippa fühlte sich mit einem Schlag um Jahre zurückversetzt. Modedesign war schon immer eine ihrer Lieblingsabteilungen gewesen, seit dem Tag, an dem sie sich entschlossen hatte, eine Kollektion für Frauen mit Übergrößen zu machen und sie über eine Kette von Läden mit dem Namen The Perfect Size zu vertreiben. Damals hatte sie tagelang mit Hannah in billigen Cafés über ihre Entwürfe diskutiert. Der Traum von einst war in Erfüllung gegangen. War er jetzt in Gefahr, zerstört zu werden?

Hannahs Büro sah wie immer aus, als hätte ein Tornado gewütet. Es war ein Chaos von Stoffen, Maßbändern, Schnittmustern und Entwürfen, durchsetzt mit Rechnungen, Briefen, Katalogen und Hunderten von Kaugummipapieren.

Als Philippa ihre Freundin in einer Ecke stehen sah, wo sie ganz konzentriert schmiegsamen Stoff über eine Schneiderpuppe in Größe 48 drapierte, fiel ihr ein Satz ein, den Hannah vor dreißig Jahren zu ihr gesagt hatte: »Weißt du, Philippa, du könntest um zehn Pfund leichter ausschauen, wenn du aus dem runden Kragen einen V-Ausschnitt machst.« Und sie dachte: Bitte, Hannah, tu mir das nicht an, daß du es bist. Sei nicht der Verräter unter uns.

Charmie sagte: »Hallo, Hannah«, und Hannah Scadudo drehte sich um, sagte: »O mein Gott«, und hielt sich kurz an der Puppe fest, als wäre sie aus dem Gleichgewicht geraten. Dann lief sie mit ausgebreiteten Armen auf Philippa zu, mit einem strahlenden Lächeln. »Mein Gott! Philippa! Was für eine wunderbare Überraschung!«

Sie umarmten sich, aber Philippa hatte das kurze Aufflackern von Angst in den Augen ihrer Freundin gesehen.

»Hallo, Hannah«, sagte Philippa und stellte fest, daß die Frau, die sie so viele Jahre kannte und an der die Zeit scheinbar immer spurlos vorübergegangen war, sich während ihrer Abwesenheit verändert hatte. Sie hatte ein kantiges Gesicht mit hohen Backenknochen und leicht schrägen Augen, dank unbekannter indianischer Vorfahren, wie Hannah behauptete. Sie schien immer ewig jung, aber heute sah man ihr jede Minute ihres Alters an.

Philippa dachte: Hier ist etwas faul.

Tränen stiegen Hannah in die Augen, als sie sagte: »Ich freue mich so, dich zu sehen! Oh, Philippa, du hast uns so gefehlt!« Die beiden hatten sich das letztemal gesehen, als Hannah und ihr Mann Alan sie vor sechs Monaten in Australien besucht hatten.

»Du hast mir auch gefehlt«, sagte Philippa leise und wünschte sich insgeheim, irgendwo anders zu sein, bloß nicht hier, nicht mit dieser scheußlichen Situation konfrontiert zu sein.

»Charmie!« sagte Hannah. »Wir haben alle gedacht, du bist in Ohio. Warum hast du uns nichts erzählt? Wir hatten doch noch nie Geheimnisse voreinander.«

Philippa sagte: »Haben wir denn jetzt Geheimnisse, Hannah?«

Wieder dieses Angstflackern in Hannahs dunkelbraunen Augen. Aber das Lächeln blieb. »Philippa«, sagte sie, »was in aller Welt meinst du damit?«

»Wo kann man denn hier was zu trinken kriegen?« sagte Charmie plötzlich.

Sie gingen in das Casino der Chefetage, das leer war und, als Philippa die Tür hinter sich zumachte, angenehm ruhig. Gegenüber den Fenstern mit einer spektakulären Aussicht auf Wolkenkratzer und Palmen stand eine verspiegelte Bar. Charmie ging sofort hinter die Theke und griff sich eine Flasche Bombay Sapphire Gin und ein Glas. »Was trinken die Damen?«

»Für mich nichts«, sagte Hannah und hielt ihre zitternden Hände lachend hoch. »Zuviel Kaffee!«

»Ich nehme ein Perrier«, sagte Philippa und ließ sich auf das Ledersofa fallen. Dann erkundigte sie sich nach Hannahs Kindern. Philippa war Patin der jüngeren Tochter Jackie, die so alt war wie ihre eigene Tochter Esther. Die beiden besuchten auch die gleiche Universität.

»Und was ist das für ein Gefühl, wieder hier zu sein?« fragte Hannah lächelnd.

»Ich weiß noch nicht so recht. Ich kämpfe noch mit dem Jetlag.«

»Erzähle Hannah doch die guten Neuigkeiten«, sagte Charmie.

Bevor Philippa etwas sagen konnte, sagte Charmie: »Ivan Hendricks glaubt, er hat Philippas Schwester gefunden.«

»Wirklich?« sagte Hannah. »Ist er sich diesmal sicher?«

»Nein, wir sind uns nicht sicher. Ivan ist vor uns zurückgeflogen, er geht der Sache weiter nach. Sie lebt in einem Kurhotel, Star's. Kennst du das?«

»Ich hab' davon gehört, eine Freundin von mir hat eine Einladung für den Weihnachtsball dort. Es muß eine ziemlich große Ehre sein, wie ich höre. Aber jetzt erzähl weiter! Du bist also zurückgekommen, weil Ivan vielleicht deine Schwester gefunden hat!« sagte Hannah. Die Erleichterung in ihrer Stimme war unüberhörbar.

Philippa fühlte sich mit einemmal sehr müde und hatte nur noch ein Bedürfnis: zurück ins Hotel fahren und sich hinlegen. »Ich bin zurückgekommen, Hannah«, sagte sie, »weil wir ein Problem haben.«

Hannah sah zuerst Charmie an, dann Philippa. »Was für ein Problem?«

»Ich werde eine außerordentliche Vorstandssitzung einberufen,

Hannah. Ich will alle meine leitenden Angestellten sehen, und ich erwarte von jedem einzelnen einen Bericht über seine Abteilung, und dann will ich die Firmenkonten überprüfen. Charmie hat mich auf eine alarmierende Diskrepanz aufmerksam gemacht, die untersucht werden muß.«

Philippa ließ Hannah nicht aus den Augen, und wenn sie sich nicht täuschte, war Hannah etwas blasser geworden. »Du hast doch keine Probleme in deinen Büchern gefunden, oder?«

»Nein, überhaupt nicht. Ich meine, was für Probleme denn?«

»Fehler, Diskrepanzen in den Zahlen, die nicht erklärt werden können. Vielleicht Rechnungen von Firmen, die gar nicht existieren.«

Hannah nestelte an ihrem Armband herum. »Nein, mir ist nichts Irreguläres aufgefallen. Wenn ja, hätte ich doch Bericht erstattet«, sagte sie mit einem nicht sehr überzeugenden Lachen. »Du hast mich ganz durcheinandergebracht! Worum geht's denn überhaupt?«

»Das werde ich bei der Vorstandssitzung erklären, wenn ich mehr Fakten habe.«

»Alan und ich geben eine Weihnachtsparty in ein paar Tagen, du mußt einfach kommen. Vielleicht können Esther mit ihrem neuen Freund und Jackie mit ihrem Verlobten zusammen hierherfahren. Du mußt natürlich auch kommen, Charmie, wenn du nicht nach Ohio fährst.«

»Ich kann's nicht versprechen«, sagte Philippa. »Ich weiß nicht, wie meine Termine liegen. Aber ich weiß, daß ich in vier Tagen die Vorstandssitzung abhalten werde, in Palm Springs.«

»In Palm Springs? Warum denn nicht hier?«

»Weil das Star's in Palm Springs ist und ich nicht weiß, wie lange ich dort sein werde. Aber Palm Springs ist um diese Jahreszeit sehr schön.« Philippa lächelte. »Ich glaube, eine Fahrt durch die Wüste wird dir guttun. Dann kommst du endlich mal raus aus diesem Chaos.«

Die Tür ging auf, und ein Mann kam herein. »Hannah, da bist du ja. Ich hab' dich überall –«

Er starrte Philippa an. Dann strahlte er übers ganze Gesicht. »Philippa! Wie schön, dich zu sehen! Was für eine wunderbare Überraschung!«

Alan Scadudo war Hannahs Ehemann und Finanzchef von Starlite Industries. Die beiden waren genauso lange wie Philippa und Charmie in der Firma, sie gehörten zu den Gründungsmitgliedern.

»Bleibst du jetzt wieder bei uns?« sagte er und umarmte Philippa. Alan war fast so groß wie sie, einssiebzig, trug aber Einlagen, die ihn fünf Zentimeter größer machten. Er hatte sich auch schon Haare transplantieren lassen, und aus der Nähe konnte Philippa die kleinen Punkte am Haaransatz erkennen.

»Philippa sagt, es gibt ein Problem, Alan«, sagte Hannah rasch. »Sie beruft eine außerordentliche Vorstandssitzung ein.«

»Ja, diese beunruhigende Geschichte mit Miranda International.«

»Hast du noch etwas rausfinden können, Alan?«

»Nicht viel, fürchte ich. Ich habe mit dem Präsidenten der Firma telefoniert, einem gewissen Gaspar Enriques, der mir versicherte, ihre Absichten wären rein freundschaftlich. Aber als ich ihn fragte, ob sie ein Stillhalteabkommen unterzeichnen würden, weigerte er sich. Sehr höflich natürlich.«

»Das klingt nicht gerade freundschaftlich. Vermutest du den Versuch einer Übernahme?«

»Sieht auf jeden Fall danach aus.«

»Alan«, sagte Philippa. »Ich möchte, daß du sofort nach Rio fliegst und dich mit diesem Enriques triffst. Versuche herauszufinden, warum Miranda sich für unsere Firma interessiert. Und bringe ihn dazu, das Abkommen zu unterzeichnen.«

»Ja, natürlich, Philippa. Wie du meinst. Ich bin schon unterwegs.«

»Und noch etwas, Alan. Ich berufe in vier Tagen eine Vorstandssitzung ein. Ich will, daß alle daran teilnehmen. Ist jemand nicht greifbar?«

»Wir sind alle hier«, sagte Hannah, »außer Ingrid«. Ingrid Lind war die Einkäuferin der Starlite-Modeabteilung, Hannah war ihre unmittelbare Chefin. »Sie ist auf Einkaufsreise in Singapur. Muß Ingrid dabeisein? Ich glaube, sie soll erst in zwei Wochen zurückkommen.«

»Ich möchte jeden vom Vorstand sehen, auch Ingrid. Ruft sie zurück. Ich will alle Bücher, Journale und Bilanzen der letzten fünf Jahre sehen, die Rechnungen, Zahlungsbelege usw. Leite eine interne

Revision in die Wege, Alan, und bringe die Ergebnisse mit zur Sitzung.«

»Worum geht's denn?« fragte er.

»Um eine Million Dollar«, sagte sie und gab Charmie ein Zeichen. »Inzwischen fahren wir zurück ins Hotel und ruhen uns ein bißchen aus.«

Hannah stand auf und sagte: »Wann fährst du nach Palm Springs?«

»Charmie und ich sind für morgen abend im Marriott Desert Springs angemeldet, dort wird auch die Vorstandssitzung abgehalten.«

Und bis dahin, dachte sie niedergeschlagen, würde sie herausfinden, wer ihre Freunde waren und wer die Verräter.

14

Hollywood, Kalifornien, 1958

Philippa schaute von ihrer Arbeit hoch und sah, daß er wieder in den Drugstore gekommen war – der Mann mit dem gehetzten Blick.

Sie wußte nicht genau, was sie so an ihm faszinierte; sie wechselten nie ein Wort, sie wußte nicht, wer er war, wo er lebte oder was er tat. Sein Aussehen war es, das sie faszinierte, nicht die Khakihosen, der ausgeleierte Pullover und die Sandalen, aber das wirre schwarze Haar, das sehr attraktive Gesicht. Irgendwie sah er unwirklich aus, wie aus einem Film. Sie wollte wissen, was für ein Mann dahintersteckte, hinter diesem Mund, der nie lächelte, den Augen, die auf eine andere, beunruhigendere Welt gerichtet zu sein schienen. Er kam jeden Freitag in den Discount Drugstore auf dem Hollywood Boulevard und bestellte das Mittagsgericht für neunundneunzig Cents, immer allein. Dann rauchte er zwei Stunden lang zahllose Zigaretten über einer Tasse Kaffee und starrte in den Rauch, als könnte er darin die Antworten finden.

Philippa hatte ihn vor drei Monaten das erstemal bemerkt, und ihre Neugier war mit jedem Freitag größer geworden. Sie beobachtete ihn jetzt, während sie Ware in die Regale stapelte. Er sah irgendwie so einsam aus, und sie spürte, daß jemand oder etwas ihn einmal schrecklich verletzt hatte und er den Schmerz wie eine unsichtbare Last mit sich herumschleppte. Und als sie sah, wie er sein billiges Essen auf den Cent genau zahlte und sich Kaffee einschenken ließ, bis die Kellnerin ihm sagte, er müßte noch mal bezahlen, dachte Philippa: Er braucht jemanden, der ihn heilt, jemand, der sich um ihn kümmert.

»Philippa? Miss Roberts?«

Sie wirbelte herum. »Ja, Mr. Reed?« Mr. Reed, der Geschäftsführer des Drugstores, hatte Philippa vor vier Jahren eingestellt. Er war sehr zufrieden mit ihr. Sie arbeitete gut, war immer fröhlich und feierte nie krank, nur manchmal träumte sie am hellichten Tag, und er mußte ein paarmal ihren Namen rufen, ehe sie ihn hörte. Mr. Reed konnte ja nicht ahnen, daß Philippa eigentlich Christine hieß und sich immer noch nicht so richtig an ihren Namen gewöhnt hatte.

»Ich brauche Sie am Eiscremestand, Philippa«, sagte Mr. Reed. »Dora mußte nach Hause gehen, sie fühlte sich nicht wohl.«

Auf dem Weg zum Eiscremestand schaute Philippa schnell in den Spiegel. Früher hatte ihr das nie etwas ausgemacht, aber jetzt wünschte sie, ihr Gesicht wäre nicht so fleischig. Aber wenigstens waren ihre Haare schön, ihr kastanienbrauner, dichter Pferdeschwanz reichte bis über die Schulter. Sie hatte auch etwas Lippenstift aufgelegt, und manchmal lackierte sie sich die Nägel, ansonsten erlaubte sie sich keine Extravaganzen. Sie sparte ihr Geld.

An dem Tag, an dem sie die Fotos ihrer Eltern zerrissen und ins Meer geworfen hatte, hatte Philippa San Francisco verlassen. Sie war vom Fisherman's Wharf direkt zum Greyhound-Busbahnhof gegangen und hatte sich eine Fahrkarte nach Hollywood gekauft, fest entschlossen, ihren Weg in dieser Welt zu machen und der Mutter Oberin und allen anderen zu beweisen, daß sie sich geirrt hatten.

Nach ihrer Ankunft in Hollywood war sie die Straßen auf und ab gelaufen auf der Suche nach dem Glamour, den Filmstars und den Schauplätzen, die sie aus ihren Lieblingsfilmen kannte. Aber sie fand nur ordentliche kleine Parkplätze, bescheidene Läden und Palmen – endlose Reihen von Palmen. In einer ruhigen Straße hinter Grauman's Chinese Theatre entdeckte sie Häuser mit weitläufigen Rasenflächen bis zum Gehsteig, großen Veranden und steilen Dächern. Später erfuhr Philippa, daß sie California Bungalows genannt wurden und um die Jahrhundertwende entstanden waren. Eines von ihnen hatte ein Schild »Zimmer zu vermieten« im Fenster.

Der Name der Vermieterin war Mrs. Chadwick.

»Ich hab' noch vier andere Mieter«, sagte sie, als sie die Treppe hochkeuchte, »zwei Lehrer, die in der Hollywood High School arbeiten, ein Mädchen, das in einem Reisebüro arbeitet, und Mr. Romero, der behauptet, daß er Drehbücher schreibt, aber seine Schreibmaschine habe ich noch nie gehört. Mr. Romero wird Sie zu einem Drink auf sein Zimmer einladen, aber er nimmt's Ihnen nicht übel, wenn Sie ihm einen Korb geben. Er ist harmlos. Sie sind siebzehn, haben Sie gesagt?«

»Ja«, sagte die sechzehnjährige Philippa. »Ich habe meine Geburtsurkunde, wenn –«

»Nicht notwendig.« Mrs. Chadwick musterte das Mädchen von oben bis unten. »Sie sind scheint's kein Kostverächter«, sagte sie. »Oh, keine Sorge, sollte keine Kritik sein. Ich hab' selber einen kräftigen Appetit, und ich muß sagen, mein Essen ist nicht zu verachten. Meine Pensionsgäste verhungern nicht, das kann ich Ihnen sagen. So, hier ist das Zimmer. Fünf Dollar die Woche, einen Monat im voraus. Das Bad ist den Gang runter.«

Das Zimmer war klein, aber luftig und hell, mit Palmen direkt vor dem Fenster. Philippa konnte das große H-O-L-L-Y-W-O-O-D-Schild auf den fernen Hügeln sehen.

Noch am selben Nachmittag machte sie sich auf Jobsuche. Sie versuchte es in ein paar Restaurants, wurde aber immer abgelehnt, weil die Uniformen ihr nicht paßten. Im Cut-Cost-Drugstore am Hollywood Boulevard hatte sie mehr Glück. Hier trugen die Angestellten weiße Kittel, bei denen es nichts ausmachte, daß sie zu dick war. Cut-Cost war einer der modernen Drugstores, die nicht nur Arzneimittel verkauften, sondern auch Unterwäsche und Kaffeemaschinen und Eiscreme und kleine Gerichte. Mr. Reed stellte sie für fünfundsiebzig

Cents Stundenlohn ein, und sie mußte alles machen – vom Auffegen bis zum Kassieren. Oder auch Eiscreme verkaufen, wie jetzt, während sie den gequält aussehenden Mann beobachtete, der am Imbißtresen rauchte.

Am Tag als sie die Arbeit bei Cut-Cost bekam, war Philippa zur Hollywood High School am Ende der Straße gegangen und hatte sich in die Abendklassen für Erwachsene eingeschrieben. Innerhalb eines Jahres bekam sie das High School-Diplom, das sie eigentlich in St. Bridget's hätte kriegen sollen. Jetzt hatte sie sich in einem Junior-College eingeschrieben und wollte versuchen, dort ihren Abschluß zu machen. In den Augen ihrer Umwelt war Philippa eine stille junge Frau, die nie Anschluß suchte und hart arbeitete. Mrs. Chadwick, ihre Vermieterin, fragte sich als einzige manchmal, wovon das Kind so getrieben wurde.

Eine Frau mit weinroten Haaren kam an den Eiscremestand und bestellte eine doppelte Portion Vanille. Philippa mußte an Mop denken und fragte sich, wie es ihrer alten Freundin in New York wohl ginge. Anfangs hatten die beiden sich häufig geschrieben, und es war ein seltsames Gefühl gewesen, einen Umschlag an Christine Singleton zu adressieren und Briefe mit Philippa Roberts' Namen auf dem Umschlag aufzumachen. Mop hatte ihr alles über ihr Leben in Manhattan geschrieben, ihre Wohnung mit drei anderen angehenden Schauspielerinnen, die Arbeit in einem Feinkostladen. Aber nach einer Weile wurden die Briefe immer kürzer und die Abstände zwischen ihnen immer länger, bis Mop ganz aufhörte zu schreiben. Ihr letzter Brief war vor einem Jahr gekommen, nur eine kurze Notiz: »Weiß nicht, ob ich es hier zu was bringe. Vielleicht hatte Mutter recht.« Philippa hatte zurückgeschrieben und Mop eingeladen, nach Hollywood zu kommen, aber sie hatte keine Antwort erhalten.

Philippa spülte den Eisheber, drehte sich um und erschrak. Der Fremde mit dem gehetzten Gesichtsausdruck stand hinter ihr und las die Preisliste. Er hatte einen Spiralblock in der Hand, und eine Zigarette baumelte in seinem Mundwinkel. Philippas Herz machte einen Satz. So nahe war sie ihm bis jetzt noch nie gewesen. Er war so wahnsinnig attraktiv, dunkel, mit energischem Kinn, genau wie es ihr gefiel.

Sie wollte gerade sagen: »Was kann ich für Sie tun?«, da entdeckten zwei Teenager, die am Zeitungsregal herumlungerten, Philippa. Einer von ihnen sagte: »Schau mal, Schweinchen Schlau verkauft Eiscreme«, und sein Freund sagte: »Fast so gut, wie die Maus auf den Käse aufpassen lassen!«

Ihr Gelächter wurde jäh von dem Mann unterbrochen. Er drehte sich um und sagte: »Das war ziemlich taktlos, findet ihr nicht?«

Die Jungs sahen ihn überrascht an und wollten etwas sagen, aber er schnitt ihnen das Wort ab: »Warum verschwindet ihr nicht und begrabt euch in irgendeinem Misthaufen?«

Die beiden verzogen sich und murmelten nur noch kurz »Leck mich« über die Schulter. Er drehte sich zurück zu Philippa und sagte: »Dumme Kinder.« Er sah sie an, mit ganz dunklen Augen, die sich bis tief in ihr Innerstes bohrten, direkt in ihre Seele.

Sie überlegte verzweifelt, was sie sagen sollte, wollte ihm danken, aber er kam ihr zuvor und sagte mit einem kleinen Lächeln. »Was soll's? Eine Kugel Vanille.«

Philippa gab ihm eine extra große Kugel, und nachdem er seine fünf Cents bezahlt hatte, sagte er mit einem kaum merklichen Funkeln in den schwarzen Augen: »Wenn Sie so weitermachen, ist der Laden bald pleite.«

Sie sah ihm nach, verwirrt von den Gefühlen, die er in ihr ausgelöst hatte, und es dauerte einige Minuten, bis sie merkte, daß er seinen Spiralblock auf dem Tresen liegengelassen hatte. Sie lief auf die Straße, aber er war nicht mehr zu sehen, also beschloß sie, ihn aufzuheben und ihm zu geben, wenn er das nächstemal kam.

Auf dem Deckel stand ein Name: Rhys.

Philippa stand im Badezimmer und starrte ihr Spiegelbild an. Er hatte sie verteidigt. Gegen diese Jungs. Aber es war mehr gewesen. Er hatte sie nicht nur angesehen, er hatte in sie hineingesehen.

Er war so groß, so attraktiv, so selbstsicher. Und trotzdem... Irgend etwas peinigte ihn.

Philippa ging zurück in ihr Zimmer und versuchte, die Arbeit für ihren Psychologiekurs zu machen, aber sie konnte sich nicht konzentrieren. Er ging ihr nicht aus dem Kopf. Schließlich nahm sie den vergessenen Spiralblock, den sie mit nach Hause genommen hatte, und öffnete ihn. Auf der ersten Seite stand eine Art Gedicht:

Lavendelfarbene Schuhcreme.
Zwerge auf dem Mond.
Singende Erbsen.
Beende die Auferstehung genau dann,
wenn du sie brauchst...«

Sie blätterte weiter. »Existenz kommt vor Essenz«, hatte er geschrieben. »Wir erschaffen uns selbst nach unserer Geburt. Gott wurde als Ausrede geschaffen, als Sündenbock. Ohne Gott sind wir selbst verantwortlich. Und wir haben die Bombe.«

Philippa wurde plötzlich traurig. Was verbarg sich hinter diesem schönen Gesicht, den schäbigen Kleidern, diesen schwarzen Augen? Welcher Schmerz nagte an seiner Seele? Wann hatte er die Hoffnung verloren?

Sie ging zum Fenster und schaute hinaus auf die Lichter von Hollywood, die im abendlichen Smog funkelten. Aus der Ferne dröhnte der Verkehr auf dem Hollywood Boulevard, wo die Schlaflosen, die Nutten und die Schaulustigen die Straßen füllten.

In den letzten vier Jahren hatte Philippa alle Gedanken an Jungs verdrängt. Nach ihrer Flucht aus St. Bridget's hatte es für sie nur ein Ziel gegeben: etwas aus sich machen. Sie wußte zwar noch nicht genau was, aber das würde sich ergeben. Sie arbeitete und studierte, so daß ihr nur wenig freie Zeit blieb. Und wenn sie doch einmal ins Träumen kam, zwang sie sich mit Gewalt zurück in die Realität. In ihrem Leben sollte es keine Liebhaber geben, keine Männer, sie würden sie nur enttäuschen.

Gelegentlich dachte sie auch an Johnny. Irgendwann einmal würde sie ihm verzeihen können, aber im Augenblick war sie noch böse auf ihn, konnte seine Lügen und seinen Verrat noch nicht vergessen.

Philippa ging zurück an ihren Schreibtisch. Sie schob ihre Hausaufgaben beiseite und holte ein kleines Buch heraus, in das sie von Zeit zu Zeit ihre Gedanken schrieb. Der erste Eintrag lautete: »Glaub an dich selbst, dann kannst du alles erreichen.«

Dieses kleine Buch war ihr spiritueller Führer, ihre ureigene Bibel. In den vielen Monaten seit dem ersten Eintrag waren weitere hinzugekommen: »Meinungen sind wichtiger als Fakten.« »Denke Niederlage, und du wirst unterliegen, denke Erfolg, und du wirst siegen.« »Siegen kann nur der, der daran glaubt.«

Und sie dachte, wie anders doch ihre privaten Gedanken waren als die, die Rhys geschrieben hatte.

Am nächsten Freitag, als Philippa gerade Osterhasen und Schokoladeneier in die Regale räumte, sah sie ihn hereinkommen. Er setzte sich auf seinen üblichen Hocker am Imbißtresen. Sie ging mit pochendem Herzen auf ihn zu, holte das Notizbuch aus der Tasche ihres Kittels und sagte: »Verzeihung, Mr. Rice?«

Er reagierte nicht, und sie legte den Block neben ihn auf den Tresen und sagte: »Mr. Rice, Sie haben das letzte Woche hier vergessen.«

Er drehte sich um und sah sie an, seine schwarzen Augen bohrten sich wieder in ihre Seele. »Man spricht es Reese«, sagte er leise.

»Oh –« Sie spürte, wie sie rot wurde. »Mr. Rhys –«

»Nicht Mister«, sagte er und zog einen Mundwinkel hoch, was vielleicht ein Lächeln sein sollte. »Nur Rhys.«

»Ja, also, ich dachte, es wäre vielleicht wichtig...«

»Wichtig?« Er sah den Block an, als hätte er ihn noch nie im Leben gesehen. »Worte. Nur Worte.« Seine dunklen Augen richteten sich wieder auf ihr Gesicht, verharrten kurz, als versuchten sie, darin etwas zu entdecken, dann wieder dieser Anflug von Lächeln, und er wandte sich seinem Kaffee zu.

Eines milden Abends im Mai, als Philippa länger gearbeitet hatte, sah sie plötzlich Rhys aus einem Apartmenthaus kommen, und ehe sie wußte, was sie tat, folgte sie ihm, ohne es eigentlich zu wollen. Es war schon spät, und sie fragte sich, wohin er wohl ginge. Ein paar Blocks weiter stieg er in einen Bus Richtung Sunset Boulevard, und Philippa kehrte um, ging wieder zurück zu dem Haus, aus dem er gekommen war, und las die Namen auf den Briefkästen.

Da stand es: Nummer Zehn: Rhys.

Am nächsten Abend, nach ihrer Kunstgeschichtsvorlesung, ging sie wieder zu seiner Straße und sah, wie er gerade aus dem Haus kam. Sie folgte ihm erneut und sah, wie er wieder in den gleichen Bus stieg. An den drei darauffolgenden Abenden tat er genau dasselbe, und sie fragte sich, ob er wohl zur Arbeit fuhr.

Am sechsten Abend beschloß sie schließlich, ihre Literaturvorlesung sausen zu lassen und ihm zu folgen. Philippa stieg zwei Stationen vor Rhys in den Bus und kauerte sich auf dem hintersten Sitz zusammen, damit er sie nicht sehen würde. Wie immer stieg er an der Highland ein. Sie hoffte, er würde nicht allzu weit fahren, es war schon spät, und nachts machte ihr die Stadt angst.

Rhys stieg am Sunset Strip aus, Philippa blieb im Bus und sah, wie er durch eine schlichte Tür ging, über der das Schild »Woody's« hing.

Philippa wiederholte dieses Spiel die ganze nächste Woche, bis sie schließlich Mut faßte, eine Station nach Rhys ausstieg und bis zu Woody's zurücklief. An der schlichten Holztür angelangt, wußte sie zuerst nicht, ob sie klopfen oder einfach hineingehen sollte.

Ein junges Paar erlöste sie aus ihrem Dilemma. Die beiden öffneten einfach die Tür und gingen hinein.

Philippa hatte zwar Angst, aber der Gedanke, Rhys sehen zu können, war stärker. Sie zog die Tür auf und trat ein. Eine Wolke seltsam riechenden Rauchs und andere fremde Gerüche und Geräusche umfingen sie. Es dauerte eine Weile, bis sich ihre Augen an das schummrige Licht gewöhnt hatten und sie die Treppe sah, die in einen höhlenähnlichen Raum voller winziger Tische und Stühle führte.

Sie stieg langsam die Treppe hinunter, befürchtend, jemand könnte kommen und ihr sagen, sie solle wieder gehen. Im unsteten Licht der flackernden Kerzen auf den Tischen sah sie, daß die Wände des Cafés aus Backstein waren, ohne jede Dekoration. Der Holzboden war mit Kippen übersät, die Tische waren klein, und die Stühle sahen sehr unbequem aus. Das Publikum bestand aus bärtigen Männern und aus Frauen, die keinen Lippenstift und zuviel Lidschatten trugen.

Philippa drängte sich durch die Menge zu einem leeren Tisch und quetschte sich aufgeregt auf den Stuhl dahinter. Sie war in eine neue, verbotene, erstaunliche Welt eingedrungen. Eine Welt, in der alles anders war. Um sie herum tranken alle Kaffee, rauchten, und auf einer kleinen Bühne hämmerte ein Mann auf ein Paar Bongos ein. Sie versuchte, Rhys in der Menge zu entdecken, aber es war zu dunkel und zu verraucht hier unten. Die blassen Gesichter, die sie schemenhaft im flackernden Kerzenlicht ausmachen konnte, sahen unzufrieden, irgendwie verloren aus. Und dann entdeckte sie plötzlich Rhys. Er ging auf die Bühne und setzte sich auf einen Hocker. Keiner klatschte oder begrüßte ihn, sie rauchten einfach weiter und tranken ihren Kaffee.

Rhys fing an zu reden: »Es gibt keine Lösung, deshalb ist Handeln ein Ding der Unmöglichkeit. Die Existenz ist der Vorläufer der Essenz. Wir sind verloren, weil wir Gott verloren haben. Jetzt haben wir die Bombe. Wir sind nichts weiter als Säcke aus Fleisch. Wir schaffen uns selbst, ja, aber warum? Es gibt keinen Lebenszweck. Geboren werden, atmen, sterben. Kein Plan, nur Chaos. Alles ist zwecklos. Wir haben die Bombe. Es wird kein Morgen geben.«

Philippa sah, wie aufmerksam die Gesichter jetzt Rhys beobachteten, wie seine Traurigkeit sie faszinierte. Und sie hatte mit einemmal das Bedürfnis, aufzustehen und zu sagen: Nein, du irrst dich.

Als er fertig war, schnippten die Leute mit den Fingern. Rhys verließ die Bühne und verschwand. Sie trank eine gräßliche Tasse Kaffee, hörte sich einen recht seltsamen Gitarristen an und ging dann schließlich, sehr beunruhigt von dem, was sie gehört und gesehen hatte.

Kurz darauf fuhr Philippa noch einmal zu Woody's, mit einem späteren Bus, damit Rhys sie nicht sehen würde. Sie setzte sich an die hintere Wand, um noch einmal seine seltsame, traurige Philosophie zu hören. Und an diesem Abend schaute er ihr direkt in die Augen.

Während seines Vortrags ließ er sie nicht aus den Augen, als wäre sie der einzige Mensch in diesem überfüllten Raum, als wollte er seine Botschaft nur ihr übermitteln. Und seine dunklen Augen schienen zu sagen: Siehst du? Hab' ich nicht recht?

Hinterher stieg eine schöne Frau auf die Bühne und küßte ihn. Direkt auf den Mund. Sie unterhielten sich kurz, und Philippa sah, wie er lachte. Dann ging die Frau zurück an ihren Tisch, und Rhys schlängelte sich durch die Tische bis zu Philippas Platz.

Er stellte sich vor sie, sah sie an und sagte: »Sie sollten nicht hier sein. Das ist nicht der richtige Platz für Sie.«

»Ich wollte sehen, was Sie machen.«

Er lachte leise und setzte sich schließlich, stützte sich auf die Ellbogen und richtete seine hypnotischen schwarzen Augen auf sie.

»Sie sind jung«, sagte er. »Nicht an Jahren, sondern im Geist und in der Seele. Ein sehr junger Geist ist sehr verletzlich. Sie wissen überhaupt noch nichts. Und vielleicht sollten Sie auch nichts erfahren. Gehen Sie weg von diesem Ort. Gehen Sie dorthin zurück, wo Sie jung sein können.«

»Ich wollte mit Ihnen reden.«

Er schüttelte den Kopf. »Ich werde jemanden besorgen, der Sie heimbringt«, sagte er. »Es ist spät. Und räuberische Geister streifen durch die Straßen. Joe, der Bongospieler, bringt Sie mit seinem Wagen nach Hause. Ich will nicht, daß Ihnen etwas passiert, nur weil Sie mich sehen wollten.«

»Ich möchte bleiben.«

Er griff nach einer Strähne, die sich aus ihrem Pferdeschwanz gelöst hatte. Er musterte sie im Schein der Kerze. Dann steckte er sie ihr behutsam hinters Ohr. »Ich werde Joe holen.«

Philippa konnte nicht schlafen. Sie mußte Rhys sehen. Sie mußte ihm sagen, wie sehr er sich irrte, daß es doch Hoffnung gab, eine Zukunft gab, und außerdem wollte sie bei ihm sein, ihn vielleicht berühren...

Sie wartete bis spätnachts, um sicherzugehen, daß er aus Woody's zurückgekehrt war, dann lief sie zu seinem Haus und rannte mit pochendem Herzen die Treppe hoch bis zu Nummer zehn. Sie horchte an seiner Tür. Klopfte.

Keine Antwort.

Sie versuchte den Türknopf. Die Tür schwang auf. »Rhys?« Er war nicht da.

Seine Wohnung war ein Schock. Kahle Bücherregale, aber Stapel von Büchern, Türme auf dem Boden. Einzige Möblierung war eine Matratze auf dem Boden mit einer indischen Decke und ein kleiner Tisch mit einer Schreibmaschine. Aus einer Reisetasche ergossen sich

Kleidungsstücke, als wäre er gerade erst eingezogen, der Boden war übersät mit vollen Aschenbechern und leeren Whiskyflaschen.

Philippa sah sich seine Habseligkeiten an: Schallplatten von Miles Davis und Woody Guthrie, Bücher über orientalische Philosophien, Zen-Buddhismus und Existentialismus. Rhys besaß vier Ausgaben von Albert Camus' *Der Fremde*.

Sie ging zur Schreibmaschine und sah, daß er eine Rolle Packpapier eingespannt hatte, keine getrennten Seiten, ein fortlaufender Bewußtseinsstrom. Sie schaute sich das letzte an, was Rhys geschrieben hatte: »In dieser Pappmachéstadt müssen wir mit Verachtung auf die Un-Götter herabsehen, die die einzigartige Einsamkeit des Lebens, die Einmaligkeit des Einsseins mit der Ewigkeit, die Essenz des ungeborenen Ewigkeitszyklus' verspotten.«

An den Rand hatte er geschrieben: »Der junge Geist ist in die alte Pappmachéstadt gekommen.«

Und dann war er plötzlich da, stand in der Tür. »Sie sind also gekommen«, sagte er und schloß leise die Tür hinter sich. Er bot ihr seine Zigarette an. Sie roch komisch, es war derselbe Geruch wie im Woody's. »Was ist das?« fragte sie.

»Joint«, sagte er. »Dope.«

Sie schüttelte den Kopf. »Ich will mit Ihnen reden«, sagte sie.

Er sah sie an. »Dann reden Sie.«

»Rhys. Sie sind unglücklich.«

»Unglücklich sind wir alle. Ich glaube, Sie auch«, sagte er und kam näher. »Sie sind voller Ehrgeiz und Entschlossenheit, irgend etwas oder irgend jemand treibt Sie dazu. Aber am Ende werden Sie verletzt werden. Von mir wahrscheinlich.« Er berührte ihre Wange. »Sie hätten nicht hierherkommen sollen.«

»Warum glauben Sie an diese traurigen Sachen?« sagte sie. Seine Hand strich die Konturen ihres Ohres und ihrer Lippen nach. »Es ist einfach so. Wir werden geboren, atmen, wir sterben.«

»Glauben Sie denn an gar nichts?«

»Glaube ist nur ein Wort.«

»Warum haben Sie aufgegeben, Rhys? Als ich klein war und mich die anderen Kinder immer ausgelacht haben, weil ich so dick war, bin ich immer zu meinem Vater gelaufen. Er hat gesagt, die Sieger wehren sich, und die Verlierer tun nichts und dulden es. Seien Sie kein Verlierer, Ryhs. Bitte...«

Er beugte seinen Kopf und legte seinen Mund auf ihren. Er nahm sie langsam in die Arme, drückte sie sanft an sich, als wollte er sie behutsam an seine Nähe gewöhnen. Seine Hände tasteten über ihr Haar, ihre Schultern, so zärtlich, daß Philippa am liebsten geweint hätte. Wie konnte er so traurig und doch so liebevoll sein? Sie klammerte sich an ihn, als wollte sie ihn in sich aufnehmen und dort behalten, bis er geheilt war. Er griff unter ihre Bluse und öffnete ihren BH. Sie erschauerte, als er ihre Brüste berührte.

»Ist schon gut«, murmelte er.

Er nahm ihr Gesicht zwischen seine Hände und sah sie lange mit dem bittersüßen Lächeln eines sich Verabschiedenden an. Er öffnete ihre Bluse, küßte ihre Brüste, ihre Brustwarzen.

Sie wollte die richtigen Worte sagen, sie kannte sie aber nicht, sie wollte ihn berühren, wußte aber nicht wo. Er nahm ihre Hand und führte sie, und als sie ihn umfaßte, stöhnte er.

»Rhys«, flüsterte sie.

Er sagte: »Wir haben die ganze Nacht Zeit. Das erste Mal muß es am schönsten sein, denn danach kann es kein erstes Mal mehr geben.«

Er führte sie zum Bett und zog sie sehr langsam aus, küßte sie immer wieder und berührte sie, während sie lernte, ihn zu liebkosen, seinen Küssen mit Leidenschaft zu begegnen. Er war der Lehrer, sie die Schülerin. Aber das wurde ihr erst sehr viel später bewußt.

Als es vorbei war, lächelte er sie an. »Es gibt also eine Tigerin in der Pappmachéstadt?«

Sie ließ ihre Hände über seine Schultern gleiten. Sie hatte nicht damit gerechnet, daß er so muskulös war. »Ich liebe dich, Rhys.«

Er küßte ihre Nasenspitze. »Deine Welt ist eine andere Welt als die meine. Unsere Wege können sich nie vereinen. Du wirst nie begreifen –« Er verstummte und küßte sie lange. Dann sagte er: »Ich werde nie begreifen.«

»Was ist mit dir geschehen, Rhys?« sagte sie. »Ist es schon lange her?«

»Lange her? Als ich ein kleiner Junge war, ist mir etwas Schreckliches passiert. Etwas Unaussprechliches. Aber es mußte passieren. Oder ist doch nie passiert. Ich weiß es nicht.«

»Laß mich dir helfen. Laß mich alles besser machen für dich.«

Ein Lächeln zog über sein Gesicht. »Ich möchte ein bißchen schreiben«, sagte er. »Und du mußt schlafen. Wenn du aufwachst, bring' ich dich nach Hause.«

Er deckte sie zu. Und während Philippa beim Geräusch der Schreibmaschine in Schlaf versank, dachte sie, durch meine Liebe werde ich ihn heilen.

15

Dr. Judith Isaacs wurde das Gefühl nicht los, daß etwas mit dieser Patientin nicht stimmte. Oberflächlich gesehen schien alles normal: Carolyn Mason, vierundzwanzig, war zu einer Routine-Schwangerschaftsuntersuchung in die Klinik des Star's gekommen.

»Ich bin hierhergekommen, um mich zu erholen«, hatte die junge Frau vor Beginn der Untersuchung gesagt. »Mein Gynäkologe hat gesagt, ich soll mich auf jeden Fall untersuchen lassen, während ich hier bin, nur zur Sicherheit.«

Zur Sicherheit wovor? fragte sich Judith, als sie ihre Handschuhe abstreifte. Soweit Judith es beurteilen konnte, gab es keine Komplikationen. Carolyn Mason war im sechsten Monat, der Fötus war gesund, und sie hatte keine Beschwerden. Und die junge Frau schien auch psychisch in bester Verfassung. Warum also dieses unbestimmte Gefühl, daß etwas nicht stimmte, das ihr keine Ruhe ließ?

Nach der Untersuchung unterhielt sich Judith noch eine Weile mit der Patientin über ihre Ernährung und über ihre Arbeit als Fotomodell. Schließlich sagte sie: »Carolyn, darf ich Sie etwas fragen? Der Vater des Babys, ist er auch hier?«

»O ja. Sie hätten mich nie allein fahren lassen. Sie begleiten mich auf Schritt und Tritt!«

»Sie?«

»Der Vater des Babys und seine Frau. Wir fahren überall zusammen hin.« Carolyn lachte. »O nein, Doktor, nicht, was Sie denken. Das ist keine Dreierbeziehung. Der Vater des Babys ist mein Bruder.«

Judith sah sie fragend an.

»Es ist ein bißchen kompliziert«, sagte sie. »Mein Bruder und ich stehen uns sehr nahe, und ich würde alles für ihn tun. Seine Frau und er wollen seit Jahren ein Baby, aber es hat nie geklappt. Und nach ihrer dritten Fehlgeburt haben sie ihr gesagt, daß sie nie ein Baby austragen könne, also habe ich mich angeboten, es für sie auszutragen. Die Ärzte haben mir den Embryo eingepflanzt, und dann habe ich ein paar Hormonspritzen bekommen, damit die Schwangerschaft funktioniert. Ist das nicht wunderbar, Doktor?« strahlte Carolyn. »Ich werde meine eigene Nichte zur Welt bringen!«

Nachdem das Mädchen gegangen war, suchte Judith nach Zoey, der Schwester, und fragte sich, wo sie so lange blieb. Vorhin war sie durch die Klinik gerauscht und hatte etwas von Krankenpflege in einem der Chalets gemurmelt. Sie wurde von Tag zu Tag aufsässiger, und Judith war sich darüber im klaren, daß sie mit ihr noch große Schwierigkeiten bekommen würde.

Judith warf einen prüfenden Blick in den Spiegel, ehe sie sich auf den Weg zur Visite bei Mr. Smith machte. Während sie sich das Haar kämmte, wurde ihr bewußt, daß sie sich auf diesen Besuch wie auf ein Rendezvous vorbereitete. Sie wußte auch, daß ihre Visite medizinisch nicht notwendig war. Dr. Newton, Smith' eigener Arzt, war heute morgen ins Star's gekommen und hatte fast eine Stunde bei Smith verbracht. Und er hatte Judith mitgeteilt, daß er heute abend noch einmal nach seinem Patienten sehen werde. Aber sie war schließlich für ihn verantwortlich, wenn Dr. Newton nicht hier war, redete sie sich ein.

Der Mann ging ihr einfach nicht aus dem Kopf. Nicht nur, weil er ein berühmter Filmstar war, nein, der Mann selbst, diese durchdringenden Augen, sein schottisch angehauchter Bariton, die Art, wie er sich ehrlich für sie und alles, was mit ihr zu tun hatte, interessierte. Zoey hatte gesagt: »Irgend etwas hier läßt die Leute romantisch werden.« Judith fragte sich, ob die Lösung wirklich so einfach war und das Star's die Menschen in eine Art Rausch versetzte.

Gestern abend in der Lobby hatte sie viele verliebte Paare gesehen. Und beim Dinner mit ihrer neuen Arbeitgeberin, Miss Beverly Burgess, und Simon Jung hatte Judith gespürt, daß zwischen den beiden eine Spannung bestand. Es waren zwei sehr angenehme Stunden gewesen; Simon Jung war der perfekte Gastgeber und hatte den Hauptteil der Konversation bestritten, während Miss Burgess sich damit begnügt hatte zuzuhören. Zu Judiths Überraschung hatte Beverly eine riesige Sonnenbrille getragen, angeblich wegen einer Augeninfektion. Judith hatte also nichts weiter über ihren neuen Chef erfahren.

Bis auf das eine: Simon Jung war offensichtlich in Beverly verliebt, und Beverly hatte sich, aus was für Gründen auch immer, von ihm zurückgezogen.

»Nun, Doktor«, sagte Mr. Smith, als Judith ihm den Blutdruck gemessen hatte, »wie gefällt es Ihnen bis jetzt hier? Hält man Sie auf Trab?«

Sie schloß ihre Arzttasche und setzte sich. Die Wintersonne strahlte durch das Fenster und zeichnete grelle Rechtecke auf den rosa Teppich. Ihr Patient, der legendäre Mr. Smith, saß in seinem Seidenpyjama im Bett und sah sie fragend an.

»Ich kann nicht klagen. Ich habe einiges zu tun«, sagte sie. »Langweilig ist es auf jeden Fall nicht.«

»Behandeln Sie berühmte Leute? Außer mir, meine ich.«

»Sie wissen doch, daß ich über meine Patienten nicht reden darf. Oder stellen Sie mich nur auf die Probe, weil Sie befürchten, ich könnte anderen Leuten Ihr Geheimnis verraten?«

»Zugegeben, das macht mir Sorgen. O nein, nicht, daß Sie mich verraten, aber daß es bekannt wird. Geben Sie mir eine ehrliche Antwort, Judith. Was halten Sie davon, daß ein Mann in meinem Alter sich so einer Operation unterzieht? Ich meine, von dieser Eitelkeit, diesem Versuch, die Uhr zurückzudrehen. Es paßt doch überhaupt nicht zu meinem Image – echte Männer lassen sich doch kein Fett absaugen, oder?«

»Warum nicht?« sagte sie. »Wenn Sie sich dann wohler fühlen?«

»Doktor«, sagte Smith und schlug die Decke zurück, »würden Sie mir bitte zum Fenster helfen? Ich fürchte, mit diesem Druckverband werd' ich ganz schöne Schwierigkeiten beim Gehen haben.«

Sie legte einen Arm um seine Taille und half ihm durchs Zimmer. Trotz seiner fast siebzig Jahre wirkte Smith sehr fit und athletisch. Und er duftete nach einem teuren Cologne, er gab sich offensichtlich trotz seiner Schmerzen große Mühe, immer gepflegt zu sein. Wieder verspürte sie diese beunruhigende sexuelle Begierde. »Erkennen Sie da unten jemanden?« sagte Smith, als er ein paar Gäste sah, die den Morgen im Wald genossen. »Der Typ da unten zum Beispiel, der sich so in Pose wirft. Das ist Larry Wolfe, der Drehbuchautor. Ich bin ihm einmal begegnet. Ein arrogantes Arschloch.« Er grinste Judith an. »Schockiert es Sie, wenn ich so etwas sage?«

»Ich habe keine Ahnung, wer Larry Wolfe ist.«

»Gut für Sie. Es würde ihn umbringen, wenn er das wüßte. Wie ich höre, will er demnächst den lieben Gott ablösen.«

Smith starrte hinaus auf den schneebedeckten Wald. »Ich weiß noch, wie ich das erste Mal Schnee sah«, sagte er mit einem Hauch Wehmut in der Stimme. »Ich war damals noch ein kleiner Junge, und mein Vater hatte mich zum Fischen ins Liffey-Tal mitgenommen. Es war einer der seltenen Winter, in denen dort Schnee fiel.« Er lächelte Judith an. »Liffey ist in Tasmanien, wo ich geboren bin. Ich bin in Schottland aufgewachsen, aber Tassie ist meine wahre Heimat. Errol Flynn war auch aus Tasmanien, wußten Sie das? Wir haben einen Film zusammen gemacht. Er war der gute Pirat und ich der böse, aber ich war der bessere Fechter. Wissen Sie überhaupt, wo Tasmanien ist, Doktor?«

»Ist das nicht eine Insel vor der Südspitze Australiens?«

»Hunderttausend Punkte für Sie, Doktor. Damit gewinnen Sie –« Er zuckte plötzlich zusammen.

»Schmerzen?«

Er stützte sich auf sie. »Nichts ... mit dem ich nicht fertig werde.«

Sie half ihm in einen Stuhl und sagte: »Hier brauchen Sie nicht den Piraten zu spielen.«

Er grinste trotz seiner Schmerzen und sagte: »Wissen Sie, daß Sie aussehen wie Jennifer Jones, als sie mit Gregory Peck spielte? Ihre Haare und Ihr Teint sind ganz ähnlich, und Sie wirken auch so verletzlich.«

Judith ging zu ihrer Arzttasche und öffnete sie. Während sie die Spritze aufzog, sagte Smith: »Fragen Sie sich vielleicht, warum ich die Operation heimlich hier im Star's machen ließ anstatt bei einem Arzt in Beverly Hills, wo ich mich anschließend zu Hause hätte erholen können?« Er rollte seinen Ärmel hoch, damit Judith ihm die Spritze geben konnte.

»Das wird Ihnen helfen«, sagte sie. »Bitte reden Sie weiter.«

»Ich habe es gemacht, weil diese Operation geheim bleiben muß. Männer mit meinem Ruf können sich keine Schönheitsoperationen erlauben. Ich bete, daß es nicht publik wird.«

»Wäre das so schlimm? So viele Menschen lassen sich jetzt das Fett absaugen.«

»Ich habe Angst, daß es meinem Image schadet. Und offen gesagt auch davor«, er rollte seinen Ärmel herunter, »wie Frauen darauf reagieren werden, die mich interessieren.«

»Ich glaube, Sie sind zu streng mit sich selbst. Auch Männer lassen kosmetische Operationen machen. Frauen haben kein Monopol darauf.«

»Bei meiner Generation nicht, Doktor. Mir ist das sehr fremd und äußerst peinlich.«

In diesem Moment ging die Tür auf, und eine mürrische Zoey kam mit einem Stapel Bettzeug herein. »Ich möchte Ihr Bett frisch beziehen, Mr. Smith«, sagte sie, ohne Judith eines Blickes zu würdigen.

Die Schwester fing schweigend an zu arbeiten, verbreitete aber dabei so viel Feindseligkeit, daß Mr. Smith Judith einen fragenden Blick zuwarf und sagte: »Was für ein erstaunlicher Platz für eine Klinik. Bis vor einer Minute hatte ich ganz vergessen, daß ich eigentlich in einem Krankenhaus bin und mich von einer Operation erhole. Schauen Sie sich nur dieses Zimmer an und die Kulisse da draußen«, er zeigte auf das Fenster. »Wenn doch nur alle Krankenhäuser so sein könnten.«

Er blickte zu Zoey, die die Bettlaken festzurrte, als wollte sie jemand damit erhängen. Er sah Judith noch einmal ratlos an.

»Sind Sie mit der Legende um dieses Haus vertraut, Doktor?« sagte er, ein Versuch, die Spannung im Raum etwas zu lösen. »Trotz meines stattlichen Alters war ich in der Nacht, als Dexter Bryant Ramsey ermordet wurde, nicht hier. Ich war damals erst zehn. Aber es waren viele Berühmtheiten hier – Gary Cooper, Douglas Fairbanks, selbst Hearst war angeblich unter den Gästen. An diesem Abend wurde hier eine große Party gefeiert. Aber bis die Polizei am nächsten Tag erschien, waren alle verschwunden, und sie hatten hieb- und stichfeste Alibis, daß sie zu der Zeit, als Ramsey getötet wurde, nicht hier waren. Das waren noch die goldenen Zeiten von Hollywood.«

Er sah Judith nachdenklich an, dann sagte er etwas leiser: »Marion Star war meine erste Liebe, wissen Sie. Ich war damals vierzehn und ihre Filme waren gerade erst nach Tasmanien gekommen. Es war *Königin des Nils*. Ein Blick auf diese dunkel umrandeten, todtraurigen Augen, und ich war verloren. Ich bin seither keiner Frau begegnet, die sich mit ihr messen konnte.«

Sein Blick folgte Zoey, die mit geradezu lächerlichem Eifer Papierkörbe leerte, die Wasserkaraffe füllte und dann mit einem Stapel frischer Handtücher im Bad verschwand.

»Sind Sie ein Filmfan, Judith?«

»Ich war's, als ich noch jünger war«, sagte sie und verkniff sich gerade noch: Und ich war wahnsinnig in Sie verliebt. Sie sah, wie die Sonne sein Haar silbern glänzen ließ. »In Green Pines gibt's kein Kino.«

»Die heutigen Filme machen mir angst«, sagte er. »Es gibt keine Regeln und keine Grenzen. Es gab eine Zeit, in der die Filmindustrie streng überwacht wurde. Haben Sie schon mal etwas vom Hayes Office gehört? William Hayes hat uns gesagt, was wir in Filmen tun können und was nicht. In den vierziger Jahren durften Paare auf der Leinwand, selbst wenn sie im echten Leben verheiratet waren, nur in getrennten Betten schlafen. Die Betten mußten mindestens fünfzig Zentimeter auseinander sein. Wenn zwei Leute im Bett gezeigt wurden, mußte einer von ihnen vollständig angezogen sein – nicht bloß im Schlafanzug, nein, in Abendkleidung oder so. Und der Mann mußte immer einen Fuß auf dem Boden haben. Heutzutage kann man sich das gar nicht mehr vorstellen.«

Er verstummte, und seine dunkelblauen Augen schauten sie so eindringlich an, daß sie das Gefühl hatte, er suche nach einer Möglichkeit, ihr etwas Persönliches zu sagen. Ihr Herz setzte für einen Augenblick aus. Dann sagte er: »Das Hayes Office war verantwortlich für die Moral der Gesellschaft. Wußten Sie, daß man den Schluß von Tennessee Williams' *Endstation Sehnsucht* geändert hat? Auf der Bühne geht Stella zu Stanley zurück, obwohl sie weiß, daß er ihre Schwester vergewaltigt hat. Aber im Film verläßt ihn Stella. Besser für die öffentliche Moral, sagte Hayes. Natürlich durfte man damals nicht Vergewaltigung sagen. In den Zeitungen nannten sie es verbrecherischen Angriff. Haben Sie gewußt, Judith, daß Marion Star einer der Gründe für die Existenz des Hayes Office war? Die Legion of Decency wurde gegründet, damit ihre Filme boykottiert werden konnten.«

»Waren sie denn so schlimm?«

»Sie waren wunderbar. Aber die Welt befand sich in der Depression, und es gab viele, denen Marions großzügiger Lebensstil nicht paßte. Also sagten sie, sie wäre unmoralisch. Heute sind ihre Filme Klassiker – herzerfrischend, amüsant, eine Erinnerung an Zeiten, in denen Filme noch eine gewisse Vornehmheit hatten. Jetzt machen sie...«, er schauderte, »*Rambo*.«

Zoey kam wieder aus dem Badezimmer, warf die benutzten Handtücher und die Wäsche in einen Korb und verließ wortlos den Raum. Smith sagte zu Judith: »Wie mir scheint, gibt es eine gewisse Spannung zwischen Ihnen und der Schwester. Gibt's da ein Problem?«

»Ich weiß es nicht. Wie fühlen Sie sich jetzt? Wirkt die Spritze schon?«

»Ja, das tut sie. Können Sie mir jetzt bitte ins Bett zurückhelfen?«

Auf dem Weg zum Bett sagte er: »Sie haben gesagt, Sie wären vierzehn Jahre verheiratet gewesen? Sind Sie das immer noch?«

»Wir haben uns letztes Jahr scheiden lassen.«

»Das tut mir leid. Gibt es Kinder?«

»Darüber möchte ich lieber nicht sprechen.«

Er blieb vor dem Bett stehen und sah sie an. »Was ist es?« sagte er. »Was bedrückt Sie?«

»Nichts bedrückt mich.«

»Oh, Sie sind eine ganz harte Lady, wie ich sehe«, sagte er. »Harte Schale, um etwas Verletzliches im Inneren zu verbergen.«

Sie half ihm, sich ins Bett zu legen, zog die Decke hoch und sagte: »Warum soll eine Frau nur eine harte Schale haben? Kann ich nicht durch und durch hart sein? Ich bin Schuhleder, durch und durch.«

Er schüttelte den Kopf. »Sie haben einen weichen Kern. Man hört es und sieht es in Ihren Augen. Wollen Sie's mir erzählen?«

Judith setzte sich auf die Bettkante. »Ich weiß nie, was ich sagen soll, wenn die Leute mich fragen, ob ich Kinder habe. Eigentlich sollte man erwarten, daß ich mir inzwischen eine Antwort zurechtgelegt hätte, aber dem ist leider nicht so. Ich hatte ein Kind, ein kleines Mädchen. Sie ist vor zwei Jahren gestorben. Ich weiß nie, was ich sagen soll, wenn mich jemand fragt, ob ich Kinder habe. Soll ich nein sagen, als hätte sie nie existiert? Oder soll ich sagen, sie ist tot, und mich mit Erklärungen über das Wieso und Warum quälen?«

»Ich habe keine Erklärung verlangt.«

»Stimmt, aber Sie wollen es wissen, und ich werde es Ihnen nicht sagen. Kimmie ist tot und damit Schluß.«

»Begraben Sie sich deshalb hier oben, zwischen Schnee und Kiefern und Filmstars?«

»Jetzt kennen Sie mein Geheimnis.«

»Soll ich Ihnen etwas sagen? Mir ist gerade klargeworden, daß ich niemandem außer Ihnen, nicht einmal Dr. Newton, den wahren Grund dafür, daß ich mich hier operieren ließ, gesagt habe. Ich habe nicht gesagt, daß ich mich schäme, sondern behauptet, ich wäre hier, um meine Ruhe zu haben. Ihnen habe ich den wahren Grund gesagt, Judith, Sie sind der einzige Mensch auf der Welt, der ihn kennt. Ist das nicht eigenartig?«

»Trotzdem kann ich Ihnen nicht von Kimmie erzählen«, sagte sie leise.

»Das verlange ich auch nicht von Ihnen.«

Sie begegnete seinem Blick und sah erstaunt die Herausforderung darin; als wolle er sagen: »Sie sind am Zug.«

Sie wandte sich ab von diesem Blick, dieser Herausforderung, eine Frau zu sein. Seit Kimmies Tod und ihrer Scheidung von Mort – einer gehässigen, schmutzigen Scheidung –, fühlte Judith, wie ihr Herz langsam versteinerte. Sie redete sich ein, ihre Fähigkeit zu lieben wäre mit Kimmie gestorben und Mort hätte jede sexuelle Regung in ihr abgetötet. Seither war Judith jedem Mann mit totaler Gleichgültigkeit begegnet.

»Haben Sie Kinder?« fragte sie.

»Ich bin nie dazu gekommen, zu heiraten und eine Familie zu gründen. Aber dafür ist immer noch Zeit.«

»Wissen Sie, Mr. Smith«, sagte sie, »das ist wirklich unfair. Männer können fast ihr ganzes Leben lang Kinder produzieren. Aber Frauen sind auf bestimmte Jahre beschränkt.«

»Das ist der gerechte Ausgleich dafür, daß nur Frauen Babys haben können«, sagte er. »War das Erica Jong, die gesagt hat, Männer hassen Frauen, weil sie ihrem täglichen Leben nachgehen können, während sie neue kleine Menschen in ihren Körpern schaffen?«

Sie sah ihn überrascht an. »Sind Sie etwa ein Feminist, Mr. Smith? Verraten Sie das keinem, es wird Ihrem Ruf als legendärer Liebhaber schaden.«

»Ganz im Gegenteil. Ein wirklich guter Liebhaber muß Frauen verstehen.«

»Und Sie?« Judith stellte erschrocken fest, daß sie mit ihm flirtete, konnte aber nichts dagegen tun.

»Wenn ich eine Frau liebe, dann tue ich das mit Leidenschaft und Hingabe. Und wenn ich mit ihr zusammen bin, kann sie sicher sein, daß ich nicht an andere denke.«

Plötzlich hatte er ein Bild vor Augen: seine Hände, wie sie den dikken dunkelbraunen Zopf, der über ihren Rücken fiel, lösten und das üppige Haar ausbreiteten über ihre nackten Schultern und bloßen Brüste. Es überraschte ihn. Wann hatte er zuletzt eine Frau so begehrt?

Und jetzt ärgerte ihn dieser keusche Zopf, der so unschuldig auf dem weißen Kittel ruhte und mit einem kleinen Gummiband befestigt war. Er hing bis zu ihrem muskulösen kleinen Hintern. Auch da hätte er sie gerne berührt.

»Ich habe gehört, daß Patienten sich oft in ihren Arzt verlieben«, sagte er. »Passiert das auch umgekehrt? Verlieben sich Ärzte manchmal in ihre Patienten?«

Wieder begegneten sich ihre Blicke, und Judith kam der Gedanke, wie es wohl wäre, von diesem Mann geküßt zu werden.

»Nur diejenigen, die auf beredte Zungen hereinfallen«, sagte sie und stand schnell auf, damit er nicht sah, wie sie errötete.

»Würden Sie mit mir zu Abend essen, Judith?«

»Ich diniere nie mit Patienten, Mr. Smith. Außerdem werden Sie zu Hause sein, ehe Sie sich's versehen. Dr. Newton wird Sie in ein paar Tagen entlassen.«

»Ich weiß. Am Tag nach dem Ball. Gehen Sie zum Weihnachtsball, Judith? Vielleicht erweisen Sie mir die Ehre, mich zu begleiten?«

»Wir werden sehen, wie Sie sich bis dahin fühlen«, sagte sie. »Wie wir beide uns fühlen...«

»Und was ist mit Abendessen? Alles, was im Speisesaal auf der Karte steht, kann auch hier serviert werden. Der Fasan ist ausgezeichnet und auch der Lammrücken.«

Plötzlich sah sie es: Ein Tisch für zwei vor dem Kamin, flackernde Kerzen, Wein in funkelndem Kristall. Und dabei würde es nicht um Freundschaft gehen, zumindest nicht für sie. Für Judith wäre das eine Falle; sie würde sich wider Willen verlieben. Und das wollte sie unter allen Umständen vermeiden.

16

Danny Mackay schlüpfte in das Vicuña-Jackett, drehte sich zum Spiegel und erschrak. Der Verkäufer hatte es glücklicherweise nicht bemerkt. Es passierte jedesmal, wenn Danny sich in einem Spiegel oder in einem der Fenster am Rodeo Drive sah. Ein Fremder schaute ihn an, mit kurzgeschnittenem schwarzem Bart, Hornbrille und schwarzem Haar.

Er mußte sich ständig selbst daran erinnern, daß er nicht mehr länger der von Millionen verehrte Reverend Danny Mackay war. Heute morgen hatte er sich fast verraten, als er sich einen brandneuen Jaguar gekauft hatte. Er hatte bar bezahlt – in Beverly Hills nichts

Ungewöhnliches –, und dann beim Ausfüllen der Papiere fast seinen eigenen Namen geschrieben.

Anschließend hatte er sich bei Vuitton einen Satz Gepäcktaschen und Koffer gekauft, hatte sich die Fünfzehntausend-Dollar-Rolex gegönnt, die er sich selbst versprochen hatte, und war jetzt bei Bragg am Rodeo Drive und kaufte sich eine ganz neue Garderobe – von Seidenunterhosen bis Kaschmirmantel. Und bezahlte alles bar.

Er zog die Jacke aus – Preis 4000 Dollar –, reichte sie dem Verkäufer, sagte »die nehm' ich« und sah sich dann noch einmal den Fremden im Spiegel an. Ich bin wiedergeboren, dachte er, ein Geist, dem alles gelingen wird.

Danny zog sich die Lederjacke an, die er kurz vorher gekauft hatte, und musterte dann noch einmal die Verkäuferin, die ihn schon seit einer halben Stunde beobachtete und versuchte, seine Aufmerksamkeit zu erregen. Er schenkte ihr sein berühmtes, sexy Lächeln, und sie wurde rot. Aber sie schaute nicht weg.

Es wäre sicher nett, die Kleine besser kennenzulernen. Der Busen war phänomenal, aber er hatte ein Erster-Klasse-Ticket für heute abend nach Australien in der Tasche. Außerdem war es nicht gut, wenn er sich jetzt ablenken ließ. Er mußte seine Kräfte für die Rache an Beverly, beziehungsweise Philippa, wie sie sich jetzt nannte, schonen.

Er verließ den Laden und sperrte den Kofferraum auf, damit der Verkäufer seine Einkäufe verstauen konnte, und sah eine junge, sehr elegante Frau, die langsam die Straße entlangging und in die Schaufenster schaute. Ein Schwarzer in Chauffeursuniform ging hinter ihr her. Einen Arm hatte er voller Pakete, mit dem anderen hielt er einen Schirm über sie und wurde dabei selbst naß.

Danny grinste. So mußte man leben.

Nachdem alles verstaut und der Verkäufer mit seinen hundert Dollar Trinkgeld verschwunden war, setzte sich Danny hinter das Steuer seines neuen Wagens und spürte, wie ganz neue Energien in ihm freigesetzt wurden. Geld, dachte er, das einzig wahre Aphrodisiakum. Er öffnete das Handschuhfach und holte das Foto von Philippa heraus, unter das Quinn geschrieben hatte: Beverly Highland? Das Gesicht war nicht ganz so, wie Beverly einmal ausgesehen hatte. Aber

Beverly hatte schon einmal durch eine kosmetische Operation Danny und die Welt getäuscht, sie würde sich nicht scheuen, es wieder zu tun. Er spielte mit dem Gedanken, sie vielleicht doch nicht zu töten, sondern ihr Gesicht so zu entstellen, daß kein Schönheitschirurg es je wieder hinkriegen würde. Vielleicht würde er auch dafür sorgen, daß sie nie wieder Freude am Sex hatte – ein sehr amüsanter Gedanke. Aber zuallererst mußte er sie finden.

Und danach würde Danny die Freiheit und die Macht haben, alles zu tun, wozu er Lust hatte. Philippa war nicht mehr die letzte auf seiner Liste. Gleich dahinter stand jetzt der Bastard, der vor drei Jahren die Wahl gewonnen hatte, die eigentlich Danny hätte gewinnen müssen: der Präsident der Vereinigten Staaten. Und wenn er mit ihm fertig war, würde er sich die anderen vorknöpfen, die ihn im Stich gelassen hatten, als der Skandal während der Vorwahlen ins Rollen gekommen war mit Schlagzeilen wie: MACKAYS VERBINDUNG ZU BORDELL IN BEVERLY HILLS, MACKAY EIGENTÜMER VON PORNOZEITUNG, und Fotos von früher, von Danny und Bonner in einem Waschzuber mit einer Farmersfrau aus Texas und so weiter. Alles von diesem Luder Beverly inszeniert. Sie hatte Jahre damit verbracht, das Material über ihn zusammenzutragen, alles nur, um ihn dazu zu bringen, sie auf Knien anzubetteln, ihn zu retten. Und das alles wegen einer Abtreibung, an die er sich kaum noch erinnern konnte. Und dann, nachdem er auf Knien vor ihr gelegen und sie ihn trotzdem den Wölfen zum Fraß vorgeworfen hatte, hatten alle Danny im Stich gelassen – seine Frau, ihr Vater, dieser Senator mit der Riesenklappe... Die Liste war endlos. Jetzt konnte Danny mit seiner neuen Unsichtbarkeit über jeden das Todesurteil verhängen.

Bevor Danny den Jaguar in den Feiertagsverkehr lenkte, schaute er sich noch einmal kurz das Haus am Rodeo Drive an, das vor dreieinhalb Jahren seinen Untergang besiegelt und ihn dazu getrieben hatte, im Gefängnis zu »sterben« – Fanellis Herrenausstattungsladen mit dem Schmetterlingslogo auf der Fassade. Die Polizei hatte behauptet, Danny hätte im ersten Stock ein Bordell betrieben, ein Etablissement, von dessen Existenz Danny gar nichts wußte, weil es Beverly Highland leitete. Fanellis Laden existierte nicht mehr, der Schmetterling war weg, jetzt war ein Schild neben dem Eingang, auf dem die Firmen aufgeführt waren, die in den Räumen ihre Büros hatten, in denen vor kaum vier Jahren käuflicher Sex zu haben gewesen war.

Wenn er sie gefunden hatte, würde er sie an die Adresse erinnern und an den Schmetterling, mit dem sie ihn verhöhnt hatte.

Danny schaltete sein Autoradio ein und schnitt einen Cadillac, der mit quietschenden Reifen eine Vollbremsung machen mußte. Danny lachte und gab Vollgas.

Es schüttete wie aus Kübeln, und der Verkehr auf dem San Diego Freeway war völlig zum Erliegen gekommen. Danny stand hinter einem Laster, trommelte wie besessen auf das Steuerrad, und sein Knie ging ständig auf und ab. Am liebsten hätte er seine Pistole genommen und sämtliche Fahrer niedergeknallt. Er hätte es vielleicht auch gemacht, wenn dadurch die Straße frei geworden wäre.

Er mußte diese Maschine nach Australien schaffen und Beverly Highland finden. Das Bedürfnis, sie zu bestrafen, staute sich in ihm wie Lava in einem Vulkan. Wenn er sich nicht bald in Bewegung setzte, würde er explodieren.

Er sah, wie einige andere Autos vom Freeway abbogen, und beschloß, das auch zu tun. Er drängte sich zwischen die Abbieger, rauschte die Abfahrt hinunter und bog mit quietschenden Reifen in den Century Boulevard ein.

Eine Ampel sprang auf Rot, und er blieb wutschnaubend stehen. Wie schön wäre doch dieser Planet, wenn es weniger Autos und weniger Leute gäbe. Er überlegte gerade, wie man dabei nachhelfen könnte, als sein Blick plötzlich auf ein Schild auf einem hohen Gebäude fiel: Starlite Industries.

Der Hauptsitz der Firma, deren Besitzerin Beverly war. Unter dem Namen Philippa Roberts.

Als die Ampel auf Grün schaltete, riß Danny das Steuer nach rechts, raste die Straße hinunter und blieb in der Halteverbotszone vor dem Haus stehen. Er konnte sein Glück gar nicht fassen. Genial! Warum Zeit verschwenden und sie in Australien suchen, wenn er ihre Adresse doch gleich hier kriegen konnte?

Göttliche Vorsehung war das, davon war er überzeugt. Kein Zufall.

Leise vor sich hin lachend, fuhr er mit dem Aufzug nach oben und betrachtete sich dabei in der verspiegelten Wand. Wer nach Power aussieht, hat Power, dachte er. Für achttausend Dollar Zwirn, und die Leute respektierten einen. Aber schließlich war Danny ja auch jemand. Nicht nur, daß er fast ins Weiße Haus eingezogen war, er hatte auch den Bestseller *Warum Gott die Kennedys zu sich nahm* geschrieben, hatte wie Bob Hope die Truppen in Vietnam hingerissen; er hatte in Dallas und Houston in Penthäusern gelebt und jede Frau gehabt, die er haben wollte. Danny fand es immer wieder erstaunlich, wie weit er es gebracht hatte, der arme Sohn eines texanischen Tagelöhners, der mit zwölf Jahren sein erstes Paar Schuhe gekriegt hatte. Die Krokoschuhe, die er jetzt anhatte, kosteten wahrscheinlich mehr, als sein nutzloser Vater sein ganzes Leben verdient hatte. Und all das hatte Danny erreicht, indem er Religion verkaufte.

Er zeigte dem Spiegel das sexy Lächeln, das ihn berühmt gemacht hatte. »Gott kann bestochen werden«, sagte er leise. Das hatte der Prediger gesagt, der Danny mit zweiundzwanzig auf den Weg zu Ruhm und Reichtum gebracht hatte. Billy Bob Magdalene hatte Danny und Bonner erwischt, als sie bei einer seiner Zeltpredigten die Kasse rauben wollten. Er hatte sie mit dem Gewehr in seinen Wohnwagen getrieben und sie für seine Predigertour rekrutiert. »Erst jag' ich ihnen Angst ein, und dann dürfen sie zahlen, damit ich bei Gott ein gutes Wort für sie einlege«, hatte er gesagt. Bald darauf hatten er und Bonner den alten Prediger in der Nähe von Odessa, Texas, in die Wüste getrieben und den Namen der Show in DANNY MACKAY BRINGT JESUS geändert.

Und hatte die Welt ihn etwa nicht dafür geliebt? Waren sie nicht alle zu seinen Höllenfeuerpredigten herbeigeströmt? Hatten sie nicht zahllose Dollar gebracht und das Good News Ministry zu einem Milliardenunternehmen gemacht? Und dann hatte dieses Luder Beverly alles kaputtgemacht.

Sie würde bezahlen. Sie würde bezahlen.

Als der Aufzug den obersten Stock erreicht hatte, rauschte Danny in die Lobby, als würde sie ihm gehören.

»Hallo«, sagte er zu der jungen Frau am Empfang.

Sie schaute von ihrem Buch hoch, und als sie Danny sah, bekam sie diesen Gesichtsausdruck, den er schon tausendmal gesehen hatte. Sie klappte rasch das Buch zu, strahlte ihn an und sagte: »Kann ich Ihnen helfen, Sir?«

»Ich suche Miss Philippa Roberts.«

»Miss Roberts ist nicht hier, kann ich etwas ausrichten?«

Er zückte Otis Quinns Presseausweis. »Ich möchte einen Artikel über Miss Roberts schreiben, und dazu würde ich sie gern interviewen. Könnten Sie mir vielleicht ihre Adresse geben?«

»Tut mir leid, ich bin nicht befugt, solche Informationen zu geben. Aber wenn Sie möchten, werde ich die Nachricht Miss Roberts' Sekretär übermitteln.«

»Das wäre wunderbar, Herzchen«, sagte er. Er lehnte sich gegen die Theke, musterte sie beifällig und sagte: »Hat Ihnen schon mal jemand gesagt, daß Sie die schönsten Augen haben? Ich habe neulich Cher interviewt, aber Ihre Augen schlagen die ihren um Längen. Haben Sie das gewußt?«

»Oh – Danke«, sagte sie verlegen.

Danny grinste. »Sind Sie ganz sicher, daß Sie mir Miss Roberts' Adresse nicht geben können?«

»Da könnte ich in Schwierigkeiten kommen...«

»Das verstehe ich, Schätzchen. Vergessen Sie's. Sie interessieren mich viel mehr als Miss Roberts. Würden Sie mir die Ehre geben, einmal mit mir essen zu gehen?«

Sie errötete. »Sehr gerne.«

»Leider muß ich aber heute abend nach Australien fliegen, um Miss Roberts in Perth zu interviewen.«

»Oh, aber Miss Roberts ist nicht in Australien. Sie ist hier.«

Er starrte sie an. »Sie ist hier? Sie meinen in Los Angeles?«

»Miss Roberts ist heute morgen zurückgekommen. Um ehrlich zu sein, Sie haben sie gerade verpaßt. Sie ist soeben in ihr Hotel gefahren.«

»Wenn das nicht eine angenehme Überraschung ist... Wo glauben Sie, kann ich sie finden?«

»Also Miss Roberts ist im Century Plaza abgestiegen, aber Sie müssen sich beeilen, morgen fährt sie nach Palm Springs.«

»Palm Springs? Wissen Sie, wo sie in Palm Springs wohnt?«

»Tut mir leid, nein.«

»Danke, Herzchen. Sie waren eine große Hilfe.« Er zwinkerte. »Ich melde mich.«

Danny hatte kein Glück an der Rezeption des Century Plaza Hotel. »Ich kann Ihnen die Zimmernummer des Gastes nicht geben«, sagte der junge Mann im Blazer, »aber wenn Sie eine Nachricht hinterlassen wollen...«

Danny wanderte ein paar Minuten durch die Lobby und überlegte. Dann sah er das Restaurant, es war Mittagszeit. Er ging zu der Empfangsdame des Restaurants.

»Ich hoffe, Sie können mir helfen, Ma'am. Ich soll hier Freunde zum Essen treffen, und meine Sekretärin hat die Zeiten durcheinandergebracht. Jetzt weiß ich nicht, ob die Reservierung für ein Uhr oder zwei Uhr ist. Vielleicht können Sie es mir sagen.«

»Selbstverständlich. Unter welchem Namen wurde reserviert?«

»Roberts. Philippa Roberts.«

Die Empfangsdame blätterte in ihrem Reservierungsbuch, dann sagte sie: »Ah ja. Miss Roberts hat für ein Uhr reserviert.«

Danny setzte sich auf einen rosa Brokatstuhl, der hinter einem großen Gummibaum versteckt war. Von hier aus konnte er jeden sehen, der das Restaurant betrat.

Ihr Anblick war wie ein elektrischer Schlag. Sie war es, kein Zweifel, sie sah genau aus wie auf dem Foto von Quinn. Da war sie, nur wenige Meter von ihm entfernt, Beverly Highland, die Frau, die ihn gedemütigt und ruiniert hatte. Nur sein Haß und die Begierde, sie leiden zu sehen, hatten ihm die Kraft gegeben zu überleben.

Wie unschuldig sie aussah, wie gelassen und vornehm mit ihrem schulterlangen braunen Haar, dem schlichten Kostüm und der Aktentasche. Nicht wie die Frau, die ihn in jener Nacht auf die Knie gezwungen hatte, diese Frau mit dem platinblonden Haar, das zu einem strengen Knoten gekämmt war, die eiskalt, leidenschaftslos und absolut tödlich ausgesehen hatte. Jetzt machte sie einen ganz lieben und harmlosen Eindruck. Aber diese Fassade täuschte Danny nicht. Sie konnte vielleicht alle anderen damit täuschen, aber nicht Danny – das war die Frau, die ihn getötet hatte.

Und jetzt war sie hier, fast in Reichweite...

Aber er hielt sich zurück. Nicht jetzt, noch nicht. Er wollte es genießen, sich ausmalen, wie er sie bestrafen würde, die Lust auskosten, sie zu quälen.

Er ging zurück zur Rezeption und nahm sich ein Zimmer für die Nacht. Dann ließ er sich seinen Jaguar vor die Tür bringen und fuhr los in Richtung Beverly Hills, strotzend vor Energie. Er dachte an die Verkäuferin mit dem großen Busen bei Bragg auf dem Rodeo Drive. Sie ahnte es nicht, aber auf sie wartete die Nacht ihres Lebens – vielleicht die letzte Nacht ihres Lebens...

17

Hollywood, Kalifornien, 1958

Philippa stand im Badezimmer und übergab sich. Das war schon der siebte Morgen hintereinander, daß das passierte, und einer der Mieter hatte der Vermieterin davon berichtet. Als Philippa aus dem Bad kam, wartete Mrs. Chadwick auf sie.

»Was ist denn los, Schätzchen?« sagte die Frau. »Du hast keinen Bissen gefrühstückt, schon die ganze Woche nicht. Wie kannst du dich dann übergeben?«

»Ich hab' wohl gestern abend was Schlechtes erwischt.«

»Komm mit, Schätzchen, ich muß mit dir reden.« Sie gingen in Mrs. Chadwicks Wohnung, wo die Möbel dünne lange schmiedeeiserne Beine hatten und die Küchengeräte türkis waren – der absolut letzte Schrei. Mittelpunkt des Wohnzimmers war der Fernseher mit einem Trio schwarzer Porzellanpanther als Dekoration.

»Darf ich dir eine persönliche Frage stellen?« sagte Mrs. Chadwick. »Wann hast du deine letzte Periode gehabt?«

Philippa war überrascht. Warum wollte ihre Vermieterin das wissen. »Ich weiß es nicht. Ich glaub', ich hab's ein- oder zweimal nicht gehabt.«

Mrs. Chadwick seufzte. »Schätzchen, du bist schwanger. Weißt du das nicht?«

»Schwanger? O nein, das kann nicht sein.«

Mrs. Chadwick seufzte. »Hast du mit deinem Freund geschlafen?«

Philippa wurde rot. »Ja«, sagte sie.

»Na ja, Schätzchen, dann wirst du ein Baby kriegen. Du solltest es deinem Freund besser sagen.«

»Ja«, sagte Philippa, hin- und hergerissen zwischen Freude und Angst. Ein Baby. Rhys' Baby.

»Ich muß es ihm sofort erzählen!« sagte sie und wollte sich auf den Weg machen.

Mrs. Chadwick legte ihre Hand auf Philippas Arm und sagte: »Hör mal, Schätzchen. Manche Männer ... Ja, also, sie reagieren auf solche Neuigkeiten nicht so, wie wir erwarten. Was ich sagen will – Mr. Chadwick hat mich geheiratet, weil ich schwanger von ihm war. Ihm hat's nicht gefallen, aber er hat's getan. Ich hab' Glück gehabt. Wir hatten eine gute Ehe, bis ihn der Herzanfall erwischt hat. Du mußt einfach dran denken, daß er das mit dem Baby vielleicht schwernimmt. Aber dann gib ihm ein paar Tage Zeit, damit er sich dran gewöhnt, wie an ein neues Sofa. Alles wird gut, du wirst sehen.«

»Natürlich wird es gut, Mrs. Chadwick«, sagte Philippa mit glänzenden Augen. »Sie kennen Rhys nicht. Er ist ein sehr liebevoller Mann. Das Baby ist vielleicht genau das, was er braucht, um sein Leben zu ändern.«

Philippa lief davon, und die Vermieterin schaute ihr nach und dachte: Das hab' ich auch schon mal gehört.

Philippa ging zuerst in ihr Zimmer, um das Geschenk für Rhys zu holen, das sie gestern abend eingepackt hatte. Es war ihr kleines Buch mit dem Blumeneinband, in das sie ab und zu Gedanken schrieb, die ihr weiterhalfen. In den zwei Monaten, in denen sie mit ihm zusammen war, hatte sie immer wieder seine Traurigkeit und seinen Fatalismus erlebt. Im Bett war er zärtlich und liebevoll, ein rücksichtsvoller Liebhaber, er gab ihr immer das Gefühl, etwas Besonderes zu sein, aber hinterher kehrte er an seine Schreibmaschine mit der Rolle Packpapier zurück und schrieb wieder Seite um Seite seiner nihilistischen Ansichten. Sie hatte versucht, mit ihm zu reden, ihn davon zu überzeugen, daß er einen Wert hatte, aber vergeblich. Vielleicht würde ihm dieses kleine Buch mit ihrer Philosophie, mit Sätzen wie: »Vergiß nie, daß du etwas Besonderes bist«, helfen.

Immer wenn sie versucht hatte, mit ihm zu reden, ihn zu überzeugen, daß es Hoffnung gebe, streichelte er sie wie ein naives Kind. Er nahm sie einfach nicht ernst. Aber jetzt würde sie ein Baby bekommen. Es war ein Teil von ihm, ein Teil von ihr. Vielleicht würde er dadurch endlich begreifen, daß es eine Zukunft gab.

Als sie in seine Straße einbog, merkte sie, daß sie gerannt war. Sie konnte es kaum erwarten, ihm die Neuigkeit zu erzählen. Vielleicht würde er sich nicht freuen, wie Mrs. Chadwick gesagt hatte, vielleicht aber doch. Und dann würde er sie heiraten. Und sein Leben würde sich ändern. Er würde sein Buch beenden, es einem Verleger schicken und für das Morgen leben, für die Zukunft ihres Kindes.

Als sie die Treppe vor dem Haus, in dem er wohnte, hochlief, hörte sie einen Knall, wie die Fehlzündung eines Autos. Und als sie das Haus betrat, rannte Mr. Laszlo, der Vermieter, wie vom Teufel gehetzt die Treppe hinauf. Bis sie oben an Rhys' Wohnung angelangt war, schlugen schon mehrere andere Mieter an die Tür und riefen seinen Namen.

Philippa drängte sich an ihnen vorbei und sperrte mit dem Schlüssel, den Rhys ihr gegeben hatte, auf. Das erste, was ihr auffiel, als sie die Tür öffnete, war beißender Rauchgeruch – nicht der übliche Marihuanarauch. Etwas anderes.

Und dann sah sie ihn. Er lag über seiner Schreibmaschine, mit einem seltsamen, beerenähnlichen Fleck auf seiner Stirn.

Und sie sah die Pistole auf dem Boden.

»Mein Gott!« rief Mr. Laszlo. Einer der Mieter schrie nach der Polizei, ein anderer nach einem Krankenwagen. Philippa ging langsam auf den Schreibtisch zu, den Blick starr auf Rhys' schönes Gesicht gerichtet, das so friedlich aussah. Sie zog ihn behutsam vom Schreibtisch hoch, sein Kopf kippte ganz unnatürlich nach hinten. Sie las die letzte Zeile, die er geschrieben hatte: »Es gibt keine Worte mehr.«

Das Zimmer schien zu kippen.

Sie sah Männer hereinrennen, sie schwammen durch den Fluß

ihrer Tränen. Ihr ganzer Körper wurde langsam taub, während sie daneben stand und zusah, wie Männer in Uniform den Mann, den sie liebte, wegtrugen – Männer in Dunkelblau mit Marken, Männer in Weiß mit einem roten Kreuz an den Ärmeln. Jemand mit Block und Bleistift stellte sich vor sie und stellte ihr Fragen. Er hatte einen Pickel am Kinn.

»Das ist die Freundin«, hörte sie Mr. Laszlo sagen. »Sie ist nach dem Schuß gekommen. Mr. Rhys hat Selbstmord begangen. Mein Gott!«

Rhys wurde auf einer Bahre hinausgetragen, mit einem Laken über dem Kopf, ein Arm fiel herunter, und Philippa sah die starke, kantige Hand, die so oft ihren Körper liebkost und so traurige Worte geschrieben und schließlich zur Pistole gegriffen hatte.

Leute kamen auf sie zu und sprachen zu ihr, aber sie stand da und rührte sich nicht. Als man Rhys weggebracht hatte, hörte sie Laszlo sagen: »Er hat einen Bruder in Sacramento. Ich habe ihn angerufen. Ja, er kommt und holt dieses ganze Zeug.«

Philippa ging zur Schreibmaschine, nahm ein Ende des Papiers und begann es aufzurollen. Die Worte ergaben keinen Sinn, sie verstand sie nicht. Aber schließlich kam sie zu: »... ein molliges Rebhuhn in dieser Pappmachéstadt. Ihr Gesicht mit der süßen Rundlichkeit eines Cherubs, sie war wie ein reiner Babyengel, wenn sie den Mund öffnete, hauchte sie Licht. Ihre Seele ist jung. Sie hat einen langen Weg vor sich, bis Weisheit sie tranchieren wird. Sie lag in meinen Armen wie eine warme kleine Wachtel...«

Plötzlich spürte Philippa Regen auf ihrem Gesicht, Lichter flackerten um sie herum, und vage registrierte sie Scheinwerfer und andere Fußgänger und jemanden, der sie etwas fragte.

Sie ging an Mrs. Chadwicks Haus vorbei, ging immer weiter. Ein Touristenbus hielt vor Grauman's Chinese Theatre, Leute stiegen aus. An der Ecke Hollywood und Vine saßen Pärchen in einem Café und aßen Eis. Der Kiosk auf der Cahuenga war für die Nacht geschlossen. Palmen gebeugt im Regen, wohin war die Sonne verschwunden? Ein Bettler bat sie um zehn Cents. Kleine Ausreißer kauerten unter der Markise vom Golden Cup und hielten Ausschau nach jemandem, der sich um sie kümmern würde.

Und dann war Philippa wieder an Mrs. Chadwicks Haus angelangt, ging die Treppe zur Haustür hoch und dann die Treppe zu ihrem Zimmer, ohne zu spüren, daß sie bis auf die Haut durchnäßt war, und ohne die kleine Stimme in ihrem Bauch zu hören, die ständig sagte: Warum? Warum? Warum?

Philippa erwachte vom Klappern ihrer Zähne. Sie zitterte am ganzen Körper, obwohl sie innerlich brannte.

Sie sah sich um, entdeckte, daß sie in ihrem eigenen Zimmer war, in ihrem Bett, im Nachthemd, aber sie hatte keinerlei Erinnerung daran, wie sie da hingekommen war. Sie sah ihre zerknüllten Kleider auf dem Boden – und das kleine Buch mit dem Blumeneinband auf ihrem Schreibtisch, neben der Geschichtsarbeit, die sie für eine Prüfung vorbereitet hatte.

Sie fragte sich, wie lange sie schon im Bett war, und dann bekam sie wieder einen Schüttelfrost, so schlimm, daß ihr Angst wurde.

Die Erinnerung an ihren langen Spaziergang im Regen kam in Fetzen, aber keine Erinnerung an Rhys. Was sie hinter der verschlossenen Tür seines Apartments gefunden hatte – nein, daran würde sie nicht denken.

Jetzt brannte sie vor Fieber. Ihr war schrecklich übel.

Und dann kamen die Krämpfe.

Mrs. Chadwick hatte sich eine große Schüssel Dip gemacht, zum Eintauchen der Kartoffelchips, und es sich auf ihrer Komfortliege vor dem Fernseher bequem gemacht; sie sah sich ihre Lieblingsshow »Lucy« an. Plötzlich stellte sie den Ton ab. Sie hatte ein Geräusch gehört, trotz des Regens, der schon seit drei Tagen auf die Stadt herunterprasselte.

»Wer ist da?« fragte sie verärgert. Schließlich wußten alle Mieter, daß sie um diese Zeit nicht gestört werden wollte.

Aber das Klopfen hörte nicht auf, bis sie schließlich aufstand und nachsah, wer es war.

Philippa stand im Nachthemd vor der Tür, mit teigig weißem Gesicht. »Mrs. Chadwick«, sagte sie mit schwacher Stimme, »mir geht's nicht gut.«

Und dann hob sie die Hand. Sie war voller Blut.

»Oh, mein Gott«, sagte Mrs. Chadwick und konnte Philippa gerade noch auffangen. Sie stützte das Mädchen bis in ihr Schlafzimmer. Jetzt sah sie Blut auch auf Philippas Nachthemd und daß es auf den Boden tropfte. »Du lieber Himmel, Kind, was ist denn passiert?«

Philippa fing an zu weinen. »Er ist tot«, sagte sie. »Er hat sich erschossen. Wenn ich eine Minute früher dagewesen wäre, hätte ich ihn retten können. Es ist alles meine Schuld.«

Mrs. Chadwick hatte keine Ahnung, wovon Philippa redete, legte sie aber aufs Bett und hob das Nachthemd. »Ich ruf' einen Arzt.«

Aber Philippa packte sie am Handgelenk und sagte: »Nein, tun Sie das nicht. Ärzte machen Berichte.«

»Schätzchen, du hast eine Fehlgeburt.«

»Bitte, keinen Arzt. Ich möchte nicht, daß es registriert wird.«

Mrs. Chadwick zögerte einen Augenblick, aber dann mußte sie zugeben, daß es vielleicht so besser war. Sie rollte sich die Ärmel hoch und machte sich an die Arbeit. Gegen Morgen war alles vorbei. Sie säuberte Philippa, steckte sie in eines ihrer Flanellnachthemden und ließ sie schlafen.

Am nächsten Nachmittag schlug Philippa die Augen auf, und das erste, was sie sagte, war: »War es ein Mädchen oder ein Junge?«

»Das war noch nicht zu sehen, Kind«, sagte Mrs. Chadwick leise, tauchte gebutterten Toast in weiches Ei und reichte ihn Philippa. »Es war noch zu klein.«

»Mrs. Chadwick«, sagte Philippa, zum erstenmal seit Tagen wieder bei klarem Verstand. »Ich konnte Rhys nicht helfen. Er hat mich nicht ernst genommen.«

Sie schob Mrs. Chadwicks Hand weg. »Nein, ich muß es Ihnen sagen. In der Schule, in der ich war, gab es ein Mädchen, die arme Maus – sie wollte anders aussehen und ist dabei fast blind geworden. Und dann war da Mop, die ihr Aussehen immer gehaßt hat, weil die anderen Mädchen gesagt haben, sie wäre häßlich.«

Mrs. Chadwick nickte, obwohl sie keine Ahnung hatte, wovon Philippa redete.

»Und jetzt Rhys«, sagte Philippa schließlich. »Er hat sich auch gehaßt. Ich habe versucht, ihm das auszureden, ihn dazu zu bringen, sich selbst zu akzeptieren, aber er hat nur den Tod gesehen. Er war nicht zu retten. Ich konnte nicht an ihn ran.«

»Ich bin sicher, du hast alles getan, was du tun konntest, Schätzchen.«

»Helfen Sie mir bitte aufzustehen«, sagte Philippa.

Sie ließ sich zum Fenster führen und schaute hinaus auf die neugeborene Sonne, die die Hollywood Hills erstrahlen ließ. Sie fragte sich, ob sie vielleicht hier in der Nähe geboren war, in ihrer Schulakte hatte nur »Hollywood« gestanden. Vielleicht war ihre wirkliche Mutter irgendwo da draußen und schaute jetzt auch auf den regenfeuchten Sonnenschein. »Rhys hat mich nicht ernst genommen, wohl auch weil ich zu dick bin«, sagte sie. »Er hat mich ein molliges Rebhuhn, eine Wachtel, ein Kind mit einer jungen Seele genannt. Keiner nimmt ein fettes Mädchen ernst.« Sie drehte sich zu Mrs. Chadwick. »Aber ich werde das ändern. Das muß ich, wenn ich Leute beeinflussen und ihnen irgendwie helfen will. Leuten wie Maus und Mop und – Rhys. Ich werde abnehmen und jemand werden, auf den die Leute hören. Jemand Wichtiges, und ich werde nie wieder fett sein.«

18

»Wenn ich's dir sage, Sylvie, das Beste, was ich je im Bett erlebt habe.«

Frieda Goldman riß die Augen auf. Sie lag in einem der Massageräume im Starlite-Salon des Star's und versuchte, sich zu entspannen, während Marcel die öligen Essenzen von Nelke, Jasmin, Lavendel und Basilikum in ihren Körper einmassierte. Marcel war ein staatlich geprüfter »Aromatherapeut« aus Frankreich. Frieda hatte beschlossen, sich eine Entspannungsmassage vor dem Dinner mit Bunny zu gönnen. Sie hatte vor Aufregung nachts kaum schlafen können, und auch die Arbeit, in die sie sich heute morgen gestürzt hatte, hatte nicht ihren üblichen therapeutischen Effekt gezeigt.

Syd Stern hatte angerufen. »Haben Sie ihre Unterschrift?« hatte er ohne jede Vorrede gesagt. »Heute abend ganz sicher«, hatte Frieda versprochen, den Mund voll kalkiger Reste ihrer Magentabletten.

Danach hatte sie sich zu dieser Behandlung entschlossen. Im Starlite-Salon des Hotels waren die Gäste während ihres Aufenthalts automatisch Mitglieder, und während Marcel wahre Wunder mit seinen Händen vollbrachte, wurde Friedas Seelenfrieden plötzlich von diesen zwei Frauen gestört, die sich auf dem Gang vor ihrer Kabine über Sex unterhielten.

Sie hörte, wie jemand auf eine Waage stieg, und dann: »Mein Ernst, Sylvie. Das Beste, was ich je im Bett erlebt habe.«

Frieda versuchte, ihre Stimmen zu verdrängen. Sie brauchte Zeit zum Nachdenken. Ihre Nerven waren zum Zerreißen gespannt.

»Aber wie kann man mit einem total Fremden ins Bett gehen?« fragte Sylvie.

»Das ist ein lausiger Job«, sagte die andere Frau, »aber jemand muß ihn ja machen.« Beide lachten.

»Aber jetzt mal ehrlich, wie wird das gehandhabt? Zahlt man ihn einfach, oder wie geht das?«

Wieder stieg jemand auf die Waage, die Gewichte wurden auf der Skala geschoben, und jemand murmelte »O je.«

»O nein, so undelikat läuft das nicht. Du mußt einfach dem Management sagen, daß du gerne Gesellschaft für den Abend hättest. Dann rufen sie zurück und sagen, sie schicken jemand, der dich zum Abendessen begleitet. Also bin ich in den Speisesaal, und da hat dieser prächtige Knabe von Ende Zwanzig mich erwartet; schwarze Haare, Schultern wie Tarzan und behandelt mich wie die Königin von Saba. Wir haben nett gegessen, ein paar Drinks genommen, uns unterhalten, und dann frage ich ihn, ob er auf einen Gutenachttrunk mit auf mein Zimmer kommt.«

»Und? Und?« fragte Sylvie.

»Den Rest kannst du dir ja denken.«

»Aber wie zahlt man dafür?«

»Es steht am Ende auf der Rechnung. Unter Zimmerservice.«

»Weißt du, wieviel es kostet?«

»Ich hab' keine Ahnung. Und es ist mir auch egal. Für solchen Sex, die ganze Nacht lang, meine Liebe, würde ich jeden Preis bezahlen.«

Kurzes erstauntes Schweigen. »Hast du denn gar keine Schuldgefühle? Ich meine, wegen Gary?«

Sie lachten wieder und gingen weiter, während Marcel Friedas Hals und Rücken mit Nelkenöl bearbeitete. Frieda dachte an den jungen Mann im Smoking, der ihr gestern abend so unmißverständliche Zeichen gemacht hatte und der ihr heute morgen in der Lobby des Schlosses wieder über den Weg gelaufen war. Wieder hatte er sie so herausfordernd angelächelt, und zu ihrem Erstaunen hatte Frieda eine Regung im Unterleib verspürt. War er Sylvies Begleiter zum Dinner gewesen? Sie versuchte sich vorzustellen, wie es wäre, mit ihm zu schlafen. Und das die ganze Nacht... Das überstieg ihre Vorstellungskraft.

Sex! Frieda hätte fast laut losgelacht. Wann hatte sie eigentlich das letzte Mal Sex gehabt?

Sylvie und ihre Freundin kamen wieder und blieben draußen stehen. Frieda hörte, wie sie Wasser am Trinkwasserbrunnen laufen ließen. »Übrigens, hast du gehört, daß Larry Wolfe da ist, der Drehbuchautor? Der sieht vielleicht toll aus. Er sollte besser *vor* der Kamera stehen, nicht dahinter.«

»Ich hab' gehört, er ist hier, weil er ein Drehbuch über Marion Stars Geschichte schreibt. Ich bin zwar zu jung, um mich daran zu erinnern, aber ihr Liebhaber ist hier ermordet worden, in dem berühmten Badezimmer. Hast du das schon gesehen? Sehr gewagt.«

Frieda versuchte wieder, die beiden auszuklinken. Larry Wolfes neuestes Projekt interessierte sie nicht – Marion Star war keine Rolle für Bunny.

»Weißt du, wer mir heute morgen begegnet ist? Jay Stonehocker, der Regisseur dieser grauenhaften Karatefilme. Wir sind ins Reden gekommen, und er hat mir erzählt, daß Syd Stern eine Reihe von Abenteuerfilmen plant, mit so einer Art weiblichem Indiana Jones in der Hauptrolle. Er sucht jemanden für die Rolle.«

Frieda bekam ganz große Ohren.

»Weißt du, wer gut dafür wäre?« sagte Sylvie, »meine Nichte. Sie studiert auf der Schauspielschule. Und Syd Stern und mein Mann sind dicke Freunde. Sie spielen zusammen Golf. Er schaut sie sich an, wenn ich ihn drum bitte. Ich glaube, ich werde ihn anrufen.«

Frieda schoß hoch und war schon aus der Kabine, ehe Marcel die Flasche mit Basilikumessenz für ihre Kniekehlen öffnen konnte.

»Alles wunderbar, Bunny«, sagte Judith Isaacs und machte ihre Arzttasche zu. »Jetzt können Sie sich der Welt wieder zeigen.«

»Gott sei Dank«, sagte Bunny. »Meine Agentin ist hier, sie hat ein paar Minuten bevor Sie kamen, angerufen. Sie will mich unbedingt sofort sehen. Wir waren zum Dinner verabredet, aber sie besteht darauf, mich sofort zu sehen. Ich würde zu gern wissen, warum sie hier ist.« Bunny band ihren Morgenmantel zu und trank einen Orangensaft. »Frieda sagt, sie habe etwas Wichtiges mit mir zu besprechen. Normalerweise ist sie nicht so zurückhaltend, also nehme ich an, es geht um einen Filmvertrag – ich bete, daß es um einen Filmvertrag geht.«

Bunnys Blick fiel auf ihr Nachtkästchen und das Foto ihres Vaters, des Industriemagnaten, der ihren Aufenthalt hier bezahlte. Das Foto war vor vier Jahren aufgenommen worden, auf einer Kreuzfahrt, die er ihr zum einundzwanzigsten Geburtstag geschenkt hatte. Damals war Bunny relativ dünn gewesen, weil sie gerade drei Monate auf einer teuren Schönheitsfarm hinter sich hatte. Aber auf der Kreuzfahrt hatte sie alles wieder zugenommen und noch ein bißchen dazu.

Und darüber war ihr Vater nicht besonders glücklich gewesen.

Um ehrlich zu sein, seit Bunny denken konnte, war ihr Vater eigentlich immer aus irgendeinem Grund mit ihr unzufrieden gewesen. Bernie Kowalski, der Mann, den sie nie zufriedenstellen konnte, egal was sie machte. Manchmal schaute er sie an, als wollte er sagen: Wie konnte ein reicher, mächtiger Mann wie ich so ein Nichts produzieren. Ihre Rolle in *Children Again* war ihm trotz der Oscar-Nominierung peinlich gewesen. Und als sie den Preis dann nicht bekommen hatte, hatte er gesagt, es wäre gut, weil sie jetzt vielleicht diesen irrsinnigen Traum von Hollywood aufgäbe.

Nie war ihr Vater mit ihr zufrieden gewesen. Er hatte sie immer angesehen, als hätte sie ihn im Stich gelassen. Aber Bunny konnte doch nichts dafür, daß Gott sie so geschaffen hatte: klein und dick. Aber gerade ihre üppige Figur hatte den Film zu einem Hit gemacht, wie alle sagten. »Wunderbar«, hatte ihr Vater gesagt, als sie ihm die

Kritiken gezeigt hatte. »Du willst jetzt also Karriere damit machen, daß du mollig und ungeschickt bist? Und wie viele Rollen, glaubst du, gibt es da für dich? Meine Tochter wird sich nicht demütigen, indem sie Freakrollen annimmt, die anständige Schauspielerinnen nicht mit der Beißzange anfassen würden.«

Als sie sah, daß Judith sich anschickte zu gehen, sagte Bunny: »Es muß Spaß machen, hier zu arbeiten, Dr. Isaacs.« Sie hoffte, die Ärztin zum Bleiben zu bewegen. In den letzten vier Monaten hatte sie so wenig Gesellschaft gehabt, daß sie manchmal fürchtete, verrückt zu werden.

»Ich weiß nicht, ob Spaß das richtige Wort ist«, sagte Judith lächelnd und blieb mit der Hand an der Klinke stehen. »Aber interessant ist es schon.«

»Sie sehen sicher viele berühmte Leute. Dr. Mitgang, Ihr Vorgänger, hat mir erzählt, daß viele ganz Große sich hier heimlich Schönheitsoperationen machen lassen. Sehen Sie die manchmal?«

Judith dachte an Mr. Smith und ihre gemischten Gefühle ihm gegenüber. »Ich kann nicht über andere Patienten sprechen.«

»O ja, natürlich, ich verstehe. Ich möchte ja auch nicht, daß Sie mit anderen Leuten über mich reden.« Eine Supermarktzeitung lag auf einem Tisch, Bunny zeigte darauf und sagte: »Ich weiß, so etwas lesen nur Leute, die an den Kassen Schlange stehen. Aber ich bin gern auf dem laufenden, was den Klatsch über die Filmindustrie angeht. Ich war auch einmal in der Zeitung.« Bunny plapperte einfach drauflos, um sich von ihrer Angst abzulenken. Frieda würde bald hier sein. Würde sie böse werden, wenn sie merkte, daß Bunny sie angelogen hatte? Und Bunny durfte gar nicht daran denken, wie ihr Vater reagieren würde, wenn er herausfand, was sie getan hatte. »Sie haben einen Artikel über mich gebracht, als ich für den Oscar nominiert wurde. Alles über die Gewalthungerkur, die ich vor dem Film gemacht habe. Ich habe zwanzig Pfund in fünf Wochen abgenommen. Nicht gesund, was? Hunderte von Frauen haben mir geschrieben und wollten mein Geheimnis wissen. Aber ich habe einfach gehungert. Buchstäblich. Fünfunddreißig Tage lang keinen Bissen. Und hinterher bin ich krank geworden. Die Geschichte meines Lebens – hungern und krank werden. Nach dem Film habe ich alles wieder zugenommen.« Bunny überlegte fieberhaft, was sie noch sagen könnte, um Judith länger festzuhalten. »Gibt es eine besondere Diät, die Sie empfehlen, Doktor?«

»Ich halte das Starlite-Programm für sehr gut.«

»Ja, ich esse die gefrorenen Gerichte abends.«

»Wenn Sie noch irgendwelche Probleme haben«, sagte Judith, »rufen Sie mich.« Und dann war sie fort.

Bunny schloß die Tür und sah sich in der Suite um, die sie jetzt seit einem Monat bewohnte. Ein völlig überladenes Zimmer mit Himmelbett, viel Chintz und Rüschen, alles elfenbeinfarben mit kleinen Blumen. Vor dem Kamin mit den kleinen Brokatsofas lag ein Teppich mit einem so üppigen Blumenmuster, daß er wahrscheinlich in Marie-Antoinettes Boudoir gepaßt hätte. Fette Putten mit Lampenschirmen auf dem Kopf und Porträts von Menschen mit gepuderten Perücken vollendeten das Dekor.

Das war Bunnys viertes Domizil, seit sie ins Star's gekommen war. Sie war aus Langeweile immer wieder umgezogen und hatte festgestellt, daß jede Suite im Star's anders eingerichtet war. Egal wie oft man hierherkam, man konnte immer eine neue Atmosphäre haben.

Es war höchste Zeit, sich fertigzumachen und Frieda zu treffen.

Während das Badewasser aus goldenen Schwanenhälsen in die Wanne plätscherte, überlegte Bunny, wie die Leute wohl reagieren würden. Frieda würde sicher begeistert sein. Aber ihr Vater? Er hatte versprochen, sie rechtzeitig für Weihnachten nach Hause zu holen. Dieses Zuhause war eine sterile Eigentumswohnung im dreißigsten Stock eines Wohnblocks in Century City, wo Bernie Kowalski vielleicht zehn Tage im Jahr wohnte. Er war immer noch strikt gegen ihre Karriere als Schauspielerin. Für ihn waren alle Schauspielerinnen Huren. Bunny ließ sich mit einem Seufzer in das Schaumbad sinken.

Frieda kam, als Bunny im Schlafzimmer Make-up auflegte. »Komm herein!« rief sie. »Die Tür ist offen.«

Frieda kam herein, stutzte kurz, als sie das überladene Zimmer sah, und sagte: »Geht's dir gut?«

»Ich bin gleich fertig. Mach's dir bequem.«

»So hat's bei mir zu Hause nie ausgesehen! Beeil dich, Schatz, wir haben was zu feiern. Ich hab' dir eine Flasche von deinem Lieblingsgebräu mitgebracht – Mandarine Napoléon.«

»Frieda, das Zeug ist wahnsinnig teuer.«

»Und wir werden uns damit einen teuren Rausch antrinken.«

»Und warum, wenn ich fragen darf?«

»Ich warte, bis du rauskommst.« Frieda musterte erstaunt ein Gemälde, auf dem zwei Putten eine Göttin in einem Teich mit Wasser begossen. »Ich habe eine Überraschung für dich.«

»Und ich eine für dich.«

Frieda lief zwischen einem Tisch, dessen Decke sich wie eine Pfütze über den Boden ergoß, und einer Säule mit einer römischen Büste auf und ab. Der Innenarchitekt hatte sich hier wirklich ausgetobt.

»Okay«, rief Bunny schließlich aus dem Schlafzimmer. »Jetzt komme ich!«

Bunny kam aus dem Zimmer, Frieda drehte sich um und blieb mit offenem Mund stehen.

»Und? Was hältst du davon?« sagte Bunny und drehte eine Pirouette. Sie trug ein hautenges weißes Kleid mit Spaghettiträgern und einem tiefen Rückendekolleté und sah richtig großartig aus. Ihre Taille war schmal, der Busen mittelgroß, Beine schlank, die Haare üppig und blond. Stupsnase, fein modelliertes Kinn, ein voller Mund. Es war Bunny und doch nicht Bunny. Dahin war die Üppigkeit, die Normalität, sie war sexy, atemberaubend und sah eigentlich aus wie viele Schauspielerinnen in Hollywood. »Was sagst du?« fragte sie aufgeregt und drehte noch eine langsame Pirouette, um Frieda zu zeigen, was Monate plastischer Chirurgie vollbracht hatten. »Ich hab' alles machen lassen, mehr als Cher, da wette ich! Keiner kann mehr sagen, daß ich fett und gewöhnlich bin! Nun, Frieda, wie findest du es? Bist du überrascht?«

Sie drehte sich um und sah Frieda ohnmächtig am Boden liegen.

19

Der Corvette raste mit quietschenden Reifen die gefährlichen Kurven der Cañonstraße entlang, die Lichtkreise der Straßenlaterne ließen die stahlblaue Karosserie immer wieder aufblitzen.

Hannah Scadudo umklammerte verzweifelt das Steuerrad, den Blick starr auf die Haarnadelkurven gerichtet. Sie fuhr ein Rennen gegen die Zeit, versuchte, die Stunden und Tage wieder einzuholen, die ihr durch die Finger glitten. Vier Tage, hatte Philippa gesagt. In vier Tagen fand die Vorstandssitzung statt, bei der alle Mitglieder Bericht erstatten sollten und die Bücher der Firma genau überprüft würden.

Was glaubte Philippa zu finden? Was war der wahre Grund für ihre Rückkehr? Eine Unstimmigkeit in der Buchhaltung allein konnte es nicht sein. Und diese Geschichte mit Miranda International hätte genauso gut von Australien aus geregelt werden können. Und was diese sogenannte Schwester in Palm Springs anging, Ivan hatte schon öfter »Schwestern« gefunden, und Philippa war nicht gleich losgerast, um sie sich anzuschauen. Diese unerwartete Rückkehr Philippas konnte nur eins bedeuten: Sie vermutete, daß etwas in der Firma faul und einer ihrer Leute ein Verräter war. Hannah drückte auf das Gaspedal. Vier Tage – würde die Zeit reichen?

Plötzlich tauchten die riesigen Schmiedeeisentore ihres Besitzes in Bel Air im Licht der Scheinwerfer auf, sie griff nach der Fernbedienung, drückte den Türöffner und raste durch das Tor, ehe es ganz offen war, so daß die Beifahrertür anschrammte. Am Ende der langen Einfahrt bremste sie so heftig, daß der Wagen kurz schleuderte, ehe er auf dem Vorplatz zum Stehen kam. Sie stellte den Motor ab, schloß die Augen und legte den Kopf aufs Steuerrad.

Hannahs Herz hämmerte wie verrückt. Dr. Freeman hatte bei der letzten Untersuchung gesagt, sie solle sich schonen und nicht vergessen, daß ihre Mutter mit achtundvierzig an einem Herzanfall gestorben war – sechs Jahre jünger als Hannah jetzt. Aber Hannah konnte sich nicht schonen. Dazu fehlte ihr die Zeit.

Philippa, Philippa, warum mußtest du ausgerechnet jetzt zurückkommen?

Hannah hob den Kopf und betrachtete ihr Haus, eine elegante Villa im mediterranen Stil, die in den vierziger Jahren gebaut worden war. Sie hatte sechzehn Zimmer, einen überdachten Swimmingpool, eine Bowlingbahn und war auf acht Millionen Dollar geschätzt. Geschmackvolle Weihnachtslichter funkelten in den Erdgeschoßfenstern und in den Bäumen und Büschen, mit denen der Eingang dekoriert war. Es war ein schönes, ein einladendes Haus, aber Hannah brachte es nicht fertig hineinzugehen. Sie mußte sich erst einmal beruhigen, versuchen, wieder normal zu werden, damit niemand Verdacht schöpfte.

Hatte Philippa sie in Verdacht? Warum war sie plötzlich ohne jede Vorwarnung zurückgekommen? Hannah fühlte sich verraten. Charmie hatte sie belogen, war heimlich nach Australien geflogen und hatte Philippa zurückgeholt. Und hatte ihr kein Wort davon gesagt, und das nach dreißig Jahren, in denen sie zusammen durch dick und dünn gegangen waren. Hannah war zutiefst verletzt. Charmie und Philippa, ausgerechnet ihre beiden ältesten Freundinnen, vertrauten ihr nicht mehr.

Sie saß in ihrem Auto, zitternd, mehr vor Angst als von der Kälte, und ihr wurde klar, daß sie am meisten fürchtete, Philippas Freundschaft zu verlieren, wenn sie die Wahrheit herausfand.

Bevor sie ausstieg, warf sie rasch einen prüfenden Blick in den Rückspiegel. Ihre kurzen braunen Haare waren ordentlich, die winzigen Goldohrringe glitzerten im Schein der Weihnachtslichter. Sie mußte ganz normal wirken. Die Situation war momentan zu gefährlich, sie durfte auf keinen Fall riskieren, alles zu verraten.

Ein Hausmädchen öffnete ihr die Tür. »Guten Abend, Madam«, sagte sie und nahm Hannah Tasche und Mantel ab. »Guten Abend, Rita. Ist Mr. Scadudo zu Hause?«

»Nein, Madam.«

»Bitten Sie Miss Ralston, zu mir in die Bibliothek zu kommen.«

Die Bibliothek war ein dunkel getäfelter Raum mit Kachelboden, Ledermöbeln, dekoriert mit präkolumbischer Kunst. Hannah ging direkt zur Bar und mixte sich eine kräftige Bloody Mary.

Miss Ralston kam herein, eine tüchtige Frau Anfang Sechzig und unverheiratet. Sie war seit zehn Jahren Hannahs persönliche Sekretärin und regelte den sehr ausgefüllten gesellschaftlichen Terminkalender der Scadudos, wofür sie mit einem großzügigen Gehalt und alle zwei Jahre einem neuen Wagen entschädigt wurde.

»Guten Abend, Mrs. Scadudo«, sagte Miss Ralston und legte ein Clipboard, einen Block und einen Stapel Post auf die Bar. Hannah nahm einen Schluck von ihrer Bloody Mary und merkte, daß ihre Hände zitterten. Sie fragte sich, ob die Sekretärin es auch sah.

»Die Arrangements für die Party sind in die Wege geleitet, Mrs. Scadudo«, sagte Miss Ralston und nahm ihren Block. »Der Caterer war heute morgen da, um die Küche zu inspizieren und sagte, es gebe keine Probleme mit den speziellen Desserts, die Sie wollten. Ich habe mir die Order für den Floristen noch einmal bestätigen lassen...«

Hannah hatte die größten Schwierigkeiten, ruhig zu bleiben, während Miss Ralston ihren Bericht machte. Sie wollte so schnell wie möglich nach oben gehen, um allein zu sein. Und sie mußte einen Anruf machen. Einen lebensnotwendigen Anruf.

»Fast alle haben zugesagt, nur drei Paare haben geschrieben, sie könnten nicht kommen. Damit wären es einhundertfünfundsiebzig Gäste.«

Hannah hob wieder ihr Glas und stellte erstaunt fest, daß es leer war. Sie mixte sich schnell noch einen Drink, mit etwas mehr Wodka, und mußte sich zurückhalten, damit sie ihn nicht gleich hinunterkippte. Sie warf einen Blick auf ihre Uhr.

Warum wollte Philippa das Treffen in Palm Springs machen? Wahrscheinlich um uns auf neutralem Boden zu haben, weg von der Sicherheit unserer Büros, damit wir keinen Heimvorteil haben.

O Gott, dachte Hannah und umklammerte ihr Glas, mach, daß die Geschichte mit Miranda International der Grund für ihre Rückkehr ist. Bitte mach, daß es nicht das andere ist, zumindest nicht, bis ich das geregelt habe.

Miss Ralston sagte: »Der Weihnachtsschmuck, den Sie bei Saks bestellt haben, ist fertig, Mrs. Scadudo, und die sechseinhalb Meter hohe Ponderosa-Tanne ist für den Morgen der Party reserviert.«

Hannah setzte ihr Glas ab und merkte, daß ihre Sekretärin sie anstarrte, weil sie auf eine Antwort wartete, zu der sie die Frage nicht gehört hatte. Es gab soviel zu tun – die Weihnachtsparty, ihre Kinder und ihre Familien, die über die Feiertage kommen würden, die spezielle Überraschung, die sie für Alan geplant hatte...

Sie stellte ihr Glas ab und sagte: »Ja, das ist alles wunderbar, Miss Ralston. Danke. Ich gehe jetzt kurz nach oben.« Sie schaute noch einmal auf die Uhr. »Mr. Scadudo müßte bald nach Hause kommen.« Und ich muß den Anruf erledigen, bevor er kommt. »Wenn Sie mich also kurz entbehren könnten –«

Bevor Miss Ralston etwas sagen konnte, hatte Hannah die Bibliothek verlassen.

Sie stieg rasch die geschwungene Treppe hoch und ging den Gang entlang zum Schlafzimmer, wo sie sorgfältig die große Flügeltür hinter sich schloß. Dann drehte sie das Licht an, lehnte sich gegen die Tür und versuchte, sich zu beruhigen. War es Einbildung, oder hatte sie wirklich diesen Druck auf der Brust? Sie ging rasch zum Telefon, das auf einem pompösen Louis-Quinze-Schreibtisch stand, und wählte mit zitternder Hand. Hoffentlich würde sie den anderen Teilnehmer verstehen, ihr Herz klopfte so heftig, daß ihre Ohren dröhnten.

Und dann wurde das Telefon am anderen Ende abgenommen.

Sie redete ganz leise, aus Angst, jemand könnte sie belauschen. »Wir müssen den Transfer sofort machen. Philippa ahnt etwas. Sie ist in L. A. und hat eine Vorstandssitzung einberufen. Sie wird alles überprüfen. Bitte, wir müssen es so bald wie möglich machen, bevor sie es herausfindet.«

Sie hörte die Antwort. Dann wurde aufgelegt. Mit mühsam unterdrücktem Schluchzen legte sie den Hörer auf.

In ihrem ganzen Leben hatte Hannah sich noch nie so hilflos, so ausweglos in der Falle gefühlt. Sie rannte zu einem großen impressionistischen Gemälde im Goldrahmen, hinter dem sich ein Wandsafe befand. Sie klappte das Bild zur Seite und öffnete den Safe. Dann holte sie eine verschlossene Metallkassette heraus, eine kleine Lederschatulle mit Messingbeschlägen, mit Bändchen gebundene Briefbündel und schließlich, aus der hintersten Ecke, eine Mappe aus grünlichschwarzem Aalleder, so glänzend poliert, daß sich ihr Gesicht darin spiegelte.

Sie ging zum Bett und leerte den Inhalt der Mappe auf die Satindecke, Aktienzertifikate in verschiedenen Farben, die die verschiedenen Werte zeigten. Die silbernen waren die wertvollsten – jedes war tausend Anteile wert. Hannah breitete sie aus, damit sie ihren Namen auf jeder lesen konnte. Alle waren unterschrieben und datiert, die frühesten reichten zwanzig Jahre zurück, und insgesamt waren es hunderttausend Anteile. Von Starlite Industries.

Diese Aktienzertifikate, die nur einen Teil von Hannahs Anteil an der Firma repräsentierten, bewahrte sie hier auf, weil sie etwas Besonderes waren, Geschenke, die ihr Mann ihr im Laufe der Jahre gemacht hatte, die silbernen hatte ihr Philippa geschenkt. Für Hannah waren sie das Symbol für einen wichtigen Teil ihres Lebens, vielleicht den wichtigsten überhaupt. Und jetzt mußte sie sich von ihnen trennen.

Fast kam es ihr vor, als würde sie ein Kind verkaufen.

Wie hatte es nur dazu kommen können? dachte sie traurig und erinnerte sich an das schäbige, kleine Schlafzimmer im San Fernando Valley, wo Alan und sie so viele leidenschaftliche Nächte verbracht hatten. Wieviel lieber wäre sie jetzt dort, in Alans Armen, ohne einen Cent. Alles hätte sie jetzt hergegeben, das Haus in Bel Air, ihr Personal, selbst ihre Corvette – wenn dadurch alles wieder in Ordnung käme. Aber es gab kein Zurück. Das Desaster, das sich um sie zusammenbraute, konnte sie nicht verhindern.

Sie machte vor Schreck einen Satz, als das Telefon klingelte. Sie starrte es einen Moment an – konnte das...?

Sie rannte zum Apparat. »Hallo?«

»Hallo, Mom«, tönte eine fröhliche Stimme – Jackie, ihre jüngste Tochter, die aus dem College anrief.

Hannah zwang sich, heiter zu klingen. »Jackie, mein Schatz, wie schön, daß du anrufst. Alles in Ordnung?«

»Alles ist wunderbar, Mutter! Vincent und ich haben uns entschlossen zu heiraten!«

»Oh – wie wunderbar!« Hannah legte eine Hand auf die Brust. Ihr Herzschlag stockte einen Augenblick.

»Die Hochzeit soll im Juni sein und ganz groß. Und die Flitterwochen in Frankreich. Vincents Eltern haben da eine Villa...«

Während Hannah dem aufgeregten Geplapper ihrer Tochter lauschte, wanderte ihr Blick zu den Fotos auf dem Schreibtisch und dem Nachttisch, Fotos von ihren Kindern, von Alan, und das Schwarzweißfoto von drei verrückten jungen Frauen, die Grimassen in die Kamera schnitten -- Hannah, Charmie und Philippa –, alle Anfang Zwanzig, bettelarm, aber voller Zuversicht. Und Philippa war damals schon der Kleber gewesen, der alle zusammenhielt.

Angesichts dieser Bilder wurde ihr klar, daß sie kämpfen mußte, um alles wieder ins Lot zu bringen. Sie war immer schon eine Kämpferin gewesen, genau wie Philippa und Charmie, deshalb hatten sie sich von Anfang an so gut verstanden. Und dieser Kampf galt nicht allein der Rettung ihrer Freundschaft mit Philippa und Charmie, er war auch für Alan und für ihre Kinder, damit sie weiterhin stolz auf sie sein konnten. Hannah hatte einmal zufällig mit angehört, wie ihre Tochter zu einigen ihrer Freunde sagte: »Meine Mutter ist die größte Modeschöpferin aller Zeiten. Sie hat als erste Frauen mit Übergrößen ermöglicht, kräftige Farben und Muster zu tragen. Sie hat sie von den Sackkleidern und den dunklen Farben befreit.« Das wollte Hannah nicht zerstören.

»So, jetzt muß ich aber aufhören, Mom!« sagte Jackie, und erst jetzt merkte Hannah, daß sie mit dem Hörer am Ohr dastand. »Heute machen wir ein Grillfest am Strand und für die Mutigen Mondscheinschwimmen!« Jackie studierte Biologie an der University of California in Santa Barbara. »Bye. Auf bald.«

Hannah legte den Hörer auf und versuchte, sich über Jackies Nachricht zu freuen. Jackie, das letzte ihrer Kinder, das heiratete. Das vollendete ein perfektes Bild. Und natürlich würde sie die größte, sensationellste Hochzeit der Welt kriegen. Nichts durfte Jackie ihre Freude trüben, nichts...

Unten ertönte eine Glocke, das Signal, daß jemand das Tor passiert hatte, sie lief zum Fenster, schob die Vorhänge beiseite und hielt den Atem an. Einen Augenblick später tauchten Scheinwerfer hinter den Bäumen auf und bestrahlten die roten Klinker, mit denen die Einfahrt gepflastert war, und dann sah sie den glänzenden Kühlergrill von Alans Mercedes. Sie rannte zum Bett und sammelte hastig die Aktien ein, lief zum Safe und stopfte alles wahllos hinein. Alan durfte es auf keinen Fall erfahren. Auf keinen Fall. Unten waren gedämpfte Stimmen zu hören. »Guten Abend, Rita, ist Mrs. Scadudo schon zu Hause?« Und dann Schritte auf den schwarzweißen Fliesen im Foyer.

Sie schlug die Safetür zu, drehte das Schloß und schwang das Bild zurück.

Die Tür zum Schlafzimmer ging auf. »Da bist du ja, mein Schatz«, sagte Alan lächelnd.

Sie wirbelte herum. »Alan!«

»Tut mir leid«, sagte er und runzelte besorgt die Stirn. »Ich wollte dich nicht erschrecken. Ich dachte, du hättest meinen Wagen gehört.«

»Ich – ich wollte gerade ins Bad«, sagte sie und entfernte sich rasch von der Wand.

Alans Blick flackerte kurz über das Bild, das etwas schief hing. Dann schaute er auf die Bettdecke, die ganz zerknüllt war. »Ist alles in Ordnung, Hannah?« sagte er und schloß die Tür hinter sich. »Du siehst blaß aus.«

»Mir geht's gut«, sagte sie, ging ins Badezimmer und machte das Licht an. »Es war nur ein Schock, wie Philippa heute plötzlich auftauchte. Hast du gewußt, daß sie kommt?«

»Nein. Aber irgendwann mußte sie ja wieder auftauchen. Ich habe gewußt, daß sie sich nicht ewig in Australien vergraben kann. Schatz, bist du sicher, daß du dich wohl fühlst?«

Sie steckte ihren Kopf durch die offene Badezimmertür und grinste ihn an. »Natürlich fühle ich mich wohl. Aber wir sind spät dran. Wir müssen dich zum Flughafen bringen. Es ist wirklich schade, daß du so Hals über Kopf nach Rio mußt. Wir haben etwas zu feiern! Jackie hat angerufen, mit einer wundervollen Neuigkeit!« Dann verschwand sie wieder im Bad.

»Was ist mit Jackie?« rief Alan, aber das rauschende Badewasser übertönte seine Stimme.

Er warf seine Aktentasche und eine Zeitung auf das zerknüllte Bett und ging zu dem Gemälde. Er musterte es einen Augenblick; dann rückte er es gerade. Hannah tauchte plötzlich hinter ihm auf, umarmte ihn und legte ihren Kopf auf seinen Rücken. »Ich liebe dich, Alan. Ich liebe dich so sehr.«

»He«, sagte er lachend, drehte sich um und nahm sie in die Arme. »Was verschafft mir die Ehre?«

»Ich bin einfach so glücklich mit dir«, murmelte sie an seinem Hals. »Wir haben so ein gutes Leben miteinander. Du wirst mir fehlen, wenn du in Rio bist. Werde ich dir auch fehlen?«

»Das weißt du doch.«

»Du liebst mich doch, Alan, nicht wahr?«

»Natürlich liebe ich dich, mein Schatz.«

Sie klammerte sich an ihn, schloß die Augen und dachte: Ich darf Alans Liebe nicht verlieren. Ich darf ihn nicht verlieren. Wenn das passiert, will ich nicht mehr leben. Nicht nach allem, was wir gemeinsam durchgestanden haben, nach all den Jahren...

20

San Fernando Valley, Kalifornien, 1959

Hannah Ryan fand, daß es geradezu obszön war, wie Alan Scadudos Hosen sich an seinen Hintern schmiegten.

Und sie fand es toll.

Sie hatte gerade mitten in einem Wolkenbruch die täglichen Lunchbestellungen aus Baumgartner's Deli geholt. Sie hatte nicht weit zu gehen – an sonnigen Tagen brauchte sie von Halliwell & Katz bis zu Baumgartner's auf dem Ventura Boulevard höchstens drei Minuten, aber heute war es ihr wie eine Ewigkeit vorgekommen. Sie verteilte die Sandwiches zwischen den zwölf Broker-Schreibtischen und sammelte das Geld dafür ein. Mr. Driscoll machte wie immer Schwierigkeiten beim Bezahlen, aber sie blieb so lange vor ihm stehen und ließ die Sandwiches auf sein *Wall Street Journal* triefen, bis er ihr mißmutig das Geld gab.

Und jetzt stand sie vor Mr. Scadudos Schreibtisch. Er las gerade ein Fernschreiben mit einem wunderbar männlich grimmigen Gesichtsausdruck, fand die einundzwanzigjährige Hannah. Sie war insgeheim in Mr. Scadudo verliebt, der hier sein Praktikum machte, weil er Steuerberater werden wollte. »Bitte sehr«, sagte sie und reichte ihm sein Sandwich in Wachspapier. »Zweiundvierzig Cents bitte.«

»Danke«, sagte er, griff in seine Tasche, zählte das Geld ab und gab es ihr. Hannahs Puls beschleunigte sich gefährlich, als das Geld noch warm aus seiner Tasche auf ihre Handfläche fiel. Sie hätte ewig so stehenbleiben und den Duft seines Old-Spice-Rasierwassers einatmen können, aber sie hatte noch einige Sandwiches abzuliefern.

Als sie alle versorgt hatte, ging sie zurück zum Aufenthaltsraum, wo sie sich aufwärmen und trocknen konnte.

Hannah zog ihren nassen Mantel und die Regenstiefel aus, holte sich ein Handtuch aus der Damentoilette und trocknete ihre kurzen braunen Haare. Sie war ganz aus dem Häuschen vor Aufregung. Heute abend nach der Arbeit hatte sie eine Verabredung mit einem Berater an der Greer Art Academy in Glendale, einer kleinen, aber sehr angesehenen Schule mit einer hochgelobten Abteilung für Modedesign. Die Schule war teuer, und weder Hannah noch ihre Eltern, bei denen sie wohnte, konnten sich die Gebühren leisten, aber Hannah hatte um ein Stipendium eingegeben, das, wenn sie es bekam, ihre halben Ausgaben decken würde. Der Berater hatte am Abend zuvor angerufen. Sie würde das Stipendium kriegen. Und heute mußte sie sich mit ihm treffen, um einen Stundenplan auszuarbeiten, der ihr noch gestattete, bei Halliwell & Katz weiterzuarbeiten, damit sie ihren Anteil an den Studiengebühren bezahlen konnte. Jeder Cent, den sie verdiente, wanderte auf ein Sparkonto. Hannah hatte vor lauter Aufregung die ganze Nacht kein Auge zugetan. Schon als ganz kleines Mädchen hatte sie davon geträumt, Modeschöpferin zu werden, und zwar nicht einfach für Frauen – sie wollte Kleidung für übergewichtige Frauen entwerfen.

Hannah hatte selbst Übergewicht, schon seit sie denken konnte. Mütterlicherseits stammte Hannah aus Frankreich, möglicherweise mit einem Schuß Indianerblut; ihr Vater war Ire, und viele ihrer Verwandten waren Einwanderer, denen die Erinnerung an die Hungerzeiten in ihrer alten Heimat noch in den Knochen saß. Hier in den Vereinigten Staaten, wo das Essen so reichlich war, wurde man undankbar gescholten, wenn man sich bei großen Familienfeiern nicht vollstopfte, und die Kinder wurden ständig ermahnt, viel zu essen, bis sie schier platzten. Hannah war ihrer Erinnerung nach noch nie dünn gewesen, ihre Mutter war auch dick, genau wie ihre Tanten und Cousinen. Eines hatten sie alle gemeinsam: die Schwierigkeiten, etwas zum Anziehen zu finden. Für sie gab es nur Monicas Laden für Übergewichtige am Sherman Way, wo die Kleider trist waren und die Auswahl gering.

Aber Hannah hatte einen Traum. Da gab es eine echte Marktlücke, und die würde sie füllen. Sie hatte schon in der Volksschule nähen gelernt und angefangen, Kleider für sich und ihre Verwandten zu nähen. Alle waren sich einig, daß Hannah ein »Händchen« dafür hatte. Aber sie wollte eine richtige Ausbildung. Und die würde sie bei Greer bekommen.

Geld war das einzige Hindernis. Ihre Eltern waren zwar nicht arm, aber sie mußten das College für ihre Brüder bezahlen und selbst mit dem Stipendium und ihren Ersparnissen reichte es immer noch nicht. Aber jetzt würden Hannahs Geldprobleme endlich ein Ende haben. Und das würde sie dem Berater heute abend mitteilen, um sicherzugehen, daß ihrer Aufnahme nichts mehr im Wege stand.

Als ihr Haar trocken war, musterte Hannah sich im Spiegel. Die Leute sagten immer, sie wäre hübsch, wenn sie nicht so dick wäre. Die Tür ging auf, und Madeline kam herein.

Madeline war Mr. Katz' persönliche Sekretärin. Für diese Stellung hatte Hannah sich vor zwei Jahren beworben, hatte sie aber nicht bekommen, weil sie angeblich zu jung und unerfahren war mit ihren neunzehn Jahren. Aber man hatte ihr eine weniger gut bezahlte Stellung angeboten, für 200 Dollar im Monat, mit der Chance, irgendwann zur Sekretärin befördert zu werden. Sie hatte angenommen. Seither war der begehrte Posten von vier verschiedenen Frauen besetzt gewesen. Jedesmal war Hannah übergangen worden, weil Mr. Katz angeblich eine erfahrenere Sekretärin brauchte.

Und jetzt hörte Madeline auf. Hannah weinte der schönen Blondine keine Träne nach, denn nun würde sie den Job kriegen: ihre Eintrittskarte für Greer.

Die Tür zum Aufenthaltsraum ging auf, und Mrs. Faulkner, die Bürovorsteherin, kam herein. Für einen Augenblick dröhnte der

Raum vom Lärm der klappernden Fernschreiber, und man hörte Mr. Driscoll schreien: »Hoppla, Kodak geht wieder runter!« Dann fiel die Tür ins Schloß, und alles war wieder ruhig.

»Heute hat's wieder ganz schön gehagelt, meine Damen«, sagte Mrs. Faulkner und ließ sich auf eines der Sofas fallen. »Ich wette, bis zum Abend werden's wieder zwanzig Millionen.«

»Oh«, sagte Hannah. »Das gibt wieder Überstunden. – Ich kann das Geld gebrauchen.«

»Sie wollen unbedingt auf diese Modeschule, was?«

»Ja«, sagte Hannah. »Es gibt nichts auf dieser Welt, was ich lieber täte!«

Mrs. Faulkner und Hannah warfen einen Blick auf Madeline. Mr. Katz' Sekretärin ging in Ungnaden. Man hatte sie gefeuert, weil sie schwanger war. »Wir sind schließlich eine respektable Firma«, war Ardeth Faulkners Kommentar gewesen.

Madeline wandte sich vom Spiegel ab, sah die beiden an, als wollte sie etwas sagen, dann ging sie wortlos aus dem Raum.

Hannah sagte: »Übrigens, wann hat Madeline ihren letzten Tag?«

Ardeth schälte ganz konzentriert ein Ei, ohne Hannah anzusehen, und sagte: »Mr. Katz hat ihr einen Monat Zeit gegeben.«

»Gut«, sagte Hannah. »Ich bin jederzeit bereit.« In drei Wochen würde sich ihr Gehalt verdoppeln.

Hannah hatte zuerst gar nicht bemerkt, daß Mrs. Faulkner es vermied, ihr in die Augen zu sehen, aber jetzt spürte sie plötzlich, daß etwas nicht stimmte. Sie wartete, und schließlich sagte Ardeth: »Tut mir leid, Hannah, aber Sie werden den Job nicht kriegen.«

Hannah starrte sie fassungslos an. »Was soll das heißen?«

»Das soll heißen, daß ich bereits ihre Nachfolgerin eingestellt habe.«

»Aber wie konnten Sie mich einfach übergehen? Diesmal können Sie nicht mehr behaupten, daß ich keine Erfahrung hätte. Der Job gehört mir!«

»Ich weiß«, sagte Ardeth Faulkner betreten. »Es ist nur, daß Mr. Katz –«

»Mr. Katz war ganz begeistert von mir, als ich Madeline eine Woche vertreten habe. Er hat gesagt, ich wäre viel tüchtiger als sie.«

Ardeth starrte ihr Sandwich an, das sie gerade ausgewickelt hatte, als wäre es plötzlich schlecht geworden. Sie packte es rasch wieder ein und steckte es weg. Dann wandte sie sich zu Hannah. »Hören Sie, ich möchte betonen, daß ich nichts damit zu tun habe. Ich weiß, daß Sie gut arbeiten, ich weiß, daß Sie viel zu gut für das hintere Büro sind. Aber Tatsache ist, daß Mr. Katz Sie nicht als Sekretärin haben will.«

»Er will mich nicht? Aber warum?«

Ardeth überlegte vergeblich, wie sie es taktvoll ausdrücken könnte, aber dann sagte sie einfach: »Er sagt... er sagt, Sie sind zu fett.«

Hannah starrte sie fassungslos an.

»Tut mir leid«, sagte Ardeth. »Wirklich. Wenn es nach mir ginge –«

»Aber haben Sie ihm denn nicht gesagt, daß mein Wissen viel wichtiger ist als mein Gewicht? Wollen Sie damit sagen, daß ich hier die ganze Drecksarbeit gemacht habe, die kein anderer machen wollte, und daß das dann der Dank ist?«

»Hannah, für mich ist das genauso schmerzlich, Ihnen das sagen zu müssen, wie für Sie, es zu hören.«

»Nein, ist es nicht, Ardeth. Ich brauche das Geld!«

»Hören Sie, Hannah. Sie haben den Job vor zwei Jahren nur wegen Ihres Gewichts nicht gekriegt. Sie haben beim Test am besten abgeschnitten, aber Mr. Katz hat gesagt, er will keine fette Sekretärin.«

Hannah biß die Zähne zusammen und kämpfte mit den Tränen. »Mr. Katz hat das wirklich gesagt?« flüsterte sie. »Denken sie alle so, die Broker, alle im Büro? Sehen sie in mir nur das fette Mädchen?« Mit einemmal wurde ihr einiges klar: Die vielen Vorstellungsgespräche, bei denen sie immer abgelehnt worden war, ohne in die engere Wahl zu kommen, ein Personalchef, der sie fragte, wieviel sie wog, und es am Rand ihrer Bewerbung eingetragen hatte.

»Sieht die Welt mich wirklich so, Ardeth«, sagte sie mit tonloser Stimme. »Sie schauen mich an und sehen nur ein fettes Mädchen? Sie sehen nicht, wer ich bin, sehen mich gar nicht?«

»Hannah«, versuchte Ardeth sie zu beschwichtigen, »Mr. Katz' Sekretärin muß mit wichtigen Kunden verkehren, sie ist die erste Person, die sie sehen, sie repräsentiert die Firma gegenüber der Öffentlichkeit.«

»Bin ich denn ein Krüppel? Rieche ich schlecht?« Ihr Kinn zitterte, noch nie in ihrem Leben hatte sie sich so geschämt. »Ardeth, Sie tun ja gerade so, als würden Sie ihm zustimmen!«

»Nein, Hannah, bestimmt nicht. Aber Sie sollten wirklich ein bißchen abnehmen.«

»Abnehmen? Waren Sie jemals dick? Wissen Sie überhaupt, wie das ist? Wenn Sie noch nie in Ihrem Leben abnehmen mußten, wie können Sie wissen, was das heißt!«

Ardeth sagte nichts. Es stimmte, daß sie immer schon schlank war und keine Probleme mit ihrem Gewicht hatte.

»Ardeth, ich war schon als Kind dick. Meine Eltern sind dick. Ich weiß, daß ich viel weniger esse als Sie zum Beispiel.«

»Tut mir leid, Hannah«, sagte Ardeth und wünschte, Katz hätte sie nicht in diese unangenehme Lage gebracht.

»Sagen Sie mir eins, sieht jeder in mir nur ein fettes Mädchen?« Sie dachte an Mr. Scadudo.

»Lassen Sie sich einen Rat geben, Hannah«, sagte Ardeth streng und etwas ungeduldig. »Erstens, wenn Sie es in dieser Welt zu etwas bringen wollen, nehmen Sie ab. So sieht's nun mal aus. Und zweitens, ich muß Ihnen ehrlich sagen, wenn Sie Modeschöpferin werden wollen, müssen Sie damit rechnen, daß kein Mensch Sie ernst nimmt, solange Sie dick sind.«

Die Frauen saßen auf Plastikstühlen, die aussahen, als würden sie jeden Moment unter ihrem Gewicht zusammenbrechen, lasen Zeitungen oder stickten und versuchten so zu tun, als säßen sie nicht im Warteraum der Tarzana-Klinik für Übergewichtige. Während Philippa sich bei der Aufnahme anmeldete, schaute sie sich die Patientinnen an. Es waren acht Frauen aller Altersklassen. Alle waren übergewichtig, einige krankhaft. Und sie fragte sich, was sie wohl schon alles versucht hatten, ehe sie hierhergekommen waren.

Seit dem Jahr, in dem Philippa ihr Baby verloren und beschlossen hatte, ihr Image zu ändern, hatte sie viele populäre Diäten ausprobiert. Aber keine hatte angeschlagen.

Während Philippa wartete, bis sie an der Reihe war, überlegte sie, was wohl die anderen Frauen dazu getrieben hatte hierherzukommen. Ein Ehemann, der ihrer überdrüssig war? Ein Klassentreffen nach zwanzig Jahren? Sie studierte heimlich ihre Gesichter, während sie so tat, als blättere sie in einer Illustrierten. Eines hatten sie alle: diesen niedergeschlagenen Gesichtsausdruck, der von geringem Selbstwertgefühl zeugte. Alle saßen da, als hätten sie nur einen einzigen Gedanken: Verzeiht mir, daß ich so ein Schandfleck bin. Alle saßen mit hängenden Schultern und gesenkten Augen da, als wollten sie sagen: Ich hasse mich. Genau wie Maus, die fast ihr Augenlicht bei dem Versuch verloren hatte, anders zu werden. Es war dasselbe Signal, eine Entschuldigung dafür, daß sie so waren, wie sie eben waren.

Plötzlich hatte sie Angst um sie alle. Sie wollte etwas sagen, den unerbittlichen Prozeß aufhalten, der in diesem kleinen Warteraum begann. Aber sie hatte keine Ahnung, was sie sagen sollte. Und ihr kam der Gedanke, daß diese Frauen irgendwie alle verdammt waren. Genau wie Rhys bewegten sie sich unaufhörlich auf eine groteske Form der Selbstzerstörung zu.

In diesem Augenblick öffnete sich die Tür zum Sprechzimmer, und eine junge Frau kam herausgerannt. Ihr Kopf war puterrot, ihre Augen sprühten Funken. Sie knallte ihre Tasche auf die Ablage vor dem Fenster der Aufnahme, so daß alle überrascht hochschauten. Sie begann, mit der Dame an der Aufnahme zu streiten. »Das ist nicht der Preis, den Sie mir am Telefon gesagt haben!«

Die Empfangsdame versuchte verlegen zu flüstern: »Die wöchentlichen Menüpläne werden gesondert berechnet.«

»Aber der Arzt hat doch gar nichts gemacht! Keine Untersuchung, keinen Blutdruck gemessen! Er hat mich nicht mal richtig angesehn und wollte keine meiner Fragen beantworten. Ich war ja nicht mal zehn Minuten da drinnen!«

»Tut mir leid, Miss Ryan, aber –«

»Und obendrein muß ich noch den Bus bezahlen, weil ich in Woodland Hills wohne. Ich kann mir das nicht leisten!« Sie suchte mit zitternder Hand nach ihrem Geldbeutel, und dabei fiel ihr die Tasche herunter, der gesamte Inhalt verstreute sich auf den Boden: Lippenstift, Puderdose, eine Rolle Bonbons und ungewöhnlich viel Kleingeld. Philippa stand auf, ging zu ihr und half ihr, die Sachen einzusammeln. Dann sagte sie: »Wenn Sie auf mich warten, kann ich Sie mitnehmen.«

»Wenn's kein Umweg ist«, sagte Hannah mit Tränen in den Augen, »wäre ich Ihnen sehr dankbar.«

Kurz darauf war Philippa an der Reihe.

Ein Sprechzimmer wie das von Dr. Hehr hatte sie noch nie gesehen: An den Wänden hingen Fotos von Frauen, dicken und schlanken. Vorher- und Nachher-Bilder, wie Philippa bei näherem Hinsehen feststellte. Daneben hingen die Dankesschreiben an Dr. Hehr. Ansonsten war der Raum ein einziges Chaos und obendrein noch verdreckt. Dr. Hehr kam ins Zimmer. Er sah aus wie ein fröhlicher fetter Nikolaus, sein Kittel spannte sich über einem stattlichen Bauch.

Er schüttelte ihr heftig die Hand und sagte: »So, Philippa, Sie wollen also abnehmen! Dann sind Sie hier genau richtig. Es gibt keine bessere Diät auf dieser Welt als die, die ich erfunden habe. Sehen Sie sich nur die Fotos an.« Er deutete auf die Wand. »Das sind meine Mädels. Sind sie nicht wunderbar?«

Einige von den »Mädels« waren etliche Jahre älter als er, wie Philippa bemerkte.

Er öffnete ihre Akte und las die Papiere durch, die sie im Wartezimmer ausgefüllt hatte. »Wie ich hier sehe, Philippa, sind Sie einsdreiundsiebzig groß und wiegen einhundertneunzig Pfund. Das sind fünfundfünfzig Pfund Übergewicht laut Metropolitan-Versicherungstabelle. Wie alt sind Sie?«

»Einundzwanzig.«

Er musterte sie über den Rand seiner Brille. »Hier steht, daß Sie nur abends essen. Stimmt das?«

»Ja.«

»Ich bin nicht überrascht!« rief er plötzlich so laut, daß sie erschrak. »Sehen Sie, meine Kleine, dick wird man nicht von zuviel essen, sondern von falsch essen. Aber keine Sorge, meine Diät wird Sie auf Ihr Normalgewicht herunterbringen. Es ist keine gewöhnliche Diät, das kann ich Ihnen sagen. Ich habe Jahre gebraucht, um sie zu perfektionieren. Sie haben sicher schon Dutzende von Diäten probiert, wie ihr Mädels alle. Das ist euer Hobby. Aber der Charme meiner Diät liegt darin, daß keine Kalorien gezählt werden.« Er beugte sich vor und sah ihr tief in die Augen. »Aber Sie müssen die Diät genauestens befolgen. Haben wir uns verstanden?«

»Ja, Doktor.«

»Also, ich werde Ihnen jede Woche einen Speiseplan geben, den Sie genau befolgen müssen, ich meine, bis aufs I-Tüpfelchen.«

»Ja, Doktor.«

Er musterte sie einen Augenblick, dann sagte er: »Wissen Sie, daß Sie eigentlich sehr hübsch sind? Zu schade, daß Sie dick sind. Aber das kriegen wir schon. Überlassen Sie nur alles mir.« Er stand auf, die Konsultation war beendet. »Sie werden sich mit meiner Diät sehr wohl fühlen, Philippa. Ich habe Jahre damit verbracht, sie auszufeilen, ich weiß, daß es funktioniert. Schauen Sie sich nur meine glücklichen Mädels an«, er zeigte wieder auf die Fotos. »Achten Sie nur darauf, daß Sie genau das essen, was hier steht«, sagte er und reichte ihr ein hektographiertes Blatt. »Versuchen Sie ja nicht, etwas auszutauschen. Wenn Sie nächste Woche wiederkommen, werden Sie gewogen, und dann kriegen Sie den nächsten Speiseplan. Sehen Sie, wie einfach das ist? Wenn Sie nicht abnehmen, weiß ich, daß Sie geschummelt haben. Ich komm' Ihnen immer auf die Schliche.«

Beim Verlassen von Dr. Hehrs Sprechzimmer überflog Philippa den Plan und sah, daß das Frühstück aus Obst und Obstsäften bestand und die morgendliche Zwischenmahlzeit ein Apfel war. Mit wachsendem Entsetzen stellte sie fest, daß die Diät hauptsächlich aus Obst bestand. Das bedeutete, daß sie wieder von Zittern und Schwindelgefühlen geplagt sein würde.

Bevor sie die Tür öffnete, sagte Dr. Hehr: »Noch ein letztes, junge Frau. Das wichtigste und auch das schwerste, was Sie als meine Patientin tun müssen, ist, den Süßigkeiten entsagen. Haben wir uns verstanden?«

»Aber ich esse keine –«

Er hob die Hand. »Ich weiß, was Sie sagen wollen, das behauptet ihr Mädels alle.« Er lachte. »Ihr glaubt, daß ein Krapfen am Morgen nicht schaden kann oder ein kleines Stück Kuchen nach dem Essen. Aber Sie dürfen überhaupt nichts Süßes essen – keinen Kuchen, keine Bonbons, kein Eis. Anfangs wird es schwer sein, das weiß ich! Aber wenn Sie sich an diese Anweisung halten, werden Sie sehen, wie die

Pfunde dahinschmelzen. Alsdann, mein Mädel«, Dr. Hehr legte einen Arm um Philippas Schultern, »halten Sie sich schön an die Diät, und die Erfolge werden Sie erstaunen. Manche von euch Mädels nehmen in der ersten Woche sieben oder acht Pfund ab. Aber nur wenn sie nichts verändern oder ersetzen oder die Speisenfolge wechseln. Haben wir uns verstanden?«

Philippas Blick fiel auf Tag fünf – gedämpfter Hamburger –, und sie fragte sich, wie sie das auf der Kochplatte im Aufenthaltsraum des Cut-Cost Drugstore machen sollte.

Aber sie sagte: »Ja, Doktor«, und ging.

Die junge Frau, die ihre Tasche hatte fallen lassen, wartete auf sie. Sie fuhren nicht direkt nach Woodland Hills, sondern beschlossen, eine Kleinigkeit im Drugstore gegenüber der Klinik zu essen.

Sie sagte, ihr Name sei Hannah Ryan, und sobald sie in einer der türkisfarbenen Nischen des Drugstores Platz genommen hatten, knallte sie ihre Tasche erneut auf den Tisch und sagte: »Sie haben kein Recht, soviel zu verlangen! Ich bin so sauer! Ich dachte, die würden mir helfen! Ich habe schon alles versucht, sogar diese furchtbare Grapefruit-Ei-Diät, aber nichts funktioniert! Ich bin am Ende«, sagte sie und richtete ihre durchdringenden Augen auf Philippa.

»Ich weiß, wie Ihnen zumute ist«, sagte Philippa. »Ich hatte mir Dr. Hehr auch anders vorgestellt.«

»Er hat dauernd Mädel zu mir gesagt«, sagte Hannah. »Ich hasse das. Ich wette, der würde mich jetzt schon nicht mehr erkennen. Warum gehen wir dann dahin? Was können die uns bieten? Diese dämliche Diät ist auch nichts Neues.« Sie wedelte mit dem hektographierten Blatt, das eine endlose Wiederholung von Eiern, Quark, grünen Bohnen und Obst war. »Wofür bezahlen wir dann dieses astronomische Honorar?«

»Für die Motivierung«, sagte Philippa. »Wir haben uns einen Polizisten engagiert. Dr. Hehr wird uns dazu zwingen, daß wir uns an die Diät halten. Wir zahlen dafür, daß uns ein Fremder einmal die Woche auf die Waage stellt. Wir werden Angst haben, von Dr. Hehr angeschimpft zu werden, wenn wir nichts abnehmen, und stolz sein, wenn er uns lobt. Dafür bezahlen wir.«

»Da haben Sie wahrscheinlich recht«, sagte Hannah etwas ruhiger.

»Allein schaffe ich es nie, Diät zu halten, ich gebe immer auf. Ich brauche wirklich Aufmunterung oder Aufsicht oder was auch immer. Und wahrscheinlich auch einen wöchentlichen Menüplan. Aber verdammt, es ist einfach zu teuer. Was anderes gibt's nicht mehr, was? Ich habe schon alles versucht, nichts hat funktioniert, und teuer waren die anderen Sachen auch. Ich muß auf mein Geld aufpassen, wenn ich zu Greer will.«

Die Kellnerin kam, um ihre Bestellung aufzunehmen, und ihre türkisfarbene Uniform erinnerte Philippa daran, daß sie im Drugstore, in dem sie arbeitete, nicht befördert wurde, weil es die entsprechenden Uniformen nicht in ihrer Größe gab. Philippa und Hannah bestellten sich Chefsalat und Eistee. Während sie darauf warteten, erzählte Hannah von ihrem Traum, Modeschöpferin zu werden und auf die Greer Art Academy zu kommen.

»Aber ich kann es nur schaffen, wenn ich in fünf Monaten vierzig Pfund abnehme. Ich darf gar nicht dran denken.« Sie schüttelte den Kopf, und jetzt bemerkte Philippa die winzigen Goldohrringe unter Hannahs Helm von kurzen Haaren. Sie hatte tatsächlich durchstochene Ohrläppchen, Philippa kannte niemanden, der das hatte. »Bei mir kommt aber auch alles zusammen«, sagte Hannah. »Vererbung zum Beispiel. Alle Frauen in meiner Familie sind dick. Ich war sogar schon als Baby fett! Deshalb verstehe ich nicht, wie Dr. Hehrs Diät bei jedem funktionieren soll. Ich meine, ich habe so eine Art maßgeschneiderte Diät erwartet, wo er jede von uns einzeln untersucht und uns dann eine passende Diät verordnet. Eine der Frauen im Wartezimmer hat mir erzählt, sie wäre ihr Leben lang dünn gewesen, bis sie ihre zwei Kinder bekam. Sie hat auf einmal dreißig Pfund zugenommen und wird sie nicht mehr los. Das ist doch ganz anders als bei mir. Jeder Fall ist anders. Zum Kotzen ist das. Und der Name ist auch so furchtbar: Tarzana-Klinik für Übergewichtige. Das ist demütigend. Sie sollte einen Namen haben, der einen aufbaut.«

»Wie wär's mit: Damen-Schönheitsverein?«

Hannah lachte. »Junge Prinzessinnen Amerikas! Tut mir leid, daß ich soviel geredet habe. Ich war einfach sauer!«

»Das macht doch nichts. Sie haben genau das gesagt, was ich auch denke. Was halten Sie davon, wenn wir uns duzen?«

»Nichts dagegen. Bist du verheiratet, Philippa?«

Ein Bild tauchte vor ihrem inneren Auge auf: Rhys, wie er leblos über seiner Schreibmaschine lag. Als sie sich von der Fehlgeburt erholt hatte, war sie noch einmal in Rhys' Wohnung gegangen, aber jede Erinnerung an ihn war verschwunden. Mr. Laszlo hatte ihr erzählt, daß der Bruder alles geholt und Rhys' Leiche in seine Heimatstadt hatte überführen lassen. Es gab nicht einmal ein Grab, das sie besuchen konnte. Es war, als hätten Rhys und das Baby nie existiert.

»Ich bin ledig«, sagte sie, »und ich lebe in einer Pension. Das ist eines meiner Probleme. Meine Vermieterin ist eine fantastische Köchin, und sie ist beleidigt, wenn ich nichts esse. Ich bring' es nicht übers Herz, nein zu sagen; sie ist wie eine Mutter für mich. Wahrscheinlich die Mutter, die ich nie gehabt habe.«

Auf Hannahs fragenden Blick fügte Philippa noch hinzu: »Ich bin als Baby adoptiert worden. Ich weiß nicht, wer meine richtigen Eltern sind.«

»Du hast keine Familie?«

»Nein. Keine Geschwister und auch keine anderen Verwandten.«

Hannah konnte sich das gar nicht vorstellen, ihre Verwandtschaft war so zahlreich, daß sie manchmal das Gefühl hatte, sie wäre mit der ganzen Welt verwandt.

»Als ich klein war, war es demütigend, fett zu sein«, sagte Hannah. »Wenn die Kinder eine Mannschaft ausgesucht haben, ließen sie mich immer stehen. Und wenn der Lehrer mich einem Team zuteilte, haben sie immer gestöhnt.«

Philippa erzählte ihr von St. Bridget's und Amber, die immer gekotzt hatte, um nicht dick zu werden.

»Warum das alles?« fragte Hannah, als ihre Salate und ihr Tee kamen. »Ich meine, geht's denn wirklich am Ende nur um Sex? Mädchen wollen dünn sein, um Männer einzufangen, nicht wahr?« fragte sie und dachte an Alan Scadudo. »Wollen Männer wirklich nur dünne Frauen? Wenn sie doch nur fettblind wären, so wie manche von ihnen farbenblind sind!«

Beide lachten und fingen an zu essen.

»Ich fühle mich schon besser«, sagte Hannah, nachdem sie reichlich Zucker in ihren Tee und einen Berg Thousand Islands Dressing über ihren Salat gekippt hatte. Sie stürzte sich mit Elan auf ihr Essen, wie sie es von klein auf getan hatte.

»Du hast ja gesehen, daß Dr. Hehr auch nicht gerade eine Traumfigur hat«, sagte sie. »Aber er muß auch nicht dünn sein. Er ist ein Mann. Männer haben nicht dieselben Probleme wie Frauen. Ich frage mich manchmal, ob sie überhaupt irgendwelche Ängste haben.«

»Sicher haben sie auch ihre Komplexe«, sagte Philippa und dachte an Rhys.

»Da hast du wahrscheinlich recht. Sie haben Angst, sie könnten zu klein sein oder ihre Haare verlieren oder daß sie im Bett kein Superman sind.« Mr. Scadudo kam ihr wieder in den Sinn. »Da ist dieser Mann in dem Büro, in dem ich arbeite. Er ist ungefähr in meinem Alter, so etwa zwei- bis dreiundzwanzig. Er ist klein, aber das scheint ihm egal zu sein, und ich mag kleine Männer. Er ist sehr still und sehr reizend. Er macht einen Abendkurs für Steuerberatung. Ich träume dauernd von ihm, aber ich glaube, er weiß gar nicht, daß ich existiere. Meinst du, er wird mich bemerken, wenn ich dünn bin?«

Plötzlich schien ihr der Salat zu grün, die Farben sahen im Neonlicht des Drugstores viel zu grell aus. Hannah schob die Schüssel weg und nahm ihren Eistee. »In der High School hatte ich noch nicht einmal etwas, das entfernt nach einem Freund aussah. Meine Cousine hatte Mitleid mit mir und hat arrangiert, daß ihr Freund einen anderen Jungen mitbringt und wir zusammen ausgehen. Er ist fast aus dem Auto gefallen, als er mich gesehen hat.«

Sie fischte ein Stück Zitrone aus ihrem Glas und spielte damit. »Er ist trotzdem mitgekommen. Tapferer Junge. Im Autokino hatten meine Cousine und ihr Freund die Frechheit, vor unserer Nase zu bumsen. Ernie hat kein Wort mit mir geredet, nur starr auf die Leinwand geguckt. Als er dann in der Pause mit dem Freund meiner Cousine Cola holen ging, hat er gesagt, Mensch, Don, du hast kein Wort davon gesagt, daß die Cousine deiner Freundin so... Das letzte Wort hab' ich nicht gehört, aber ich kann mir denken, was es war.«

»Wie furchtbar«, sagte Philippa.

»Und was ist mit dir? Irgendwelches Glück mit Jungs?«

»Ich bin noch ärmer dran wie du. Ich hab's noch nicht mal bis ins Autokino geschafft.«

Hannah beugte sich vor und sagte leise: »Ich bin einundzwanzig und immer noch Jungfrau. Irgendwie fühl' ich mich deswegen unerfahren. Vielleicht gibt's in Greer ein paar nette Jungs.« Sie lehnte sich zurück und sagte: »Wenn ich es je schaffe, dahin zu kommen. Ich fange allmählich an, mich selbst zu hassen und an diese jahrelange Antifettkampagne zu glauben. Vielleicht hat der Rest der Welt doch recht, und ich bin fett und tauge nichts.«

»Das ist nicht wahr«, sagte Philippa, »sag so etwas nicht.«

»Aber so hat uns doch auch Dr. Hehr behandelt. Er hat uns Schuldgefühle eingeredet. Wie können die anderen Frauen, die dort waren, das ertragen?«

»Hannah, als ich zwölf war, hätte ich mich beinahe dazu zwingen lassen, etwas sehr Demütigendes zu tun, weil ich dachte, ich hätte es verdient, ich habe geglaubt, ich tauge nichts. Aber in letzter Minute habe ich mich verweigert und bin für mich selbst eingestanden. Diese Frauen haben das einfach nicht gelernt, sie haben noch keine Möglichkeit gefunden, an sich selbst zu glauben. Sie sind überzeugt, daß sie nichts taugen und daß sie verdienen, daß man sie schlecht behandelt.«

»Ich kann nicht wieder in diese furchtbare Klinik gehen. Ich kann es mir nicht leisten, wenn ich je auf diese Schule gehen will. Aber wenn ich nicht abnehme... Ach, was soll's!« sagte Hannah und schaute hinüber zu der Vitrine, in der ein paar traurige Kuchenstücke lagen. »Ich werde mir das gönnen und ein Stück Käsekuchen essen. Den hat meine Mutter auch immer gegessen, wenn sie sich mies fühlte. Wie steht's mit dir? Ich zahle!«

»Ich kann nichts Süßes essen«, sagte Philippa. »Ich reagiere ganz komisch darauf. Ich weiß nicht, warum.«

»Vielleicht stimmt etwas mit deinem Metabolismus nicht, so was wie Diabetes, weißt du? Deswegen finde ich ja, daß Dr. Hehr ein Quacksalber ist. Der hat ja nicht mal Blutproben genommen.«

Während sie auf den Käsekuchen und Philippas Kaffee warteten, sagte Hannah: »Weißt du, du könntest um zehn Pfund leichter aussehen, wenn du aus dem runden Kragen einen V-Ausschnitt machst.«

Auf Philippas verständnislosen Blick sagte sie: »Tut mir leid, ich wollte dich nicht beleidigen. Modedesign ist mein Hobby. Schon seit ich ein Kind war. Ein fettes Kind. Ich hab' schon vor langer Zeit gelernt, wie man mit der richtigen Kleidung dünner aussehen kann.« Sie errötete. »Ich sehe ja nicht gerade aus wie eine Modeschöpferin, die sind einfach nicht dick. Aber weißt du, was Coco Chanel einmal gesagt hat? Sie sagte, wenn man sich schäbig anzieht, erinnern sich die Leute an die Kleidung. Aber wenn man sich gut anzieht, erinnern sie sich an die Frau.«

»Weißt du, was dir gut stehen würde?« sagte sie. »Das Kleid selbst ist eigentlich sehr nett. Nur machen runde Kragen das Gesicht dick. Hier«, sagte sie und zog sich eine schwere Goldkette mit einem dicken Medaillon mit einem Vogel vom Hals. Sie streifte sie Philippa über den Kopf und rückte sie zurecht. »Genau! Schau, wie die Linien des Kragens dadurch weicher werden, das streckt. Schals und schwere Ketten sind dafür gut.«

Philippa versuchte, sich in der Plastikwand der Nische zu sehen. »Du hast recht, das sieht viel besser aus. Das muß ich mir merken.« Sie wollte die Kette wieder abnehmen.

»Behalte sie«, sagte Hannah. »Sie war nicht teuer. Echtes Gold ist das sowieso nicht!«

»Aber sie ist so schön. Das kann ich nicht annehmen.«

»Philippa, ich fühle mich viel besser, weil du mir zugehört hast. Es gibt keinen, mit dem ich darüber reden kann. Meine Freunde sind alle dünn, und meine Familie findet es völlig in Ordnung, fett zu sein.«

Philippa saß da und spürte, wie die schwere Kette »alles streckte«, und fühlte sich um zehn Pfund leichter. Ein so gutes Gefühl hatte sie seit ihrem dreizehnten Geburtstag nicht mehr gehabt. Damals hatte Mop sie mit einer nächtlichen Geburtstagsparty im Schlaftrakt überrascht. Neun Mädchen hatten ihr Geschenke gebracht, und Mop, die von Philippas Schwierigkeiten mit Süßigkeiten wußte, hatte ihr einen Geburtstagskuchen aus Corned beef gemacht, mit richtigen Kerzen. Und mit einemmal wußte sie, daß Hannah und sie Freunde werden würden.

»Hör mal«, sagte sie. »Wir werden uns hier in einer Woche wieder treffen, zur selben Zeit. In den nächsten sieben Tagen werden wir uns genau an Dr. Hehrs Diät halten. Wenn wir das Gefühl haben, wir schaffen es nicht mehr, rufen wir uns gegenseitig an. Nächste Woche wiegen wir uns auf der Waage dort«, sie zeigte auf die Münzwaage am Eingang des Drugstores. »Wir werden uns gegenseitig motivieren. Du gehst nicht mehr in die Klinik, aber ich schon, ich bringe den neuen Speiseplan mit, und du kannst ihn dir abschreiben. So kannst du sparen. Wie denkst du darüber?«

»O ja«, sagte Hannah und dachte an den eichenbeschatteten Campus von Greer und an Alan Scadudos wundervollen Hintern.

21

»Okay, wir haben folgende Fakten über den ungeklärten Mord an Dexter Bryant Ramsey«, las Andrea Beverly Burgess aus ihren Notizen vor. »Das Opfer wurde einmal in den Kopf getroffen, obwohl Zeugen widersprüchliche Aussagen über die Anzahl der gehörten Schüsse machten. Das Personal berichtete, daß zum Zeitpunkt der Tat dreißig Gäste anwesend waren, und trotzdem war kein einziger Gast mehr da, als die Polizei eintraf. Die Polizei wurde erst etwa vierzehn Stunden nach dem Mord zum Tatort gerufen. Die Pistole wurde nie gefunden. Und«, sie schaute Beverly kurz an, »Ramsey wurde nach seinem Tod kastriert. Habe ich alles?«

Beverly machte mit Andrea Bachman eine Privatführung durch den Teil des Schlosses, der noch in seinem ursprünglichen Zustand war wie vor sechzig Jahren. Auch den übrigen Gästen wurde diese Besichtigung täglich einmal geboten. Sie konnten sich von einem Führer durch die alten Suiten geleiten und sich von ihm Skandalgeschichten erzählen lassen. Die Luft im Korridor roch dumpf, die Möbel waren dunkel und schwer, und von den Wänden starrten längst Verstorbene aus dicken Goldrahmen. Es war genau die richtige Atmosphäre für ungelöste Geheimnisse und romantische Tragödien.

»Ja«, sagte Beverly, »ich glaube, das ist alles.« Da dieser Flügel keine Zentralheizung hatte, hatten Andrea und sie sich warm angezogen. Andrea trug einen Pullover mit Kapuze, Tweedrock und Stiefel, Beverly eine Bomberjacke aus schwarzem Fuchs und Kaschmirhosen.

Außerdem hatte sie trotz des mangelhaften Lichts eine riesige Sonnenbrille auf.

Andrea blätterte ihre Notizen durch. »Und eins der Mädchen aus dem oberen Stock berichtete, sie hätte jemand nach den Schüssen aus dem Haus laufen sehen. Sie konnte nicht feststellen, ob es ein Mann oder eine Frau war.« Sie sah Beverly an. »Die Polizei glaubt, es war Marion, aber es hätte jeder sein können, oder nicht? Vielleicht war es einer der Gäste.«

Beverly nickte. »Und das war der Flügel«, sagte sie und deutete auf eine Reihe geschlossener Türen, »in dem die Gäste in dieser Nacht untergebracht waren. Alle hatten Zugang zu dem Badezimmer, in dem Ramsey getötet wurde.« Sie drückte gegen eine Tür, und sie schwang lautlos nach innen. Ein atemberaubendes japanisches Zimmer lag vor ihnen, mit schwarzen Lackmöbeln, Tatami-Matten, Seidenkissen, Reispapierlampen und zwei prachtvollen Kimonos, die hinter Plexiglas an der Wand hingen.

»Unheimlich«, flüsterte Andrea, als hätte sie Angst, den Bewohner des Raumes zu stören, nur gab es keinen Bewohner. Niemand hatte seit der Nacht des Mordes an Ramsey 1932 hier geschlafen.

»Ich würde zu gerne wissen, welcher von Marions Gästen in diesem Bett geschlafen hat«, sagte sie. »Clark Gable? Cary Grant? Sie waren doch auf der Gästeliste, nicht wahr?«

Sie ging zum Fenster, öffnete die spinnwebfeinen Vorhänge und schaute hinaus in den winterlichen Wald, der das Schloß umgab. Über Nacht war Schnee gefallen und hüllte alles in frisches, blendendes Weiß, und die Luft war so klar und sonnig, daß Andrea Palm Springs und die anderen Städte im Coachella Valley unten sehen konnte. Grüne und sandige Flecken zogen sich bis zum Horizont hin.

Sie drehte sich zurück zu Beverly, die eine blaue Porzellanschale betrachtete. Wieder trug sie diese Sonnenbrille – wegen einer Augenkrankheit, wie sie behauptete. Warum hatte Andrea dann dieses unbestimmte Gefühl, daß Beverly sich hinter ihr versteckte?

Andrea war ohnehin überzeugt, daß Beverly Burgess sich überhaupt versteckte. Obwohl ihr dieses Hotel gehörte, war sie peinlich darauf bedacht, nicht in Erscheinung zu treten. Deshalb war Andrea heute morgen sehr überrascht gewesen, als Miss Burgess anrief und anbot, Larry Wolfe und seine Assistentin persönlich durch Marion Stars Privatgemächer zu führen. Larry hatte natürlich kein Interesse gehabt. Er hatte ungerührt weiter Speck und Eier in sich hineingeschaufelt und gesagt: »Ich werde mal schauen, wie das mit dem Skifahren hier ist. Vielleicht spiele ich eine Partie Tennis, ziehe eine Runde im Pool.« Mit anderen Worten, er würde sich wieder auf die Jagd nach Carole Page machen, die ihn am Abend zuvor hechelnd in der Bar hatte sitzenlassen, nachdem sie ihm unmißverständlich klargemacht hatte, daß sie ihre Ruhe haben wollte.

Also war Andrea allein in Miss Burgess' Büro gegangen, wo Beverly gerade den heutigen Speiseplan mit dem Chefkoch besprach. Es hatte Andrea beeindruckt, mit welcher Autorität Beverly ihre Wünsche äußerte. Sie war es offensichtlich gewohnt, Anweisungen zu geben. Aber wer war sie wirklich? Woher kam sie? Was hatte sie früher gemacht? Und woher hatte sie das Geld, sich ein Objekt wie Star's Haven zu kaufen und in ein Luxushotel umzuwandeln? Eine Ironie, dachte Andrea, daß Beverly Burgess, eine Frau voller Geheimnisse, sich ausgerechnet im Haus einer anderen Frau voller Geheimnisse niederließ.

»Glauben Sie, daß etwas vertuscht wurde?« fragte Andrea. »Ich meine, all diese Gäste, die an diesem Abend zu Marions großer Party gekommen waren, alles berühmte Persönlichkeiten aus Hollywood, und dann war keiner da, als die Polizei kam. Und daß die Polizei erst vierzehn Stunden nach dem Mord gerufen wurde, lange nachdem schon eine ganze Reihe anderer Leute gekommen und gegangen waren – der Boss von Ramseys Studio, zwei große Produzenten, ein Studioanwalt, Ramseys Bruder –, die alle am frühen Morgen von jemandem angerufen worden waren, die lange Fahrt von Los Angeles hierher auf sich nahmen, um einiges zu regeln, ehe die Polizei Spuren sichern konnte. Wie zum Beispiel die Mordwaffe entfernen und anderes Beweismaterial unbrauchbar machen.«

Sie verließen das japanische Zimmer und gingen weiter den Korridor entlang nach dem Plan, den Simon Jung gezeichnet hatte und der den Standort der Verwaltungsbüros, des Ballsaals, der Speisesäle, der Boutiquen, des vierzigsitzigen Kinos, der Klinik und der Patientenzimmer zeigte. In einem weiteren Flügel waren die Privatapartments, in denen das Management und das ständige Personal wohnten, und im dritten Stock die Superluxusgästesuiten. Andrea blieb in der Mitte der Halle stehen und runzelte die Stirn. Sie schaute hoch zur Decke.

»Das ist sonderbar«, sagte sie.

Beverly wandte sich ihr zu. »Was ist sonderbar?«

»Das Stockwerk direkt über uns – es ist auf diesem Plan nicht eingezeichnet. Was ist denn da oben?«

»Nur leere Zimmer«, erwiderte Beverly. »Wir benützen sie als Lager. Es war nicht nötig, sie im Plan aufzuzeichnen.«

Andrea warf ihr einen erstaunten Blick zu, wollte etwas sagen, aber Beverly öffnete eine kupferbeschlagene gepolsterte Tür und trat in einen opulenten Art-deco-Raum. Es war ein riesiges Schlafzimmer in blassem Apricot und zartem Grün, dessen Wände mit Fresken von Rennwagen, Windhunden und Blitzen bemalt waren, alles in schwindelerregender Bewegung. Auf einer erhöhten Plattform stand Marions Bett mit vier Statuen als Bettpfosten – schlanke nackte Figuren wie von Erté modelliert, mit langen, wehenden Haaren.

»Nicht zu fassen«, sagte Andrea. »Wie konnte jemand hier je zum Schlafen kommen?«

Beverly drückte einen Knopf neben der Tür, und das Parkett setzte sich in Bewegung.

Andrea griff instinktiv nach den Bettvorhängen, während der Boden wegrollte und eine durchsichtige Glasfläche freigab. »So was mag ich ja überhaupt nicht«, sagte sie lachend, als sie den Raum darunter sah, in dem sich ein riesiger Swimmingpool befand mit schimmernd grünem Wasser.

Andrea ging vorsichtig zur Mitte des Bodens. Ein seltsames Gefühl, beängstigend und begeisternd zugleich, als schwebe man in der Luft. »Mr. Jung hat mir das gestern abend gezeigt. Können Sie sich das vorstellen? Die Leute hier oben konnten sehen, was die Schwimmer da unten machten, und die Schwimmer das, was hier oben im Schlafzimmer passierte. Es würde im Film eine unglaubliche Szene abgeben.«

Während sie weiter die ahnungslosen Gäste unten im Pool beobachteten, sagte Beverly: »Darf ich Sie etwas fragen, Miss Bachman?«

Die dunkle Sonnenbrille richtete sich auf sie. »Wenn Mr. Wolfe das Drehbuch über Marion Star schreibt... wird er ihr gegenüber fair sein?«

Andrea wußte nicht, was sie sagen sollte, die Frage kam so unerwartet. Auf keinen Fall konnte sie Miss Burgess erzählen, was Larry Wolfe heute morgen gesagt hatte: »Schau, was du über Marions Pornosammlung rausfinden kannst. Und versuche, soviel wie möglich über die Orgien und Opiumpartys, die sie angeblich gegeben hat, zu erfahren. Und dann diese Geschichte mit dem Fußballteam, finde raus, wie sie das gemacht hat. War das ganze Team gleichzeitig bei ihr im Schlafzimmer und hat dabei zugeschaut, wie jeder sie der Reihe nach bumste, oder hat sie sich sie einzeln vorgenommen?«

»Ist das wichtig?« fragte Andrea.

Beverly ging zum Kamin und strich mit einer Hand über den Art-deco-Sims, der nackte Frauen, Sonnen und Planeten zeigte. Von weitem sah Beverly mit ihrer aufrechten Haltung und ihrem schlanken Körper wie eine Frau um die Dreißig aus. Erst aus der Nähe sah man die feinen Fältchen um den Mund und die silbernen Strähnen in ihrem braunen Haar. Andrea schätzte Beverly auf Ende Vierzig und fragte sich, ob sie wohl schon einmal verheiratet gewesen war. Eine solche Frau, mit ihrem Reichtum und ihrer Klasse, sollte doch eine interessante Vergangenheit haben. Und trotzdem, soweit Andrea das feststellen konnte, hatte Beverly Burgess überhaupt keine Vergangenheit.

»Ob es wichtig ist? Ja, das ist es. Ich möchte nicht, daß Marion Stars Geschichte sensationell ausgeschlachtet wird und ihr Leben ausgebeutet und trivialisiert wird. Wird Mr. Wolfe sie anständig behandeln?«

Das gab Andrea noch mehr zu denken. Was kümmerte Beverly das? »Ich steuere immer einiges zu Mr. Wolfes Projekten bei«, sagte sie. »Ich werde sehen, was ich tun kann.«

Sie spürte, wie Beverlys Augen sie hinter den dunklen Gläsern musterten. Andrea hatte das beunruhigende Gefühl, daß Beverly die Wahrheit über ihre Beziehung zu Larry Wolfe wußte. Aber niemand kannte sie, Andrea hatte hart dafür gearbeitet, die Wahrheit zu kaschieren. Jetzt wurde sie schamrot bei dem Gedanken, wie naiv und manipulierbar sie vor siebzehn Jahren gewesen war, wie ein kleiner Schoßhund ohne jeden Stolz hatte sie hechelnd um seine Aufmerksamkeit gebettelt.

Andrea war nicht überrascht, als sie hörte, daß Larry Wolfe den Drehbuchwettbewerb gewonnen hatte und als bester ihrer Klasse abgeschlossen hatte. Das Script war gut, Andrea hatte dafür gesorgt. Sie war nur überrascht, daß er sie nicht anrief, um es ihr zu erzählen. Sie erfuhr es aus der Schulzeitung.

Andrea hatte Hemmungen, einen Jungen anzurufen, obwohl sie schon fünfundzwanzig war. Sie hatte keinerlei Erfahrungen damit, und ihre Mutter hatte ihr immer gesagt, das wäre etwas, was ein anständiges Mädchen nicht macht. Aber als die Tage und Wochen verstrichen und sie nichts von Larry hörte, faßte sie sich schließlich ein Herz und wählte seine Nummer. »Hallo, Alice«, sagte er, »Mensch, dann hast du also die gute Nachricht gehört. Ist das nicht toll? Ohne dich hätte ich das nie geschafft. Das hab' ich allen gesagt. Ich bin froh, daß du anrufst, ich hab' deine Nummer verloren. Ich kann's kaum erwarten, dich zu sehen. Was hältst du davon, wenn wir uns treffen und feiern? Ich hole dich ab.«

Andreas Herz klopfte bis zum Hals, und sie schwebte auf einer Wolke, die nie wieder festen Boden berühren würde. »Ja«, sagte sie. »Das würde ich gerne. Wo?«

»Wie wär's mit unserem Stammlokal, Ship's? Hast du schon was vor?«

Unser Stammlokal... hast du schon etwas vor... Es war, als hätten sie schon eine Beziehung. Das war also die Liebe. So aufregend! Diese plötzliche, heftige Begierde!

Larry kam eine Dreiviertelstunde zu spät, aber das war Andrea egal. Liebe bedeutete Verzeihen, beschloß sie, und sexuelle Leidenschaft verlangte Geduld. Auf dich würde ich ewig warten, dachte sie, als sie zu seinem Auto lief.

Sie fuhren nicht zu Ship's, sondern nach Malibu, wo sie im Wagen sitzen blieben und beobachteten, wie die Wellen an den mondbeschienenen Strand rollten. Das Wasser phosphoreszierte leicht und ließ die Wogen seltsam glühen. Der Chevrolet, der neben ihnen parkte, hatte beschlagene Fenster und schaukelte. Sie hörten Radio, und Larry futterte eine Schachtel Wiener Mandeln und redete und redete über Larry Wolfe, während Andrea sich mit klopfendem Herzen fragte, ob er sie zum Schmusen hierhergebracht hatte. Würde sie jetzt gleich ihren ersten Kuß kriegen? Würden sie vielleicht sogar weiter gehen, wie das Pärchen im Auto nebenan? Viele Mädchen wurden in Autos entjungfert, das wußte sie, vielleicht passierte es nebenan auch gerade. Als Larry seinen Arm über ihren Sitz legte, machte ihr Herz einen Satz. Das war der Anfang!

»Der Grund, warum ich dich hierhergebracht habe, Alice –«

»Andrea.«

»Weil ich dir meine tolle Neuigkeit erzählen wollte. Ich hab' das Drehbuch an einen Produzenten verkauft. Er will einen Film daraus machen.«

»O Larry, wie wunderbar!«

»Ja, also, leider wollen sie ein paar Sachen umgeschrieben haben.«

»Umgeschrieben? Welche Teile?«

Er grinste verlegen. »Ja, also, wenn ich ehrlich bin, weiß ich das nicht, weil ich es nicht gelesen habe.«

»Du hast es nicht gelesen? Willst du damit sagen, daß du das Drehbuch abgegeben hast, ohne anzuschauen, was ich damit gemacht habe?«

»He, ich hab' dir vertraut.«

Andrea verstand die Welt nicht mehr. Da hatte sie sich nun nächtelang abgerackert, davon geträumt, wie dankbar er sein würde, sie vielleicht sogar umarmen und sagen würde, wie wunderbar sie sei. Sie hatte auf sein Drehbuch soviel Arbeit und Zeit verwendet, weil es sonst gar nicht brauchbar gewesen wäre, und dabei ihr eigenes so vernachlässigt, daß sie nur eine mittelmäßige Note gekriegt hatte. Und jetzt gab er zu, daß er es noch nicht einmal gelesen hatte.

»Wirst du mir helfen?« sagte Larry, und als sie zögerte, sagte er: »Vergiß es, ich versteh' das. He, ich schulde dir noch ein Abendessen. Komm, laß uns feiern.«

Sie fuhren zu Ship's, wo sich Studenten und Kinogeher drängten; es war Freitag. Larry konnte keinen Augenblick stillsitzen. Er sprang ständig auf und begrüßte irgendwelche Leute, unterhielt sich und ging dann schnell zum nächsten. Andreas Essen wurde kalt, während sie ihren unglaublich attraktiven Begleiter beobachtete, wie er Dutzende von Leuten an anderen Tischen bezauberte. Sie konnte sich einfach nicht satt sehen an ihm. Seine Energie war ansteckend, und mit jedem Augenblick verliebte sie sich noch mehr in ihn. Sie wünschte, dieser Abend würde nie zu Ende gehen, wollte nicht, daß es ihr letzter Abend mit Larry war, und als er schließlich an ihren Tisch zurückkam, hörte Andrea sich sagen, daß sie ihm nur zu gern beim Umschreiben helfen würde.

Leider mußte Andrea feststellen, daß Larry nicht daran dachte, mit ihr zusammenzuarbeiten. Er gab ihr einfach das Drehbuch, sie mußte es allein umschreiben. Aber das machte ihr nichts aus. Sie war verliebt. Endlich gab es in ihrem Leben einen richtigen Mann, und die Aussicht, ihn wieder treffen zu können, beflügelte ihre Kreativität an der Schreibmaschine.

Sie trafen sich wieder bei Ship's mit den beliebten Toastern auf jedem Tisch. Andrea machte Sauerteigtoast, während sie Larry erklärte, was sie an dem Drehbuch geändert hatte.

Er dankte ihr überschwenglich und versprach, wieder anzurufen.

Er rief nicht an. Das heißt, die nächsten drei Monate nicht. Dann klingelte plötzlich wieder Andreas Telefon, und der Mann ihrer Träume sagte: »Hallo, ich bin's«, als wären sie erst gestern abend zusammengewesen. »Tut mir leid, daß ich nicht angerufen habe, aber ich hatte soviel zu tun. Ich hab' meinen Job als Kellner gekündigt und hab' jetzt eine Wohnung in Hollywood auf der Fountain Avenue.«

Er erzählte ihr von seinen Fortschritten. »Irgendwann nächsten Sommer soll der Film rauskommen. Aber he, rate mal! Sie wollen, daß ich eine Fortsetzung schreibe.«

»O Larry, das ist ja wunderbar.«

»Mensch, ich kann den Gedanken einfach nicht ertragen, das ohne dich zu machen, weißt du das? Irgendwie sind wir zwei doch ein Team. Was hältst du davon, wenn wir zwei Partner werden?«

Andrea traute ihren Ohren kaum – Team, Partner –, das war ja fast wie ein Heiratsantrag.

»Ja«, sagte sie ganz schnell, »ja, wir werden Partner.«

»Sie müssen wissen, Miss Bachman«, sagte Beverly, »Marion Star wurde verraten. Von Hollywood – von den Männern, die sie benutzt haben. Ich möchte, daß sie durch Mr. Wolfes Film rehabilitiert wird.«

Andrea, eine Expertin auf dem Gebiet des Verrats, fragte sich, wieso Beverly das so am Herzen lag. War Beverly vielleicht in ihrem Leben auch irgendwann einmal von einem Mann verraten worden?

»Ich werde mein Bestes tun«, sagte Andrea und verstand immer noch nicht, warum Beverly eine Frau verteidigte, die ihr nie im Leben begegnet war.

»Ich bin mit den Beischlafgeräuschen aus dem Schlafzimmer meiner Eltern aufgewachsen«, stand da in verblaßter Tinte. »Mein Vater, Earl Winkler, konnte nie genug kriegen; es war die Pflicht meiner Mutter, sich hinzugeben.«

Andrea las Marion Stars Tagebuch in einem kleinen Raum des Schlosses, im sogenannten Chinesischen Zimmer. Hier hatte Marion Star nächtelang mit Mary Pickford und Clara Bow Mah-Jongg gespielt. Die besondere Attraktion des Raumes war eine fünfundzwanzig Zentimeter hohe Jadeplastik in einer Vitrine. Sie sah einem erigierten Penis ähnlich und war angeblich ein Geschenk, das Marion von Alla Nazimova, dem exotischen Stummfilmstar, bekommen hatte. Nur wenige Gäste verirrten sich hierher, und so konnte Andrea ungestört, in einen großen Ohrensessel gekuschelt, Marions Geschichte lesen.

»Ich kann mich nicht erinnern, daß meine Mutter einmal nicht schwanger ausgesehen hat. Ihr Körper war immer ausgedehnt und verschwollen und unter Sackkleidern versteckt. Manchmal frage ich mich, ob sie vielleicht schlank gewesen wäre, mit schönen Kurven und sehr feminin. Und ich erinnere mich daran, daß sie fast immer hinkte und so müde war, daß ich die meiste Arbeit im Haus machen und mich um meine Geschwister kümmern mußte, weil Momma so erschöpft war. Nachdem Joey geboren war, habe ich gehört, wie Momma meinen Vater angefleht hat, sie in Ruhe zu lassen. Er hat es nicht getan, und nach Joey hat sie noch drei Babys gehabt. Sie war achtunddreißig, als sie an den Komplikationen nach einer Fehlgeburt starb. Das war das Jahr, in dem ich von zu Hause weggelaufen bin. Ich war fünfzehn und wußte alles über Sex. Und seine Macht.

Erst ein paar Jahre später erfuhr ich, daß die Fehlgeburt meiner Mutter kein Unfall gewesen war. Sie hatte sie selbst herbeigeführt.«

Ein Paar kam in das Chinesische Zimmer, um sich das berüchtigte Jadeinstrument anzuschauen. Der Mann murmelte: »Ich hab' gehört, daß John Barrymore einmal...«, er senkte die Stimme, »...genau hier in diesem Zimmer.« Seine Begleiterin kicherte. Andrea blätterte um und las weiter.

»An dem Tag, an dem ich den berühmten Filmregisseur Dexter Bryant Ramsey kennenlernte, war ich siebzehn, es hatte dreißig Grad in Los Angeles, und ich erfror gerade, gefangen in einem riesigen Eisblock.

Bei meiner Ankunft in Hollywood nahm ich mir ein Zimmer im Heilsarmee-Hotel für Frauen, in der Gower Street. Meine Mitbewohnerin Greta, die sich abmühte, ins Filmgeschäft zu kommen, warnte mich als erste vor Besetzungscouchen. ›Jeder Mann in diesem Geschäft ist nur hinter einem her‹, sagte sie. Greta arbeitete im Coconut Grove und besorgte mir dort einen Job als Hutgarderobiere. Aber ich wurde schon bald befördert und durfte in der Show arbeiten. Im Grove inszenierten sie phantastische Shows, die hauptsächlich aus fast nackten Mädchen auf prachtvollen Dekorationen bestanden. Sie tanzten nicht, das einzig erforderliche Talent war, verführerisch rumstehen oder -sitzen zu können.

In der Nacht, in der Ramsey mir das Leben rettete, sollte ich, in einen Eisblock eingeschlossen, vollkommen nackt auftreten. Sie versicherten mir, es würde mir nichts passieren, weil der hohle Kern des Blocks mit einer versteckten Elektrospirale beheizt wäre. Ich wollte es nicht machen, ich hatte Angst. Aber sie sagten, ich sollte mich nicht beklagen, ich wäre schließlich der Star der Show. Und das Nacktsein hat mir auch nicht gefallen, obwohl die anderen Mädchen auch nur ein paar Gänseblümchen anhatten.

Also bin ich auf die Leiter gestiegen und habe mich in das Eis hinuntergelassen. Ich hatte Angst. Und es war so kalt. Greta hat mich beruhigt, weil sie sagte, das Eis wäre zwar durchsichtig, aber so richtig sehen könnte man nichts. Die Show begann, und der Block wurde auf die Tanzfläche geschoben. Das Publikum hat verrückt gespielt, als die Leute merkten, daß ich nichts anhatte. Der Aufruhr war leider so groß, daß niemand merkte, wie heftig ich zitterte. Die elektrische Spirale war ausgefallen, und ich erfror langsam. Mein Kopf war zwar in der Nähe des Loches, aber als ich schrie, hörte es keiner, das Orchester spielte, und das Publikum pfiff und johlte.

Der Wagen mit dem Eisblock drehte sich langsam, und ich bekam immer mehr Angst. Meine Füße waren taub, und meine Haut brannte, wenn sie das Eis berührte. Ich fing an zu schreien. Ich versuchte rauszuklettern, aber es war zu wenig Platz, um meine Arme zu bewegen. Ich konnte die Leute durch das Eis sehen, wie sie lachten und klatschten, und dann wurde mir voller Entsetzen klar, daß ich erfrieren würde, ehe die Show zu Ende war.

Und dann kletterte plötzlich ein Mann auf den Wagen, schob die anderen Mädchen und ihre Gänseblümchen beiseite. Er stieg auf den Eisblock, griff hinein, packte mich unter den Armen und zog mich heraus; dann hat er mich schnell in seinen warmen Mantel gewickelt. Das Publikum ist völlig außer Rand und Band geraten. Sie haben wahrscheinlich gedacht, das gehörte zur Show. Ich weiß noch, wie er mich zwischen den Tischen durch und zum Seitenausgang hinausgetragen hat, und dann waren wir auf dem Rücksitz einer Limousine, und meine Zähne klapperten wie verrückt. Er hat mir etwas Brandy aus einer silbernen Flasche eingeflößt und immer wieder gesagt: ›Ganz ruhig, es wird schon wieder gut, alles wird wieder gut‹, mit dieser wunderbaren, tiefen Stimme. Und dann hat er mein Gesicht zwischen seine Hände genommen und es genau angeschaut. Er sagte: ›Mein Gott‹, und ich habe angefangen zu heulen.

Damals habe ich nicht gewußt, daß mein Retter einer der mächtigsten Männer in Hollywood war. Ich kannte seine Filme aus Fresno; Dexter Bryant Ramsey war bekannt für teure Filme mit prächtigen Kostümen und Kulissen und Tausenden von Statisten. Als ich am nächsten Morgen in seinem Haus im Benedict Canyon aufgewacht bin, in einem Bett mit monogrammierten Seidenlaken, hat er mir Frühstück gebracht, Kaviar und Champagner, und mir versichert, ich hätte die Nacht allein verbracht. Er hatte im Gästezimmer geschlafen. Er hat sich auf die Bettkante gesetzt und gesagt: ›Du bist sehr schön, weißt du das?‹, und dann hat er das gesagt, wovon wahrscheinlich jede Siebzehnjährige träumt: ›Ich werde einen Star aus dir machen.‹ Danach hat Dexter mich überallhin mitgenommen: auf eine Séance in Valentinos Haus, dessen spiritueller Führer Schwarze Feder mit uns geredet hat; auf die Casinoschiffe, die vor Santa Monica ankerten, knapp außerhalb der Dreimeilenzone; Dienstag abends ins Trocadero und an Sonntagnachmittagen zu Poloturnieren in Brentwood. Er hat mich in eine Welt eingeführt, die ich mir nicht einmal im Traum vorgestellt hatte, eine Welt, in der ein besticktes Abendkleid für dreitausend Dollar nur eine Party lang Lebensdauer hatte und dann weggeschmissen wurde, eine Welt, in der Autos mit den Pelzen seltener Schneeleoparden gepolstert wurden und in der Klodeckel aus reinem Gold waren.

Ramsey hat mich generalüberholt. Er hat Hollywoods besten Stylisten engagiert, um einen Look zu schaffen. Er und Ramsey haben beschlossen, mich zum Sexsymbol zu machen. So wie Mary Pickford der Inbegriff jungfräulicher Unschuld war, sollte ich der Inbegriff unverblümter Sexualität und Unmoral werden. Damals hat Ramsey mir meinen neuen Namen gegeben, Marion Star. Er sagte, Gertrude Winkler würde einfach nicht sexy genug klingen. Überall wo wir waren, auf Partys, in Restaurants, bei Filmpremieren, machte Ramsey sich Notizen, wie Männer auf mich reagierten. Wenn wir dann nach Hause kamen, gab er mir Anweisungen, wie ich zu gehen und zu reden hatte. Und immer wenn ich ihn fragte, wann ich denn in einem seiner Filme spielen dürfte, sagte er: ›Hab Geduld.‹

Aber mit achtzehn ist Geduld ein Fremdwort. Ich wollte Schauspielerin werden, aber noch mehr sehnte ich mich danach, mit meinem gutaussehenden Dexter Bryant Ramsey ins Bett zu gehen. Während dieser ganzen Zeit hat er mich, obwohl ich bei ihm lebte, kein einziges Mal berührt, und allmählich fragte ich mich, ob er es überhaupt je tun würde.«

Andrea klappte das Buch zu. Sie hatte plötzlich das dringende Bedürfnis zu sehen, wie die Autorin dieses außergewöhnlichen Buches aussah. Ihr fiel das kleine Kino im zweiten Stock ein, in dem ständig Marion-Star-Filme liefen. Sie packte ihre Sachen zusammen und ging.

Nach genau zehn Minuten des Stummfilmklassikers *Her Wicked Ways* verließ Andrea angewidert das Kino.

Die Szene, die den Ausschlag gegeben hatte, zeigte Marion, neunzehn Jahre alt und nackt, in einer durchsichtigen Badewanne voll Champagner. Sie war von Männern umringt, die alle vollständig bekleidet waren. Die Titelheldin war angeblich eine »befreite« junge Frau, die sich sexuelle Befriedigung verschaffte, indem sie Männer anmachte und dann fallenließ. Aber bei den Nahaufnahmen, in denen Marion raffiniert und schüchtern wirken sollte, war deutlich die Angst in ihren Augen zu sehen.

Andrea stürmte wutentbrannt in die kalte Nacht und ging über den schmalen, gepflasterten Weg zu ihrem Bungalow und dachte über das, was sie heute alles erfahren hatte, nach. Jetzt wußte sie, warum Beverly Burgess so großen Wert darauf legte, daß Marion in Larrys Drehbuch gut wegkam. Sie schüttelte sich bei dem Gedanken an *Her Wicked Ways*. Das arme Mädchen, neunzehn Jahre alt, benutzt, manipuliert, prostituiert von dem Mann, den sie liebte.

Am liebsten wäre Andrea direkt zu Beverly gelaufen und hätte gesagt: »Machen Sie sich keine Sorgen. Larry ist nicht der Autor, ich bin es. Und ich werde dafür sorgen, daß wir Marions wahre Geschichte erzählen.«

Aber sie durfte ihr Geheimnis noch nicht verraten. Das konnte sie erst tun, wenn sie den Höhepunkt ihrer monatelang sorgfältig vorbereiteten Rache an Larry erlebt hatte. Mr. Yamato sollte in vier Tagen aus Tokio eintreffen und seine großzügige finanzielle Unterstützung für Larrys Film mitbringen. Das Treffen würde hier im Star's stattfinden. Andrea sollte ein Angebot vorbereiten. Aber weder Mr. Yamato noch Larry wußten, daß sie beide eine Überraschung erleben würden.

Für das, was Larry ihr vor acht Monaten angetan hatte.

Ein heftiger Windstoß zwang Andrea, sich umzudrehen. Und bei diesem kurzen Blick auf das Schloß, das im dichten Schneetreiben kaum noch zu sehen war, glaubte sie, in dem Stockwerk, das auf dem Plan nicht eingezeichnet war, eine Gestalt am Fenster zu sehen, die sie beobachtete.

22

Diesmal nahm der Teilnehmer schon nach einmaligem Klingeln den Hörer ab. Er hatte den Anruf erwartet. Die Leitung war geheim, nur über eine Geheimnummer erreichbar, nur zwei Menschen auf dieser Welt hatten Zugang zu ihr.

»Philippa wohnt im Century Plaza Hotel«, sagte eine Stimme. »Aber morgen reist sie nach Palm Springs ab. Sie hat eine außerordentliche Vorstandssitzung einberufen. Alle werden dort sein.«

»Hat sie irgend etwas gemerkt?«

»Ich glaube nicht... Nicht direkt.«

»Sorgen Sie dafür, daß es so bleibt. Bleiben Sie ihr auf der Spur, Sie dürfen sie nicht verlieren. Und wenn Sie keine Pistole haben, besorgen Sie sich eine.«

Dritter Tag

23

San Fernando Valley, Kalifornien, 1959

»Ich habe seit acht Monaten keinen Orgasmus mehr gehabt«, verkündete Shirley plötzlich.

Stricknadeln hörten auf zu klappern, und die anderen Frauen im Wartezimmer starrten sie fassungslos an.

Shirley wog zweihundertsechzig Pfund und kam seit einem Monat in die Tarzana-Klinik für Übergewichtige. »Dick und ich hatten immer so phantastischen Sex. Ich hatte nie Schwierigkeiten zu kommen, und jetzt geht einfach nichts mehr.«

Niemand sagte etwas. In den letzten zwanzig Minuten hatten sie sich alle gemütlich unterhalten; seit Philippa ins Wartezimmer gesegelt war und gesagt hatte: »Hallo, habt ihr auch alle so viele Schwierigkeiten mit dieser Diät wie ich?« Bis jetzt hatten sich die Beichten auf einer sicheren, unbedrohlichen Ebene bewegt. Eine Frau hatte gesagt, sie hätte gern schickere Kleider, die andere meinte, sie würde gern auf Fotos gut aussehen. Shirleys Kommentar hatte eine beängstigende Regel gebrochen, und keine wußte, wie sie reagieren sollte.

Einige von ihnen wußten nicht einmal so genau, wovon Shirley redete; Mrs. Percy zum Beispiel, die siebzig war und unter Arthritis litt. »Ich wußte gar nicht, daß Frauen einen haben«, sagte sie.

Anscheinend hatte sie für alle gesprochen, es wurde zustimmend genickt.

»O doch, Schätzchen, wir haben«, sagte Shirley. »Und ich würde alles drum geben, wenn ich wüßte, was bei mir faul ist. Den da drin«, ihr hochtoupierter Schopf deutete auf das Sprechzimmer, »habe ich auch schon gefragt, aber er hat gesagt, ich soll mir deswegen keine Sorgen machen. Aber ich glaube, es liegt an mir. Ich mag nicht, wie ich ausschaue, meinen Körper, meine ich. Wenn wir miteinander schlafen wollen, werde ich ganz starr. Ich kriege allmählich Komplexe wegen meinem Fett.«

Cassie Marie meldete sich als nächste zu Wort. »Ich kriege jeden Monat furchtbare Krämpfe. Manchmal sind sie so schlimm, daß ich gar nicht aufstehen kann. Mein Gynäkologe meint, es wird besser, wenn ich abnehme.« Cassie Marie wog einhundertsiebzig Pfund und hatte erst vor ein paar Minuten gesagt, sie wolle abnehmen, um auf Fotos besser auszusehen.

»Ich arbeite in einem Drugstore«, sagte Philippa, und acht mitfühlende Augenpaare richteten sich auf sie. »Hauptsächlich in der Kosmetikabteilung. Nach fünf Jahren kenne ich mich mit Kosmetik ziemlich gut aus. Ich wollte ein paar Mädchen beraten, die nicht wußten, welchen Puder sie kaufen sollten.« Sie zuckte mit den Schultern. »Sie haben mich nur dumm angeguckt und sind dann grinsend weggegangen.«

»Klar!« sagte Shirley. »Woher soll ein dickes Mädchen denn über irgend etwas Bescheid wissen! Besonders wenn's um Schönheit geht!«

Ein beifälliges Raunen ging durch den Raum, und Philippa dachte daran, wie Rhys ihr immer den Kopf gestreichelt hatte, wenn sie versuchte, ihm etwas zu sagen. Hätte er auf sie gehört, wenn sie dünn gewesen wäre? Wäre er jetzt am Leben, wenn sie nicht diese fünfundfünfzig Pfund Übergewicht gehabt hätte?

Die einzige, die bis jetzt nichts gesagt hatte, war Bobby Ziegler, die in der Bank of America am Ende der Straße arbeitete. Jetzt sagte sie: »Meine Mutter ist mit fünfundvierzig gestorben. Sie hat zweihundertdreißig Pfund gewogen. Ich bin vierundvierzig und wiege zweihundertzehn. Ich hab' solche Angst.«

»Ich glaube, wir haben alle irgendwie Angst«, sagte Cassie Marie und attackierte wieder ihre orangebraune Decke mit der Häkelnadel.

Philippa schaute auf die Uhr. Eine Woche war seit ihrem ersten Besuch in der Tarzana-Klinik für Übergewichtige vergangen, und sie hatte Angst, Dr. Hehr unter die Augen zu treten.

Genau wie erwartet war ihre erste Woche mit seiner Diät ein Alptraum von zittrigen Händen, Schwindelgefühl und Schweißausbrüchen gewesen. Trotzdem war sie wild entschlossen, sich an Dr. Hehrs Speiseplan zu halten und abzunehmen. Wenn die Krämpfe und der Durchfall besonders schlimm waren, dachte sie an ihre Freundin Hannah Ryan und hielt tapfer durch. Aber in sieben Tagen hatte Philippa nur ein Pfund abgenommen.

Die anderen Frauen berichteten von phantastischen Ergebnissen. Millie Fink behauptete, sie hätte erstaunliche acht Pfund abgenommen. Dr. Hehr würde sicher sagen, sie hätte geschummelt. Philippa fragte sich, ob Hannah wohl Erfolg gehabt hatte. Sie hatten sich seit ihrem Lunch im Drugstore nicht mehr gesehen, aber heute wollten sie sich dort treffen und sich auf der Münzwaage wiegen.

Dr. Hehr richtete ein strenges Auge auf sie, leicht zwinkernd natürlich, um zu zeigen, daß er Verständnis für weibliche Schwächen hatte. »Sie haben geschummelt, meine Kleine.«

»Das habe ich nicht«, sagte Philippa. »Ich habe den Speiseplan genau befolgt.«

»Mmm«, sagte er. »Das bezweifle ich. Ihr Mädels habt immer andere Sachen im Kopf, Jungs zum Beispiel. Das ist euer Problem, ihr könnt euch nicht konzentrieren. Ich sage Ihnen, Philippa, Sie haben geschummelt.«

»Aber das habe ich nicht!«

Er lachte. »Mich können Sie nicht täuschen. Die Tatsachen sprechen für sich. Sie hätten mehr als ein Pfund abnehmen müssen. Der durchschnittliche Gewichtsverlust beträgt sechs Pfund. Also jetzt erzählen Sie mal«, sagte er und beugte sich vor, ganz der gute Onkel, dem man vertrauen konnte. »Was haben Sie gemacht? Heimlich einen Krapfen verspeist? Auf dem Weg nach Hause schnell in einer Eisdiele vorbeigeschaut?«

»Dr. Hehr, ich habe mich genau an den Speiseplan gehalten. Und ich wollte Sie fragen, warum ich mich dabei so schlecht fühle?«

Seine buschigen Augenbrauen senkten sich. »Aber bei meiner Diät sollten Sie sich nicht schlecht fühlen. Sie sollten sich gesund fühlen. Mmmm. Was meinen Sie mit schlecht fühlen? Beschreiben Sie Ihre Symptome.« Nachdem sie das getan hatte, sagte er: »Sind Sie schon einmal auf Zucker untersucht worden?«

»Nein, ich glaube nicht.«

»Das könnte vielleicht der Grund sein. Das viele Obst – Fruktose ist eine Form von Zucker, wissen Sie. Also gut, gehen wir auf Nummer Sicher. Hier ist der Speiseplan für nächste Woche. Wenn Ihnen das Obst Schwierigkeiten macht, ersetzen Sie es mit Gemüse. Schauen wir, ob das funktioniert. Und lassen Sie sich von meiner Sprechstundenhilfe einen Termin für einen Diabetes-Test geben.«

»Das habe ich nur dir zu verdanken!« sagte Hannah, als sie sich in ihre Nische setzten und Philippa ihr den Speiseplan für die nächste Woche reichte. »Ich habe vier Pfund abgenommen! Das hätte ich nie gedacht! Jetzt würde ich am liebsten feiern.« Sie schielte zur Kuchenvitrine, dann sah sie Philippa an. »Besser nicht, was?«

Philippa lächelte.

»Du hattest recht«, sagte Hannah, sie sprühte förmlich vor guter Laune. »Eine Diät zu zweit ist so viel leichter! Immer wenn ich schummeln wollte, habe ich an dich gedacht, wie du vor all den guten Sachen in deiner Pension sitzt und brav deinen Quark und die gedämpften Hamburger ißt. Ich wollte nicht, daß du denkst: Hannah schafft es nie. Also habe ich brav weitergemacht. Vier Pfund!«

Visionen von Alan Scadudo schossen ihr durch den Kopf.

»Aber jetzt müssen wir rausfinden, was dein Problem ist. Mir war nie schwindlig oder schlecht, mir ging's phantastisch. Was, wenn du Diabetes hast?«

»Das kriege ich schon hin. Du hast gar keine Probleme gehabt?«

»Na ja, meine Mutter ist sauer auf mich«, sagte Hannah. »Sie betrachtet meine Diät als persönliche Beleidigung, weil wir dieselbe Figur haben. Sie denkt sich, wenn ich meinen Körper nicht mag, mag ich ihren auch nicht, und deshalb ist sie beleidigt.«

Sie überflog Dr. Hehrs neuen Speiseplan und sagte: »Dienstag und Donnerstag abend wieder Kohl, wie ich sehe. Soviel man essen kann. Toll. Wir dürfen jetzt am Tag eine Scheibe Weißbrot essen. Das ist gut. Aber immer noch viel Obst.« Sie sah Philippa an. »Wie willst du das machen?«

»Oh, ich bleibe dabei. Ich esse mehr Gemüse und dafür weniger Obst. Vielleicht kommt bei der Blutuntersuchung was raus.«

An diesem Abend holte Philippa ihr kleines Büchlein mit dem Blumeneinband heraus und schrieb hinein: »Niemand ist absichtlich fett.«

Danach schrieb sie Informationen über die anderen Frauen in der Klinik, die sie als »Schwestern« bezeichnete, auf. Sie fing mit Shirley und ihren sexuellen Ängsten an, dann notierte sie Mrs. Percy, die hoffte, ihre Arthritis-Schmerzen durch Abnehmen zu erleichtern, dann kamen Cassie Marie mit ihren furchtbaren Krämpfen und Rhonda, die zur Hochzeit ihrer Tochter gut aussehen wollte, Millie Fink, die Zooladenbesitzerin, fünfzig Jahre alt und frisch geschieden, die unbedingt wieder einen Mann kennenlernen wollte, Thelma, die glaubte, ihr Mann würde sie betrügen, und die sehr verschlossene Dottie, die nach viel Ermutigung durch die anderen gestanden hatte, daß ihr Mann sie seit Jahren nicht mehr anfaßte.

Philippa lehnte sich zurück und las die Liste noch einmal durch. Und dann wurde ihr klar, daß sie allmählich einige der versteckten und ernsten Nebeneffekte des Dickseins begriffen hatte, nämlich Wut, Angst, Unglücklichsein, Depression und, das Schlimmste von allem, Selbstaufgabe.

In der zweiten Woche nahm Philippa vier Pfund ab; die unangenehmen Nebeneffekte waren zwar noch da, doch längst nicht mehr so heftig. Aber als sie am nächsten Samstag versuchte, das Dr. Hehr zu erklären, sagte er: »Ihre Ergebnisse beim Bluttest waren völlig normal. Alle Werte sind innerhalb der Norm. Ich möchte, daß Sie wieder die gesamte Obstzuteilung essen.«

»Aber dann fühle ich mich wieder so elend, Doktor. Ich kann kaum arbeiten. Den Leuten im Drugstore ist es schon aufgefallen.«

»Das bilden Sie sich nur ein. Vertrauen Sie mir. Ihr Körper wird sich anpassen, und dann werden Sie mir dankbar sein, daß ich so streng mit Ihnen war.«

Als Philippa sich am folgenden Samstag nach einer Woche ständigen Hungers und Schwindelgefühls im Warteraum der Praxis wog, sah sie voller Entsetzen, daß sie nur eineinhalb Pfund abgenommen hatte.

Sie setzte sich zu den inzwischen vertrauten Gesichtern, sagte »Hallo« und versuchte nicht zu zeigen, wie enttäuscht sie war. »Hat irgendeine von euch Schwierigkeiten mit dieser Diät? Ich vertrage einfach das Obst nicht. Und ich nehme auch nicht soviel ab wie ihr.«

»Klar habe ich Schwierigkeiten«, sagte Shirley mit einem raschen Seitenblick auf die Sprechstundenhilfe, die gerade jemanden wog. »Ich kann keine Grapefruit essen. Die brennen mir wie wahnsinnig im Magen. Ich hab's Dr. Hehr erzählt, aber er hat gesagt, ich bilde mir das ein. Also esse ich sie.«

»Mein Problem ist der Spinat«, sagte Cassie Marie, die immer noch wie besessen an ihrer Decke häkelte. »Ich kann ihn nicht verdauen. Aber ich esse ihn, weil wir müssen, nicht wahr?«

»Wißt ihr, was mein schlimmstes Problem ist«, sagte Miriam, ein Neuzugang, die über zweihundertsiebzig Pfund wog und immer stickte. Sie war seit sechs Wochen Patientin hier, hatte aber ihren Termin von Donnerstag auf Samstag verlegen müssen. »Ich knabbere für mein Leben gern zwischendurch was. Aber wir dürfen bei dieser Diät zwischendurch nichts essen. Ich habe zwar schon sechsundzwanzig Pfund abgenommen und finde es toll. Aber es ist so stinklangweilig. Und zwischen den Mahlzeiten habe ich dauernd Hunger.«

»Aber die Diät hat auch ihre guten Seiten«, sagte Mrs. Percy fröhlich, trotz ihrer verkrüppelten arthritischen Hände. »Wir müssen keine Kalorien zählen. Das habe ich immer gehaßt, es ist so lästig.«

Philippa und Hannah trafen sich wieder im Drugstore. Hannah war außer sich vor Freude, sie hatte schon wieder zwei Pfund abgenommen.

»Das verdanke ich nur dir!« sagte sie. »Du hattest recht, Philippa, man braucht einen Aufpasser. Ich wünschte bloß, bei dir würde es auch so gut laufen.«

»Das wird schon«, sagte Philippa, »sobald ich dahintergekommen bin, was mein Problem ist.«

»Ach, übrigens, eine meiner Cousinen, die noch dicker ist als ich, möchte nächste Woche auch mitkommen. Hast du was dagegen?«

Philippa hatte gar nichts dagegen. Sie hatte ohnehin zwei ihrer »Klinikschwestern«, Shirley und Cassie Marie, mit in den Drugstore einladen wollen. »Ich glaube, die können ein bißchen fremde Hilfe gebrauchen«, sagte sie grinsend.

Philippa stellte entsetzt fest, daß die Diät zu ihrem Lebensinhalt geworden war. Sie dachte ständig nur ans Essen. Vor der Diät hatte sie oft den ganzen Tag lang nichts gegessen, ohne Hunger zu haben. Der kam immer erst spät nachmittags, wenn sie sich aufs Abendessen freuen konnte. Aber jetzt, nach dem Saft, einem Toast und einer Frucht morgens, hatte sie schon um neun Uhr wieder furchtbaren Hunger, so daß sie die nächsten drei Stunden damit verbrachte, an den Quark und das hartgekochte Ei zu denken, das im Kühlschrank des Personalraums auf sie wartete. Das Abendessen war die beste Mahlzeit bei Dr. Hehrs Diät, weil er hundertfünfzig Gramm Fleisch erlaubte – entweder Lammkotelett oder gedämpfter Hamburger –, und eine unbegrenzte Menge Gemüse. Philippa dehnte ihre Mahlzeit über den ganzen Abend aus und knabberte Karotten und Stangensellerie, während sie lernte und Hausaufgaben machte.

Zum nächsten Mittagessen im Drugstore brachte Hannah ihre Cousine mit, und Philippa kam mit drei Patientinnen der Klinik. Sie mußten die größte Nische nehmen, in die sie gerade noch hineinpaßten. Sie unterhielten sich über ihre geheimen Ängste, und hinterher waren sich alle einig, daß sie sich viel besser fühlten als nach einer Sprechstunde bei Dr. Hehr. In der folgenden Woche wollten acht von Philippas »Klinikschwestern« mit ihr in den Drugstore, und Hannahs Cousine, die dank des Speiseplans drei Pfund abgenommen hatte, brachte auch zwei Freundinnen mit. Sie mußten ihren mittäglichen Treff zu Denny's, ein Stück weiter die Straße runter, verlegen, weil man dort die Tische zusammenstellen konnte. Hannah erbot sich, die Speisepläne für diejenigen abzutippen, die nicht in die Klinik gingen, weil sie im Büro eine gute elektrische Schreibmaschine zur Verfügung hatte.

Während der fünften Woche, als sie wieder nur eineinhalb Pfund abgenommen hatte, entdeckte Philippa, daß Dr. Hehrs angeblich wöchentlich neuer Speiseplan eigentlich immer der gleiche war – ein langweiliger, phantasieloser Zyklus von Quark, Gemüse und Obst, mit kleinen Mengen Brot und Fleisch, aber immer Weißbrot und immer Hamburger oder Lammkoteletts. Und genau das war das Hauptproblem. Die Samstagsgruppe hatte eins gemein: überwältigende Gelüste. »Lieber verrecke ich, als daß ich so weiterlebe«, hatte eine gesagt, doch die anderen hatten sie überredet zu bleiben. So kam es, daß Philippa sich eines Abends hinsetzte und die Tarzana-Klinik-diät in ihre Bestandteile zerlegte.

Was dabei herauskam, war eine Standard-1200-Kalorien-Diät.

Aber was machte Dr. Hehrs Diät so speziell, so wirksam?

Bei der weiteren Analyse stellte sie fest, daß alle Lebensmittel unter fünf Kategorien fielen: Obst, Gemüse, Molkereiprodukte, Fleisch und Brot. Und mittels eines Kalorienzählers fand sie heraus, daß die Portionen der einzelnen Gruppen zwar verschieden groß waren, aber der Kalorienwert immer derselbe.

»Die Kalorien sind schon für uns vorgezählt«, erzählte sie der Gruppe, die inzwischen auf vierzehn angewachsen war, am folgenden Samstag. Sie besetzten praktisch das halbe Lokal bei Denny's, aßen Quark und Salat, während sie begeistert Philippas Erkenntnissen lauschten. »Das ist einer der Gründe, warum Dr. Hehrs Diät so einfach ist. Wir müssen nicht selbst Kalorien zählen.«

»Aber Probleme gibt's trotzdem noch«, sagte Hannah. Sie hatte ständig Blähungen durch die vorgeschriebene Menge Kohl. Es hatte einen peinlichen Zwischenfall mit Mr. Scadudo am Fernschreiber gegeben; sie hoffte, daß er die Maschine für das peinliche Geräusch verantwortlich gemacht hatte.

»Ich weiß«, sagte Philippa, »deshalb bin ich noch einen Schritt weiter gegangen. Was, wenn man abends statt Kohl grüne Bohnen ißt? Hauptsache, die Kalorienmenge ist dieselbe. Was würde zum Beispiel passieren, wenn man die halbe Grapefruit durch eine Orange ersetzt? Und warum kann man die unbegrenzte Menge Gemüse nicht über den ganzen Tag verteilen? Das klingt doch einleuchtend, oder?«

Also beschlossen sie zu experimentieren.

Am nächsten Tag erschien Hannah eine Stunde früher bei Halliwell & Katz, setzte sich an die neue elektrische Schreibmaschine und tippte die fünf Gruppen von Lebensmitteln, darunter diejenigen, die in der Diät erlaubt waren, und die entsprechenden Portionen. Die

Brotliste war die kürzeste: »Weißbrot, eine Scheibe«, und die längste war die Gemüseliste mit zwanzig Möglichkeiten. Dann schrieb Hannah von Philippas Notizen ab, wieviel von jeder Liste täglich erlaubt war. Beim Durchlesen stellte sie fest, daß Philippa recht hatte: im großen und ganzen war es immer noch Dr. Hehrs Diät, aber jetzt war sie flexibel und leichter einzuhalten. Außerdem erlaubte sie größere Auswahl.

Am folgenden Samstag brachte sie der Gruppe Kopien davon. Inzwischen waren es sechzehn Frauen, die sich im Drugstore wogen und dann zu Denny's zum Essen gingen. Alle erklärten sich bereit, die modifizierte Diät zu versuchen, um zu sehen, was dabei herauskam.

Leider gab es immer noch Probleme mit Depressionen und Entmutigungen. Einigen ging der Gewichtsverlust nicht schnell genug, andere waren enttäuscht, weil die erwartete Lösung ihrer Probleme ausblieb. Die meisten aus der Gruppe lebten in der Vorstellung: »Wenn ich nur abnehmen würde... könnte ich diesen Job kriegen, heiraten, reich sein, glücklich sein.« Einige sprangen ab.

Philippa und Hannah beäugten mißtrauisch das Angebot von Hüfthaltern und Büstenhaltern in Monicas Laden für Übergrößen, das einzige, was Hannah nicht selbst nähen konnte. Philippa sagte: »Irgend etwas fehlt. Ein Diätmenü allein genügt nicht. Wir brauchen etwas mehr, etwas, das uns hilft, durchzuhalten, wenn wir aufgeben wollen.«

Sie blieben vor einem Regal mit Hüfthaltern stehen, alle weiß und dick und brav. Es würde wohl noch lange dauern, bis die neuen Spitzendessous zu Monicas Laden vordringen würden. »Mir ist etwas aufgefallen«, sagte Hannah und überlegte, ob sie sich noch einen Hüfthalter kaufen sollte, obwohl sie schon vier besaß, wie die meisten Frauen, da keine, selbst die dünnen, nicht im Traum daran dachten, ohne Hüfthalter auf die Straße zu gehen. »Immer wenn du der Gruppe einen kleinen Vortrag hältst, du weißt schon, von wegen an sich selbst glauben und so weiter, sind sie alle immer ganz aufgekratzt und entschlossen, etwas zu schaffen. Aber bis zum nächsten Samstag sind sie wieder ganz unten. Warum schreibst du nicht ein paar aufmunternde Zeilen, die wir immer dabeihaben könnten, wie den Speiseplan?«

Also schrieb Philippa ein paar inspirierende Sätze aus ihrem Büchlein ab, und Hannah tippte sie während ihrer Mittagspause auf kleine Kärtchen. Und da passierte es, daß Mr. Scadudo vorbeikam und etwas von »unsere fleißige kleine Miss Ryan« murmelte, mit einem Lächeln. Hannah wurde rot. Er hatte tatsächlich mit ihr geflirtet.

Beim nächsten Mittagstreff bei Denny's verteilte Philippa die Speisepläne für diejenigen, die nicht aus der Klinik kamen, und die kleinen Kärtchen, auf denen drei Sätze standen:

Glaub an dich selbst.
Du bist etwas Besonderes.
Du kannst dein Leben ändern, indem du deine Einstellung änderst.

Cassie Marie sagte: »Ich mache mir aus meiner Grapefruitzuteilung einen Nachtisch. Ich streue Zimt über die halbe Grapefruit und stecke sie eine Minute in den Dampftopf. Schmeckt absolut *dekadent.*«

Andere boten plötzlich Rezepte an, mit denen sie experimentiert hatten, und Hannah schrieb alle auf, um sie für die nächste Woche abtippen und verteilen zu können.

Philippa reduzierte ihren Obstverbrauch auf einen Apfel jeden Abend. In der ersten Woche nahm sie vier Pfund ab, in der nächsten zweieinhalb. Sie aß den ganzen Tag Gemüse.

Ardeth Faulkner öffnete den Aktenschrank neben Hannahs Schreibtisch und warf ihr einen vorwurfsvollen Blick zu. »Ich habe Sie noch nie so viel essen sehen, ich dachte, Sie wollen abnehmen. So wird das nie was.«

Hannah knabberte Karotten und Selleriestifte aus einem Behälter. Es war die zweite Woche ihres Diätexperiments, und sie hatte schon wieder vier Pfund abgenommen. Aber sie sagte nichts, weil sie viel zu beschäftigt damit war, Mr. Scadudo anzustarren, der mit dem Telefon in der Hand über seinen Schreibtisch gebeugt dasaß und aufgeregt über Aktien sprach, die gerade zwei Punkte hochgegangen waren. Anscheinend besaß er selbst welche davon. Ardeth sagte etwas wie »ständig essen macht dick«, aber Hannah hatte nur einen Gedanken: Wann würde Mr. Scadudo sich endlich für sie interessieren? Einen schönen Mund hatte er, dachte sie, wie geschaffen zum Küssen. Sie hatte zwar wenig Erfahrung damit, ihre Erlebnisse beschränkten sich auf die kläglichen Versuche eines Cousins mit feuchten Händen, aber mit dem richtigen Mann war es sicher ein tolles Erlebnis, da war sie sich sicher. Also ignorierte sie Ardeth, knabberte weiter Karotten und freute sich an Mr. Scadudos knackigem Hintern.

Am Samstag darauf mußte das Treffen in Hannahs Wohnung verlegt werden, da Denny's die Neuzugänge nicht mehr aufnehmen konnte. Alle waren sich einig, daß die Versuchsdiät zwar wunderbar, aber immer noch langweilig war; also machte sich Philippa an die Arbeit und brachte noch ein paar neue Obstsorten im Plan unter.

In der folgenden Woche hatte sie wieder zwei Pfund verloren, Hannah eineinhalb, und die Gruppe, inzwischen auf zweiundzwanzig angewachsen, war so begeistert von der Diät, daß Philippa fünf Minuten brauchte, um die Ordnung wiederherzustellen.

Schließlich brachte es Philippa fertig, Dr. Hehr zu sagen, daß sie aufhören würde. Er nahm es gelassen auf, denn sein Wartezimmer war voll wie eh und je, für jeden, der ging, gab es sofort Ersatz. Er weigerte sich, ihre verbesserte Diät anzusehen, prophezeite ihr aber, daß sie bald reumütig zu ihm zurückkehren würde.

An einem Septembernachmittag, als der Aktienmarkt gerade sehr aktiv war und der Betrieb bei Halliwell & Katz sehr hektisch, kam Ardeth Faulkner zu Hannah an den Schreibtisch und sagte: »Sie dürfen das mit Ihrer Diät nicht übertreiben. Sie sehen doch jetzt sehr gut aus. Sie sollten aufhören. Sie wollen doch nicht zu viel abnehmen.«

Auch die Telefonistin hatte gesagt: »Du nimmst zu viel ab. Denk an deine Gesundheit.«

Und Hannah hatte gedacht: Jetzt aufhören? Bei hundertsechzig Pfund?

Da mußte noch einiges runter.

Auf der anderen Seite des Santa Monica Boulevard sagte Sheri, die doppelt soviel verdiente wie Philippa, weil sie in die Kellnerinnenuniform paßte, zu ihr: »Warst du krank? Du wirst immer dünner. Du solltest zum Arzt gehen.«

Am folgenden Samstag, an dem neunundzwanzig Frauen aller Altersklassen und Größen durch die Küche von Hannahs völlig verwirrter Mutter trabten, auf die Waage im Badezimmer stiegen und ihren wöchentlichen Erfolg lauthals verkündeten, erzählten sich Hannah und Philippa ihre erstaunlich ähnlichen Erlebnisse. Shirley sagte: »Sie wollen, daß wir fett bleiben, damit sie jemanden haben, auf den sie herunterschauen können.« Sie hatte inzwischen wieder regelmäßig Orgasmen.

Eines Morgens faßte Mr. Driscoll Hannah am Arm und sagte: »Du siehst gut aus, Kleine.«

Die Diät war inzwischen von Philippa noch weiter variiert worden, und keiner in der Gruppe hatte mehr Probleme mit der Einseitigkeit. Und wenn sie schlechte Laune hatten und sich mutlos fühlten, lasen sie Philippas hausbackene kleine Aphorismen wie: »Wie ihr denkt, so sollt ihr sein«, und sie nahmen weiter ab.

Wie Hannah auch. Sie streifte Mr. Driscolls Arm ab, ging weiter, und plötzlich bemerkte sie, daß Mr. Scadudo ihr nachsah. Das erste Mal.

Als Philippa fünfundvierzig Pfund abgenommen hatte, ging sie zu Mr. Reed, dem Manager des Drugstores, und verlangte eine Beförderung und eine Gehaltserhöhung. Sie sagte, sie arbeite schon seit sechs Jahren bei ihm und habe es verdient und sie ertrinke in ihrem rosa Kittel. Er sagte nein, also kündigte sie.

Hannah ging zu einer Stellenvermittlung und gab dort einige Bewerbungen ab. Sie hatte vierzig Pfund abgenommen und wollte noch weitere fünfzehn verlieren. Eine Woche später bekam sie ein Angebot als Sekretärin bei McMaster & Son in Reseda. Sie boten ihr

450 Dollar im Monat, wenn sie in zwei Wochen anfangen konnte. Das war mehr, als Mr. Katz' Sekretärin verdiente. Es tat ihr in der Seele weh, Mr. Scadudo verlassen zu müssen, aber sie brauchte das Geld, wenn sie Greer besuchen wollte. Nach einem Tag Bedenkzeit hatte Alans Hintern verloren.

Hannah und Philippa beschlossen, sich eine gemeinsame Wohnung im Valley zu nehmen, da alle Gruppenmitglieder, inzwischen über dreißig, in der Umgebung wohnten. Philippa bekam eine Stellung als stellvertretende Geschäftsführerin von Fox's Drugstore in Encino und kündigte schließlich bei Mrs. Chadwick.

Mrs. Chadwick umarmte sie, schenkte ihr einen blauen Plüschpudel mit einer gelben Schleife und sagte: »Du wirst es zu etwas bringen, Schätzchen. Aber vergiß mich nicht. Ich möchte ab und zu besucht werden.«

Zum ersten Samstagstreffen in ihrer Wohnung in der Collins Street hinter dem Ventura Boulevard kamen vierunddreißig Frauen. Der Großteil war schon seit jenem denkwürdigen Tag im Drugstore dabei, die anderen waren Freundinnen und Verwandte, die seither dazugestoßen waren.

Der Abend war schwül, und die Luft roch nach Orangenblüten. Die Frauen saßen, wo immer sich Platz bot, alle hatten sich schon gewogen, und Philippa hatte den Neuzugängen die Speisepläne überreicht und Hannah die neueste Durchhalteparole: »Kopf hoch, zeig den Leuten, was für ein besonderer Mensch du bist«, und die Atmosphäre war geladen mit Eifer, Vorfreude und Visionen erstaunlicher Erfolge.

»Wir brauchen einen Namen«, sagte eine Frau, die von Anfang an dabeigewesen war, Hannahs Cousine. Sie hatte vierunddreißig Pfund abgenommen und einen Mann gefunden.

Jede hatte einen Vorschlag, und alles rief durcheinander, so daß es ein paar Minuten dauerte, bis Philippa merkte, daß es klingelte.

Sie ging zur Tür und öffnete. Vor ihr stand eine übergewichtige junge Frau mit einem Baby auf einer Hüfte und einem riesigen Leinenbeutel über der anderen Schulter. Im Verandalicht sahen ihre blonden Haare aus wie ein Heiligenschein. Philippa hielt die Frau für ein neues Mitglied und wollte sie gerade hereinbitten, als sie plötzlich wie vom Donner gerührt erstarrte.

Die Frau vor der Tür stand ebenfalls mit offenem Mund da. Dann sagte sie: »Christine?«

»Mop?«

Wie aus einem Mund: »Mein Gott!«, und sie fielen sich in die Arme, soweit das Baby und die Leinentasche es erlaubten.

Sie lachten, weinten, versuchten gleichzeitig zu reden.

»Wie hast du mich gefunden?« fragte Philippa.

»Ich hatte noch deine Adresse in Hollywood. Ich bin hingefahren, und deine Vermieterin hat mir gesagt, daß du umgezogen bist.«

»Mop, ich kann es einfach nicht glauben. Komm rein.«

»Nein. Du hast Besuch, und mein Mann wartet –«

»Dein Mann?«

»Ich habe geheiratet. Wir haben ein Baby. Das ist Nathan.«

Mop gab Philippa das fröhlich gurgelnde Baby, und sie drückte es an sich und bekam plötzlich weiche Knie. Ich hatte auch einmal ein Baby, dachte sie. Zwölf Stunden lang hatte sie es bewußt gehabt, dann kam die Fehlgeburt.

»Bist du auf Besuch in Kalifornien?« fragte sie und gab ihr schnell das Baby zurück; sie hatte Angst davor, es länger zu halten.

»Wir sind hierhergezogen! Ron, mein Mann, ist von seiner Firma versetzt worden. Wir wohnen in Tarzana auf der Avenida Hacienda. Oh, Christine, ist das nicht wunderbar? Mein Gott, du siehst ja phantastisch aus!«

»Du aber auch. Du bist ja blond! Was hast du mit deinen Haaren gemacht?«

»Ich habe was gefunden, womit ich sie glatt kriege, und diese furchtbare Farbe bin ich auch losgeworden.«

Philippa war erstaunt, wie schön Mops Gesicht trotz ihres stattlichen Übergewichts war. »Du siehst wirklich toll aus, Mop«, sagte sie.

»Ich hab' in der Schauspielschule alles über Make-up gelernt. Jetzt bin ich so gut, daß ich sogar mich häßliches Entlein präsentabel machen kann!«

»Häßlich warst du nie«, sagte Philippa und sah erst jetzt, daß Mop unter ihrer Schminke ein blaues Auge hatte und auf ihrem Oberarm einen alten Bluterguß in Daumengröße. »Was ist passiert, Mop?«

»Ach, ich bin so ungeschickt! Bin die Treppe runtergefallen.«

In diesem Moment ertönte eine maskuline Stimme aus einem verbeulten Ford draußen auf der Straße: »He, Pummel! Beeil dich! Ich will nicht die ganze Nacht hier rumhängen!«

»Wer ist das?« sagte Philippa.

Mop zwang sich zu lächeln, war aber rot geworden. »Das ist mein Mann, Ron. Ich war dünn, als wir uns kennengelernt haben, aber nach dem Baby habe ich zugenommen.«

Philippa schaute ihre alte Freundin an. Pummel hatte ihr Mann sie genannt.

»Na ja«, sagte Mop und drückte ihr Baby an sich. »Er hat recht. Ich bin ein Walroß.«

»Mop, bitte, komm rein.«

»Nein«, sagte Mop, aber man sah ihr an, wie gern sie sich zu den plappernden, lachenden Frauen gesellt hätte. »Du hast Besuch«, sagte sie.

»Das ist meine Diätgruppe.«

»Im Ernst? Eine Diätgruppe? Eine tolle Idee. Funktioniert es? Anscheinend schon, man braucht dich ja nur anzuschauen, Bohnenstange.«

»Warum machst du nicht mit?«

»Besser nicht«, sagte Mop und warf einen ängstlichen Blick auf das Auto am Randstein.

»Wir waren gerade dabei, einen Namen zu suchen«, sagte Philippa.

»He, weißt du noch unsere alte Starletgruppe? Du warst schon immer gut darin, Leute zusammenzubringen und sie zum Reden zu bringen. Aber Starlets kannst du diese Gruppe wohl nicht nennen.«

»Wir brauchen etwas, das schön klingt«, sagte Philippa und wünschte, Mop würde bleiben.

»Wie wär's mit Starlight?« sagte Mop und summte ein paar Takte von »Stella By Starlight«.

»He, Pummel«, tönte es aus dem Auto. »Sofort ist angesagt!«

»Ich muß gehen. Hier ist meine Telefonnummer«, sagte Mop und drückte Philippa ein Stück Papier in die Hand. »Ruf mich an. Aber erst nach Dienstag. Okay?«

»Was passiert am Dienstag.«

»Dann geht Ron auf Dienstreise.«

»Oh, Mop«, flüsterte Philippa.

»Weißt du was? Es wäre mir lieber, wenn du mich nicht mehr so nennen würdest. Ich bin doch kein Mop mehr.«

»Nein, tut mir leid«, sagte Philippa, wußte aber nicht, wie sie sie anreden sollte, nachdem sie vor sechs Jahren ihre Namen getauscht hatten. »Nennst du dich jetzt Christine Singleton?«

»Nein, nicht mehr, seit ich für die Hochzeit eine Geburtsurkunde brauchte. Ich habe mir von zu Hause eine Kopie schicken lassen. Gesetzlich heiße ich wohl immer noch Philippa – ist das nicht komisch? Aber in New York nennen mich alle Charmie. Mein Nachname ist jetzt Charmer.«

24

Aufgrund seiner Prominenz und seines Ansehens hatte Danny eine Einzelzelle bekommen, und er genoß auch einige Privilegien, wie zum Beispiel eigene Kleidung, inklusive Krawatte und Gürtel. Und diese Krawatte und den Gürtel hatte er fest verknotet an die Lampenfassung in der Decke geknüpft und eine provisorische Schlinge gemacht. Er hatte sie eng um seinen Hals gezogen, prüfte noch mal die genaue Zeit auf seiner Uhr, und als er Schritte den Gang entlangkommen hörte, stieß er den Hocker unter sich weg.

Er war erstaunt, wie schnell die Schlinge ihm die Luft abschnürte. Als eine Sekunde lang seine Füße im Leeren baumelten, geriet Danny in Panik. O mein Gott, so hatte er sich das nicht vorgestellt! Er wußte zwar, daß die Rettung direkt vor seiner Zellentür stand und daß Dr. Fortunati ihn herunterholen würde, aber jetzt hatte ein Urinstinkt alle Vernunft verdrängt. Er kämpfte und strampelte wie ein Besessener.

Er bekam keine Luft mehr. Wie sehr er sich auch abstrampelte, er kriegte nichts in die Luftröhre. Mein Gott, dachte er, ich bringe mich um! Ich werde tatsächlich sterben! –

Danny saß senkrecht im Bett. Sein eigener erstickter Schrei hatte ihn geweckt.

Er war schweißgebadet, die Laken zerknüllt, und sein Blick flakkerte durch das Zimmer, während er krampfhaft versuchte, sich zu erinnern, wo er war, wer er war.

Sah aus wie ein Hotelzimmer – ein teures Hotelzimmer. Aber welches Hotel? Welche Stadt? Er stand auf und öffnete die Vorhänge: Gleißendes Tageslicht blendete ihn.

Wo, zum Teufel, bin ich?

Er versuchte zu denken. Welcher Tag war heute? Welches Jahr?

Er trat schnell vom Fenster zurück, aus Angst, jemand könnte ihn sehen, obwohl er nicht wußte, warum er davor Angst hatte. Wo, zum Teufel, war Bonner? Warum war er nicht hier und kümmerte sich um ihn? Danny ging zurück zum Bett. Die Uhr auf dem Nachttisch zeigte 12 Uhr mittag.

Mit Entsetzen stellte er fest, daß er nackt war. Er schlief immer in Shorts, manchmal im T-Shirt, aber nie ganz ohne. Sein Kopf dröhnte, als hätte er einen Kater, nur schlimmer. Und dann merkte er, daß sein Penis wund war. Wie, zum Teufel, war das passiert?

Danny begrub sein Gesicht in den Händen und versuchte verzweifelt sich zu erinnern. Er bohrte seine Knöchel in die Augen.

Und dann erinnerte er sich plötzlich. Er war in einer Suite im Century Plaza Hotel, und er war in L. A., weil er Beverly Highland jagte, die jetzt unter dem Namen Philippa Roberts lebte.

Und er hatte gerade einen schlechten Traum gehabt. Einen sehr realistischen schlechten Traum. Großer Gott... Nie zuvor in seinem Leben hatte er solche Angst gehabt.

Während er zur Minibar ging und sich einen Jack Daniels eingoß, erinnerte er sich an diese letzten Momente gräßlicher Angst, als er an seinem Gürtel baumelte und ihm klar wurde, daß die Schritte auf dem Gang nicht die Fortunatis waren und sein Zeitplan total daneben war. Er hatte den Hocker zu früh weggestoßen und brachte sich tatsächlich um.

Und dann war Fortunati gekommen und hatte ihn mit Mund-zu-Mund-Beatmung wiederbelebt, seinen Körper aus dem Bezirksgefängnis geschafft, und Danny war frei.

Er zitterte so heftig, daß er etwas von seinem Drink verschüttete. Er griff nach einer Serviette und sah die Zeitung auf der Bar. Er konnte sich nicht erinnern, sie gekauft oder gelesen zu haben, und als er das Datum sah, erstarrte er. Es war das Datum von morgen. Das hieß, daß er wieder einen Blackout gehabt hatte, diesmal fast vierundzwanzig Stunden lang.

Danny versuchte sich zu erinnern, aber da war nur eine große Leere. Seine letzte Erinnerung war, daß er Philippa Roberts ins Hotelrestaurant gehen sah, und dann war er nach Beverly Hills gefahren, um die Verkäuferin mit den großen Brüsten zum Abendessen einzuladen. Aber was war dann passiert? Hatte sie die Einladung angenommen? Hatte er sie dann umgebracht? Aber wo? Was hatte er mit ihrer Leiche gemacht? Hatte er sich versichert, daß es keine Zeugen gab?

Danny hatte keine Ahnung. Sein Kopf war leer. Alles wegen diesem verpatzten, vorgetäuschten Selbstmord. Alles wegen Fortunati.

Aber Fortunati hatte teuer für seinen Fehler bezahlt. Zusammen mit Bonner hatte er ihn, seine Frau und die vier Kinder gefesselt, auch das sechs Monate alte Baby, und dann hatten sie vor ihren Augen der Reihe nach Zimmer für Zimmer angezündet, bis das Haus brannte. Natürlich erst, nachdem Danny und Bonner sich mit Mrs. Fortunati und ihrer zwölfjährigen Tochter vergnügt hatten. Die Zeitungen berichteten, Mr. Fortunati und seine Familie wären an Rauchvergiftung gestorben, ehe das Haus bis auf die Grundmauern niederbrannte.

Bonner – gütiger Gott. Plötzlich fiel es ihm ein. Bonner war tot. Aber wie? Ich habe ihn umgebracht. Ich habe meinen besten Freund umgebracht.

Danny fing an zu schluchzen. Er wollte nicht hier sein, er wollte wieder zurück, er wollte wieder klein sein, am Anfang, vor Reichtum und Macht, vor den Wanderpredigten, bevor die magere Rachel, die sich jetzt Philippa Roberts nannte – bevor sie in sein Leben gekommen war. Er wollte wieder barfuß sein, in einem Alter, in dem er nicht wußte, daß seine Lumpen eine Schande waren, als er sich noch nicht für seinen buckligen Vater, der nicht lesen und schreiben konnte, schämte. Er wollte zurück in die Zeit, in der seine ganze Welt sich in einer schönen Frau konzentrierte, seiner Mutter, die er Texas-Rose genannt hatte.

»Es tut mir leid, Mama«, wimmerte er. »Ich wollte dich nicht enttäuschen. Ich hab' versucht, etwas zu werden. Und ich hab' es fast bis an die Spitze gebracht. Ich hatte fast schon die Macht.«

Macht. Neunzehn war er gewesen, als er lernte, welche Bedeutung sie hatte. Er und Bonner hatten in San Antonio die Puppen tanzen lassen. Eines Abends hatten sie sich mit einem Freund betrunken und beschlossen, den Opferstock einer Kirche auszurauben. Eigentlich war der Freund auf die Idee gekommen, und Danny und Bonner hatten mitgezogen. Die drei waren erwischt worden. Danny und Bonner hatte man zu Zwangsarbeit verurteilt, der dritte ging frei aus, weil er der Sohn des Polizeichefs war.

Macht, wirkliche Macht, man hob nur den kleinen Finger, und die Leute tanzten danach. Darüber hatte Danny im Arbeitslager viel nachgedacht, bevor er und Bonner fliehen konnten. Und damals hatte er beschlossen, einmal selbst der Mächtige zu sein.

Kurze Zeit danach, damals, als die hausbackene kleine Rachel ihre Beine breit machte, um Dannys Unterhalt zu verdienen, war er auf ein Buch gestoßen, das sein ganzes Leben veränderte. Er hatte es immer noch. Er ging zu seinem Koffer und holte es heraus, ein altes, abgegriffenes Buch, das er fast auswendig kannte. Die wichtigen Passagen waren unterstrichen:

»Wer sich zum Fürsten erheben will, muß sich von Moral und Ethik befreien; er muß halb Löwe und halb Fuchs sein. Ein Mann, der in allem nach Gutem strebt, wird den Ruin erfahren; deshalb muß ein Fürst, der überleben will, lernen, anders als gut zu sein. Der einzig sichere Weg, eine Stadt zu erobern, ist, sie zu zerstören.« An den Rand hatte Danny geschrieben: »Das gilt auch für Menschen!«

Es war *Der Fürst* von Machiavelli, Dannys Bibel. Die alten, vertrauten Worte beruhigten Danny, führten ihm wieder vor Augen, was sein Lebensziel war:

Sie fangen und bestrafen, wie er noch nie in seinem Leben jemanden bestraft hatte. Was er mit den Fortunatis gemacht hatte, war Kinderkram gewesen im Vergleich zu dem, was er Rachel/Beverly/Philippa antun würde.

Die Lektüre hatte ihn so beflügelt, daß ihm völlig egal war, was mit der Verkäuferin mit dem großen Busen passiert war. Er bestellte sich ein riesiges Frühstück und Kaffee. Machiavelli war immer der beste Appetitanreger!

Danach rief er die Rezeption an und bat um eine Verbindung mit Philippa Roberts' Zimmer. Die Leitung war belegt.

Sie war noch da. Sie war noch nicht nach Palm Springs abgereist.

Danny ging zur Bar und goß sich einen Drink ein. Er lachte. Die Ängste der Nacht waren vergessen, jetzt war er wieder der alte Danny. Wen scherte es, daß er sich an die letzten vierundzwanzig Stunden nicht erinnern konnte? Hauptsache, er war der Begegnung mit Philippa Roberts wieder einen Tag näher.

25

San Fernando Valley, Kalifornien, 1961

Frühling lag in der Luft. Draußen am Pool des Wohnblocks wurde gelacht und geflirtet. Hannah versuchte, ihren wöchentlichen »Modetip« für Starlite zu schreiben, aber sie konnte sich nicht konzentrieren. Auch ihr saß der Frühling in den Knochen, lüsterne Gedanken um Alan Scadudo spukten ihr durch den Kopf.

Fast ein Jahr war vergangen, seit sie ihren Job bei Halliwell & Katz gekündigt und einen besseren bei McMasters & Sons gekriegt hatte. Elf Monate, seit sie ihn das letztemal gesehen hatte, aber erstaunlicherweise ging er ihr nicht aus dem Kopf. Immer wieder träumte sie davon, mit ihm im Bett zu liegen, und versuchte sich vorzustellen, wie es wohl wäre, ihn in sich zu spüren. Die Phantasien waren natürlich etwas eingeengt durch die Tatsache, daß Hannah mit ihren dreiundzwanzig Jahren noch nie Verkehr mit einem Mann gehabt hatte. Es gab auch niemanden, mit dem sie darüber reden konnte. Ganz sicher nicht mit ihrer Mutter, die sich zwar mit Hannahs Dünnsein abgefunden hatte, aber Schwierigkeiten mit dem Herzen hatte. Und schon gar nicht mit ihren unzähligen Cousinen, die nichts für sich behalten konnten. Manchmal fragte Hannah sich, ob sie vielleicht mit Philippa reden könnte, die auch keinen Freund hatte. Aber Philippa interessierte sich anscheinend nicht für Männer, also gab es keine Möglichkeit, mit ihr über Sex zu reden.

Dafür redeten die anderen Clubmitglieder über nichts anderes. Inzwischen waren es 342 an der Zahl, in elf Gruppen aufgeteilt. Innerhalb eines Jahres.

Dieses erstaunliche Wachstum verdankte Starlite reiner Mund-zu-Mund-Propaganda. Eine Cousine oder eine Freundin fragte: »Wie hast du nur soviel abgenommen?« Und wenn sie dann hörten, wie einfach diese Diät war, bei der man den ganzen Tag knabbern durfte und sich selbst Speisepläne zusammenstellen konnte, wollten sie sofort mitmachen. Außerdem war das wöchentliche Treffen ohne Männer und Kinder eine willkommene Abwechslung, und zusätzlich konnte man dabei noch Mode- und Kosmetiktips kriegen.

Es gab jetzt tatsächlich eine Warteliste, und Philippa, Hannah und Charmie – wenn Ron gerade auf Reisen war – mußten eine Lösung finden, wie es weitergehen sollte. Augenblicklich betreuten Hannah und Philippa je vier Gruppen und Charmie drei. Wenn Ron zu Hause war, mußten sie Charmies Gruppen unter sich aufteilen. Außerdem mußte Hannah noch Modetips und Philippas wöchentliche Durchhalteparolen tippen, was auch Zeit kostete, und all das trotz ihres Ganztagsjobs. Da blieb nur wenig Zeit für Privatleben und Dinge wie Männer und Sex.

Oder Alan Scadudo.

Hannah versuchte, wieder einen Satz zu tippen, vergeblich. Der Mann ließ ihr keine Ruhe. Das Problem war: Wie sollte sie ein zufälliges Treffen arrangieren? Schließlich arbeitete sie nicht mehr bei Halliwell & Katz. Egal, sie mußte ihn sehen.

Aber die Zeit drängte – sie sollte Philippa und Charmie eine Stunde vor der Samstagabend-Gruppe treffen –, also zwang Hannah sich, den Modetip dieser Woche mit dem Titel: »Wie mache ich Männer auf mich aufmerksam« fertigzutippen. Außerdem mußte sie ihr Ziel im Auge behalten: die Greer Art Academy in Glendale.

Ihr Stipendium und ihren Platz hatte natürlich eine andere bekommen, aber Hannah war trotzdem immer noch wild entschlossen, Modeschöpferin zu werden. Und nachdem sie jetzt seit über einem Jahr gut verdiente und einen großen Anteil ihres Monatsgehalts sparte, würde sie bald die Studiengebühren bezahlen können. Das hieß natürlich, Opfer bringen. Sobald sie mit dem Studium anfing, würde sie kaum noch Zeit für Starlite haben, mußte vielleicht für eine Weile ganz damit aufhören. Und wenn sie schon keine Zeit mehr für Starlite hätte, wie sollte sie dann noch ein Liebesleben unterbringen?

Nein, sagte sie sich und attackierte erneut die Tasten. Vergiß Alan Scadudo. Du brauchst ihn nicht. Und seinen perfekten Hintern auch nicht.

»Wo bleibt denn nur Charmie?« sagte Philippa, ging zur Tür und schaute zum fünftenmal seit einer Stunde hinaus. »Sie kommt zu spät, und sie soll doch die Broschüren mitbringen.«

Sie und Hannah waren im Freizeitraum ihres Wohnblocks. Sie stellten für das Samstagabendtreffen Stühle auf und Kaffee, Tee und Diätlimonaden bereit.

»Ich hätte ihr diesen Auftrag wohl besser nicht geben sollen«, sagte Philippa, während sie die Kopien ihrer letzten Parole: »Glaub an dich selbst, und du wirst Wunder vollbringen«, verteilte. Sie beide wußten, wie unzuverlässig Charmie war.

Es war natürlich nicht ihre Schuld. Es lag an ihrem Mann; wieso, wußte keiner genau. Ihr Mann Ron vertrieb Ersatzteile für Autos und war oft Tage, manchmal Wochen weg. Dann erschien Charmie zu jedem Treffen, temperamentvoll, fröhlich, und steuerte ihr modisches Flair und ihr Wissen über Kosmetik bei. Wenn sie da war, war Charmie ein Hit. Leider kam sie aber nur, wenn Ron auf Reisen war. Er haßte den Diätclub, dem die Gründungsmitglieder den Namen Starlite gegeben hatten. Warum er ihn haßte, wußte nur er selbst; er wollte schlichtweg nicht, daß seine Frau etwas damit zu tun hatte.

Hannah und Philippa verstanden das nicht, denn Ron nutzte jede Gelegenheit, um seine Frau vor anderen niederzumachen, weil sie zu fett war. Manchmal, hatte Charmie erzählt, sagte er sogar, es ekle ihn vor ihr, weil sie so fett sei, aber sobald sie versuchte, eine Diät zu machen, wurde er wütend und hinderte sie daran.

An diesem herrlichen Frühlingsabend, der förmlich nach Romanze und Sex schrie, an dem der Duft von Steaks auf einem Grill am Pool sie fast zum Wahnsinn trieb, hatte Philippa ihrer alten Freundin aufgetragen, die frisch gedruckten Broschüren abzuholen. Jetzt sah es aus, als würde Charmie nicht kommen. Wieder einmal.

Philippa machte sich große Sorgen um Charmie, also hatte sie versucht, ihr ein bißchen auf den Zahn zu fühlen. Das war vor sechs Monaten gewesen, als Charmie mit einem Gips am linken Arm erschienen war und irgend etwas davon murmelte, daß sie über einen Randstein gestolpert sei. Es war schon öfter passiert, daß Charmie nach einigen Tagen Abwesenheit mit einem Verband um den Kopf oder blauen Flecken aufgetaucht war. Immer behauptete sie, sie hätte sich nur verletzt, weil sie so ungeschickt war. Aber als Philippa sie darauf ansprach, hatte Charmie so abweisend reagiert, daß Philippa sie nicht weiter bedrängte.

Und dann rauschte sie schließlich doch zur Tür herein, gerade noch rechtzeitig zum Treffen, in einem wallenden violetten Kleid, das kaschieren sollte, daß sie seit ihrem Beitritt zu Starlite nichts abgenommen hatte. Und wie immer war Charmies Make-up perfekt – eine seltsame Kombination: das schöne Gesicht und der unproportionierte Körper.

»Tut mir leid«, rief sie fröhlich, »aber der Verkehr war eine Katastrophe! Hier sind die Broschüren, Philippa, und sie sind phantastisch. Hallo, Hannah!«

Sie liefen rasch zu ihr und nahmen ihr die schweren Kartons der Druckerei ab. »Wo ist das Baby?« fragte Philippa. Charmie brachte Nathan gelegentlich mit zu diesen Treffen, wo der Zweijährige von seinen vielen »Tanten« verwöhnt wurde.

»Er hat heute einen Babysitter«, sagte sie. »Er war so unruhig. Oh, Philippa, ich habe eine phantastische Idee! Hör dir das an: Ich werde Zeichnungen von Gesichtstypen machen, du weißt schon, runde, ovale und so weiter. Und dann verteile ich sie, und bei meinen Make-up-Demonstrationen können die Mitglieder sie ihren Bedürfnissen entsprechend bemalen. Ist das nicht eine tolle Idee?«

»Phantastisch«, sagte Hannah. »Kannst du mich als Modell nehmen? Mein Gesicht ist so verdammt eckig.«

»Von wegen! Du mit deinen Wahnsinnsbackenknochen!« Charmie holte einen dicken Ordner aus ihrer Riesentasche und warf ihn auf den Kartentisch, wo schon das andere Material zum Verteilen lag. »Der Kosmetiktip für diese Woche«, sagte sie. »Ich wäre fast nicht dazu gekommen, ihn zu tippen, weil der Kleine Fieber hatte und ständig geweint hat.«

»Aber jetzt ist er wieder in Ordnung?« fragte Philippa.

»Dem Kleinen geht's gut«, sagte sie. »Ich wollte heute eigentlich vorführen, wie man die Backenkonturen mit Rouge verändern kann, aber ich weiß nicht, ob ich genug dabeihabe, die Gruppe ist die größte überhaupt. Hannah, hast du dir die Broschüren schon angesehen? Sie sind viel besser geworden, als ich dachte.«

Sie öffneten die Kartons und holten die Heftchen heraus, die Philippa geschrieben und entworfen hatte. Der Einband war blau mit weißen Sternen und enthielt eine Sammlung guter Ratschläge und Philippas »Vier Schritte zum Erfolg«:

1. Setz dir ein Ziel.
2. Stell deine Prioritäten fest.
3. Entscheide, welche Opfer zu bereit bist zu bringen.
4. Mach dich an die Arbeit.

»Die Broschüren sind ja bildschön!« rief Hannah. »Weißt du, jetzt wo ich sie sehe, finde ich, wir sollten nicht nur fünfzig Cents dafür verlangen. Ein Dollar ist absolut angemessen, wenn man bedenkt, was sie dafür kriegen.«

Seit die Samstagsgruppe wegen der großen Mitgliederzahl in den Freizeitraum des Wohnblocks verlegt worden war, mußte Philippa Beiträge kassieren. Der Hausmeister verlangte Miete für den Raum, Tee, Kaffee und Diätgetränke mußten bezahlt werden und ebenso die fotokopierten Speisepläne, Hannahs Modetips und Philippas Parolen. Also beschlossen sie, pro Person einen Dollar für jedes Treffen zu verlangen. Jetzt arbeiteten sie nicht nur kostendeckend, sondern machten sogar noch etwas Profit.

»Wir kriegen immer mehr Anrufe«, sagte Philippa, während sie Stühle aufklappte und zurechtrückte. Der Abend war so warm, daß sie Shorts trug, die ersten, die sie in ihrem Leben besaß, und sie hatte sie vor einem Jahr, an ihrem zweiundzwanzigsten Geburtstag, einfach von der Stange gekauft, wie ein normaler Mensch. »Anrufe von überallher. In Northridge gibt's eine Gruppe von zwanzig Leuten, die von uns gehört haben. Sie wollen, daß wir kommen und helfen, einen Club zu gründen.«

»Meine Cousine Nancy«, sagte Hannah und warf die riesige Kaffeemaschine an, »hat fünfzig garantierte Interessenten. Sie würden das Clubhaus stellen. Aber sie ist in Torrance.«

»Das können wir nicht alles schaffen«, sagte Philippa.

»Die Gruppen werden auch zu groß«, meinte Charmie. »Ich kann unmöglich vierzig Frauen gleichzeitig Make-up beibringen!«

Noch vor einem Jahr hatten sich die Gespräche bei den Treffen hauptsächlich auf das Abnehmen beschränkt. Inzwischen gab Hannah Modetips für Füllige, und Charmie machte Make-up-Beratung. Es war Philippas Idee gewesen, sich nicht nur mit den Gewichtsproblemen, sondern auch mit anderen wichtigen Dingen zu beschäftigen. Das hatte sich sehr bewährt, aber die Gruppen waren einfach zu groß und unüberschaubar geworden.

»Wir sollten vielleicht die Anzahl der Mitglieder begrenzen«, sagte Hannah und fragte sich, ob vierzig Pappbecher reichen würden.

»Das wäre unfair«, sagte Philippa. Sie konnte doch schließlich anderen Frauen das Glück und den Erfolg nicht verweigern, die sie selbst durch den kleinen Starlite-Club gefunden hatte? So viele Frauen hatten durch Starlite ihr Leben völlig verändert. Cassie Marie hatte vor kurzem in einem Hochzeitskleid in Größe 36 geheiratet; und da war das Mädchen Juliette, das über zweihundertsiebzig Pfund gewogen hatte und dem Selbstmord nahe gewesen war. Sie hatte jetzt Größe 44 und ging wieder zur Schule. Und mit jedem neuen Starlite-Erfolg kam für Philippa wieder die Erinnerung an Rhys. Jedesmal wenn ein Mitglied zu ihr sagte: »Früher habe ich mich selbst gehaßt, aber schaun Sie mich jetzt an«, erschien wieder sein schlafendes, schönes Gesicht vor ihrem inneren Auge.

Nein, dachte sie, sie würde vor niemandem die Tür verschließen.

»O Gott«, sagte Charmie, »die ersten kommen schon, obwohl's noch zu früh ist. Glaubst du, wir haben genug Material zum Verteilen?«

»Es wird reichen«, sagte Philippa. Und plötzlich drängte sich eine Vision in ihr Bewußtsein, verschwommen zuerst und dann von Sekunde zu Sekunde deutlicher.

Während Hannah die Mitglieder registrierte und Charmie kassierte und die Zettel verteilte, nahm Philippa einen Block und fing an zu schreiben. Um sie herum wurde gelacht, erzählt, in einem kleinen Vorraum wog Cassie Marie die Mitglieder und notierte Verlust oder Zunahme an Gewicht, und Philippa schrieb wie eine Besessene, während die Vision immer klarer wurde, bis ins letzte Detail. Der Lärmpegel im Raum stieg stetig, jede der Frauen wollte zu Wort kommen, aber Philippa hörte es kaum.

Dottie, die sechsunddreißig Pfund abgenommen und ihren abtrünnigen Ehemann wieder eingefangen hatte, kam zu Philippa und sagte: »Viele Mitglieder haben Gäste mitgebracht. Wir haben nicht genug Platz für alle!«

Philippa starrte Dottie an, dann schaute sie auf ihren Block und sah, daß sie vier lange Seiten in kaum lesbarem Gekritzel beschrieben hatte. Und sie hatte einen Krampf in der Hand.

»Sie sollen sich einschreiben und einen Stehplatz suchen«, sagte sie. »Wir lassen ein Einschreibeformular für die Gründung neuer Gruppen rumgehen.«

»Neue Gruppen!« sagte Dottie. »Wie sollen wir das denn noch schaffen?«

Philippa lächelte nur: »Wir werden es schaffen.«

Kurz darauf rief sie die Versammlung zur Ordnung. Innerhalb von Minuten wurde es ruhig im Raum.

Philippa betrachtete einen Moment lang die hoffnungsvollen Gesichter, die da um sie versammelt waren. Am liebsten hätte sie ihren neuen Plan gleich hinaustrompetet, aber er mußte noch richtig ausgearbeitet werden. Als erstes stellte sie sich vor und umriß in groben Zügen, worum es bei Starlite ging. »Es ist Zeit, den alten Vorurteilen gegen Dicksein die Stirn zu bieten. Die Gesellschaft setzt dick mit dumm gleich, aber wir sind nicht dumm. Wir müssen unser altes Image abstreifen«, fuhr sie fort, diese schlanke junge Frau, die alle hier versammelten Schwergewichtigen beneideten, »und dafür sorgen, daß die Leute uns nicht mehr ausnutzen, niedermachen oder uns das Gefühl geben, wertlos zu sein. Ein amerikanischer Dichter hat einmal gesagt: ›Siegen kann nur, wer daran glaubt.‹ Jede Frau in diesem Raum kann alles schaffen, was sie sich in den Kopf setzt. Glaubt an euch selbst, dann könnt ihr Wunder vollbringen!«

Nachdem der Applaus sich gelegt hatte, hob ein Mitglied die Hand und sagte: »Ich bin der Meinung, wir sollten jedes Treffen mit einem Gebet beginnen. Ich weiß, daß viele von uns zur Liebfrauenkirche gehören.«

»Und viele von uns nicht!« rief Becky Baumgartner.

Während alle lachten, sah Philippa einen Mann durch die Tür kommen – Ron Charmer.

Ihr wurde eiskalt ums Herz.

Sie schaute sich nach Charmie um, aber ihre Freundin war im Nebenraum und bereitete ihre Kosmetika für die Demonstration vor. Einige Frauen meldeten sich zu Wort. Sie erzählten ihre Erlebnisse mit der Diät, oder wie sie sich vorher gefühlt hatten. Philippa hörte sie nicht, sie ließ Ron Charmer nicht aus den Augen. Er jagte ihr eine Gänsehaut über den Rücken, dieser hagere Mann mit dem engen T-Shirt und den tätowierten Armen. Irgend etwas an seinem reglosen Gesicht löste bei ihr Alarm aus.

Die Frauen lachten und klatschten nach einer lustigen Geschichte, aber Philippa sah nur, wie Ron Charmer sich langsam nach vorne durcharbeitete.

Charmie kam jetzt aus dem Nebenraum, bereit, mit ihrer Demonstration zu beginnen. Sie grinste Philippa zu, dann schaute sie sich im Zimmer um. Sie erstarrte, als sie ihren Mann sah: »Mein Gott, da ist Ron«, sagte sie und wurde schneeweiß unter ihrem Make-up.

Er marschierte auf sie zu und packte sie so heftig am Arm, daß sie zusammenzuckte. Alle im Raum verstummten, nur noch das Surren der Ventilatoren war zu hören.

»Der Babysitter hat mir gesagt, wo du bist«, sagte er leise, aber jeder hörte es.

»Bitte nicht«, sagte Charmie und versuchte sich loszureißen.

Philippa sah, wie tief sich seine Finger in ihr Fleisch bohrten. Und dann hörte sie ihn sagen: »... diese Monsterversammlung«, und er riß Charmie so heftig, daß sie einen Stuhl umstieß.

Hannah stand auf und sagte: »Einen Moment mal –«

»Ist schon okay«, sagte Charmie. »Er hat recht, ich sollte besser gehen.« Sie drehte sich mit schamrotem Gesicht zu Philippa und sagte: »Der Kleine hat Fieber. Ich muß gehen. Tut mir leid –«

Aber Ron zerrte sie schon in Richtung Tür. Charmie stolperte, weil einer ihrer Zehenschlappen vom Fuß gerutscht war.

Hannah war nackt. Alan Scadudo legte sie behutsam auf die Satinlaken, ihre Haut brannte von seiner Berührung. Alan kniete sich zwischen ihre Beine und spreizte sie langsam. Auch er war nackt, seine muskulösen Schultern glänzten, er hatte nur wenig Haare auf der Brust. Er streichelte ihre großen Brüste und murmelte: »Du bist schön.« Hannah griff nach ihm und zog ihn zu sich herunter...

Sie schreckte aus dem Schlaf hoch und fand sich in einem Gewühl schweißnasser Laken mit hochgeschobenem Nachthemd. Das war der sechste erotische Traum in diesem Monat. Jetzt reichte es. Sie mußte einfach den Mut fassen und zu ihm gehen.

Sie rief Charmie an und sagte: »Hilfe!« Dann nahm sie sich zwei Stunden Zeit für die Auswahl der richtigen Kleidung. Hannah war zwar jetzt schlank, achtete aber immer noch auf vorteilhafte Kleidung, die sie noch schlanker erscheinen ließ.

Als Charmie mit ihrem Kosmetikkoffer eintraf, sagte Hannah: »Ich bin hinter einem Mann her. Du mußt eine Elizabeth Taylor aus mir machen.«

»Du bist hübscher als sie. Ganz ruhig, du wirst phantastisch aussehen.«

Nach kaum einer halben Stunde sah Hannah atemberaubend aus. Charmie sagte: »Los, schnapp ihn dir.«

Hannah zögerte, dreiundzwanzig Jahre alte Minderwertigkeitsgefühle regten sich wieder. Aber dann sah sie sich im Spiegel – die schmale Taille, lange Beine, großer Busen –, sie murmelte kurz das Starlite-Motto: »Glaub an dich selbst«, umarmte Charmie und eilte aus dem Haus.

Bei Halliwell & Katz mußte sie leider erfahren, daß Alan Scadudo vor sechs Monaten die Firma verlassen hatte, wie Ardeth Faulkner ihr schadenfroh mitteilte.

Hannah ließ sich ihre Enttäuschung nicht anmerken. Sie dachte nicht daran, sich von Ardeth wieder fertigmachen zu lassen. »Ach wirklich? Wo arbeitet er denn jetzt?«

»Er ist jetzt in irgendeiner Steuerkanzlei. Er hat seine Ausbildung abgeschlossen, und dann waren wir plötzlich nicht mehr gut genug für ihn«, sagte Ardeth. Die Botschaft war: Es gibt einige Leute, für die Halliwell & Katz anscheinend nicht gut genug ist.

Hannah ging verwirrt und enttäuscht in ihr Büro bei McMasters zurück. Sie hatte es zu lange vor sich hergeschoben, und jetzt hatte sie ihn verloren! Wie in aller Welt sollte sie ihn finden? Was, wenn er Kalifornien verlassen hatte?

Sie schaute auf die Uhr. Noch zwei Stunden bis zur Mittagspause. Zwei lange, nutzlose Stunden, ehe sie anfangen konnte, ihn zu suchen. Sie stürzte sich mit Elan in die Arbeit, in der Hoffnung, die Zeit würde schneller vergehen. Nebenbei legte sie sich einen Schlachtplan zurecht. Sie würde sich einfach das örtliche Telefonbuch vornehmen und jede aufgelistete Steuerkanzlei anrufen. Sie warf einen Blick auf das Büro ihres Chefs. Er war immer noch nicht da. Warum sollte sie dann bis zur Pause warten, warum nicht gleich damit anfangen?

Sie zog gerade das Telefonbuch aus dem Fach, als das Telefon auf ihrem Schreibtisch klingelte.

»Verdammt«, murmelte sie, dann sagte sie, so fröhlich es ging: »Guten Morgen, Mr. McMasters' Büro.«

»Hallo«, sagte eine Stimme, und sie wäre wohl vom Stuhl gekippt, wenn das Telefonbuch nicht so schwer gewesen wäre. »Erinnern Sie sich an mich? Hier spricht Alan Scadudo.«

Das war doch nicht möglich. Das war nur wieder ein Traum, wenn auch kein sonderlich erotischer. Sie kniff sich in den Arm. »Hallo, Mr. Scadudo.«

Er erzählte ihr, daß er gerade seinen Broker bei Halliwell & Katz angerufen hatte, Mr. Driscoll, und der hätte ihm gesagt, sie wäre vor kurzem dagewesen. »Na ja, mich hat interessiert, was Sie momentan so machen, also habe ich Ardeth angerufen, und sie hat gesagt, Sie hätten nach mir gefragt. Und dann ist mir eingefallen, daß Sie jetzt bei McMasters sind...«

Hannah murmelte etwas, woran sie sich nie mehr erinnern konnte, und traute ihren Ohren nicht, als Alan sie fragte, ob sie Lust hätte, irgendwann einmal mit ihm auszugehen. »Vielleicht ins Kino oder zum Essen. Haben Sie schon was vor?«

Immer wenn Charmie eine Starlite-Gruppe betreute, ließ sie ihren kleinen Nathan bei Mrs. Muncie am Ende der Straße, die auch zwei kleine Kinder hatte. Auf dem Rückweg fuhr sie bester Laune die Avenida Hacienda hinunter – die heutige Gruppe hatte besonders viel Spaß gemacht – und sah aus dem Augenwinkel das Auto ihres Mannes in der Einfahrt ihres Hauses stehen.

Ron hätte eigentlich noch zwei Tage in Santa Barbara sein sollen.

Ein ungutes Gefühl packte sie. Letzten Samstag, als er sie aus der Gruppe gezerrt hatte, hatte sie während der ganzen wortlosen Heimfahrt davor gezittert, wie er sie bestrafen würde. Aber Ron hatte sie nur beschimpft, sich einen angesoffen und war ins Bett gefallen. Am nächsten Morgen war er mitsamt seinem Musterkoffer verschwunden. Auf dem Küchentisch lag ein Brief: »Tut mir leid wegen gestern, Schätzchen. Weiß nicht, was in mich gefahren ist. Bin Freitag zurück.«

Aber da stand sein Auto in der dunklen Einfahrt, und plötzlich erschien es ihr bedrohlich. Sie beschloß, Nathan noch für eine Weile bei den Muncies zu lassen, parkte und ging ins Haus.

Er war in der Küche und nagte an einem Hühnerbein, das er im Kühlschrank gefunden hatte. In der anderen Hand hielt er eine Dose Bier. Es war offensichtlich nicht sein erstes.

»Hallo«, sagte sie fröhlich, obwohl ihr gar nicht danach zumute war. Er hatte ihr letzten Samstag verboten, noch einmal zu dieser »Fette-Monster-Show«, wie er es nannte, zu gehen, und sie hatte versprochen, nicht mehr bei Starlite mitzumachen. Und er war noch nie früher von einer Reise zurückgekommen. »Was ist passiert? Wieso bist du schon hier?«

Er fixierte sie mit trunkenen Augen: »Wo warst du? Wieso ist das Kind nicht da?«

Ihr lief es eiskalt über den Rücken. In alten Zeiten, in New York, als er noch nicht soviel trank und sie ihn gerade kennengelernt hatte,

hatte sie auch immer Gänsehaut gekriegt, wenn sie ihn sah, aber nicht vor Angst. Damals fand sie ihn ungeheuer aufregend, weil er so grob und ungeniert war und sich einen Dreck um den Rest der Welt scherte. Er war gerade aus der Armee entlassen worden und feierte jetzt seine Freiheit. In diesen ersten Wochen hatten sie gelacht, sich geliebt und sich aneinander geklammert, beide suchten Ersatz für mangelnde Elternliebe: Rons Vater hatte für seinen Sohn genausowenig Zeit gehabt wie Charmies Mutter für ihre Tochter. Eine Weile ging das gut. Dann wurde Charmie schwanger, und Ron war wütend. Er war gezwungen, sich eine Arbeit zu suchen, und hatte ihr klipp und klar gesagt, wie sehr ihm das stank. Er wollte das Kind nicht, und sie hatten zahllose Auseinandersetzungen wegen einer Abtreibung. Charmie hatte keine Ahnung, wie es ihr gelungen war, das Baby zu behalten, aber ein Funken Hoffnung hatte ihr Kraft gegeben – die Hoffnung, daß das Baby Ron verändern würde und er endlich einsah, daß nicht alle Familien so schlecht waren wie seine.

Am Tag ihrer Entlassung aus dem Krankenhaus hatte er sie das erste Mal geschlagen.

»Und?« sagte er, stand auf und knallte Bier und Hühnerbein auf den Küchentisch. »Ich hab' dich was gefragt. Wo warst du?«

»Ron, du bist betrunken –«

Er gab ihr eine schallende Ohrfeige. »Du warst wieder bei diesen fetten Weibern, stimmt's? Stimmt's?!«

»Bitte nicht –«

Charmie war zwar schwerer als er, aber längst nicht so stark. Er packte sie unsanft am Arm und sagte: »Es ist höchste Zeit, daß ich dir eine Lektion verpasse.«

»Ron, du bist –«

»Los!« brüllte er. »Beweg dich!« Dann schubste er sie zu der Tür, den Gang entlang und schrie: »Los, rein mit dir! Ich werd' dir zeigen, wer hier der Herr im Haus ist! Mein Gott, wie konnte ich nur so ein fettes Schwein heiraten!«

Sie fing an zu weinen, und er gab ihr einen Stoß, daß sie gegen die Wand fiel und sich die Schulter an einem Haken aufriß. »Bitte«, schrie sie. »Es tut mir leid.«

»Rein mit dir!« Er beförderte sie mit einem Fußtritt ins Schlafzimmer. Sie war wie gelähmt vor Angst. Er hatte das schon einmal gemacht, in einem Motel auf der Route 66, als sie quer durchs Land gefahren waren. Sie hatte dem Arzt in der nächstgelegenen Stadt einen falschen Namen angegeben.

»Los jetzt«, knurrte er und zerrte an ihrem rosa Sackkleid. »Runter mit dem Fetzen.«

»Bitte«, sagte sie, »können wir nicht einfach –«

Eine weitere Ohrfeige brachte sie zum Schweigen.

Sie versuchte, sich langsam auszuziehen, in der Hoffnung, der Alkohol würde ihn bewußtlos umkippen lassen. Das hatte sie schon öfter gerettet. Aber er blieb stehen, wenn auch schwankend, und starrte sie mit roten, haßerfüllten Augen an.

Als sie schließlich nackt dastand, versuchte sie, sich mit den Händen zu bedecken. Früher hatte sie sich vor ihm nie geniert, aber jetzt wurde sie schamrot. Er machte keine Anstalten, sich auszuziehen.

»Aufs Bett«, sagte er.

»Nein, Ron, bitte. Ich verspreche, ich werde nie mehr –«

Er gab ihr einen Stoß, und sie fiel auf das Bett. »Mein Gott, bist du fett!« schrie er und öffnete seinen Gürtel.

»Ron! Nein!« Sie versuchte wegzurutschen, aber er packte sie an den Handgelenken und zerrte sie nach oben, dann band er ihre Hände trotz ihres Schluchzens und Bettelns mit dem Gürtel zusammen und fesselte sie damit an eine Stange des Messingbetts.

Sie weinte so heftig, daß ihr die Tränen in den Schlund liefen und sie husten mußte. Sie konnte nicht sehen, was Ron jetzt machte, aber sie hörte, wie er seinen Reißverschluß aufriß und fühlte, wie das Bett sich senkte, als er sich zwischen ihre Beine kniete.

Mit zusammengekniffenen Augen und geballten Fäusten wartete sie auf den Angriff. Und als er mit brutaler Wucht kam, biß sie die Zähne zusammen, um nicht lauthals zu schreien. Während er sich wie ein Besessener in sie rammte, grunzend, nach Bier stinkend, wurde ihr plötzlich so übel, daß sie Angst hatte, sie müßte sich übergeben. Sie drehte den Kopf zur Seite.

Diesmal dauerte es nicht so lange wie damals auf der Route 66, und als er endlich aufhörte, betete sie inständig, daß die Sache jetzt ein Ende hätte und er weitertrinken und sie in Ruhe lassen würde.

Aber er war noch längst nicht fertig. Voller Entsetzen sah sie zu, wie er sie losband. Diesen Gesichtsausdruck hatte sie bei ihm noch nie gesehen, und sie dachte: Diesmal bringt er mich um.

Er packte sie an den Haaren, zerrte sie vom Bett, hinaus aus dem Schlafzimmer und den Gang hinunter. Er riß einen Schrank auf und warf sie zwischen einen Haufen alter Stiefel und sonstigem Trödel. Sie fiel auf einen gebrochenen Tennisschläger, fühlte einen stechenden Schmerz in ihren Rippen und hörte etwas knacken.

»Warte«, sagte sie, als die Tür sich langsam schloß. »Nein, bitte, laß mich nicht hier!«

Aber dann knallte die Tür zu, und sie hörte, wie er zusperrte.

»Ron!« schrie sie. »Laß mich nicht hier!«

Die Glühbirne im Wandschrank war seit langem ausgebrannt, aber sie hätte sie ohnehin nicht erreichen können. Der Schrank war so voller Gerümpel, daß sie sich nicht bewegen konnte. Und jedesmal wenn sie Luft holte, war da dieser beängstigende, stechende Schmerz in ihrer Seite. Aber der war auch nicht schlimmer als der zwischen ihren Beinen. Da unten war es ihre wunde Seele, die vor Schmerz schrie.

»Ron«, wimmerte sie. »Bitte. Ich bin krank. Ich sterbe. Laß mich nicht hier...«

Und dann hörte sie, wie die Haustür zuknallte, und das Geräusch eines Wagens, der angelassen wurde und auf die Straße hinausraste.

Alan führte Hannah in den Pacific Ocean Park, einen Vergnügungspark auf einem Pier, wo sie sich unter die Menge mischten, die den schwülen Abend, die salzige Seeluft und das Angebot an Unterhaltung genoß. Anfangs waren beide sehr schüchtern, gingen ziellos durch die Budenreihen und erzählten ein bißchen voneinander.

»Weißt du, Hannah, du hast mir immer schon gefallen«, beichtete Alan, während sie senfverschmierte Hotdogs aßen. »Aber ich habe nie den Mut gehabt, dich anzusprechen. Als Mrs. Faulkner mir erzählt hat, du hättest nach mir gefragt, war ich sprachlos. Aber das hat mir den Mut gegeben, dich anzurufen.« Er drückte vielversprechend ihre Hand und ließ sie dann wieder los.

Hannah hatte immer gewußt, daß Alan Scadudo klein war, doch ihr war nie bewußt geworden, daß er tatsächlich kleiner als sie war.

Aber das war ihr egal, unter dem engen karierten Hemd und der ebenso engen Baumwollhose verbarg sich unverkennbar ein phantastischer Körper.

Nach den Hotdogs kauften sie sich Eiscreme und hinterher Zuckerwatte. Keiner von beiden war hungrig, sie hatten Appetit auf etwas ganz anderes. Aber da beide zu schüchtern waren, den ersten Schritt zu tun, mußte Essen als Ersatz dienen.

Auf der Achterbahn passierte es dann schließlich. Ihr Wagen raste im Sturzflug auf den tosenden Pazifik herunter, Hannah schrie vor Angst und klammerte sich an Alan, seine Hand glitt zu ihrer Brust und blieb für den Rest der Fahrt dort. Auf dem Octopus wurde er schon etwas frecher, und als Hannah nicht protestierte, wagte er einen kleinen Vorstoß unter ihren Pullover und tastete sich unter dem Gummi ihres BHs durch. Und im Calypso gelang es ihm endlich, seine Hand ganz in den BH zu stecken und eine große, feste Brust zu umspannen. Die Schwerkraft warf sie gegeneinander, und sie fingen an, sich zu küssen. Als sie nach unten langte und sein Glied faßte, dachte er, er würde gleich hier explodieren.

Nach Ende der Fahrt taumelten sie benommen aus dem Wagen. Alan umklammerte ihre Taille, und sie gingen wie im Traum durch die Menge, die Musik, den Geruch von Würstchen und Dieselgeneratoren. Sie kamen jetzt zum Seehundteich, wo die Leute Fische ins faulig riechende Wasser warfen. Hier löste Hannah sich von Alan mit einem gemurmelten »Bin gleich wieder da.« Kurz darauf erschien sie wieder in der Tür der Damentoilette, und er sah sofort, daß sie ihren BH ausgezogen hatte.

»O Gott«, keuchte er und nahm ihre Hand. »Komm.«

Am Eingang zum Lachkabinett kramte Alan hektisch einen Dollar für den Eintritt heraus, und dann gingen sie eng umschlungen durch den Vorhang ins Innere.

Sie blieben einen Augenblick stehen, bis sich ihre Augen an die Dunkelheit gewöhnt hatten. Der Lärm war ohrenbetäubend. Auf dem Weg entlang der grünen, fluoreszierenden Fußabdrücke auf dem Boden kamen sie an einem Paar vorbei, das im Schutze des schummrigen Lichts auf Teufel komm raus bumste.

Sie stolperten weiter, eng aneinandergeklammert, vorbei an hängenden Skeletten und abgehackten Köpfen und lächerlichen Geistern. Schließlich gelangten sie zu den Trickspiegeln, und als Alan sah, daß er in einem der Spiegel plötzlich größer aussah als Hannah, hielt er es nicht mehr länger aus.

Er riß sie an sich und küßte sie, daß ihr die Luft wegblieb. Hannah wehrte sich nicht. Sie stolperten und fielen gegen eine Wand, den Eingang zum Spiegelsaal. Eng umschlungen, sich wild küssend, taumelten sie in den Irrgarten, wo ihr hundertfaches Spiegelbild sie einkreiste und sie im pulsierenden Schwarzlicht wie Stummfilmstars aussahen.

Sie fielen gegen eine durchsichtige Wand. Alan schob ihren Rock hoch, und sie half ihm, ihr Höschen herunterzuzerren, während Leute geblendet von den Discolichtern an ihnen vorbeistolperten. Es gelang ihm, seinen Reißverschluß zu öffnen, und dann war er wie der Blitz in sie eingedrungen, Hannah schlang ein Bein um seine Taille, sie fielen wieder gegen die Wand, und Alan schaffte es, ihren Pullover über ihre Brust hochzureißen.

In Minuten war es vorbei. Alan erschauerte von Kopf bis Fuß, und Hannah schrie. Dann strich sie rasch ihren Rock glatt, zog den Pullover herunter, bevor jemand was sah, und er machte seinen Reißverschluß zu. Sie klammerten sich mit weichen Knien aneinander.

»Du lieber Himmel«, sagte er lachend, »Lustkabinett wär' wohl ein besserer Name.« Dann küßte er sie noch einmal, langsam, genüßlich. »Hannah«, sagte er. »Laß uns heiraten.«

Sie hatte Schwierigkeiten zu atmen. Zwischen ihren Beinen rann etwas Klebriges, noch nie war etwas so angenehm gewesen. »Ist das nicht ein bißchen plötzlich?« hauchte sie.

»Wir sind seit drei Jahren hintereinander her. Das reicht als Verlobungszeit.«

Dutzende von Gedanken schossen ihr durch den Kopf: die Greer Academy, ihre Karriere als selbständige Modeschöpferin, ihr wachsender Anteil an Starlite, ihre Sehnsucht nach Unabhängigkeit. Aber Alan ließ all diese Gedanken verblassen. »Ja«, sagte sie. »Ja, laß uns heiraten.«

»Eins interessiert mich«, sagte er, als sie ein paar Minuten später aus dem Lachkabinett eilten, begierig, möglichst schnell an einen ungestörten Ort zu kommen. »Was hat dich an mir am meisten angezogen?«

Ihre Hand glitt über seinen Rücken und umfaßte eine perfekte Gesäßbacke. »Dein Lächeln«, sagte sie.

Philippa war erschöpft, aber so energiegeladen, so aufgeregt, daß sie einfach nicht still sitzen konnte. Sie hatte die ganze Nacht gearbeitet, und jetzt graute schon fast der Morgen. Sie sollte versuchen, ein bißchen zu schlafen; der alte Mr. Fox lud immer mehr Verantwortung im Drugstore auf sie, so daß sie ausgeruht zur Arbeit erscheinen mußte. Aber an Schlaf war nicht zu denken.

Die Wohnung sah aus, als hätte ein Tornado gewütet. Sie lachte. Überall lagen beschriebene Zettel, Bilder aus Illustrierten, Diagramme. Sie hatte sich Hannahs Pastellfarben für Modeskizzen geliehen und ihren Block, alle Blauschattierungen aufgebraucht, und jetzt lagen die Illustrationen wie riesige Schmetterlinge auf dem Boden herum. Und sie hatte fast eine halbe Rolle auf der Rechenmaschine vertippt. Der Anzeigenteil der *Los Angeles Times* lag ordentlich gefaltet neben dem Telefon, und kleine rote Kreise markierten zu vermietende Läden, die für Philippa in Frage kamen. Gleich morgen früh würde sie mit dem Telefonieren anfangen. Denn nach dieser verrückten, arbeitsreichen Nacht hatte sie die Bilder, die sie seit Tagen verfolgten, in Form gebracht und wußte jetzt, daß es funktionieren würde.

Sie würde Starlite zu einem richtigen Geschäft ausbauen!

Philippa ging zum Kühlschrank und holte sich etwas Quark und Pfirsiche. Sie schaute auf die Uhr. Hannah war immer noch nicht von ihrer Verabredung mit Alan zurück. Sie lächelte. Anscheinend hatte ihre Freundin endlich die wahre Liebe gefunden.

Das Telefon klingelte. Sie lief erschrocken zum Apparat. Um diese Zeit konnte das eigentlich nur ein Notfall sein.

»Philippa!« hörte sie Hannahs atemlose Stimme. »Du errätst nie, was passiert ist! Ich bin verheiratet!«

»Was?«

»Alan und ich. Wir sind nach Las Vegas gefahren! Oh, Philippa. Wir haben geheiratet!«

Philippa traute ihren Ohren nicht.

»Ich hab's Mom noch nicht erzählt«, sagte Hannah. »Sie wollte unbedingt, daß ich eine große Hochzeit habe. Aber Alan und ich konnten einfach nicht warten. Oh, Philippa! Ich bin so glücklich! Wir sind in ein paar Tagen zurück. O Gott, wer hätte das gedacht!«

Als Philippa aufgelegt hatte, fühlte sie sich noch energiegeladener als zuvor. Eine Hochzeit in Las Vegas! Wie wunderbar!

Und dann: Charmie! Das mußte sie Charmie erzählen.

Das Telefon klingelte, aber es ging keiner ran. Seltsam. Philippa wußte, daß Ron unterwegs war und Charmie die Mittwochgruppe betreut hatte. Aber sie hätte längst zurück sein müssen. Es war schon fast Morgen. Wo konnte sie nur sein?

Philippa wählte noch einmal. Wieder keine Antwort. Allmählich bekam sie Angst. Es sah Charmie gar nicht ähnlich, daß sie das Telefon nicht hörte. Wenn sie nicht zu Hause war, wo war sie dann? Und wo war der Kleine?

Philippa warf sich eine Jacke über, nahm ihre Autoschlüssel und lief aus dem Haus.

»Charmie?« rief Philippa und drückte die Klingel. »Charmie?«

Sie horchte, aber aus dem Haus war nichts zu hören. Die Avenida Hacienda war still, bis auf das Aufklatschen der Zeitungen, die der Zeitungsjunge vom Rad schleuderte. Der Morgen graute über den Wipfeln der alten Eichen, die die Straße säumten. Philippa schaute zur Einfahrt. Charmies Wagen stand da. Rons nicht.

Sie klingelte noch einmal, dann klopfte sie. »Charmie?« Sie hämmerte gegen die Tür. »Mop, kannst du mich hören?«

Schließlich probierte sie den Türknopf, es war nicht abgeschlossen. Sie öffnete die Tür und rief: »Mop? Bist du zu Hause? Mop?«

Sie ging ins Haus, und als sie eine zertrümmerte Vase und einen umgekippten Stuhl sah, bekam sie noch mehr Angst. »Mop! Charmie! Bist du okay?«

Sie horchte. Da war ein Geräusch. Sie ging den Gang entlang und horchte wieder. Ja, da war es, ein leises Pochen.

»Charmie?« rief sie noch einmal, etwas leiser. »Wo bist du?«

Das Schlafzimmer war leer. Sie sah die zerwühlten Laken, den

Gürtel am Kopfende. Sie folgte dem Geräusch bis zu einem Schrank. Sie horchte, hörte etwas im Inneren rascheln. Sie versuchte den Knopf. Der Schrank war abgeschlossen. Aber auf einem Tisch daneben lag ein Schlüssel.

Sie öffnete die Tür damit und sah Charmie, nackt, zusammengekauert zwischen lauter Gerümpel. »O mein Gott, Mop...«

»Philippa?« sagte Charmie kaum hörbar. »Hilf... mir... bitte... aufstehen.«

Philippa zog sie aus dem Schrank, und Charmie schrie auf, als sie versuchte, einen Arm um sie zu legen. Sie hielt sich die Seite. Philippa rannte ins Badezimmer, holte einen Morgenmantel und half Charmie, ihn anzuziehen.

»Ich rufe einen Arzt«, sagte sie.

Aber Charmie sagte: »Nein«, und hielt sich an Philippa fest, um nicht umzufallen. Ihr Gesicht war verschwollen, sie hatte zwei blaue Augen und eine Platzwunde. »Keinen Arzt. Bitte, hilf mir in die Küche. Ich brauche einen Schluck Wasser.«

Philippa wollte protestieren, aber da fiel ihr ein, wie sie selbst einmal Mrs. Chadwick angefleht hatte, keinen Arzt zu holen. Sie half ihrer Freundin in die Küche.

»Mein Gott«, sagte Philippa, als sie Charmie in einen Stuhl setzte. »Was ist passiert?«

»Ron. Er hat mich erwischt, als ich heute abend vom Treffen gekommen bin«, sagte sie und nahm das Glas Wasser, das Philippa ihr reichte. »Mensch, das tut vielleicht weh. Ich muß eine Ewigkeit in dem Schrank gewesen sein. Wieviel Uhr ist es? Warum bist du hergekommen?«

Philippa wickelte Eiswürfel in ein Handtuch und gab es Charmie, damit sie sich das Gesicht kühlen konnte. Dann setzte sie den Wasserkessel auf, holte Tassen und Teebeutel aus dem Schrank. Sie zitterte vor Wut, aber sie wollte Charmie nicht aufregen und versuchte, ganz normal zu klingen. »Hannah hat angerufen. Sie und Alan Scadudo sind nach Las Vegas durchgebrannt und haben geheiratet. Ich habe versucht, dich anzurufen, aber es hat niemand geantwortet.«

»Las Vegas! Du lieber Himmel –« Sie zuckte zusammen. »O Gott, Philippa, ich fühl' mich furchtbar.«

Philippa holte Aspirin, Jod und Pflaster aus dem Bad und versuchte, die Wunden in Charmies Gesicht zu verbinden, so gut es ging. Als der Tee fertig war, stellte sie die Tassen auf den Tisch und setzte sich Charmie gegenüber. »Willst du darüber reden?« fragte sie.

»Nein.«

»In Ordnung«, sagte Philippa, obwohl es ihr schwerfiel.

»Es ist nur...«, fing Charmie an. »Mein Gott, was für eine Scheiße. Wie passieren solche Sachen?«

Die Haustür ging auf, und beide erstarrten. Ron stolperte in die Küche. Er sah furchtbar aus und stank nach Whisky. »Oh, Schatz«, sagte er, als er das geschwollene Gesicht seiner Frau sah. »O Gott, es tut mir so leid. Was hab' ich getan?«

Er fiel auf die Knie und begrub schluchzend seinen Kopf in ihrem Schoß, wie ein kleines Kind. »Es tut mir so leid! Ich hab' nicht gewußt, was ich tu! Verzeih mir. Bitte verzeih mir. Ich verspreche, daß ich es nie wieder tu. Wie konnte ich dir bloß weh tun? Ich liebe dich.«

Er hob sein tränenüberströmtes Gesicht, und Charmie strich ihm über den Kopf.

»Ich mach's wieder gut, das schwör' ich. Wie wär's, wenn wir ein bißchen wegfahren? Vielleicht nach Disneyland mit dem Kleinen? Du weißt doch, wie gern er Mickymaus hat. Können wir das machen?«

»Ja, sicher.«

»Diesmal ist es mir wirklich ernst. Ich hör' auf zu trinken. Ich geh' zu den Anonymen Alkoholikern, ich mach' alles. Wir gehören zusammen, Baby, stimmt's?«

»Ist schon gut«, sagte Charmie. »Geh jetzt schlafen. Wir reden später.«

Er stolperte in Richtung Bett, ohne Philippa auch nur eines Blickes zu würdigen.

»Charmie, du kannst dir das nicht länger gefallen lassen«, sagte Philippa.

»Halt dich da raus, Philippa, bitte.« Sie legte die Eispackung auf die andere Seite. »Du verstehst das nicht.«

»Aber warum läßt du dich so quälen?«

»Du hast keine Ahnung, Philippa. Du hast noch nie einen Mann gehabt. Du warst nie verliebt.«

»Ist das Liebe? Im Schrank eingesperrt werden?«

»Laß dir etwas erzählen. Das erste Mal, als Ron so etwas gemacht hat, bin ich nach Hause zu meiner Mutter gegangen. Weißt du, was sie gesagt hat? Sie hat gesagt, sie könnte mich nicht reinlassen, ich käme unpassend. Ich war für sie immer nur lästig. Eins ist sicher: Wenn 1937 Abtreibung legal gewesen wäre, wäre ich jetzt nicht hier.«

»Aber das ist noch lange kein Grund, bei einem Mann zu bleiben, der dich verprügelt.«

»Philippa, für Ron bin ich kein lästiges Anhängsel. Er liebt mich. Er braucht mich.«

»Charmie, hör zu«, sagte Philippa hastig, in größter Sorge um ihre Freundin. »Ich habe eine wunderbare Idee für Starlite ausgearbeitet. Das wird eine Sensation. Ich schaffe es aber nicht allein. Es gibt so vieles, was wir gemeinsam erreichen können –«

»Ich werde nicht mehr kommen, Philippa.«

»Das ist doch nicht dein Ernst!«

»Ich brauche Starlite nicht. Ich bin nicht davon besessen, dünn zu sein, wie du und Hannah. Mein Mann mag mich so, wie ich bin.«

»Aber er nennt dich Pummel! Er demütigt dich vor deinen Freunden! Charmie, begreifst du denn nicht? Er sorgt dafür, daß du fett bleibst, damit er dich unterdrücken kann. Er redet dir ein, daß du nichts taugst, damit zu denkst, du verdienst die Prügel.«

»Ich habe die Prügel verdient.«

Philippa starrte sie schockiert an.

»Ron hat mir verboten, zu Starlite zu gehen«, sagte Charmie mit abgewandtem Gesicht, »aber ich bin heimlich wieder hingegangen. Ich habe die Prügel verdient.«

»Charmie, das ist nicht wahr! Keiner verdient es, so behandelt zu werden.«

Charmie stand plötzlich auf, sie hielt sich ihre Rippen, zuckte aber trotzdem vor Schmerz zusammen. »Ich will nicht mehr darüber reden. Das ist unsere Privatangelegenheit und geht dich nichts an.«

»Vielleicht nicht, Charmie, aber ich bin deine beste Freundin. Weißt du noch, wie wir uns gegen Amber gestellt haben?«

»Du lieber Himmel, hör endlich auf, in der Vergangenheit zu leben!«

»Aber die Vergangenheit ist so wichtig. Du und ich, wir waren einmal –«

»Ich hab' gesagt, hör auf!«

Philippa kostete es einige Mühe, sich zu beherrschen. »Bitte, komm jetzt mit mir. Ich werde dir helfen. Wir holen das Baby, und du kannst bei mir und Hannah wohnen. Ich habe so große Pläne mit Starlite, und ich brauche deine Hilfe.«

»Du brauchst meine Hilfe nicht, Philippa. Du brauchst überhaupt niemanden, der dir hilft. Hannah und ich traben wie zwei treue Hunde hinter dir drein, während du deine selbstgerechte Scheiße verzapfst. ›Du wirst das werden, woran du glaubst.‹ Mein Gott! Du glaubst doch nicht wirklich, daß einer den Quatsch ernst nimmt?«

Philippa zitterte am ganzen Leib. Ich verliere Mop, genau wie ich Rhys verloren habe... »Bitte, Mop, ich weiß, daß du Schmerzen hast –«

»Komm mir ja nicht mit dieser herablassenden Tour! Und hör endlich auf, mich so zu nennen! Verzieh dich und laß mich mein eigenes Leben leben. Okay?«

»Charmie –«

»Verschwinde«, sagte sie erschöpft und ging aus der Küche in Richtung Schlafzimmer, aus dem Rons Schnarchen zu hören war. »Und tu mir einen Gefallen, Philippa, ruf mich nicht mehr an. Und komm auch nicht mehr hierher.«

26

Judith nahm das Telefon nach dem ersten Klingeln ab und sagte: »Dr. Isaacs.« Als sie die Stimme am anderen Ende hörte, wurde ihr plötzlich kalt.

Sie warf einen Blick über die Schulter zu Zoey, die gerade den Operationssaal nach einem kleinen Eingriff säuberte. Sie senkte ihre Stimme und sagte: »Wie hast du mich gefunden?«

Sie lauschte der gräßlich vertrauten Stimme in der Leitung und versuchte, sich zu beherrschen. Judith war ins Star's gekommen, um sich zu verstecken, um zu fliehen. Und jetzt, schon am dritten Tag nach ihrer Ankunft, hatte er sie gefunden.

»Es ist sinnlos«, sagte sie leise, damit Zoey nichts hören konnte. »Wir haben uns nichts mehr zu sagen.«

Gab es denn kein Entrinnen vor der Vergangenheit? War sie dazu verdammt, sie immer mit sich herumzuschleppen, wie ein Gespenst seine Ketten? Vielleicht war es ein Fehler gewesen, ins Star's zu kommen, die einsame Lage in den Bergen würde sie wohl doch nicht schützen. Sicher wäre die Anonymität eines großen Krankenhauses besser gewesen...

»Ja, ich bin noch da«, sagte sie. »Du hättest nicht anrufen sollen –«

Ein Licht blinkte über der Tür. Die fünf Patientenräume waren mit der Klinik verbunden. Diese Lampe gehörte zum Zimmer von Mr. Smith. Judith hatte ihn heute morgen noch nicht besucht.

Zoey sah das blinkende Licht, und Judith wartete, bis sie den Raum verlassen hatte, dann sagte sie: »Ich möchte nicht, daß du mich hier je wieder anrufst. Ich habe dir nichts mehr zu sagen.« Sie hörte, wie ihre Stimme zitterte. »Bitte«, sagte sie. »Tu mir das nicht an. Ich versuche, ein neues Leben anzufangen. Ich will die Vergangenheit vergessen.«

Sie hörte sich an, was er sagte, und umklammerte den Hörer noch fester. »Was willst du von mir?« sagte sie. »Nein, du darfst nicht hierherkommen! Bitte laß mich in Ruhe...«

Sie hob den Kopf und war überrascht, als sie Zoey in der Tür stehen sah. »Mr. Smith fragt nach Ihnen«, sagte die Schwester kühl.

»Ja, danke, Zoey. Tut mir leid«, sagte sie streng zu ihrem Anrufer. »Aber ich habe jetzt keine Zeit, mich zu unterhalten.« Sie legte rasch auf.

»Ich bin bei Mr. Smith, wenn Sie mich brauchen«, sagte sie zu Zoey und nahm ihre Arzttasche.

»Was, wenn jemand anruft?«

Judith überlegte. Hatte Zoey einen Teil des Gesprächs gehört? Ihre Beziehung zu der jungen Frau hatte sich seit ihrer Ankunft stetig verschlechtert, da Judith täglich neue Mängel in der Klinik entdeckte – steriles Material, dessen Verbrauchsdatum abgelaufen war, staubige Regale, ein schlampig geführtes Narkotikabuch –, so daß die Spannungen zwischen ihr und der Schwester sich noch verschärft hatten. Judith fragte sich, ob sie Zoey überhaupt noch vertrauen konnte. »Sollte es einen Notfall geben«, sagte sie, »holen Sie mich.«

Auf dem Weg zu ihrem Patienten versuchte sie, den beunruhigenden Anruf zu verdrängen, und konzentrierte sich auf Mr. Smith und warum er sie sehen wollte. Gestern abend hatte sie ihn kurz besucht und war schließlich gegangen, als der Besuch sich gefährlich länger hinzog, als notwendig war. Er hatte ihr erzählt, wie wunderbar das Skifahren in Europa sei und gesagt: »Das würde Ihnen gefallen, Judith«, was fast wie eine Einladung geklungen hatte. Heute morgen war Dr. Newton bei Smith gewesen und hatte ihr mitgeteilt, daß die Wunde gut heile. Warum wollte er sie also jetzt sehen?

Sie klopfte an die Tür, ein junger Mann öffnete, und Judith blieb mit offenem Mund stehen. Das Zimmer war vollgestopft mit Blumen und Ballons, ausgestopften Tieren, Obstkörben und Pralinéschachteln. Auf dem Sofa und den Stühlen um den Kamin saßen drei Männer, die sich durch einen riesigen Postsack wühlten.

»Herein!« rief Smith aus seinem Bett, das mit Karten und Briefen übersät war. »Sie haben mich gefunden!«

Sie lachte. »Sieht fast so aus. Aber ich dachte, Sie wollten keinen Besuch«, sagte sie mit einem Blick auf die Männer. Sie fragte sich, warum Zoey ihr nichts gesagt hatte.

»Das sind keine Besucher, Doktor«, sagte Smith und setzte sich auf, was eine Lawine von Briefen und Karten auslöste. »Das ist mein Generalstab.« Er stellte ihr die drei Männer vor – Pressesprecher, Sekretär und Kammerdiener –, sie sagten kurz hallo und wandten sich dann wieder dem Briefesortieren zu.

»Was soll das alles?« sagte sie und roch an einem Bukett roter Nelken. Auf jeder verfügbaren Oberfläche drängten sich Vasen mit allen nur erdenklichen Blumen, die großen Gestecke standen auf dem Boden. Illustre Namen wie Paul Newman, Gerald und Betty Ford zierten die Kärtchen. Ein riesiger Pandabär mit einer rosa Schleife voller Unterschriften thronte neben zahllosen Geschenkkörben mit allen nur erdenklichen Leckereien.

Smith griff nach einer Zeitung auf seinem Nachttisch und reichte sie Judith. »Die Katze ist aus dem Sack«, sagte er, und sie hörte, wie wütend er war, obwohl er versuchte, es nicht zu zeigen.

Die Zeitung war ein beliebtes Klatschblatt, und die Schlagzeile lautete: »Leinwandlegende unterzieht sich geheimer Operation unter der Gürtellinie.«

»O mein Gott«, sagte sie.

»Und die Operation war erst vor fünf Tagen«, sagte er grimmig. »In dem Artikel steht zwar, daß es sich um eine Fettabsaugung am Bauch handelt, aber die Schlagzeile will den Leuten einreden, daß der Eingriff intimerer Natur gewesen sei. Ich war besorgt um meine Eitelkeit, aber das hier ist wesentlich schlimmer! Wie, glauben Sie, konnte das durchsickern, Doktor?«

»Ich habe keine Ahnung. Star's legt großen Wert auf Diskretion, das Personal ist zum Schweigen verpflichtet, besonders was Gäste, die aus medizinischen Gründen hier sind, betrifft. In Ihrem Fall wissen nur die Chefs – Beverly Burgess und Simon Jung –, wer Sie wirklich sind. Die Verwaltung weiß nicht, wer Mr. Smith ist.«

»Aber die Telefonistin berichtet, daß durchschnittlich zwanzig Anrufe pro Stunde für mich eingehen.«

Judith sah ihn an. »Aber dann weiß sie ja...«

»Ja, und ich habe bereits mit meinem Anwalt darüber gesprochen. Wir werden dieses verachtenswerte Waschblatt verklagen. Jahrelang habe ich alles nur Erdenkliche getan, um mein Privatleben vor der Öffentlichkeit abzuschirmen, und jetzt das. Wissen Sie, Doktor, das mag zwar komisch klingen, wenn es eine sogenannte Leinwandlegende sagt, aber ich bin ein sehr privater Mensch. Ich habe mein ganzes Leben darum gekämpft, mir diese Privatsphäre zu erhalten, trotz allen Erfolgs. Jede meiner Liebesaffären wurde gnadenlos von den Zeitungen verfolgt. Aber das hier geht gegen jeden Anstand und ist der Gipfel des schlechten Geschmacks.«

»Ich weiß nicht, was ich sagen soll. Es tut mir schrecklich leid.«

»Es ist nicht Ihre Schuld«, sagte Smith und warf angewidert die

Zeitung auf den Boden. »Solche Geschichten kann man wohl nicht verheimlichen.« Er deutete auf die Geschenke. »Sehen Sie nur, was ich alles bekommen habe! Ich hatte keine Ahnung, daß so viele Leute an mich denken.«

»Natürlich denken sie an Sie«, sagte Judith mit wachsender Wut. Wie hatte das passieren können? »Und wenn ich da draußen in der richtigen Welt wäre, hätte ich Ihnen auch eine Genesungskarte geschickt«, sagte sie. »Wollten Sie mich deshalb sprechen?«

»Ich dachte, Sie sollten es wissen.«

Sie musterte sein Gesicht und sah, wie angespannt er war. »Würde es Ihnen etwas ausmachen, Ihren Stab für ein paar Minuten nach draußen zu schicken?«

»Warum? Mein Arzt war doch heute schon bei mir.«

»Ich weiß, aber wenn er nicht da ist, bin ich für Sie verantwortlich, und mir scheint, Sie sind sehr aufgeregt.«

»Wären Sie das nicht auch?« sagte er, bedeutete aber den anderen zu gehen, und nachdem sie unter Mitnahme des Postsackes abgezogen waren, fühlte Judith Smith' Puls.

Er wurde sichtlich ruhiger. »All das beeindruckt Sie nicht, stimmt's? All diese Blumen und Geschenke.«

»Ganz im Gegenteil, Mr. Smith, ich bin schwer beeindruckt.«

»Nein, ich meine dieses ganze Tamtam. Es läßt Sie nicht ergriffen in Ohnmacht fallen.«

»Ich habe schon öfter Blumen in Krankenzimmern gesehen«, sagte sie. »Hier, nehmen Sie das«, sie steckte ihm ein Thermometer in den Mund.

Er nahm es wieder heraus. »Doktor, Sie sind überwältigt von mir, geben Sie's doch zu. Sie sind unsterblich in mich verliebt, seit Ihrem zwölften Lebensjahr.«

»Seit dem vierzehnten. Bitte behalten Sie das im Mund. Entzündung ist unsere größte Sorge bei Ihnen, deshalb müssen wir Ihre Temperatur genau beobachten.« Sie setzte sich auf die Bettkante, rollte seinen Ärmel hoch und wickelte eine Manschette um seinen erstaunlich gut entwickelten Bizeps.

Blutdruck und Temperatur waren normal. Sie trug es in eine Tabelle ein und sagte: »Alles bestens.«

»Heute sind wir aber sehr professionell, was?«

»Schließlich und endlich bin ich ja Ärztin.« Sie wollte sich erheben, aber er nahm ihre Hand und sagte: »Bitte bleiben Sie einen Augenblick.«

Seine Berührung ging ihr durch Mark und Bein. Sie spürte, wie ihre Abwehr ins Wanken geriet, ihre professionelle Fassade zu bröckeln begann. Sie hatte Angst zu bleiben, Angst vor ihrer eigenen Schwäche und Angst, daß er merken könnte, welche Gefühle für ihn sich in ihr regten.

»Na schön«, sagte sie, »wenn Sie es wünschen, bleibe ich ein paar Minuten.«

»Trinken Sie etwas mit mir. Das darf ich doch, oder?«

»Natürlich, aber ich nicht. Ich bin noch im Dienst.«

Smith griff nach dem braunen Seidenmorgenmantel, der am Fuß des Bettes lag, streifte ihn über und stand mit einiger Mühe auf. Judith sah, wie er vor Schmerz zusammenzuckte und ganz blaß wurde. Sie wollte ihn stützen. »Ich schaffe das schon«, sagte er und legte eine Hand auf seinen Bauch. »Ich hatte bloß keine Ahnung, wie verdammt weh das tut. Führen Sie mich nur zur Bar, dann geht's mir gleich wieder gut.«

Nachdem er sich einen Napoleon Brandy eingegossen hatte, setzte sich Smith in einen der Sessel am Kamin und machte Judith ein Zeichen, sich zu ihm zu setzen. »Ich würde Sie gern um Ihre Meinung fragen«, sagte er. »Man hat mir eine Fernsehserie angeboten. Was halten Sie davon? Soll ich es machen?«

»Warum fragen Sie ausgerechnet mich?« Sie schüttelte den Kopf, als er ihr einen Teller mit Keksen anbot.

»Scottish Shortbread«, sagte er und nahm sich einen. »Mein größtes Laster. Ich frage Sie, weil ich Ihre Meinung schätze. Sie sind anders als alle Frauen, die ich bis jetzt kennengelernt habe, und ich weiß, daß Sie ehrlich zu mir sein werden.«

Er sah ihren skeptischen Blick und sagte: »Das ist kein Text aus einem Film, Judith, sondern die Wahrheit. Sie sind nämlich der erste weibliche Arzt, der mich behandelt. Ein einmaliges Erlebnis für mich. Freiwillig wäre ich nie zu einer Ärztin gegangen. Aber hier bin ich Ihnen ausgeliefert.«

»Ich glaube, das verstehe ich nicht ganz.«

»Ich habe viele Frauen intim gekannt, Judith, aber wie nahe wir uns auch standen, ich habe immer meine Geheimnisse bewahrt. Das war ein Teil meines Charmes.« Er lächelte, und Judith sah, wie er errötete. Was den Charme noch verstärkte. »Aber, Doktor, vor Ihnen habe ich keine Geheimnisse. Sie sind die einzige Frau, die mich bis jetzt so verletzlich erlebt hat. Bis auf meine Mutter, und das ist schon lange her. Ich habe nie vor einer Frau Schmerzen gezeigt. Keine Frau hat je diese Macht über mich gehabt.«

»Ich habe nicht das Gefühl, daß ich Macht über Sie habe, Mr. Smith.«

»Ich weiß.« Er sah sie prüfend an. »Und das macht Sie um so bemerkenswerter. Sie wollen mich nicht manipulieren, Sie sorgen nur für mein Wohlergehen. Sie wahren meine Interessen ohne Hintergedanken. Sie sind wirklich eine bewundernswerte Frau.«

Sie wollte das nicht hören. Oder... eigentlich wollte sie es hören. »Mr. Smith, Sie hätten öfter zu einer Ärztin gehen sollen, dann würden Sie wissen, daß ich keine Ausnahme bin.«

»Das bezweifle ich«, sagte er. »Also, soll ich es machen?«

»Was?«

»Die Fernsehserie.«

»Ich fürchte, dazu kann ich nichts sagen. Ich sehe sehr wenig fern.«

»Womit unterhalten Sie sich denn?«

»Meistens lese ich. Ich führe ein gräßlich ruhiges und langweiliges Leben.«

»Wovor laufen Sie davon, Judith?«

Sie wandte sich ab. »Wir haben über Sie gesprochen.«

»Als Sie vorhin kamen, habe ich an Ihrem Gesicht gesehen, daß Sie etwas bedrückt. Was war es?«

»Ein unangenehmer Anruf, aber ich will nicht darüber reden.«

»Dann erzählen Sie mir von Ihrer Tochter.«

»Nein.«

»Ich hätte gern Kinder gehabt, müssen Sie wissen. Aber irgendwie ist es mir nie in den Sinn gekommen, zu heiraten und eine Familie zu gründen. Ich mußte ja immer an mein Image als Playboy denken.« Er lächelte. »Heiraten stand nie zur Debatte.«

»Aber jetzt denken Sie ans Heiraten.«

Er sah sie überrascht an. »Ja«, sagte er. »Das tue ich tatsächlich. Aber woher wissen Sie das?«

»Ich habe einfach geraten. Vielleicht haben Sie mir gegenüber etwas angedeutet. Wer ist denn die glückliche Braut?«

»Das habe ich noch nicht entschieden. Wie wär's mit Ihnen? Würden Sie mich heiraten, Judith?«

»Wenn ich an dem Tag nicht gerade zu beschäftigt bin.«

»Ich bin sehr reich. Ich habe Häuser in Beverly Hills, Palm Beach, Manhattan und Rom. Ich bin gesund, wie Sie sich selbst überzeugen können, und einigermaßen repräsentabel. Und jetzt auch noch sehr fit«, fügte er hinzu und zeigte auf seinen flachen Bauch. »Es könnte ein sehr lustiges Leben werden.«

Sie lachte, dann wurde sie wieder ernst. »Ich werde nie wieder heiraten, Mr. Smith. Ich werde keine Kinder mehr bekommen.«

»Sie meinen, Sie können keine mehr bekommen?«

»Ich meine, ich will nicht.«

»Ja dann«, sagte er und verstummte, aber er ließ sie nicht aus den Augen.

Judith sah sich im Zimmer um, diese Karten, diese Briefe und Blumen. Es mußten über tausend Leute hier vertreten sein. Nein mehr, denn da war eine Karte, auf der stand: »Unsere besten Wünsche und Gebete, die Stadt Escondido, Kalifornien.«

Judith versuchte, sich Smith' Leben vorzustellen, die Eleganz seiner Häuser. Ein Mann, der vierundfünfzig erfolgreiche Filme gemacht und zwei Oscars erhalten hatte, mußte sehr reich sein und Legionen von Fans und Freunden haben. Ein Leben voller Glamour, dachte Judith. Wie armselig war dagegen ihres gewesen: die Kindheit in San Jose, dann College und Medizinstudium und dann die ruhige Ehe mit Mort in einer Kleinstadt in den Bergen. Miss Nordkalifornische Forstwirtschaft 1979 war die einzige Berühmtheit, mit der Judith bis dato in Berührung gekommen war.

»Habe ich Sie verärgert?« fragte er leise.

Sie sah Smith an. Wie viele Frauenschlafzimmer zierte dieses schöne Gesicht? Wie viele Frauenherzen hatte er gebrochen? »Nein«, sagte sie. »Ich muß nur dauernd an etwas denken.«

»Sie können es mir erzählen, wenn Sie wollen. Ich bin ein ausgezeichneter Zuhörer.«

Sie sah in seine tiefblauen Augen mit den kleinen Fältchen, und dann wanderte ihr Blick zu seinen immer noch breiten Schultern, den kräftigen Händen, und sie wünschte sich, sie wäre nicht seine Ärztin, sondern nur eine Frau, die die Freiheit hatte, sich ihm hinzugeben. Sie wollte in diesen einladenden maskulinen Armen liegen und hören, wie diese tiefe Stimme ihr sagte, alles würde gut werden und er liebe sie.

Sie merkte, wie diese Gedanken sie erröten ließen, sie erhob sich rasch und sagte: »Ich muß gehen. Ich muß noch andere Patienten besuchen.«

Er erhob sich mit ihr und sagte: »Bitte essen Sie heute abend mit mir, Judith.«

Gott, wie sie es genoß, ihren Namen aus seinem Mund zu hören, er verlieh ihm einen völlig neuen Glanz. Und er war so groß, und seine Haltung war bewundernswert. Ihr Mann Mort hatte bereits mit sechsundvierzig Anzeichen von Hängeschultern und Bauch gehabt. Dagegen war Mr. Smith der Inbegriff eines Athleten. Judith erinnerte sich an ein Zeitungsfoto, das sie vor ein paar Jahren gesehen hatte; es zeigte ihn beim Polospiel für eine Wohltätigkeitsorganisation. Damals war er siebenundsechzig gewesen.

Sie hätte nur zu gern mit ihm zu Abend gegessen. Aber er würde Star's in drei Tagen verlassen. Sie würde ihn nie wiedersehen. Aus der wachsenden Zuneigung zwischen ihnen durfte sich nicht mehr entwickeln. Er hatte sein glanzvolles Leben, seine vier Häuser und den Plan, zu heiraten und ein Kind zu zeugen. In diesem Szenario war kein Platz für eine gewöhnliche Kleinstadtärztin.

»Ich lade Sie nicht ein, weil ich mich einsam fühle, Judith«, sagte er und kam ihr näher. »Ich würde gern mit Ihnen essen, weil ich Ihre Gesellschaft genieße. Und das ist nicht alles. Ich möchte versuchen, diese Traurigkeit zu packen und aus Ihnen herauszuholen. Sie vielleicht heilen, so wie Sie mir helfen, gesund zu werden. Bitte geben Sie mir diese Chance.«

Sie wollte gerade ja sagen, als das Telefon klingelte. Beide zuckten zusammen.

»Entschuldigen Sie mich«, sagte er. Es war sein Anwalt, und als Smith begann, mit ihm über die Verleumdungsklage zu diskutieren, schickte Judith sich an zu gehen.

Smith sagte: »Warten Sie« und legte den Hörer weg.

Er nahm eine flammend rote Rosenknospe aus einer Jugendstilvase und ging zu ihr. »Damit Sie an mich denken«, sagte er leise und steckte sie in das Revers ihres Kittels.

27

Ingrid Lind hatte den Tigergott beim Tanz beobachtet und ihn dann mit ins Hotel genommen, um seine Liebesdienste zu genießen. Ingrid hatte es sich zur Tradition gemacht, sich nach jeder Einkaufsreise in Singapur selbst üppig zu belohnen – sie hatte ihre Jadesammlung durch mehrere seltene schwarze Stücke ergänzt, Tandoori bis zum Umfallen gegessen, und zum Dessert hatte sie sich Sex gegönnt. Der Tigergott hatte erstaunliche Ausdauer im Bett bewiesen, so daß sie sich jetzt zufrieden und erfrischt wie selten im Licht der morgendlichen Tropensonne räkelte.

Das Telefon klingelte, aber sie beschloß, es einfach zu ignorieren. Sie wollte noch eine Weile zwischen ihren zerwühlten Laken dösen und die Nacht mit dem Tigergott noch einmal an sich vorbeiziehen lassen. Er lag neben ihr und schlief tief und fest, sein langes schwarzes Haar ergoß sich über das Kissen fast bis zum Boden.

Doch das Telefon klingelte hartnäckig weiter, bis sie schließlich mit einem Seufzer abnahm. »Ja?« sagte sie, streifte sich ihr zerzaustes blondes Haar aus dem Gesicht und tastete auf dem Nachttisch nach einer Zigarette.

»Ingrid, ich bin's, Alan.«

»Oh, hallo Alan.« Sie klemmte sich den Hörer an den Hals und zündete sich eine Gauloise an.

Ingrid wohnte im Raffles, einem der luxuriösesten und legendenumwobensten Hotels der Welt – einer der Vorteile, wenn man Einkäufer eines so vermögenden Konzerns wie Starlite Industries war, und einer der Gründe, warum Ingrid ihren Job so liebte. Die Reisen, die sie rund um den Globus führten, waren ein weiterer Grund. Für Starlites Perfect-Size-Shops kaufte sie Turbane und Stirnbänder in Marokko, Baumwolle und Leinen in Ägypten, Batik in Bali, Seiden in Indien und am Ende kam sie immer hierher nach Singapur, dem größten Handelszentrum Südostasiens, wo sie die neueste Perfect-Size-Kollektion mit exotischen Accessoires wie Cloisonné-Schmuck und Reptilientaschen ergänzte.

»Was liegt an, Alan?« fragte sie, lehnte sich zurück und blies eine Rauchwolke in den behäbig rotierenden Deckenventilator. Der Morgen war schon warm, wie immer in Singapur, wo die Temperatur selten unter 21 Grad fiel, das ganze Jahr über.

»Ich rufe aus Rio an.«

»Oh«, sagte sie. »Diese Miranda-International-Geschichte. Ich hab's gehört.«

»Hör gut zu, Philippa ist wieder da.«

»Ja, ich weiß.«

»Du weißt es? Woher?«

»Und, gibt's Probleme?«

»Sie hat eine außerordentliche Vorstandssitzung einberufen, in drei Tagen, und sie will, daß alle erscheinen.«

»Tut mir leid, ich werde nicht rechtzeitig zurück sein.«

»Ich rate dir, komm zurück.«

»Was soll denn das alles?«

»Sie hat eine Unstimmigkeit in den Büchern gefunden.«

Ingrid runzelte die Stirn. »In meiner Abteilung?«

»Nein. Bei Lebensmitteln. Aber komm trotzdem zurück. Pronto.«

Sie schloß die Augen und dachte: Scher dich zum Teufel.

Neben ihr regte sich der Tiger, holte tief Luft und streckte seine langen Arme. Ingrid rollte sich herum und griff nach seiner Männlichkeit. Er stöhnte leise.

»Ingrid?« krächzte Alans ungeduldige Stimme. »Ist jemand bei dir?«

»Ja, ein Seidenhändler. Bye«, sagte sie lachend und legte auf. Eine Minute später hatte der Tigergott sie fest umschlungen.

Dennoch schickte Ingrid ihren schönen Gott bald nach Hause. So sehr sie sich auch dagegen wehrte, Alans Anruf hatte sie beunruhigt.

Nachdem der malaysische Tänzer gegangen war, ging Ingrid ins Bad und blieb lange unter der kalten Dusche stehen, um die Nachwirkungen des gestrigen Trinkgelages zu vertreiben, bei dem sie ihren Tänzer aufgegabelt und mit ins Raffles genommen hatte.

Sie stellte die Dusche ab, drehte ihr naturblondes Haar in ein Handtuch und wickelte sich in einen Sarong aus handgemalter Seide, der speziell für sie angefertigt war. Ingrid trug fast ausschließlich maßgeschneiderte Sachen. Sie war sechsunddreißig, zwar nicht dick, hatte aber die Statur einer Walküre, einsdreiundachtzig bei hundertdreiundsechzig Pfund Gewicht. Nachdem sie fast ihr ganzes Leben lang Schwierigkeiten gehabt hatte, passende Kleidung zu finden, hatte sie ein gutes Auge und eine untrügliche Nase dafür entwickelt, was stärkeren Frauen gut stand. Deshalb hatte Hannah Scadudo sie vor sieben Jahren für die Modeabteilung von Starlite Industries angeworben. Ingrid war damals neunundzwanzig, ledig und von vielen Gelüsten geplagt; die drei heftigsten waren Essen, Juwelen und Sex. Ingrid hatte sich das Lager von Perfect Size angesehen und verkündet, daß mehr Auswahl vonnöten sei, ein paar exotische Sachen zum Beispiel, was all die anderen Läden für Übergrößen, die wie Pilze aus dem Boden schossen, nicht bieten konnten. Und so hatte Hannah Scadudo mit Ingrids kreativer Hilfe eine neue, teure Kollektion geschaffen, mit dem Namen Perfect Size International, und die hatte sich in kürzester Zeit zum Renner entwickelt. Kaftans im Beduinenstil und ägyptische Galabijas, mit schwerem Schmuck ergänzt, fanden großen Beifall bei molligen Frauen. Die fließenden Gewänder schmeichelten, waren bequem und verliehen der Trägerin eine gewisse Extravaganz. Somit war Ingrid innerhalb kürzester Zeit für Starlite unersetzlich geworden. Ihre erstaunlichen Sprachkenntnisse und ihre skandinavische Schönheit hatten ein weiteres zu ihrem Erfolg beigetragen, da sie meist in Länder reiste, in denen Blondinen rar waren. In Kairo hatte der wohlhabende ägyptische Exportkaufmann Ahmed Rasheed für eine Strähne ihres goldblonden Haares hundert Pfund bezahlt.

Das war, bevor sie ihn in ihre Suite im Nile Hilton eingeladen und eine heiße Liebesnacht mit ihm verbracht hatte.

Ingrid bestellte sich Oolong-Tee und einen Teller frisches Obst, dann ging sie zum Fenster und zog die Gazevorhänge auseinander. Der Morgen dämmerte über dem Hafen von Singapur, der Himmel schimmerte wie das Innere einer Muschel. Ingrid zündete sich eine neue Zigarette an, lehnte sich an den Fensterrahmen und genoß die Aussicht auf die Palmen und die anderen exotischen Pflanzen der weitläufigen Gärten des hundert Jahre alten Hotels. Sie hatte nicht die geringste Lust, diesen schönen, friedlichen Ort zu verlassen. Hier in Singapur gab es alles, was ihr Herz begehrte: die beste Küche der Welt, Juwelen in Hülle und Fülle und kleine, dunkle Sexakrobaten, die üppige Blondinen schätzten.

Doch Alans Stimme blieb ein hartnäckiger Ohrwurm. Sie konnte es nicht ausstehen, wenn er sie herumkommandierte, er war nicht ihr Boß. Nur Philippa hatte Autorität für Ingrid, und mit Philippa, dachte Ingrid selbstzufrieden, konnte man fertig werden.

Ingrid hatte sich so auf ihren kurzen Urlaub in diesem asiatischen Paradies und ein Wiedersehen mit alten Freunden hier gefreut. Aber wie es aussah, mußte sie jetzt ihre Pläne ändern. Alle ihre Pläne, auch die geheimen finanziellen Arrangements, die sie mit einem Banker und Mr. Chang, dem berühmten Juwelenhändler, ausgearbeitet hatte.

Alles mußte abgesagt werden, nur wegen Philippa...

Ein leiser Angstschauer lief ihr über den Rücken, aber Ingrid unterdrückte ihn rasch. Es gab keinen Grund, besorgt zu sein – noch nicht. Ausgerechnet jetzt mußte das passieren, alles war so glatt gegangen, und sie war so dicht dran gewesen, reich und unabhängig zu sein und Starlite verlassen zu können, bis die zeitlich unpassende und unerwartete Rückkehr der obersten Chefin des Konzerns ihre Pläne durcheinandergebracht hatte. Ingrid hatte gehofft, Philippa würde sich für immer in Westaustralien vergraben und auf die Rückkehr ihres Geliebten von den Toten warten. Wieso dieser plötzliche Energieschub? Und, was noch wichtiger war, konnte sie noch rechtzeitig aufgehalten werden?

Ingrid drückte rasch ihre Zigarette aus, nahm das Telefon und wählte, es klingelte im Zimmer nebenan. Als ihr Assistent abnahm, sagte sie: »Kleine Planänderung, wir müssen sofort zurück in die

Staaten. Sagen Sie meine restlichen gesellschaftlichen Verpflichtungen in Singapur ab, mit den üblichen Entschuldigungen, und buchen Sie uns auf den ersten Flug, der nach Los Angeles geht. Sagen Sie im Hotel Bescheid, daß ich früher abreise. Oh – und schicken Sie Mr. Chang eine Flasche Glenlivet, mit meinen Empfehlungen. Und Steve, wer immer da mit Ihnen im Zimmer ist – werden Sie ihn los.«

Es dauerte einen Moment, bevor Philippa das, was sie sah, realisieren konnte. Das war ja krankhaft.

Auf ihrem Schreibtisch lag eine Werbeanzeige aus einer Illustrierten, deren Schlagzeile lautete: »In nur neunundzwanzig Wochen hatte ich Größe 40!« Darunter waren ein Vorher- und ein Nachher-Foto einer Mrs. D. aus Des Moines, Iowa. Auf dem ersten wog sie 270 Pfund, auf dem zweiten 115. Wie konnte eine Frau ohne bleibenden Schaden 155 Pfund in neunundzwanzig Wochen verlieren? Das bedeutete einen Gewichtsverlust von fast 5 1/2 Pfund in der Woche. Das war kaum zu glauben, und wenn es stimmte, war es äußerst gefährlich. War diese Anzeige womöglich gefälscht?

»Das ist einer unserer härtesten Konkurrenten«, sagte Hannah Scadudo und reichte Philippa ein Blatt mit Fakten über das Diätcenter. »Die Leute finden so raschen Gewichtsverlust toll. Und wie du siehst, werben sie stolz damit, daß es ohne Gymnastik, ohne Meetings, ohne Vorträge geht. Mit anderen Worten«, sagte Hannah, »das heißt, sie betonen, daß sie nicht Starlite sind.«

»Aber diese Diät ist tödlich, Hannah«, sagte Philippa. »Bei so schnellem Gewichtsverlust hat die Frau nicht nur Fett verloren, sondern auch Muskeln, das heißt auch Herzmuskulatur. Wie machen sie das? Wie können sie mit einer so unverschämten Behauptung durchkommen?« Philippa überflog das Informationsblatt und fand die Antwort. »Großer Gott, die injizieren ihren Kunden ein Schwangerschaftshormon. Dadurch verliert man viel Wasser, einen Haufen Glykogen und Herzmuskeln, aber das Fett bleibt.«

»Ja, aber am Ende sieht man dünn aus.«

Seit Hannah heute früh mit einem Armvoll Material über Starlites Konkurrenz in ihr Büro gekommen war, hatte Philippas Laune sich stetig in Richtung Nullpunkt bewegt. In der kurzen Zeit, die sie in

Australien gewesen war, hatte die Diätindustrie der Vereinigten Staaten einen ungeheuren Aufschwung genommen. Überall schossen Diätcenter aus dem Boden, Pillen und Pulver wurden millionenfach im Supermarkt verkauft, die außerdem Tausende von »Light«-Produkten anboten.

»Hier ist ein anderer sehr scharfer Konkurrent«, sagte Hannah und reichte Philippa eine weitere Akte. »Du wirst feststellen, daß der Erfolg auf der Einfachheit der Diät beruht. Der Kunde geht einmal pro Woche in das Center und kauft dort sein ganzes Essen, alles ist abgepackt oder gefroren, dadurch fällt das Abwiegen der Portionen weg. Toll für Leute, die nicht viel Zeit haben oder keine Lust, sich in der Küche zu plagen.«

»Wieder ein verdeckter Seitenhieb auf Starlite«, murmelte Philippa. Angesichts der Fülle von Material über Diätcenter, die sich hier vor ihr stapelte, war ihr klargeworden, daß die Konkurrenz für Starlite wesentlich größer war, als sie vermutet hatte. Und wenn sie an die vielen hundert Diätbücher, die sie heute morgen in einer Buchhandlung gesehen hatte, dachte und an die Nachfrage nach schnelleren, gestraffteren Gewichtsverlusten, überkam sie die Angst, daß Starlite Gefahr lief, zu einem Klischee zu werden oder, noch schlimmer, zu einem Dinosaurier.

Die Gegensprechanlage summte. Es war die Empfangsdame mit einem wichtigen Anruf für Hannah.

»Stellen Sie durch«, sagte Philippa.

Hannah zögerte kurz, dann nahm sie den Hörer. »Hannah Scadudo am Apparat«, sagte sie vorsichtig. Eine Stimme sagte: »Hallo, Mrs. Scadudo. Hier ist die Emerson Gallery.« Ihr fiel ein Stein vom Herzen. Sie hatte befürchtet, es könnte der Rückruf der Leute sein, die sie gestern abend nach ihrer halsbrecherischen Heimfahrt angerufen hatte. Sie würde es heute abend wieder versuchen, um die Sache möglichst zu beschleunigen. Es waren nur noch drei Tage bis zur Vorstandssitzung; sie würden doch sicher ein Einsehen haben...

»Ich hoffe, Sie haben gute Nachrichten für mich«, sagte sie.

»Das haben wir in der Tat, Mrs. Scadudo. Wir haben einen Verkäufer gefunden, der mit dem Preis einverstanden ist.«

»Wirklich? Das ist ja wunderbar. Wann können Sie liefern? Es soll nämlich eine Überraschung für meinen Mann sein, wissen Sie, und –«

Sie hörte zu, dann sagte sie: »Ja, natürlich. Wunderbar. Ich werde die Überweisung sofort veranlassen. Danke. Ja, auch Ihnen fröhliche Weihnachten.«

Hannah legte auf, ging zum Sideboard und nahm ihre Tasche. »Das war die Galerie, die ich beauftragt habe, eine Freundlich-Skulptur für mich zu finden. Ich habe dir in meinem letzten Brief davon erzählt«, sagte sie zu Philippa, holte ein Fläschchen mit Pillen aus der Tasche, nahm eine raus und schluckte sie ohne Wasser.

Auf Philippas fragenden Blick sagte Hannah lächelnd: »Ich habe Kopfweh.« Dann stopfte sie die Pillen tief in die Tasche, damit keiner das Etikett lesen konnte. Dr. Freeman hatte sie ihr verschrieben. Sie sollte jedesmal, wenn ihr Herz Zicken machte, eine nehmen. Jedesmal wenn Hannahs Herz aus dem Rhythmus geriet und nur noch zitterte oder stolperte, anstatt rhythmisch zu schlagen, wurde sie starr vor Angst und dachte an den frühen Tod ihrer Mutter.

»Und sie haben sie gefunden?« sagte Philippa. »Wie, sagtest du, heißt das Stück?«

»Phönix. Es ist eine Bronze von Helmut Freundlich, den Alan sehr schätzt. Ich hatte schon Angst, die Galerie findet niemanden, der verkauft.« Sie legte eine Hand auf die Brust und sagte etwas atemlos: »Für fünfundsechzigtausend Dollar! Hoffentlich gefällt sie Alan!«

Hannah blieb an dem Sideboard stehen und wartete, daß die Pille wirkte. Sie tat so, als würde sie sich im Spiegel zurechtmachen und zupfte an ihrem Kleid, einem der Importe von Ingrid Lind – ein rostbrauner tunesischer Kaftan, kombiniert mit Kupferschmuck, was sehr gut zu ihren hohen Backenknochen und indianischen Augen paßte. Hannah hatte jetzt zwar keine Gewichtsprobleme mehr, trug aber trotzdem immer The-Perfect-Size-Modelle in kleinen Größen.

Hannah studierte ihre schwere kupferne Halskette im Spiegel. Ich darf nicht so enden wie meine Mutter, dachte sie verzweifelt; ihr war nur allzu bewußt, daß sie bereits sechs Jahre älter war als ihre Mutter bei ihrem Tod. Ich habe so viel, wofür es sich zu leben lohnt – Jackies Hochzeit, meine Kinder und Enkelkinder, mit Alan in Pension gehen und endlich die Kreuzfahrt um die Welt machen...

Sie dachte daran, wie sie und Alan sich gestern abend vor seiner Abreise nach Rio geliebt hatten. War es nur Einbildung, oder war er wirklich rücksichtsvoller und leidenschaftlicher gewesen als in den letzten Jahren? Nach fünfunddreißig Jahren Ehe war das wirklich erstaunlich. Sie hoffte nur, daß Alan nicht ahnte, was sie mit den Aktien vorhatte. Wenn er es herausfand, würde das alles zwischen ihnen zerstören.

Ricky kam herein mit einem Teetablett und der neuesten Ausgabe des *Wall Street Journal*, die er Philippa gab.

Hannah beobachtete den gutaussehenden jungen Mann mit dem schicken Anzug und dem langen blonden Pferdeschwanz im Spiegel. Sie sah, wie er Philippa zuzwinkerte, und fragte sich erneut, ob ihre Beziehung zueinander wirklich rein geschäftlich war.

»Mr. Hendricks hat angerufen, Miss Roberts«, sagte er. »Er ist in Palm Springs und hat dort mit seinen Recherchen über Beverly Burgess begonnen. Er sagt, er wird morgen einen Bericht für Sie haben, er bringt ihn ins Marriott Desert Springs.«

Philippa wußte kaum mehr, wo ihr der Kopf stand. So vieles, woran sie denken mußte! Die schwindenden Mitgliederzahlen von Starlite, die Gefahr einer Übernahme, die unterschlagene Million und die Möglichkeit, daß Ivan Hendricks, der Privatdetektiv, nach jahrzehntelanger Suche endlich ihre Schwester gefunden hatte.

»Danke, Ricky«, sagte Philippa und überflog einen Artikel, den er angestrichen hatte. »O Gott!« sagte sie kurze Zeit später. »Miranda International hat noch zwei Prozent der Starlite-Aktien aufgekauft. Sie sind nah dran, sich einen entscheidenden Aktienanteil zu sichern. Ich bete nur, daß es Alan gelingt, mit Miranda ins Gespräch zu kommen. Ich will wissen, warum sie hinter meiner Firma her sind. Und vor allen Dingen will ich wissen, wo ihre Schwächen liegen, und einen Weg finden, sie an der Übernahme zu hindern.«

»Aber Philippa«, sagte Hannah, »selbst wenn sie alle an der Börse gehandelten Aktien aufkaufen, können sie uns nichts anhaben. Wir haben immer noch die Aktienmehrheit.«

»Genau das macht mir ja Sorgen«, sagte Philippa und sah ihre Freundin an. »Wenn Miranda einen von uns kaufen kann, sind wir verloren.«

Hannah trat nervös von einem Fuß auf den anderen. »Mit ›uns‹ meinst du wohl mich, Alan, dich und Charmie. Wir besitzen zusammen die Aktienmehrheit. Und wen von uns könnte Miranda deiner Meinung nach für sich gewinnen?«

»Und Ingrid«, sagte Philippa. »Vergiß nicht ihre fünf Prozent.«

Trotz Ingrids großem Erfolg als Einkäuferin war die lebensfrohe Miss Lind immer noch ein wunder Punkt für die Konzernleitung. Als Hannah vor sieben Jahren die junge Frau einstellen wollte, hatte Alan sich so heftig gewehrt, daß daraus der schlimmste Streit ihrer Ehe geworden war. Aber Philippa hatte ein Machtwort gesprochen, und Ingrid war eingestellt worden. Trotzdem machte Alan immer noch kein Hehl aus seiner Abneigung gegen Hannahs Chefeinkäuferin, und sein Mißtrauen hatte sich auch auf Philippa übertragen.

»Ich vertraue Ingrid«, sagte Hannah. »Ich bin mir sicher, daß keiner von uns verkaufen wird«, fügte sie hinzu und verdrängte den Gedanken an die Aktien in ihrem Safe, die nur darauf warteten, den neuen Eigentümern übereignet zu werden.

»Ich muß jetzt los«, sagte Philippa, stand auf und nahm ihre Handtasche und ihre Aktentasche. »Ricky, sei so gut, fahr mit dem Taxi zum Hotel und hole unsere Sachen. Ich möchte vor unserer Abfahrt nach Palm Springs noch ein bißchen herumfahren. Ich muß mir etwas ansehen.«

Die Glastür schloß sich mit einem Summton hinter Philippa und ließ den Verkehrslärm der geschäftigen Straße in Beverly Hills verstummen. Eine junge Frau am Empfang sagte: »Hallo, willkommen bei Starlite.«

Philippa hatte sich einen Text zurechtgelegt. »Danke. Ich bin kein Mitglied, aber ich möchte vielleicht beitreten. Kann ich mich ein bißchen umsehen?«

Die Empfangsdame war um die Zwanzig, gut gekleidet, und ihr Namensschild lautete Mandy. »Selbstverständlich. Während ich Ihnen unsere Räume zeige, kann ich Ihnen die verschiedenen Punkte des Starlite-Programms erläutern.«

Philippa wurde in den großen Hauptraum des Salons geführt. Alles war in verschiedenen ruhigen Blautönen dekoriert, auch die in kleinen Gruppen arrangierten komfortablen Stühle. Versteckte Lautsprecher sorgten für sanfte Musikberieselung. Angeschlossen an diesen Raum der Begegnung waren der Gymnastikraum, Massagekabinen, ein Bäder- und Dampfraum, Haar- und Kosmetiksalons, ebenfalls in weichen Blautönen gehalten, mit vielen Pflanzen und gedämpfter Beleuchtung. Alles war sehr ruhig, sehr intim. Ein Ort der Entspannung, an dem man sich verwöhnen lassen konnte.

»Wir bieten täglich drei Gruppen zu günstigen Terminen«, erklärte Mandy Philippa während der Führung, »die schließen Diättreffen und Unterricht in Schönheit und Mode ein. Außerdem bieten wir Aerobic-Klassen und spezielle Schönheitsbehandlungen wie Gesichtspflege, Maniküre und Pediküre und Wachsenthaarungen an.«

Während die Empfangsdame ihr schilderte, wie die Diät funktionierte, fiel Philippa plötzlich auf, wie still es überall war. Im Bäderraum waren nur ein paar Frauen, nur eine der Massagekabinen war besetzt, und eine Aerobic-Lehrerin wartete auf ihre Klasse. Philippa war auch nicht gerade davon angetan, daß es nur drei Gruppen gab: morgens, mittags, abends. Noch dazu gab es bei allen Gruppen freie Plätze, nur der Samstag war ausgebucht.

Der Starlite-Salon am Roxbury Drive in Beverly Hills war die Verkörperung jener Vision, die Philippa vor Jahren gehabt hatte. Damals war er revolutionär gewesen: ein Ort, wo man sich von den Mühen des Alltags ausruhen konnte, im Kreise von Frauen, die alle die gleichen Probleme hatten. Die Nachfrage war so groß gewesen, daß neue Salons gar nicht schnell genug eröffnet werden konnten. Warum war dieser Salon dann so schlecht besucht? Hatten sich die Bedürfnisse der Frauen geändert?

Charmie hatte gesagt, die Leute wären jetzt ständig in Eile, wollten sofort Ergebnisse sehen. Sie hatten kein Interesse mehr daran, Zeit und Energie in ein so intensives Programm zu stecken. Vor Jahren funktionierte es, weil die Hausfrauen Zeit hatten. Aber jetzt müssen wir die berufstätigen Frauen ansprechen, die auch oft noch alleinerziehende Mütter sind. Sie brauchen Flexibilität und die Gelegenheit, spontan zu handeln.

Philippa hörte nur mit halbem Ohr, wie Mandy die Vorzüge des

Starlite-Programms pries. Allmählich wurde ihr klar, wo das Problem lag. Starlite mußte der neuen Zeit angepaßt werden.

Sie dankte der Empfangsdame und verließ mit einer dicken Broschüre den Salon. Ihr Verstand arbeitete auf Hochtouren, die Veränderungen nahmen bereits vor ihrem inneren Auge Gestalt an. Und sie spürte wieder dieses alte Kribbeln im Blut, dem Nervenkitzel einer neuen Herausforderung zu begegnen.

Doch da gab es noch einige Hindernisse. Philippa mußte herausfinden, wer der Dieb in ihren eigenen Reihen war, und das bald. Und die Übernahme durch Miranda International mußte gestoppt werden. Denn sobald Miranda die Kontrolle hätte, wären all diese Jahre, all ihre Träume und Visionen und ihre harte Arbeit umsonst gewesen.

Philippa eilte zurück zu der Limousine und gab dem Fahrer Anweisung, sie ins Hauptbüro von Starlite zurückzubringen, dann nahm sie das Telefon und wählte Hannahs Privatnummer. Der Wagen fuhr los und ordnete sich in den Verkehr auf dem Wilshire Boulevard ein, ohne daß Philippa oder ihr Fahrer merkten, daß sie von einem eleganten schwarzen Jaguar verfolgt wurden.

28

Tarzana, Kalifornien, 1963

»Weißt du, was du brauchst, Philippa? Du brauchst einen Mann. Du bist schließlich eine gesunde Frau von fünfundzwanzig. Wirst du denn nie, du weißt schon... geil?«

Sie schüttelte lächelnd den Kopf. »Max, ich lass' mich nicht wieder mit dir auf so ein Gespräch ein. Besonders nicht heute morgen, vor all diesen Leuten.«

Eine kleine Menschenmenge hatte sich auf dem Gehsteig vor dem Laden am Canoga Park versammelt. Es war ein frischer Novembermorgen, und die Sonne kämpfte gegen graue Wolken. Im Augenblick hatte die Sonne die Oberhand. Max nicht.

»Es ist mein Ernst, Philippa«, sagte er und folgte ihr zu dem Platz, wo Hannah und Alan standen. Alan hatte das Baby auf dem Arm, und Hannah hielt sich ihren stattlichen Bauch. In einem Monat würde bereits ihr zweites Baby zur Welt kommen. »Willst du dich nicht setzen?« sagte Philippa.

»Nicht nötig«, sagte Hannah und drückte mit einer Hand gegen ihr Kreuz. »Die Zeremonie fängt doch gleich an, oder?«

»Ja.« Philippa warf einen Blick über die Schulter. »Ist das nicht aufregend? Unser dreißigster Salon!« Die Früchte ihrer Vision vor zwei Jahren, in der Nacht, als sie von Hannahs Heirat erfahren hatte. Und Charmie Starlite verlassen hatte.

Hannah drückte Philippa kurz an sich. »O je«, sagte sie. »Max ist wieder im Anmarsch. Und er hat wieder diesen irren Blick. Soll ich ihn zurückpfeifen?«

Philippa lachte. »Mit Max werde ich schon fertig!«

»Meine Familie«, seufzte Hannah. Annähernd die Hälfte der heutigen Gäste stammte aus Hannahs Clan.

Philippas einziger »Familien«-Gast war Mrs. Chadwick, im Sonntagsstaat mit einem neuen Hut, der mit Seidennelken besetzt war. Wenn sie nicht gerade weinte, erzählte sie den Leuten, daß sie Philippa schon gekannt hatte, als sie noch Verkäuferin in einem Drugstore war. »Ich habe immer gewußt, daß sie Erfolg haben wird.«

Und Philippa hatte Erfolg. Sie besaß inzwischen dreißig Starlite-Salons mit jeweils achthundert Mitgliedern. Eine Kolumnistin hatte geschrieben: »Wo sonst kann eine Frau dem Streß ihres Berufs oder der Familie entfliehen und in eineinhalb Stunden sich selbst so viel Gutes tun, wie zum Beispiel abnehmen mit einer interessanten Diät, das Neueste über Mode und Make-up lernen, Mitgefühl erleben und Inspiration durch geschickte Aufmunterungsgespräche? Die Antwort kann ich Ihnen aus eigener Erfahrung geben: nur innerhalb der intimen Atmosphäre der schicken kleinen Starlite-Salons! Versuchen Sie es einfach mal.«

In der Menge, die sich heute zum Durchschneiden des blauen Bandes anläßlich der Eröffnung des Salons versammelt hatte, waren auch die sechs Beraterinnen, die an diesem Standort arbeiten würden. Eine davon war Cassie Marie, die früher ihre gesamten Energien mit dem

Essen von Schokoriegeln und Häkeln vergeudet hatte. Eine Starlite-Beraterin mußte das Diätprogramm und anschließend ein intensives sechswöchiges Trainingsprogramm absolviert haben. Ihr Gehalt richtete sich nach der Länge der Zugehörigkeit zur Firma und der Anzahl der von ihr betreuten Gruppen. Die Aufstiegsmöglichkeiten waren gut. Bis jetzt waren die dreißig Salons nur über Südkalifornien verstreut, aber Philippa arbeitete bereits daran, Starlite über den ganzen Staat auszudehnen und dann, sobald wie möglich, über alle Staaten der USA.

Wenn doch nur Charmie an all dem teilhaben könnte, dachte Philippa, als wieder zwei Floristenlieferwagen vorfuhren und neue Gestecke mit Glückwünschen abgeladen wurden. Aber seit jener Nacht vor zwei Jahren, als Philippa Charmie verletzt im Schrank gefunden hatte, hatten die beiden sich weder gesehen noch gesprochen.

Philippa hatte mehrmals versucht, den Bruch zu kitten, aber Charmie hatte weder auf Briefe noch auf Anrufe reagiert, bis sie schließlich vor einem Jahr aufgegeben hatte. Bei dem Gedanken an ihre Freundin wurde Philippa wieder einmal klar, wie einsam sie im Grunde war. Deshalb war sie auch so verärgert über Max und seine ständige Ermahnung, sie brauche jemanden: Er hatte recht.

Doch sie verwarf diesen Gedanken. Sie hatte doch gar keine Zeit, über Einsamkeit nachzudenken. Da war ihr neues Haus in den Bergen von Encino mit seiner phantastischen Aussicht auf das Valley, und das neue Starlite-Büro in Encino. Philippa war von morgens bis abends beschäftigt, ständig auf der Suche nach neuen Standorten für Salons, mit Einstellung und Training der Beraterinnen, dem Einkauf neuer Geräte, und was sonst noch alles anfiel, damit alle Bereiche reibungslos funktionierten. Außerdem mußte sie Vorschläge und Rezepte von Kundinnen auswerten und testen, damit sie in die wöchentlichen Broschüren und Speisepläne eingearbeitet werden konnten. Und dann waren da noch die persönlichen Briefe, mit denen das Starlite-Büro förmlich überflutet wurde: Dankesschreiben, Lobeshymnen, Schilderungen von Frauen, deren Leben sie verändert hatten, und wann immer Philippa persönlich bei einer Gruppe erschien, applaudierten die Mitglieder und ließen sie wissen, daß sie viele Freunde hatte.

Es gab auch Männer in ihrem Leben. Wenn sie die Zeit dazu hatte, verabredete sie sich auch mit ihnen.

War das etwa die Beschreibung einer einsamen Frau?

Und wenn sie sich dann manchmal so einsam fühlte, daß sie überlegte, ob sie Johnny in San Quentin schreiben sollte, redete sie sich ein, sie wäre so beschäftigt und hätte so viele Freunde und eigentlich gar keine Zeit für Johnny. Sie brauchte niemanden. Sie hatte ein erfülltes Leben und war glücklicher als die meisten, wie es aussah.

Gelegentlich gestattete sie sich ein paar Gedanken an Rhys. Es hatte lange gedauert, ehe sie den Mut aufbrachte, sein Buch *Suchen* zu lesen.

Rhys' Bruder hatte damals, als er Rhys' Leiche nach Nordkalifornien überführen ließ, auch die Papierrolle aus der Schreibmaschine mitgenommen und sie einem Verleger vorgelegt. Letztes Jahr hatte das Buch wochenlang die Bestsellerlisten angeführt, »der letzte große Roman der Beat-Generation«, wie die überschwenglichen Kritiken es bezeichneten. Und als Philippa endlich den Mut aufbrachte, es zu lesen, fand sie die Worte, die sie am Abend seines Todes gelesen hatte: »Ihr Gesicht mit den süßen Rundungen eines Cherubim, sie war wie ein unschuldiger Babyengel, wenn sie den Mund öffnete, um etwas zu sagen, entströmte ihm Licht. Sie lag in meinen Armen wie eine arme kleine Wachtel ...«

Als sie sich jetzt dem blauen Band näherte, das in der morgendlichen Brise flatterte, sah Philippa ihr Spiegelbild im Schaufenster – eine große, schlanke junge Frau mit einem Wollrock und einer schikken kleinen Jacke mit übergroßen Knöpfen, mit der passenden Jackie-Kennedy-Pillbox. Sie lächelte. Das war nicht mehr die fette unglückliche Christine Singleton, die ihre Kleider bei Charlenes Molly-Chic kaufen mußte. Das war nicht mehr Rhys' rundgesichtiger Putto, seine mollige kleine Wachtel, sondern eine erfolgreiche Frau, deren Karriereleiter steil nach oben führte.

Sie durchschnitt das Band im Blitzlichtgewitter, und alles drängte in den Laden, wo ein kaltes Buffet nach Rezepten der Starlite-Diät mit zuckerlosen Getränken, Kaffee und Tee aufgestellt war. Das einzige Zugeständnis an sündige Genüsse war Champagner, auf den sich alle stürzten.

Philippa war von einer Menge Gratulanten umringt, als Max hereinstürmte und schrie: »Gott steh uns bei! Auf den Präsidenten ist geschossen worden!«

Im Salon gab es einen Fernseher mit großem Bildschirm, Max schaltete ihn rasch ein, und alle Gäste drängten sich um ihn.

Auf allen Kanälen war dasselbe zu hören: »Wir unterbrechen dieses Programm...«

Schließlich gelang es Max, einen Kanal zu finden, wo ein Reporter vor einem Gebäude stand, das wie ein Krankenhaus aussah, und sagte: »Uns liegt noch kein Bericht über den Zustand von Präsident Kennedy vor, der hier ins Parkland Hospital in Dallas eingeliefert wurde, nachdem auf ihn bei einer Fahrt durch die Stadt im Wagen geschossen worden war.«

Der ganze Raum verstummte, alle starrten fassungslos den Bildschirm an.

»Wie Sie hinter mir sehen können«, fuhr der Reporter mit erstickter Stimme fort, »versammeln sich immer mehr Menschen vor dem Krankenhaus...«

Die Kamera schwenkte langsam zu der Menschenmenge, die sich auf dem Rasen vor dem Krankenhaus drängte. Sie standen oder knieten schweigend da, viele weinten. Von außerhalb des Bildes war eine Stimme zu hören, eine mächtige Stimme, wie von einem Prediger. Die Kamera schwenkte weiter und blieb auf einem alten Bus mit der Aufschrift: DANNY MACKAY BRINGT JESUS stehen. Ein junger Mann stand auf der verbeulten Haube, mit ausgebreiteten Armen, und rief: »Brüder und Schwestern in Christus, stimmt mit mir ein in ein Gebet für unseren geliebten Präsidenten.«

Philippa sah, wie die Menge sich ihm zuwandte, mit ängstlichen, hoffnungsvollen Gesichtern, wie führungslose Kinder, und als er wieder das Wort ergriff, war die Kraft seines Geistes auch vor dem Fernseher zu spüren. »Ich weiß nicht, was in diesem Gebäude vorgeht, Brüder und Schwestern«, rief der junge Prediger. »Wir müssen unsere Stimmen zu Gott erheben und Ihn wissen lassen, daß wir nicht wollen, daß Er John Fitzgerald Kennedy heute zu sich nimmt. Wir wissen, wem die Welt die Schuld an dem, was heute hier passiert ist, geben wird!« schrie Danny Mackay. »Texas werden sie die Schuld geben! Aber Texas hat nicht auf unseren geliebten Präsidenten geschossen. Der Teufel war es!«

Philippa stand in ihrem neuen Salon, umringt von schockierten Menschen, und lauschte der faszinierenden Stimme dieses jungen Wanderpredigers, der eines Tages als Fernsehprediger Millionen in seinen Bann ziehen würde – ein Mann mit Charisma, der selbst einmal Präsidentschaftskandidat der Vereinigten Staaten werden würde.

Ein schöner, überzeugender Mann mit einer schönen, überzeugenden Stimme. Tränenüberströmt rief er die Welt auf, »dem Herrn zu zeigen, wie sehr wir diesen Mann dort im Krankenhaus lieben«, und Philippa spürte, wie seine Kraft sie in ihren Bann zog. Danny Mackay sagte: »Bieten wir Ihm unser Leben an für das unseres Präsidenten.« Die Menge rief »Amen«. Philippa fing an zu zittern. Danny sagte: »Laßt uns versprechen, daß wir auf den Pfad der Rechtschaffenheit zurückkehren, um John Kennedys willen!«, und ihre Augen füllten sich mit Tränen. Danny stand da, mit der Sonne hinter sich, die Arme ausgebreitet, und sein schlanker Körper bebte vor Leidenschaft, als er schrie: »Macht euren Frieden mit dem Herrn hier und jetzt, meine Brüder und Schwestern! Was immer da an Bösem oder Finsterem in eurem Herzen wohnt – verstoßt es im Namen unseres geliebten Präsidenten. Versprecht dem Herrn hier und jetzt«, sagte er, »daß ihr eure Seelen reinigen und euch der Liebe und dem Verzeihen hingeben und von diesem Augenblick an auf neuen Pfaden wandeln werdet.«

Danny Mackay betete weiter und legte auf seinem verbeulten alten Bus den Grundstein für späteren Ruhm und Reichtum, aber Philippa hörte nichts mehr. Er hatte sie berührt. Er hatte einen dieser finsteren Plätze in ihrem Herzen geöffnet und Licht hineinströmen lassen. Und mit einemmal sah sie, was sie tun mußte.

Sie mußte ihren Vater finden. Sie mußte Frieden mit Johnny Singleton schließen.

»Johnny Singleton«, sagte sie ins Telefon. Philippa war seit dem Wählen dieser Nummer schon zweimal weiterverbunden worden, und diese Person hier hatte anscheinend genausowenig Ahnung wie die ersten zwei. »Er ist Insasse«, wiederholte sie. »Ich bin seine Tochter.«

»Tut mir leid, Miss«, sagte der junge Mann am anderen Ende. »Aber wir haben hier keinen Johnny Singleton. Haben Sie das Datum seiner Inhaftierung?«

Sie konnte ihm das Jahr nennen, wußte aber weder Monat noch Tag. Als sie nun das dritte Mal aufgefordert wurde zu warten, fragte sich Philippa, ob Johnny Singleton vielleicht entlassen worden war. Es waren ja schließlich schon neun Jahre, seit sie vom Fisherman's Wharf aus im Gefängnis von San Quentin angerufen hatte.

Endlich kam der Mann zurück. »Wer, sagten Sie, sind Sie?«

Philippas Herz machte einen Satz, sein Tonfall war beängstigend.

»Ich bin seine Tochter. Warum?«

»Als enges Familienmitglied, Miss, waren Sie informiert worden.«

»Informiert? Worüber informiert?«

Eine Pause und dann: »Informiert eben.«

»Das verstehe ich nicht. Ist er entlassen worden?«

»Tut mir leid, ich fürchte, diese Information kann ich Ihnen ohne Bestätigung Ihrer Identität nicht geben. Wenn Sie eine schriftliche Anfrage –«

»Bitte sagen Sie mir, wo er ist!«

Aber sie konnte nicht mehr erfahren, und als sie auflegte, überkam sie eine dunkle Vorahnung.

»Verrückt ist das mit diesem Attentat auf Kennedy«, sagte der Privatdetektiv, der gerade etwas auf einen Block kritzelte. Sein Bauch war so dick, daß er die Arme strecken mußte, um an seinen Schreibtisch zu kommen. Auf seiner Krawatte war ein verblaßter grüner Fleck, und Philippa fragte sich, wie alt er wohl war. »Seitdem haben alle Leute den Drang, alte Freunde, alte Flammen zu suchen«, sagte er. »Wahrscheinlich wollen sie sich entschuldigen, etwas wiedergutmachen, Geschichten in Ordnung bringen. Durch seinen Tod haben die Leute eingesehen, wie schnell es gehen kann. Mein Telefon steht seit Tagen nicht still, lauter Leute, die Leute suchen.« Er zwinkerte ihr zu, was ihr gar nicht gefiel. Sie hatte Mr. Dixon aus dem Branchenbuch herausgesucht. »So, Sie suchen also Ihren Vater, was? Okay, dann sage ich Ihnen erst mal, was Sie das kosten wird.«

Philippa beobachtete, wie Dixon einige Zahlen addierte. Nach ihrem vergeblichen Versuch im Gefängnis hatte Philippa sich für einen Privatdetektiv entschlossen. Die Angst, Johnny wäre vielleicht nicht entlassen worden, sondern tot, raubte ihr den Schlaf.

»Wofür war er denn im Knast?« hatte Dixon sie am Anfang ihres Gesprächs gefragt.

»Ich weiß es nicht«, hatte sie erwidert. »Ist das wichtig?«

»Vielleicht. San Quentin ist schließlich ein Hochsicherheitsgefängnis. Todeskandidaten, Gaskammer und so weiter. Und wenn die Beamten so verschwiegen waren, wie Sie sagen, wer weiß?« Die unausgesprochene Vermutung hatte ihr Kälteschauer über den Rükken gejagt.

»Eine Anfrage im Gefängnis dauert zu lange«, sagte er mit einem widerlich stinkenden Rülpser. »Ich habe da was Besseres, einen Freund, der Zugang zu den Archiven der *Times* hat. Morgen nachmittag könnte ich was für Sie haben. Das ist mein Honorar.« Er schob ihr den Block zu. »Im voraus!«

Dixon lieferte am nächsten Tag wie versprochen.

Philippa öffnete den dicken Umschlag nicht in seinem Beisein, sondern fuhr zum Reseda Park, in dem, obwohl es Samstag war, nur wenige Leute unterwegs waren. In den acht Tagen seit Kennedys Tod hatte sich eine lähmende Atmosphäre im San Fernando Valley ausgebreitet. Die Leute blieben zu Hause, auf den Straßen war kaum Verkehr, und jetzt war der Park, der sonst vor Leuten wimmelte, seltsam leer. Die Schaukeln und Rutschbahnen waren verwaist, auf dem Teich fuhren keine Boote. Nur ein älterer Mann fütterte Enten, aber auch er schien lustlos und gedrückt.

Philippa suchte sich eine Bank unter einem großen Baum, dann starrte sie lange den Umschlag an, den Dixon ihr gegeben hatte.

Er hatte nichts über den Inhalt gesagt, sondern ihr einfach den Umschlag hingeschoben, als wolle er nichts mehr damit zu tun haben.

Jetzt hielt sie Johnnys Leben hier in Händen. Philippa öffnete langsam den Umschlag.

Er enthielt chronologisch geordnete Fotokopien von Zeitungsausschnitten, die 1950 begannen. Sie schilderten einen sensationellen Massenmord, die »Nob Hill Slayings«, und sie erschrak, als sie sah, daß diese Morde nur wenige Tage nachdem Johnny sie nach St. Bridget's gebracht hatte, passiert waren.

Sie las die Ausschnitte der Reihe nach. Da waren die polizeiliche Untersuchung der Morde, der anonyme Hinweis, den der Bezirksanwalt erhalten hatte, Johnnys anschließende Verhaftung, sein Prozeß, das Urteil: Schuldig... All das war passiert, während sie in St. Bridget's auf ihren Vater wartete, mit wachsender Angst und dann mit Wut, bis der erste Brief aus Italien gekommen war. Wenn sie daran dachte, wie es für ihn gewesen sein mußte – gejagt und eingesperrt wie ein Tier und keiner da, der seinen Unschuldsbeteuerungen glaubte, ihr schöner Johnny, ganz allein und ungeliebt...

Tränen fielen auf das Papier und verschmierten die Buchstaben. Der Wind rauschte durch den Park, kühl, ein Vorbote des nahen Dezembers. Es blieben nur noch fünf Seiten, und sie hatte plötzlich Angst, sie zu lesen.

Sie schaute sich die erste an und las, was sie geahnt hatte, aber nicht schwarz auf weiß sehen wollte: Johnny war zum Tod in der Gaskammer verurteilt worden. Die nächste Seite befaßte sich mit den legalen Schwierigkeiten, die die Hinrichtung verzögerten. Das waren die Jahre ihres Heranwachsens in St. Bridget's gewesen, als sie mit Mop ihren Spaß gehabt hatte, nicht ahnend, daß Johnny in der Todeszelle saß und es trotzdem irgendwie arrangiert hatte, daß sie diese fröhlichen Briefe aus aller Welt bekam.

Jetzt nahm sie die drittletzte Seite, einen Monat nachdem sie aus St. Bridget's weggelaufen war. Als sie die Schlagzeile las: »Johnny Singleton, verurteilter Mörder, stirbt heute nacht in der Gaskammer«, ließ sie den Umschlag und die übrigen zwei Seiten zu Boden gleiten. Sie brachte es einfach nicht über sich, sie zu lesen; sie enthielten bestimmt nur einen detaillierten Bericht von Johnnys Hinrichtung. Der Wind wehte die Blätter hoch und blies sie davon.

Philippa blieb auf der Bank sitzen, bis Dunkelheit sich über den Park legte und sie einhüllte. Dann stand sie wie in Trance auf und ging zu ihrem Wagen. Es gab nur einen Platz, an dem sie jetzt sein wollte. Sie fuhr los und ließ Johnny zurück.

Als die Parklampen langsam angingen und ihr Schein sich über das trockene Gras und den trüben Teich ausbreitete, flatterte eine der fotokopierten Seiten hinaus aufs Wasser und trieb mit der Schrift nach oben dahin, ein kurzes Stück, so daß man gerade lesen konnte: »Johnny Singleton in letzter Minute vor Hinrichtung aufgrund neuer Beweise im Mordfall Nob Hills begnadigt.« Eine Ente kam angeschwommen, auf der Suche nach einem kleinen Imbiß, und pickte so lange auf das Papier ein, bis es versank

Die letzte Seite von Dixons Bericht trug der Wind davon und klatschte sie gegen einen Baum, wo sie kurz hängenblieb. Das Lampenlicht schien auf die Worte: »Wirklicher Mörder im Nob-Hills-Mord gesteht, Johnny Singleton freigesprochen, wird heute aus San Quentin entlassen.« Und dann riß es der Wind mit sich fort.

Philippa drückte die Klingel am Haus 325 Avenida Hacienda und wiederholte im Geiste noch einmal, was sie sagen wollte, damit Charmie ihr nicht gleich die Tür vor der Nase zuschlug. Es ist wichtig, Charmie. Ich muß mit dir reden. Hör mich bitte an, bevor du mich wegschickst.

Sie wollte gerade ein zweites Mal klingeln, als die Tür plötzlich aufging. Ein kleiner Junge von etwa vier oder fünf stand vor ihr, aus dem Haus dröhnte das Gegacker von Fernsehcomics. Er war dünn, mit einem lustigen Gesicht. Mit einer Hand umklammerte er ein Sandwich, und sein Mund glänzte fettig. »Nathan?« sagte sie lächelnd und bückte sich zu ihm. »Kennst du mich noch?«

Er sah sie mit großen Augen an, dann drehte er sich um und rannte ins Haus. »Mommie! Da ist eine Dame an der Tür! Sie hat ein rotes Kleid an!«

»Ich komme!« hörte sie Charmies Stimme rufen. Bitte, Charmie, hör mich an. Du bist die einzige, mit der ich über Johnny reden kann. Laß mich nur ein paar Minuten rein, dann werd' ich dich nie wieder belästigen. Ich bin nur so traurig...

Die Tür ging weiter auf, und Charmie stand da, mit den Händen voller Mehl und hochrotem Kopf vom Backofen. »Ja?«

Aber bevor Philippa etwas sagen konnte, rief Charmie: »Chris!« und drückte Philippa an ihre Brust, die nach Zimt und Lebkuchen roch. »Mein Gott, du bist es wirklich! Oh, Philippa...«

»Charmie, es tut mir so leid –«

»Halt die Klappe. Es war meine Schuld. Ich war einfach so durcheinander. Du wolltest mir ja nur helfen. Ich bin so froh, daß du da bist.«

»Johnny ist tot, Charmie. Mein Vater. Sie haben ihn hingerichtet.«

»Oh, Philippa.« Charmie legte den Arm um ihre Schultern und führte sie zur Couch.

»Warum muß das Leben nur immer so hart sein?« sagte Philippa.

»Erzähl mir von deinem Vater.«

»Ich war so stur, wahrscheinlich weil ich ihn bestrafen wollte dafür, daß er mich nach St. Bridget's abgeschoben und mir nie erzählt hat, daß ich adoptiert war. Aber schau, wohin mich diese Sturheit gebracht hat. Tief in meinem Inneren habe ich wohl immer geglaubt, daß ich ihn eines Tages wiedersehe. Aber die Zeit ist verronnen, und ich habe meine Chance verspielt...«

»Mach dir keine Vorwürfe. Du hast es nicht gewußt.«

Sie unterhielten sich eine Weile über die Vergangenheit. Nebenan kicherte Nathan über Mickymaus, und das ganze Haus roch nach Plätzchen. Ganz allmählich tasteten sich die beiden in die nähere Vergangenheit vor, bis sie zu dem kamen, was vor zwei Jahren zwischen ihnen passiert war.

»Tut mir wirklich leid, wie ich dich behandelt habe«, sagte Charmie. »Ich weiß, daß du nur helfen wolltest. Aber inzwischen ist alles besser geworden, ehrlich. Ron trinkt jetzt nicht mehr so viel. Er schlägt mich kaum noch. Wir werden's schaffen.«

»Kannst du zurück zu Starlite kommen? Ich brauche dich wirklich, das habe ich nicht nur so hingesagt. Ich habe Probleme, die nur du bewältigen kannst.«

»Weißt du, ich war oft versucht, in einen der Salons zu gehen. Ich habe eine Freundin, die seit einem Jahr dabei ist. Seitdem redet sie nur noch von ihrer verdammten Gruppe. Sie hat fünfundvierzig Pfund abgenommen und hat gelernt, sich gut anzuziehen. Ich beneide sie. Und dich und Hannah. Klar komm' ich zurück. Wahnsinnig gerne. Aber nur, wenn Ron nicht da ist.«

Die Comicsendung war zu Ende, und der kleine Junge kam hereingelaufen. Als er sagte: »Bist du Tante Philippa?« fuhr sie ihm durch seine orangeroten Haare und sagte leise: »Charmie, ich habe mich entschlossen, meine wirkliche Familie zu suchen. Ich will herausfinden, wer meine Eltern sind. Vielleicht habe ich Geschwister. Ich hätte das schon vor langer Zeit tun sollen.«

29

Das Geheimtelefon klingelte und unterbrach eine wichtige Konferenz. Der Anruf wurde in einem abgelegenen Büro angenommen, außer Hörweite der anderen.

»Philippa hat eine Reservierung im Marriott in Palm Springs«, wurde berichtet. »Sie ist im Augenblick auf dem Weg dorthin.«

»Ich verstehe. Dann bleibt uns fast keine Zeit mehr.« Ein rotgrüner Papagei mit grellgelbem Gesicht krächzte laut. Als der Vogel sich wieder beruhigt hatte: »Konnten Sie die Arrangements in die Wege leiten?«

»Keine Sorge, alle Arrangements sind getroffen. Alles steht bereit.«

»Haben Sie die Pistole besorgt?«

»Ja.«

»Gut. Ich bin unterwegs.«

30

»Ich bringe dich um!« schrie Carole und rannte hinter Larry her.

Der Streit erregte die Aufmerksamkeit einiger Skifahrer, die unterwegs zum Lift waren. Einer von ihnen, ein Klatschkolumnist, der seinen Weihnachtsurlaub im Star's verbrachte, machte sich eine geistige Aktennotiz, daß Larry Wolfe, Oscarpreisträger für das beste Drehbuch, anscheinend ein heimliches Techtelmechtel mit Carole

Page hatte, einer immer noch attraktiven Schauspielerin über Vierzig, deren Karriere Gerüchten zufolge einen schweren Knacks hatte.

Carole bückte sich kurz, um einen Schneeball zu machen. Sie kriegte vor lauter Lachen kaum noch Luft. Larry hatte mit der Schneeballschlacht angefangen. Carole wollte gerade einen kleinen Spaziergang im Wald machen, als ein gut gezielter Schneeball sie genau zwischen die Schulterblätter traf. Bitte laß es Larry sein, hatte sie gedacht, und er war es tatsächlich, der Mann, den sie dazu bringen wollte, sie zu verführen. Sie hatte sich gespielt wütend auf die Jagd nach ihm begeben.

Sie trug einen knöchellangen kanadischen Luchs und einen Kosakenhut aus Weißfuchs – ihr Dr.-Schiwago-Outfit. Anscheinend hatte sie das Richtige gewählt, denn Larry konnte sich gar nicht satt sehen.

Carole preßte den Schneeball fest, beugte sich zurück und warf. Larry duckte sich und rannte dann lachend hinter ihr her, keuchend im tiefen Schnee und in der dünnen Gebirgsluft. Carole versuchte wegzulaufen, gab sich aber Mühe, nicht zu schnell zu sein. Er packte sie, und sie fielen zusammen in den Schnee. Sie rangelten lachend miteinander, dann hielt Larry Caroles Arme über dem Kopf fest und wurde plötzlich ernst.

»Laß mich heute abend in dein Zimmer kommen«, sagte er.

Caroles Herz pochte bis zum Hals. »Nein.«

»Ja«, sagte er und warf sich der Länge nach auf sie, ohne Rücksicht auf die gaffenden Zuschauer, die eigentlich auf dem Weg zum Skilift waren.

»Die Leute beobachten uns!« sagte sie.

»Das ist mir egal. Sag, daß ich heute abend kommen kann.« Larry konnte sich nicht erinnern, wann er das letztemal sexuell so erregt gewesen war. Gestern beim Abendessen hatte er gedacht, Carole wäre interessiert. Aber dann hatte sie ihn einfach vor der Tür zu ihrem Bungalow stehenlassen und ihm klargemacht, daß sie in dieser Hinsicht nur an ihrem Mann interessiert war.

»Laß mich in deinen Bungalow kommen«, sagte er und drückte sie weiter in den Schnee. Am liebsten hätte er sie gleich hier genommen. »Ich werde diskret sein. Niemand wird es erfahren.«

Er merkte, wie ihr Widerstand brach, ihr Körper unter seinem weich wurde. Die zartrosa Perlenkette, die sie immer trug, war verrutscht und lag jetzt eng um ihren Hals, eingebettet in den Kragen ihres weißen Angorapullovers. Warum war sie ihm nicht schon früher aufgefallen? Und dann wußte er es: Er hatte gedacht, sie wäre für jeden zu haben.

»Bitte«, sagte sie, schob ihn weg, setzte sich auf und bürstete sich den Schnee ab. »Ich bin nicht hierhergekommen, um meinen Mann zu betrügen. Ich habe dir gestern schon gesagt, daß ich nur hier bin, um mich nach meinem letzten Film auszuruhen.«

Larry lehnte sich zurück. Seine verspiegelten Ray-Bans reflektierten das gleißende Weiß des Schnees. Und mit seinem dichten schwarzen Haar, dem energischen Kinn und der vom Schnee glitzernden Fellkapuze seines Parkas sah er aus wie ein kühner Arktisforscher. Aber er ließ sie kalt. Er war eben nicht Sanford, ihr geliebter Mann, der sexuelle Dynamo. Eine wirklich ironische Situation, in die sie sich da gebracht hatte: Sie war hierhergekommen, um mit diesem Mann zu schlafen, und hoffte, dadurch ihren Mann behalten zu können.

»Bist du ganz sicher, daß ich nicht in dein Zimmer kommen soll?« sagte er. »Ich werde dich befriedigen, wie es noch nie einer getan hat.«

»Bitte«, sagte sie, sehr bemüht, nicht allzu überzeugend zu klingen. Sie durfte ihn nicht ganz vertreiben. »Ich kann einfach nicht.«

Er stand abrupt auf, schüttelte sich den Schnee über ihr ab und sagte: »Na gut, dann gehe ich eben schwimmen. Der Pool ist geheizt. Lust mitzukommen?«

Sie schüttelte den Kopf, und er schritt davon.

Carole schaute ihm nach und mußte grinsen. Sie hatte ihn schon fast am Haken. Jetzt mußte sie ihn nur noch an Land ziehen, dann gehörte die Marion-Star-Rolle ihr.

»Mein sogenanntes Debüt«, las Andrea in Marion Stars Tagebuch, »fand auf Eden statt, Dexters Ranch draußen im Valley. Es war das Fest der Feste, jeder, der in Hollywood Rang und Namen hatte, war da – Cecil B. De Mille, Gloria Swanson, die beiden Douglas Fairbanks, Chaplin. Dexter hatte keine Kosten und Mühen gescheut. Als wir uns zum Dinner setzten, stand neben dem Gedeck jeder Frau eine Flasche Parfum, das aus den Blumen, die hier auf der Ranch wuchsen, gewonnen war. Ein Diener zeigte den Damen ein Tablett voll teurer Juwelen, und nach dem Dinner durften sie um die Reihenfolge würfeln, nach der sie ihr Geschenk vom Tablett wählen konnten. Der listige Dexter hatte einen ungeschliffenen Smaragd unter die Juwelen gemischt und amüsierte sich sehr, weil keine ihn wählte.

In dieser Nacht hat Dexter mich als Marion Star eingeführt. Dexter hatte zwei Jahre darauf verwandt, mich zu erschaffen. Das Image wäre das wichtigste, sagte er. Harlow hatte ihre platinblonden Haare, Clara Bow rote – sie hatte sogar ihre beiden Chow-Chows passend einfärben lassen –, also, fand er, mußte ich dunkel sein.

In dieser Nacht verkündete Dexter auch, daß er mich zum Star seines nächsten Films, *Her Wicked Ways*, machen werde. Für mich kam das genauso überraschend wie für die versammelten Gäste. Ich weinte, als mir klar wurde, daß einer meiner beiden Träume jetzt Wirklichkeit wurde.

Was meinen zweiten Traum betraf, nämlich vom großen Dexter Bryant Ramsey verführt zu werden...

Nachdem ich jetzt das Image einer zügellosen Sexbombe hatte, obwohl ich erst neunzehn war, bestand Dexter darauf, daß ich mit so vielen Männern wie möglich ausging. Ich durfte keinen festen Geliebten haben; es war wichtig, die Öffentlichkeit glauben zu machen, daß ich genau die Frau war, die ich in *Her Wicked Ways* spielen sollte, mit anderen Worten eine Frau, die viele Männer braucht, um ihre sexuellen Gelüste zu befriedigen. Ich haßte es, aber ich vertraute Ramsey bedingungslos. Er war so alt wie mein Vater, sehr attraktiv und distinguiert, also machte ich alles, was er von mir verlangte. Dazu gehörte auch Sex mit Männern, die mir nichts bedeuteten. Manche haßte ich sogar. Und dazu gehörten auch drei Abtreibungen durch einen Chirurgen, der in Ramseys Schuld stand.

Dexter hatte meine Vergangenheit in Fresno begraben und erzählte der Welt, ich wäre das einzige Kind reicher britischer Teeplantagenbesitzer auf Ceylon. Ich wäre von zu Hause weggelaufen, sagte er, weil man mich zwingen wollte, einen alten Maharadscha zu heiraten. Ob sie das glaubten oder nicht, spielte keine Rolle. Die

Filmmagazine berichteten täglich über meine sexuellen Eskapaden. Die Öffentlichkeit verschlang alles. Eins begriff ich nie: wie Dexter es ertragen konnte, mich mit fremden Männern gehen zu lassen; manchmal arrangierte er sogar die ›Verabredung‹ für mich. Er war doch zwei Jahre lang mein Mentor, mein Beschützer, mein Freund gewesen, mein Idol – in mancher Hinsicht sogar mein Vater, und jetzt zwang er mich, diese Dinge zu tun. Aber immer wenn ich weinte, tröstete er mich und sagte, es wäre alles für meine Karriere, und eines Tages würde ich der größte Star Hollywoods sein.

Als mein Film *Her Wicked Ways* 1925 anlief, gab es fast einen Aufstand. Darauf folgte sofort *Scheherazade* mit Valentino, dem größten Leinwandsexidol der damaligen Zeit, und zusammen setzten wir die Welt in Brand. Die eine Hälfte der Bevölkerung verdammte uns, die andere wollte so sein wie wir. Frauen wollten sein wie ich, Männer wollten mit mir ins Bett gehen. Innerhalb von vier Monaten nach der Premiere von *Scheherazade* bekam ich bereits mehr Fanpost als Mary Pickford.

Fast drei Jahre waren vergangen, seit mich Dexter Bryant Ramsey aus einem Eisblock gerettet hatte. Ich war jetzt tatsächlich der größte Star Hollywoods. Ich konnte alles haben, was mein Herz begehrte. Aber ich wollte nur Dexter. Doch er schien mich seltsamerweise nicht zu wollen.«

Vor acht Monaten hatte Larry noch geglaubt, der größte Kick im Leben wäre, einen Oscar zu gewinnen. Aber den hatte er inzwischen, und jetzt war der größte Kick für ihn, eine Frau zu kriegen, die ihn nicht wollte. Während er ein paar schnelle Runden im geheizten Privatpool im Garten seines Bungalows, den er mit Andrea teilte, drehte, dachte er über Carole Pages letzte Abfuhr nach. Egal was sie gesagt hatte, er würde sie trotzdem kriegen. Jede Abfuhr machte sie nur noch reizvoller.

Er beendete seine letzte Runde und hievte sich aus dem Pool. Er hatte doch tatsächlich eine Erektion. Kein Wunder, diese Carole Page trieb ihn allmählich zum Wahnsinn. Er griff nach einem Handtuch, das unter einem der Heizstrahler zum Wärmen lag, und sah eine Bewegung hinter der Glasschiebetür, die in den Bungalow führte. Ein

Hausmädchen räumte gerade die Reste des Abendessens weg, das der Zimmerservice ihm gebracht hatte.

Sie sah ganz nett aus und wäre wahrscheinlich sofort zu haben, wenn er nur den kleinen Finger rührte. Larry konnte sie auf Meilen riechen, Frauen, die sich sofort für ihn auf den Rücken legen würden. Sogar die arme Andrea gehört dazu, dachte er und wickelte sich das Handtuch um seine schmale Taille. Er wußte, daß sie seit siebzehn Jahren in ihn verliebt war. Diesen Dackelblick hatte er schon zu oft gesehen. Aber sie hatte keine Chance. Bei ihm nicht und auch bei anderen nicht. Sie war einfach zu unscheinbar.

Er öffnete die Glastür, trat ins Haus und schob sie hinter sich zu. Das junge Hausmädchen sah ihn, wurde puterrot und hätte fast das Tablett fallen lassen. Larry quälte sich ein Lächeln ab und bedeutete ihr, so schnell wie möglich zu verschwinden. Das tat sie auch. Dann ging er in das Badezimmer neben seinem geräumigen Schlafzimmer und stieg auf den elektronischen Treppensteiger.

Durch die offene Tür im Wohnzimmer sah er Andreas Bücher, die auf dem Glastisch lagen: *Der Mord an Dexter Bryant Ramsey; Marion Star: Eine Hollywood-Tragödie* und *Das Zeitalter der Orgien.* Das mußte man ihr lassen, wenn sie recherchierte, dann gründlich. Er fragte sich kurz, was wohl in dem Tagebuch stand, für das er eine astronomische Summe gezahlt hatte. Hoffentlich war es Dynamit; Mr. Yamato kam extra deswegen mit seinem Scheckbuch aus Tokio angeflogen.

Larry konnte selbst kaum fassen, wieviel Glück er immer wieder hatte. Kurz nach der Oscar-Verleihung hatte Andrea ihm erzählt, sie habe etwas über einen japanischen Geschäftsmann gelesen, der ganz verrückt nach Marion Star war – er sammelte ihre Filme, und sein Haus war mit Hunderten von Fotografien von ihr gepflastert. Zufällig war etwa zur selben Zeit ein Tagebuch in Star's Haven gefunden worden, und die Inhaberin, Beverly Burgess, hatte es zur Versteigerung gegeben. »Ich glaube, wir sollten mitsteigern«, hatte Andrea gesagt. »Und dann lassen wir Mr. Yamato wissen, daß wir einen Film daraus machen. Ich wette, er ist ganz wild darauf, ihn zu finanzieren.« Da war Larry die Idee gekommen, nicht nur das Drehbuch zu schreiben, sondern auch selbst zu produzieren. Die gute Andrea hatte wieder einmal geliefert, dachte er, als die Anstrengung auf dem Treppensteiger ihm allmählich den Schweiß aus den Poren drückte. Und sie hat wieder einmal keine Ahnung. Kein Grund, ein schlechtes Gewissen zu haben. Für Larry war die Welt in zwei Lager eingeteilt: die Geber und die Nehmer. Andrea gehörte zu den Gebern, was in ihrem Fall gleichbedeutend mit Verlierer war.

Als der Schweiß in Strömen über seinen Körper lief und er spürte, wie sein Herz immer heftiger hämmerte, verdrängte er alle Gedanken an Yamato und Marion Star. Jetzt stand Sex auf der Agenda. Mit einer bestimmten Frau. Und er mußte einen Weg in ihr Bett finden.

Andrea ging vorsichtig über den schwach erleuchteten, schneeverwehten Pfad zum Bungalow. Sie betrat ihn durch ihren eigenen Eingang im Schlafzimmer, wo sie ihren Mantel ablegte, dann ging sie ins Wohnzimmer. Dort prasselte ein riesiges Feuer im offenen Kamin. Sie horchte auf ein Lebenszeichen von Larry und hörte das vertraute Geräusch des Treppensteigers, mit dem er immer trainierte. Sie ging leise zur offenen Badetür und beobachtete, wie er sich plagte.

Sie hatte seinen Körper oft gesehen, wenn sie in Malibu am Strand »gearbeitet« hatten. Larry schwamm und sonnte sich, während sie angezogen über einem Manuskript schwitzte. Sie war so dumm und verliebt gewesen, so blind vor Begierde.

Sie erinnerte sich an einen traumhaften Sommer vor elf Jahren, als sie und Larry bei den Dreharbeiten zu ihrem neuesten Skript in New Mexico waren. Der Regisseur war ein sehr kleinlicher, hysterischer Mann gewesen, der ständig Änderungen im Buch verlangte, so daß Andrea die meiste Zeit in einem Wohnwagen ohne Klimaanlage über ihrer Schreibmaschine schwitzend verbracht hatte. Ihre Erinnerungen an diese Zeit waren alles andere als schön, wäre da nicht der Assistent des Regisseurs gewesen, ein junger Mann mit Ansatz zur Glatze, einer dicken Brille und einem unerschöpflichen Sinn für Humor. Santa Fes Antwort auf Woody Allen. Sein Name war Chad McCormick.

Larry hatte sich natürlich dort mit einem Starlet eingelassen, die keinen zusammenhängenden Satz sprechen konnte, und war ständig mit ihr unterwegs gewesen. Andrea wollte schon das Handtuch schmeißen, als Chad McCormick an ihre Tür klopfte.

Chad hatte nichts mit Hollywood zu tun, und das hatte Andrea beeindruckt. Endlich kein Hai im Haifischteich, sondern ein sanfter, rücksichtsvoller Mann und, was sie am allermeisten erstaunte, ehrlich. Nach ihrem ersten Margarita in einer Kneipe hatten sie viele Nächte lang über alles, was ihnen in den Sinn kam, geredet, und als Chad sie das erste Mal küßte, dachte die einunddreißigjährige Andrea, ein Feuerwerk wäre über der Wüste niedergegangen.

Es war auch das erste Mal in sechs Jahren, daß sie keinen Gedanken an Larry verschwendete.

Und eines Nachts beichtete Chad, daß er sie liebe und sie heiraten wolle.

Nach Abschluß der Dreharbeiten machten Andrea und Chad einen Umweg über den Grand Canyon, bevor sie nach Los Angeles zurückkehrten, wo sie fünf Nächte in der Yavapai Lodge verbrachten und sich unter indianischen Decken liebten. Andrea verschwieg Chad, daß er sie entjungfert hatte. Sie war auf einer rosa Wolke nach Hause geschwebt, voller mädchenhafter Träume von Kindern und Eheglück. Aber diese Träume fanden ein jähes Ende, als sie nach Hause kam und ein launischer, schweigsamer Larry sie erwartete. Er schmollte eine Woche lang, ehe er ihr sagte, was ihm nicht paßte.

»Du entzweist unser Team«, hatte er gesagt.

Und obwohl ihm Andrea versicherte, sie würde auch nach ihrer Heirat weiter mit ihm arbeiten, schmollte er so lange, bis sie das unausgesprochene Ultimatum begriffen hatte: Wenn du heiratest, sind wir geschiedene Leute.

Leider erwies sich ihre Begierde nach Larry als größer als ihre Liebe zu Chad. Sie hatten sich schließlich getrennt, und Larry war wieder fröhlich wie eh und je.

Aber das würde sich bald ändern, dachte sie und wandte sich von dem griechischen Gott auf dem Treppensteiger ab. Er hatte kein Recht mehr, fröhlich zu sein, nach dem, was er ihr vor acht Monaten angetan hatte.

Es war in der Nacht der Oscar-Verleihung passiert. Larry war für das beste Originaldrehbuch nominiert worden und hatte trotz scharfer Konkurrenz eine gute Chance zu gewinnen. Irgendwann im Lauf der siebzehn gemeinsamen Jahre hatte Andrea aus blinder Verehrung ihre Identität geopfert. Sein Name stand als einziger im Nachspann, er war auch allein für den Oscar nominiert. Aber das war Andrea gleichgültig: Sein Sieg war ihr Sieg, und außerdem würde Larry Wolfe der Welt in seiner Dankesrede erzählen, daß er es nie ohne Andrea Bachman geschafft hätte. Sie hatte sogar schon Visionen gehabt, wie er sie zu sich auf die Bühne rufen würde. Und so hatten sie erwartungsvoll nebeneinander in der zweiten Reihe gesessen, gleich hinter Kevin Costner und Jeremy Irons. Andrea hatte einfach nach Larrys Hand gegriffen und sie gedrückt. Ihr siebzehn Jahre langer Weg hatte sie hierher an diesen Ort gebracht. Und wenn sie gewinnen sollten...

Und Larry gewann. Und alle klatschten. Und er ging auf die Bühne, und Andrea klatschte heftiger als alle anderen, sie hatte sogar Tränen in den Augen. Und dann hielt er seine Dankesrede.

Und dankte jedem Menschen auf dieser Welt.

Außer ihr.

Andrea saß da wie vom Donner gerührt. Larry hatte sogar seinem Friseur gedankt, dann war er mit hocherhobener Statuette triumphierend mit einem kurvenreichen jungen Star abgezogen.

Und Andrea saß da.

Er hatte sie nicht erwähnt.

Er hatte sie nicht einmal erwähnt.

Und in diesem Augenblick gingen ihr plötzlich die Augen auf.

Und im selben Moment stellte sie fest, daß sie nicht mehr in Larry Wolfe verliebt war. Und das schon eine ganze Weile.

Das war auch der Moment gewesen, in dem sie den Entschluß faßte, sich zu rächen.

Mit Pauken und Trompeten.

31

San Fernando Valley, Kalifornien, 1966

Charmie hatte kaum die arktisch klimatisierten Hallen des Cut-Cost Drugstore betreten, da sah sie ihn. Ein Mann mit einem Wagen voller Kartoffelchips. Mindestens ein Dutzend Beutel in Partygröße und dazu einen Sechserpack Diätlimo. Es war aber nicht diese seltsame Kombination von Lebensmitteln, die ihre Aufmerksamkeit erregte, sondern der Mann selbst. Er war so ... ganz Mann.

Sie hatte ihn wohl angegafft, denn er lächelte verschämt und sagte: »Ist für die Geburtstagsparty meines Kleinen«, und deutete auf die riesigen Chipsbeutel.

Charmie murmelte »gratuliere« und ging weiter, aber nicht ehe sie ein paar angenehme Beobachtungen gemacht hatte. Er war groß, breit, massig, kräftig und atemberaubend männlich. Und jung, etwa so alt wie sie, um die neunundzwanzig. Sie blieb wie ein Idiot stehen und gaffte ihm nach, als er den Wagen zur Kasse schob, und fragte sich, wie viele Kinder wohl dazu nötig waren, zehn Pfund Kartoffelchips zu essen. Sie riß sich mit Gewalt zusammen. Zugegeben, er war eine Augenweide, aber er hatte offensichtlich eine Familie, und sie war eine verheiratete Frau. Und schwanger.

Was sie wieder an ihre Mission im eisigen Cut-Cost erinnerte. Hoffentlich war keine Schlange am Medikamentenstand. Schnell die Pillen holen und bezahlen, dann könnte sie vielleicht noch einen Blick auf ihn erhaschen, bevor er für immer aus ihrem Leben verschwand. Sie hatte Glück. Die einzigen Kunden waren zwei Jugendliche, die sich nicht einigen konnten, wer das Päckchen Kondome kaufen sollte, und so kam sie als erste dran.

Charmie verließ den Laden, und die sommerliche Backofenhitze prallte wie eine Druckwelle gegen sie. Sie blieb stehen und kramte in ihrer riesigen Tasche nach der Sonnenbrille.

Die Leinentasche war eine Sonderanfertigung, die genau zu ihrem maßgeschneiderten Baumwollkaftan paßte. Charmie trug längst keine Hängerchen mehr, sondern nur noch modische Kreationen, die Hannahs flinke Nadel geschaffen hatte. Schließlich war sie die Kosmetikberaterin von Starlite mit stattlichem Gehalt und mußte sich ihrer Rolle entsprechend kleiden. Hannah setzte ihre schöpferischen Talente leider nach wie vor nur bei Freunden und Verwandten ein. Sie hatte keine Zeit für ernsthaftes Modedesign, wie sie allen sagte, dafür sorgten ihre drei Kinder und das vierte, das gerade unterwegs war.

Charmie schob sich die große Sonnenbrille auf die Nase und schaute zur anderen Straßenseite, wo sich das neue Büro von Starlite befand. Die Firma expandierte mit solcher Geschwindigkeit, daß sie innerhalb von drei Jahren viermal umgezogen waren. Und jetzt behauptete Philippa, die neuen Räume, die sie erst seit ein paar Monaten hatten, wären schon wieder zu klein.

Am liebsten wäre Charmie schnell zu ihren Freundinnen gelaufen, um ihnen die gute Nachricht zu bringen – schwanger, nach sieben Jahren! Eine wundervolle Überraschung! Aber sie konnte es nicht riskieren. Charmie konnte nach wie vor nur bei Starlite arbeiten, wenn Ron nicht in der Stadt war. Ihre Ehe verlief inzwischen einigermaßen friedlich, bis auf gelegentliche Ausrutscher. Einmal hatte er in einem der seltenen nüchternen Augenblicke die teuren Kleider in ihrem Schrank entdeckt und sie so lange geschlagen, bis sie sagte, daß sie sie bei einem Ausverkauf ganz billig erstanden hatte, und schwor, es nie wieder zu tun. Ron hatte die Kleider weggeworfen, und Charmie hinkte einen Monat lang, aber sie war dankbar, daß er das versteckte Sparbuch nicht gefunden hatte, auf das sie ihren gesamten Verdienst bei Starlite einbezahlte. Das Geld war für den kleinen Nathan, fürs College. Trotz solcher Zwischenfälle führten sie ein einigermaßen harmonisches Familienleben, mit gelegentlichen Ausflügen an den Strand oder ins Gebirge, wie eine normale Familie. Und jetzt dieses Baby. Aber diese gute Nachricht mußte noch warten. In ein paar Tagen würde Ron für drei Wochen nach Fresno fahren, dann konnte sie wieder ohne Angst ihre Freundinnen sehen.

Während Charmie ihr Auto auf dem Parkplatz suchte, fragte sie sich, ob Philippa wohl schon einen neuen Privatdetektiv gefunden hatte. In den drei Jahren, seit sie ihre Eltern suchte, hatte Philippa nur

Pech mit Detektiven gehabt. Sie nahmen ihr Geld, machten einen Haufen Versprechungen, und am Ende sagten sie, »nichts gefunden«, behielten aber das Geld, Charmie war sich nicht sicher, ob überhaupt schon einer wirklich versucht hatte, Philippas Familie zu finden. Der Fall war allerdings nicht einfach, die Informationen, die Philippa hatte, waren äußerst spärlich: geboren in Hollywood 1938. Genaue Adresse: unbekannt. Name der Mutter: ebenfalls unbekannt. Doch bei dem vielen Geld, das Philippa schon bezahlt hatte, hätte man wirklich ein paar Ergebnisse erwarten können. Als Charmie vor einem Monat mit Philippa gesprochen hatte, hatte sie gesagt, sie würde den letzten Versager feuern und sich nach einem neuen Detektiv umsehen. Ob sie wohl schon einen gefunden hatte? Aber Charmie konnte nicht einmal einen Anruf bei Philippa riskieren. Ron durfte nicht einmal ahnen, daß sie seit drei Jahren wieder Kontakt mit Starlite und ihren alten Freundinnen hatte.

Charmie ging weiter über den vor Hitze klebrigen Asphalt und sah zuerst den Mann gar nicht, der in einem offenen blauen Mustang-Cabrio saß und Kartoffelchips in sich hineinschlang. Erst als sie nur noch drei Autos davon entfernt war, sah sie, daß *er* es war, der Mann aus dem Drugstore. Sie lächelte, und er erwiderte verlegen ihr Lächeln und sagte: »Jetzt haben Sie mich entlarvt.«

Charmie sah, daß sein hautenges T-Shirt, unter dem sich eine sehr einladende Brustmuskulatur wölbte, mit Kartoffelchipskrümeln übersät war. Es juckte sie in den Fingern, die Hand auszustrecken und sie wegzuwischen. »Wieso?« sagte sie.

Er hielt einen Riesenbeutel Chips hoch, zeigte auf die anderen auf dem Rücksitz und sagte: »Ich habe gar keine Kinder. Ich habe sie für mich selbst gekauft.«

»Was ist denn so schlimm daran? Sie mögen eben Kartoffelchips.«

»Na ja, ich habe da ein Problem. Zwanghafter Esser, glaub' ich, nennt man das.«

Sein militärischer Bürstenhaarschnitt betonte den kräftigen Nakken, der jedem Footballspieler Ehre gemacht hätte. Er sah nach Luftwaffe aus, fand Charmie. Oder vielleicht wie ein Bodybuilder. Nach dem zu schließen, was sie im Drugstore gesehen hatte und auch jetzt – Himmel, wie seine Jeans sich um die Schenkel spannten! –, war er in ausgezeichneter Form. »Sie sehen aber nicht aus wie ein zwanghafter Esser«, sagte sie.

»Ja, also, ich trainier's mir wieder runter.« Wenn er lächelte, hatte er kleine Grübchen in den Backen. Charmie wäre am liebsten ewig so stehengeblieben, aber das Thema Kartoffelchips hatten sie wohl ausgeschlachtet. Sie sagte: »Na dann viel Glück«, und wollte gehen.

»Ich versuche, Diät zu halten«, sagte er. »Aber nichts funktioniert. Diäten sind so langweilig, haben Sie das gewußt?«

O je, dachte Charmie, jetzt kommen wir zum schwierigen Teil. Sie hatte immer Starlite-Broschüren mit allen Informationen über die achtundvierzig Salons dabei für den Fall, daß jemand Interesse zeigte. Das Problem war, daß sie selbst nicht gerade eine wandelnde Reklame für ein Diätcenter war. Sie war so dick wie immer schon. Sie überspielte das meist gekonnt – sollten sie doch denken, was sie wollten, das Starlite-Programm sprach für sich selbst.

Fast hätte sie dem Mann aus Angst vor seiner Reaktion die Broschüre gar nicht gegeben, aber dann sagte sie sich: Was soll's, er hat schließlich mich angesprochen. Ein kurzer Blick auf seine Hand, er trug keinen Ehering, und sie sagte: »Vielleicht ist es das hier, was sie suchen«, und kramte einen Prospekt heraus. Fünfzig Seiten mit Glanzumschlag.

»Ja, Starlite«, sagte er und nahm das Büchlein. Er hatte große Hände und gepflegte Nägel. »Ich habe davon gehört.«

»Oh? Gehört Ihre« – war das tatsächlich sie, die diese Frage stellte? – »Frau dazu?«

Er lachte. »Ich bin nicht verheiratet. Glauben Sie, das hier wird helfen? Ich muß zwanzig Pfund abnehmen.«

»Es wird definitiv helfen.« Sie rüstete sich innerlich. »Das garantiere ich.«

Keine Spur von Skepsis in seinem Blick, nichts von wegen: Ach ja, warum sind Sie dann nicht schlank? Seine Grübchen zeigten sich wieder, und er sagte lächelnd: »Ich versuch's vielleicht. Was muß ich tun?«

»Ja, also im Augenblick sind die Salons nur für Frauen, aber wir fangen gerade mit Männergruppen in Fitneßcentern an. Victor's am Sherman Way zum Beispiel.«

»Das kenne ich.«

Ihr Blick flackerte kurz zu seinem Bizeps. »Sie machen Samstagsgruppen für berufstätige Männer, die Montag bis Freitag arbeiten.« Lieber Himmel, klang das wirklich so offensichtlich? Du kannst den Kerl ja gleich darum bitten, dir einen genauen Plan seines Lebens vorzulegen.

Die Atlasschultern zuckten. »Mir ist das egal. Ich bin mein eigener Chef. Ich kann mir meine Zeit selbst einteilen.«

»Oh?«

Er lachte wieder. »Ich bin Privatermittler.«

Sie ließ fast ihre Tasche fallen. »Sie sind was?«

»Bitte«, er hob abwehrend die Hand. »Ich bin nicht Sam Spade. Immer wenn ich Leuten erzähle, was ich mache, haben sie diese verrückte Vorstellung.«

»Nein, warten Sie«, sagte sie. »Eine Freundin von mir sucht einen Privatdetektiv. Ich meine, Sie suchen doch vermißte Personen und so was?«

»Hauptsächlich. Wen sucht Ihre Freundin?«

»Sie wurde adoptiert und will jetzt ihre wirklichen Eltern finden. Aber es gibt keinerlei Akten, soviel sie weiß.«

»Eine echte Herausforderung«, sagte er. »Aber das mag ich. Ich unterhalte mich gern einmal mit ihr, wenn Sie wollen.«

Charmie konnte es einfach nicht fassen. Philippa saß in ihrem Büro auf der anderen Straßenseite und suchte verzweifelt einen anständigen Privatdetektiv, und sie stolperte einfach über dieses Prachtexemplar hier. Ihm konnte Philippa sicher vertrauen.

»Wenn Sie einen Moment Zeit hätten«, hörte Charmie sich sagen. »Sie ist gleich da drüben, in dem Gebäude auf der anderen Straßenseite.«

»Klar«, sagte er. »Ich habe für die nächste Stunde keine Pläne, außer Chips essen. Am besten, ich fahre hinter Ihnen her. Welches ist Ihr Auto?«

Zwei Minuten später fuhr Charmie über den Ventura Boulevard und zum Parkplatz von Starlite, ohne auch nur eine Sekunde daran zu denken, daß Ron zu Hause vor dem Fernseher saß, Ringwettkämpfe ansah und Babysitter für Nathan spielte.

Bei Starlite tobte eine Schlacht.

»Verdammt noch mal, Alan«, sagte Philippa, als sie in sein Büro kam und eine Aktennotiz auf seinen Schreibtisch warf. »Ich habe dich gebeten, nicht wieder damit anzufangen. Ich werde unter keinen Umständen unbeteiligte Leute als Berater bei Starlite einstellen.«

Er starrte grimmig auf die Aktennotiz. Schon zum drittenmal innerhalb eines Jahres hatte sie seine Idee verworfen, aber er würde nicht aufgeben. »Ich sage dir, Philippa, wir könnten unseren Profit vervielfachen. Mit geschulten Therapeuten könnten wir drei- bis viermal soviel Mitgliedsbeitrag kassieren.«

»Alan«, sagte sie ruhig, »meine Berater müssen das Programm durchlaufen haben. Sie müssen wissen, was es heißt, Übergewicht zu haben und darum zu kämpfen, es loszuwerden. Ein schlanker Mensch versteht das einfach nicht.«

»Therapeuten werden geschult, damit sie es verstehen!« schrie er.

»Ich finde, Alan hat recht«, sagte Hannah. Sie saß in einer Ecke seines unordentlichen Büros und sortierte Stoffmuster. Hannah hatte zwar ein eigenes Büro, wo sie ihren wöchentlichen Modetip schrieb, aber meist arbeitete sie lieber bei Alan. »Ich finde es eine gute Idee, Profis anzustellen. Wir würden uns eine goldene Nase verdienen.«

»O Hannah«, sagte Philippa genervt. »Hast du so schnell vergessen, wie schlimm es war, dich von schlanken Leuten beraten zu lassen, als du noch dick warst? Wenn wir Leute einstellen, die das, was wir durchgemacht haben, nicht selbst durchgemacht haben, würden die Mitgliederzahlen zurückgehen, nicht umgekehrt. Begreifst du das nicht?«

Alan stand auf und stellte sich vor Philippa. »Philippa, als du mich gebeten hast, die Finanzabteilung von Starlite zu übernehmen, hast du gesagt, dir wären finanzielle Ratschläge meinerseits immer willkommen. Ich sage dir hiermit, es wäre ein weiser Schritt.«

»Wir werden es aber nicht machen. Nicht nur um der Mitglieder willen, sondern auch wegen der Beraterinnen. Viele Frauen, die bei uns angestellt sind, würden woanders keine Arbeit finden. Wärst du etwa bereit, den fast vierhundert Beraterinnen, die momentan bei uns angestellt sind, zu sagen, wir wollen sie nicht mehr?«

Alan gab klein bei. Wieder einmal.

Philippa marschierte aus seinem Büro und hätte dabei fast Molly, ihre Sekretärin, umgerannt. Alan war wirklich nervtötend. Und Hannah! Wenn Alan sagen würde, der Himmel wäre grün, würde sie ihm auch beipflichten!

»Alles in Ordnung, Miss Roberts?«

Sie zwang sich mit Gewalt, ganz ruhig zu bleiben. »Ja, Molly. Ist das die heutige Post? Gehen wir sie durch, so schnell es geht. Ich habe heute nachmittag einen Termin.«

Molly warf ihrer Chefin einen nachdenklichen Blick zu, dann eilte sie ins Büro. Ihr Boß war noch nie so reizbar gewesen. Alle hatten den Streit zwischen Miss Roberts und Mr. Scadudo gehört. So etwas machte sie doch sonst nie. Molly hätte gerne gewußt, was da nicht in Ordnung war.

Sie legte ihrer Chefin zwei Stapel Briefe vor, und Philippa versuchte, sich zu konzentrieren, und nahm den ersten. »Wann kommt Starlite nach Orlando, Florida?« las sie. Und dann der zweite Brief: »Ich hasse Kochen und kann es auch nicht. Gibt es irgendwelche gefrorenen Gerichte, die bei der Diät erlaubt sind?«

Philippa starrte den Brief an, und ihre Gedanken wanderten wieder zu ihrem eigenen Problem: Aus irgendeinem mysteriösen Grund nahm sie momentan zu.

Sie legte den Brief beiseite und nahm sich den nächsten. Ein Rezept für Karottenkuchen, viel zu fett und keinesfalls für die Starlite-Diät geeignet. Sie legte ihn weg.

Warum nahm sie zu? Eigentlich hätte sie in der letzten Woche abnehmen müssen, aufgrund einer schweren Erkältung, bei der sie sich hauptsächlich von Obstsäften und Tee mit Zitrone und Honig ernährt hatte. Aber als sie wie immer zur wöchentlichen Kontrolle auf die Waage stieg, mußte sie feststellen, daß sie wieder zugenommen hatte.

Sie schaute gerade auf die Uhr – sie hatte in wenigen Stunden einen Arzttermin –, als Charmie unangemeldet in ihr Büro rauschte. »Philippa!« rief sie, wie immer ganz außer Atem. »Ich habe jemanden mitgebracht, den du unbedingt kennenlernen mußt.«

»Charmie! Ich dachte, du kommst nicht vor nächster Woche. Was –«

»Du wirst nicht glauben, was ich gefunden habe.« Charmie warf einen vielsagenden Blick auf Molly, die beleidigt sagte: »Wenn Sie mich im Augenblick nicht brauchen, Miss Roberts...«

Philippa sagte: »Danke, Molly, wir machen später weiter. Würden Sie bitte für mich und Mrs. Charmer zwei Diätlimos bringen?«

»Bitte drei, wenn's geht!« sagte Charmie, dann wandte sie sich Philippa zu und sagte: »Du wirst nicht glauben, was passiert ist! Ich war gerade im Cut-Cost auf der anderen Straßenseite, und da habe ich diesen Mann kennengelernt.« Charmie stellte ihre Einkaufstasche auf den Boden, öffnete die Bürotür und sagte: »Hereinspaziert!«

Ein massiger, muskelbepackter junger Mann kam etwas verlegen ins Büro. Er reichte Philippa die Hand und sagte: »Guten Tag, ich bin Ivan Hendricks, Privatermittler.«

Philippa begrüßte ihn mit einem überraschten Seitenblick auf Charmie, die lächelte und sagte: »Ich hab's dir doch gesagt.«

Danach kamen sie gleich zur Sache, und nachdem Philippa Hendricks ihren Fall geschildert hatte, erklärte er sich bereit, ihn zu übernehmen. Während der ganzen Zeit saß Charmie da und starrte Hendricks an. Sie war überglücklich, daß Philippa und er sich einig geworden waren. Sie würde ihn wiedersehen.

»Ich kann natürlich nichts versprechen, Miss Roberts«, erklärte Ivan Hendricks und schilderte ihr dann, wie er vorgehen würde. Charmie stand auf und lief ein bißchen im Zimmer auf und ab. Sie blieb am Fenster stehen und schaute auf den Ventura Boulevard, wo die Palmen in der Hitze welkten und der Asphalt aussah, als könnte er jeden Moment schmelzen und die Autos verschlucken. Sie lauschte Ivans angenehm tiefer Stimme, als sie plötzlich ein vertrautes Auto vor einer roten Ampel halten sah. Die Ampel wechselte auf Grün, und das Auto fuhr rasch weiter.

Ron. Das war Ron gewesen. Direkt da draußen vor Starlite.

Wieso war er unterwegs?

Sicher war er losgefahren, um Bier zu holen.

Hatte er ihr Auto gesehen?

Sie drückte die Stirn gegen das Fenster und versuchte zu erkennen, ob der Volvo von der Straße aus sichtbar war.

Er war's.

»Philippa«, sagte sie plötzlich. »Verzeihen Sie, Mr. Hendricks. Philippa, mir ist gerade eingefallen, daß ich einen Termin habe.« Sie hob ihre Tasche auf. »Ich muß gehen.«

Philippa streifte ihre Schuhe ab und ging über das kühle Linoleum, das ihren brennenden Füßen guttat. Sie hatte einen heißen, hektischen Tag hinter sich, angefangen mit Ivan Hendricks, dem Privatdetektiv, bis zu ihrem Arzttermin. Hendricks war zuversichtlich gewesen, was die Suche nach ihrer Familie betraf. Dr. Stahl hatte vor einem Rätsel gestanden. Auch er wußte nicht, wieso sie zugenommen hatte.

Familie und Fett, mein Lebensinhalt, dachte sie und ließ ihre Schultern kreisen, um die Anspannung etwas zu lösen. Sie ging hinaus in den Innenhof, wo die untergehende Sonne rote Bänder über ihren selten benutzten Pool legte.

Das Telefon klingelte im Haus, sie ging hinein und nahm ab. Es war Hannah, die sagte, Charmie wäre in kritischem Zustand im Krankenhaus. Nein, Hannah wußte nicht, was passiert war. Mrs. Muncie, Charmies Babysitter, war ins Haus gekommen und hatte Charmie zusammengeschlagen vorgefunden, schwer verletzt. Ron war unauffindbar.

Ein paar Minuten später steuerte Philippa ihren neuen Lincoln durch den dichten Abendverkehr auf dem Van Nuys Boulevard und versuchte sich vorzustellen, was passiert war. Sicher hatte Charmies überstürzter Aufbruch im Büro etwas damit zu tun.

Philippa parkte vor dem Krankenhaus, lief hinein und wurde zu Charmies Zimmer dirigiert. Sie stellte überrascht fest, daß es ein Privatzimmer war. Anscheinend plagten Ron schon die Schuldgefühle für das, was er getan hatte.

»Mein Gott, Mop«, sagte sie und setzte sich aufs Bett. Am liebsten hätte sie angesichts der Verbände und Infusionsschläuche losgeheult, versuchte aber, fröhlich zu klingen. »Dir ist wohl jedes Mittel recht, um auf dich aufmerksam zu machen. Und dabei habe ich eine so tolle Geburtstagsfete zu deinem Dreißigsten für dich geplant. Erinnerst du dich an Jamie, den niedlichen Parkplatzwächter? Er wird aus einer Torte springen. Dafür mußt du aber wieder in Form sein –« Sie konnte nicht mehr weiterreden.

»Haben Sie's dir gesagt?« flüsterte Charmie mit geschwollenen Lippen. »Ich habe das Baby verloren.«

Philippa starrte sie fassungslos an. »Baby?«

»Ich hatte es mir als Überraschung aufgehoben. Ich war schwanger... Philippa, ich habe das Gefühl, ich sterbe...«

Philippa beugte sich zu ihrer Freundin und nahm ihre Hand. »Du wirst nicht sterben. Alles wird wieder gut, ganz bestimmt. Du wirst das überstehen, du mußt einfach. Wir brauchen dich, Charmie. Starlite braucht dich. Die Mitglieder brauchen dich, das weißt du. Wenn du deine Make-up-Kurse machst – ach Scheiße.«

Charmies Augen richteten sich auf Philippas Gesicht. Sie versuchte zu lächeln, brachte aber nur eine Grimasse zustande. »Ich kann es nicht glauben... Du hast tatsächlich Scheiße gesagt.«

»Laß uns nicht im Stich, Charmie. Bitte. Laß dich nicht selbst im Stich.«

Charmies Augen waren mit einemmal undurchdringlich, leer.

»Du weißt, was Mangel an Selbstachtung Leuten antun kann«, sagte Philippa leise. »Ich habe selbst einmal darunter gelitten, weißt du noch? Und du erinnerst dich doch sicher an die arme kleine Maus, die sich so häßlich fand –«

Charmie wehrte mit schwacher Hand ab.

»Ja, okay, du erinnerst dich an Maus. Und ich halte schon wieder einen Vortrag, ich kann's nicht lassen. Aber es zerreißt mir das Herz, Charmie. Ich weiß nicht, wie ich dir helfen kann. Hör mich an, du darfst nicht über das Kind grübeln, das du verloren hast, denk an das Kind, das du hast. Nathan ist schon sieben, er kriegt alles mit. Ich weiß, daß du denkst, ich hätte keine Ahnung. Aber ich möchte dir etwas sagen, was ich bis jetzt noch niemandem gesagt habe. Ich hatte auch einmal ein Baby, Mop. Ich habe es durch eine Fehlgeburt verloren. Du hast einmal gesagt, ich wüßte nicht, was es heißt, einen Mann zu lieben. Aber ich weiß es.«

Charmie ließ Philippa nicht aus den Augen, sie zeigte nicht die geringste Regung, aber sie hörte zu.

Und Philippa begann, von Rhys zu erzählen, anfangs stockend, schließlich ganz locker.

»Er hat sich selbst so gering eingeschätzt, daß er seinem Leben ein

Ende gemacht hat. Und genau das machst du, Charmie. Du bringst dich langsam um, Ron bringt dich um.«

Charmie starrte sie wortlos an.

»Hör mich an, ja? Versuchen wir doch, zusammen zu träumen wie früher, als du noch Mop warst. Laß uns Pläne für die Zukunft machen. Starlite kann so phantastisch werden, das weißt du, du weißt auch, wie wichtig du für Starlite bist. Mop, du hast Ideen, du hast Energie. Stell dir vor, was wir erreichen könnten, wenn du ganztags bei uns arbeitest. Erinnerst du dich noch, daß du mal zum Theater wolltest? Starlite ist dein Theater. Ich habe deine Vorstellungen für die Mitglieder gesehen. Werde gesund und komm ganz zu uns, Mop.«

Charmie bewegte sich unter den Laken. Schmerz ließ sie zusammenzucken. Sie öffnete den Mund, und Philippa sah entsetzt, daß ihr zwei Zähne fehlten.

»Weißt du noch«, sagte Philippa, »wieviel Ärger du hattest, als du Schwester Immaculatas Stunde geschwänzt hast?«

Charmie lächelte nicht. Ihr Gesicht, soweit erkennbar, blieb teilnahmslos.

»Ich werde dich jetzt schlafen lassen.« Philippa beugte sich vor und küßte Charmie auf die Stirn. »Ich komme morgen wieder.«

Als sie aufstand, hörte sie ein Flüstern.

»Was? Was hast du gesagt?«

»Komm nicht.«

»Charmie, diesmal lass' ich mich nicht von dir vertreiben.«

»Bitte... wenn du mich liebst...« Sie holte mühsam Luft. »Ich muß mich ausruhen. Ich muß heilen. Ich muß... allein sein. Besuch mich nicht mehr hier. Und laß auch Hannah nicht kommen...«

»Ich werde dich nicht allein lassen.«

»Doch... das wirst du, weil ich dich drum bitte. Ich muß... denken...« Charmies Hand tastete sich über die Decke, packte Philippas Hand und drückte sie.

»Bitte«, flüsterte sie. »Laß mich das auf meine Art machen.«

Eine ferne Stimme sagte: »Die Besuchszeit ist in zehn Minuten zu Ende.« Charmie schlug die Augen auf und sah sich um. Der Vollmond strahlte durch die Rolladen ihres Krankenzimmers, hell wie die Morgensonne. Ihr Verstand war nicht ganz klar. Sie war sich nicht sicher, wie lange sie schon hier war oder wie viele Tage seit dem Besuch von Philippa vergangen waren. Sie hob den Kopf und sah, daß das Zimmer voller Blumen und Plüschtiere war, alles Geschenke von ihren Freunden bei Starlite. Sie hatte nur eine klare Erinnerung: der Besuch Rons. Er war schluchzend neben ihrem Bett gekniet und hatte um Verzeihung gebettelt.

Charmie horchte in sich hinein. Ihre Wunden waren offensichtlich geheilt. Sie fühlte nichts, nur Leere, als wäre alles Leben in ihr mit dem Baby gestorben.

Sie dachte an den armen kleinen Nathan. Als Mrs. Muncie sie gefunden hatte, hatte man ihn zu Hannah gebracht.

Charmie schloß die Augen. Was Ron ihr diesmal angetan hatte...

Sie fing leise an zu weinen. Nichts hatte sich verändert. Das Böse war immer noch in ihm. Und diesmal war der kleine Junge Zeuge gewesen. Der arme kleine Nathan hatte ununterbrochen geschrien, als Ron auf sie einschlug.

Nach einiger Zeit konnte Charmie wieder klare Gedanken fassen. Ihr Junge war jetzt in Sicherheit bei Hannah, Ron hatte nach Fresno fahren müssen. Charmie schwor sich, daß Nathan das Haus in der Avenida Hacienda nie wieder betreten würde. Und sie auch nicht.

Sie hatte jetzt keine Infusionsnadeln mehr an den Händen. Sie stand auf und zog sich mühsam an. Während sie auf Geräusche vom Gang horchte, legte sie sorgfältig Make-up auf. Dabei fiel ihr plötzlich Ivan Hendricks ein, den sie bei Cut-Cost kennengelernt hatte – vor wie vielen Tagen? Hatte Philippa ihn engagiert? Charmie konnte sich nicht erinnern. Es spielte keine Rolle. Nichts spielte mehr eine Rolle.

Sie spähte vorsichtig hinaus auf den Gang und sah, daß die Schwestern mit Besuchern beschäftigt waren. Charmie nahm sich einen der Blumensträuße, die sie geschenkt bekommen hatte, schlang sich die Tasche über den Arm und ging trotz wackeliger Knie den Gang hinunter, als wäre sie eine Besucherin.

Draußen vor dem Valley Memorial herrschte hektischer Betrieb, ein paar Taxis parkten in der Einfahrt.

Sie stieg ein und sagte dem Fahrer, wohin sie wollte. Er sah sie erstaunt an und meinte: »Sind Sie sicher? Okay, Lady, wenn Sie meinen.«

Das Taxi fuhr den Sunset Boulevard hinunter, die Lichter von Hollywood blitzten vorbei, und Charmie dachte: Nein, sie würde nie mehr zu Ron zurückkehren in dieses schäbige Haus. Es war vorbei. Alles war vorbei.

Schließlich fuhr das Taxi eine kurvige Bergstraße hoch, auf der nur noch wenige Autos fuhren. »Sind Sie sich wirklich sicher, Lady?« sagte der Taxifahrer mit einem zweifelnden Blick in den Rückspiegel. Er hatte zwar schon oft Leute hier raufgebracht, meistens Touristen, aber noch nie jemanden aus dem Krankenhaus.

»Ich bin mir sicher«, sagte sie.

Und dann waren sie endlich da. Sie sah die Kuppeln der Gebäude, die grünlichen Dächer, die von Scheinwerfern und dem Mond erleuchtet waren. Der Parkplatz zum Griffith-Park-Observatorium war voll, jeder wollte die neueste Show im Planetarium sehen: *Nächste Haltestelle: Mars.* Ein kalter Wind ging, aber sie spürte die Kälte nicht. Sie spürte überhaupt nichts.

Sie stieg aus dem Taxi, die Blumen ließ sie zurück, und überquerte den Asphalt. Dann stieg sie langsam die Treppe zu den Teleskopen auf dem Dach hoch, mühsam, geschwächt vom langen Liegen in ihrem Krankenbett. Gott sei Dank war das Dach leer. Manchmal waren Liebespaare hier oben, aber jetzt hatte sie alles für sich allein.

Sie stellte sich an die Balustrade und schaute hinaus auf die Stadt, der Wind peitschte ihr blondes Haar und enthüllte weinrote Wurzeln. Sie packte die taillenhohe Steinmauer, holte tief Luft und beugte sich hinunter. Es war ein langer Weg bis zu dem Betonboden da unten. Dann richtete sie sich auf, machte einen Schritt zurück und schrie, so laut sie konnte: »Ron Charmer, wo immer du bist – geh zum Teufel!«

Fünf Minuten später stieg sie wieder ins Taxi – sie hatte den Fahrer gebeten zu warten –, und vierzig Minuten danach stand sie auf Philippas Matte und sagte: »Okay. Machen wir Starlite zu einer Sensation.«

32

Frieda Goldman war deprimiert. Deprimiert, frustriert und schlicht und einfach stinksauer.

Sie saß im Wohnzimmer ihres Chalets, das wie das Jagdhaus eines Millionärs aussah, und starrte angewidert auf die schöne nachmittägliche Sonne, die durch die Tannen schien, und dachte: Schnee! Sie haßte das Zeug. Heute morgen war sie spazierengegangen, und als sie zurückkam, waren die Zimmer kalt, die Hausmädchen hatten die Fenster offen gelassen. Typisch Kalifornien, hätte ihr Mann Jake, der aus dem Osten kam, gesagt. »Im Sommer machen sie die Fenster zu, im Winter reißen sie sie auf!« Jake hatte Schnee geliebt. Und er wäre vom Star's begeistert gewesen.

Frieda wäre auch vom Star's begeistert gewesen, wenn ihr Vertrag mit Syd Stern nicht ins Wasser gefallen wäre. Wie konnte Bunny ihr das antun! Eigentlich konnte sie dem armen Mädchen keinen Vorwurf machen, so wie man sie nach dem verlorenen Oscar behandelt hatte. Ein unverschämter Regisseur hatte sogar die Frechheit besessen zu sagen: »Sie wird keine Rollen mehr bekommen. Sie sollte besser zum Zirkus gehen.« Jetzt würde Bunny sicher nicht mehr zum Zirkus gehen, so phantastisch wie sie jetzt aussah. Es hatte viel Mut gekostet, sich dieser Prozedur zu unterziehen, den vielen Operationen. Fettabsaugen an Bauch und Schenkeln allein war schon ungeheuer schmerzhaft. Die arme Bunny hatte monatelange Qualen erduldet, sich Backenzähne ziehen lassen, gesunde Zähne, um eingefallene Wangen zu kriegen. Nur um dann feststellen zu müssen, daß es gar nicht notwendig gewesen wäre. Noch schlimmer war, daß diese ganze Tortur sie den besten Deal der neueren Filmgeschichte gekostet hatte. Und zu guter Letzt war dann auch noch Frieda bei ihrem Anblick in Ohnmacht gefallen, und jetzt fraß sich Bunny fast auf vor Angst, wie ihr Vater reagieren würde: der mächtige, reiche Bernie Kowalski, der seine Tochter wie ein Stück Dreck behandelte.

Frieda stand auf, ging zur Bar und goß sich einen kräftigen Wodka Orange ein.

Das war vielleicht ein grauenhafter Morgen gewesen. Erst der Anruf bei Syd, um ihm von Bunnys Metamorphose zu erzählen, und Syd, der sagte: »Das ist ja alles sehr schön, Frieda, ich freue mich, daß sie toll aussieht, aber ich kann sie nicht brauchen. Tut mir leid.« Und dann der nächste Anruf bei dem Lamborghini-Händler, um die Bestellung für den Zweihunderttausend-Dollar-Diablo zu stornieren. Und dann war sie ins Schloß gegangen mit der Absicht, ihren Zwölftausend-Dollar-Nerzmantel zurückzugeben.

Aber da hatte Frieda plötzlich gekniffen. Den Mantel würde sie behalten.

Und das Chalet würde sie auch noch behalten, ein oder zwei Tage. Eigentlich hatte sie heute zurück nach L.A. fahren wollen, um sich in die Arbeit zu stürzen. Aber dann war sie durch die prachtvolle Eingangshalle spaziert und hatte wieder den gutaussehenden jungen Mann im Smoking gesehen und beschlossen, sich noch ein bißchen Urlaub zu gönnen. Die Atmosphäre hier war einfach zu verführerisch. Einfach einmal im absoluten Luxus schwelgen, zwischen all diesen berühmten oder reichen Leuten, das hatte sie sich verdient nach all den Aufregungen. Also hatte Frieda gefragt, ob sie das Chalet noch ein paar Tage haben könnte. Sie konnte. Und jetzt saß sie hier in dieser Jagdhütte aus den dreißiger Jahren mit Hirschgeweihen über dem Kamin und Schaffellen auf dem Boden, in der angeblich Douglas Fairbanks einmal übernachtet hatte, und war deprimiert.

Es hatte ihr das Herz gebrochen, mit ansehen zu müssen, wie Bunnys schönes Gesicht aschfahl wurde, als Frieda ihr erzählte, warum sie hier war. Bunny war drauf und dran gewesen, sich aus dem Fenster zu stürzen. Frieda hätte sie gern getröstet, aber was hätte sie sagen sollen? Daß Bunny jetzt, wo sie aussah wie Dutzende anderer Frauen in Hollywood, echte Schwierigkeiten haben würde, eine Rolle zu kriegen, weil es zu viele von ihrer Sorte gab?

Frieda ging zum Fenster und überlegte, ob sie Bunny besuchen sollte. Aber es gab nichts mehr zu sagen. Bunny war am Ende.

Als Frieda sah, daß die Schatten draußen schon länger wurden, wanderten ihre Gedanken zum bevorstehenden Abend. Sollte sie hier essen? Keine gute Idee. Bunny? Nein, Bunny wollte unbedingt allein sein. Natürlich gab es da die drei Speisesäle im Schloß...

Das Schloß. Schöne Leute im strahlenden Licht von Kristallüstern, und darunter...

Gütiger Himmel. Aus welchem finsteren Loch war denn dieser Gedanke gesprungen!

Der junge Mann im Smoking mit der dunklen Haut, und wie er sie heute morgen angelächelt hatte, genau wie die beiden anderen Male. Bei dem Gedanken an ihn bekam sie wieder dieses Kribbeln im Bauch. Sie mußte lachen. Ein Typ wie er sollte sich für eine alte Wachtel wie sie interessieren? Ein Witz.

Außer natürlich, der junge Mann wurde dafür bezahlt.

Und plötzlich war ihr klar, was sie tun würde.

»Das glaube ich einfach nicht«, murmelte sie, als sie die Nummer des Hotelrestaurants wählte, das mit den tiefen Nischen und dem Pianisten, der nur Chopin und Mozart spielte. Und wo die Karte keine Preise hatte.

Sie bestellte einen Tisch für acht Uhr, und dann wagte sie den Sprung ins kalte Wasser.

»Ich habe... äh, ein kleines Problem. Ich esse nicht gern allein. Könnten Sie vielleicht...«

»Selbstverständlich, Madam. Das Hotel kann Ihnen einen Begleiter zum Dinner stellen, wenn Sie wollen.«

Sie hielt den Atem an. Mein Gott. »Ja, okay... das wäre nett...«

»Wäre Madam ein Herr recht?«

Ein Herr? Wahlweise zu einem Penner? Und dann wurde ihr klar, daß er damit das Geschlecht meinte. »Ein Herr wäre nett«, sagte sie, legte rasch auf und dachte: Frieda Goldman, das kann doch nicht dein Ernst sein!

Judith Isaacs betrat die Lobby, wo sie von den Türstehern und Garderobieren wie eine alte Kollegin begrüßt wurde, obwohl es erst ihr dritter Abend hier war. Sie passierte das funkelnde Schild, auf dem der übermorgige Weihnachtsball angekündigt wurde – nach dem Mr. Smith das Star's verlassen würde –, und sah Simon Jung, der neben einem der riesigen Kamine in ein Gespräch mit Robert De Niro vertieft war. Judith fragte sich, wie lange es wohl noch dauern würde, bis sie sich an den Anblick solcher Berühmtheiten gewöhnt hatte.

In der Klinik im zweiten Stock zog sie sich ihre Daunenjacke aus und schüttelte ihren langen Zopf. Zoey telefonierte im Nebenraum.

»Ja, Miss Kowalski«, sagte die Schwester. »Ich bin gleich da. Keine Sorge.«

Als sie Judith in der Tür stehen sah, war Zoeys Lächeln wie weggewischt, sie legte den Hörer auf.

»War irgend etwas in meiner Abwesenheit?« fragte Judith und sah, wie die Augen der Schwester vor Haß funkelten. Heute früh hatte sie Zoey gefragt, ob sie eine Ahnung habe, wer Mr. Smith' geheime Operation an die Klatschzeitung verraten hatte. »Ich weiß, daß solche Blätter eine Menge Geld für solche Geschichten bezahlen«, hatte sie gesagt und Zoeys Reaktion genau beobachtet.

»Sicher ist es aus Dr. Newtons Praxis durchgesickert«, hatte Zoey gesagt, ihr aber dabei nicht in die Augen gesehen.

Aber an diese Möglichkeit hatte Judith auch schon gedacht und Dr. Newton selbst angerufen. Er war außer sich vor Wut gewesen. In neunundzwanzig Jahren Praxis war so etwas noch nie bei ihm passiert, obwohl er nur Berühmtheiten behandelte. »Das ist aus Ihrem Lager gekommen, Doktor«, hatte er gesagt, fast als wollte er Judith beschuldigen, obwohl sie noch gar nicht im Star's angefangen hatte, als die Zeitung ihre Informationen bekam.

Sie hatten das Thema fallenlassen, aber seitdem hatte sich die ohnehin eisige Atmosphäre zwischen Judith und der Schwester noch weiter abgekühlt. Jetzt sagte Zoey: »Sie hatten einen Anruf.«

Judith war alarmiert. Hatte er wieder angerufen? »Wer war es?«

Zoey zuckte mit den Schultern, ließ aber Judith nicht aus den Augen, als sie sagte: »Er hat seinen Namen nicht hinterlassen.«

»Er wird sich sicher wieder melden«, sagte Judith und versuchte, sehr desinteressiert zu klingen. Sie schickte sich gerade an zu gehen, als sie sah, wie Zoey eine Packung Valium aus dem Medizinschrank nahm. »Was wollen Sie denn damit?«

»Bunny Kowalski hat angerufen. Sie ist furchtbar aufgeregt. Sie kann nicht schlafen. Sie möchte etwas, das sie beruhigt, also bringe ich ihr ein paar von den Tabletten.«

»Ich kann mich nicht erinnern, daß auf ihrem Krankenblatt Valium angeordnet wurde.«

»Ist es auch nicht.«

Judith starrte Zoey an. Der Kragen ihrer Tracht hatte einen braunen Brandfleck. »Wenn ich recht verstanden habe«, sagte Judith, »verschreiben Sie jetzt den Patienten Medikamente?«

»Ist doch bloß Valium.«

»Seit wann sind Sie befugt, Medikamente zu verordnen?«

Zoey schaute entnervt zur Decke, als hätte sie es mit einem kleinen Kind zu tun. »Dr. Isaacs«, sagte sie mit unterdrückter Wut. »Ich gebe schon seit zwei Jahren Medikamente aus. Dr. Mitgang –«

»Es ist mir egal, was Dr. Mitgang getan hat.« Judith hielt ihre Hand auf.

Zoeys Augen sprühten vor Wut, als sie die Flasche in Judiths Hand klatschte und in Richtung Tür stürmte.

»Übrigens«, sagte Judith, und Zoey blieb in der Tür stehen, »Mr. Smiths Anwalt wird diese Klatschzeitung verklagen und nicht geringen Schadensersatz fordern. Ich vermute, sie werden kooperieren und die Quelle der Geschichte preisgeben.«

Zoey blieb noch einen Augenblick stehen, dann ging sie und machte die Tür hinter sich zu. Draußen auf dem Gang mußte sie erst einmal tief Luft holen und sich wieder fangen.

Welches Recht hatte dieses Miststück, so mit ihr zu reden? Die Klinik gehörte ihr. Zoey hatte sie eingerichtet, bevor Simon Jung überhaupt einen Arzt angeheuert hatte. Jahrelang hatte sie sie ohne eine einzige Beschwerde geführt. Und niemand, nicht einmal ein Arzt – und schon gar nicht eine Ärztin aus irgendeinem Gebirgskaff, die vor irgendwas davonlief –, würde ihr sagen, was sie zu tun hatte. Das würde sie noch gründlich bereuen, diese Hinterwäldlerin.

Frieda betrat das Restaurant wie einen Kriegsschauplatz und sah sich verwirrt um. Wahrscheinlich wußte jeder einzelne hier, was sie vorhatte. Der Maître kam auf sie zu und sagte: »Kann ich Ihnen helfen, Madam?«

»Frieda Goldman«, sagte sie. So aufgeregt war sie seit ihrem ersten Tanz in der High School nicht mehr gewesen, als sie gehofft hatte, Marvin Pomorsky würde sie zum Tanz auffordern.

Der Maître führte sie zu einer Nische in einer Ecke. Ein junger

Mann im Smoking erhob sich. Frieda traute ihren Augen nicht. Er war es, der Mann aus der Lobby.

Sein Name war Raoul, und er kam aus Kuba. Aus der Nähe sah er noch phantastischer aus. Sie plauderten über belangloses Zeug, und allmählich legte sich Friedas Nervosität. Der junge Mann war wirklich unterhaltsam, und die Art, wie er sie ansah...

Er sah einfach zum Reinbeißen gut aus.

Frieda fühlte sich mit einemmal so seltsam. Ein Gefühl, das sie seit Jahren nicht mehr gehabt hatte. Alle ihre Sinne vibrierten, die Lichter schienen zu hell, die Musik zu laut, der Geruch von Essen...

Der Tisch nebenan hatte Chateaubriand bestellt, und drei Kellner servierten es vom Flambierwagen, elegant wie Ballettänzer.

Frieda wandte sich ab. Raoul erzählte gerade ein bißchen von der Geschichte des Hauses. »Es stand fünfzig Jahre leer, vollständig möbliert...« Frieda mußte plötzlich an ihre Leute zu Hause denken: Sandy, die Haushälterin, die widerwillig ihre drei kleinen Hunde versorgte, ihre Sekretärin Ethel mit den Polypen und dem ständigen Vorwurf im Blick, Friedas Tochter, der Ökosnob, und die dreijährige Princess, das biologische Phänomen des Jahrhunderts. Und sie stellte sich vor, wie sie alle plötzlich in der Tür des Speisesaals standen und sie und Raoul anstarrten, mit vor Entsetzen geöffneten kreisrunden Mündern.

»Tut mir leid«, sagte sie abrupt und griff nach ihrer Tasche. »Ich habe gerade festgestellt, daß ich keinen Hunger habe. Ich weiß gar nicht, was ich hier soll.«

»Ist etwas nicht in Ordnung?«

»Ich... ich hatte heute einen furchtbaren Tag. Tut mir leid, daß ich Ihre Zeit in Anspruch genommen habe, aber ich möchte einfach nicht... Es hat keinen Sinn...« Sie stand auf. »Ich gehe zurück in mein Chalet, wenn es Ihnen nichts ausmacht.«

»Ich verstehe«, sagte er und stand ebenfalls auf. »Vielleicht möchten Sie, daß ich Sie begleite? Die Wege sind nachts vereist und gefährlich.«

Sie starrte ihn an. Er hatte ihre Signale mißverstanden. Oder? Nein, er hatte sie sehr wohl verstanden. »Danke«, sagte sie, »es wäre nett, wenn Sie mich begleiten.«

Er regelte alles mit dem Maître, holte ihren Nerz, half ihr hinein und stützte sie die eisige Treppe hinunter. Frieda hatte völlig vergessen, wie es war, einen so aufmerksamen Mann um sich zu haben, sich so umsorgt, so weiblich zu fühlen.

Raoul trug jetzt einen langen schwarzen Mantel, in dem er so elegant aussah, daß die Frauen ihn anstarrten. Frieda hätte am liebsten laut hinausgeschrien: Er gehört aber mir.

Sie gingen schweigend durch die kalte Nacht zu ihrem Chalet. Unterwegs trafen sie Larry Wolfe, der ganz in Gedanken an ihnen vorbeieilte, und Raoul sagte: »Das ist der berühmte Drehbuchautor. Ich habe gehört, daß er einen Film über Marion Star produzieren wird. Das dürfte sehr interessant werden.«

Frieda murmelte ein vages Ja. Dieses Projekt interessierte sie überhaupt nicht.

Als sie am Chalet angelangt waren, bedankte sich Frieda und suchte in ihrer Tasche nach dem Schlüssel.

»Ich warte, bis Sie sicher im Haus sind.«

»Gott ist mir kalt«, sagte sie und fragte sich, warum sie es sagte, und dann wußte sie genau, warum.

»Diese Chalets haben offene Kamine«, erwiderte Raoul wie aufs Stichwort. »Ein schönes warmes Feuer ist genau das richtige für eine Nacht wie diese.«

»Ja«, sagte sie, zog ihren Schlüssel heraus und sah ihm direkt in die Augen, wohl wissend, was passieren würde. »Wenn man weiß, wie man ihn ansteckt. Ich weiß es nicht.«

Und Raoul sagte wie erhofft: »Ich mache das gerne für Sie, wenn Sie wollen.«

Sie gingen ins Haus, er half ihr aus dem Mantel, behielt aber seinen an, als hätte er vor zu gehen, sobald das Feuer in Gang war. Während er arbeitete, plauderte er locker weiter.

Frieda goß sich einen Drink ein und sagte nichts.

Als Raoul fertig war und die Flammen sich durch die Scheite nach oben kämpften, stand er auf und sagte: »So. Jetzt werden Sie die ganze Nacht nicht mehr frieren.«

Frieda dachte: Wer hat diesen Dialog geschrieben?

»Ein schönes heißes Feuer«, sagte er, und seine dunklen Augen strahlten vielversprechend. »Es wird die ganze Nacht für Sie brennen und nicht ausgehen.«

»Danke...«

Aber er ging nicht zur Tür und verabschiedete sich nicht, sondern blieb einfach stehen und lächelte.

Und dann wurde ihr klar: Sie war am Zug.

Tausend Gedanken schossen ihr durch den Kopf. Jake, ihr Mann, der vor seinem Tod vor sechzehn Jahren gesagt hatte: Heirate wieder, Frieda, oder amüsier dich wenigstens, wenn ich nicht mehr bin. Und ihre Tochter, die so tat, als gehörten Leute über Fünfzig ins Pflegeheim, und Syd Stern und der verlorene Millionenvertrag.

»Möchten Sie einen Drink?« sagte Frieda leise und wußte nicht, welche Antwort sie mehr fürchtete: ja oder nein.

»Sehr gern, danke«, sagte er und zog seinen langen schwarzen Mantel aus.

Sie setzten sich auf das Sofa vor dem Kamin, mit etwas Abstand, wenn auch nicht viel. Dann fing er an, über Kuba zu erzählen, und während er redete, wurde Frieda immer ruhiger und entspannter. Sie starrte in die Flammen und hörte ihm zu, und plötzlich war sie sehr froh, daß sie diese Verabredung zum Essen getroffen hatte.

Sie erstarrte nicht, als seine Hand zart ihre Schulter berührte, sie hörte auf zu denken, wandte sich ihm zu und lächelte. Er war so jung, so ungeheuer schön...

Und dann küßte er sie so zärtlich, daß Frieda erschrak. Sie hatte einen Machoangriff erwartet.

Er nahm das Glas aus ihrer Hand, stellte es weg und zog sie in seine Arme. Zuerst war sie etwas ungeschickt, nach so vielen Jahren ohne Mann. Aber die alten Instinkte erwachten und eine Flut von Begierde. Raouls Küsse waren so süß, so liebevoll. Er nahm sich Zeit, hatte es nicht nötig, etwas zu beweisen, zu zeigen, was für ein Mann er war. Es schien, als begreife er ihre Ängste und ihre Unsicherheit und wollte sie nicht durch plötzliches Bedrängen verschrecken. Es dauerte einige Zeit, bis seine Finger durch ihr Haar strichen, dann die Wange hinunter, zum Hals, am Kragen ihrer Bluse entlang.

Sie hielt die Luft an, als er den ersten Knopf öffnete. Seine Hand blieb dort, aber er küßte sie weiter, und Frieda überlief ein süßer

Schauer. Er öffnete Knopf für Knopf, und dann drängte sich eine sanfte, aber harte Hand unter ihren Büstenhalter.

Und jetzt wagte sie den Versuch, tastete sich langsam über seine harte Brust, den harten Bauch... bis zu seinem sehr harten Glied.

Raoul murmelte etwas auf spanisch, streifte ihr die Bluse von den Schultern, öffnete ihren Büstenhalter, und dann glitt seine Hand unter ihren Rock, und er streichelte sie da, wo sie seit Jahren nicht mehr gestreichelt worden war.

Es war ein phantastisches Gefühl.

Er richtete sich lächelnd auf, stand auf und fing an, sich auszuziehen. Und Frieda streckte die Arme aus und half ihm, streifte Jackett und Smokinghemd von seinem prachtvollen dunklen Oberkörper, und dann zog sie ihm die Hose aus.

Er packte sie und zog sie hoch. Sie küßten sich lange im Stehen, beide nackt, und sein Penis preßte gegen ihre Schenkel.

»Schnell«, flüsterte sie schließlich.

Er lächelte wieder und führte sie zu den Schaffellen vor dem Kamin, legte sie hin. Er flüsterte zwischen sanften Küssen: »Laß es uns genießen...«

Und dann war er in ihr, hart, kräftig, so jung. Frieda keuchte. War es richtig so? Oh, ja ja ja ja...

Er brauchte ewig. Immer wenn sie dachte, jetzt wären sie kurz davor, wurde er langsamer, und dann wieder schneller, bis sie wieder dachte, er müßte kurz vor dem Höhepunkt sein. Und dann wurde er wieder langsamer.

Das letzte klar denkende Quentchen ihres Gehirns dachte: Er kann doch ganz sicher nicht ewig so weitermachen. Kein Mann konnte das.

Aber er konnte, bis sie endlich ihre Nägel in seinen Rücken krallte und flüsterte: »Jetzt!«

Das Zittern begann in ihren Zehen und schlängelte sich ihre Beine hoch, Frieda kniff die Augen fest zusammen und dachte: O mein Gott.

Und als die Woge krachend über ihr zusammenschlug...

Ein Gesicht...

Larry Wolfe!

»O Gott!« schrie sie.

Sie fiel keuchend zurück. Er rollte nicht weg, sondern blieb auf ihr liegen, um sicherzugehen. Und als sie anfing zu lachen und noch einmal »O mein Gott« sagte, schaute er sie fragend an.

»Raoul«, sagte Frieda. »Oh oh oh.« Sie wand sich hastig unter ihm heraus und lief zum Telefon neben dem Sofa.

Sie wählte rasch, wartete kurz und sagte: »Lisa, mein Schatz. Ja, ich bin's, Frieda. Komm gleich morgen früh ins Star's. Ja, Star's, Palm Springs. Die Ausfahrt nach dem Racquet Club, wenn du über die Eins-elf kommst. Lisa, bring alles, was du hast!«

Sie legte auf und wählte wieder. »Sam, Frieda hier. Hör zu, ich brauche dich hier im Star's. Gleich morgen früh, fahr vor Sonnenaufgang los: Was? Das ist mir egal. Sag ab. Du bist mir was schuldig, Sam. Ja, Star's. Das erzähle ich dir, wenn du hier bist. Oh, Sam, und bring Jeanine mit.«

Raoul beobachtete verwirrt, wie Frieda weitere Anrufe machte, den Leuten am anderen Ende Befehle gab. Beim fünften Anruf griff er nach seinem Hemd, aber sie griff nach seiner harten, feuchten Schulter und flüsterte: »Kannst du bleiben?«

»Solange Sie wollen«, sagt er, wußte aber nicht, was er davon halten sollte.

Sie zwinkerte ihm zu und wählte noch eine Nummer. »Bunny! Noch mal Frieda! Du klingst, als hättest du geweint. Hör zu ... Was? Dr. Isaacs hat dir Valium gebracht? Nimm es nicht! Du mußt ganz wach sein. Bunny, hör zu, ich muß dich etwas fragen: Hat irgend jemand dich seit deiner Verschönerung gesehen? Nur die Ärzte? Gut! Bunny, pack das Valium weg und schnall dich an«, sagte Frieda aufgeregt und grinste Raoul zu. »Warte, bist du hörst, was für eine Idee ich gerade gehabt habe!«

Und während sie Bunny von ihrem Plan erzählte, natürlich ohne zu sagen, wobei ihr die Idee dazu gekommen war, ließ Frieda Raoul nicht aus den Augen. Er lag auf dem Schaffell, nackt und jung und schön und hart – ein griechischer Gott, der vom Sockel gestürzt war.

Und plötzlich wußte sie, warum sie im Star's geblieben war.

33

Danny Mackay saß in seinem nagelneuen Jaguar vor dem Hochhaus am Wilshire Boulevard, in dem die Büros von Starlite untergebracht waren, und trommelte nervös gegen das Steuerrad. Er war Philippa und ihren zwei Begleitern hierher gefolgt, nachdem sie das Century Plaza verlassen hatten. Sie mußten eigentlich jeden Moment kommen, die Empfangsdame hatte Danny gesagt, Miss Roberts würde heute nach Palm Springs abreisen.

Es wurde allmählich dunkel, und die Weihnachtslichter des Boulevards erwachten zu funkelndem Leben. In der Nähe spielte Weihnachtsmusik, die Gehsteige waren voll von Leuten mit vielen Paketen und entschlossenen Gesichtern. Danny haßte Weihnachten, es machte ihn nervös. Um diese Jahreszeit kamen immer die schmerzlichen Erinnerungen an seine wunderschöne Mutter, die so jung gestorben war.

Endlich wurde seine Ungeduld belohnt. Die vertraute weiße Limousine tauchte aus der Höhle des Parkhauses auf. Eines der Fenster war einen Spalt geöffnet; er konnte ihr Profil sehen – es sah aus wie Beverlys. Es war Beverly.

Danny folgte der Limousine auf den Freeway in Richtung Palm Springs und malte sich genüßlich aus, was er ihr alles antun würde. Bald war es soweit... sehr bald...

»Vermittlung«, sagte Alan Scadudo ungeduldig, »was ist mit meinem Gespräch nach Los Angeles?«

Jemand antwortete in einer Sprache, die er nicht verstand, und er brüllte: »Não falo português – ich spreche kein Portugiesisch.«

»Desculpe-me, Senhor. Ich versuche es immer noch. Alle Leitungen sind belegt.«

»Bitte versuchen Sie es weiter. Es ist dringend.«

»Ja, Senhor. Ich rufe Sie an, sobald ich Ihren Teilnehmer habe.«

Alan legte leise fluchend auf. Er mußte unbedingt sofort mit Philippa sprechen. Er hatte ein ganz komisches Gefühl, was diesen

Besuch in Rio und sein Treffen mit dem Präsidenten von Miranda International betraf. Irgend etwas stimmte hier nicht, Gaspar Enriques stimmte nicht. Der alte Mann war zu fröhlich gewesen, zu kooperativ, und er hatte zu schnell zugesagt, daß er, nachdem er jetzt acht Prozent von Starlite besaß, aufhören würde zu kaufen; und dann hatte er sich doch geweigert, das Stillhalteabkommen zu unterzeichnen, das Alan mitgebracht hatte.

Er schaute auf die Uhr. Sein wichtiger Besucher müßte jeden Augenblick an seine Hotelzimmertür klopfen.

Gott, war das ein Tag, dachte Alan, als er zum Fenster ging und in die warme brasilianische Nacht hinaussah. Ein glühend heißer Tag, der sich auch jetzt kaum abgekühlt hatte. Alan lockerte seine Krawatte und dankte Gott, daß das Hotel Air-condition hatte. Er wohnte im Caesar Park auf der Avenida Vieira Souto, auf dessen Dach ständig Wachen patrouillierten, die den nahen Strand von Ipanema mit Ferngläsern absuchten, um die Hotelgäste vor den »Strandratten« zu schützen, die alles stahlen, was sie in die Finger kriegten. Genau an diesem schönen Strand hatte Alan sich heute mit Gaspar Enriques getroffen.

Enriques war einer dieser aristokratischen alten Herren, die man oft an brasilianischen Stränden findet; sie versuchen dort ihre Männlichkeit zu beweisen, indem sie den Ozean herausfordern. Alan war gezwungen, am Strand zu warten, während der brasilianische Siebziger sich in die tosende Brandung stürzte. Anschließend war er eine halbe Stunde auf der Stelle gejoggt, während er und Alan versuchten, mitten im Gewühl und Lärm ein geschäftliches Gespräch zu führen. Alan war nicht auf den Strand vorbereitet gewesen und kam sich sehr albern vor mit seinen dunkelblauen Wollhosen, dem teuren Armani-Seidenhemd, barfuß, mit einer Aktentasche in der Hand. Aber wie er festgestellt hatte, waren solche Praktiken hier gang und gäbe; er hatte einige Topmanager gesehen, die sich mit Klienten am Strand trafen, alle in Badehose, alle mit Aktentasche.

Das schlimmste für Alan war aber die Tatsache, daß er seine Spezialschuhe mit den erhöhten Einlagen nicht tragen konnte und sich mit seiner normalen, nicht gerade stattlichen Größe zufrieden geben mußte. Ein weiteres Problem war der Wind, er riß sein sorgfältig gekämmtes Haar hoch und machte die kleinen Transplantationspunkte für alle sichtbar.

Die Frauen hatten ihn trotzdem interessiert beobachtet, diese vollbusigen Kreaturen mit Beinen bis zum Hals, in ihren Tangas. Und wie diese Schönheiten einen Mann anschauten – der fünfundfünfzigjährige Alan war kurz vorm Durchdrehen, denn so hatte ihn seit Jahren keine mehr, nein, überhaupt noch nie eine angesehen. Er hatte sich einige Male bei Enriques entschuldigen müssen, weil er nicht bei der Sache war.

Er hatte einen ganzen Nachmittag am Strand verbracht mit dem alten Mann, der Alan fröhlich in perfektem Englisch alles über Miranda International und ihren florierenden Nußexport erzählt hatte. Am Ende hatte Alan einen Sonnenbrand und wahnsinnige Kopfschmerzen. Erreicht hatte er praktisch nichts. Die Sache stank zum Himmel, genau wie Gaspar Enriques. Er war nur eine Marionette, ein anderer mußte da die Fäden in der Hand haben. Miranda International konnte man nicht über den Weg trauen. Und deshalb mußte Alan jetzt, während er auf seinen wichtigen Besucher wartete, sofort Philippa alarmieren.

Es klopfte, und er eilte zur Tür, aber es war nur der Kellner mit dem Abendessen. Er rollte den Wagen herein, und während er die Speisen anrichtete, plauderte er fröhlich über alles mögliche. Dann zeigte er auf eine kleine handgeschnitzte Puppe neben dem Telefon, grinste und sagte: »Ah, Senhor, wie ich sehe, vertrauen sie auf das Glück der Lemanja, der Meeresgöttin. Sie ist sehr mächtig und bringt viel, viel Glück, Senhor.«

Alan hatte die kleine Statue für knapp einen Dollar auf dem Weg vom Strand gekauft als Mitbringsel für Hannah. Aber er sagte nichts, damit der Mann so schnell wie möglich das Zimmer verließ.

Nachdem er gegangen war, beäugte er mißtrauisch das Essen, ein Gericht aus Fisch und Krabben, mit viel Paprika und Gewürzen, und fragte sich, warum er sich keinen Hamburger bestellt hatte. Er drapierte eine Serviette über das widerlich exotische Essen und schob den Servierwagen beiseite.

Als er gerade wieder einmal auf die Uhr schaute, klingelte das Telefon. Sein Gespräch nach Los Angeles.

Hannah war am Apparat.

»Alan? Bist du okay? Wie läuft's denn mit Miranda?« fragte sie. »Hast du mit Mr. Enriques alles regeln können?«

»Mir geht's wunderbar, Schatz. Aber hier läuft irgend etwas Seltsames«, sagte Alan. »Ich muß mit Philippa sprechen. Sofort.«

»Sie ist erst vor kurzem losgefahren. Sie ist unterwegs nach Palm Springs.«

Alan nagte an seiner Lippe. »Mit dem Firmenauto? Dann schalte mich durch. Ich muß sofort mit ihr reden.«

Während Hannah in ihrem Adreßbuch nach der Nummer der Limousine suchte, spürte sie, wie ihre Angst wuchs. Sie wartete schon den halben Tag in ihrem Zimmer auf einen bestimmten Anruf wegen des Termins für den Verkauf ihrer Aktien gegen bar. Die Transaktion mußte vor der Vorstandssitzung in Palm Springs stattfinden.

Hannah wählte die Nummer der Limousine und entdeckte dabei ihre Handtasche auf der anderen Seite des Zimmers. Ihre Pillen waren da drin, die brauchte sie jetzt, ihr Herz machte schon wieder einen kleinen Steptanz.

»Ricky«, sagte sie, als das Autotelefon abgehoben wurde, »Hannah am Apparat. Ich habe Alan auf der anderen Leitung, und er will mit Philippa sprechen.«

Hannah hörte zu, was Alan berichtete. »Irgend etwas stimmt hier unten nicht, Philippa«, sagte er sehr aufgeregt, was sonst gar nicht seine Art war. »Miranda ist eine kleine Firma. Und sie handeln mit Nüssen, verdammt noch mal. Und ich weiß aus sicherer Quelle, daß sie gar nicht das Geld haben, um Starlite-Aktien zu kaufen.«

»Was hast du von Enriques erfahren können?« fragte Philippa.

»Er war sehr freundlich und höflich, aber erfahren habe ich gleich null. Er hat nur gesagt, er bewundere den Starlite-Konzern und möchte ein paar Anteile daran besitzen. Er besteht darauf, daß keine Übernahme geplant ist, will aber kein Stillhalteabkommen unterzeichnen. Und noch etwas, Philippa, der Mann kann selbst keine Entscheidungen treffen, obwohl er der Präsident und Eigentümer dieser verdammten Firma ist. Als ich ihn fragte, ob er in Betracht ziehen würde, zu einer Konferenz nach L.A. mitzukommen, sagte er, er müßte es sich überlegen, aber ich glaube, er mußte erst einen anderen um Erlaubnis fragen. Vorhin hat er angerufen und gesagt, er würde gern mitkommen. Ich schwöre dir, er ist nur der Strohmann für jemand anderen. Und ich glaube, dieser andere plant die Übernahme. Wahrscheinlich wäscht er Geld über Miranda, und ich glaube, sie wollen uns kalt erwischen.«

Das hatte Philippa befürchtet. Und war darauf vorbereitet. »Gut, Alan. Ich muß mir das durch den Kopf gehen lassen. Komm sofort zurück. Und bring Enriques mit. Ich muß unbedingt mit ihm sprechen.«

Philippa legte auf. Alan und seine Frau waren wieder allein in der Leitung. »Wann kommst du nach Hause, Schatz?« fragte Hannah.

»Sobald Enriques reisefertig ist.«

»Alan, ich mache mir Sorgen.«

»Das brauchst du nicht, Liebling. Alles wird wieder ins Lot kommen, da bin ich mir sicher.«

»Bist du rechtzeitig zur Party zurück? Ich habe mir gedacht, wir geben dann Jackies Verlobung bekannt.«

»Klar, keine Sorge. He, ich bringe dir etwas mit«, sagte er. »Eine ganz besondere Überraschung. Und die hat nichts mit Weihnachten zu tun.«

»Hauptsache, du bringst dich selbst mit. Ich liebe dich.«

»Ich liebe dich auch.«

Alan legte gerade den Hörer auf, als es an der Tür klopfte. Sein Besucher, endlich.

Der Mann war groß, mit kahlrasiertem Schädel, in dem sich die Korridorlampen spiegelten. Er trug einen weißen Leinenanzug, handgenähte Schuhe und hatte fast an jedem Finger einen Goldring. Gaspar Enriques hatte ihn Alan geschickt. Alan hatte ihm erzählt, daß er gern ein ganz besonderes Schmuckstück für eine ganz besondere Dame kaufen würde, etwas Einzigartiges, was man nicht in gewöhnlichen Geschäften bekommen konnte. »Da habe ich genau den richtigen Mann für Sie«, hatte Enriques gesagt.

Der Besucher lehnte den angebotenen Drink ab und kam sofort zum Geschäft. Er zeigte ihm ein exquisites antikes Goldkruzifix an einer langen Goldkette. Das Kruzifix war mit brasilianischen Topasen, Aquamarinen, Amethysten und Granaten besetzt. »Aber dieser Schmuck ist deshalb so einmalig, Senhor«, sagte der Besucher, der seinen Namen nicht genannt hatte, »weil ihn Princesa Isabel trug, als sie die Lei Auréa unterschrieb, die Proklamation zur Sklavenbefreiung 1888. Sie kaufen also nicht nur ein wertvolles Juwel, Senhor Scadudo, sondern ein Stück brasilianische Geschichte.«

Alan hielt es gegen das Licht. Es war exquisit, so zart, von so vollendeter Qualität. Ihm wurde ganz heiß bei dem Gedanken, wie sie darauf reagieren würde. Mit so einem Geschenk rechnete sie bestimmt nicht.

Als der Mann den Preis nannte, zögerte er einen Moment. Mit so viel hatte er nicht gerechnet. Aber dann kaufte er es doch, sie war es wert. Und es war ein Trostpreis dafür, daß sie nicht zusammensein konnten.

Hannah legte den Hörer auf und schlug die Hände vors Gesicht. Es gab so vieles, woran sie denken mußte: die Aktien aus dem Safe holen, die Vorbereitungen für ihre Weihnachtsparty überwachen, Jackie, die mit ihrem Verlobten nach Hause kam, die Vorstandssitzung in Palm Springs und natürlich ihre Überraschung für Alan. Hoffentlich würde die Freudlich-Skulptur rechtzeitig eintreffen. Und hoffentlich würde alles gutgehen, für sie, für Alan und für Jackie und Vincent.

Sie spürte, wie ihr Herz wieder Purzelbäume schlug, und lief rasch zu ihrer Tasche, um sich eine ihrer Pillen zu holen. Nicht einmal Alan wußte, daß sie sie einnahm, sie wollte ihn nicht beunruhigen. Jetzt mußte sie nur noch warten, bis das Telefon klingelte.

Philippa legte den Hörer des Autotelefons auf und erzählte Charmie, was Alan berichtet hatte. Charmie lag auf dem Sitz gegenüber, den Rücken gegen die Fernsehkonsole gelehnt, ihr zitronengelber Seidenkaftan wallte bis zum Boden. »Was wirst du tun?« fragte sie und legte ihr Buch beiseite.

»Etwas, das ich hasse. Ich hätte nie gedacht, daß es einmal so weit kommt. Charmie, es ist Zeit für die ›Giftpille‹.« Philippa nahm wieder das Telefon und tippte eine Nummer ein. »Ralph? Philippa hier.

Ich habe gerade mit Alan in Rio gesprochen...« Nachdem sie das Gespräch mit ihm geschildert hatte, sagte sie: »Wir treffen uns morgen in Palm Springs. Ich bin im Marriott Desert Springs. Ich möchte, daß du zwei Sachen tust: erstens unseren Übernahmeschutz von zwanzig auf zehn Prozent senken. Dann setz eine Klausel auf, die Starlite-Aktionären erlaubt, Aktien unter dem Marktwert zu kaufen. Sobald Miranda auf zehn Prozent ist, tritt die zweite Klausel in Kraft. Das wird sie wenigstens ein bißchen bremsen und eine Übernahme schwieriger und auf jeden Fall teurer machen.«

Charmie seufzte. Als Philippa und sie Starlite noch von einem Wohnzimmer aus regiert hatten, war alles viel einfacher gewesen, ohne diesen ganzen juristischen Kram. »Wenn wir doch bloß wüßten, wer hinter diesem Enriques steckt«, sagte sie, »und warum sie versuchen, dir deine Firma wegzunehmen.«

Philippa dachte an Ivan Hendricks, der augenblicklich versuchte, in Palm Springs Informationen über Beverly Burgess zu sammeln. »Wenn wir Ivan morgen treffen, werde ich ihn bitten, Miranda für uns unter die Lupe zu nehmen.« Charmie fand es sehr aufregend, daß Ivan wieder in ihr Leben getreten war. Sie konnte einfach diese kurze sexuelle Begegnung mit ihm nicht vergessen. Ob sie wohl noch eine zweite Chance bei ihm haben würde? »Wenn wir Glück haben«, sagte sie, »wird Ivan ein paar Informationen über die Caanan Corp. für uns haben. Und wenn es eine Verbindung zwischen der Scheinfirma Caanan und Miranda International gibt, kann er uns vielleicht sagen, wer hinter all dem steckt.«

Philippa schaute aus dem Seitenfenster, aber da war nur Finsternis. Die Sonne war vor Stunden untergegangen, und sie fuhren jetzt durch kahle Wüste: Nur gelegentlich leuchtete ein Haus oder ein Reklameschild auf, und ab und zu zogen die Scheinwerfer eines Autos vorbei. Es war, als würden sie, Charmie und Ricky in einem lautlosen Raumschiff durch die Nacht gleiten. Der Motor war nicht zu hören und auch nicht das Singen der Reifen auf dem Asphalt. Die Bar war mit Speisen und Getränken ausgerüstet, die Heizung ließ der eisigen Wüstennacht keine Chance, und das Glasdach erlaubte eine atemberaubende Sicht auf die Sterne. Philippa fühlte sich geborgen, isoliert von der Welt und all ihren Gefahren.

Sie ahnte nichts von dem schwarzen Jaguar, der sie schon seit L.A. verfolgte und jetzt dicht hinter ihnen war.

Sie nahm ihren Füller und versuchte, sich wieder auf die Arbeit zu konzentrieren. Sie wollte die Fahrt dazu nutzen, ihre Gedanken zu einer gründlichen Modernisierung des Starlite-Programms festzuhalten. Wir haben die Zeit an uns vorübergehen lassen, dachte sie, und nicht gesehen, daß unsere Kunden jetzt andere Bedürfnisse haben, die andere Gesellschaften erfüllen.

Sie schlug eine neue Seite in ihrem Block auf und machte sich ein paar Notizen: Neueste Eßtrends beobachten und einen neuen Speiseplan für die 90er entwerfen. Warum machen wir nicht auch ein eigenes Aerobic Video? Mit tollen jungen Männern, damit die Frauen es gerne anschauen.

Sie warf einen Blick auf Ricky, der den Kopf ans Fenster gelehnt hatte und schlief. Dieser junge Mann mit den langen, seidigen Haaren, dem schönen Profil und dem Athletenkörper hatte sie wieder zum Leben erweckt. Sein harter Körper und seine heißen Küsse hatten Begierden in ihr wachgerufen, von denen sie geglaubt hatte, sie wären mit der *Philippa* untergegangen. Dafür war sie ihm dankbar.

Aber wie sollte das weitergehen? Gesetzt den Fall, sie würde sich entschließen, in L.A. zu bleiben, würde er nach Australien zurückkehren wollen? Und wenn er bliebe, wie würde Esther darauf reagieren, daß ihre Mutter einen Liebhaber hatte, der fünf Jahre jünger war als ihre Tochter?

Philippa drückte einen Knopf, das Fenster öffnete sich mit einem leisen Summen. Kalte, schneidende Luft brauste durch die Öffnung. Ein gutes Gefühl. Die Wüste war phantastisch. Die Sterne funkelten klarer als irgendwo sonst auf dieser Welt. Die zerklüfteten Hänge der Berge waren kaum sichtbar vor dem Sternenfirmament, und über allem lag eine überirdische Stille. Eine Sternschnuppe huschte über den Himmel, und ihre Gedanken wanderten zum Mount San Jacinto und zum Star's, und sie fragte sich, was sie dort wohl erwartete. War da vielleicht eine Frau mit ihrem Gesicht? Würde sie glauben, in einen Spiegel zu schauen, wenn Beverly Burgess ihr gegenüberstand?

»Hoppla«, sagte Charmie plötzlich und schaute von ihrem Buch hoch. »Warum werden wir denn langsamer?«

Philippa drückte den Knopf für die Trennwand zum Chauffeur, um zu sehen, was vorne passierte. »Oh, mein Gott«, sagte sie.

Charmie drehte sich um und starrte mit offenem Mund die undurchdringliche Mauer an, die den ganzen Freeway blockierte. Dahinter war nichts, keine Sterne, keine Berge, keine Rücklichter. Und die Autos, die vor ihnen fuhren, wurden rasch verschluckt.

Die Limousine bremste, schlingerte und kam ins Schleudern. Charmie schrie. Philippa versuchte sich abzustützen, und Ricky, der plötzlich aufgewacht war, griff nach ihr, und sie fiel in seine Arme.

Im Jaguar, der ihnen folgte, saß Danny, euphorisch wie im Drogenrausch bei dem Gedanken, was er Philippa alles antun würde. Solche Gedanken stählten ihn, gaben ihm Kraft, das zu tun, was er tun mußte. Einmal hatte er die Welt schon fast im Griff gehabt, und dann war ihm alles genommen worden, von ihr, diesem Luder in der Limousine da vorne.

Beverly Highland. Die Welt hielt sie für tot. Und sie dachte, er wäre tot. Der Gedanke war wie ein elektrischer Schlag. Sie hatte keine Ahnung, was da auf sie zukam. Sie wiegte sich in Sicherheit. Aber sie würde bezahlen. O ja. Danny stellte sich den Ausdruck auf ihrem Gesicht vor, wenn er sie erwischt hatte. Sie würde eine Kostprobe von dem kriegen, was er mitgemacht hatte – er würde sie am Ledergürtel aufhängen, damit sie spürte, wie das war, wenn einem die Luft wegblieb, man sich vollpinkelte vor Angst...

Danny griff nach dem Rückspiegel und rückte ihn so zurecht, daß er sich sehen konnte. Er lächelte, dieses sexy Lächeln, das Millionen begeistert hatte. Er sah immer noch gut aus, hatte immer noch allein durch sein Aussehen Macht über Menschen. Danny hatte auch hart dafür gearbeitet, dank Niccolo Machiavelli, der vor über vierhundertfünfzig Jahren geschrieben hatte: Der Pöbel ist immer von Äußerlichkeiten beeindruckt, und die Welt besteht aus Pöbel. Wenn Beverly sein Gesicht sah, dieses Gesicht, das sie vor Jahren dazu gebracht hatte, ihn auf Knien anzuflehen, er möge sie nicht verlassen... Bald würde sie wieder auf den Knien vor ihm liegen, aber diesmal würde sie um ihr Leben betteln.

Als sein Blick wieder auf die Windschutzscheibe fiel, sah er, wie ihre Limousine plötzlich in einer undurchdringlichen Wand verschwand, die vor ihr auf dem Freeway aufgetaucht war.

»Allmächtiger!« schrie er und trat die Bremse durch, und der Jaguar begann zu schleudern.

Vierter Tag

34

Dieses Mal war der Anruf kein Ferngespräch und wurde auch nicht über die Geheimleitung geführt. Trotzdem waren die Teilnehmer auf der Hut, das Gespräch wurde abseits von neugierigen Lauschern geführt, ohne Unterbrechungen durch den krächzenden Papagei.

»Sie sind hier«, sagte der Anrufer.

»Es war nicht einfach. Wieviel Zeit bleibt uns noch?«

»Nicht viel.«

»Dann fangen wir an. Übrigens –«

»Ja?«

»Kommen Sie ja nicht ohne.«

35

San Fernando Valley, Kalifornien 1970

Molly, Philippas junge Sekretärin, entdeckte als erste den schwarzen Mercedes mit den getönten Scheiben, der soeben vor dem Büro von Starlite vorgefahren war. Sie schaute aus dem Fenster und sagte: »Heiliger Strohsack! Ich glaube, wir kriegen wichtigen Besuch!«

Kitty, die Telefonistin, hob den Kopf. »Wer ist es?«

»Ich weiß es nicht. Auf jeden Fall aber ein großes Tier«, sagte Molly aufgeregt. »Ein Filmstar, da wette ich!« Seit Philippa als Gast in einer Fensehshow aufgetreten war, rechnete Molly stündlich mit einer Parade von Prominenten durch Starlite. »Komm, wir schauen uns das an!«

Philippa war gerade in Charmies Büro, um mit ihr über eine eigene Starlite-Kosmetikserie zu sprechen, als sie jemand auf dem Gang vorbeirennen hörte. »Was ist denn da los?« sagte Philippa, öffnete die Tür und sah mehrere Frauen, die sich um ein Fenster in der Lobby drängten.

Molly löste sich von der Gruppe, ging zu ihr und sagte: »Ein geheimnisvoller Besucher ist gerade vorgefahren! In einem riesigen schwarzen Auto mit Chauffeur!«

»Man sieht nicht, wer es ist«, rief Colleen, Hannahs Assistentin, über die Schulter. »Aber ich glaube, es ist ein Gangster! Ach herrje, das Auto fährt wieder los! Mist! Sie kommen doch nicht rein!«

Die Gruppe löste sich enttäuscht auf, und alles ging wieder an die Arbeit. Philippa machte sich auf den Weg zurück in ihr Büro, einen Korridor entlang, der voller Kisten und Aktenschränke stand, und sie überlegte, daß sie eigentlich keine Lust hatte, heute abend eine Wiederaufführung eines Films aus der Schwarzen Serie zu sehen. Sie fragte sich, wie Keith eine weitere Absage aufnehmen würde.

Sie hatte seit sechs Monaten ein lockeres Verhältnis mit Keith. Er war dreiundvierzig und arbeitete als Ingenieur für McDonnell-Douglas. Keith war der Traum jeder Schwiegermutter: gepflegt, pünktlich, nett anzuschauen, höflich, und er verdiente gut. Er fuhr den neuesten Cadillac, schickte seiner Mutter jedes Jahr zum Geburtstag Blumen und war naiv genug zuzugeben, daß er seine Stimme Nixon gegeben hatte. Er teilte Philippas Begeisterung für alte Filme, und daraus resultierten auch ihre meisten Verabredungen.

Keith machte einfach alles richtig, Philippa fühlte sich wohl in seiner Gesellschaft. Leider fehlte aber der Beziehung ein gewisser Funke. Sie war sogar mit Keith ins Bett gegangen, doch hatte er bei ihr nicht das erwartete Feuerwerk ausgelöst. Keith war auch im Bett immer korrekt und freundlich und erkundigte sich ständig, ob es so gut wäre. Wie ein Kellner.

Aber eins hatte Keith ihr über Sex beigebracht – eine sehr wichtige Lektion –, daß es nämlich zwischen Mann und Frau nicht immer so lief wie bei Rhys und ihr. Der launische Poet war ihr erster und einziger Liebhaber gewesen, und so hatte Philippa gedacht, erderschütternder, himmlischer Sex bis zum Wahnsinn wäre die Norm, jeder würde das erleben. Keith hatte ihr die Augen geöffnet, zehn Minuten nachdem sie ins Bett gegangen waren, war alles vorbei. Mit Rhys hatte es die ganze Nacht gedauert, und sie hatten sich wirklich geliebt. Bei Keith hatte sie das Gefühl, wenn sie kurz einen Kaffee trinken ginge und dann wieder zurückkäme, würde er gar nicht merken, daß sie weggewesen war.

Keith hatte ihr einen Heiratsantrag gemacht, und das Beängstigende war, daß sie ihn tatsächlich in Betracht zog.

Sie ging in ihr Büro und schloß die Tür. Gigantische Stapel von Post erwarteten sie. Und zusätzlich war ihr Schreibtisch noch mit den Resten der Geburtstagsparty übersät, die man für sie zum zweiunddreißigsten Geburtstag gemacht hatte. Da war eine Geburtstagskarte von Mrs. Chadwick, die zittrige Handschrift erinnerte Philippa daran, daß ihre ehemalige Vermieterin sehr alt geworden war. Und dann war da noch der neueste Bericht von Ivan Hendricks, dem Privatdetektiv. Leider hatte er immer noch nichts gefunden. »Vielleicht sind Sie zu Hause auf die Welt gekommen«, schrieb er, »und die Adoption wurde mit Bargeld geregelt. Aber keine Sorge, Miss Roberts, irgend etwas wird sich finden.« Und sie dachte: Wenn doch nur Johnny noch am Leben wäre, er könnte so viele Lücken füllen.

»Es ist wieder da!« Molly stürmte zur Tür herein. »Das schwarze Auto ist wieder da, und diesmal steigt der Fahrer aus!«

Philippa ging zum Fenster, hob den Vorhang und sah einen glänzend schwarzen Mercedes mit getönten Scheiben. Und tatsächlich, der Chauffeur ging jetzt auf die Eingangstür von Starlite zu.

Der Mann sah aus wie ein Bösewicht aus einem Bond-Film: kahler Schädel, ohne Hals, peinlich sauber gekleidet mit steifem weißen Hemd und grauem Anzug, dessen Jacke eine verdächtige Beule hatte, und er sprach ganz mechanisch, als hätte er das Gesagte auswendig gelernt.

»Mein Chef würde gern Ihr Programm absolvieren.«

»Ja, natürlich«, sagte sie und machte der mit offenem Mund dastehenden Molly ein Zeichen, das Paket für neue Mitglieder zu bringen. »Ich kann Ihnen eine Liste der Salons geben, damit Ihr Chef sich den günstigst gelegenen aussuchen kann.«

»Kein Salon«, sagte er. »Es wird privat gemacht.«

»Tut mir leid, aber das Starlite-Programm ist dafür nicht konzipiert. Ihr Chef wird sich einer Gruppe anschließen müssen.«

»Das ist nicht möglich.«

Philippa warf einen Blick durch die Spitzenvorhänge ihres Büros auf die dunkel getönten Scheiben des Mercedes. Sie hatte das Gefühl, jemand beobachte sie aus dem Wagen. Wer war es? Eine Berühmtheit? Oder nur jemand, der nicht gesehen werden wollte; ein Politiker vielleicht? Sie wandte sich wieder dem Fahrer zu, der erstaunlich schöne grüne Augen mit dichten schwarzen Wimpern hatte. »Na gut«, sagte sie. »Das ist zwar etwas ungewöhnlich, aber ich sehe keinen Grund, warum wir es nicht versuchen sollten.«

Sie füllte das Aufnahmeformular aus, erklärte ihm, wie die Diät funktionierte, die wöchentliche Gewichtskontrolle und die Speisepläne, die ebenfalls wöchentlich neu ausgegeben wurden. Sie wollte ihm die verschiedenen Speisezusammensetzungen erklären, doch er unterbrach sie: »Mein Chef versteht das alles.«

»Gut. Die Aufnahmegebühr beträgt dreißig Dollar, danach kostet es zwanzig Dollar pro Monat. Wenn Ihr Chef es wünscht, kann er das Geld an das Büro überweisen.«

Zu ihrer Überraschung holte er dreißig Dollar aus der Tasche und reichte sie ihr.

»Bitte sagen Sie Ihrem Chef, daß ich für den Erfolg nicht garantieren kann, wenn das Programm nicht in der Gruppe durchgeführt wird«, sagte sie, während sie die Quittung schrieb. »Starlite basiert auf der Unterstützung durch eine Gruppe. Es gehört viel mehr dazu, als Kalorien zu zählen.«

»Mein Chef ist sich darüber im klaren.«

»Er muß einmal die Woche das Gewicht kontrollieren, an einem Tag seiner Wahl, vorzugsweise morgens. Normalerweise würde der Gruppenberater Ab- oder Zunahme in dieses Büchlein einschreiben, aber in diesem Fall ...«

»Wir verstehen.« Sein Mund klappte zu und lächelte. Wie ein Roboter.

Sie legte die Papiere für ihn zusammen und sagte: »Ich muß wissen, ob es für einen Mann oder eine Frau ist. Die Diät ist verschieden.«

»Wir nehmen beides.«

Philippa lächelte ihn an. »Sie haben an alles gedacht, nicht wahr? Gut, hier sind die Unterlagen – für beide.«

Sie und Molly schauten ihm nach, als er ging, und beide fragten sich, aus unterschiedlichen Gründen, ob er wohl wiederkommen würde.

»Insulin«, sagte Dr. Steinberg. »Das ist Ihr Problem.«

Er war der vierte Spezialist, den Philippa in ebenso vielen Jahren konsultierte. Mit einem Ergebnis hatte sie nicht gerechnet. Sie zapften Blut ab, machten Tests, überprüften ihre Krankengeschichte und ihre Eßgewohnheiten und waren am Ende ratlos. Deshalb sagte sie jetzt: »Wie bitte?«

»Sie haben eine sehr seltene Krankheit, die Hyperinsulinämie heißt, Miss Roberts. Das heißt: Sie haben zuviel Insulin in ihrem Blut, genau das Gegenteil von Diabetikern, die kein Insulin produzieren können. Es sind ähnliche Symptome wie bei Diabetes, nur ist Ihr Problem nicht niedriger Blutzucker, sondern Insulinüberschuß. Deshalb werden Sie zittrig, schwindlig und fangen an zu schwitzen, wenn Sie etwas Süßes essen, Ihr Körper produziert zuviel Insulin.«

Er wartete einen Augenblick und fuhr dann fort: »Menschen mit Hyperinsulinämie sind oft übergewichtig, aus zwei Gründen: Insulin beschleunigt die Umwandlung von Zucker in Fettablagerungen, und zweitens bremst Insulin die Umsetzung gelagerten Fetts in Energie. Insulin macht also tatsächlich dick. Ich habe sogar eine Diabetikerin unter meinen Patienten, die sich weigert, Insulin zu nehmen, weil sie davon zunimmt.«

Plötzlich verstand Philippa alles, was bis jetzt keinen Sinn ergeben hatte: die Desserts, die sie nicht essen konnte, die Schwindelanfälle nach dem süßen Frühstück in St. Bridget's, das viele Obst bei Dr. Hehrs Diät, das sie nicht vertragen hatte, und dann erinnerte sie sich an einen Satz Dr. Hehrs: »Menschen werden nicht von zuviel essen dick, sondern von falsch essen.«

Philippa war ganz aus dem Häuschen. Hier war die Antwort auf ein lebenslanges Rätsel. »Was kann ich tun, Doktor?«

»Ihren Insulinspiegel niedrig halten, indem sie keinen Zucker, auch keinen Fruchtzucker und keinen Honig essen, sondern Proteine und komplexe Kohlehydrate, für deren Verdauung man länger braucht als für die einfacheren Kohlehydrate.« Er lächelte. »Aber das wissen Sie ja sowieso. Unseren Gesprächen habe ich entnommen, daß Sie sich eingehend mit Ernährungsfragen befaßt haben. Und wenn Sie sich schwindlig oder zittrig fühlen, essen Sie ein Ei oder ein Stück Huhn.«

Er ging um den Schreibtisch herum und legte väterlich den Arm um ihre Schulter. »Und Sie können noch etwas tun«, sagte er, »nämlich große Mahlzeiten vermeiden. Sie würden sich wundern, wie viele Übergewichtige sagen, sie würden nur eine Mahlzeit am Tag essen. Meistens ist es gelogen. Aber nehmen wir mal an, Sie sind auf nur fünfzehnhundert Kalorien gesetzt und heben sich alles für eine Mahlzeit auf. Eine große Mahlzeit löst einen massiven Insulinausstoß der Bauchspeicheldrüse aus. Kleine Mahlzeiten nicht. Nehmen Sie diese fünfzehnhundert Kalorien und verteilen Sie sie über den ganzen Tag, dann wird tatsächlich an diesem Tag weniger Insulin produziert. Sie werden Ihr Gewicht halten«, sagte er mit einem Augenzwinkern, »und Sie werden sich phantastisch fühlen. Vertrauen Sie mir.«

Molly sagte: »Es ist wieder da, das geheimnisvolle Auto!« Sie und die anderen Mädchen drängten sich am Fenster, in der Hoffnung, einen Blick auf eine Berühmtheit zu erhaschen.

»Ich wette, es ist Elizabeth Taylor«, sagte ein anderes Mädchen. »Ich hab' irgendwo gelesen, daß sie für ihre Rolle in *Wer hat Angst vor Virginia Woolf* unheimlich zugenommen und jetzt Schwierigkeiten hat, die Pfunde wieder loszuwerden.«

Philippa hob den Kopf von ihrer Lektüre der *Los Angeles Times*. Sie hatte versucht, ein Büchlein zusammenzustellen mit dem vorläufigen Titel *Hyperinsulinämie und ihre Kontrolle*, weil sie überzeugt war, daß es noch viele Leute wie sie gab, die keine Ahnung von dieser Krankheit hatten und wie sie damit umgehen mußten. Aber sie hatte sich nicht konzentrieren können, weil sie die Titelseite der Zeitung mit ihren Horrorberichten aus Vietnam abgelenkt hatte. Eine riesige Antikriegsdemonstration sollte am kommenden Wochenende in

Century City stattfinden, und sie hatte Keith gebeten, mit ihr hinzugehen, aber er hatte abgelehnt; er wollte das Bogart-Festival in Santa Barbara nicht verpassen. Also würde sie mit Charmie mitmarschieren.

Als sie die dunkle Silhouette des Mercedes hinter ihren Spitzenvorhängen sah, legte sie die Zeitung beiseite, und kurz darauf betrat der Fahrer ihr Büro. Auf die Minute genau eine Woche. Keith wäre sicher beeindruckt, dachte sie. Der Fahrer setzte sich nicht, sondern reichte ihr nur ein Blatt Papier und sagte: »Wir haben einige Fragen. Die folgenden Sachen stehen auf keiner der Austauschlisten für die Diät. Wir würden gern wissen, ob man sie in die Diät einbauen könnte.«

Philippa las den Zettel: »Wachtel, Pâté de foie gras, Kaviar, Cognac.« Nicht gerade die typischen Eßgewohnheiten eines Mitglieds von Starlite.

Sie schrieb ihre Antworten auf dasselbe Blatt: »Wachtel kann gebacken, gedämpft oder gekocht gegessen werden, ohne Haut. Kaviar vermeiden, der Salzgehalt ist zu hoch. Foie gras enthält zuviel Fett. Alkohol ist nicht erlaubt.«

Sie gab ihm den wöchentlichen Aufmunterungsbrief mit der Überschrift: »Glaub an dich selbst«, das Starlite-Motto, und für den Fall, daß der Kunde eine Frau war, einen Modetip und Make-up-Vorschläge.

Der Fahrer ging, Molly und die anderen drängten sich wieder ums Fenster und rätselten, wer sein Chef sein könnte.

Von diesem Tag an erschien der Mercedes pünktlich auf die Sekunde jeden Montag um zehn Uhr, und der Fahrer hatte jedesmal einen Fragebogen mit getippten ungewöhnlichen Fragen.

Am fünften Montag sagte Philippa: »Darf ich fragen, wie es ihrem Chef geht?«

»Die Diät zeigt einen gewissen Erfolg«, war die knappe Antwort.

Gegen Ende des zweiten Monats war Charmie immer ›rein zufällig‹ in Philippas Büro, wenn der stramme Chauffeur auftauchte. An Ivan Hendricks hatte sie sich die Zähne ausgebissen. Er reagierte einfach nicht auf die ausgelegten Köder, obwohl sie ihn manchmal dabei ertappte, wie er sie sehr unmißverständlich musterte.

Charmie hatte sich inzwischen von Ron scheiden lassen, aber den Nachnamen Charmer behalten, weil er ihr gefiel. Sie fragte sich, was der halslose Fahrer mit den schönen Augen wohl für Vorlieben hatte.

Charmie las jetzt die neueste Liste mit Fragen durch und sagte: »Long-Island-Enten! Kiwi!« Sie sah Philippa an. »Was zum Teufel sind Kiwi?«

»Ich glaube, unser geheimer Gast hat einen teuren Geschmack.« Beide schauten den Fahrer an, aber er sagte nichts.

Nach vier Monaten meldete der Fahrer, das Diätziel sei erreicht. Also übergab ihm Philippa das Büchlein *Wie halte ich mein Gewicht* und wünschte viel Glück.

»Glaubst du, das war's?« fragte Charmie etwas enttäuscht. »Jetzt werden wir wohl nie wissen, wer es war.«

Aber zwei Wochen später hielt ein MG Cabrio vor dem Haus, und als Charmie sah, wer da ausstieg, kam sie ganz außer Atem in Philippas Büro gerannt und sagte: »Philippa! Du wirst nie erraten, wer gerade gekommen ist! Paul Marquette! Senator Paul Marquette! Das ist unser geheimnisvolles Mitglied! Ich habe ihn einmal gesehen. Der Mann sieht phantastisch aus!«

»Wie kommst du drauf, daß er unser geheimnisvolles Mitglied ist?«

»Ach komm. Sechzehn Wochen lang fährt ein schwarzer Mercedes mit Herkules Junior am Steuer hier vor, kriegt seinen Diätplan und rauscht wieder ab. Dann verkündet Herkules, die Diät war ein Erfolg, und jetzt schneit einfach der herein? Senator Marquette, Philippa! Senator der Vereinigten Staaten!«

»Aber soweit ich mich erinnern kann, hatte Senator Marquette doch gar kein Übergewicht.« Philippa versuchte sich zu erinnern; da war vor einiger Zeit eine Tragödie passiert – ein Sohn, der auf geheimnisvolle Art umgekommen war –, und darauf war Marquette aus dem Wahlkampf für den Senat ausgestiegen.

»Vielleicht war seine Frau fett«, sagte Charmie und lugte hinaus auf den Gang. »Da kommt er!«

Molly begleitete den Senator mit hochrotem Kopf in Philippas Büro und versuchte, mit mäßigem Erfolg, ihn anzumelden.

Philippa erhob sich, um ihn zu begrüßen.

Sein Händedruck war warm und angenehm, und er sagte: »Ich kann Ihnen gar nicht sagen, wie sehr ich mich freue, Sie kennenzulernen, Miss Roberts.«

Der Mann sah wirklich gut aus, zwar nicht so perfekt, wie ihn die Pressefotos zeigten, die Gesichtszüge nicht so ebenmäßig, aber er war sehr attraktiv. Könnte ein Cousin von Cary Grant sein, dachte Philippa. Sie schüttelte ihm die Hand und sagte: »Das ist eine Ehre, Senator. Und, ich muß sagen, eine große Überraschung.«

Er trug weiße Hosen und einen weißen Pullover mit V-Ausschnitt über einem dunkelblauen Hemd, sein Haar war vom Wind zerzaust; er hielt eine Flasche Wein in der Hand. »Die Ehre ist ganz meinerseits, Miss Roberts, das versichere ich Ihnen.« Seine Stimme war tief, sehr kultiviert, wie die eines Schauspielers. »Ich hoffe, ich komme nicht ungelegen. Ich wollte Ihnen das bringen. Eine unserer Sonderabfüllungen.«

Sie nahm die Flasche und las das Etikett: Chardonnay, Château Marquette, 1953. Eine goldene Banderole war darübergeklebt: Gewinner des Prix d'Or, Frankreich 1960.

»Ich weiß nicht recht, wie ich das verstehen soll, Senator«, sagte Philippa. »Könnte das möglicherweise etwas mit einem gewissen geheimnisvollen Auto zu tun haben, das uns besucht hat?«

Er grinste. »Ja. Das habe ich arrangiert. Bitte, wäre es möglich, daß ich Sie kurz unter vier Augen spreche, Miss Roberts?«

Charmie verließ den Raum und warf auf dem Weg zur Tür Philippa einen vielsagenden Blick zu.

Paul Marquette setzte sich. Trotz seiner lässigen Kleidung war er der Inbegriff des versierten Politikers, dachte Philippa; er hatte silbergraue Schläfen, die sein schwarzes Haar noch betonten. Irgendwo hatte sie gelesen, daß er Anfang Vierzig sei.

»Ich wußte gar nicht, daß Sie etwas mit der Weinkellerei Marquette zu tun haben«, sagte Philippa.

»Daher stammt mein Vermögen«, sagte er lächelnd. »Daher und von einer Meile Wilshire Boulevard, die mein Großvater gegen einen Wagen und einen Maulesel eingetauscht hat.« Er lachte. »Die meisten Großväter erzählen immer nur, daß sie die Chance hatten, so etwas zu tun. Meiner hat's gemacht.«

Er verstummte und musterte sie nachdenklich. Seine Augen waren so dunkel wie die von Rhys, aber da war keine Spur von Resignation, sie sprühten vor Wärme und Elan. Für wen war wohl diese Diät gewesen? Doch nicht für ihn, er war groß und schlank, wie sie ihn aus den Nachrichtensendungen in Erinnerung hatte.

»Die Marquettes waren immer schon Macher«, sagte er leise.

»Und genau daran hat mich Ihr wöchentlicher Brief erinnert. Daß ich ein Mann der Tat bin. Ich... ich hatte es nur vergessen.«

Es kostete ihn sichtlich Mühe weiterzusprechen. »Ich weiß nicht, wieviel Sie über mich wissen, Miss Roberts. Während meiner letzten Kampagne starb mein einziger Sohn, und ich war so niedergeschmettert, daß ich aus dem Rennen ausstieg.«

»Ja«, sagte sie, »ich erinnere mich.« Und hätte gern noch gesagt: Ich hätte für Sie gestimmt.

»Ich habe mich vergraben und mich mit Alkohol und Essen getröstet. Ich habe vierzig Pfund zugelegt. Als ich mich letztes Jahr entschloß, wieder in die Politik zu gehen, mußte ich feststellen, daß ich das Gewicht nicht reduzieren konnte.« Er sah sie an.

»Das hören Sie sicher oft«, sagte er. »Ich war bei den besten Spezialisten, ich habe mir eine Turnhalle in meinem Haus bauen lassen, ich war sogar zum Abspecken auf einer Schönheitsfarm in Florida. Nichts hat funktioniert. Und dann habe ich eines Abends Sie im Fernsehen gesehen. Sie haben mir die Augen geöffnet. Ich habe erkannt, daß ich das wahre Problem ignoriert hatte – die Tatsache, daß ich mir selbst die Schuld an Todds Tod gab. Sie müssen wissen, Miss Roberts, die Medien haben die wahre Todesursache meines Sohnes geheimgehalten; er hat Selbstmord begangen und ist nicht bei einem Unfall gestorben.«

Er verstummte und sah Philippa an. Sie senkte verlegen den Blick und sah, daß er einen Ehering trug. Ihr fiel ein, daß er mit einer schönen Frau aus der Washingtoner Gesellschaft verheiratet war. »Es hat mich sehr bewegt«, sagte Marquette, »wie offen Sie Johnny Carson vom Selbstmord Ihres Freundes erzählt haben, wie Sie sich selbst die Schuld daran gegeben haben, wie Sie sich verantwortlich fühlten, weil Sie ihn nicht gerettet haben. Ich wußte sofort, daß Sie meine Situation verstehen würden. Also entschloß ich mich, Ihr Programm zu absolvieren, und dabei habe ich den richtigen Weg wiedergefunden.«

Er stand auf und steckte die Hände in die Taschen – ein Mann, der es nicht gewohnt war, persönliche Beichten abzulegen. »Es war nicht so sehr die Diät, sondern eigentlich diese wöchentlichen Briefe mit den Durchhalteparolen. So banal sie auch klingen mögen, genau das habe ich gebraucht. Ich habe mir diese Parolen zu Herzen genommen.« Er lächelte: »Wissen Sie, welche mir am besten gefallen hat? ›Beim Kampf zählt nicht die Größe des Hundes, sondern die Größe seines Kampfgeistes.‹«

»Leider stammt das nicht von mir, sondern von Präsident Eisenhower. Mein Vater hat es immer gesagt.«

»Schließlich konnte ich es gar nicht mehr erwarten, den nächsten Brief zu bekommen. Ich hatte das Gefühl, Sie sprechen mich direkt an.«

»Das haben schon viele Mitglieder von Starlite gesagt.«

»Und wissen Sie, was mir noch geholfen hat? Wie Sie in Ihrem Prospekt schildern, daß Sie selbst auch einmal fünfundfünfzig Pfund zuviel gewogen haben. Mit meinen vierzig Pfund Übergewicht kam ich mir vor wie ein Monster. Aber ich konnte nicht anders. Todds Tod war so ein furchtbarer Schlag, daß ich mich in Scotch und Pasta begraben habe. Ich habe keine Einladungen mehr angenommen, ja nicht einmal mehr Anrufe von Freunden. Ich habe mich in meinem Haus eingeschlossen und nur noch gegessen und getrunken. Als ob das Todd hätte zurückbringen können.«

Während er darüber sprach, wie er sich in Selbstmitleid förmlich gesuhlt hatte, musterte Philippa sein attraktives Gesicht und konnte sich nicht vorstellen, daß dieser Mann sich so hatte gehenlassen.

»Ich habe Sie schockiert«, sagte er.

»Nichts was Essen und Menschen angeht, kann mich schockieren, Senator. Ich habe alle Geschichten schon einmal gehört. Ich habe sogar selbst ein paar durchlebt. Einmal hätte ich fast auf Knien um ein Kotelett gebettelt.«

»Das macht Sie so besonders«, sagte er. »Das macht Starlite so besonders. Das Mitgefühl und die Sympathie von Menschen, die dieselbe Hölle durchlebt haben. Das hat mir die Kraft gegeben, das Programm durchzuhalten. Sie haben mir die Scham genommen und mir etwas gegeben, woran ich wieder glauben kann – mich selbst.«

Es wurde still im Raum, aber die Atmosphäre war geladen mit Spannung und, wie Philippa überrascht feststellte, sexuellem Interesse. Sie versank in Pauls dunklen Augen und spürte, wie ihre Knie weich wurden.

»Dann habe ich meine Aufgabe erfüllt«, sagte sie. »Sie haben genau das erreicht, wozu ich mich vor zwölf Jahren entschlossen habe. Als Heranwachsende fühlte ich mich wegen meines Aussehens als Außenseiter, und ich wußte, daß viele andere Mädchen genauso unglücklich waren. Deshalb sollte Starlite nicht einfach nur ein neues Diätprogramm sein. Glück und Selbstachtung ist keine Frage des Schlankseins. Charmie, meine beste Freundin, hat nie abgenommen, aber ihr Selbstvertrauen ist so groß, daß man gar nicht merkt, wie dick sie ist.«

»Ja«, sagte er nachdenklich.

Sein durchdringender Blick machte Philippa plötzlich verlegen. Sie sagte: »Diesen Wein werde ich mir für eine ganz besondere Gelegenheit aufheben, Senator.«

»Bitte, nennen Sie mich Paul. Und Sie müssen kommen und die Weinberge besichtigen. Ich werde Sie persönlich herumführen.«

»Muß ich mir auch die Schuhe ausziehen und Trauben stampfen?«

Er lachte – das tiefe rollende Lachen eines versierten Schauspielers. »Ich fürchte, heutzutage ist alles sehr nüchtern und wissenschaftlich, und die Arbeit machen Männer in weißen Laborkitteln. Sehr langweilig. Die Geschichte ist aber interessant. Mein Großvater, François Marquette, hat die Weinkellerei 1882 gegründet. Sie ist eine der ältesten in Kalifornien. Wir haben die Prohibition nicht nur überlebt, sondern während der Zeit die größten Profite gemacht. Wir haben konzentrierten Traubensaft in den Osten geliefert, wo die Leute den Wein in Badewannen machten. Mein Großvater hat die Fässer mit Warnschildern versehen lassen: Vorsicht, keine Hefe zusetzen, Inhalt gärt sonst.«

Philippa lachte.

Marquette sah sie noch einmal nachdenklich an, dann stand er auf und sagte: »Aber jetzt habe ich Ihre Zeit lange genug beansprucht.

Ich wollte Ihnen nur danken für das, was Sie für mich getan haben. Sie haben mein Leben gerettet. Und meine politische Karriere. Mein Selbstvertrauen ist wieder da, ich lasse mich bei der nächsten Wahl für den Senat aufstellen. Das habe ich Ihnen zu verdanken.«

Ihre Augen begegneten sich, und er fügte hinzu: »Es war eine Freude, Sie kennenzulernen. Und ich hoffe sehr, Sie werden mein Angebot, Sie durch die Weinkellerei zu führen, annehmen – bald.«

36

»Bist du Christine Singleton?«

»Ja! Woher weißt du das?«

»Ich bin deine Schwester, Beverly Burgess. Früher hieß ich Beverly Highland, aber vorher war ich Rachel Dwyer. Dein Nachname ist auch Dwyer. Wir sind Zwillinge. Ich suche dich schon so lange, daß ich gar nicht glauben kann, daß ich dich wirklich gefunden habe.«

»Ich habe dich auch gesucht. Ist das nicht wunderbar? Wir sind endlich zusammen, nach all den Jahren.«

»Aber da ist Gefahr.«

»Gefahr? Woher?«

»Ich weiß es nicht, aber ich spüre es... es ist ganz nahe. Ich war einmal mit einem schrecklichen Mann liiert, Christine, mit Danny Mackay. Er ist tot, aber die Erinnerung an ihn verfolgt mich immer noch. Ich war in Sicherheit, aber jetzt habe ich Angst, meine Vergangenheit könnte mich einholen. Und sie wird uns beide zerstören. Christine, du mußt fort. Du mußt fort von hier, Christine. Du mußt weit weg von mir, und du darfst nie zurückkommen.«

»Nein! Wir haben uns doch gerade erst gefunden –«

Beverly schreckte aus dem Schlaf hoch.

Sie war in ihrem Bett in der Stille des Schlosses. Wieso träumte sie jetzt plötzlich, nach all den Jahren, von ihrer Schwester? Vor langer

Zeit, als sie immer noch gehofft hatte, ihre Zwillingsschwester wiederzufinden, hatte sie fast jede Nacht von dem Wiedersehen geträumt. Aber dann, als die Hoffnung immer mehr verblaßt war, hatten auch die Träume aufgehört. Bis heute. Und der heutige Traum war so realistisch, so intensiv gewesen.

Sie stand auf, wickelte sich in einen Morgenmantel und ging zum Fenster. Weit unter ihr, hinter den schneebeladenden Tannen und den Granitfelsen, ging die Sonne über der Wüste auf.

Was hatte dieser Alptraum zu bedeuten? Warum träumte sie ausgerechnet jetzt von ihrer Schwester? Und wieso verfolgte sie dieses Angstgefühl auch noch in wachem Zustand? Ihr war klar, daß sie jetzt nicht mehr schlafen konnte, sie nahm das Telefon und bestellte sich Tee und Toast auf ihr Zimmer.

Sie schlüpfte in ihre Hausschuhe, ging ins Wohnzimmer und machte ein paar Lampen an, um die letzten Schatten des Alptraums zu vertreiben. Dann überlegte sie kurz, ob sie Simon Jung anrufen und zum Frühstück einladen sollte. Nein, sie würde es nicht tun. Es hatte keinen Sinn, sich mit ihm einzulassen, denn dann müßte sie ihm von ihrer Vergangenheit erzählen. Und wie würde er reagieren? Sie verdankte ihm soviel und wollte ihn auf keinen Fall als Freund verlieren. Ohne Simon wäre Star's nie zu dem geworden, was es war. Aber Simon hatte noch mehr für sie getan.

Während sie auf ihr Frühstück wartete, lief Beverly in dem gemütlich eingerichteten kleinen Wohnzimmer mit den beschaulichen Landschaftsbildern an der Wand auf und ab. Vor noch gar nicht langer Zeit waren ihre Wände mit Briefen berühmter Leute gespickt gewesen, mit gerahmten Preisurkunden und Zertifikaten aus der Zeit, als sie in Beverly Hills noch eine wichtige Position in der Gesellschaft hatte und Wohltätigkeitsveranstaltungen arrangierte. Doch jetzt waren es die Wände von Beverly Burgess, die erst vor dreieinhalb Jahren geboren war. Es gab nur wenige neue Erinnerungsstücke, ihr kostbarstes war eine Speisekarte aus dem Amanha, einem beliebten Restaurant in Rio, in dem sie Simon Jung kennengelernt hatte. Diese wenigen Wochen in Brasilien, als sie im Mondlicht die Copacabana entlanggewandert waren und die Pläne für ihr neues Kurhotel besprachen, gehörten zu Beverlys liebsten Erinnerungen.

Neben der Speisekarte hing ein Foto von ihr und Simon auf dem Gipfel des Zuckerhuts, im Hintergrund das atemberaubende Panorama von Rio. Beide lächelten, aber sie standen bewußt voneinander getrennt, eine sehr verlegene Pose.

Beverly hatte Simon belogen, ihm eine erfundene Vergangenheit aufgetischt, falsche Gründe für ihren Reichtum angegeben, Ausreden, warum sie nie geheiratet hatte. Nun hatte sie Angst, Simon würde herausfinden, wer sie wirklich war. Otis Quinn, der Klatschreporter, wollte ins Star's kommen – morgen. Würde er ihre Lügen enthüllen? Würde es das Ende ihrer Beziehung zu Simon sein? Würde Simon sie verurteilen, bevor sie Gelegenheit hatte, ihm alles zu erklären – dieses Etablissement Butterfly, in dem Frauen für Sex bezahlt hatten, ihre Beziehung zu Danny Mackay, dem Mann, den sie in den Selbstmord getrieben hatte?

Beverly ging in ihr schwarzes Marmorbad mit den goldenen Armaturen. Sie ließ das Wasser einlaufen, streifte ihren Satinmantel ab und musterte sich im Spiegel. Ihre Figur war immer noch gut, sie arbeitete daran, machte regelmäßig Gymnastik und achtete darauf, was sie aß. Aber einen Makel gab es doch: eine winzige Narbe an der Innenseite ihres rechten Schenkels, direkt unter den Schamhaaren, alles, was noch von dem Schmetterling geblieben war, den sie sich dort hatte eintätowieren lassen.

Während das dampfende Wasser einlief, dachte Beverly wieder über Simon nach.

War er an einer bestimmten Frau interessiert? Sie konnte nur mutmaßen: In den zweieinhalb Jahren, in denen er für sie arbeitete, hatten sie nie über ihr Privatleben gesprochen. Aber sie hatte bemerkt, wie manche weiblichen Gäste Simon nachsahen und wie er darauf reagierte.

Beverly ließ sich ins Wasser gleiten und spürte, wie sie sich langsam entspannte. Der Morgen brandete über die Berge und verjagte die Schatten ihres Alptraums. Wenn sie in Gefahr war, wenn Star's in Gefahr war, würde sie kämpfen. Und vielleicht war dieser unerwartete Traum von ihrer Schwester ein gutes Omen. Ein Zeichen, daß es immer Grund gab zu hoffen.

Philippa stand auf dem Balkon ihrer Suite im Marriott Desert Springs und beobachtete, wie der neue Tag langsam über der Wüste aufstieg. Vor wenigen Augenblicken war sie Zeugin eines erstaunlichen Naturereignisses geworden: Genau als die Sonne hinter ihr aufstieg, war der Mount San Jacinto, der direkt vor ihr lag, rot entflammt, als würden seine Hänge brennen. Dreißig Sekunden lang hatte der Berg rot geglüht, dann war das Feuer jäh erloschen, und San Jacinto war wieder ein ganz normaler Berg.

Die Wüstenluft war schneidend kalt, aber glasklar. Mit jedem Atemzug fühlte Philippa sich lebendiger, frischer, energiegeladener. Starlite war vielleicht in Gefahr, dachte sie, aber sie würde der Herausforderung mit Elan und Entschlossenheit begegnen. Gleichgültig, welche Strategie ihr unbekannter Gegner einsetzte – die geheimnisvolle Person, die hinter Gaspar Enriques steckte –, auch sie selbst hatte ein paar geheime Strategien entwickelt.

Sie würde die sogenannte »Giftpille« einsetzen, um Starlite weniger attraktiv für eine eventuelle Übernahme zu machen. Der zweite Schritt war dann der Auftritt des sogenannten »weißen Ritters«, jemand, der Starlite freundlich gesinnt war. Dieser kaufte große Aktienpakete auf und verhinderte damit, daß Miranda eine entscheidende Aktienmehrheit bekam. Ralph Murdoch, Starlites Firmenanwalt, hatte drei solcher Firmen für alle Fälle zur Verfügung. Wer auch immer hinter Enriques und Miranda steckte, er würde Starlite nicht ohne einen erbitterten Kampf kriegen.

Sie erschauerte, aber daran war nicht so sehr die Kälte schuld, sondern vielmehr die Nachwehen eines seltsamen Traumes.

Sie wußte nicht mehr, worum es in dem Traum gegangen war, nur noch, daß er ihr angst gemacht hatte. Sie war plötzlich aufgewacht, mit pochendem Herzen. Am liebsten wäre sie aus ihrem Bett gestiegen und zur anderen Seite der Suite gegangen, wo Ricky im zweiten Schlafzimmer schlief, getrennt von ihr durch das große Wohnzimmer, um sich an seinen warmen, kräftigen Körper zu kuscheln. Aber dann war ihr Blick auf Charmie gefallen, die neben ihr auf dem anderen Bett schlief. Es wäre nicht recht. Sie und Ricky mußten jetzt Rücksicht nehmen.

Und dann kam Ricky auf den Balkon, mit einigen Papieren und

einer Tasse Kaffee in der Hand, in Jeans und einem verwaschenen T-Shirt.

»Das meiste habe ich erledigt, Philippa«, sagte er und reichte ihr die Papiere. »Aber ich habe ein paar gekennzeichnet, die du dir vielleicht ansehen solltest.«

Sie nahm die Briefe und reichte ihm den Notizblock, den sie immer auf dem Nachttisch liegen hatte, mit ein paar Notizen für den *99-Punkte-Plan*.

Ihre Hände berührten sich, als er sie nahm. Sein Blick begegnete dem ihren.

Und dann ging er ins Haus und las die Notizen: »Nummer einundsechzig: Zwischen den Bissen eine Atempause machen – zweiundsechzig: Warten Sie zwanzig Minuten, bevor Sie sich eine zweite Portion nehmen. Nummer dreiundsechzig: Vor dem Wiegen zur Toilette gehen.«

Ricky warf einen Blick zurück zu Philippa und fragte sich, ob sie wohl selbst diese Regeln befolgte, um ihre phantastische Figur zu halten? Sie beobachtete ihn immer noch. Mein Gott, wie er sie begehrte; sie sah so einladend aus in ihrem Satinmantel, mit den zerzausten Haaren, den schläfrigen Augen.

Philippa sah zu, wie Ricky sich an seine Schreibmaschine setzte. Er hatte sich nicht rasiert und sah trotz des ordentlich gekämmten Pferdeschwanzes sehr verwegen und sexy aus.

War es wirklich erst einen Monat her, seit sie seine starken jungen Arme das erstemal umarmt hatten?

Philippa atmete tief ein. Jetzt war nicht die Zeit, sich mit ihrer überraschenden Beziehung zu Ricky zu beschäftigen. Jeden Moment konnte Ivan Hendricks mit seinem Bericht über Beverly Burgess auftauchen.

Auch Charmie dachte gerade an Ivan. Sie trug einen extravaganten Kaftan mit rotgoldschwarzem Paisleymuster, dazu passende Armreifen, und versuchte, ihr widerspenstiges Haar in den Griff zu kriegen. Sie wollte schön aussehen für Ivan, und er konnte jeden Moment hier sein.

Der Gedanke an ihn hatte ihr den Schlaf geraubt, und wenn sie schlief, verfolgte er sie mit wilden erotischen Träumen. Dabei hatte sie geglaubt, sie hätte ihn überwunden; eine Ewigkeit hatten sie sich nicht mehr gesehen. Seit einem Jahr war sie glücklich mit Sam, einem reichen Makler, liiert und hatte kaum noch an Ivan Hendricks gedacht.

Und dann stand er in Perth plötzlich vor ihr. Vor vier Tagen war er einfach in Philippas Wohnzimmer spaziert, und Charmies Herz hatte für einen Moment ausgesetzt. Plötzlich war da wieder die Erinnerung an einen unglaublichen Morgen...

Charmie hatte gerade ein Blech mit Brownies in den Ofen geschoben und leckte den Teig vom Spachtel, als sie einen Wagen in der Einfahrt hörte.

Es war Ivan Hendricks, der da ausstieg, mit einem flachen, großen Paket unter dem Arm. Woher wußte er überhaupt, wo sie wohnte? Sie beobachtete durch das Fenster, wie er die Einfahrt entlangging, sich umschaute und dann das Paket auf ihre Schwelle legte. Er wollte gerade wieder weggehen, als Charmie die Tür öffnete.

»Mrs. Charmer!« sagte er. »Ich dachte, Sie sind nicht zu Hause. Ich habe angerufen, und da war nur der Anrufbeantworter.«

»Den schalte ich immer ein, wenn ich backe«, sagte sie lächelnd und hielt verlegen ihre mehligen Hände hoch. »Sonst verklebe ich das ganze Telefon mit Teig. Aber bitte, kommen Sie rein.«

Er zögerte. »Ich störe doch.«

»Bitte. Kommen Sie rein.«

Er brachte das Paket ins Haus. »Das ist für Sie«, sagte er verlegen.

Charmie wischte sich notdürftig die Hände ab und riß das braune Papier weg. Sie spürte, wie Ivan sie beobachtete. Es war ein heißer Sommertag, und sein Hawaiihemd war offen und gab den Blick auf schwarze Brusthaare frei.

Charmie blieb die Luft weg, als sie sah, was in dem Paket war. Sie hielt das gerahmte Litho hoch. »Woher wußten Sie das?«

Er errötete bis zu den Wurzeln seines Bürstenhaarschnitts. »Ich habe gehört, wie Sie Miss Roberts erzählt haben, daß Sie den Künstler mögen und auch sammeln, weil sein Stil in Ihr neues Haus paßt. Sie haben dieses spezielle Blatt erwähnt. Und als ich es gesehen habe, habe ich mir gedacht, das wäre ein Geschenk für Sie.«

»Ich weiß nicht, was ich sagen soll. Es... es ist wunderschön! Danke«, sagte sie leise.

Sie sahen sich an.

»Ja, also ich werde dann besser wieder gehen.«

»Bitte, bleiben Sie doch auf einen Kaffee«, sagte Charmie und ging schnell in die Küche, damit er keine Chance hatte abzulehnen. »Die Brownies sind in zehn Minuten fertig.«

»Wie geht es Ihrem Sohn?« fragte Ivan, als er in die Küche kam.

Charmie drehte sich zu ihm, und es lag ihr auf der Zunge zu fragen, ob er Kinder hätte – oder eine Frau. Statt dessen erwiderte sie: »Nathan ist in den Sommerferien bei seinem Vater. Ron war zwar ein lausiger Ehemann, aber er ist ein guter Vater. Nach der Scheidung hat Ron seinen Job aufgegeben und ist nach Oregon gezogen. Er hat jetzt einen Köderladen am Rogue River. Jeden Sommer verbringt Nathan ein paar Wochen dort zum Fischen. Es tut ihnen beiden gut.«

Ivan nickte.

»Die Brownies duften himmlisch«, sagte er kurz darauf, als er Sahne in seinen Kaffee rührte. Er stand immer noch, obwohl sie ihm einen Stuhl angeboten hatte.

»Ja«, sagte sie und öffnete das Backrohr, »aber streng verboten im Starlite-Programm! Ich konnte noch nie Diät halten. Ich bin wohl dazu verdammt, immer dick zu bleiben.«

Sie spürte, wie er näher kam. »Bitte sagen Sie das nicht. Sie sind eine schöne Frau und genau richtig, so wie Sie sind.«

»Na ja!« sagte sie und wischte sich nervös die Hände an der Schürze ab, die sie über dem Kaftan trug. »Ich fürchte, Sie haben mich wirklich überrascht. Damit hatte ich nicht gerechnet, daß Sie in meiner Küche auftauchen!«

Er stand jetzt so nahe, daß sie sein Rasierwasser riechen konnte, das sich mit dem Duft von Karamel und Schokolade mischte. Die Küche war plötzlich sehr warm.

»Eigentlich wollte ich nur das Bild abgeben und gehen«, sagte er. »Aber jetzt bin ich sehr froh, daß Sie zu Hause waren.« Sein Blick wanderte über ihren Kaftan. »Ich glaube, wir beide waren noch nie zuvor allein miteinander.«

Meine Schuld ist das nicht, dachte sie. »Sie sind immer ganz der

Profi«, sagte sie. »Rauschen auf die Minute pünktlich ins Büro, geben Ihren Bericht ab und verschwinden wieder.« Sie lächelte.

Er kam einen Schritt näher. »Wirklich, die Brownies duften wunderbar.«

»Mein eigenes Rezept«, sagte sie und schluckte. »Ich tue Karamel rein...«

»Darf ich den Teig probieren?«

Sie sah ihn an. »Ja«, sagte sie, »natürlich...« Sie wollte nach der Rührschüssel greifen, aber Ivan packte sie plötzlich an den Schultern und leckte ihren Mundwinkel ab.

Charmie erstarrte. Sie hatte nicht gemerkt, daß sie Teig im Gesicht hatte.

Es war das Erregendste, was je ein Mann mit ihr gemacht hatte.

Und dann küßte er ihren Mund.

Sie schlang ihre Arme um seinen Hals, er riß sie an sich. »Mein Gott«, sagte er und überschüttete sie mit Küssen, packte ihre Haare. »Ich will dich schon so lange...«

»Oh, Ivan«, hauchte sie. Es war ein so gutes Gefühl, so richtig. Sein Mund war perfekt, er küßte gierig und sinnlich, genau wie sie es sich bei ihm vorgestellt hatte. Sie ließ ihre Hände genüßlich über seine Muskeln gleiten. So lange schon hatte sie sich danach gesehnt, sie zu berühren.

Er tastete über ihre Brüste, fummelte am Verschluß ihres Kaftan, riß ihn auf, seine Hand drängte sich unter ihren Büstenhalter. Charmie stieß einen Schrei aus, den er mit seinem Mund erstickte.

Sie knöpfte hastig sein Hemd ganz auf, riß es aus dem Gürtel. Ihr Mund liebkoste seine Brust und glitt zu seinem flachen, harten Bauch hinunter.

Als er unter ihr Kleid griff und ihren Büstenhalter öffnete, griff sie stöhnend nach seiner Männlichkeit und keuchte vor Schreck. Er war so groß, daß sie ihn nicht umfassen konnte.

Ivan befreite ihre Brüste aus den Spitzenkörbchen, drückte sie gegen seine nackte Brust. Auf dem Tisch stand ein Glas mit Karamel. Er tauchte seinen Finger hinein, schmierte etwas auf ihre Brustwarze und leckte es ab.

Sie taumelten gegen den Tisch, Geschirr klirrte, sie küßten und liebkosten sich in wachsender Leidenschaft. Ivan riß ihren Kaftan über die Schenkel hoch, sie zerrte hektisch an seinem Gürtel, und beide waren so vertieft, daß sie gar nicht merkten, daß das Telefon klingelte.

Aber dann ertönte plötzlich eine laute Stimme vom Anrufbeantworter: »Hi, Charmie! Sam hier. Ich wollte nur sagen, du warst gestern abend phantastisch!« Charmie sagte: »O mein Gott«, riß sich von Ivan los und rannte in den Gang.

Bevor Charmie die Stimme ausschalten konnte, sagte Sam noch: »Wie wär's, wenn wir nächstes Wochenende nach Frisco fliegen? Wir nehmen uns ein Zimmer im St. Francis und bleiben einfach im Bett...«

Sie kam zurück in die Küche und sah Ivan an, der gerade sein Hemd zuknöpfte.

»Die Nachteile moderner Technik«, sagte sie und raffte züchtig ihren Kaftan zusammen. »Oh, Ivan... es tut mir so leid.«

Er sah aus, als hätte er gerade eine Hiobsbotschaft bekommen. Er ging zu ihr und nahm ihr Gesicht zwischen seine Hände. »Ich bin nicht deshalb hergekommen«, sagte er leise. »Ich habe wirklich gedacht, du bist nicht zu Hause. Aber das ist nichts für uns. Ich kann dir nicht sagen warum, und ich werde auch nicht mehr hierherkommen. Aber eins mußt du mir glauben: Du bist eine wunderschöne Frau, und ich begehre dich, seit ich dich das erste Mal gesehen habe. Du bist eine echte Frau, Charmie, die das Leben mit beiden Händen packt und weiß, wie sie mit Männern umzugehen hat. Ich habe dünne Frauen nie gemocht, ich hatte immer das Gefühl, ich könnte ihnen weh tun, und müßte mich zurückhalten. Wenn ich eine Frau im Arm halte, will ich Fleisch, Substanz fühlen. Ich will dich.« Er lächelte und strich ihr übers Haar. »Ich verspreche dir, dies werde ich nie vergessen.« Und er küßte den Mundwinkel, von dem er den Teig geleckt hatte.

Charmie war gerade mit Kämmen fertig, als Ivan an der Tür der Suite klopfte.

»Machen Sie sich's bequem«, sagte Philippa. »Möchten Sie eine Tasse Kaffee? Mit Sahne, richtig?«

»Danke.« Er sah Charmie an. »Hallo«, sagte er leise.

Auch er dachte an jenen Morgen in der Küche. Die Erinnerung daran verfolgte ihn Tag und Nacht.

»Tut mir leid, Miss Roberts«, sagte er, als Philippa ihm die Tasse reichte. »Ich konnte leider nichts über Beverly Burgess herausfinden. Keiner weiß etwas über sie, und als ich versucht habe, sie selbst zu sprechen, hat sich ihr Wachhund, dieser Simon Jung, quergelegt. Beverly Burgess ist ein besser gehütetes Geheimnis als das richtige Alter von Zsa Zsa Gabor.«

»Waren Sie wieder im Star's oben?«

»Ich hab' gestern abend dort gegessen. Sehr elegant, und ich war froh, daß ich ein Spesenkonto habe. Ich habe ein bißchen rumgefragt, doch nicht viel erfahren. Bis zur letzten Seilbahn habe ich gewartet, Miss Burgess ist nicht erschienen.«

Philippa überlegte einen Moment, dann sagte sie: »Ich hatte gehofft, sie einmal zu sehen, bevor ich sie wegen der Anzeige anspreche. Ich glaube, ich würde es spüren, wenn sie nicht meine Schwester ist. Ich käme mir allein vor, wenn ich einfach auf sie zuginge und sagte: Hallo, ich bin Christine Singleton. In Ihrer Annonce steht, Sie suchen mich. Zumindest möchte ich das nicht tun, bevor ich weiß, wer sie ist und warum sie an mir interessiert ist.«

»Also«, sagte Ivan. »Morgen abend findet dort ein großer Weihnachtsball statt. Ich bin überzeugt, daß die Burgess sich sehen lassen wird, sie ist schließlich die Gastgeberin. Vielleicht ergibt sich da eine Gelegenheit, sie sich anzuschauen.«

Philippa ging zur Glastür und schaute hinaus in den Morgen. Ein paar Leute saßen schon beim Frühstück am Pool. »Ivan«, sagte sie, »wo genau liegt das Star's?«

Er folgte ihr auf den Balkon in die kühle Luft. »Dort«, sagte er und zeigte auf die Berge direkt gegenüber. »Der höchste Gipfel ist der San Jacinto. Sehen Sie die zwei niedrigeren Gipfel unmittelbar darunter? Und den Sattel dazwischen? Genau da liegt das Star's.«

Philippa schaute lange das weiße Band an, das die beiden zerklüfteten Gipfel verband. Keine Spur war von dem berühmten Kurhotel zu sehen, nur Schnee. »Wenn man sich vorstellt, daß ich vielleicht gerade meiner Schwester direkt in die Augen sehe...«

Sie klang so hoffnungsvoll, daß Ivan sich innerlich einen Tritt geben mußte, um ihr nicht die Wahrheit zu sagen. Aber er hatte sein Wort gegeben zu schweigen, und Ivan Hendricks hielt immer Wort.

»Und was die Caanan Corporation betrifft«, sagte Ivan, ging ins Zimmer zurück und sah kurz Charmie an, dann nahm er sich ein Stück Ananas vom Servierwagen, »die Adresse ist natürlich fingiert. Ein leerer Laden. Ich lasse ihn beobachten, aber ich bezweifle, daß unser Freund auftauchen wird. Wahrscheinlich weiß derjenige, der hinter diesem falschen Caanan steckt, daß wir ihm auf der Spur sind. Wann findet die Vorstandssitzung statt? Wahrscheinlich werden Sie da Ihre Antworten bekommen.«

Antworten, dachte Philippa, vor denen ich mich fürchte. »Ivan«, sagte sie, »ich brauche Informationen über eine Firma mit Sitz in Brasilien. Könnten Sie das für mich machen? Es ist sehr wichtig.«

»Sie wollen, daß ich nach Südamerika fahre?« sagte er.

»Können Sie?«

»Sie verlangen nicht wenig, Miss Roberts«, sagte er, lächelte aber. »Okay. Wie heißt diese Firma?«

»Miranda International. Sie versuchen, Starlite zu übernehmen. Ich muß eine Möglichkeit finden, sie aufzuhalten.«

»Brasilien, was?« sagte er und sah wieder Charmie an, obwohl sie kein Wort gesagt hatte. »Natürlich fahre ich. Wann soll's losgehen?«

Hannah eilte in ihr Büro. Ihre Tasche fühlte sich wie Blei an, was natürlich Einbildung war, der winzige Schließfachschlüssel konnte nichts ausmachen.

Trotzdem zerrte er an ihrem Arm wie ein quengeliges Kind, das ihr sagen wollte, das ist Wahnsinn, geh zurück zur Bank, hol die Aktien und pack sie wieder in den Wandsafe. Aber es gab kein Zurück mehr. Morgen um diese Zeit würde sie die Starlite-Aktien nicht mehr besitzen. Der Anruf war endlich gekommen, ein gewisser Jemand hatte sich bereit erklärt, ihren Preis zu zahlen, und er würde die Aktien am vereinbarten Treffpunkt holen.

»Mrs. Scadudo«, sagte ihre Sekretärin, »Miss Roberts' Sekretär hat gerade aus Palm Springs angerufen. Die Vorstandssitzung ist an einen Ort namens Star's verlegt worden.«

Hannah sah sich den Zettel mit der Nachricht an. Das Treffen war übermorgen, der Aktientransfer würde also rechtzeitig über die Bühne gehen, und sie würde dann eine Million Dollar in bar dafür bekommen haben. Jetzt mußte sie nur noch beten, daß Alan, wenn er aus Rio zurückkam, nicht an den Wandsafe ging und entdeckte, daß die Aktien weg waren.

»Und Miss Lind ist aus Singapur zurück«, fügte die Sekretärin noch hinzu und verließ dann eilig den Raum.

Ingrid kam aus dem Entwurfsraum, wie immer fabelhaft gekleidet: marineblaues Kostüm, weiße Seidenbluse und flache Pumps. Ihr blondes Haar hatte sie mit einer blauen Schleife im Nacken hochgesteckt, was die scharfen Linien ihres Halses und ihres Gesichtes betonte.

»Willkommen daheim!« sagte Hannah und umarmte ihre Freundin. »Wie war deine Reise?«

»Erschöpfend, aber ungeheuer anregend!« sagte Ingrid lachend. Sie überragte Hannah um Haupteslänge. »Hier, das habe ich dir mitgebracht. Das ist kein Weihnachtsgeschenk, nur ein Mitbringsel aus Singapur.«

Hannah holte tief Luft, als sie das Etui geöffnet hatte und die exquisite Goldkette mit dem Jadeschloß sah. »Ingrid, das ist doch viel zu kostbar!«

»Glaub mir, das habe ich auch gedacht, als ich es bei Poh Heng sah. Dann habe ich fast eine Stunde gefeilscht, bis der Preis gestimmt hat!«

Hannah umarmte sie noch einmal und sagte: »Du bist ein Schatz. Danke.«

»Wie findest du die Kaschmirseide, die ich diesmal geschickt habe?« fragte Ingrid, als sie in den lauten Designerraum gingen, wo mehrere Leute an Zeichentischen und Schneiderpuppen arbeiteten.

»Solche Farben habe ich noch nie gesehen«, sagte Hannah und hakte sich bei Ingrid ein. »Das Seegrün ist atemberaubend. Alle arbeiten schon damit. Wir dachten an etwas für den Sommer, Strandmäntel, Überwürfe für Cocktailpartys, so in der Richtung.« Hannah versuchte ihre Verzweiflung durch hektischen Elan zu überspielen. In weniger als achtundvierzig Stunden würde sie nicht mehr mit

Ingrid zusammenarbeiten. Und wahrscheinlich waren sie dann auch nicht mehr befreundet.

Ingrid steckte sich eine Zigarette an, was ihr einige scheele Blicke der Designer einhandelte. »Erzähl mir von dieser außerordentlichen Vorstandssitzung, wegen der ich zurückkommen mußte. Alan klang verärgert am Telefon.«

»Er war wütend, weil Philippa ihn gegen seinen Willen nach Rio geschickt hat.«

»Ich weiß gar nicht, wieso er sich beklagt. In Rio gibt's die besten Meeresfrüchte auf dem südamerikanischen Kontinent und die schönsten Amethyste.« Die Männer erwähnte Ingrid nicht, obwohl auch da das Angebot in Rio phantastisch war.

»Ich fürchte, Alan sieht das anders als du!« Hannah wünschte, Alan und Ingrid würden sich besser verstehen. Aber die beiden haßten sich, seit sie sich vor sieben Jahren das erstemal gesehen hatten. Sie erzählte Ingrid von der drohenden Übernahme durch Miranda International und daß Philippa eine interne Revision aller Abteilungen angeordnet hatte.

»Eine interne Revision? Wofür denn das?«

Hannah blickte zur Seite. »Anscheinend hat sie einige Unstimmigkeiten in den Zahlen entdeckt.«

»Oh«, sagte Ingrid und schaute einem Designer über die Schulter, der gerade an einem Entwurf für ein Abendkleid arbeitete: »Palm Springs, sagst du? Das paßt mir gut. In der Wüste gibt's immer schönen Silberschmuck, Türkise und Halbedelsteine.«

»Also direkt in der Wüste ist es nicht. Wir treffen uns oben in den Bergen, in einem Hotel, im Star's.«

Ingrid strahlte. »Star's! Schau einer an. Sieht aus, als ob ich doch noch zu meinem Urlaub komme.« Sie konnte es kaum erwarten, herauszufinden, was Star's an Gourmetküche und Männern zu bieten hatte. »Ich glaube«, sagte sie nach kurzem Überlegen, »das wird ein sehr interessantes Treffen.«

37

Bunnys Wohnzimmer sah aus, als hätte ein Tornado gewütet. Offene Koffer mit verstreutem Inhalt lagen zwischen Stoffballen, Perückenschachteln, einzelnen Schuhen, sogar eine Schneiderpuppe thronte dazwischen. Frieda und ihren erschöpft dreinschauenden Gefährten blieben noch etwas über vierundzwanzig Stunden, um ein Wunder zu vollbringen.

»Das!« sagte Frieda und zerrte an einem schokoladebraunen Samt. »Das ist es! Perfekt!«

Jeanine, eine grauhaarige Frau mit Drahtbrille, stöhnte und sagte: »Ich habe befürchtet, daß du das aussuchst.«

»Du kannst es schaffen, Schatz«, sagte Frieda. »Du hast schon öfter Wunder vollbracht.«

»Ja, ja«, sagte Jeanine, nahm Frieda die Rolle ab, drapierte ein Stück Samt über die Schneiderpuppe und musterte sie skeptisch. Doch dann zupfte sie ein paar Stecknadeln aus dem Nadelkissen an ihrem Handgelenk und begann zu arbeiten. Innerhalb weniger Minuten nahm das Kleid Gestalt an.

Friedas hastig zusammengetrommeltes Team nörgelte zwar über die Aufgabe, die sie ihnen gestellt hatte, aber keine hatte den Auftrag abgelehnt. Alle waren sich einig, daß Friedas Idee genial war, und freuten sich, ein Teil des Teams zu sein. Auch die Bezahlung ließ nichts zu wünschen übrig, und zwei von ihnen waren Frieda sowieso noch einen Gefallen schuldig. Auf die Frage, wie sie auf die Idee gekommen war, hatte Frieda nur gelächelt. Sie konnte ihnen schlecht von ihrem Sexmarathon mit Raoul erzählen, das erst vor ein paar Stunden im Morgengrauen zu Ende gegangen war. Sie würden sich wahrscheinlich Faye Dunaway und William Holden in *Netzwerk* vorstellen, er unten, sie oben, während sie die ganze Zeit über Einschaltquoten plapperte. So war es bei Raoul und ihr nicht gewesen. Diese brillante neue Idee war ihr erst in der allerletzten Minute gekommen, als sie den besten Orgasmus ihres Lebens gehabt und plötzlich das Gesicht von Larry Wolfe vor sich gesehen hatte.

Raoul... Seit Jahren hatte Frieda sich nicht mehr so frisch gefühlt.

Nachdem der Stoff jetzt ausgesucht war, wandte Frieda sich Sam zu – er machte Pastellskizzen auf einem Zeichenblock. Sie blätterte sie durch, verwarf die meisten und sagte dann: »Ich glaube, die hier kommt am ehesten hin, aber noch nicht ganz.«

»Du mußt einsehen«, sagte Sam, »daß ich Bunny in ihrer neuen Metamorphose noch nicht gesehen habe. Ich arbeite blind. Wo ist sie überhaupt?«

»Ich habe sie runter ins Kino geschickt.«

»Hat sie sich Implantate in die Wangen machen lassen?«

Sam sah aus wie ein Michelinmännchen, so kugelrund war er. Aber er war der talentierteste Künstler, den sie kannte, alle Studios beschäftigten Sam, und einige Polizeidezernate in Südkalifornien ebenfalls. »Nein«, sagte sie, »keine Backenimplantate.«

»Kinn? Soweit ich mich erinnern kann, hatte sie gar keins.«

»Ich glaube, ihr Kinn ist verstärkt worden«, sagte Frieda.

Helen kam mit einer Perücke auf einem Ständer aus dem Bad. »Wie findest du das, Frieda?«

Sie runzelte die Stirn. »Total daneben: Es muß... ich weiß nicht, mehr Vamp sein. Das ist zu sehr Neunzigerjahre. Und die Farbe stimmt auch nicht.«

»Du willst doch schwarz, oder?«

»Ich weiß es nicht. Sie hat nie einen Farbfilm gemacht. Dunkel. Einfach dunkel.«

Die Tür zum Wohnzimmer ging auf, und Bunny kam herein. Ihre Augen waren feuerrot, weil sie nach Friedas umwerfendem Anruf die ganze Nacht wach gewesen war. Nachdem Frieda ihr von ihrer Idee erzählt hatte, hatte Bunny sofort ihre Depression vergessen und begonnen, Pläne zu schmieden. Sie hatte geglaubt, Frieda würde sofort auf ihr Zimmer kommen, um alles zu besprechen, aber seltsamerweise hatte sie gesagt: »Ich komme bald«, und war dann erst Stunden später erschienen. Bunny hätte schwören können, daß jemand bei ihr im Zimmer war.

»Schätzchen!« Frieda sprang auf. »Was hast du gesehen?«

»*Robin Hood* und *Her Wicked Ways.* Frieda, ich bin schon halb blind vom Leinwand Anstarren!«

»Zeig uns was.«

Sie setzten sich alle und warteten, während Bunny versuchte, sich in ihre Rolle zu denken. Helen, Sam und Jeanine trauten ihren Augen nicht, als sie sahen, wie Bunny sich verwandelt hatte. Frieda hatte zwar etwas von kosmetischen Operationen erzählt, aber keiner hatte das erwartet. Sie war eine Schönheit. Sam konnte es kaum erwarten weiterzuarbeiten, genau wie Helen und Jeanine. Jetzt wußten sie, womit sie arbeiten würden, und als Bunny durchs Zimmer schlenderte und eine berühmte Kopfbewegung machte, klatschte ihr kleines Publikum begeistert.

»Wunderbar. Jetzt komm aber!« sagte Frieda, holte ihre Tasche und hakte sich bei Bunny ein. Sie durften keine Minute verlieren, der Weihnachtsball war schon morgen abend.

»Wohin gehen wir?« fragte Bunny.

»Zurück ins Kino!«

Bunny lachte ermattet. Woher in aller Welt hatte Frieda plötzlich diese Energie? Aber es spielte keine Rolle, nur das Ergebnis zählte. Und wenn Bunny daran dachte, welche Sensation der Geheimplan ihrer sechs Mitverschwörer morgen beim Weihnachtsball sein würde, vergaß sie sofort ihre Müdigkeit und eilte davon, um ihren Kopf mit noch einigen Stunden Marion Star vollzustopfen.

Königin Kleopatra plätscherte in einer riesigen Badewanne voller Ziegenmilch, die knapp ihre Brüste bedeckte. Sie strich mit einem Schwamm ihren Arm entlang, die Milch geriet in Wallung, so daß immer wieder eine Brustwarze herauslugte. Sie bedeutete ihren beiden Dienerinnen, zu ihr zu kommen. Sie gehorchten, und die Kamera zoomte auf ihre Waden, Gewänder glitten zu Boden, und dann sah man zarte Füße die Treppe zur Wanne hinunterschreiten, die Musik wurde erotisch, sinnlich, um anzudeuten, was in der Wanne zwischen der ägyptischen Königin und ihren Dienerinnen passierte.

Andrea reichte es, genau wie gestern bei *Her Wicked Ways*, als sie auch angewidert das Kino verlassen hatte. Sie sammelte ihre Sachen ein, stieg über Frieda Goldmans und Bunny Kowalskis Beine und ging aus dem Saal. Sie hatte gehofft, dieser Streifen, einer von Marions Tonfilmen, wäre etwas weniger entwürdigend, aber es war wieder genau dieselbe Schiene: ein Porno unter dem Deckmäntelchen Historienfilm.

Andrea ging zurück in das Chinesische Zimmer, setzte sich in einen ledergepolsterten Ohrensessel und nahm sich erneut Marions Tagebuch vor.

»Der Tonfilm kam«, hatte Marion geschrieben. »Und ganz Hollywood geriet in Panik. Über allem schwebte die unausgesprochene Frage: Wer wird es schaffen und wer nicht? Viele von uns hatten schlechte Stimmen, sehr viele konnten gar nicht schauspielern. Es gab so viele Stars, die nur berühmt geworden waren, weil sie gut aussahen und nicht, weil sie gut spielten. Mein geliebter Dexter versicherte mir ständig, ich brauchte mir keine Sorgen zu machen, ich würde im Tonfilm genauso gut ankommen. Er sagte, er arbeite gerade ein Projekt aus mit Ton und allem, nur für mich. Es machte mir angst. Ich war zweiundzwanzig und immer noch sehr unsicher.

Aber ich habe überlebt. Ich bin im Tonfilm angekommen. Nicht alle von uns haben es geschafft. Mein süßer Valentino hätte im Tonfilm keine Chance gehabt, sein italienischer Akzent war so schlimm, daß ihn keiner verstanden hätte. Ich trauerte mit der Welt, als er starb. Er war ein so guter Freund gewesen und ein vollendeter Liebhaber. Nach seinem Tod behaupteten böse Zungen, er wäre schwul gewesen. Aber da sprachen nur ihre Eifersucht und ihre Komplexe aus ihnen. Mein geliebter Rudy wußte wie kein zweiter, wie man eine Frau befriedigt.

Ich schaffte es also, im Tonfilm zu bestehen. Tatsächlich war das Publikum verrückt nach meiner Stimme. In *Variety* stand, sie klänge wie Nerz. 1929 hat Ramsey dann den teuersten Film aller Zeiten produziert und selbst auch Regie geführt: *Königin des Nil*, und ich war der Star. Für diesen Film habe ich das Kopfzurückwerfen perfektioniert, das mein Markenzeichen werden sollte. Der Film wurde eine Sensation in den Kinos.

Außerdem wurde ich durch ihn die höchstbezahlte Schauspielerin der Welt und der größte Star Hollywoods. Und jetzt fand Ramsey, es wäre an der Zeit, daß er mein Liebhaber würde.

Es gab keine Romantik, keine schwüle Stimmung, wie er sie so gerne in seinen Filmen zeigte. Eines Abends, kurz nachdem wir gegessen hatten, sagte er: ›Gehen wir ins Bett.‹ Wenn ich so zurückdenke, frage ich mich, ob er mich so aufgebaut hat, damit ich seiner würdig bin. Ein Mann wie Dexter Bryant Ramsey ging nicht einfach mit jeder x-beliebigen Frau ins Bett. Er umwarb nur Damen von Welt, möglichst noch mit Titel. Gertrude Winkler, Tochter eines Schuhverkäufers in Fresno, wurde seinen hohen Ansprüchen natürlich nicht gerecht. Aber jetzt war ich Marion Star und somit eine Zierde seines Bettes.

Wirklich seltsam, wenn ich daran denke, daß ich trotz all der Männer, mit denen ich zusammen war, beim erstenmal mit Ramsey echtes Lampenfieber hatte. Ich war schüchtern wie eine Braut und wollte eigentlich mein Nachthemd nicht ausziehen. Also hat Dexter es für mich getan – er hat es mir einfach vom Körper gerissen. Buchstäblich. Ich erschrak, und es machte mir auch ein bißchen angst. Und als wir uns dann liebten – wenn man dabei von Lieben sprechen kann –, war es eigentlich ein Überfall. Ich war zu jung und trotz all meiner Schlafzimmererfahrung zu naiv, um zu verstehen, daß Ramsey mich immer noch beherrschen mußte, wie von Anfang an.

Danach wurden wir die ungekrönten Könige von Hollywood. Jeder verehrte uns, es gab nichts, was wir nicht haben konnten. Wir regierten die Welt von unserem Liebesnest auf dem San Jacinto aus und gaben Partys, zu denen nur wenige Auserwählte geladen wurden.

Hier oben in Star's Haven brachte ich das Kind unserer Liebe zur Welt. Dexter hatte mich bei meinen anderen Schwangerschaften gezwungen abzutreiben, aber da dieses Kind von ihm war, durfte ich es behalten. Ich habe es Lavinia getauft, nach der Heldin von *Her Wicked Ways*.«

Andrea klappte das Buch zu. Es war die letzte Seite des Tagebuchs. Ihr Blick wanderte zu dem Riesenfoto, das den ganzen Raum dominierte: Marions Gesicht, dunkel, mit verheißungsvollen, rauchigen Augen, die vor Traurigkeit und Sinnlichkeit glühten.

Und plötzlich fragte sich Andrea: Marion Star war 1932 verschwunden. Wäre es möglich, daß sie noch am Leben war?

»Wie geht's mit deinem Projekt voran?« fragte Carole und sah zu, wie Larry in den Pool tauchte. Sie schwammen nicht in einem ihrer

Privatpools, sondern in dem riesigen Innenpool im Schloß, wo die Gäste auf Marmorinseln im Wasser saßen oder über die romantische Brücke wandelten, eine Kopie der Seufzerbrücke in Venedig.

»Welches Projekt?« sagte Larry, als er auftauchte und sich das Wasser aus den Haaren schüttelte.

Sie lachte, weil sie dachte, er scherze. »Das Marion-Star-Projekt.«

»Oh, das.« Er hievte sich aus dem Pool, das fünftemal, um Carole mit seinen Muskeln zu beeindrucken. Er setzte sich neben sie, streckte die Hand aus und berührte ihren Hals. »Trägst du die ständig?« fragte er. Er meinte die Perlenkette, die ihr Sanford geschenkt hatte, bevor sie ins Star's fuhr. Nicht gerade das Passende für den Bikini, den sie im Augenblick trug.

»Ständig«, sagte sie.

Er grinste. »Auch im Bett?«

»Ach komm jetzt, Larry, erzähle von deinem Drehbuch. Mit wem willst du denn die Rolle von Marion besetzen?«

»Warum? Bist du interessiert?«

Sie strich sich durch ihr aschblondes Haar und sah, wie seine Augen zu ihrer Brust huschten. »Könnte eine reizvolle Rolle sein.«

»Für eine Fünfundzwanzigjährige.«

»Nun ja...«, sagte sie. »Mit dem richtigen Make-up, der richtigen Beleuchtung...«

»Und George Lucas für die Spezialeffekte.«

Sie stand auf, nahm ihr Handtuch und ging in eine der Umkleidekabinen. Sie schloß die Tür, sperrte aber nicht ab.

»He!« rief Larry und rannte hinter ihr her. »Es war doch bloß ein Scherz!« Er klopfte. »Komm, Carole. Sei nicht böse.«

»Geh weg!«

Er zwängte sich in die Kabine und drängte sich an sie. »Ist es so wichtig für dich? Willst du die Rolle wirklich?«

Sie stemmte die Hände gegen seine Brust und gab ihm einen Stoß. »Verschwinde!«

»Hör doch«, sagte er und griff nach ihr. Die Kabine war so eng, daß er keine Schwierigkeiten hatte, den Arm um sie zu legen.

»Ich habe gesagt, daß es mir leid tut. Ich dachte, du verstehst Spaß.«

»Das war mein Ernst, Larry«, sagte sie und versuchte sich loszustrampeln. »Ich könnte die Rolle spielen.«

»Okay«, sagte er, »du meinst es also ernst.« Er drückte sie gegen die Wand und begann sie zu küssen.

Sie schob ihn wieder weg, aber nur sehr halbherzig.

Larry zog an ihrem Bikinioberteil, und es fiel herunter. »Also schön. Reden wir darüber«, sagte er und schluckte.

Jetzt wußte Carole, daß er am Haken zappelte, aber hier war der falsche Platz. Sie mußte etwas in der Hand haben. Etwas Schriftliches, eine Unterschrift...

»Nicht hier«, hauchte sie.

»Ja –«

»Larry, ich werde schreien müssen.«

Er lachte. »Was willst du? Champagner und Rosen?«

Ich will meinen Mann, dachte sie. »Warum nicht. Es ist schließlich meine erste Affäre, habe ich da nicht das Recht, alles ganz perfekt haben zu wollen?«

Er sah sie lange an, seine Hand massierte ihre Brust. »Okay«, sagte er. »Wir machen uns eine tolle Nacht. Nur du und ich.«

»Morgen nacht«, sagte sie. »Komm nach dem Weihnachtsball in meinen Bungalow...«

Andrea hatte den Bungalow für sich allein, da Larry wahrscheinlich wieder versuchte, Carole Page zu verführen. Sie saß an ihrer Schreibmaschine und tippte das Angebot, das sie und Larry übermorgen Mr. Yamato nach seinem Eintreffen machen wollten – ein Exposé, das Andrea so schmackhaft gestaltete, daß der Japaner sicher nicht widerstehen konnte.

Der Deal mit dem japanischen Geschäftsmann war ihre Idee gewesen, obwohl Larry glaubte, es wäre seine. Nach der Demütigung bei der Oscar-Verleihung, bei der Larry kein Wort über Andreas Beitrag zu seiner Arbeit verloren hatte, war sie drauf und dran gewesen, auf die Bühne zu marschieren, die Wahrheit laut hinauszuposaunen und dann zu verschwinden. Aber während sie sich ansah, wie Larry stolz wie ein Pfau vor den Kameras posierte, hatte Andrea beschlossen, den richtigen Zeitpunkt abzuwarten.

In der Zwischenzeit tat sie so, als wäre alles beim alten, während sie nach der passenden Gelegenheit suchte, es ihm heimzuzahlen. Und ein paar Wochen später hatte sie sie gefunden. Sie hatte etwas über Mr. Yamato gelesen, den viertreichsten Mann Japans, einen glühenden Verehrer von Marion Star. Yamato war ein besessener Sammler ihrer Filme. Und dann hatte Andrea sich erinnert, daß beim Umbau von Star's Haven zufällig Marion Star's Tagebuch gefunden worden war. Ihr Racheplan war geboren. Sie begann ihre Kampagne, indem sie Larry die Marion-Star-Geschichte schmackhaft machte und ihm die Idee einimpfte, ein Drehbuch darüber zu schreiben und Mr. Yamato dazu zu bringen, den Film zu finanzieren. Nachdem es ihr gelungen war, ein Treffen zwischen den beiden zu arrangieren, redete sie Larry ein, auch eigenes Geld zu investieren, da der Film mit Sicherheit ein Kassenschlager würde.

Eine öffentliche Demütigung allein genügte nicht, sie wollte ihn auch finanziell ruinieren.

Andrea ging zur Bar und goß sich einen Drink ein. Er schmeckte genauso gut wie die Vorfreude auf Larrys Gesicht, wenn sie ihm morgen abend beim Ball sein ›Weihnachtsgeschenk‹ überreichte. Alles war bereit, der Rachefeldzug hatte begonnen.

In etwas mehr als vierundzwanzig Stunden würde sie ein freier Mensch sein, nach siebzehn Jahren endlich auf sich allein gestellt. Sie wußte genau, was sie mit ihrer Freiheit anfangen würde. Als erstes würde sie nachforschen, ob Marion Star noch am Leben war, und sich dann auf die Suche nach ihrem Kind, Lavinia, machen.

Ihr nächstes Ziel würde sein, Chad McCormick zu finden, den sie seit der kurzen, aber wunderbaren Affäre in New Mexico vor elf Jahren nicht mehr gesehen hatte. Sie hatte gehört, daß er jetzt in L.A. lebte und noch immer unverheiratet war.

38

Beverly Hills, Kalifornien, 1975

Das Haus auf dem Hügel war prächtig illuminiert. Ein steter Strom von Autos wälzte sich durch die schmiedeeisernen Tore. An der Haustür empfingen junge Mädchen die Gäste, nahmen ihnen die Garderobe ab und überreichten den Damen kleine Ansteckbuketts aus Winterrosen. Die Party fand im terrassenförmig angelegten Garten von Philippas neuem Haus statt, wo unter einer gestreiften Markise eine Band spielte. Den Gästen, die die mit Steinplatten belegte Terrasse betraten, bot sich ein atemberaubendes Bild. Der Garten zog sich in eine Schlucht hinunter, Scheinwerfer strahlten Statuen an, und Bäume, die mit Lichterketten geschmückt waren, reihten sich um einen smaragdgrünen riesigen Swimmingpool. Unter einem prachtvollen Zeltdach war ein üppiges Buffet aufgestellt, hinter dem weißbefrackte Köche darauf warteten, die Gäste mit ausgesuchten Köstlichkeiten zu bedienen, und junge Männer in kurzen roten Jacken und engen schwarzen Hosen zirkulierten mit Platten voller Hors d'œuvres durch die Menge.

Philippa hatte dieses Fest zugunsten vietnamesischer Kriegswaisen arrangiert. Die Gäste waren bereit, großzügige Schecks auszustellen für die Gelegenheit, unter freiem Sternenhimmel Schulter an Schulter mit Berühmtheiten zu tanzen, hier auf dieser Terrasse, die angeblich nach dem Vorbild von Versailles gebaut war.

Philippa trug ein schlichtes gelbes Kleid mit einer Pelzstola gegen die Kühle des Abends und war die vollendete Gastgeberin. Sie stellte vor, unterhielt sich, machte Komplimente. Ihrer Einladung war eine sehr illustre Ansammlung von Menschen verschiedenster Berufe und Ämter gefolgt. Philippa, jetzt Präsidentin des großen Konzerns Starlite Industries, dessen Aktien inzwischen an der New Yorker Börse gehandelt wurden, hatte die Creme der Gesellschaft von Los Angeles bei sich zu Gast.

Sie stand jetzt mit dem Bürgermeister und seiner Frau neben dem

Pool mit den Springbrunnen an beiden Enden, und ihr Blick wanderte hinauf zum dritten Stock ihres Hauses, wo ein Licht in einem der Schlafzimmer brannte. Eine fast unerträgliche Sehnsucht brandete in ihr auf. Dort wollte sie jetzt sein – dort oben, wohin ihr Herz bereits vorausgeeilt war.

Doch Philippa hatte in den Jahren ihres Aufstiegs gelernt, wie man sich interessiert gibt, während man in Gedanken ganz woanders ist. Sie lächelte dem Bürgermeister und seiner Gattin zu und warf einen raschen Blick zur Terrassentür. Aber der Gast, auf den sie sich heute abend am meisten gefreut hatte, war noch nicht zu sehen. Er hatte versprochen zu kommen, aber er war noch nicht da.

Als sie sich wieder der Frau des Bürgermeisters zuwandte, die ihr gerade ein Kompliment machte, hatte Philippa plötzlich wieder das Gefühl, sie stünde am Rand der Menge und betrachtete alles mit einem objektiven Auge – das Haus, die Gäste, die Kellner, all das hatte sie geschaffen. Sie hatte ihren Schwur erfüllt, daß sie eines Tages jemand sein würde. Was würde Johnny Singleton jetzt von seinem Püppchen denken?

Philippa war nun reich, weil ihre Firma reich war. Starlite besaß inzwischen sechshundert Salons, es gab Pläne, nach Übersee zu expandieren; außerdem gehörten Tochterfirmen dazu wie Starlite Natural Beauty Products, eine Kosmetikfirma, die Charmie leitete; Starlite Foods, die gefrorene Fertiggerichte vertrieben, kalorienarme Desserts, Diätmargarine und ballastreiches Brot, alles in der vertrauten blauen Verpackung mit dem Sternenlogo in der Ecke; und der jüngste Zugang, die Perfect-Size-Boutiquen, eine Kette, die von Hannah Scadudo entworfene Mode vertrieb.

Hannah hatte darauf bestanden, ihre Mode für Übergrößen von entsprechend gebauten Models vorführen zu lassen, ein ganz neues Konzept, da andere Hersteller von Modellen in Übergrößen ihre Ware immer auf den üblichen magersüchtigen Damen präsentierten. Das Konzept zahlte sich aus. Perfect-Size-Moden waren auf dem besten Weg, die Konkurrenz auszubooten.

Aber den größten Schub für Starlites Erfolg hatte Philippas Buch gebracht, *Das Starlite Diät- und Schönheitsprogramm*, das sie vor vier Jahren herausgebracht hatte.

Philippa hatte außerdem ein kleineres Buch herausgegeben mit dem Titel *Hyperinsulinämie: Ursachen, Erkennen und Kontrolle durch entsprechende Ernährung*. Das schaffte es natürlich nicht in die Bestsellerlisten, verkaufte sich aber nach wie vor gut.

Und nachdem die Verwaltung von Starlite in den neuen Glasturm am Wilshire Boulevard gezogen war, beschloß Philippa, aus ihrem Haus in Encino in diesen Besitz in Beverly Hills umzuziehen.

Sie verließ jetzt den Bürgermeister und wandelte weiter zu anderen Gästen. Eine atemlose Charmie gesellte sich zu ihr mit einem Weinglas in der einen Hand und einer Schokoladentrüffel in der anderen. Ihr auffallender Kaftan aus Goldlamee mit belgischer Perlenstickerei am Ausschnitt – einer von Hannahs gewagteren Entwürfen –, zeichnete Lichtblitze über die blühenden Oleander am Ende des Pools. »Die Party ist ein Riesenerfolg, Philippa!« sagte sie. »Ich habe gewußt, daß du es schaffst!«

Charmie aß ihre Trüffel, warf die Serviette auf das Tablett eines vorbeigehenden Kellners und beäugte genüßlich den Hintern des Mannes. Ivan Hendricks hatte leider die Einladung zu dieser Party höflich abgelehnt.

»Schau dir bitte mein Kind an!« sagte sie, als sie Nathan entdeckte. Der Junge war jetzt vierzehn, ungelenk wie ein Fohlen, und sah aus, als hätten ihn vier Mann mit Gewalt in seinen Smoking gepreßt. Er arbeitete sich am Buffet entlang und aß alles, was er in die Finger kriegen konnte. Charmie hatte befürchtet, daß seine Kindheit unauslöschliche Narben hinterlassen würde, die Brutalität seines Vaters, sein Alkoholismus. Aber Nathan entwickelte sich zu einem netten, intelligenten Jungen und hatte erst vor ein paar Tagen verkündet, er wolle Genforscher werden. Es verging kein Tag, an dem Charmie nicht mit Schrecken daran dachte, wie sie ihn und sich selbst in letzter Minute gerettet hatte.

Sie bemerkte, wie Philippa zum Schlafzimmerfenster im dritten Stock hochschaute, und sagte: »Warum gehst du nicht hinauf?«

»Ich kann meine Gäste nicht einfach allein lassen.«

»Apropos Gäste, wann kommt denn der Star?« Charmie meinte Senator Paul Marquette.

»Bald«, sagte Philippa. »Er wird bald hier sein.«

Nach seinem Besuch in ihrem Büro vor viereinhalb Jahren waren Paul und Philippa Freunde geworden. Wann immer er in L.A. war, verabredete er sich mit ihr, opferte einen Teil seiner Zeit, um mit ihr zu essen und zu reden. Als er wieder für den Senat kandidiert und gewonnen hatte, hatte er in seiner Siegesansprache vor fünfzig Millionen Fernsehzuschauern gesagt, er habe sein Comeback Starlite und insbesondere Philippa Roberts zu verdanken.

»Hannah sagte, du hättest heute mit Mrs. Chadwick telefoniert«, sagte Charmie, als sie die Treppe zur Terrasse hinaufgingen, wo ständig neue Gäste eintrafen. »Wie geht's dem alten Mädchen? Hat sie sich eingelebt?«

»Sie hält Ausschau nach einem passenden Mann im Leisure Center.«

Mrs. Chadwick, ihre ehemalige Vermieterin, hatte sich, als sie weit über siebzig war, endlich dazu entschlossen, ihr Haus zu verkaufen. Sie hatte sich eine Eigentumswohnung in einer sehr aktiven Seniorengemeinde in Arizona gekauft, damit sie in der Nähe ihrer Schwester sein konnte, die mit ihrer Familie in Phoenix wohnte.

Philippa erinnerte sich an die Räumung des Hauses, bei der sie Mrs. Chadwick geholfen hatte. Als das blaue Sofa in den Laster der Heilsarmee getragen wurde, hatte sie noch einmal an Rhys denken müssen; auf diesem Sofa hatte sie Mrs. Chadwick damals ihre ganze traurige Geschichte erzählt.

Das war in einem anderen Leben gewesen. Und sie hatte gedacht: Mein Baby wäre heute siebzehn Jahre alt.

»Schau mal«, sagte Charmie, »wer da endlich gekommen ist.«

Philippa sah Paul auf der Terrasse stehen und bekam Herzklopfen. Sein Anblick löste immer Sehnsüchte in ihr aus. Paul Marquette war jetzt siebenundvierzig und sah besser aus denn je. Er und Francine schritten auf die Terrasse wie französische Aristokraten am Hofe Ludwigs XV., mit gnädigem Kopfnicken für die normalen Sterblichen um sie herum. Francine hatte wie immer ihr tiefgekühltes Lächeln aufgesetzt.

Philippa hatte Mrs. Marquette kennengelernt, als sie auf Pauls Einladung die Weinkellerei besuchte. Die beiden lebten in einer weitläufigen spanischen Hacienda, und Francine hatte Philippa mit geübter Herzlichkeit begrüßt. Doch als Francine gesagt hatte: »Sie haben soviel für meinen Mann getan, Miss Roberts, keiner von uns konnte ihm helfen«, hatte Philippa unmißverständlich den Unterton von Rivalität bemerkt. Sie fragte sich, wie die schlanke Francine mit ihrem Kummer über Todds Tod fertig geworden war. Das Alkohol- und Pasta-Opiat hatte sie offensichtlich nicht gebraucht.

»Willkommen«, sagte Philippa und gab ihnen die Hand.

»Wir freuen uns, hierzusein«, sagte Paul, während seine Frau anderen auf der Terrasse zunickte und lächelte. Francine Marquette hatte das einmalige Talent, sich immer so zu geben, als sei sie die Gastgeberin, auch wenn sie selbst Gast auf der Party eines anderen war.

»Paul«, sagte Philippa, »ich möchte Ihnen gerne etwas zeigen.« Sie lächelte Francine an: »Ihnen beiden.«

»Geh du, Paul«, sagte Francine. »Ich habe ein paar alte Freunde entdeckt, die ich schon lange nicht mehr gesehen habe.« Anscheinend wollte sie allen Anwesenden zeigen, daß sie es nicht nötig hatte, sich Gedanken zu machen, wenn ihr Mann von einer anderen Frau beansprucht wurde. Sie nickte Philippa sehr herablassend zu und rauschte davon.

Philippa spürte, wie die Eifersucht an ihr nagte. Aber Francine war schließlich Pauls Frau. Und sie nur eine Freundin. Eine gute Freundin, die gelegentlich bei Wohltätigkeitsveranstaltungen oder Vernissagen an der Seite des Senators zu sehen war. Ihre Beziehung war über jeden Zweifel erhaben, selbst die gewieftesten Klatschreporter konnten ihnen nichts vorwerfen. Sie hätte ihn zu gerne einmal gefragt, was er denn in Francine sähe. Seine gallische Herzlichkeit und ihre aristokratische Kühle schienen so gar nicht zusammenzupassen. Aber vielleicht war Francine privat ein sehr herzlicher Mensch.

Sie betraten das Haus. Einige Gäste saßen im Wohnzimmer und unterhielten sich, und Paul sagte: »Ich freue mich, sie wiederzusehen, Philippa. Was für ein wunderschönes Haus!«

»Ich kann es immer noch nicht fassen, daß es mir gehört!« Sie hakte sich bei ihm ein. »Wie geht's Ihnen, Paul?« sagte sie und wünschte, sie könnte mehr sagen.

Philippa wußte eine Menge Oberflächliches von Paul: wo er zur Schule gegangen war, was für Interessen er hatte (Segeln, klassische Musik, florentinische Kunst), seine Lieblingsbücher. Aber sie wußte nichts Tiefergehendes, nichts über den Teil von ihm, den er vor der Welt geheimhielt. Ihre Gespräche waren immer nur oberflächlich, wenn auch interessant.

Philippa hatte Paul praktisch alles von sich erzählt, auch ihre Affäre mit dem nihilistischen Rhys. Sie verschwieg ihm nur zwei Dinge: ihre Fehlgeburt und ihren Gangstervater, den man hingerichtet hatte. Philippa hatte den Verdacht, daß Paul sich ein Bild von ihr zurechtgelegt hatte: das unverbrauchte, stets frisch geduschte amerikanische Mädchen, das Karriere gemacht hatte, und deshalb wollte sie ihn vor den deprimierenden Aspekten ihres Lebens schützen, um seinetwillen, nicht um ihretwillen.

Philippa wünschte, sie könnte ihm sagen, daß sie in ihn verliebt war.

Aber Paul Marquette war für seine politische Karriere mit der richtigen Frau verheiratet. Sie würde ihm helfen, die höchsten Stufen der politischen Leiter zu erklimmen. Francine würde Pauls Weg zur Präsidentschaft mit ihrem Charme, ihren Verbindungen und ihrer Eleganz ebnen.

Also mußten Philippas romantische Gefühle für Paul brav in der Schublade bleiben.

Sie betraten jetzt die ausladende Treppe nach oben, und er sagte: »Haben Sie irgend etwas Neues von Ihrem Privatdetektiv gehört?«

»Ich habe sogar letzte Woche ein paar ganz erstaunliche Informationen von ihm bekommen.«

Ivan Hendricks hatte im Lauf der letzten Jahre ständig alle nur erdenklichen Spuren verfolgt, leider vergeblich, bis schließlich nur noch drei Möglichkeiten übrigblieben. Und die dritte war der Haupttreffer gewesen.

Diesen Bericht hatte er persönlich überbracht, was inzwischen eine Seltenheit geworden war. Sie hatte Ivan in ihrem neuen Haus auf der Terrasse empfangen. Die vornehme Umgebung hatte ihn sichtlich verlegen gemacht, er war sofort zur Sache gekommen. »Es ist mir gelungen, im Hollywood Presbyterian Hospital die Akte einer jungen

Frau namens Naomi Dwyer ausfindig zu machen. Sie hat dort Zwillinge zur Welt gebracht. Mit viel Geduld habe ich schließlich den Namen des Anwalts gefunden, der die Adoption vermittelt hat. Er war nicht leicht zu finden. Aber ich habe Hyman Levi doch aufgestöbert und ihn dazu gebracht, mir davon zu berichten. Er sagte, diese Frau Dwyer habe eines der Babys behalten – er weiß nicht, was später aus ihm geworden ist –, und das andere wurde für eintausend Dollar an ein Ehepaar Singleton verkauft.«

Philippa war sprachlos gewesen. Johnny hatte sie für tausend Dollar gekauft. 1938 war das sehr viel Geld gewesen. Und dann: »Ich habe eine Schwester?«

»Eine Zwillingsschwester, Miss Roberts. Und ich denke, ich kann sie finden, vorausgesetzt, sie ist noch am Leben.«

Philippa wandte sich Paul zu und sagte: »Und Ivan Hendricks ist gerade in New Mexico und verfolgt einen Hinweis, wonach die Dwyers dort einmal auf einem Campingplatz gewohnt haben. Können Sie sich das vorstellen, Paul? Eine Schwester! Eine Zwillingsschwester! Und vielleicht sind meine Eltern noch dort. Vielleicht gibt es schon in ein paar Tagen oder ein paar Wochen ein Familientreffen!«

Sie bogen jetzt in einen Gang, in dem über der Täfelung Gemälde mit Jagdszenen und Trauben in Kelchen hingen. Die seltsame Kombination hatte Philippa von ihrem Vorgänger übernommen. Sie blieb vor einer Tür stehen, klopfte und betrat dann ein Schlafzimmer mit einem gerüschten Himmelbett und weißen Möbeln mit Blumenbezügen. Die Wände waren mit Bärchen tapeziert, und der kanariengelbe Teppich war mit Spielzeug übersät. Eine junge Frau in Schwesterntracht saß an einem winzigen Tisch und stellte unter dem strengen Blick eines kleinen Mädchens ein Puppenteeservice auf. Beide sahen auf, als Philippa und Paul hereinkamen.

»Hier ist sie, Paul«, sagte Philippa lächelnd. »Das ist Esther, meine Tochter.«

Die Schwester erhob sich etwas mühsam aus dem engen, niedrigen Stuhl und nahm die Fünfjährige an der Hand. »Esther«, sagte sie mit britischem Akzent, »sag deiner Mami und ihrem Gast Hallo.«

»Wie geht es dir, Esther?« sagte Paul. »Du bist aber ein sehr hübsches kleines Mädchen.«

Zwei große Mandelaugen schauten ihn unverwandt an. Schwarze, glatte Haare umrahmten ein rundes Gesicht mit langbewimperten dunklen Augen.

»Kann sie nicht lächeln?«

»Nein, aber sie wird es lernen.«

»Wissen Sie irgend etwas über sie?«

Philippa schüttelte den Kopf. »Ein amerikanischer Arzt hat sie gerettet, als Saigon fiel. Sie lag weinend auf der Leiche einer Frau – wir nehmen an, ihre Mutter. Er konnte sie nicht zum Reden bringen, also nannte er sie Esther, nach der biblischen, die auch eine Waise war.«

»Kann sie etwas Englisch?«

»Noch nicht. Aber man hat ihr erklärt, daß hier ihr neues Zuhause ist und ich ihre neue Mutter bin. Anfangs wird es für uns beide schwierig sein, aber wir werden es schon schaffen.« Sie lächelte das kleine Mädchen an. »Nicht wahr, Esther?«

Philippa sah Paul an. »Ich werde ihr all meine Liebe geben und sie so glücklich machen, wie ich kann. Ich habe so schöne Erinnerungen an meinen Adoptivvater. Johnny war so gut zu mir, so liebevoll. Ich werde dasselbe für Esther tun.«

Sie gingen und schlossen leise die Tür hinter sich. Philippa sagte: »Ich bin mir noch nicht so sicher mit der Kinderschwester. Ich wollte eigentlich eine Vietnamesin einstellen, wegen der Sprache. Aber dann habe ich mir überlegt, daß das vielleicht ihre Anpassung an das neue Leben verzögert. Es ist keine leichte Entscheidung.«

»Das sind Entscheidungen, die wir für unsere Kinder treffen, nie«, sagte er.

Sie hätte ihn zu gern nach Todd gefragt, seinem Sohn. Sie wußte nur, daß er Selbstmord begangen hatte, aber wie und warum hatte Paul ihr nie gesagt, und sie würde ihn nie fragen.

»Ich kann Ihnen gar nicht genug danken, daß Sie Ihren Einfluß in Washington für mich geltend gemacht haben«, sagte sie. »Es ist so schwer für Alleinstehende, ein Kind zu adoptieren, selbst bedürftige Kinder, Kriegswaisen wie Esther. Ohne Sie hätte ich es nie geschafft.«

»Dann ist sie wohl irgendwie unser Kind, nicht wahr?« sagte er.

Philippa war sprachlos.

»Tut mir leid«, sagte er, »das hätte ich nicht sagen sollen.«

Sie gingen den Flur zurück, der mit einemmal viel länger schien als auf dem Hinweg. Partylärm schwappte von der Terrasse nach oben.

»Tut mir leid«, sagte Paul noch einmal. Er blieb stehen und drehte sich zu ihr. »Philippa«, sagte er und kam ihr so nahe, daß sie winzige schwarze Partikel in seinen blauen Augen schwimmen sah. »Ich möchte dich halten, dich lieben. O Gott«, sagte er leidenschaftlich, »ich möchte dich küssen.«

Philippa wußte, daß er es ernst meinte und sie beide verloren wären, sobald er sie berührte. Aber da war Francine und da war auch das Kind oben im Schlafzimmer. Sie sagte: »Nein, Paul, das können wir nicht.«

»Warum nicht?«

»Weil es nichts für uns ist. Wir haben unsere Freundschaft, und was immer wir mehr wollen, war uns nicht bestimmt. Sie haben Ihr Leben mit Francine und Ihren politischen Traum, und ich habe jetzt Esther, die all meine Liebe und Aufmerksamkeit brauchen wird.«

Seine Augen waren voller Schmerz, aber er sagte ganz ruhig: »Sind Sie ärgerlich?«

»Nein.«

»Können wir weiter Freunde sein?«

»O ja«, sagte sie erleichtert und wollte seinen Arm wieder nehmen. Sie tat es nicht. Sie durften sich nie wieder berühren.

»Paul, noch eins, bevor wir zu den anderen gehen. Ich war jetzt gerade stark. Aber das werde ich das nächste Mal nicht sein...«

»Es wird kein nächstes Mal geben, Philippa, das verspreche ich.« Und sie wußte, daß er dieses Versprechen halten würde.

39

Danny schoß wutentbrannt aus der Einfahrt der Rainbow Springs Lodge und bog in Richtung Süden in den Palm Canyon Drive ein. Wieder ein Platz, den er von seiner Liste auf der Suche nach Philippa streichen konnte.

Er hatte sie schon gehabt – gestern abend, auf der Fahrt nach Palm Springs. Er hatte sie tatsächlich im Visier gehabt, das Luder. Sie war sicher wie in Abrahams Schoß in einer Limousine dahingerauscht, er dicht hinter ihr. Und dann war plötzlich diese Wand auf der Straße aufgetaucht und hatte ihre Limousine und alle anderen Autos verschluckt. Danny hatte eine Gewaltbremsung gemacht, war nur mit knapper Not einer Kollision mit anderen Autos entgangen und schließlich auf dem Bankett zum Stehen gekommen. Die Wand war ein Sandsturm.

Nachdem er sich wieder beruhigt hatte, startete er den Jaguar und fuhr wie die anderen Fahrer vorsichtig in den Sandsturm hinein, weil es keine andere Möglichkeit gab. Es war die Hölle, das Auto bockte und klapperte, wurde von den Böen hin und her geschaukelt, und dann war da noch dieses widerliche schleifende Geräusch: Staub, der wie mit einem Sandstrahler den Lack aufrauhte. Danny war wie ein Maulwurf dahingekrochen, Sichtweite null, weder vorne noch hinten waren Scheinwerfer oder Bremslichter anderer Autos erkennbar. Und dazu das Geräusch: wie tausend verdammte Seelen, die im Fegefeuer heulen.

Er hatte schon gedacht, der Sturm würde niemals enden und die ganze Welt würde vom Sand verschlungen werden, als der Jaguar plötzlich in eine kristallklare Nacht hinausfuhr, wo Sterne höhnisch zwinkerten und Autofahrer an die Seite fuhren, um zu sehen, welchen Schaden der Sturm angerichtet hatte. Nicht so Danny, der Jaguar war ihm egal. Er drückte das Gaspedal durch und fuhr weiter, in der Hoffnung, die weiße Limousine einholen zu können.

Aber sie war entkommen.

Also mußte er jetzt systematisch alle guten Hotels in Palm Springs abklappern, um sie zu finden. Rain Bow Springs war das sechsunddreißigste Nein des Tages gewesen.

Er fuhr jetzt den Palm Canyon Drive entlang und schlug mit der Faust auf das Steuerrad. Das Luder war irgendwo hier in diesem reichen Wüstennest, irgendwo zwischen diesen verdammten Dattelpalmen und Springbrunnen und Golfplätzen. Aber wo? Wo?

Sein Magen knurrte, und er merkte, daß es schon spät war und er den ganzen Tag noch nichts gegessen hatte. Er hielt am ersten Restaurant, das er sah: »Rosarita's«, ein mexikanisches, mit dem üblichen Kachelboden und schwachsinnig arrangierten Kakteen in großen Töpfen. Danny setzte sich an einen Tisch im Patio, wo die Gäste mit feinem Sprühnebel gekühlt wurden. In Kalifornien herrschte Dürre, von Eureka bis San Diego war das Wasser rationiert, aber in Palm Springs kühlte man die Innenhöfe durch Wasserberieselung.

Er bestellte sich Käseenchiladas und Tacos mit Rindfleisch, Bohnen und Reis und ein Bier, und die Kellnerin sagte: »Sie kommen mir so bekannt vor. Sind Sie öfter hier?«

Danny strahlte sie mit seinem unwiderstehlichen Lächeln an, damit sie nicht merkte, wie sehr sie ihn erschreckt hatte. Genau davor hatte er Angst gehabt, daß sein Gesicht immer noch zu leicht erkennbar war, trotz der Brille und des Bartes. Es hatte ja auch schließlich aus vierzig Millionen Fernsehern gelächelt und Wahlkampfposter und -anstecker geschmückt. Verdammt, dieses niedliche junge Ding mit der albernen Kellnerinnenuniform hätte glatt eine seiner Danny-Girls sein können, dieser Armee energiegeladener junger Frauen, die quer durchs Land marschiert waren, um von Haus zu Haus zu gehen und Danny-Mackay-for-President-Broschüren zu verteilen.

»Nein«, sagte er und musterte sie von oben bis unten. So um die Zwanzig, recht hübsch, bis auf diese dämliche Uniform mit den vielen Petticoats. »Ich war noch nie hier, Miss.«

»Sie sprechen wie einer aus dem Süden«, sagte sie, sichtlich angetan von seinem Lächeln. »Woher sind Sie?«

»Oh, von hie und da.«

»Ich kenne Sie von irgendwoher«, sagte sie. »Keine Sorge, mir fällt's schon wieder ein.«

Aber Danny machte sich Sorgen, während der ganzen Zeit. Und als sie ihm ein zweites und ein drittes Bier brachte und er sah, wie sie ihn immer noch nachdenklich anstarrte, wurde er noch unruhiger. Was, wenn sie ihn erkannte? Was, wenn sie plötzlich sagen würde: »He, Sie sind Danny Mackay?«

Verdammt, das konnte gefährlich werden. Sie konnte reden.

Und seine Pläne ruinieren.

Sie kam wieder zurück und fragte, was er zum Nachtisch haben wollte. Er drehte den Charme auf, den er sonst nur für die tollsten Frauen einsetzte, und sagte: »Und was haben Sie zu bieten?«

Sie traf ihn eine Stunde später, als ihre Schicht zu Ende war. Er fuhr in seinem Jaguar vor, und sie kletterte mit ihren albernen Petticoats hinein. »Wow, das ist vielleicht ein irres Auto!«

»Wohin soll's gehen, Süße?«

Sie sah ihn an, legte neckisch den Kopf zur Seite und sagte: »Also je länger ich dich anschau', desto sicherer bin ich mir, daß ich dich von irgendwoher kenne. Das treibt mich noch zum Wahnsinn!«

»Dann laß uns doch ein bißchen spazierenfahren, vielleicht kann ich dir auf die Sprünge helfen.«

Sie beschlossen, in die menschenleeren Ausläufer der Santa Rosa Mountains zu fahren, um den Sonnenuntergang anzuschauen. Danny merkte, wie der Jaguar das Mädchen geil machte. Dafür hatte er dank jahrelanger Erfahrung eine untrügliche Nase.

Am Ende eines Feldweges auf einer Anhöhe blieb er stehen, und sie schauten hinunter ins Tal, wo in der Dämmerung vereinzelte Lichter angingen. »Rate mal, was ich mitgebracht habe«, sagte sie und zog zwei Flaschen Bier aus ihrer Tasche.

»Langsam, Schatz, nicht hier drin! Das sind verdammt teure Polster. Und noch nicht mal vier Tage alt.« Er zwinkerte ihr zu. »Steigen wir doch aus, ein bißchen frische Luft schnappen.«

Die Brise roch nach Salbei, und als der Wind drehte, hörten sie eine Coyotenfamilie in der Ferne kläffen. Die Wüste unter ihnen begann die Farbe zu wechseln. Wieder stand ein atemberaubender Sonnenuntergang bevor. Danny und das Mädchen lehnten sich an die warme Haube, tranken ihr Bier und unterhielten sich darüber, wie schwer es heutzutage war, Karriere zu machen.

Und dann küßten sie sich, vorsichtig zuerst wie Fremde, die einander ausloten. Aber dann wurden die Küsse heftiger, Danny riß dem Mädchen die Korsage herunter, goß Bier über ihre Brüste und leckte es ab. Sie wand sich kichernd unter ihm und steckte ihre Hand in seine Hose. Danach ging alles sehr schnell, weil Danny in Eile war. Irgendwo da unten im Tal war Beverly, und die mußte er finden. Aber dieser kleine Umweg war nötig gewesen. Dem Mädchen würde irgendwann einfallen, wer er war, und dann würde sie reden.

Als Danny fertig war und sie keuchend auf der Haube des Jaguar lag, mit steil in die Luft ragenden Petticoats, öffnete er die Beifahrertür und holte etwas aus dem Handschuhfach.

»Wow«, sagte sie, stand auf und suchte ihr Höschen. »Das war vielleicht geil.«

Sie hatte ihm den Rücken zugedreht und suchte im niedrigen Gestrüpp. »Ich wüßte wirklich zu gern, an wen du mich erinnerst.« Sie schnippte mit den Fingern und sagte: »Jetzt weiß ich's!« Und gerade als sie den Kopf drehte und sagte: »Du siehst genau aus wie mein Cousin Al in Oklahoma«, spürte sie einen stechenden Schmerz in der Niere.

Danny riß das Messer hoch, sie schrie kurz auf und brach zusammen.

Danny putzte das Messer an ihrem Rock ab und sagte: »Das ist doch wirklich nicht zu fassen. Ich hab' gedacht, du wirst mich verraten, und dabei war's nur der gute alte Al. Da sieht man, daß sogar ich mich ab und zu irren kann.«

Er setzte sich hinters Steuer, startete den Wagen und fuhr in den Sonnenuntergang, die Hinterreifen schleuderten Sand und Kies über ihre Leiche.

40

»Zoey Larson ist seit über zwei Jahren bei uns«, sagte Simon Jung. »Sie war eigentlich diejenige, die unsere Klinik aufgebaut hat. Miss Larson hatte beste Referenzen von einem Schönheitschirurgen in Santa Monica. Sie hat ihm beim Aufbau einer neuen Praxis geholfen und war sechs Jahre lang seine OP-Schwester.«

»Mr. Jung, ich stelle nicht Zoeys Fähigkeiten als Schwester in Frage, sondern ihre Moralbegriffe. Ich kann ihr einfach nicht vertrauen.«

Sie saßen in Mr. Smith' Wohnzimmer. Die Nacht war angebrochen und warf düstere Schatten in die Ecken, in denen die Lampen noch nicht eingeschaltet waren. Der Kaffee in dem silbernen Kaffeeservice auf dem Couchtisch wurde langsam kalt. Smith hatte bis jetzt noch kein Wort gesagt.

»Sie haben keinen Beweis«, sagte Jung, »daß Miss Larson die Geschichte an die Zeitung verkauft hat.« Trotz der gespannten Atmosphäre im Raum und Judiths offensichtlicher Verärgerung blieb der Direktor des Star's höflich und gelassen. Das Treffen war seine Idee gewesen. In feinstem Zwirn und mit vornehmem Schweizer Akzent versuchte er Dr. Isaacs und Mr. Smith davon zu überzeugen, daß er die Geschichte mit der Klatschzeitung unter Kontrolle habe. Aber soweit Judith das beurteilen konnte, hatte Jung nichts zu bieten außer ein paar abgedroschenen diplomatischen Phrasen.

»Nein, ich habe keinen Beweis«, sagte sie. »Aber ich weiß, daß sie es getan hat!«

»Dr. Isaacs, Miss Burgess und mir ist die Angelegenheit zutiefst zuwider, und wir sind genau wie Sie daran interessiert, die Sache so schnell wie möglich zu klären. Ich habe mit Miss Larson gesprochen, und sie leugnet, irgend etwas mit dieser Sache zu tun zu haben. Wenn Sie etwas Konkretes anbieten könnten...«

»Ich habe keinen Beweis, nur ein Gefühl«, sagte Judith und ärgerte sich, weil das so fadenscheinig klang. Was ging nur hinter diesen scharfen Augen vor? Glaubte Jung etwa, das Ganze wäre nur ein kleinlicher Machtkampf zwischen einer neuen Ärztin und einer beleidigten Schwester? Sie warf einen Blick auf Mr. Smith, der auf der dritten kleinen Couch in der Gruppe um den Kamin saß. Er war heute angezogen, mit Pullover, Hose und einem eleganten braunen Seidenschal um den Hals. Keine Spur mehr von dem Patienten, der gerade eine Operation überstanden hatte, sondern ein wohlhabender, mächtiger Mann, der alles unter Kontrolle hatte. Sie fragte sich, was er von ihren Vorwürfen hielt. »Mr. Jung«, sagte sie, »als mir klar wurde, daß die Zeitung die Geschichte *vor* der Operation bekommen hatte – die Ausgabe wurde zwei Tage vor Mister Smith' Einlieferung gedruckt, habe ich das Journal der Klinik überprüft und festgestellt, daß Dr. Newton bereits vor über einem Monat den Termin für die Operation festgelegt hatte. Zoey wußte also vier Wochen vorher, daß die Operation hier stattfinden würde.«

»Genau wie Dr. Newtons Angestellte. Und auch Ihre Leute, Mr. Smith.«

Smith schwieg.

»Dr. Isaacs«, sagte Jung. »Miss Burgess will in dieser Sache fair bleiben. Wir verstehen Ihre Besorgnis, aber –«

»Mein Wort allein genügt Ihnen nicht, um Zoey zu entlassen.«

»Schließlich hatte Dr. Mitgang nie Grund zu Beschwerden, und bis jetzt gab es noch nie Indiskretionen. Aber Sie können versichert sein, daß wir die volle Verantwortung übernehmen, sollte ein Angestellter von Star's beteiligt sein. Aber im Augenblick haben wir keine Beweise für Miss Larsons Schuld.«

»Dann lassen Sie sie überprüfen! Finden Sie heraus, ob sie vor kurzem eine größere Summe auf ihr Konto einbezahlt hat. Oder –«

»Dr. Isaacs«, sagte Jung und warf einen diskreten Blick auf die Uhr. Seine Zeit war kostbar. »Ich kann mich des Eindrucks nicht erwehren, daß Sie diese Sache sehr persönlich nehmen.«

»Meine Besorgnis ist rein beruflich, Mr. Jung«, sagte sie erbost. »Die Rechte eines meiner Patienten wurden verletzt, und das trifft mich persönlich. Ich bin sehr wütend über das, was passiert ist, und ich halte die Schwester für die Verantwortliche.«

Simon Jung wollte etwas erwidern, aber Smith kam ihm zuvor. »So kommen wir nicht weiter. Ich schlage vor, wir warten ab, was mein Anwalt herausfindet. Er ist heute morgen nach Chicago geflogen und trifft sich mit den Anwälten der Klatschzeitung. Vielleicht sind sie bereit zu kooperieren und verraten uns die Quelle ihrer Geschichte. Bis dahin hat es keinen Sinn, weiter zu streiten.«

Jung erhob sich. »Da bin ich ganz Ihrer Meinung«, sagte er. »Das heißt, wenn Dr. Isaacs keine Einwände hat? In der Zwischenzeit würden Miss Burgess und ich uns sehr geehrt fühlen, wenn Sie beide heute abend mit uns dinieren würden.«

Smith winkte ab. »Ich bin noch nicht in der Stimmung für Gesellschaft, aber danken Sie Miss Burgess in meinem Namen.«

Nachdem der Direktor gegangen war, ging Judith zu Smith und musterte ihn besorgt. »Kann ich etwas für Sie tun?«

»Diesen weißen Kittel ausziehen und mit mir zu Abend essen. Als Freundin, nicht als Ärztin.«

»Ich dachte, Sie wollen keine Gesellschaft.«

»Sie sind keine Gesellschaft, Judith, Sie sind die reine Freude.«

Sie wandte sich ab, da ihr Herz, wie immer in seiner Nähe, aus dem Rhythmus geriet. »Ich nehme Ihre Einladung gern an. Aber ich muß zuerst nachfragen, ob ich noch gebraucht werde.«

Während sie die Nummer der Klinik wählte, fragte sich Judith, ob ihre Gefühle für Smith wirklich ihr Urteilsvermögen beeinträchtigten. Die Tatsache, daß die Schwester schlampig und aufsässig war, bedeutete noch lange nicht, daß sie auch kriminell war.

Ihre Zweifel verflogen aber sofort, als Zoey sich mit »Klinik« meldete und unverkennbar eine Kaugummiblase platzen ließ. Es mußte Zoey gewesen sein. Eine Schwester, die wahllos Narkotika verteilte, war sicher auch fähig, geheime Informationen über Patienten weiterzugeben, wenn der Preis stimmte.

»Dr. Isaacs am Apparat. Hat jemand nach mir gefragt?«

»Nein, aber da war wieder einer dieser Anrufe, Doktor. Keine Nachricht, wie immer.« Die Stimme der Schwester klang schadenfroh.

»Danke. Ich bin bei Mr. Smith, sollte jemand mich brauchen.«

»Oh? Bei Mr. Smith?«

Judith legte zitternd vor Wut auf. Das war untragbar. Zoey mußte gehen.

»Ich bin so verdammt wütend«, sagte sie. »Jedesmal wenn ich diesen furchtbaren Artikel sehe, könnte ich vor Wut schreien.«

»Ich glaube, Judith, Sie wollen tatsächlich Drachen für mich bekämpfen. Das ist wirklich ganz neu für mich. Eine holde Maid, die mich retten will.«

»Warum kann man Sie nicht in Ruhe lassen? Wen geht es irgend etwas an, daß Sie sich operieren lassen?«

»Vielleicht kann ich Sie damit erheitern«, sagte er und zeigte auf einen Stapel Briefe auf seinem Schreibtisch. »Briefe von Männern, die fragen, wie diese Operation ist, wie das Ergebnis aussieht, wer der Chirurg war und was es kostet. Mit anderen Worten, Doktor, ich bin jetzt der Landesexperte für Fettabsaugung bei Männern!« Er lachte. »Indem ich sozusagen aus der Verborgenheit getreten bin, habe ich den Weg geebnet für andere, die sich jetzt trauen zuzugeben, daß sie auch gerne diese Operation machen ließen. Sie sind der Meinung, wenn ein Mann wie ich, der für seine körperliche Fitneß berühmt ist, so etwas machen lassen kann, dann braucht sich auch kein Normalverbraucher davor zu scheuen. Sie sehen also, der Artikel hatte auch seine guten Seiten.«

»Ich glaube, Sie wollen mich nur aufheitern.«

Sie sahen sich an.

»Ich werde den Zimmerservice anrufen«, sagte er, »und für uns beide bestellen.«

Als Judith ihren weißen Kittel auszog und über einen Stuhl hängte, kam sie sich seltsam nackt vor in Bluse und Wollhose. Sie hatte ihren professionellen Schutzschild gegen Mr. Smith' Annäherung abgelegt. Jetzt war sie nur noch eine verletzliche Frau – eine Frau, die in ihrem Leben zwei Menschen geliebt und verloren hatte und die den Verlust eines dritten nicht ertragen würde.

»Was werden Sie nach Ihrer Entlassung tun?« Sie ging zum Fenster und sah hinaus. Langsam senkte sich die Nacht über die Wüste, und die Lichter von Palm Springs und Cathedral City erwachten funkelnd zum Leben. Sie fragte sich, wie viele Liebespaare da unten sich gerade in den Armen lagen, wieviel Leidenschaft mit der sinkenden Sonne erwachte.

»Ich fahre in mein Haus nach Florida«, sagte er, »um mich noch ein bißchen zu erholen. In ein paar Monaten werde ich einen Film in Rom machen und dann, wer weiß, vielleicht überlege ich mir das mit der Fernsehserie, von der ich Ihnen erzählt habe.«

Ein Haus in Florida... Dreharbeiten in Rom... Es war ein Leben, das sie sich nicht einmal vorstellen konnte. »Gehen Sie morgen abend auf den Ball?« fragte sie.

Er ging zur Bar und goß zwei Brandys ein. Er reichte ihr das eine Glas und sagte: »Kommt darauf an.«

»Worauf?«

»Darauf, ob ich eine Dame finde, die mich begleitet.«

»Darf ich Sie etwas fragen?« sagte sie und schaute in ihr Glas. »Ich muß wissen, ob Sie Zoey oder mir glauben.«

Er legte seine Hände auf ihre Schultern, drehte sie zu sich und sah ihr in die Augen. »Natürlich Ihnen. Hatten Sie das bezweifelt? Erstens sind Sie sich Ihrer Sache so sicher, zweitens würde mein Stab nie etwas ausplaudern, und drittens glaube ich an die Integrität Dr. Newtons und seiner Mitarbeiter. Es ist schließlich ihr Lebensunterhalt, Berühmtheiten diskret zu verarzten. Und nach allem, was Sie mir von Ihrer Schwester erzählt haben –«

»Sie ist nicht *meine* Schwester«, sagte Judith leise. Sie konnte kaum atmen, wenn er ihr so nahe war.

»Komisch, der erste Eindruck ist doch immer der richtige. Ich habe Miss Larson am Morgen meiner Ankunft hier kennengelernt, und ich war froh, daß Dr. Newton seine eigene Schwester für die Operation mitbringen würde. Interessant, nicht wahr? Ich weiß nicht, was mich an Miss Larson störte, aber irgendwie hatte ich kein gutes Gefühl in ihrer Nähe.«

Ihre Blicke begegneten sich, und sie spürte die Wärme seiner Hände durch ihre Bluse. Er wollte gerade den Kopf zu ihr beugen, als es leise an der Tür klopfte. Smith ließ sie los und ging zur Tür.

Ein Kellner schob einen Servierwagen herein, mit einer Vase voller Narzissen und einer Flasche Roederer Christal im Silberkühler. »Was ist das?« sagte Smith. Er las die beigelegte Karte: Empfehlung von Simon Jung.

»Was denken Sie, Judith?« fragte er. »Sollen wir das Friedensangebot annehmen?«

»Ich glaube, ich rege mich über die Sache wesentlich mehr auf als Sie.«

»Das kann sein«, sagte er und stellte sich so dicht neben sie, daß sich ihre Schultern berührten. Draußen kroch die Nacht zwischen die Tannen. »Ich habe viele Jahre Erfahrung mit der Presse und habe gelernt, solche sensationellen Enthüllungen mit Würde zu tragen. Oder ich bin vielleicht genauso erbost wie Sie, zeige es aber nur anders.« Er wandte sich ihr zu und musterte fasziniert ein kleines Muttermal hinter ihrem linken Ohrläppchen. »Sie toben, während ich in aller Stille einen Anwalt einschalte.«

Sie sah ihn an und fragte sich, wieso diese blauen Augen in Wirklichkeit noch faszinierender waren als auf der Leinwand.

Sie trat vom Fenster weg und sagte: »Ich bekäme ein Magengeschwür, wenn ich nicht tobte.«

Zwei lächelnde Kellner mit dem Abendessen unterbrachen das Gespräch. Der eine deckte den Tisch, während der andere die Lampen anmachte und Feuer im Kamin anzündete.

Als sie gegangen waren, goß Smith den Champagner ein, rückte Judiths Stuhl zurecht und sagte: »Madame.«

Judith setzte sich an den Tisch vor dem Kamin, wo auf blitzendem Silber und funkelndem Kristall ein fürstliches Bankett angerichtet war. Kaviar als Vorspeise, dann gegrillter Schwertfisch mit Minzebutter, Radicchiosalat mit Ziegenkäse, hauchdünne geröstete Brotscheiben mit Kräutern und Parmesan und zum Dessert Erdbeerparfait.

Judith wußte zuerst nicht, wo sie anfangen sollte, aber dann folgte sie Smith' Beispiel und löffelte etwas Kaviar auf ein Stück Toast. Sie hatte bis jetzt erst einmal Kaviar gegessen und wußte noch nicht, ob sie ihn wirklich mochte.

»Meine erste Begegnung mit feinstem Beluga-Kaviar war während der Dreharbeiten zu *Die goldene Horde* im Iran. Der Schah hatte das gesamte Filmteam in seinen Palast eingeladen...«

Judith lauschte fasziniert. Er sprach von einer Welt und einer Zeit, in der sie keinen Platz hatte; sie war noch nicht einmal geboren, als *Die Goldene Horde* entstand.

»Warum tragen Sie Ihr Haar so?« fragte Smith unvermittelt.

Judith wußte nicht, was sie sagen sollte. Sie hatte diese Frisur schon seit ihrer Studentenzeit. Keiner hatte sie je gefragt, warum, nicht einmal Mort.

»Ich frage mich nur, wie es wohl aussehen würde, wenn . . . es offen wäre.«

Ein Kaleidoskop von Bildern wirbelte durch ihren Kopf. Der Schah. Beluga-Kaviar, all die Contessas, Filmstars und Millionärinnen, die er geliebt hatte. Wie sollte Judith, die brave kleine Landärztin aus Green Pines, damit konkurrieren?

Und mit einemmal wurde ihr klar, daß sie konkurrieren wollte. Sie wollte diese einmalige Frau in seinem Leben sein, die einzige, der er je gestattet hatte, Zeuge seiner Verletzlichkeit zu sein.

Sie schaute ihn an und sah etwas in seinen Augen tanzen – eine Aufforderung zum Abenteuer.

Plötzlich war sie schrecklich aufgeregt.

»Judith . . .«, begann er.

Das Telefon klingelte.

Es war für Judith. Ein Notfall. »Tut mir leid«, sagte sie, während sie den weißen Mantel überstreifte. »Ich muß gehen. Eine Verletzung im Fitneßstudio.«

Er brachte sie zur Tür. »Werden Sie wiederkommen?«

Sie sah ihm lächelnd in die Augen. »Ja, wenn es nicht zu spät wird. Ich komme wieder.«

41

Danny überließ seinen Jaguar dem Hotelparkwächter und betrat die exotische Lobby des Marriott. Er hatte vierzehn weitere Hotels abgeklappert, seit er die kleine Kellnerin umgebracht hatte. Und allmählich wurde er hektisch.

Wo in dieser verdammten Wüste hatte sich das Luder bloß versteckt?

Er ging zur Rezeption, zückte kurz seinen Presseausweis und

sagte: »Ich habe eine Verabredung mit Philippa Roberts. Würden Sie mich bitte anmelden?« Einfach so tun, als wüßte man, wo sie ist, damit erzielte man die besten Ergebnisse.

»Einen Augenblick bitte.«

Er wartete gespannt und trommelte nervös gegen den Tresen. Zwei Papageien auf Stangen über dem Wasserbecken krächzten sich gegenseitig nieder.

Jetzt sagte die junge Frau: »Sie können den Anruf dort drüben am Haustelefon entgegennehmen.«

Er starrte sie an.

Volltreffer.

Danny ging zu dem weißen Telefon und sagte: »Miss Roberts?« Eine Männerstimme mit australischem Akzent war am Apparat. Sicher der Muskelprotz, den er mit Philippa gesehen hatte. Vielleicht war er einer der »Jungs«, die im Butterfly gearbeitet hatten, ihrem Bordell. »Darf ich fragen, worum es geht?« fragte der Kerl. »Ich fürchte, Miss Roberts weiß nichts von einem Termin mit Ihnen.«

Danny drehte seinen Charme an, der ihm bis jetzt fast alle Türen geöffnet hatte. »Na ja, das war nur eine kleine List. Sehen Sie, ich bin Journalist, und ich möchte Miss Roberts sehr gern interviewen. Wäre es vielleicht möglich, daß sie mir etwas von ihrer kostbaren Zeit schenkt?«

»Tut mir leid, Miss Roberts ist beschäftigt.«

»Wie wär's dann mit morgen?«

»Tut mir leid. Wenn Sie ein Interview machen wollen, müssen Sie das mit ihrem Büro in Los Angeles arrangieren.«

»Aber ich habe einen Abgabetermin für meinen Artikel. Es wird nicht lange dauern, das verspreche ich.«

»Tut mir leid«, sagte der Australier und legte auf.

Danny legte auch auf und dachte: Du kriegst auch dein Fett weg, du kleiner Angeber. Dann überlegte er, was er als nächstes tun sollte.

Es wäre sicher kein Problem herauszukriegen, in welchem Zimmer sie wohnte. Aber es hatte keinen Sinn, die Sache zu überstürzen. Er wollte seine Rache an Beverly in aller Ruhe genießen.

Danny verließ die Lobby und blinzelte in die grelle Dezembersonne. Während er überlegte, was er jetzt tun könnte, fiel sein Blick auf eine weiße Limousine, die neben dem Eingang parkte. Ein Mann in Chauffeursuniform stand davor, die Fäuste in die Hüften gestemmt, und musterte die zerkratzte Lackierung.

Es war ihr Wagen.

Danny schlenderte zu ihm und sagte: »Hallo. Wie's aussieht, hat Sie derselbe Sandsturm erwischt, der mir fast den ganzen Lack abgeschliffen hat.«

»Ja«, sagte der Fahrer und kratzte sich am Kopf. »Die Wüste setzt den Autos ganz schön zu. Ich fahre nur ungern so rum. Schlecht fürs Firmenimage.«

»Firma?«

»Starlite«, sagte der Mann und zeigte auf das Nummernschild: STRLT 2.

Danny zog eine Schachtel Zigaretten aus der Tasche.

»Danke«, sagte der Fahrer und zündete sich eine mit Dannys goldenem Feuerzeug an. »Ich möchte so schnell wie möglich nach L.A. zurück. Sieht furchtbar aus, was? Am liebsten würde ich gar nicht damit herumfahren.«

»Warum bringen Sie ihn dann nicht nach L.A. zurück?«

»Geht nicht. Mein Boß braucht das Auto morgen.« Er sah Danny an. »Sie wissen nicht zufällig eine Werkstatt hier, die gut arbeitet? Ich werde ein paar Tage in Palm Springs festhängen.«

»Ich dachte, Ihr Boß braucht den Wagen.«

Der Mann strich vorsichtig über die ruinierte Politur. »Nur morgen. Sie bleibt ein paar Tage oben im Star's. Dann habe ich Zeit, das in Ordnung bringen zu lassen.«

Star's?

Wieso kam ihm der Name bekannt vor?

»Tut mir leid«, sagte Danny. »Ich kenne mich hier auch nicht aus. Ich wünsche Ihnen aber viel Glück.«

Er stieg schnell in seinen Wagen, raste mit quietschenden Reifen aus der Einfahrt und fuhr hinaus in die Wüste. Er hielt und durchsuchte Quinns Brieftasche. Zwischen den Rechnungen lag eine Notiz Quinns: Zimmerreservierung, Star's, Seilbahn morgens. Und das Datum von morgen stand darauf.

Danny konnte sein Glück kaum fassen. Der arme alte Otis hatte also vorgehabt, ins Star's zu gehen. Und sie wollte auch dorthin. Apropos Zufälle.

Aber nein, wurde ihm plötzlich klar. Das war gar kein Zufall. Quinn mußte gewußt haben, daß sie dorthin wollte. Vielleicht hatte er vorgehabt, sie bei Star's mit dem, was er wußte, zu konfrontieren.

Nun, Quinn würde das nicht mehr erleben. Aber eine Überraschung für Beverly gab es auf jeden Fall.

Fünfter Tag

42

Die Pistole schien hier oben in den verschneiten Bergen mehr zu wiegen als unten in der Wüste. Sie war tief in seiner Manteltasche vergraben, ein Eisklumpen, der in der arktischen Luft immer noch kälter zu werden schien. Während er durch den Schnee stapfte, das Gesicht im Kragen verborgen, fragte er sich, ob er wohl ohne Handschuhe daran klebenbleiben würde.

Jetzt sah er ein Stück weiter oben einen Mann. Er blieb stehen und beobachtete ihn. Es war nur einer der Hotelangestellten, einer von diesen Muskelprotzen, der den Schnee vom Weg räumte.

Der Mann mit der Pistole wartete. Er schaute sich um, in der Hoffnung, seinen Kontaktmann zu sehen, der auf dem Weg zum Treffpunkt war. Er wollte so schnell wie möglich raus aus der Kälte und zurück in sein warmes Chalet. Vielleicht beim Zimmerservice anrufen und sich ein üppiges Frühstück bestellen, für das das Star's so berühmt war.

Endlich nahm der Muskelprotz in seiner dunkelblauen Daunenjacke mit dem Stern sein Werkzeug und zog weiter. Einen Augenblick später tauchte eine weitere Gestalt aus den Bäumen auf, so eingemummt, daß nur die Augen frei waren. Und selbst die versteckten sich hinter verspiegelten Brillengläsern.

Die beiden gingen schweigend zusammen weiter bis zur Aussichtsplattform, von der aus sie beobachten konnten, wie die Sonne langsam über der Wüste aufging, zweitausendsiebenhundert Meter unter ihnen.

»Gestern hat's da unten 25 Grad gehabt«, sagte der erste und tastete in seiner Tasche nach der kalten Pistole. Vielleicht würde seine Haut sogar trotz der Handschuhe daran klebenbleiben. »Hier oben hat's grade mal eben 10 Grad minus gehabt.«

Sein Gefährte ließ sich etwas Zeit. Dann sagte er: »Sind Sie sicher, daß Philippa heute ankommt?«

»Ich habe meine Quelle doppelt und dreifach überprüft. Sie wird mit der Morgenseilbahn erwartet.«

»Haben Sie die Pistole mitgebracht?«

»Ja.«

»Können Sie damit umgehen?«

»Du lieber Himmel... Ja.«

»Gut. Uns bleibt nicht viel Zeit.«

Sie trennten sich an der Aussichtsplattform und gingen auf verschiedenen Wegen weiter. Kurz darauf hatte frischer Schnee ihre Spuren verwischt, als wären die Männer nie dort gewesen.

43

London, England, 1985

»Liebste Esther«, schrieb Philippa. »Hier in London ist es kalt und regnerisch, und du fehlst mir sehr. Ich wünschte, ich hätte mich von dir breitschlagen lassen und dich mitgenommen. Aber ich wollte nicht, daß du einen ganzen Monat Schule verlierst, auch wenn Mr. Berringer sagt, du würdest dich in der zehnten Klasse sehr gut machen. Ich verspreche dir aber, daß ich zu deinem Geburtstag wieder zu Hause bin.«

Dem amerikanischen Arzt, der Esther aus Saigon gerettet hatte, war es nicht gelungen, irgendwelche Informationen über die Familie des vietnamesischen Waisenkindes ausfindig zu machen. Keiner wußte, wann Esther Geburtstag hatte, aber Philippa hatte es dem Kind freigestellt, sich einen eigenen zum Feiern auszusuchen. Esther hatte Philippas Geburtstag gewählt. So konnten sie jedes Jahr zusammen feiern. Die Mutter wurde in diesem Jahr achtundvierzig, die Tochter etwa fünfzehn.

Philippa saß im Wohnzimmer ihrer Suite im Hilton, mit Blick auf den Hyde Park, schrieb Briefe und lauschte dem Regen, der gegen das Fenster trommelte. »Übrigens, Esther, Onkel Paul kommt nach England, um mich zu besuchen«, fuhr sie fort. »Er tat zwar am Telefon sehr geheimnisvoll, aber ich kann mir denken, was er mir erzählen will: Er hat sich entschlossen, für die Präsidentschaft zu kandidieren. Er hat gute Chancen, zu gewinnen. Wie würde dir das gefallen, Esther, einen Onkel im Weißen Haus zu haben?«

Esther wußte natürlich, daß Paul Marquette nicht ihr richtiger Onkel war, sondern nur ein guter Freund ihrer Mutter, der gelegentlich in ihr Leben einbrach. Er fuhr immer in dem schwarzen Auto mit dem Riesen von Chauffeur bei ihnen vor, brachte ein Geschenk für Esther und entführte dann ihre Mutter, ohne auch nur den Mantel abzulegen oder sich auf einen Drink zu setzen, wie die anderen Freunde ihrer Mutter.

Eines Morgens, nach einem von Pauls Besuchen, hatte Esther ihre Mutter mit der Frage überrascht: »Bist du in Onkel Paul verliebt?« Das Mädchen war gerade erst vierzehn geworden, eine heranwachsende asiatische Schönheit, die in der Schule sehr beliebt war und vor kurzem mit echtem Teenagerelan Jungs entdeckt hatte.

»Onkel Paul und ich sind alte Freunde«, hatte Philippa gesagt. »Wir kennen uns schon sehr lange.«

Die Mandelaugen hatten sehr skeptisch dreingeschaut und die runden Backen sich zu einem Grinsen verzogen. »Ich finde ihn nett«, hatte Esther gesagt. »Und du nämlich auch. Das merkt man, wenn du ihn anschaust.«

Philippa schaute hinaus in den Regen und dachte daran, wie sehr sich ihr Leben verändert hatte, seit Esther ein Teil davon war. Am Anfang hatte es große Schwierigkeiten gegeben, genau wie Philippa vorausgesehen hatte, aufgrund der Sprachbarriere, aufgrund des Grauens, das das Kind erlebt hatte. Esther war nachts oft schreiend aus Alpträumen aufgewacht. Sie wollte kein amerikanisches Essen, traute niemandem und wich immer wieder erschrocken zurück, wenn Philippa sie berühren wollte. In diesen ersten Monaten war Philippa oft auf Zehenspitzen in Esthers Schlafzimmer geschlichen, um sich am Anblick des kleinen Mädchens zu erfreuen, das zusammengerollt wie eine Katze schlief, die Stirn feucht, der schwarze Pony zerzaust.

Philippa hatte oft die ganze Nacht bei ihr gesessen, so wie Johnny früher manchmal bei ihr, und war immer wieder erstaunt über die überwältigende Liebe, die sie für dieses Kind empfand.

Sie warf einen Blick auf den kleinen Reisewecker neben sich und erschrak, als sie sah, wie spät es schon war. Paul hatte gesagt, er würde um acht Uhr in ihrem Hotel sein, in einer Stunde. Sie beschloß, den Brief später fertigzuschreiben, und ging ins Schlafzimmer, um sich fertigzumachen. Sie wollten im Café au Lait zu Abend essen, es war nur eine Straße vom Hotel entfernt; Philippa hatte dort einen Tisch bestellt.

Ein Essen in ihrer Suite kam selbstverständlich nicht in Frage. Bei den wenigen Besuchen, die Paul ihr während eines Aufenthalts in Hotels gemacht hatte, hatten sie sich immer in der Lobby getroffen und waren dann ausgegangen. Später hatte Paul sich immer am Aufzug verabschiedet. Vor zehn Jahren, im Korridor ihres Hauses, wo Paul sie fast geküßt hätte, hatte er ihr ein Versprechen gegeben. Und er hatte es gehalten. Seit jener Nacht waren sie nie mehr miteinander allein gewesen. Sie schützten sich mit vollen Restaurants, Limousinen mit Chauffeur, hell erleuchteten Plätzen, und keiner von beiden verlor je ein Wort über seine geheimen Gefühle und Wünsche.

Das Telefon klingelte, Philippa ging rasch zum Apparat und nahm ab. Bitte, laß es nicht Paul sein, der in letzter Sekunde absagen will, dachte sie.

Es war Paul, aber er sagte nicht ab. »Ich bin hier unten in der Lobby. Kann ich raufkommen?«

Philippa war überrascht. Er war eine Stunde zu früh dran. Und er war noch nie zuvor auf ihr Zimmer gekommen.

Er merkte ihr Zögern und sagte hastig: »Es ist wichtig, Philippa. Ich verspreche dir, ich werde ganz brav sein. Fünf Minuten, mehr verlange ich nicht. Ich muß dir etwas sagen, was niemand sonst hören darf. Und dann gehen wir essen. Okay?«

Sie lief mit pochendem Herzen ins Schlafzimmer. Es ging um die Kandidatur für die Präsidentschaft, wie sie vermutet hatte. Darüber konnte man auf keinen Fall in der Öffentlichkeit sprechen. Jetzt noch nicht.

Es klopfte an der Tür. Sie holte tief Luft und ging öffnen.

»Paul, was für eine angenehme –«

Er riß sie an sich und küßte sie. »Ich liebe dich, Philippa«, sagte er und drückte sie so heftig an sich, daß sie keine Luft mehr bekam. »Mein Gott, wie ich dich liebe!«

Fünfzehn Jahre vornehme Zurückhaltung und unterdrückte sexuelle Begierde waren mit einem Schlag vergessen. Sie sanken zu Boden, küßten sich wild mit heißen, tastenden Zungen. Philippa spürte den groben Teppich unter sich nicht, als sie Paul zu sich herunterzog. Seine Küsse brannten wie Feuer, seine Hände packten ihr Haar und preßten sie noch näher an sich, sein Körper bedeckte den ihren. Halb heruntergezerrte Kleidungsstücke, fliegende Knöpfe, ein rasch geöffneter Reißverschluß, Höschen, die entzweirissen. Und dann war er in ihr, sie umklammerte seine Taille mit ihren Beinen, wollte ihn noch näher haben, noch tiefer in sich. Ihre Hände glitten unter sein Hemd und krallten sich in seine Muskeln.

Plötzlich hielt er mitten im Stoß inne und sah sie an, seine Hand strich durch ihr Haar, breitete es zu einem rostroten Fächer aus. Er küßte sie noch einmal, zärtlicher, und tastete sich behutsam zu ihren Brüsten. »O Gott«, flüsterte er. »Bist du schön.«

Er setzte sich auf die Fersen, zog sie mit sich hoch, und ihre Lippen verschmolzen zu einem langen Kuß. Dann richtete er sich auf, hob sie hoch und trug sie ins Schlafzimmer. Dort legte er sie aufs Bett, öffnete ihre Schenkel, kniete sich dazwischen und streifte sich endlich das halbausgezogene Hemd und die schiefe Krawatte ab. Sehr langsam und genüßlich legte er sich auf sie, ließ seinen Körper über den ihren gleiten, bis er die richtige Position gefunden hatte, und bedeckte sie mit Küssen.

Ein Windstoß peitschte den Regen gegen die Fenster. Sie spürte, wie Paul wieder in sie eindrang, aber langsam diesmal, so daß sie jeden Zentimeter fühlte. Und jetzt, tief in ihr, begann er einen sanften Rhythmus, in den sie langsam einstimmte, bis sie sich im Takt bewegten, dann streckte er ihre Hände über den Kopf, drückte sie in die Kissen und ließ seine Augen in den ihren versinken...

Sie lagen nackt im Bett, naßgeschwitzt, zwischen zerknüllten Laken und lernten die Nähe ihrer Körper kennen, nach der sie sich so lange gesehnt hatten. Nach einiger Zeit setzte sich Philippa lachend auf und sagte: »Ich habe Hunger!« Sie wählte die Nummer des Zimmerservice und bestellte Käse, Obst und Perrier, aber Paul riß ihr den Hörer aus der Hand und sagte: »Stornieren Sie das. Wir möchten zwei T-Bone-Steaks, dick geschnitten, rare. Spiegeleier, nur leicht gebraten, und Pommes frites. Und eine Flasche Glenlivet.«

Er grinste listig. »Die Kalorien arbeiten wir wieder runter. Aber jetzt erzähl, war deine Reise erfolgreich?«

»Bis jetzt, ja. In ein paar Tagen reise ich weiter nach Paris und von da aus nach München. Starlite ist sehr beliebt bei den europäischen Frauen, nur sind sie nicht so sehr an der Diät interessiert, sondern mehr an den Schönheitsbehandlungen – du weißt schon: Dampfbäder, Gesichtsmasken, Massagen.

Aber zu Hause haben wir ein paar Probleme. Hannah will eine neue Kollektion mit dem Namen Perfect Size International einführen, und sie hat dafür eine Einkäuferin eingestellt, Ingrid Lind. Hannah ist ganz hingerissen von ihr, weil sie angeblich so gute Kontakte im Ausland und ein untrügliches Auge für Accessoires und exotische Modegags hat. Das Problem ist nur, Alan kann sie nicht ausstehen. Das erste Mal seit ich denken kann, sind Alan und Hannah nicht einer Meinung.« Philippa erwähnte nicht, daß sie sich Sorgen um Hannah machte, die heimlich zum Herzspezialisten ging und Pillen nahm. Sie hatte zufällig ein Telefongespräch zwischen Hannah und ihrem Arzt mitgehört.

Philippa bemerkte plötzlich, daß sie die Unterhaltung allein bestritt. Sie wußte nicht genau, was sie von dem, was gerade zwischen ihnen passiert war, halten sollte. Er hatte sich einfach auf sie gestürzt, und sie hatte sich ihm unterworfen. Genau wie sie es geahnt hatte, war es bei seiner ersten Berührung um sie geschehen gewesen. Aber sie wollte wissen, warum. Warum jetzt? Warum heute abend?

Es klopfte an der Tür. »Ah«, sagte Paul, »unser Essen.«

Paul zog sich einen Hotelbademantel an, ging ins Wohnzimmer und öffnete dem lächelnden Kellner mit dem Servierwagen die Tür.

Nachdem der Tisch gedeckt und der Kellner wieder gegangen war, nahmen sie Platz.

»Warte«, sagte Paul, beugte sich über den Tisch und entblößte

Philippas Brüste. »Das ist besser.« Er griff sich ein Brötchen und bestrich es mit Butter.

Philippa schnitt ein Stück des dampfenden Steaks ab und beobachtete dabei Paul aus den Augenwinkeln. Jedesmal wenn er nach etwas die Hand ausstreckte, klaffte sein Bademantel und gab den Blick auf seine muskulöse Brust und den flachen Bauch frei.

»Steak und Scotch!« sagte er und prostete ihr zu. »Die perfekte amerikanische Mahlzeit!« Er wollte einen Schluck nehmen, aber der Glenlivet spritzte aus dem Glas in seinen Schoß. »Wow, das ist vielleicht kalt.«

Er wollte nach seiner Serviette greifen, aber Philippa unterbrach ihn. »Laß mich«, sagte sie und stand auf. Ihr Bademantel fiel auseinander.

Sie kniete sich neben ihn. Er stöhnte und grub seine Finger in ihr Haar.

Die Steaks blieben unberührt.

Hinterher, als sie eng umschlungen auf dem Sofa lagen und seine Hand sanft mit ihrer Brust spielte, sagte Paul: »Philippa, ich muß dir etwas sagen.«

Philippa murmelte ein verschlafenes »Ja?« Ihr Kopf kuschelte an seiner Schulter, und sie streichelte versonnen seinen harten Bauch. Sie hatten sich bis zur Erschöpfung geliebt, aber sie fühlte sich wunderbar.

»Francine verläßt mich.«

Philippas Hand erstarrte auf seinem Bauch. Sie sagte nichts, also fuhr er fort: »Willst du nicht wissen, warum?«

»Oh, Paul«, sagte sie. »Natürlich. Du meine Güte.« Sie setzte sich auf.

»Ich habe mich entschlossen, nicht für die Präsidentschaft zu kandidieren. Die Politik war nie mein Lebensinhalt, sondern vielmehr der Francines. Sie war die Ehrgeizige, und ich habe lange geduldet, daß ihr Ehrgeiz uns beide regiert. Aber nach dem Tod unseres Sohnes ... ist unsere Beziehung gestorben. Sie hat es nie gesagt, aber ich glaube, daß sie insgeheim mir die Schuld an seinem Tod gab. Er war drogensüchtig und bei einem Therapeuten in Behandlung. Ich war nur selten zu Hause. Ich habe es nicht gewußt. Wir haben uns auseinandergelebt. In der Öffentlichkeit waren wir das perfekte Ehepaar, aber privat lebten wir wie Fremde aneinander vorbei. Sie wurde immer härter und kannte nur noch ein Ziel – sie wollte ihren Mann im Weißen Haus sehen. Und als ich dann sagte, ich würde nicht kandidieren, hat sie die Scheidung eingereicht.«

»Oh, Paul!«

»Um ehrlich zu sein, die Scheidung war überfällig, und es gibt andere Kandidaten für die Präsidentschaft, die das Herz der Wähler gewinnen können. Wie ich höre, will Reverend Danny Mackay sich aufstellen lassen. Das ist der Fernsehprediger, den Millionen verehren, und ich weiß, daß die Partei ihn unterstützen wird. Aber was ist mit dir, Philippa? Was ist mit uns? Jetzt bin ich frei.«

Plötzlich wußte sie nicht mehr, was sie sagen wollte. Fünfzehn Jahre lang hatte sie sich nach ihm verzehrt, von ihm geträumt, sich vorgestellt, wie er im Bett wäre. Aber sie hatte nie damit gerechnet, daß aus ihren Träumen Realität werden könnte. »Was willst du tun?« fragte sie, um Zeit für ihre Antwort zu gewinnen. »Wein anbauen?«

»Das kann mein Bruder machen. Ich möchte am Meer leben und segeln, Philippa«, sagte er, aufgeregt wie ein kleiner Junge. »Ich habe da eine Villa in Westaustralien im Auge. Komm und teile sie mit mir. Werde meine Frau und verbringe den Rest deines Lebens mit mir.«

Mit einemmal wurde Philippa klar, daß sie genau davor Angst gehabt hatte. Seit dem Augenblick, in dem er zur Tür hereingekommen war und sie umarmt hatte, klingelte es in ihr leise aber hartnäckig Alarm. In dieser regnerischen Nacht passierte mehr als nur eine sexuelle Begegnung, die das Schicksal bestimmt hatte. Sie stand auf und zog sich ihren Bademantel über.

»Für mich ist das nicht so einfach, Paul«, sagte sie und wandte sich ab, plötzlich verlegen. »Ich muß an Esther denken. Ich kann sie nicht einfach aus der Schule nehmen, weg von ihren Freunden und allen, die sie kennt. Und ich kann nicht einfach Starlite im Stich lassen.«

»Esther ist erst fünfzehn. Teenager sind sehr anpassungsfähig. Und du kannst Starlite von Australien aus leiten. Auf jeden Fall«, sagte er und streckte die Arme nach ihr aus, »bin ich wild entschlossen, dich umzustimmen.«

Sie wich ihm aus. »So einfach ist das nicht, Paul.«

»Ist es schon, wenn du mich liebst. Liebst du mich?«

Sie sah ihn an, diesen wundervollen Mann mit dem schönen Körper, der den ihren so fantastisch ergänzte. »Natürlich liebe ich dich, Paul.«

»Und ich liebe dich. Und alles andere zählt nicht.«

Er schloß sie wieder in seine Arme, und dann wußte sie, daß er recht hatte: Sie liebten sich, und alles andere zählte nicht.

»Ja, ich werde dich heiraten«, sagte sie und küßte ihn. »Aber gib mir ein bißchen Zeit, ich muß einiges überdenken.«

»Natürlich, Schatz. In ein paar Tagen fliege ich nach Australien. Ich werde dort auf dich warten. Aber inzwischen«, er nahm sie in seine Arme und trug sie zurück ins Schlafzimmer...

Der Himmel über Paris war kalt und grau und hing so tief über den Türmen von Notre-Dame, daß es fast den Anschein hatte, als würden ihn nur Gebete daran hindern, endgültig auf die Stadt zu stürzen. Philippa war froh, daß sie sicher und warm hinter den Glaswänden eines Straßencafés saß, wo sie sich eine erholsame Stunde mit Croissants und Café américain gönnte. Sie hatte eine Verabredung mit Ivan Hendricks und schaute ihre Post durch, während sie auf ihn wartete.

Sie las zuerst den Brief von Esther: »Mike ist Geschichte, Mom. Das war, bevor ich Jason kennengelernt habe!« – Und dann Charmies: »Nathans Firma versetzt ihn nach Ohio.« Pauls Brief hatte sie sich als letzten aufgehoben. Er beschrieb in glühenden Farben die Villa im griechischen Stil, die er am Swan River gekauft hatte, und schickte ihr ein Foto von sich am Ruder einer siebzehn Meter langen Regattayacht, Sonne und Wind im Gesicht und Siegesbewußtsein im Blick.

Philippa hob den Kopf und sah eine vertraute Gestalt, die sich durch hupende Citroëns über die Straße schlängelte. Ivan Hendricks hatte sich in achtzehn Jahren kaum verändert. Philippa verstand, warum Charmie ihn so attraktiv fand, er war wirklich ein beeindruckendes Exemplar. Außerdem war Ivan ein sehr toleranter Mensch mit Humor, und er war in seiner Arbeit als Privatdetektiv äußerst gewissenhaft. Genau wie Charmie fragte sich Philippa oft, wie wohl sein Privatleben aussah.

»Bonjour, Madame Roberts!« dröhnte er in kaum verständlichem Französisch und zog sich einen der winzigen Stühle heran, der tatsächlich quiekte, als er sich setzte.

»Hallo, Ivan«, sagte sie etwas traurig. Heute würde er seinen letzten Bericht an sie abliefern. Die Familienzusammenführung, von der sie vor zehn Jahren träumte, war nie zustande gekommen. Die Dwyers, Philippas wirkliche Eltern, waren anscheinend wie Zigeuner herumgezogen, und das erschwerte die Verfolgung ihrer Spur. Vor vier Jahren hatte Ivan erfahren, daß Mrs. Dwyer verschwunden war, nachdem ihr Mann ermordet worden war, wahrscheinlich von ihr, lautete die Auskunft der Behörden. Da war ein Kind gewesen, das aber mit vierzehn Jahren ausgerissen war.

Jetzt sagte Ivan: »Ich habe endlich einen Hinweis gefunden. Ein Mädchen namens Rachel Dwyer hat Anfang der fünfziger Jahre in einem Etablissement in San Antonio, Texas, gearbeitet.«

»Ein Etablissement?«

Er räusperte sich. »Äh, ein Bordell, Miss Roberts. Aber danach ist sie verschwunden, und es ist mir nicht gelungen, ihre Spur wiederaufzunehmen. Sie ist wie vom Erdboden verschluckt. Tut mir leid, Miss Roberts, aber ich fürchte, wir werden sie nie finden.«

Bevor er ging, sagte Ivan: »Aber ich werde nicht aufgeben, Miss Roberts. Ich werde andere Klienten haben und meine Agentur weiter ausbauen, doch ihren Fall werde ich nie zu den Akten legen. Wer weiß, vielleicht ergibt sich eines Tages per Zufall etwas, was uns direkt zu ihrer Schwester führt.«

Später wanderte Philippa lange durch die Straßen von Paris, bis sie schließlich zu den Tuilerien kam, den Gärten gegenüber dem Louvre. Sie spazierte zwischen den kahlen Bäumen, die in einen stahlgrauen Himmel ragten, und spürte, wie die Enttäuschung sich wie ein Messer in ihr Herz bohrte. Etwas war plötzlich aus ihrem Leben verschwunden; die Hoffnung, eine wenn auch noch so kleine Familie zu finden. Und Ivans letzter Bericht war so deprimierend gewesen: Philippas Vater, von ihrer Mutter ermordet, die Zwillingsschwester, die in einem Bordell in Texas gearbeitet hatte – wäre das vielleicht auch ihr Schicksal gewesen, wenn die Singletons sie nicht für tausend Dollar adoptiert hätten? Johnny hatte ihr ein gutes Leben ermöglicht. Und Philippa hatte behütet in St. Bridget's gelebt, während ihre Schwester...

Wo war sie jetzt, diese Frau, die so alt war wie sie und ihr sicher auch ähnlich sah? Lebte sie überhaupt noch, oder hatte sie ein tragisches Ende gefunden?

Schließlich fand Philippa sich mit dem Gedanken ab, daß sie wohl nie die Wahrheit erfahren würde; vielleicht hatte das Schicksal es so gewollt. Es war Zeit, mit dem Suchen aufzuhören, Zeit, der Vergangenheit nicht mehr nachzutrauern, sondern in die Zukunft zu schauen.

Plötzlich hatte sie Angst, sie verschwende wertvolle Zeit, das Leben rase an ihr vorbei, ohne daß sie es wirklich lebte. Sie eilte zurück in ihre Hotelsuite, wo sie ihrer überraschten Sekretärin sagte: »Sagen Sie München und Rom ab. Ich habe meine Pläne geändert!« Philippa nahm das Telefon und bat die Vermittlung, sie mit Perth, Australien, zu verbinden. Sie konnte es gar nicht erwarten, die Freude in seiner Stimme zu hören, wenn sie ihm sagte, daß sie jetzt sofort zu ihm aufbrechen werde.

Aber gerade als sie der Vermittlung die Nummer geben wollte, kam ihr eine Idee. Nein, dachte sie und legte auf. Ich fliege einfach hin.

Paul war da unten und trainierte mit seiner neuen Yacht, der *Philippa,* für die Sydney-Hobart-Regatta.

Ich werde ihm nicht sagen, daß ich komme, dachte sie aufgeregt. Ich werde einfach plötzlich vor der Tür stehen. Er wird so überrascht sein...

44

Die Gondel holperte und schwankte am ersten Stützpfeiler vorbei, und die Passagiere lachten nervös und versuchten krampfhaft, nicht nach vorne zu schauen, wo sich beängstigend dünne Kabel bis zum Gipfel des Berges schwangen, über tiefe Schluchten und gefährlich nahe an zerklüfteten Granitfelsen und verkrüppelten Tannen vorbei. Die meisten Passagiere vermieden es auch zurückzuschauen, wo die flache, sichere Wüste unter ihnen verschwand. Sie sahen sich lieber gegenseitig an, lachten und scherzten und hielten sich an den Champagnergläsern aus der Boarding Lounge fest. Fast alle saßen, nur einige wenige Tapfere standen und beobachteten, wie sich die Kabine langsam dem Berg näherte.

Trotz ihres Wollmantels und des dicken Pullovers spürte Philippa die eisige Luft. Charmie hatte den Platz ihr gegenüber, klammerte sich an einen Gin Tonic und starrte angestrengt den mit Teppich ausgelegten Boden der Kabine an. Ricky war einer der Tapferen, die standen und mit großer Spannung und Vorfreude zu dem dräuenden Berg hinaufschauten. Er trug einen dunkelblauen Skianzug, den er im Marriott gekauft hatte, und sah, wie Philippa fand, sehr attraktiv aus. Einige andere weibliche Passagiere teilten anscheinend ihre Meinung, wie sie bemerkt hatte.

Eines bemerkte sie aber nicht, nämlich daß einer der Passagiere sie anstarrte – ein Mann mit dunklem Haar, Hornbrille und einem kurzgeschnittenen Bart. Sein Knie ging hektisch auf und ab, während er sie beobachtete, und er tastete immer wieder nach etwas in seinem Stiefel: nach dem Messer, mit dem er gestern nacht das Leben einer jungen Kellnerin beendet hatte.

Philippa merkte nichts, weil sie viel zu sehr mit ihren Gedanken an Beverly Burgess und die morgige Vorstandssitzung beschäftigt war. Was erwartete sie im Star's: eine Schwester, oder nur ein Verräter?

Johnny hatte einmal gesagt: »Freunde, Püppchen! Denk immer daran, in diesem Leben zählen nur Freunde! Verwandte sind schön und gut, aber Freunde kann man sich aussuchen, die Familie nicht.«

Sie fragte sich, ob Johnny vielleicht damit auf sich selbst angespielt hatte, weil er nicht ihr richtiger Vater, aber wirklich ihr bester Freund gewesen war. Inzwischen hatte sie begriffen, was er damit gemeint hatte, und es war ein tröstlicher Gedanke, daß sie immer noch ihre Freunde hatte, falls sich herausstellte, daß Beverly Burgess nicht ihre Schwester war.

Charmie, Alan und Hannah, und jetzt auch Ricky – das war ihre Familie. Auf sie konnte sie sich verlassen. Dem Himmel sei Dank, dachte sie, für Charmie und Hannah.

»Liebe Philippa«, schrieb Hannah, »ich schreibe diesen Brief, weil ich es nicht fertigbringe, dir ins Gesicht zu sagen, was ich getan habe. Wenn du diesen Brief erhältst, wird Starlite das fehlende Geld zurückhaben. Die Bücher werden stimmen, und ich werde fort sein. Ich bedauere, daß ich dir keine Erklärung geben kann; glaube mir, es ist so einfacher für uns alle. Leider muß ich dir auch sagen, daß ich, um das fehlende Geld zu ersetzen, meine Anteile an Starlite verkaufen mußte, die, wie du weißt, insgesamt fünf Prozent der Firma ausmachen. Wenn ich dadurch deine Position im Kampf mit Miranda International geschwächt habe, tut es mir aufrichtig leid. Mir blieb keine andere Wahl. Unsere Freundschaft war mir mehr wert, als ich sagen kann, und die Erinnerungen an unsere gemeinsamen Jahre werden mich immer begleiten.«

Sie unterschrieb schlicht mit »Hannah«, faltete den Brief und steckte ihn in einen Umschlag, den sie neben ihre Tasche auf das Bett legte. Sie würde ihn Philippa per Boten ins Star's schicken, sobald sie ihre Aktien in Bargeld eingetauscht hatte.

Hannah zog sich mit großer Sorgfalt für das schicksalhafte Treffen an, das 12 Uhr mittags an der nordwestlichen Ecke vom La Cienega und Wilshire Boulevard stattfinden sollte. Ihre Wahl fiel auf ein beiges Kostüm und schweren Kupferschmuck. Sie kämmte sich, legte etwas Rouge auf und betonte ihre indianischen Augen mit einem hellbraunen Stift.

Als sie nach unten kam, wimmelte es von Leuten, die Tische, Stühle und Markisen herumschleppten. Ihre Weihnachtsparty. Sie mußte noch abgesagt werden.

»Es wird für die Party einige Änderungen geben«, sagte sie ihrer Privatsekretärin, Miss Ralston. »Ich erkläre es Ihnen, sobald ich zurück bin.« Sie mußte Miss Ralston auch noch sagen, daß sie ihre Dienste nicht mehr benötigte. Plötzlich wurde Hannah klar, auf wie viele Leben sich das, was sie vorhatte, auswirken würde.

Vor der Haustür fuhr gerade ein Lieferwagen vor. Ein junger Mann in Jeans und T-Shirt kam die Treppe hoch. Er kam von der Emerson Gallery und wollte etwas liefern.

Die Skulptur – Alans Weihnachtsüberraschung! Wie hatte sie die vergessen können?

»Bringen Sie sie bitte ins Haus«, sagte sie und machte ihm den Weg frei. Ein anderer Lieferwagen war auch gerade angekommen, einige Männer begannen mit dem Abladen riesiger rotweißer Blumengestecke für die Party. Hannah geriet allmählich in Panik. Wie in aller Welt sollte sie das alles zurückschicken?

Der Mann von der Galerie kam mit einer großen Schachtel die Treppe hoch und sagte: »Soll ich sie für Sie aufmachen? Sie ist ziemlich schwer.«

Hannah war völlig ratlos. Es war schon spät, und wenn sie nicht pünktlich am Treffpunkt erschien, würde die Transaktion ins Wasser fallen. »Na gut«, sagte sie und spürte, daß ihr Herz wieder ins Stolpern geriet. Sie rannte nach oben um ihre Pillen, schluckte eine trokken und steckte dann das Fläschchen in ihre Tasche. Als sie wieder nach unten kam, war die Plastik bereits ausgepackt.

»Wow«, sagte der Mann. »Ein Superstück.«

Die »Phönix« benannte Skulptur stellte einen Adler aus durchsichtigem Acryl dar, der aus einem Bronzeadler geboren wurde. Sie war vierzig Zentimeter hoch und hatte Hannah fünfundsechzigtausend Dollar gekostet. Alan war seit Monaten hinter ihr her gewesen.

»Wohin soll ich sie stellen?« fragte Miss Ralston, die sich an dem ungewöhnlichen Stück gar nicht satt sehen konnte.

Hannah hatte plötzlich eine Idee. Alan sollte heute aus Rio zurückkommen, und da er wahrscheinlich zuerst ins Büro fuhr, würde Hannah die Skulptur jetzt dorthin bringen, als Überraschung und als Trostpflaster für die schlechten Nachrichten, die sie ihm später überbringen mußte. Hannah hoffte, Alan dazu zu überreden, mit ihr zu gehen – alles, was sie besaßen, zu verkaufen und irgendwo neu anzufangen.

Als Hannah ihren Corvette die kurvige Zufahrt hinuntersteuerte, wurde ihr bewußt, daß sie diese Fahrt nur noch wenige Male machen würde, und Tränen schossen ihr in die Augen.

Alan marschierte durch die geschäftige Modeabteilung, ignorierte die Begrüßungen und ging direkt in Hannahs Büro. »Wo ist meine Frau?« sagte er irritiert zu ihrer Sekretärin. Er litt unter der Zeitverschiebung und war wütend, weil niemand ihn und Gaspar Enriques am Flughafen abgeholt hatte. Er war gezwungen gewesen, sich ein Taxi zu nehmen und Enriques ins Beverly Hills Hotel zu bringen. Dort hatte der alte Herr sich sofort eine Badehose angezogen und sich in Richtung Swimmingpool abgesetzt.

»Tut mir leid, Mr. Scadudo«, sagte die junge Frau. »Sie war heute noch gar nicht hier. Ich weiß nicht –«

Er drehte sich auf dem Absatz um und verließ das Büro. Das nächste Büro auf diesem Gang gehörte Ingrid. Er blieb stehen und lauschte an der Tür, um zu hören, ob Hannah vielleicht bei ihr war. Als er nichts hörte, klopfte er zwar, öffnete aber sofort die Tür.

Ingrid war am anderen Ende des Raums und prüfte mit einem der Chefdesigner ein paar Stoffmuster. »Alan!« sagte sie. »Was für eine Überraschung! Man hat mir gesagt, Ihr Flug kommt erst um neun Uhr abends!«

»Verdammt, deswegen war keiner da, um mich abzuholen. Wir sind um neun Uhr früh angekommen.« Er ignorierte den Mann, der neben Ingrid stand, ging einfach zur Bar, goß sich einen Bourbon ein und sagte: »Haben Sie meine Frau gesehen?«

»Meinen Sie in letzter Zeit oder allgemein?«

»Ich bin nicht in der Stimmung für Spielchen, Ingrid.«

»Und ich nicht in der Stimmung, angekeift zu werden.«

Er starrte sie wütend an. Mit einem Blick auf den Designer, der keine Anstalten machte zu gehen, sagte er schließlich: »Kommen Sie in mein Büro, Ingrid. Ich muß etwas mit Ihnen besprechen.«

Sie folgte ihm und schloß die Tür hinter sich. »Ja, Mr. Scadudo? Weshalb wollten Sie mich sprechen?«

»Ihr Ton gefällt mir gar nicht«, sagte er.

Sie lächelte.

Und dann fielen sie einander so heftig in die Arme, daß sie fast umgefallen wären.

»Oh, mein Gott«, sagte er und griff zwischen ihre Beine. Ingrid stöhnte: »Du hast mir so gefehlt!«

Sie biß ihn in den Hals, die Ohren, den Mund. Dann riß sie sein Hemd auseinander, daß die Knöpfe flogen. Die beiden taumelten durch den Raum, küssend, keuchend, verschlingend. Schließlich warf er sie auf den Schreibtisch, so heftig, daß Hannahs Bild und die Stifte herunterfielen.

»Mach es!« schrie sie. »Mach es!«

Hannah kämpfte sich durch den Feiertagsstau und hoffte, die Karosserie ihres Corvette würde alles gut überstehen, schließlich mußte sie den Wagen bald verkaufen. Sie war auf der Bank gewesen, und jetzt lag das Aktienpaket im Wert von einer Million Dollar neben ihr auf dem Sitz. Sie schaute auf die Uhr. Es blieben ihr noch fünfundvierzig Minuten, um den vereinbarten Treffpunkt zu erreichen, der nur noch zwei Straßen entfernt war. Zeit genug, um Alans Skulptur noch ins Büro zu bringen.

Das Geschenk würde hoffentlich den Schock etwas mildern, wenn sie ihm sagte, daß sie von der Million Dollar wußte, die er unterschlagen hatte, und daß sie ihre Aktien verkauft hatte, um den Verlust zu decken. Sie würde ihm keine Vorwürfe machen oder wissen wollen, was er mit dem Geld gemacht hatte; sie wollte ihm nur sagen, wie sie von seinem Betrug erfahren hatte, daß sie schon seit einiger Zeit Verdacht geschöpft hatte und sich durch mitgehörte Telefongespräche und eine heimliche Inspektion der Bücher der Gesellschaft Gewißheit verschafft hatte. Für sie war das Thema damit erledigt; sie und Alan würden zusammen fortgehen, ihre Verbindung zu Starlite abbrechen und versuchen, irgendwo ein neues Leben anzufangen. Sie liebte ihn, alles andere war gleichgültig.

Aber welchen Preis mußte sie dafür bezahlen! Es war das Ende ihrer Freundschaft mit Philippa, und es würde möglicherweise Starlite in Gefahr bringen. Vielleicht würden diese Aktien Miranda die erforderliche Mehrheit bringen, trotzdem konnte nichts Hannah von ihrem Entschluß abbringen, Alan zu retten. Sie hoffte, Philippa würde, sobald das Geld ersetzt war, die Sache fallenlassen und keine Anzeige erstatten. Hannah zählte auf die gemeinsamen Jahre und auch darauf, daß Philippa Hannahs Kindern ersparen würde, die Wahrheit über ihren Vater zu erfahren.

Aber ganz gleich, was kommt, dachte Hannah und stellte den Corvette auf ihren reservierten Parkplatz, Alan und ich werden damit fertig werden, und wir werden überleben, solange wir uns haben. Das große Haus, die Autos, Chefbüros im obersten Stockwerk – das alles ist ohne Bedeutung. Es wird wieder wie in alten Zeiten sein, wo unsere Liebe das einzige war, was wir brauchten.

»Also wirklich«, sagte Alan, zog ein neues Hemd aus seinem Koffer und streifte es über. Er lachte. »Schau dir diese Bisse an! Ich seh' aus, als hätte mich ein Schwarm Piranhas überfallen. Was wird Hannah dazu sagen?«

Ingrid hob ihr Höschen auf und hielt es hoch. Totalschaden. »Sag ihr, du warst im Amazonas schwimmen.«

»Sie könnte Verdacht schöpfen.«

»Die doch nicht, die dumme Kuh. Sie ist uns jahrelang nicht auf die Schliche gekommen, wieso sollte sie jetzt was merken?«

»Die arme Hannah«, sagte Alan, hob seine Jacke auf und holte etwas aus der Futtertasche. »Die arme, doofe Hannah. Sie vertraut jedem blind. Und jetzt rast sie wie eine Verrückte in der Gegend herum und versucht Bares aufzutreiben, damit sie das Geld, das wir genommen haben, zurückzahlen kann. Sie denkt, ich weiß es nicht.«

»Woher will sie soviel Geld nehmen?«

»Wahrscheinlich wird sie ihre Starlite-Aktien verhökern. In letzter Zeit war sie dauernd am Schlafzimmersafe. So wie ich sie kenne, wird sie sie, dumm wie sie ist, an Miranda verkaufen – sie überreicht ihnen die erforderliche Aktienmajorität auf einem Silbertablett. Aber das spielt ja für uns keine Rolle mehr«, sagte er grinsend, stellte sich hinter Ingrid und legte die Arme um sie. »Wenn die Sache ins Rollen kommt, sind wir beide längst weg und lassen's uns in Singapur gutgehen. Hast du mit Mr. Chan und dem Bankier alles arrangiert?«

»Ich habe alles geregelt. Ich habe sogar schon die Tickets«, sagte sie und biß ihn ins Ohr. »Wir fliegen heute abend mit Singapore Airlines, one way. Was ist das?« sagte sie, als sie das Päckchen in seiner Hand sah.

»Ein Geschenk. Für dich.«

»Für mich? Ein großzügiger Bastard bist du schon.« Sie öffnete das Etui, die Juwelen auf dem Kruzifix funkelten im Licht des Lüsters. Ihre Augen blitzten wie die einer Katze. »Oh, Alan«, flüsterte sie. »Das ist wunderschön.«

Sie hob ihre Haare, und Alan versuchte ihr die Halskette umzulegen, während er ihr deren Geschichte erzählte. »Prinzessin Sowieso hat sie getragen, als sie die brasilianischen Sklaven befreit hat. Scheiße.« Der Verschluß funktionierte nicht. »Das habe ich nicht gesehen«, sagte er. »Ich bring's zum Juwelier und lass' einen neuen Verschluß machen.«

Sie drehte sich um, küßte ihn lange und genüßlich auf den Mund und rieb sich an seinem Körper. »Hast du denn deiner Frau nichts mitgebracht?«

Er ging zu seinem Jackett und holte die kleine geschnitzte Voodoo-Puppe heraus, die er für knapp einen Dollar erstanden hatte. »Das wird ihr wahnsinnig gefallen. Hannah freut sich immer über billiges Gelump.«

Während Ingrid lachte und die Meeresgöttin in die Luft warf und Alan das Kruzifix bewundernd gegen die Morgensonne hielt, stand Hannah auf der anderen Seite der Tür mit ihrer Handtasche und der Phönix-Skulptur in der Hand. Sie war schon seit einiger Zeit da, hatte das Stöhnen der beiden beim Liebesspiel gehört und jedes Wort ihres Gesprächs.

Ihr Herz geriet ins Trudeln, ihr wurde schwarz vor den Augen, und sie mußte sich an die Wand lehnen. Für eine zweite Pille war es zu früh, also versuchte sie, ihr Herz mit schierer Willenskraft wieder in den richtigen Rhythmus zu bringen. Es gelang. Sie atmete tief durch, richtete sich auf und öffnete die Tür.

Die beiden drehten sich überrascht um. Hannah registrierte alles: die Sachen vom Schreibtisch auf dem Boden verstreut, Ingrids zerzaustes Haar, Alans offener Reißverschluß.

Sie sah ihn an, voller Verachtung, dann machte sie auf dem Absatz kehrt und ging.

Alan rannte ihr nach und packte sie am Arm. »Laß mich erklären.«

»Weißt du, Alan«, sagte sie, »ich hatte einen sehr seltsamen Gedanken, als ich euch beide gesehen habe. Mir fiel plötzlich die Nacht ein, in der unser erstes Kind geboren wurde – die Pläne, die wir beide gemacht haben, die Versprechen, die wir uns gegeben haben, uns und unseren Kindern. Ich wollte dich decken, weil...« Sie schluckte, »weil ich dachte, ich müßte dich beschützen. Aber jetzt ist mir klargeworden, daß ich es getan habe, um die Kinder zu beschützen. Mir ist egal, was mit dir passiert.«

»Hannah, hör mir zu. Wegen Ingrid. Es ist nicht das, was du denkst.«

»Alan, ich habe alles gehört. Und jetzt wird mir vieles klar, was ich früher nicht verstehen konnte – plötzliche Geschäftsreisen, unerwiderte Anrufe, ungeklärte Rechnungen auf unseren Kreditkarten. Du hast recht. Ich war dumm. Von Anfang an.«

»Was wirst du tun?«

»Ich weiß es nicht.« Sie zupfte an ihrer Handtasche. Unter dem Arm trug sie immer noch die Skulptur, sorgfältig in Bubblepapier gepackt. Sie merkte, wie ihr die Tränen kamen. »Ich war bereit, dir alles zu verzeihen, Alan, selbst daß du Starlite bestohlen hast, was genauso schlimm ist wie deine eigene Familie bestehlen. Ich hätte dir alles verziehen –« sie schluckte, »solange du mich geliebt hättest.«

»Das tu ich, Hannah. Glaub mir. Hier.« Er hielt ihr die Halskette hin, die er immer noch in der Hand hatte. »Das habe ich für dich gekauft.«

Sie sah die Kette an und dann ihn. Ingrid hatte seine Haare zerzaust, so daß man die Transplantationspunkte sah. »Behalte sie. Verkauf sie. Du wirst das Geld für einen guten Anwalt brauchen.«

»Du wirst ihnen doch nicht von der Million Dollar erzählen, nicht wahr?«

»Philippa hätte es ohnehin bald herausgefunden.«

»Hannah, tu mir das nicht an –«

Ingrid kam plötzlich aus seinem Büro, frisch frisiert, makellos zurechtgemacht, mit ihrer Handtasche über dem Arm. Sie schloß leise die Tür, wie nach einem normalen Arbeitstag, und schritt hocherhobenen Hauptes den Gang hinunter, ohne Hannah und Alan eines Blickes zu würdigen. Dann verschwand sie in Richtung Aufzüge.

»Du solltest ihr besser nachgehen«, sagte Hannah. »Nach allem, was ich gehört habe, bleibt dir gar nichts, wenn sie verschwindet. Und finden wirst du sie nie.«

Er zögerte kurz, dann rief er: »Verdammt! Ingrid!« und rannte den Gang hinunter. »Ingrid! Warte!«

Als erstes fuhr Hannah zur Bank und legte ihre Aktien wieder in ihr Schließfach. Dann reihte sie sich in den Verkehr ein und begann über Alan und Ingrid nachzudenken. Irgendwie hatte ihr das, was sie da hinter dieser Tür gehört hatte, Kraft gegeben. Alan hatte sie verraten, aber sie hatte sich auch selbst verraten. Ihr fiel wieder ein, wie Alan durch sie hindurchgeschaut hatte, als sie, damals noch ein richtiger Pummel, bei Halliwell & Katz anfing. Aber kaum war sie dünn, war er mit ihr aufs Karussell gestiegen. Und dann hatte sie sich dreißig Jahre lang verschaukeln lassen.

Und dann dachte Hannah an das Wartezimmer der Tarzana-Diätklinik, wo sie Philippa vor so langer Zeit kennengelernt hatte, sie dachte an Esther, an Jackie, ihre eigene Tochter, und wie sich die beiden angefreundet hatten, und schließlich dachte sie an ihre anderen Kinder, die alle an Weihnachten nach Hause kommen würden und ihre Enkelkinder mitbrachten. Und mit einemmal war Alan gar nicht mehr so wichtig.

Zu Hause angekommen, zerriß Hannah als erstes den Brief an Philippa. Dann ging sie nach unten, drückte Miss Ralston die Fünfundsechzigtausend-Dollar-Skulptur in die Hand und sagte: »Das ist für Sie. Ich habe gesehen, wie sehr sie Ihnen gefallen hat.«

Dann warf sie einen Blick auf die Blumen und Dekorationen für ihre Weihnachtsparty und sagte zu ihrer Sekretärin: »Also, gehen wir an die Arbeit.«

45

Judith war auf dem Rückweg aus einem der Chalets. Sie hatte eine Dame mit schweren Erfrierungen behandelt, die im Bikini skigefahren war. Die Sonne stand hoch, der Himmel war klar, und es war so warm, daß Judith ihren Parka auszog. Sie hatte sich schon lange nicht mehr so gut gefühlt. Heute morgen hatte Mr. Smith angerufen und gesagt, daß ihm die Unterbrechung ihres Dinners gestern abend sehr leid tue und daß er sich freuen würde, wenn sie heute mit ihm zu Mittag essen würde. Judith hatte mit Freuden angenommen.

Zwei Elektrowagen kamen den Weg entlang. Sie brachten neue Gäste, die zum heutigen Ball angereist waren, in ihre Bungalows oder Chalets. Judith erkannte Philippa Roberts, die Gründerin von Starlite. Nach ihrer Schwangerschaft mit Kimmie hatte Judith zwanzig Pfund Übergewicht gehabt und sie mit Hilfe von Starlite wieder abgenommen. Im zweiten Auto saß nur ein Gast, ein Mann mit Hornbrille und kurzem schwarzem Bart. Er kam Judith irgendwie bekannt vor.

Ansonsten waren heute nur wenig Gäste im Freien unterwegs, trotz des wunderbaren Morgens. Die meisten hatten schon mit ihren aufwendigen Vorbereitungen für ihren Auftritt beim Ball heute abend begonnen. Für diese Leute war das wohl lebensnotwendig. Sie mußten damit rechnen, daß jeder, der ihnen begegnete, ihr Aussehen kritisch beurteilte. Wie die arme Bunny Kowalski, der sie gestern abend Valium gebracht hatte. Die kleine Schauspielerin hatte darum gebeten, aber es dann doch nicht genommen. Frieda Goldman, ihre Agentin, hatte offensichtlich mit einer aufregenden Nachricht ihre Depressionen verscheucht. Judith hatte von Bunny seither nichts mehr gehört.

Noch einige Leute hatten angerufen. Auch ihr Ex-Mann Mort. Er wollte sie unbedingt im Star's besuchen. »Ich möchte uns noch eine Chance geben«, hatte er gesagt. Beeindruckende sechzehn Mal hatte er angerufen seit seinem ersten Telefonat vor zwei Tagen, als Judith entsetzt feststellen mußte, daß er sie ausfindig gemacht hatte. Aber sie dachte gar nicht daran, ihn einzuladen. Sie hatten sich nichts mehr zu sagen – nach all den furchtbaren Sachen, die sie sich an den Kopf geworfen hatten.

Judith bog in den Weg zum Fitneßclub ein und sah plötzlich eine seltsame Gestalt vor sich im Schnee herumtollen. Sie blieb stehen. Die Person war klein, dick eingemummt, mit langen blonden Haaren. Ein Kind, stellte sie überrascht fest. Hier oben im Star's? Es lief direkt auf Judith zu und kreiste mit den Armen wie eine Windmühle, und Judith hörte ihre eigene Stimme wie vor zwei Jahren sagen: »Vorsicht, Äffchen.«

Kimmie!

Judith sah blaue Augen blitzen, rote Apfelbacken, und sie rannte los. Aber dann war das Bild plötzlich verschwunden. Sie war wieder allein.

Judith zwang sich, ruhig zu bleiben. Dreh nicht durch, nicht jetzt, es sind schon fast zwei volle Jahre vergangen...

Sie ging rasch weiter zum Schloß, durchquerte die Halle in Richtung Aufzug. Ihre Wohnung war in einem der vier Dornröschentürme, die nur über einen Privataufzug zu erreichen waren.

»Ihr Unterbewußtsein will dadurch Kimmies Tod verdrängen«, hatte Dr. Aldrich, ein Psychiater, ihr erklärt, als sie ihm erzählte, daß diese Visionen sie mit beängstigender Regelmäßigkeit heimsuchten.

»Aber ich will sie nicht ständig sehen, Doktor«, hatte Judith gesagt. »Ich bin Ärztin und Realistin. Ich weiß, daß meine Tochter tot ist.«

»Ihr Verstand weiß das, aber Ihre Gefühle?«

Danach war Judith nicht mehr zu ihm gegangen. Zwölf Monate Therapie hatten keine Besserung gebracht. Aldrich hatte die enervierende Angewohnheit, sie genau wie Mr. Smith ständig nach Kimmie zu fragen. Nach Judiths Meinung war die beste Methode, die Vergangenheit loszuwerden, einfach nicht darüber zu reden und sie aus den Gedanken zu verdrängen. Deshalb hatte sie schließlich auch Green Pines verlassen.

In ihrer Wohnung schloß sie rasch die Tür hinter sich und ging dann zum Telefon, um zu fragen, ob jemand angerufen hatte.

Sie erstarrte plötzlich. Jemand war in ihrer Wohnung gewesen.

Sie schaute sich entsetzt um. Ihr Vorgänger, Dr. Mitgang, hatte die Suite in Art deco, kombiniert mit klassischen modernen Möbeln, eingerichtet, und Judith hatte nichts verändert, weil ihr die klaren Linien und die Schlichtheit gefielen. Jetzt sah sie, daß die Wassily-Stühle verrückt waren, die verspiegelten Sets auf dem Acryltisch waren verschmiert und verrutscht, und das abstrakte Gemälde über dem Sofa hing etwas schief.

Sie ging vorsichtig weiter ins Schlafzimmer. Auch hier waren die Spuren eines Eindringlings unverkennbar, obwohl nach außen hin alles ordentlich war. Die Bettdecke war nicht ganz gerade, die Orchidee auf dem Regal über dem Kopfende war nicht mehr an ihrem Platz. Und ein rotes Calder-Mobile lag auf dem Boden.

Sie wählte schnell die Nummer des Sicherheitspersonals. Ein paar Minuten später erschien ein Mann im dunkelblauen Blazer mit einem Walkie-talkie am Gürtel. Er sah sich erstaunt um. »Wie kommen Sie darauf, daß jemand hier war, Doktor?«

»Ich bin sehr pingelig und mache immer noch einmal Ordnung, nachdem die Hausmädchen da waren. So auch heute früh. Jemand war in meiner Abwesenheit hier und hat einiges verändert. Vielleicht haben sie etwas gesucht. Fingerabdrücke haben sie ja wohl genug hinterlassen. Sehen Sie hier, am Chromgestänge des Stuhls«, sie zeigte auf einen unverkennbaren Fingerabdruck. »Ich lege großen Wert darauf, daß meine Möbel immer glänzen.«

»Wurde etwas gestohlen, Doktor?«

»Soweit ich sehen kann, nicht.« Ihr Schmuck war da und auch ihre Brieftasche mit sechzig Dollar Bargeld. Es fehlte nichts. Aber alles war durchsucht worden.

Judith begann zu zittern. Es war ein Gefühl, als wäre sie vergewaltigt worden.

Der Sicherheitsbeamte telefonierte kurz, und nach wenigen Minuten kam Simon Jung und sagte: »Eine unangenehme Geschichte, Doktor.« Es klang, als meinte er es wirklich ernst. »Haben Sie eine Ahnung, was man gesucht haben könnte? Medikamente vielleicht?«

Sie wandte sich zu ihm. »Riechen Sie Zigarettenrauch?«

Er nickte. »Aber nur sehr schwach.«

»Mr. Jung, ich rauche nicht«, sagte Judith, »aber ich kenne jemanden, der viel raucht.«

Sie fand Zoey im Lagerraum der Klinik, wo sie gerade gelangweilt eine Lieferung Einwegspritzen verstaute, die neuen aber nicht, wie vorgeschrieben, hinter die alten packte, sondern einfach oben drauf warf. Judith sagte. »Miss Larson, ich muß mit Ihnen sprechen.»

Zoey legte den Kopf zur Seite und sah sie herausfordernd an.

»Da war wieder einer von diesen Anrufen für Sie, Doktor«, sagte sie mit süffisantem Lächeln. »Ich hab' ihm gesagt, daß ich Ihnen immer Bescheid sage, aber daß Sie vielleicht nicht mit ihm reden wollen.«

»Miss Larson, Sie werden Ihre Sachen packen und gehen.«

Zoey zuckte zusammen: »Hä?«

»Sie sind entlassen. Packen Sie Ihr Zeug zusammen, und nehmen Sie die nächste Seilbahn ins Tal.«

»Wovon reden Sie?«

»Mein Zimmer wurde in meiner Abwesenheit durchsucht.«

»Na und?«

»Ich bin überzeugt, daß Sie es waren.«

Zoey verschränkte die Arme. Sie trug wieder einmal keine Schwesterntracht, wie Judith feststellte, obwohl die Klinik Sprechzeit hatte. »Warum sollte ich Ihr Zimmer durchsuchen?«

»Ich weiß es nicht, vielleicht haben Sie gehofft, etwas zu finden, womit Sie mich erpressen können.«

»Sie sind ja verrückt. Warum wollen Sie alles immer mir anhängen?«

»In meinem Zimmer hat es nach Zigaretten gerochen.«

»Ja klar, Sie denken, ich wäre so blöd und rauche, wenn ich ein Zimmer durchsuche.«

»Ich rieche jetzt auch Zigaretten, Miss Larson, obwohl Sie nicht rauchen.«

Zoeys braune Augen zuckten. Dann sagte sie: »Klar, ich bin ja die einzige auf dieser Welt, die raucht.«

»Der Eindringling hat auch ein paar schöne Fingerabdrücke auf meinem Chrom hinterlassen. Dumm von Ihnen. Und jetzt verschwinden Sie bitte.«

»Sie können mich nicht rausschmeißen. Nur Mr. Jung –«

»Ich leite diese Klinik, Miss Larson, und dazu gehört auch das Einstellen und Entlassen der Schwester. Und Sie sind ein Trauerspiel als Schwester. Sie haben das heiligste Gesetz ihres Berufs verletzt – das Recht eines Menschen auf seine Intimsphäre. Sie haben mein Zimmer durchsucht, und Sie haben Mr. Smith' Geschichte an diese Klatschzeitung verkauft.«

»Ich habe Ihnen gesagt, daß ich mit der Geschichte nichts zu tun habe.«

»Ich denke, wir werden das Gegenteil beweisen können. Auf jeden Fall will ich Sie hier nicht mehr sehen. Packen Sie Ihre Sachen. Ich habe im Personalbüro bereits Bescheid gesagt. Ihr letzter Gehaltsscheck liegt bereit.«

Zoey geriet in Panik. »Hören Sie, ich zahle Ihnen, was Sie wollen. Ich habe dreißigtausend Dollar für Mr. Smith' Geschichte gekriegt. Sie können die Hälfte haben. Alles. Nur lassen Sie mich bleiben.«

»Warum? Was ist denn so Besonderes an diesem Job? Daß Sie die meiste Zeit Ihr eigener Boß sind? Drogen?« Judith öffnete den Giftschrank, der wieder einmal nicht, wie vorgeschrieben, abgesperrt war. »Oder sind es die Fimstars?«

»Ich ... ich arbeite einfach gern hier«, stotterte Zoey, und Judith sah die Schweißperlen auf ihrem Gesicht. »Das ist der beste Job, den ich je hatte.«

»Was ist mit dem Chirurgen in Santa Monica? Dem, der Sie so empfohlen hat. Hat er das nur gemacht, um Sie loszuwerden, weil sie ihn mit irgendwelchen Informationen über ihn erpreßt haben? Hatten Sie gehofft, bei mir wäre auch so etwas zu finden? Wovor Sie sich auch verstecken, Zoey, ich kann Ihnen nicht helfen.«

Zoey wollte etwas sagen, aber Judith ließ Sie nicht zu Wort kommen. »Ich will es nicht hören. Verschwinden Sie, so schnell es geht. Und, Zoey, Sie können sich darauf verlassen: Ich werde einen Brief an den staatlichen Zulassungsausschuß schreiben.«

Mr. Smith öffnete mit dem Diktiergerät in der Hand die Tür. »Treten Sie ein«, sagte er und schaltete das Gerät ab. »Sie kommen eine Stunde zu früh, welch angenehme Überraschung!«

Smith trug eine dunkelbraune Hose und ein hellblaues Seidenhemd mit seinen Initialen. Er strahlte förmlich vor Gesundheit.

Keine Spur mehr von dem aschfahlen, schmerzgeplagten Patienten, den sie vor fünf Tagen kennengelernt hatte.

»Kann ich Ihnen etwas zu trinken anbieten, Judith, oder sind Sie noch im Dienst?«

Sie ließ sich ein Glas Weißwein einschenken, rührte es aber nicht an, während sie ihm von Zoey erzählte. »Sie hatte wohl gehofft, etwas Diskriminierendes zu finden, mit dem sie mich erpressen könnte. Aber ich habe nur ein armes totes Kind versteckt.«

Er wartete, bedrängte sie nicht.

Und plötzlich kamen die Worte von selbst, frei und ohne Hemmungen. »Kimmie hat sich oft krank gestellt, um auf sich aufmerksam zu machen. Sie denken vielleicht, Mort und ich hätten uns nicht genug um sie gekümmert, aber ich glaube, wir waren gute Eltern. Sie war einfach eifersüchtig auf die kranken Kinder, denke ich mir. Wenn ich zu einem Kind mit Masern gerufen wurde, malte sie sich während meiner Abwesenheit Flecken ins Gesicht und behauptete, sie wäre krank. Eigentlich harmlos. Sie war erst acht, und ich dachte, das wächst sich aus.« Judith ging zum Fenster, die Sonne umfing sie wie ein goldener Schal. »Ich sollte für fünf Tage zu einem Kongreß nach San Diego fahren. Kimmie wollte, daß ich zu Hause blieb. Aber ich wollte unbedingt hin. Erstens konnte ich ein bißchen Urlaub gut gebrauchen, zweitens war meine Abhandlung über die Handhabung von Notfällen in der Wildnis eines der Hauptthemen. Und außerdem wollte ich dort auch ein paar alte Schulfreunde treffen. Das alles habe ich Kimmie erklärt und ihr ein Geschenk aus Seaworld versprochen.«

Judith sah das Weinglas in ihrer Hand an, als hätte sie keine Ahnung, wie es dahingekommen war. Dann sagte sie: »In der Nacht vor meiner Abreise wurde ich zu einem Kind gerufen, das sich am Kopf verletzt hatte. Und als Kimmie mir dann am nächsten Morgen sagte, sie hätte Kopfweh, dachte ich, sie simuliert wieder. Ich versuchte sie mit Versprechungen zu trösten.

Die Fahrt nach San Diego dauerte neun Stunden. Sobald ich im Hotel war, rief ich zu Hause an. Kimmie war im Krankenhaus. Mort sagte, sie wäre kurz nach meiner Abfahrt in Ohnmacht gefallen und seither nicht mehr zu Bewußtsein gekommen. Der behandelnde Arzt vermutete eine Gehirnblutung. Ich ließ meinen Wagen im Hotel, flog nach Sacramento, nahm mir einen Mietwagen und fuhr nach Hause. Ich brauchte nur vier Stunden statt neun. Aber ich kam zu spät, Kimmie war tot.«

»Was war es?« sagte Smith. »Woran ist sie gestorben?«

»Meine Tochter hatte ein schwaches Blutgefäß im Gehirn, das acht Jahre lang darauf gewartet hatte zu platzen. Und es hat sich den Moment meiner Abfahrt nach San Diego dafür ausgesucht.«

»Und Sie machen sich immer noch Vorwürfe, daß Sie nicht da waren. Judith, sagen Sie mir: Ist Kimmie krank geworden, weil Sie zu dieser Konferenz gefahren sind?«

»Nein.«

»Wäre sie sowieso daran gestorben, auch wenn Sie dagewesen wären?«

»Ja.«

»Aber dann war es doch nicht Ihre Schuld. Sie haben sich nichts vorzuwerfen.«

»Doch. Ich werfe mir vor, daß ich in den letzten Augenblicken ihres Lebens nicht bei ihr war. Sie war zwar bewußtlos, aber vielleicht hätte sie doch etwas wahrgenommen. Meine Stimme war nicht die letzte, die sie gehört hat.« Judith sah wieder das Krankenhauszimmer vor sich, so kahl, ohne Blumen, ohne Ballons, weil sie erst so kurz da war. Als hätte sie niemand geliebt. Und Kimmie, so klein unter den weißen Laken, reglos, für immer verstummt.

»Haben Sie ein Bild von Ihr?«

Judith öffnete das Medaillon, das sie immer trug, und zeigte ihm das kleine Foto. Er sagte: »Hmm. Sieht lustig aus.«

»Ja, das war sie.« Sie fing an zu weinen, und er nahm sie in die Arme.

»Judith«, flüsterte er in ihr Haar. »Ich habe beschlossen, den Klatschmäulern etwas zu bieten. Ich werde heute abend zum Ball gehen, würden Sie mir die Ehre erweisen, mich zu begleiten?«

46

Der Tag, vor dem Beverly Burgess sich so sehr fürchtete, war gekommen: Otis Quinn, der Autor von *Butterfly entlarvt*, war für heute im Star's angemeldet.

Es half nichts, den Kopf in den Sand zu stecken, sagte sich Beverly. Er kam hierher, weil er vermutete, daß sie die Beverly Higland war, die Danny Mackay zerstört hatte. Einen anderen Grund konnte es nicht geben. Sie konnte sich nur allzugut vorstellen, was passieren würde: Er würde sie bezichtigen, Highland zu sein, und sie dann auffordern, das Gegenteil zu beweisen. Egal wie es ausging, er konnte nur gewinnen. Die Klatschzeitungen würden sich um seinen Artikel reißen, und sie konnte nichts dagegen tun. So war es auch bei Mr. Smith gewesen.

Sie hatte so viele Jahre ihres Lebens der Inszenierung ihrer Rache an Danny Mackay gewidmet. Sie hatte geduldig geplant, ihm Fallen gestellt, ihren eigenen Tod inszeniert und schließlich ihre Belohnung erhalten, als Danny sich erhängte. All das sollte jetzt an die Öffentlichkeit gezerrt werden.

Sie wandte sich vom Fenster ab und sah Simon Jung an. Er hatte sie etwas gefragt und wartete auf eine Antwort. Was für ein wunderbarer Mann, dachte sie. So vornehm, so gewandt und trotzdem sensibel und gütig, ohne eine Spur von Arroganz. Warum hatte sie ihn nicht vor Jahren kennengelernt, in einem anderen, sichereren Leben? Manchmal wagte Beverly insgeheim zu hoffen, eines Tages eine intime Beziehung mit ihm zu haben. Sie sehnte sich danach, wieder verliebt zu sein – und geliebt zu werden.

Aber diesem Traum würde Otis Quinn ein Ende setzen. Sie spürte es. Er war mit der Morgenseilbahn angekommen und in sein Chalet gebracht worden. Simon hatte gerade die neue Liste der heute eingetroffenen Gäste gebracht: Philippa Roberts aus Australien mit ihren Leuten, die übliche Sammlung berühmter Namen aus Hollywood – und Otis Quinn, freischaffender Journalist. Es war nur eine Frage der Zeit, bis er sein Interview fordern würde.

Wieviel wußte er über ihre Vergangenheit? Sicher alles: Hazels Bordell in San Antonio, wo sie mit vierzehn gearbeitet hatte, die Abtreibung, zu der Danny Mackay sie mit sechzehn gezwungen hatte, die Pornomagazine, die sie durch Manipulation in den Besitz des Reverend Mackay gebracht hatte, genau wie das Bordell am Rodeo Drive. Selbst wenn Beverly alles abstritt, verkaufen konnte Quinn die Geschichte trotzdem.

Und dann wären ihre Chancen bei Simon ein für allemal zunichte gemacht.

»Ist alles in Ordnung, Beverly?« fragte er leise und kam so nahe, daß sie sein Parfum riechen konnte. »Stimmt etwas nicht?«

Sie glaubte, daß Simon auch an ihr interessiert war, aber jetzt würde sie nie herausfinden, ob es wirklich stimmte. Vielleicht hätte es eine Chance für sie beide gegeben, wenn sie ihm gleich nachdem sie sich kennengelernt hatten, alles erzählt hätte. Jetzt war es zu spät.

Bevor sie etwas erwidern konnte, kam ihre Sekretärin herein und sagte: »Miss Burgess, Andrea Bachman möchte sie gern sprechen. Sie hat keinen Termin –«

»Das geht in Ordnung, Marie«, sagte sie und griff nach ihrer Sonnenbrille. Wenn der heutige Abend vorüber war, würde sie sie wahrscheinlich nicht mehr brauchen. Sobald Quinn ihre wahre Identität vor aller Welt entlarvt hatte... »Bitten Sie sie herein.«

»Ich bin im Ballsaal, falls Sie mich brauchen«, sagte Simon und zögerte einen Augenblick, als wollte er noch etwas sagen. Doch dann ging er, und Andrea kam herein.

»Hallo, Miss Bachman«, sagte Beverly, setzte die Sonnenbrille auf und drehte sich um. »Ich habe Sie erwartet.«

»Ja, natürlich«, sagte Andrea, »sie wußten, daß ich herausfinden würde, daß Marion noch am Leben ist.«

»Ich dachte es mir. Wie sind Sie dahintergekommen?«

»Durch das Tagebuch. Man merkt, daß es nicht unmittelbar nach den Ereignissen geschrieben ist, sondern Jahre später, mit der Einsicht des Alters vielleicht.«

»Sehr scharf beobachtet«, sagte Beverly lächelnd. »Aber das müssen Schriftsteller wohl können.«

»Wo ist Marion jetzt? Und was ist mit ihrer Tochter passiert?«

»Sie ist hier. Und möchte Sie gern kennenlernen.«

»Wer, Marion oder Lavinia?«

»Das wird Sie Ihnen selbst sagen.«

Andrea konnte sich genau vorstellen, was sie erwartete: eine sechsundachtzig Jahre alte Frau, die in der Vergangenheit lebte, in wallende Gewänder mit leicht angerosteten Pailletten gehüllt, umgeben von Erinnerungsstücken und verblaßten Fotoalben; eine alte Frau, die hinter schweren Samtportieren darauf wartete, daß Cecil B. De Mille ihr anbot, bei ihrem Comeback Regie zu führen.

Sie war daher sehr überrascht, als sie in ein herrlich sonniges Zimmer geführt wurde, das in fröhlichen Frühlingsfarben dekoriert war, und die alte Dame, die da mit Hilfe eines Stockes auf sie zukam, war keine verstaubte Diva, sondern eine echte Grande Dame, in einem eleganten Wollkleid mit passendem Schal, der mit einer Diamantbrosche festgesteckt war. Ihr schlohweißes Haar war mit Schildpattkämmen hochgesteckt. Sie gab Andrea die Hand. Ihre Haut war kühl und glatt.

»Ich habe mich schon darauf gefreut, Sie kennenzulernen«, sagte die Frau. »Ich bin Marion Star.«

Andrea verschlug es für einen Augenblick die Sprache. Was sagte man zu jemandem, dessen intimes Tagebuch man gerade gelesen hatte? »Ich habe Sie in der Lobby gesehen, Miss Star!« sagte sie erstaunt. »Sie sitzen immer in dem eigenartigen Stuhl am Fuß der Treppe.«

Marion lachte und dirigierte ihre Besucher zum Kamin, wo auf einem Schiffskoffer aus Messing, der als Couchtisch diente, ein silbernes Teeservice bereitstand. »Ja, dieser Stuhl«, sagte Marion. »Er stammt aus meinem Film *Robin Hood*. Der Sheriff von Nottingham hat seine schändlichen Urteile auf ihm gefällt. Ich sitze gerne da unten und beobachte unbemerkt die Gäste in meinem Haus. Von einer alten Frau nimmt keiner Notiz.« Sie zwinkerte. »Außer Ihnen, Sie kluges Mädchen. Bitte nehmen Sie doch Platz. Ich hoffe, Sie mögen Kräutertee. Mein Arzt hat mir Koffein verboten.«

Andrea beobachtete fasziniert, wie Marion mit für ihr Alter erstaunlich ruhiger Hand den Tee eingoß. »Und diese Treppe«, fuhr Marion fort und reichte Andrea und Beverly die Tassen. »Ich werde nie vergessen, wie John Barrymore sich eines Nachts betrank und dann beschloß, das Riesengeländer hinunterzurutschen. Er ist in meinem Schoß gelandet, und wir sind beide zu Boden gegangen!«

Ihre dunklen, lebhaften Augen richteten sich auf Andrea. »Sie haben also mein Buch gelesen. Und erraten, daß ich es nicht 1932 geschrieben habe.«

Andrea sah jetzt, daß Marion kaum Make-up trug. Sie hatte nicht die entfernteste Ähnlichkeit mehr mit dem sinnlichen Vamp auf den Fotos unten in der Halle, aber Marions Augen waren immer noch sehr verführerisch.

Auch die Wohnung war anders, als Andrea erwartet hatte. In einer Vitrine standen bäuerliche Keramik und Holzschnitzereien, an den Wänden hingen kleine Kränze aus Zweigen, und überall standen Vasen mit frischen Blumen, auf einem Rohrtischchen kämpfte ein Bataillon Spielzeugsoldaten. Keine Spur von Filmplakaten und Fotos berühmter Leute.

»Ich bin ganz anders, als Sie erwartet haben, nicht wahr?« Marion lächelte amüsiert. »Vielleicht fragen Sie sich sogar, ob ich wirklich Marion Star bin.«

Auf diesen Gedanken war Andrea noch nicht gekommen, aber jetzt, wo sie darüber nachdachte – gab es denn einen wirklichen Beweis für ihre Identität?

»Mein echter Name ist Gertrude Winkler«, sagte Marion. »So hieß ich, bevor ich Ramsey begegnete. Er hat mir diesen lächerlichen Namen Star gegeben. Zu der Zeit haben wir fast alle unsere Namen geändert. Der arme Rudy Valentino, er hieß eigentlich Rodolfo Guglielmi di Valentino d'Antonguella. Kaum auszusprechen. Wie habe ich diesen Mann angebetet«, sagte sie voller Wehmut. »Aber Dexter Bryant Ramsey habe ich noch mehr geliebt.«

Marion bot Beverly und Andrea winzige Sandwiches an. »Ja, ich war Marion Star«, fuhr sie fort. »Und sollte jemand das anzweifeln, habe ich auch Beweise. Aber wer sollte daran Interesse haben? Und außerdem habe ich kein Interesse daran, an die Öffentlichkeit zu gehen. Ich bin damit zufrieden, Gertrude Winkler zu sein. Dieses Haus soll als Denkmal für eine verschwundene Frau dienen.« Sie lächelte Andrea an und lehnte sich mit ihrer Teetasse zurück. »So, und jetzt haben Sie wahrscheinlich tausend Fragen an mich, Miss Bachman!«

»Ich weiß gar nicht, wo ich anfangen soll.«

»Sicher wollen Sie zuallererst wissen, ob ich, wie die Polizei behauptet, Dexter umgebracht habe. Ja, ich habe meinen geliebten Dexter ermordet. Ich habe ihn in jener Nacht mit einer anderen Frau im Bett erwischt. In unserem Bett, und im Nebenzimmer schlief unser Baby. Wissen Sie, wie er reagiert hat? Er hat gelacht. Er hat mir einfach ins Gesicht gelacht. Ich hatte aus Sicherheitsgründen eine Pistole in meinem Nachttisch. Als ich sie rausholte, rannte die Frau, wer immer sie war, aus dem Zimmer. Aber Dexter hat weiter gelacht, und gesagt, ich würde mich nicht trauen abzudrücken. Er ist tatsächlich aufgestanden, hat mir den Rücken zugedreht und wollte gehen. Seine letzten Worte waren: ›Du hast doch nichts dagegen, wenn ich pinkeln geh', bevor du mich umbringst?‹ Also bin ich ihm ins Bad nachgegangen und habe ihn erschossen.«

Sie hielt inne. Und fügte hinzu: »Sie hätten sein überraschtes Gesicht sehen sollen.«

Andrea warf einen Blick auf Beverly, dann sah sie Marion an. Sie überlegte, wie sie die nächste Frage formulieren sollte, aber Marion kam ihr wieder zuvor. »Sie möchten von der Kastration hören. Das war ich nicht. Als ich sah, was ich getan hatte, habe ich Lavinia gepackt und bin einfach hinaus in die Nacht gerannt. Irgendwie habe ich es bis zum Parkplatz geschafft, habe mir eines der Autos genommen – ich weiß nicht mehr, wem es gehörte –, und bin losgefahren. An die Fahrt kann ich mich kaum noch erinnern, aber ich bin sofort zu meiner Schwester nach Fresno gefahren. Viel später habe ich erfahren, daß die Pistole verschwand und jemand Dexter mit dem Messer bearbeitet hat, doch damit hatte ich nichts zu tun. Vielleicht wollte mich jemand beschützen, indem er die Pistole versteckte. Und jemand anders hat vielleicht die Gelegenheit wahrgenommen, sich an Dexter zu rächen. Er hatte viele Feinde. Aber all das, was nach meiner Flucht in dem Badezimmer passiert ist, wird wohl für immer ein Geheimnis bleiben.«

»Was ist passiert, nachdem Sie es bis zu ihrer Schwester geschafft hatten?«

»Ich bin wahnsinnig geworden – im wahrsten Sinne des Wortes. Meine Schwester hat mich und mein Baby versorgt. Sie hat das Auto verschwinden lassen, und als die Polizei kam und nach mir fragte, sagte sie, sie habe keine Ahnung, wo ich sei. Aber ich war sehr krank, und nach einiger Zeit schaffte sie es nicht mehr allein. Ich war nicht mehr ansprechbar und habe zweimal versucht, mich umzubringen. Sie bekam Angst und brachte mich in eine Anstalt. Ich wurde dort unter falschem Namen eingeliefert und habe die nächsten zwei Jahre Höllenqualen durchgemacht. Ich litt unter gräßlichen Alpträumen von dem Mord an Dexter und wurde brutal von Pflegern und Insassen mißbraucht, mehrmals vergewaltigt, und die monatelangen Behandlungen mit Insulinschocks hätten mich fast umgebracht. Als meine Schwester davon erfuhr, stellte sie einen kräftigen Pfleger an und holte mich nach Hause.«

Marion nahm einen Schluck Tee. Die Tasse klapperte ein wenig, als sie sie abstellte.

»Und dann bin ich eines Morgens aufgewacht und sah einen Spatz auf einem Ast vor meinem Fenster sitzen. Die Frühlingssonne schien ins Zimmer, und ich hatte schrecklichen Hunger – auf Waffeln, glaube ich. Ich war acht Jahre lang krank gewesen, und inzwischen war in Europa Krieg, und die Welt hatte Marion Star vergessen. Aber ich war geheilt ...«

»Was ist aus Lavinia geworden?«

»Sie ist 1943 an Kinderlähmung gestorben. Sie war ein schönes Kind.«

»Und was ist danach passiert?«

»Es dauerte eine Weile, bis ich wieder bei Kräften war. In dieser Zeit traf ich einige wichtige Entscheidungen. Die erste war: Marion Star sollte verschwunden bleiben. Die zweite: Ich würde nie wieder nach Hollywood zurückkehren. Die Filme hatten sich ohnehin verändert; alles hatte sich verändert. Die dritte Entscheidung war, das Haus so zu lassen, wie es war, unbewohnt. Ich wußte nicht, ob ich vielleicht eines Tages doch dorthin zurückkehren würde. Rechtlich gesehen hatte meine Schwester es geerbt, also veranlaßte sie die Schließung und ließ es bewachen, zum Schutz vor Vandalismus. Und meine letzte Entscheidung war, Geschäftsfrau zu werden.

Als ich noch Millionen beim Film verdiente, habe ich meiner Schwester regelmäßig Geld geschickt, und sie hatte jeden Penny auf die Bank gebracht. Nach meiner Genesung war genug Kapital vorhanden, um ein Geschäft aufzuziehen – Immobilien hauptsächlich. Im Lauf der Zeit heilten auch meine psychischen Wunden, und Gertrude Winkler wurde sehr erfolgreich und reich. Meine Schwester starb vor einigen Jahren auf einem Golfplatz in Florida. In der Nacht vor ihrem Tod hatte sie mit einem Mann geschlafen, der nur halb so alt war wie sie.«

»Und da haben Sie sich entschlossen, Star's Haven zu verkaufen?«

»Ja, ich fand, es wäre an der Zeit, sich davon zu trennen. Aber ich wollte es nicht einfach an irgendeinen x-Beliebigen verkaufen. Miss Burgess und ich hatten viele lange Gespräche, ehe wir uns einig wurden.« Sie lächelte Beverly zu und sagte dann zu Andrea: »Aber jetzt müssen Sie mir von diesem Japaner erzählen, der so verrückt nach mir ist und in einen Film über mich investieren will.«

Während Andrea Marion Mr. Yamato schilderte, der für den nächsten Tag erwartet wurde, hatte sie plötzlich eine so umwerfende Idee, daß sie kaum noch stillsitzen konnte. Sie würde zwei Drehbücher schreiben, eins für Yamato über die junge Leinwandgöttin Marion Star, und das andere würde in der Mordnacht mit ihrer Flucht aus dem Haus beginnen und dann ihren Kampf gegen den Wahnsinn schildern, ihre Genesung und ihren schließlichen Sieg.

Zwei Drehbücher, zwei sensationelle Filme. Andrea hätte am liebsten sofort angefangen zu schreiben.

47

»Genau an dieser Stelle«, sagte der attraktive junge Mann im blauen Blazer, »wurde die Leiche von Dexter Bryant Ramsey gefunden. Bis zum heutigen Tag weiß niemand, wer ihn ermordet hat.«

Die Teilnehmer der Führung lauschten ergriffen, nur Danny hörte gar nicht, was der Führer sagte, er starrte gebannt die durchsichtige

Kristallwanne an und stellte sich vor, wie Beverlys nackte Leiche darin aussehen würde.

Er war mit der Morgenseilbahn zum Star's gefahren, nur ein paar Sitze von Beverly getrennt. So nahe war er ihr seit dreieinhalb Jahren nicht mehr gewesen, seit jenem Tag, an dem sie ihn gezwungen hatte, auf Knien um sein Leben zu betteln. Sie hatte sich verändert: Der Schönheitschirurg hatte sich dabei sicher eine goldene Nase verdient. Doch es war ohne Zweifel Beverly, auch wenn ihre beiden Begleiter sie Philippa nannten.

Kurzfristig hatte er mit dem Gedanken gespielt, sie gleich zu erledigen, in zweitausend Meter Höhe. Zuerst ein bißchen aus der Gondel hängen, ihr Zappeln und Schreien genießen und dann einfach fallen lassen. Aber dann würde man ihn verhaften, und in Dannys Terminkalender war Gefängnis nicht vorgesehen. Sobald seine Arbeit im Star's erledigt war, würde er sich auf den Weg nach Washington D.C. machen und dort seinem alten Freund einen Besuch abstatten, dem Bastard, der die Präsidentschaft gewonnen hatte, die eigentlich ihm zustand.

Nach seinem Einzug in das Chalet hatte Danny einen Spaziergang durch die Anlage gemacht. Überall herrschte hektische Betriebsamkeit wegen des Weihnachtsballs am Abend. Das war der perfekte Zeitpunkt für sein Rendezvous mit Philippa, wenn alle anderweitig beschäftigt waren. Er würde tun, was er tun mußte, und dann verschwinden.

Und jetzt hatte er auch noch den idealen Platz für sein Rendezvous gefunden: hier im obszönen Badezimmer. Perfekt. Er mußte sich beherrschen, um nicht laut loszulachen. Heute abend würde Cinderella ihren Prinzen treffen, aber statt eines Glasschuhs würde sie einen gläsernen Sarg kriegen.

48

Sie trafen sich erneut, wie am Morgen, auf der Aussichtsplattform. Jetzt war es dunkel und kalt, und die Pistole fühlte sich immer noch an wie ein Eisklotz.

»Wo ist Philippa jetzt?«

»Im dritten Bungalow.«

»Hat sie schon Verbindung mit Beverly Burgess aufgenommen?«

»Sie hat es versucht, aber die Burgess ist mit Vorbereitungen für den Ball beschäftigt.«

»Sie wissen, was Sie dann zu tun haben?«

»Ja. Eine Frage: Was, wenn Philippa nicht zum Ball geht?«

»Dann müssen wir unsere Pläne ändern.«

»Sie hat auch noch zwei Leute bei sich.«

»Ich weiß. Das ist kein Problem. Es ist gleich soweit. Setzen Sie sich in Bewegung.«

Der Mann mit der Pistole ging weg, der andere blieb auf der Aussichtsplattform, eine Silhouette vor dem sternenübersäten Himmel.

»Jackie«, sagte Philippa ins Telefon, »wenn du weißt, wo Esther ist, sag es mir bitte. Ich rufe schon den ganzen Tag in ihrer Wohnung an, und niemand antwortet.«

Philippa rief von einem der Schlafzimmer im Bungalow an, wo sie sich für den heutigen Ball zurechtmachte. »Ich hab's bestimmt zehnmal versucht«, sagte sie zu Jackie Scadudo, Esthers bester Freundin. Die beiden studierten an der University of California in Santa Barbara. »Deshalb rufe ich dich an. Ich dachte, sie ist vielleicht bei dir.«

»O je, Tante Philippa, eigentlich darf ich dir das gar nicht sagen, es soll eine Überraschung sein.«

»Überraschung? Was denn für eine? Wo ist Esther?«

»Esther ist auf dem Weg zu dir. Ich habe ihr gestern erzählt, daß du ein paar Tage im Star's sein wirst, und da hat sie beschlossen, hinzufahren und dich zu überraschen. Sie ist heute mittag losgefahren und müßte inzwischen dasein.«

»Ist sie allein unterwegs?« fragte Philippa besorgt. »Das sind fast zweihundert Meilen.«

»Nein, ihr Freund ist dabei. Keine Sorge. Esther kann ganz gut auf sich aufpassen. He, du siehst doch Mom morgen, ja? Gib ihr einen Kuß. Bye, ich muß los!«

»Esther ist auf dem Weg hierher, um mich zu überraschen«, sagte Philippa zu Charmie, nachdem sie aufgelegt hatte. »Sie weiß bloß nicht, daß man auf diesen Berg nicht ohne Reservierung oder Einladung raufkommt.«

Charmie zeigte mit einem Schminkpinsel auf ein großes, ledergebundenes Buch, das auf dem Bett lag und sagte: »Da steht alles drin. Du kannst unten in der Boarding Lounge den Namen hinterlassen, wenn du Besuch empfangen willst.« Dann legte sie noch etwas Kupferlidschatten auf, passend zu ihrem aprikosenfarbenen Seidenkleid für den Ball.

»Weißt du was, Charmie?« sagte Philippa, während sie die Nummer der Boarding Lounge wählte, »ich bin froh, daß sie kommt. Wer weiß, wie lange diese Vorstandssitzung dauern wird. Und dann das Treffen mit Beverly Burgess – ich weiß nicht, wann ich Zeit habe, nach Santa Barbara zu fahren. Ich habe sie fast schon ein Jahr nicht gesehen, und sie fehlt mir sehr.«

Charmie musterte ihre Freundin im Spiegel. Philippa trug im Augenblick nur einen Spitzenbüstenhalter und ein knappes Bikinihöschen. Ihr taubengraues, perlenbesticktes Abendkleid lag auf dem Bett bereit. Ricky würde ihr sicher gern den Reißverschluß zumachen, dachte Charmie.

Sie hatte den beiden beim Einzug in den Bungalow angeboten, das eine Schlafzimmer für sich zu nehmen, aber Philippa war so altmodisch in dieser Beziehung, daß sie darauf bestand, das Zimmer mit Charmie zu teilen, Ricky sollte allein in dem anderen schlafen. Sehr diskret, fand Charmie. Aber wie lange würden die beiden das durchhalten?

Womit wir wieder bei Ivan Hendricks wären, dachte sie. Er war inzwischen in Brasilien, der große Detektiv, und versuchte, Miranda International und Gaspar Enriques auszuloten.

Philippa nahm ihren Schminkbeutel, ging ins Badezimmer und

schloß die Tür hinter sich. Charmie wandte sich wieder ihrem eigenen Spiegelbild zu.

Seit Tagen mußte sie ständig an Ivan denken, konnte sich kaum mit etwas anderem beschäftigen – er verdrängte sogar die morgige Vorstandssitzung und die drohende Übernahme durch Miranda International. Er beherrschte auch ihre Träume: ungeheuer realistische, erotische Träume. Trotz der sexuellen Erfüllung, die Charmie bei anderen Männern gefunden hatte, trotz Sam, mit dem sie zur Zeit liiert und der fantastisch im Bett war, wußte sie instinktiv, daß kein Mann sie je so befriedigen könnte wie Ivan. Zwar war ihre einzige Begegnung, damals in der Küche, rüde unterbrochen worden, dennoch wußte sie, daß Ivan sie lieben würde wie kein anderer je zuvor.

Er war so groß und stark, daß sie sich zart und feminin fühlte in seiner Gegenwart. Und er war so hervorragend bestückt, daß Charmie allein bei dem Gedanken feucht im Schritt wurde.

Plötzlich packte sie die Angst, sie könnte womöglich nie die Chance haben, seine Fähigkeiten auszuprobieren. Was, wenn er seinen Bericht aus Brasilien telefonisch gab und dann dahin verschwand, wohin er immer verschwand, nur diesmal, ohne je wieder aufzutauchen? Wenn Beverly Burgess wirklich Philippas Schwester war, dann hatte die Suche ein Ende. Und sobald Miranda gebremst und der Betrüger bei Starlite gefunden war, würden Ivans Dienste nicht mehr vonnöten sein.

Sie seufzte und dachte daran, wie seine Hand ihren Kaftan geöffnet hatte...

Charmie schlug die Augen auf und schaute streng in den Spiegel. Nein. Sie würde auf keinen Fall zulassen, daß er sang- und klanglos in der Versenkung verschwand. Sie beide gehörten zusammen, das wußte sie einfach. Und sie würde ihre Chance mit Ivan kriegen, auch wenn sie jetzt noch nicht wußte, wie.

In diesem Augenblick kam Philippa aus dem Bad und warf ihre Schminktasche aufs Bett.

Charmie sagte: »Willst du vor dem Ball mit Beverly Burgess sprechen?«

»Nein. Ich werde sie heute abend beobachten. Vielleicht spüre ich, ob sie die Richtige ist.«

»Und wenn sie tatsächlich deine Schwester ist?«

»Dann habe ich auch eine Überraschung für Esther, wenn sie kommt!« Philippa hatte ihrer Tochter die näheren Umstände für ihre überraschende Rückkehr nach L.A. nicht erklärt, um ihr eine eventuelle Enttäuschung zu ersparen.

»Apropos Überraschungen«, sagte Charmie, »was sollte denn dieser rätselhafte Anruf von Hannah?« Hannah hatte ihnen mitteilen lassen, die morgige Vorstandssitzung sei überflüssig. »Glaubst du, sie hat etwas entdeckt?«

Ich bete, daß dem so ist, dachte Philippa. Ich bete darum, daß Hannah nicht vorhat, ein Geständnis abzulegen.

»Na ja, darüber können wir uns morgen den Kopf zerbrechen«, sagte Charmie und erhob sich vom Toilettentisch, den sie innerhalb kürzester Zeit in ein Chaos verwandelt hatte. Aber es war den Aufwand wert gewesen: Charmies Gesicht war hinreißend, ihr schimmernder, aprikosenfarbener Kaftan ein Gedicht. »Momentan –« Sie erschauerte plötzlich.

»Was ist los?«

»Ich hatte gerade so ein komisches Gefühl. Wie heißt es noch? Als wäre jemand über mein Grab gegangen.« Sie tat es mit einem Schulterzucken ab. »Muß der Jetlag sein. Auf jeden Fall wird's jetzt Zeit, auf den Ball zu gehen, Cinderella!«

»Bin gleich fertig«, sagte Philippa und griff nach ihren Perlenohrringen. »Ich muß nur noch in mein Kleid schlüpfen.«

Charmie sagte: »Okay«, und rauschte in einer Wolke von Parfum aus dem Schlafzimmer.

Einen Augenblick später klopfte es, und Ricky steckte den Kopf zur Tür herein. »Miss Charmer sagte, du brauchst mich.«

Philippa verschlug es für einen Augenblick die Sprache – sie hatte Ricky noch nie im Smoking gesehen. Ein eleganter Mann von Welt, offenes Haar bis zu den Schultern, wie einer Ceruti-Reklame entstiegen. Sie schluckte und sagte: »Kannst du mir bitte den Reißverschluß zumachen?«

Ricky stellte sich hinter sie, legte die Hände auf ihre Schultern und küßte ihren Nacken.

»Du hast mir so gefehlt«, sagte er. »Es treibt mich zum Wahnsinn, ständig in deiner Nähe zu sein und dich nicht berühren zu dürfen. Ich brauche dich, Philippa.« Seine Hände glitten unter ihr Kleid, und er zog sie an sich.

Sie lehnte sich gegen ihn, schloß die Augen und gab sich den Händen hin, die ihren Körper liebkosten. Sie spürte seine Erektion, und plötzlich wußte sie, daß sie ihn jetzt in sich spüren wollte.

Philippa drehte sich um, und sie küßten sich, anfangs sanft, forschend, als müßten sie sich erst wieder kennenlernen, dann mit wachsender Leidenschaft. Sie griff nach seinem Penis, doch er nahm ihre Hand und sagte: »Nein. Laß mich alles machen. Ich möchte dich verwöhnen, Philippa, aber ich bin nicht reich und habe keine wichtigen Verbindungen. Ich kann dir nur meine Liebe bieten. Aber sie ist etwas, das kein anderer Mann dir geben kann.«

Dann streifte er langsam ihr Kleid herunter und ihren Slip, legte sie behutsam aufs Bett, hob ihre Knie und spreizte sie. Seine glatten Wangen berührten die Innenseiten ihrer Schenkel, seidiges Haar und warme Küsse ließen sie erschauern. Seine Finger tasteten sich vor, öffneten sie, er küßte sie, und Philippa spürte seine warme, suchende Zunge.

Sie wollte nach seinen Haaren greifen, aber er faßte ihre Hände und hielt sie fest. Philippa wand sich unter seinen Lippen, die sie fast zum Wahnsinn trieben. Sie versuchte ihre Hände zu befreien, um ihn an sich zu reißen, ihn zu zwingen, in sie einzudringen.

Ricky faßte ihre Knie und drückte sie gegen ihre Brust, so daß sie sich ihm noch weiter öffnete, und sie schrie auf.

Und jetzt gab sie den Kampf auf und gab sich den Wonnen von Rikkys Liebeskünsten hin. Ihr Körper schmolz dahin, alle Spannung floß von ihr ab, bis das Universum nur noch ein Wirbel erotischen Empfindens war. Seine Zunge drang tiefer, glitt heraus und zuckte über ihre Klitoris. Er wiederholte das Spiel, bis ihre Begierde in einem erlösenden Orgasmus erlosch.

Danach blieb sie reglos liegen, vor Erschöpfung unfähig, sich zu bewegen. Ricky ließ ihre Beine los und setzte sich auf die Bettkante, streichelte ihr lächelnd das Haar. Sie erwiderte sein Lächeln und legte eine Hand an seine Wange.

Aber dann sagte er: »Ich liebe dich, Philippa«, und zerstörte alles.

Es war zu früh, ihr Herz gehörte immer noch Paul Marquette. Sie setzte sich auf und gab ihm einen Kuß. »Bitte, sag das nicht. Es bringt Unglück, in mich verliebt zu sein.«

Kaum hatte sie das ausgesprochen, wurde ihr plötzlich klar, daß es stimmte. Die drei Männer, die sie in ihrem Leben geliebt hatte – Johnny, Rhys und Paul – waren tot.

Ricky hatte anscheinend ihre Gedanken gelesen, er strich über ihre Wange und sagte: »Keine Sorge. Mir passiert nichts.«

In seinem Chalet im Schutz der Tannen prüfte Danny Mackay in diesem Augenblick die Schärfe seines Messers und überlegte, daß er sich als erstes Beverlys australischen Lustknaben vornehmen würde. Keiner wimmelte Danny Mackay ungestraft ab, schon gar nicht so ein junger Schnösel. Und mit diesem Messer, das Danny schon so gute Dienste geleistet hatte, würde er es tun.

Pistolen hatte Danny noch nie gemocht, sie waren so unpersönlich. Da war zuviel Abstand zwischen dem Opfer und ihm. Den Schnösel werde ich ganz schnell erledigen, dachte er und versteckte das Messer unter seinem Gürtel. Aber bei Beverly würde er sich lange, lange Zeit lassen.

Er schaute auf die Uhr. Höchste Zeit. Ein prüfender Blick in den Spiegel: Das Messer war nicht zu sehen. Und die Nylonschnur auch nicht. Und auch nicht die Pistole. Danny hatte sich für den Ball einen Smoking angezogen, für kurze Zeit, ein anderes Kostüm wartete schon, ein für die Gelegenheit passenderes. Und Beverly würde ihr sicherlich sehr feines Ballkleid auch nicht lange tragen, sondern es gegen ein Paar Handschellen und eine Schlinge eintauschen.

Er konnte es kaum erwarten, ihren Gesichtsausdruck zu sehen, wenn sie merkte, wer er war...

Beverly mußte mehrmals ansetzen, ehe es ihr gelang, die Perlenohrringe anzulegen. Sie hatte solche Angst vor Otis Quinn, daß ihre Hände wie Espenlaub zitterten. Wo war er nur? Er war schon mit der Gondel heute morgen angekommen, und jetzt war es Abend, aber er hatte noch nicht versucht, Kontakt mit ihr aufzunehmen. Das Warten hatte ihre Nerven bis zum Zerreißen gespannt.

Deshalb sprang sie auch vor Schreck auf, als es an der Tür klopfte. Quinn?

Aber es war Simon, überraschenderweise noch nicht in Abendgarderobe. Er kam in ihr Wohnzimmer und schloß die Tür hinter sich. »Ich habe Ihre Nachricht bekommen, Beverly«, sagte er mit besorgtem Gesicht. »Sie haben gesagt, Sie würden heute abend nicht beim Ball erscheinen. Fühlen Sie sich nicht wohl? Soll ich Dr. Isaacs holen?«

»Nein«, sagte sie, »ich habe nur Kopfweh.« Beverly hatte eigentlich vorgehabt, am Weihnachtsball teilzunehmen, da sie schon vor einiger Zeit beschlossen hatte, zu dieser Gelegenheit ihr »Debüt« ohne Sonnenbrille in der Öffentlichkeit zu geben. Es war jetzt dreieinhalb Jahre her, seit Beverlys Bild ständig in Presse und Fernsehen erschienen war. Die Leute hatten sie inzwischen doch wohl vergessen. Aber dann war *Butterfly entlarvt* auf den Markt gekommen, mit Fotos von ihr aus der Zeit, als sie noch eine Dame der Gesellschaft war, eine Philanthropin, die Geld für die verschiedensten Zwecke sammelte, unter anderem für Danny Mackays Präsidentschaftskampagne. Irgend jemand würde sie auf dem Ball bestimmt erkennen.

»Ich finde es sehr schade, daß Sie nicht zum Ball kommen, Beverly«, sagte Simon und kam so nahe, daß sie einen Schritt zurückwich.

»Ich werde trotzdem dabeisein, hier oben, ganz privat.« Sie zeigte auf die eingebaute Fernsehwand. Dieser Monitor ermöglichte es ihr, über versteckte Videokameras das Schloß und die umliegenden Gebäude anonym in der Sicherheit ihrer Wohnung zu beobachten.

»Das ist nicht dasselbe wie dabeisein«, sagte er.

»Es macht mir nichts aus«, sagte sie und wandte sich ab, damit sie ihre Augen nicht Lügen strafen konnten. Sie schaltete den Fernseher an, und ein prachtvolles Bild in Silber und Weiß erschien: der Ballsaal mit seinem fünfzehn Meter hohen Christbaum, mit künstlichem Schnee und Silbersternen geschmückt. Der ganze Ballsaal war ein Meer von Silber und Weiß – ein Wintermärchen. Einige Gäste waren bereits eingetroffen und bedienten sich am üppigen Buffet.

»Bitte, Simon«, sagte sie, »gehen Sie nach unten und seien Sie der wunderbare Gastgeber, der Sie immer für unsere Gäste sind.«

»Ich hatte auf einen Tanz mit Ihnen gehofft, Beverly«, sagte er.

»Ich möchte es aber so«, sagte sie leise. »Bitte.«

Er ging zu ihr und strich ihr über die Wange. »Bitte, lassen Sie sich helfen, Beverly. Gestatten Sie mir, daß ich Sie vor dem, was Ihnen angst macht, beschütze.«

Sie sah in seine Augen, und fast hätte sie in diesem Augenblick alles einfach hinausgeschrien. Aber sie hielt sich zurück, zwang sich noch einen Augenblick länger, stark zu sein und ihre Geheimnisse für sich zu bewahren. Bis er schließlich sagte: »Gut, es ist Ihre Entscheidung. Ich gehe jetzt und mache mich für den Ball fertig. Falls Sie Ihre Meinung ändern...«

Als er gegangen war, setzte sie sich und versuchte, sich auf den Monitor zu konzentrieren. Doch schon nach kurzer Zeit erfaßte sie eine seltsame Unruhe. Der Geruch von Simons Parfum hing noch im Raum, sie spürte noch seine Fingerspitzen auf ihrer Wange.

Großer Gott, was sollte sie nur tun? Hier bleiben? Eine Gefangene im eigenen Haus, die wie ein Tier im Käfig darauf wartete, daß Otis Quinn sie entlarvte? Beverly war ihr ganzes Leben lang ein Kämpfer gewesen, und jetzt sah sie sich plötzlich als Feigling.

Ihre Gedanken wanderten wieder zu Simon. Seit sie denken konnte, war sie immer allein gewesen, hatte Männer und Liebe ausgesperrt, sich nur auf sich selbst verlassen. Simon sagte, er wolle sie beschützen, ein Schild sein gegen das, was ihr angst machte. Sollte sie sich nicht endlich gestatten, aus der Kraft eines anderen zu schöpfen? Sich einfach helfen zu lassen?

Sie ging zur Tür und schaute hinaus in den Gang. Simon war sicher bereits in seiner Wohnung, um sich für den Ball umzuziehen. Beverly schloß leise die Tür hinter sich und ging mit pochendem Herzen bis zum Ende des Gangs und horchte. Die Dusche war zu hören.

Sie versuchte die Türklinke. Die Tür war nicht abgesperrt.

Beverly kannte Simons Wohnung, die im krassen Gegensatz zu seiner peniblen, eleganten Erscheinung stand. Bücher, Videos, Zeitungen und Magazine lagen wahllos überall verstreut, auf dem Schreibtisch türmten sich Papiere, und über einem Stuhl hing eine braune Seidenkrawatte.

Sie ging zum Bad, durch dessen halbgeöffnete Tür Dampf strömte.

Sie hörte Simon in der Dusche planschen und sah hinein. Eine vage Silhouette zeichnete sich hinter dem Plastikvorhang ab.

Die Bäder im Schloß waren altmodisch und sehr groß, mit riesigen Wannen, die marmorne Sitzbänke und mehrere Duschköpfe in verschiedenen Höhen hatten.

Beverly ließ die Gestalt hinter dem Vorhang nicht aus den Augen, während sie sich auszog und den würzigen Duft von Aramis einatmete.

Als sie völlig nackt war, ging sie zum anderen Ende der Wanne und schob den Vorhang beiseite. Simon stand mit dem Rücken zu ihr und seifte sich Arme und Brust ein, das Gesicht in den Wasserstrahl gerichtet. Sie musterte seinen straffen Hintern, die wohlgeformten Beine. Er hatte Schultern wie ein Kampfschwimmer.

Er fuhr herum.

»Beverly!« Sie ging einfach in seine Arme, und ihre Lippen begegneten sich wie alte Freunde. Warme Seife rann über ihre Brüste und ihren Bauch, als sie sich an ihn lehnte. Er wurde sofort hart.

Seine seifigen Hände glitten über ihren Rücken und packten ihren Po. Sie nahm seinen Penis, führte ihn zwischen ihre Schenkel und kniff ihre Beine zusammen.

Seine Zunge tastete sich in ihren Mund, dann senkte er den Kopf und küßte ihre Brüste, bis die Knospen sich härteten. Er griff eine Flasche Shampoo und spritzte sie mit der bernsteinfarbenen Flüssigkeit ein, massierte den Schaum in ihre Haut, ihre Brüste, den Rücken; dann glitt er langsam zwischen ihren Schenkeln hoch, seine Finger tasteten, bohrten und glitten dann in sie.

Simon drehte die anderen Duschköpfe an, und ein rauschender, dampfender Wasserfall prasselte auf ihre glitschigen, seifigen Körper herunter. Beverly ging langsam auf die Knie und nahm ihn in den Mund. Simon schloß stöhnend die Augen.

Und dann bückte er sich plötzlich, griff nach ihr und legte sie auf die Marmorbank. Er öffnete ihre Schenkel weit und glitt in sie hinein, preßte sie an sich und schaukelte sie mit tiefen, steten Stößen. Sie biß in seine Lippen, saugte an seiner Zunge, und das heiße, parfümierte Wasser ließ ihre sich aufbäumenden Körper ineinander verschmelzen. Beverly zog ihre Knie an, um ihn tiefer in sich aufzunehmen, schlang die Beine um seine Taille. Simon umklammerte sie mit einem Arm, mit der anderen Hand griff er nach unten und streichelte sie im Rhythmus seiner Stöße. Als sie merkte, daß sie kurz vor dem Höhepunkt war, krallte sie sich in seinen Rücken, schrie seinen Namen, und dann kam sie, und er ergoß sich im selben Augenblick in sie.

In ihrem Bungalow schlüpfte Carole gerade in ihren russischen Zobelmantel und versuchte vergeblich, alle Gedanken an ihren geliebten Sanford zu verdrängen. Wenn er doch nur hier wäre und sie heute nacht in seinen Armen liegen könnte! Statt dessen mußte sie Larry Wolfes Verführung vollenden.

Wenn sie die Rolle der Marion Star wollte. Und die wollte sie. Diese Rolle würde ihrer Karriere wieder neuen Aufschwung geben, und sie würde noch eine Weile länger Sanfords »schöner Filmstar« sein können.

Im Bungalow nebenan dachte Larry Wolfe, der sich gerade mit etwas Obsession besprühte, an dasselbe. Nur wollte er aus anderen Gründen mit Carole Page ins Bett gehen. Er wußte, daß sie nur mit ihm schlafen wollte, um die Rolle zu kriegen, aber das war ihm egal. Genau deshalb hatte er ja beschlossen, Produzent zu werden. Mit einem Schreiberling schlief keine, um eine Rolle zu kriegen, aber Produzenten ... Carole Page war nur der Anfang einer neuen Schlafzimmerkarriere für Larry. Und er würde heute noch Mr. Yamato treffen, um den Filmvertrag perfekt zu machen, den die gute alte Andrea in den letzten fünf Tagen ausgearbeitet hatte.

Larry warf einen letzten zufriedenen Blick in den Spiegel. Heute abend würden sich die Weiber um ihn prügeln, so gut wie er aussah. Und da er in Geberlaune war, beschloß er, Andrea einen Tanz zu gönnen. Bloß damit sie merkte, was ihr entging.

Genau in diesem Augenblick stieg Andrea im Schlafzimmer auf der anderen Seite von Larrys Wohnzimmer in den Minirock ihres Nadelstreifenkostüms und dachte auch an den heutigen Ball. Sie freute sich auf den Moment, wenn sie Larry sein »Geschenk« überreichen und sagen würde: »Fröhliche Weihnachten Arschloch.«

Oben im Schloß zog Judith Isaacs den Reißverschluß zu. Das konservative schwarze Cocktailkleid hatte ihr schon bei vielen Medizinerkongressen gute Dienste geleistet. Sie war ein bißchen nervös, freute sich aber auf den Abend mit Mr. Smith, wenn auch mit einem weinenden Auge. Heute nacht würde sie mit ihm tanzen und sich in eine andere Welt entführen lassen, aber morgen verließ er das Star's. Er hatte ihr eine Flasche Roederer Cristal geschickt, zusammen mit einem Ansteckbouquet aus weißen Orchideen. Sie befestigte die Blumen an ihrem Kleid, aber die Flasche hatte sie nicht geöffnet – sie mußte nüchtern bleiben. Zoey war mit zornigen Unschuldsbeteuerungen abgereist; Judith war also allein verantwortlich für Patienten und Klinik und somit im Dienst.

Es klopfte an der Tür. Das konnte nur Mr. Smith sein. Er hatte darauf bestanden, sie abzuholen und zum Ball zu begleiten, ganz Gentleman, sehr altmodisch, einfach wunderbar – und beängstigend. Bitte mach, daß ich mich heute nacht nicht verliebe, dachte sie.

Sie rief: »Einen Moment«, ging rasch ins Schlafzimmer, löste hastig ihren langen Zopf und bürstete ihr Haar, bis es in sanften Wellen über ihren Schultern lag. Dann ging sie zur Tür.

Sie sagte: »Hallo«, und er starrte ihr Haar an und sagte: »Ja, wenn das so ist...«

In der dritten Turmsuite, wo Putten die Lampenschirme auf ihren lockigen Köpfchen balancierten und die Welt in Chintz zu ertrinken drohte, betrachtete Bunny Kowalski ihr atemberaubendes neues Ich im Spiegel. Die guten Feen hatten ihr Werk getan und waren verschwunden, und sie war allein mit ihrer Agentin. Sie sagte: »Wann? Wann denn endlich?«

Und Frieda, die fast platzte vor Stolz und wünschte, Syd Stern wäre hier, damit sie ihm an den Kopf werfen könnte: »Dein Pech, Kleiner«, sagte: »Keine Sorge. Bald.«

Die große Überraschung des Abends brauchte perfektes Timing.

Es war neun Uhr und das rauschende Fest in vollem Gange. Simon Jung begrüßte die Gäste im Foyer. Es war ihm nicht gelungen, Beverly zur Teilnahme am Ball zu überreden, aber er lächelte immer wieder in eine der versteckten Kameras, die alles in ihre Wohnung übertrugen, wo sie vor dem Monitor saß. Sie hatte ihn gebeten, nach dem Ball in ihre Wohnung zu kommen, da sie ihm etwas erzählen wollte.

Carole Page erschien und mischte sich lächelnd unter die Berühmtheiten. Einen solchen Aufmarsch berühmter Gesichter hatte sie das letztemal auf der Party in Spago nach der Oscar-Verleihung gesehen. Sie amüsierte sich blendend, bis Larry Wolfe mit süffisantem Lächeln und einem Martini vorbeikam und ihr zuflüsterte: »Um Mitternacht.« Ihr wurde ganz übel, als sie ein »Ja« hauchte.

In dieser illustren Menge fiel Danny Mackay, in einem sehr eleganten Smoking, überhaupt nicht auf. Nach einiger Zeit ging er zu einem der Sicherheitsbeamten im blauen Star's-Blazer und einem Walkie-talkie am Gürtel und sagte sehr aufgeregt: »Ich muß Ihnen da draußen etwas zeigen, was Sie unbedingt sehen sollten.«

Der Sicherheitsbeamte folgte ihm nach draußen, und kurz darauf sah er ein Messer blitzen und einen scharlachroten Fleck auf seinem Hemd. Er sah Danny sehr überrascht an, bevor er tot in den Schnee fiel.

Danny zog seinen Smoking aus, schlüpfte rasch in die Uniform des Mannes, versteckte die Leiche und ging dann wieder hinein, um sich jetzt als Sicherheitsbeamter unter die Menge zu mischen.

Andrea ging auf Larry zu, der gerade mit einer etwas dämlich aussehenden Blondine schwatzte. »Kann ich dich kurz sprechen?« fragte sie.

»Nicht jetzt, Andrea.«

Aber ihr »Doch, jetzt« klang so scharf, daß er sich bei der Blondine entschuldigte und Andrea zu einem relativ ruhigen Platz hinter einem Pflanzenarrangement folgte. »Und?« sagte er ungeduldig. »Was gibt es denn so Wichtiges, das nicht warten kann?«

»Mich, Larry«, sagte sie. »Ich kann nicht warten.«

»Hä? Worauf kannst du nicht warten?«

»Auf deine öffentliche Entschuldigung. Für den Affront bei der Oscar-Verleihung. Und auf ein öffentliches Bekenntnis, daß ich der Autor bin und nicht du. Und zwar hier, heute abend.«

Er starrte sie an, als wäre sie soeben vom Mars gelandet. »Wovon zum Teufel redest du überhaupt?«

Andrea konnte gar nicht fassen, wie sehr sie das genoß. Champagner bitzelte in ihren Adern, vorhin hatte sie mit Chad McCormick telefoniert. Der war so erfreut über ihren Anruf gewesen, daß er sich sofort auf den Weg zum Star's gemacht hatte. Wirklich erstaunlich, wie sich das Blatt plötzlich für sie gewendet hatte.

»Ich rede davon, daß ich alle die Drehbücher geschrieben habe, für die du die Lorbeeren kassiert hast. Und das hat jetzt ein Ende. Ich will, was mir zusteht.«

»Und was, zum Teufel, soll das sein?«

»Anerkennung, Larry. Du hast den Oscar gekriegt, der von Rechts wegen mir gehört.«

»Willst du damit sagen, du bist wegen einer Scheiß-Statue so sauer?«

»Nein, es geht nicht nur um den Oscar. Sondern darum, wie du mich all die Jahre behandelt hast. Du hast mich dazu gebracht, Chad McCormick nicht zu heiraten, weil dadurch das Team entzweit würde, aber das war nicht der wahre Grund, nicht wahr? Wir hätten weiterhin ein Team sein können, aber du hattest Angst, Chad würde die Wahrheit entdecken. Also mußte ich Chad aufgeben, für dich.«

Als er merkte, daß sie es ernst meinte, lachte er und sagte: »Das ist ja wirklich zum Schreien. Hast du noch so ein paar Gröler auf Lager? Wie bitte willst du mich zu so einem Geständnis zwingen? Du hast keine Beweise. Wir beide sind die einzigen, die die Wahrheit kennen, und wer wird dir schon glauben, wenn ich das Gegenteil behaupte?«

»Du hast ja recht. Also werden wir uns wohl trennen müssen.«

»Was?«

»Ich verlasse das Team. Hier und jetzt. Viel Glück mit Mr. Yamato morgen. Und beim Schreiben des Drehbuchs.«

»He, warte eine Sekunde. Du kannst mich nicht einfach im Stich lassen.«

»Klar kann ich das. Schau's dir an.«

Er blinzelte. Und spürte, wie es ihm heiß unter dem Kragen wurde. »Okay, in Ordnung. Geh nur. Aber vergiß nicht: Die Marion-Star-Story kannst du nicht machen, die Rechte daran besitze ich.«

»Du hast die Rechte auf deine Version«, sagte sie. »Aber jeder kann seine eigene auf den Markt bringen, nicht wahr? Leb wohl, Larry.«

Er packte sie am Arm. »Wenn du jetzt abhaust, verklag' ich dich.«

»Nur zu, mach das doch! Beim Prozeß kommt dann nämlich alles raus. Ich kann beweisen, daß ich ein Autor bin – kannst du es?«

Plötzlich wußte er, was Angst ist, versuchte aber, sehr teilnahmslos zu wirken, und sagte: »Na gut, dann sag mir, was genau du willst.«

Carole Page beobachtete Larry und Andrea von der anderen Seite des Ballsaals. Sie fragte sich, worüber die beiden sich so angeregt unterhielten, und wieder lief ihr bei dem Gedanken, mit Wolfe zu schlafen, Gänsehaut über den Rücken. Aber sie mußte diese Rolle haben.

Sie ging ein Stück weiter, und dann entdeckte sie plötzlich einen kleinen, dicken Mann mit angehender Glatze, der sich gerade mit Champagnerbowle bediente. Sein Anzug saß nicht richtig, seine Krawatte paßte nicht dazu, und er hatte zwei verschiedene Socken an. Und als er sich ihr zuwandte, sah sie, daß er sich das Hemd mit Champagner bekleckert hatte.

»Sanford!« rief sie.

Er hob den Kopf. »Carole! Mein Schatz!«

Sie lief zu ihm, umarmte ihn und gab ihm einen Kuß auf seine glänzende Glatze. »Was machst du denn hier?«

Sein Gesicht war ganz rosa vor Freude. »Ich wollte dich überraschen, mein bildschöner Filmstar! Als du vor fünf Tagen weggefahren bist, hatte ich das Gefühl, etwas stimmt nicht mit dir. Es hat mir die ganze Woche keine Ruhe mehr gelassen. Ich konnte nicht arbeiten. Und dabei ging es um einen Acht-Millionen-Dollar-Vertrag!«

»Oh, Sanford«, sagte sie, und ihr Herz floß fast über vor Liebe für diesen unscheinbaren kleinen Mann. »Ich freu' mich ja so, daß du hier bist!«

»Es hat mir keine Ruhe gelassen, daß du unglücklich sein könntest. Deshalb habe ich deinen Agenten angerufen. Und er hat gesagt, dein neuer Film war ein Reinfall. Stimmt das?«

Als sie zögerte, sagte er: »Mein armes Baby. Du wolltest mich nicht damit belasten. Glaubst du, ich weiß nicht, was los ist? Glaubst du, ich habe keine Augen im Kopf? Du solltest wirklich wissen, daß ich dich mehr liebe als das Leben selbst.« Er stellte sich auf die Zehenspitzen und küßte ihre vollen Lippen.

»Ich dachte, du verläßt mich, wenn ich versage.«

»Dich verlassen? Das Beste, was mir je passiert ist? Mein süßer Schatz, du könntest Klos putzen, und ich würde dich immer noch vergöttern.«

»Oh, Sanford...« Ihre Augen füllten sich mit Tränen.

»Aber so wie's aussieht, habe ich eine gute Nachricht für dich. Die größte Serie seit *Fackeln im Sturm*. Und du hast die Hauptrolle.«

»Was? Sanford! Erzähl mir sofort alles!«

»Finanziert von deinem eigenen Mann, meine Liebe. Aber das erzähle ich dir lieber unter vier Augen«, sagte er grinsend. »Wo ist dein Zimmer?«

Sie gingen zur Garderobe, wo Sanford den Mantel seiner Frau holte, und dann eilten sie hinaus in die Nacht, um Weihnachten und Caroles neuen Vertrag auf ihre ganz spezielle Art zu feiern.

Andrea sagte gerade zu Larry: »Verkünde einfach vor allen Leuten hier, heute abend, daß der Oscar von Rechts wegen mir gehört. Daß die Idee von mir stammte und das Drehbuch auch.«

»Du mußt den Verstand verloren haben.«

»Wenn du es tust, dann werde ich weiter mit dir zusammenarbeiten, und keiner wird je erfahren, daß alle deine Drehbücher von einem Ghostwriter stammen.«

»Das kann doch nicht dein Ernst sein! Einen Oscar an jemand anderen weitergeben? Das ist lächerlich!«

»Wirklich? Erinnerst du dich an Milli Vanilli? Sie haben ihren Grammy zurückgegeben, weil sie auf ihren Platten nicht selbst gesungen haben. Gib mir den Oscar, gib zu, daß ich der Gewinner war, und ich gebe mich damit zufrieden. Ansonsten gehe ich.«

»Na dann hau doch ab, du Miststück. Es ist mir scheißegal.«

Sie ging, drehte sich aber noch einmal um. »Weißt du, Larry, vor siebzehn Jahren hast du mir gesagt, William Goldman habe 400 000 Dollar für das ›Runterklopfen‹ von *Butch Cassidy* gekriegt. Ich warte mit Spannung darauf, wie du ein Drehbuch ›runterklopfst‹.«

Larry schaute hinter Andrea her und sah dabei, wie Carole mit ihrem Mann, den er kannte, durch die Tür verschwand. Allmählich schien es, als wäre heute doch nicht sein Tag.

Danny bewegte sich in seinem Sicherheitsbeamtenblazer mit dem Walkie-talkie ungehindert durch die Menge. Keiner beachtete ihn, Berühmtheiten waren an Sicherheitskräfte gewöhnt. Als er Philippa sah, blieb er stehen und beobachtete sie einen Moment lang. Sie stand bei einer Gruppe Leute, mit dem australischen Wachhund an ihrer Seite. Danny legte sich rasch einen neuen Plan zurecht.

Oben in ihrer Wohnung schaltete Beverly von einer Kamera zur anderen, um zu sehen, wie der Ball lief. Sie sah, wie Carole Page mit einem ziemlich kleinen Mann das Fest verließ, und dann Andrea Bachman, die von Larry Wolfe wegging, der etwas betroffen dreinsah. Beverly stellte befriedigt fest, daß die zahlreichen Sicherheitsbeamten diskret unter den Gästen zirkulierten. Es war von größter Wichtigkeit, daß bei Anlässen wie diesem die Bewachung stimmte.

Beverly schaltete die Kamera der Zwischenetage ein. Frieda Goldman kam gerade aus dem Aufzug mit –

Beverly verschlug es den Atem.

Sie traute ihren Augen nicht.

»Warum steigen wir denn hier schon aus?« fragte Bunny. Sie hatte gedacht, sie würden bis ins Foyer fahren.

»So ist es viel dramatischer, Schätzchen. Wir werden ein paar Minuten warten, bevor du deinen großen Auftritt machst. Damit es wie eine Bombe einschlägt.«

Danny sah, wie der blonde Knabe Philippa für einen Moment verließ, um einen Drink zu holen. Auf diesen Augenblick hatte er gewartet.

»Verzeihung, Sir«, sagte er zu Ricky. »Könnte ich Sie kurz sprechen? Es ist sehr wichtig. Es geht um Miss Roberts.«

Ricky warf einen Blick auf Philippa.

»Wir sollten die Dame nicht unnötig aufregen, Sir«, sagte Danny. »Ich glaube, wir können das allein regeln.«

Ricky folgte ihm zur Eingangstür und die Treppe mit dem roten Teppich hinunter. »Es ist gleich hier um die Ecke«, sagte Danny und führte Ricky zu der Stelle, an der die Leiche des Sicherheitsbeamten versteckt war.

Als Ricky den Toten sah, kniete er sich sofort hin und tastete den Hals des Mannes nach dem Puls ab. »Was ist passiert? Was hat das mit Miss R –«

Dannys schnelles, scharfes Messer erledigte den Rest. Eine grellrote Spur klaffte von Ohr zu Ohr, und Rickys weißes Smokinghemd färbte sich scharlachrot.

Danny ging zurück ins Haus und mischte sich unter die Menge. Am liebsten hätte er ein Liedchen gepfiffen, so gut fühlte er sich.

Frieda und Bunny warteten am obersten Absatz der Freitreppe in einer Türnische, abseits vom Licht. Ein paar Leute gingen vorbei und musterten sie neugierig. »Wann?« sagte Bunny zum tausendstenmal, zitternd vor Nervosität.

Judith und Smith spazierten durch den Schnee und genossen den schönen Sternenhimmel; sie hatten es nicht sonderlich eilig, sich zu den Sternen Hollywoods im Haus zu gesellen. Sie hatte sich bei ihm eingehakt und erzählte. »Mort war ein Künstler. Ein freier Geist. Er hat schöne Dinge aus schmutzigem Lehm geschaffen. Aber er konnte es nicht verkraften, daß er zu Hause arbeitete, während ich jeden Tag in meine Praxis im Krankenhaus ging. Jemand hat ihn mal ›Hausmann‹ genannt, und das hat ihn schwer getroffen. Als Kimmie starb, hat Mort mir die Schuld gegeben, weil ich nicht da war. Ich wäre schließlich die Mutter, hat er gesagt, und hätte gefälligst zu Hause zu sein, wenn das Kind krank war. Wenn ich mir das jetzt so überlege, war das wohl nur seine Verbitterung über unsere unterschiedlichen Positionen. Manchmal kam Post, adressiert an: Dr. und Mrs. Isaacs.«

»Und deshalb wollten Sie sich hier oben vergraben?«

»Anscheinend ja.«

»Ich fürchte nur, das kann ich nicht erlauben.«

»Was soll das heißen?«

»Ich werde Sie retten. Es sei denn, Sie haben etwas dagegen, einen Mann zu heiraten, der soviel älter ist als Sie.«

»Das ist der falsche Text«, sagte sie lächelnd. »Sie müssen mir doch sagen, daß Sie zu alt für mich sind, daß ich eine junge Frau bin, die ihr ganzes Leben vor sich hat und sich nicht mit einem alten...«

Er blieb stehen. »Ich glaube, jetzt wird es Zeit, einiges zu klären. Erstens werde ich jetzt duzen, ob du willst oder nicht, und zweitens muß ich dir sagen, daß du auf dem falschen Dampfer bist, wenn du glaubst, ich mache Scherze.« Er nahm sie bei den Schultern. »Ich werde dich kriegen, Judith Isaacs. Ich werde alle Register ziehen und dir den Hof machen, bis du ja sagst.«

Er legte einen Finger auf ihre Lippen. »Bitte sag meinen Namen – meinen richtigen Namen. Ich möchte ihn aus deinem Mund hören.«

Sie tat es, und dann küßte er sie, und sie erwiderte seinen Kuß, und sie hielten einander fest, und sie wußte, daß sie ja sagen würde.

Danny stellte sich neben Philippa und sagte leise: »Miss Roberts, ich möchte Sie nicht beunruhigen, aber würden Sie bitte mitkommen? Einer Ihrer Freunde ist verletzt worden.«

Sie schaute sich um. Wo war Ricky?

»O mein Gott«, sagte sie. »Was ist passiert?«

»Wir wollen kein Aufsehen erregen. Bitte, kommen Sie mit. Der Direktor wird Ihnen alles erklären.«

Er führte sie zu einem Aufzug, der nur mit Schlüssel benutzbar war; aber Danny hatte ihn – an seinem Gürtel hing ein Bund Generalschlüssel. Auf dem Weg nach oben musterte Philippa ihn neugierig. Er sah anders aus als die Sicherheitsbeamten, die sie bis jetzt gesehen hatte. Keiner von ihnen hatte eine Brille oder einen Bart gehabt. Und außerdem schien er älter als die anderen.

Die Türen des Aufzugs öffneten sich, und er ließ ihr den Vortritt. Sie gingen einen langen, kalten Gang entlang, der alt und muffig roch und von Rüstungen flankiert war. Sie hatte keine Ahnung, wohin sie gingen.

»Können Sie mir nicht sagen, was passiert ist?«

»Der Direktor möchte Ihnen das lieber selbst erklären. Ich habe nur den Auftrag, Sie zu holen.«

Sie betraten jetzt ein riesiges Schlafzimmer, in klassischem Art deco in Pink und Grün eingerichtet, und Philippa erkannte Marion Stars Schlafzimmer; sie hatte Fotos davon gesehen.

»Gleich hier nebenan, Ma'am«, sagte er. Philippa ging voraus und stutze, als sie das riesenhafte Badezimmer mit erotischen Fresken nackter Männer und Frauen sah. Jetzt wurde ihr unangenehm bewußt, daß er sie in das berühmte Obszöne Badezimmer gebracht hatte und außer ihnen niemand da war. Sie drehte sich um und sagte: »Was bitte hat das zu bedeu –«

Sie schaute direkt in den Lauf einer Pistole.

Danny grinste. »Keine Sorge, Ma'am. Ich habe nicht die Absicht, sie zu benutzen. Wäre viel zu laut. Obwohl die Party ja eigentlich recht weit weg ist, nicht wahr?«

Ihr wurde eiskalt. »Was wollen Sie?«

»Zuerst möchte ich, daß du ganz langsam aus diesem Kleid steigst. Ich will dir dabei zuschauen.«

Sie fing an zu zittern. »Wer sind Sie? Was wollen Sie?«

»Ach komm schon, Beverly, jetzt stell dich nicht dumm. Du mußt mich doch inzwischen erkannt haben.«

»Ich heiße nicht Beverly!«

»Ich hab' gesagt, zieh das Kleid aus. Sofort!«

Sie griff mit zitternder Hand nach hinten und zog den Reißverschluß herunter. »Ich verstehe nicht, warum Sie mir das antun.«

Er nahm seine Brille ab und zog sich den Bart herunter. »Weißt du es jetzt?«

»Aber ich weiß wirklich nicht, wer Sie sind!«

»Red keinen Quatsch, Beverly, schieb lieber das Kleid mit dem Fuß zu mir. So ist's brav. Jetzt zieh den BH und dein Höschen aus.«

Jetzt oder nie, dachte Frieda. Sie hatte Ausschau nach Larry Wolfe gehalten – die ganze Vorstellung war doch schließlich für ihn. Jetzt stand er endlich am richtigen Platz, unweit der Treppe, und schaute in ihre Richtung, während er sich mit einer Blondine unterhielt. »Okay«, sagte sie zu Bunny. »Gehen wir.«

Frieda warf einen prüfenden Blick auf die Treppenbeleuchtung und sagte dann: »Geh langsam bis zur zwölften Stufe und bleib dort stehen. Bleib da. Beweg dich nicht, egal was passiert.«

»Wünsch mir Glück«, sagte Bunny.

Frieda gab ihr einen Kuß auf die Wange und sagte: »Du hast alles Glück der Welt, mein Schatz. Geh da runter und hau sie um.«

Bunny begann ihren langsamen Abstieg, und als sie sah, daß sie noch keiner bemerkt hatte, ging sie noch langsamer, blieb auf jeder Stufe stehen, eine Hand lässig gegen die Balustrade gestützt. Ein paar Leute hatten sie jetzt entdeckt und blieben mit offenem Mund stehen, sie ging von Stufe zu Stufe. Jetzt hatte sie die zwölfte Stufe erreicht und blieb in einem Lichtkegel stehen, reglos, kaum atmend.

Immer mehr Leute wandten sich ihr zu, bis schließlich die ganze Gesellschaft merkte, daß etwas im Gange war, zur Treppe schaute und verstummte. Ein aufgeregtes Raunen ging durch den Ballsaal, und immer wieder hörte man jemand flüstern: »Marion Star.«

Bunny lehnte lasziv hingegossen an der Balustrade, in einem dunkelbraunen Samtkleid, das wie eine zweite Haut saß. Die schwarze Perücke umrahmte ein totenblasses Gesicht mit lüsternen, dunkel umschatteten Augen.

Mehrere hundert Augen wanderten immer wieder von Marion Stars Fotos zu ihr. Die Gäste waren sprachlos. Frieda sah, daß ihr Plan aufgegangen war. Bunny war nicht einfach irgendeine verkleidete Schauspielerin – sie war Marion Star.

Während alles die Erscheinung auf der Treppe anstarrte, kam Smith durch die Eingangstür und ging durch die hypnotisierte Menge direkt auf Simon Jung zu. Nach einem kurzen Wortwechsel verließen die beiden hastig zusammen den Ballsaal.

Oben in ihrer Wohnung beobachtete Beverly genauso fasziniert wie ihre Gäste das Spektakel auf der Treppe. Marion Star war in Bunny Kowalski wieder auferstanden. Es war unglaublich.

Die Menschen fingen an zu klatschen. Langsam zuerst, dann immer heftiger, und Bunny badete im tosenden Beifall. Und hinter ihr stand Frieda Goldman in einem schlichten Armani-Kostüm, das sie sich heute nachmittag gekauft hatte, im Schatten ihrer Klientin und ließ Larry Wolfe nicht aus den Augen. Er stand mit offenem Mund da, wie vom Donner gerührt.

Syd Stern, mögest du daran ersticken!

Im Obszönen Badezimmer sagte Danny: »Da unten ist ja richtig was los, Schatz. Hörst du sie klatschen?«

Philippa war in Handschellen, hatte aber immer noch BH und Höschen an. Als sie sich geweigert hatte, beides auszuziehen, hatte Danny gesagt: »Schon gut, Schätzchen, ich bin ja ein Gentleman.« Dann hatte er ihr die Handschellen angelegt und sie gezwungen, sich auf den Rand der Kristallwanne zu setzen. Die Pistole hatte er weggesteckt – jetzt konnte sie nicht mehr flüchten –, und das Messer herausgezogen.

»Deinen blonden Lover hab' ich damit abgestochen«, sagte er und strich über die Klinge.

»Bitte«, flüsterte sie. »Was wollen Sie? Lassen Sie mich gehen.«

»Klar«, sagte er grinsend. »So wie du mich vor dreieinhalb Jahren hast gehen lassen? Weißt du noch, wie ich dich angebettelt habe?«

»Um Himmels willen, ich habe nicht die leiseste Ahnung, wovon Sie reden.«

»Verdammt noch mal, Beverly!« schrie er. »Hör auf, die Ahnungslose zu spielen! Gib doch zu, was du getan hast, vielleicht mach' ich's dir dann nicht so schwer. Hör endlich auf, so zu tun, als wüßtest du nicht, wer ich bin!«

»Ich weiß es nicht... Irgendwie kommen Sie mir schon bekannt vor, aber...«

»Komm jetzt, Beverly.«

»Warum nennen Sie mich dauernd so? Ich heiße nicht Beverly!«

»Oh, du möchtest wahrscheinlich Rachel genannt werden, wie in der Nacht, in der du mich auf allen vieren hast kriechen lassen! Da hab' ich nach deiner Pfeife getanzt, aber jetzt wirst du nach meinen Regeln spielen!« Er ging zu ihr und hielt ihr das Messer vors Gesicht. »Und damit du weißt, wo's langgeht: Regel Nummer eins ist...«

Während Beverly Bunny Kowalskis atemberaubenden Auftritt am Monitor verfolgte, griff sie nach ihrer Teetasse und stieß versehentlich eine Zeitung von ihrem Schreibtisch. Sie fiel auf den Boden und klaffte auseinander. Sie hatte heute wegen des Balls noch keine Zeit gehabt, die Post oder die Zeitung anzuschauen. Ihr Blick fiel auf eine Schlagzeile: »Drei Leichen in Malibu Beach entdeckt.« Sie wollte die Zeitung schon zuklappen, als ihr Blick auf einen Namen in dem Artikel fiel, einen vertrauten Namen: Bonner Purvis.

Danny Mackays rechte Hand und sein bester Freund.

Dann sah sie den zweiten Namen: Otis Quinn.

Beide brutal ermordet. Beide im Sand vergraben.

Sie erstarrte.

Aber Quinn war doch heute morgen hier angekommen!

Sie stand auf. Ihr stockte das Herz.

Nicht Quinn.

Danny.

Er war noch am Leben.

Sie lief aus der Wohnung, den Gang hinunter und blieb oben an der Freitreppe stehen, wo Bunny Kowalski immer noch als Marion Star posierte. Sie schaute hinunter auf die klatschende, johlende Menge und dachte: Er ist hier irgendwo in dieser Menge.

Sie suchte Simon, aber er war nirgends zu sehen.

Und dann fühlte sie...

Sie spürte etwas. Gefahr.

»Auf die Knie, du Schlampe«, sagte Danny, »sonst knüpf' ich dich an die Lampe da oben und lass' dich tanzen, so wie ich das im Gefängnis gemacht habe.«

»Bitte«, sagte Philippa. »Sie haben die falsche Person. Ich weiß nicht, wer Sie sind oder wovon Sie reden.«

»Jetzt hab' ich die Schnauze voll!« brüllte er und zog eine lange Schnur aus der Tasche, deren eines Ende zu einer Schlinge gebunden war. Er warf die Schlinge über ihren Kopf und das andere Ende über die Lampe. »Du wirst dich schon erinnern, wenn du siehst, daß ich's ernst meine.«

»Nein!« schrie sie, »O Gott, nein!«

»Glaubst du etwa, ich tu's nicht? Deinem blonden Freund hab' ich's auch besorgt.«

Sie starrte ihn an. »Ricky?« flüsterte sie.

»Mausetot.«

»Nein!« schrie sie. »O Gott! *Ricky*!«

»Dämlicher Name«, sagte Danny und zog die Schlinge um ihren Hals fester.

»Danny«, ertönte eine Stimme hinter ihm.

Er schaute über die Schulter und sah eine Frau da stehen, in Pullover und Hose, mit brünettem kurzem Haar. Sie stand ganz ruhig da und sah ihn an. »Danny«, wiederholte sie.

Und er schaute sie noch mal an.

»Laß sie gehen, Danny«, sagte die Frau.

Er kniff die Augen zusammen. »Wer, zum Teufel...«

»Du weißt, wer ich bin«, sagte sie und kam näher. »Laß sie gehen, Danny. Dies ist eine Sache zwischen dir und mir.«

Er runzelte die Stirn.

Im nächsten Augenblick erschien noch jemand in der Tür.

»Beverly«, sagte Simon Jung. »Jemand hat dich in diese Richtung gehen sehen –« Er verstummte, als er Philippa und Danny mit dem Messer sah.

»Was geht hier vor?« fragte Danny und schaute zu Beverly und dann zu Philippa.

»Du hast dich wieder geirrt, Danny«, sagte Beverly und ging mit ausgestreckter Hand auf ihn zu. »Ich bin Beverly. Gib mir das Messer.«

»Bleib, wo du bist!« brüllte er, stellte sich hinter Philippa und hielt ihr das Messer an die Kehle. »Einen Schritt weiter, und ich bring' sie um!«

»Du willst mich, Danny, weißt du noch?« sagte Beverly. »Ich bin Beverly.«

»Nein! Quinn hat gesagt, sie ist Beverly!«

»Aber Quinn hat sich geirrt. Ich bin Beverly, Danny.«

Er leckte sich die Lippen. Schweißperlen traten auf seine Stirn. »Beweis es!«

Sie schien vollkommen ruhig, nur ihre Stimme zitterte leicht, als sie sagte: »Du hast mich mit vierzehn Jahren in El Paso gefunden. Ich war von zu Hause ausgerissen. Mein Name war Rachel Dwyer.«

Philippa traute ihren Ohren nicht. Dwyer! Der Name ihrer richtigen Eltern, wie Hendricks herausgefunden hatte.

»Das ist immer noch kein Beweis«, sagte Danny, klang aber etwas verunsichert. Was, zum Teufel, war hier los? Was für ein Spiel wurde hier gespielt?

»Na schön«, sagte die andere Frau. »Ich gebe dir einen Beweis.«

Unter seinen erstaunten Blicken öffnete sie ihre Hose und streifte sie ab. Dann ging sie näher zu ihm und sagte: »Schau, Danny, siehst du die Narbe?« Sie zeigte auf die Innenseite ihres Schenkels, direkt unter dem Slip. »Da hast du mir einen Schmetterling eintätowieren lassen, weißt du noch? Ich war vierzehn, und wir sind über die Grenze nach Mexiko, um es machen zu lassen.«

Er starrte die Narbe an. Das Messer an Philippas Hals zitterte, und ein Tropfen Blut sickerte aus ihrer Haut.

»Laß sie los«, sagte Beverly streng.

Danny nahm langsam seine Hand von Philippas Arm, dann ließ er mit einer blitzschnellen Bewegung das Messer fallen und riß die Pistole heraus. Philippa fiel zu Boden und kroch rasch weg von ihm, die Schnur schleifte hinter ihr her.

Als Simon Jung schnell seine Jacke auszog und sie ihr umlegte, grinste Danny und sagte: »Also ist das nicht rührend? Ein echter Gentleman. Aber du hattest ja immer einen guten Geschmack, was Männer angeht, Beverly.« Er sah die echte Beverly an. »Na schön, ich habe einen Fehler gemacht.« Wie gestern abend bei der Kellnerin, dachte er und lachte.

»Aber diesmal mach' ich keinen Fehler mehr, jetzt krieg' ich drei Fliegen mit einer Klappe.« Er sah Beverly an: »Außer du möchtest auf die Knie gehn und um dein Leben betteln.«

»Danny, hör mir zu –«

»Wissen eigentlich alle diese feinen Leute, was für ein Luder du bist, Beverly? Warum erzählst du denn nicht, wie du mich fertiggemacht hast? Erzähl ihnen von dem Puff in Beverly Hills, den du mir untergeschoben hast, während ich im Glauben war, es wäre ein anständiges Geschäft. Und wie du dann die Geschichte an die Presse weitergegeben hast, als ich die Vorwahlen zur Präsidentschaft fast gewonnen hatte.«

»Danny.« Sie kam noch einen Schritt näher.

Er brüllte: »Keinen Schritt näher! Ach, Scheiße, mir reicht's jetzt!« Er richtete die Pistole auf Beverlys Stirn –

Ein lauter Knall donnerte durch das marmorne Badezimmer. Philippa schrie auf, Danny flog in die Wanne. Sein Kopf krachte mit einem widerlichen Geräusch gegen die goldenen Wasserhähne.

Die drei waren für einen Augenblick wie gelähmt, dann rannte Beverly zur Wanne und kniete sich daneben. »Er ist tot«, sagte sie fassungslos. Sie schaute sich um. Woher war dieser Schuß gekommen?

Simon rannte ins Schlafzimmer, aber da war niemand.

Bis auf Marion Star, die jetzt, auf ihren Stock gestützt, langsam auf ihn zuhumpelte. »Ich habe ein Geräusch gehört«, sagte sie.

»Haben Sie jemanden gesehen, Miss Star?« fragte Simon Jung. »Ist jemand an Ihnen vorbeigerannt?«

»Ich habe niemanden gesehen.«

Er eilte aus dem Bad und dann den Gang entlang zum nächsten Telefon.

Marion ging weiter ins Badezimmer, und als sie Dannys Leiche in der Wanne sah, mit der Schußwunde in der Brust, schüttelte sie den Kopf und sagte: »Dieses Zimmer hat immer schon das Unglück angezogen.«

Beverly durchsuchte Dannys Taschen und fand den Schlüssel für die Handschellen. Sie ging zu Philippa, die zitternd an der Wand kauerte, in Simons Jacke gewickelt. »Alles in Ordnung«, sagte Beverly, als sie Philippa von den Handschellen befreit und ihr die Schlinge abgenommen hatte.

Philippa sah sie an. »Woher kennen Sie Christine Singleton?«

Beverly stutzte. »Sie war meine Schwester, meine Zwillingsschwester. Wir wurden als Babys getrennt. Eine Familie namens Singleton hat sie adoptiert. Warum?«

»Ich bin Christine Singleton.«

Ihre Blicke trafen sich, und Stille legte sich über den Raum, von unten war Lachen und Musik zu hören. Keiner hatte den Schuß gehört, das Fest ging weiter.

»Sie sind Christine?« sagte Beverly und musterte Philippas Gesicht. »Ich verstehe nicht. Ich dachte, sie wären Philippa Roberts.«

»Ich bin mit sechzehn weggelaufen und habe meinen Namen geändert.«

Beverly sah sie verwundert an. »Ich auch. Aber... wie haben Sie mich gefunden?«

»Die Anzeige, die Sie in der *Times* aufgegeben haben.«

Beverly sagte: »Aber ich habe keine Anzeige aufgegeben.« In diesem Moment kam Simon Jung zurück und sagte: »Die Sicherheitsbeamten sind auf dem Weg hierher. Und Dr. Isaacs.«

Simon sah Beverly an. »Ich habe die Anzeige aufgegeben.«

»Du?«

»Ich wußte, daß du die Suche nach ihr aufgegeben hattest. Das Foto von der jungen Frau mit den zwei Babys auf dem Arm in deinem Büro – ich habe gesehen, wie oft du es angeschaut hast. Und dann habe ich mich erinnert, daß du mir damals in Brasilien erzählt hast, du suchtest deine Schwester, die Christine Singleton heißt.«

Er wandte sich zu Philippa. »Wie fühlen Sie sich?« fragte er, holte ein frisches weißes Taschentuch heraus und tupfte damit ihren Hals ab, wo das Messer sie geritzt hatte.

»Ganz gut, danke«, flüsterte sie.

Er drehte sich zu Beverly zurück. »Ich wollte dir helfen«, sagte er.

»Hast du gewußt?« Sie sah zu Danny. »Hast du auch davon gewußt?«

»Als ich merkte, wie sehr dich das Buch *Butterfly entlarvt* aufgeregt hat, habe ich es gelesen. Und danach wußte ich, daß du Beverly Highland bist und deine Identität geändert hast. Und daß du nicht wolltest, daß ich es erfahre.«

Beverly sah Simon lange an, und Bilder von ihrer gemeinsamen Zukunft zogen an ihr vorbei. Sie wandte sich zu Philippa. »Dann... bist du wirklich meine Schwester?«

»Ja«, sagte Philippa. »Und wir haben uns endlich gefunden.«

Die Tür flog auf, der Chef der Sicherheitsbeamten stürmte mit seinem Team herein. »Rogers ist tot, Sir«, sagte er zu Jung. »Wir haben ihn im Gebüsch gefunden. Die Polizei in Palm Springs ist verständigt.« Er ging zur Wanne und sah sich Danny an. Dann wandte er sich den Anwesenden zu und fragte: »Wer hat ihn erschossen?«

Aber keiner konnte die Frage beantworten.

Der Morgen danach

49

Philippa hatte fast die ganze Nacht neben dem Krankenbett verbracht, und jetzt nickte sie immer wieder ein. Die ersten Strahlen der Morgensonne tasteten sich durchs Fenster der Klinik. Nur eines der drei Betten im Raum war belegt.

Das grelle Morgenlicht breitete sich im Raum aus, und der Patient im Bett schlug mit einiger Mühe die Augen auf. Er starrte an die Decke, dann drehte er mühsam den Kopf zur Seite und sah Philippa. Er versuchte zu sprechen, konnte es aber nicht. Er tastete nach ihrer Hand.

Philippa schreckte bei seiner Berührung auf. »Ricky«, sagte sie mit liebevollem Lächeln. »Wie fühlst du dich?«

»Verdammt...«, flüsterte er. Er schluckte. »Verdammt weher Hals.«

Philippa beugte sich zu ihm und strich ihm das Haar aus der Stirn. »Mein Gott, wir haben uns solche Sorgen gemacht.«

Er versuchte zu lächeln. Sein Gesicht war sehr blaß, er hatte viel Blut verloren, aber Judith Isaacs hatte gesagt, er würde durchkommen. Als sie und Smith Ricky in einer riesigen Blutlache im Schnee gefunden hatten, war sie sich nicht so sicher gewesen. Sie hatte den jungen Mann in die Klinik schaffen und zwei Ärzte, die als Gäste auf dem Ball waren, holen lassen. Auf dem Operationstisch hatte sich dann herausgestellt, daß der junge Mann zwar eine riesige Schnittwunde am Hals hatte, aber kein größeres Blutgefäß verletzt war.

»Ich hab's dir gesagt«, krächzte er, »daß mir... nichts passieren... wird.« Er schluckte mit einiger Mühe. »Was... was ist geschehen?«

»Das werde ich dir später erzählen. Oh, Ricky, ich bin so froh, daß du wieder gesund wirst! Du hättest sterben können!«

»Nee«, sagte er mit schwachem Grinsen. »Wie ich das Messer von diesem Kerl gesehen hab'«, er holte mühsam Luft, »ist mir... was eingefallen... ich habe mal gelesen, daß man den Kopf einziehen muß, dann gehen die Arterien rein oder so was...«

»Sch...«, sagte sie mit Tränen in den Augen, »Du sollst nicht soviel reden. Dr. Isaacs hat es uns erklärt. Der Mann hat Gott sei Dank nicht tief geschnitten.« Sie schluchzte. »Oh, Ricky, es tut mir so leid.« Er strich ihr übers Haar. »Philippa, ich muß dir etwas sagen.«

»Nein, du sollst jetzt nicht reden. Schlaf jetzt. Schone deine Kräfte.«

»Ich muß es sagen. Ich hätte es dir... schon lange sagen sollen. Ich hab' dich angelogen. Ich hatte gar keinen Freund auf der *Philippa*. Ich hab' das erfunden, damit... damit du mir einen Job gibst.«

»Ich weiß«, sagte sie und streichelte seinen Kopf.

»Woher denn?«

»Weil Paul mir erzählt hat, daß in seiner Mannschaft nur Amerikaner sind.«

»Du hast es gewußt? Warum... warum hast du mich dann eingestellt?«

Sie lächelte. »Sagen wir doch einfach, ich schätze es, wenn jemand erfinderisch ist.«

Die Tür ging auf, und Judith Isaacs kam herein, wieder im weißen Kittel, die Haare zum Zopf geflochten. »Miss Roberts«, sagte sie, »ich sollte Ihnen Bescheid sagen, wenn die Morgenseilbahn kommt. Sie wird jeden Moment eintreffen. Wie geht's dem Patienten?«

Philippa beugte sich zu Ricky, küßte ihn auf den Mund und sagte:

»Ich komme so schnell es geht zurück.« Dann wandte sie sich Judith zu und sagte: »Danke, daß Sie ihm das Leben gerettet haben, Doktor.«

Nur wenige Leute waren zu so früher Stunde an der Seilbahnstation. Die meisten Gäste waren noch in ihren Zimmern oder Chalets und schliefen. Diejenigen, die schon wach waren, unterhielten sich über den Mord, der direkt über ihren Köpfen passiert war. Die Polizei hatte jeden verhört, Verdächtige wurden keine gefunden. Und auch keine Pistole.

Als der Detective aus Palm Springs Quinns Ausweis bei Danny

fand, hatte er gesagt: »Ich glaube, das ist der Mann, den wir suchen. Er hat vermutlich fünf Menschen getötet, vielleicht auch mehr. Haben Sie eine Ahnung, wer er war?«

Bevor Beverly oder Philippa etwas erwidern konnten, hatte Simon Jung gesagt: »Nein, wir wissen nicht, wer er war.« Er sah Beverly in die Augen. »Er war ein Fremder. Wir wissen nicht, warum er es getan hat.«

Die Polizei fuhr kurz vor Morgenanbruch ab und nahm Dannys Leiche mit. »Ich denke, wir können es als Notwehr bezeichnen, Miss Burgess«, sagte der Detective. »Wer immer ihn erschossen hat, er wollte Miss Roberts und Sie schützen. Ich glaube, wir werden nie herausfinden, wer es war.«

An der Seilbahnstation hatten sich inzwischen ein paar Gäste eingefunden, die auf die Morgenbahn warteten; einige reisten ab – wie Carole Page und ihr Mann –, andere waren gekommen, um Neuankömmlinge zu begrüßen. Philippa erwartete Hannah und Esther.

Marion Star war auch da, in einen schicken Wollmantel eingemummt, und versprach Bunny Kowalski, daß sie ihre Kleider in »ihrem« Film tragen dürfe. Bunny erwartete ihren Vater. Sie würde ihm heute erklären, daß sie auf jeden Fall in Hollywood blieb und daß es für ihn das beste wäre, sich damit abzufinden, daß seine Tochter Schauspielerin war.

Frieda war inzwischen damit beschäftigt, mit Andrea einen Vertrag für Bunny in der Rolle der jungen Marion auszuhandeln. Die beiden standen unter verschneiten Tannen und diskutierten über die einzelnen Klauseln, während Larry Wolfe etwas abseits schmollte.

Und Beverly war da, mit Simon Jung, um sich von ihren Gästen zu verabschieden.

Meine Schwester sieht in der Morgensonne so schön aus, dachte Philippa. Sie hatten die ganze Nacht geredet, meist in Rickys Krankenzimmer, wo Philippa Wache hielt. Sie hatten sich so vieles aus ihrer Vergangenheit erzählt in diesen Stunden der Dunkelheit, aber es gab immer noch viel mehr zu bereden, zu erzählen. Nach der heutigen Vorstandssitzung, ganz gleich, was dabei herauskam, würde Philippa einige Zeit im Star's bleiben.

Charmie war auch gerade gekommen und fragte Philippa: »Wie

geht's Ricky?« Sie trug einen dicken Skipullover und eine rosa Kappe, die farblich genau zu ihrem von der Kälte geröteten Gesicht paßte.

»Er wird wieder gesund«, sagte Philippa, »Gott sei Dank. Dr. Isaacs hat eine Schwester engagiert, die ihn pflegen wird.«

Charmies Blick wanderte von Philippa zu Beverly, und sie sagte: »Nun, wenigstens ist *ein* Geheimnis geklärt. Ivan hat tatsächlich deine Schwester gefunden.«

Aber da war immer noch die Frage offen, wer die Million Dollar unterschlagen hatte und warum Miranda International versuchte, Starlite aufzukaufen.

Doch das größte Rätsel war: Wer hatte Philippas Leben gerettet? Wer erschoß Danny Mackay?

»Die Seilbahn muß gleich da sein«, sagte Charmie, als sie sah, wie die Leute sich an der Einstiegsplattform sammelten.

Dann sagte sie verblüfft: »Philippa! Da ist ja Ivan!«

»Was?« Philippa drehte sich um. Tatsächlich, da war Ivan Hendricks. Er sah aus wie ein russischer Polizist mit seinem schweren Mantel und dem großen Pelzhut.

Als er sie sah, ging er zu ihnen und sagte etwas verlegen: »Hallo.«

»Ivan!« sagte Charmie. »Du sollst doch in Rio sein!«

»Ja, also...«, er bohrte mit dem Stiefel in den Schnee, »ich weiß...«

»Wieso sind Sie hier?«

»Das ist ein bißchen kompliziert, Miss Roberts. Sehen Sie den Mann da drüben?«

Sie folgte seinem Finger und sah einen Mann in einem langen schwarzen Mantel, mit einem schwarzen Schal, ohne Hut, mit perfekt gekämmten weißen Haaren. Er war wohl um die Siebzig, gutaussehend, sehr distinguiert und hatte eine erstaunliche Ähnlichkeit mit Richard Conte, dem Schauspieler.

Ihre Augen weiteten sich.

Das konnte nicht sein –

Der Mann drehte sich um, sah sie, zögerte kurz und ging dann auf sie zu, mit dem Anflug eines Lächelns auf den Lippen.

»Daddy?« flüsterte Philippa.

»Hi, Püppchen«, sagte Johnny.

»Mein Gott, du bist es wirklich!« Sie umarmte ihn. »O Daddy, Daddy!«

»Püppchen«, sagte er und grub sein Gesicht in ihr Haar.

Sie löste sich mit tränenüberströmtem Gesicht aus seinen Armen. »Ich begreife es nicht! Ich dachte, du seist tot!«

»Ich weiß, Püppchen«, sagte Johnny leise. »Aber ich bin unschuldig verurteilt worden. Man hat den wirklichen Mörder gefunden.«

»Aber... warum hast du mich nicht wissen lassen, daß du lebst!«

»Ich wußte nicht, wie du reagieren würdest. Und außerdem hätte es nur dein Leben kompliziert. Als ich aus dem Gefängnis kam, warst du schon selbständig und hattest Karriere gemacht.« Er strich ihr die Tränen vom Gesicht, und seine Augen strahlten vor Liebe und Zärtlichkeit. »Ich wußte, daß du wütend auf mich warst, weil ich dich in St. Bridget's gelassen hatte. Ich habe mit den Nonnen gesprochen, und sie haben mir erzählt, wie unglücklich du warst. So hatte ich es nicht geplant. Ich wollte dich wirklich nur ein paar Tage dort lassen, bis ich eine andere Wohnung gefunden hatte. Und dann haben sie mir diesen Mord in die Schuhe geschoben, und ich konnte dich nicht mehr abholen. Ein Freund hat dir die Briefe aus Europa geschickt.«

»Daddy«, sagte sie und wußte nicht, sollte sie lachen oder weinen. »Ich habe dir vor langer Zeit verziehen!« Sie wischte sich die Tränen ab. Und runzelte die Stirn. »Aber... woher kennst du Ivan?«

Ivan meldete sich mit betretenem Gesicht zu Wort: »Ich arbeite für Ihren Vater, Miss Roberts. Seit vielen Jahren.«

»Dann haben Sie die ganze Zeit gewußt, daß er am Leben ist!«

»Ich mußte ihm versprechen, den Mund zu halten. Es tut mir leid, Miss Roberts. Es war nicht leicht, das können Sie mir glauben.« Jetzt wandte er sich an Charmie: »Wir beide haben uns an dem Tag im Drugstore nicht per Zufall kennengelernt. Ich hatte Miss Roberts schon seit einiger Zeit beobachtet. Mr. Singleton hatte mich damit beauftragt. Er wollte, daß ich für sie persönlich arbeite, damit ich ihm Bericht erstatten konnte. Du hast keine Ahnung, wieviel Kartoffelchips ich essen mußte, bevor du mich bemerkt hast!«

Charmie starrte ihn an wie einen Marsmenschen. »Alles verziehen«, hörte sie sich sagen.

Johnny wandte sich Philippa zu und sagte: »Gehen wir ein paar

Schritte, Püppchen? Es gibt ein paar Dinge, die ich dir gern erzählen möchte.«

Sie verließen die anderen und gingen über den verharschten Schnee. Die Sonne wärmte ein bißchen, die Luft war klar.

Charmie, immer noch etwas benommen, sah ihnen nach. Eine Hand legte sich auf ihren Arm. Sie drehte sich um, und Ivan nahm sie in die Arme und küßte sie.

»Ivan!« sagte sie. »Oh, Ivan...«

»Du hast ja keine Ahnung, wie schwer das für mich war«, sagte er. »An diesem Morgen in deiner Küche – ich dachte ich verliere den Verstand. Du machst dir keine Vorstellung, wie sehr ich dich haben wollte – und daran hat sich nichts geändert. Und jetzt bin ich arbeitslos. Vogelfrei.« Er grinste. »Und ich bin ganz begierig auf Karamel-Brownies!« Dann sagte er leise: »Und auf dich...« Und er küßte sie wieder.

Philippa hatte sich bei Johnny eingehakt, und er legte seine Hand auf die ihre. »Als ich aus dem Gefängnis kam«, sagte er, »und die Nonnen mir erzählten, daß du weggelaufen bist, habe ich dich gesucht, bis ich dem Wahnsinn nahe war. Aber dann, als ich dich gefunden hatte und du bereits eine eigene Firma gegründet hattest und anscheinend glücklich warst, habe ich beschlossen, dich im Glauben zu lassen, ich wäre tot. Du mußt wissen, Püppchen, ich hatte zwar mit diesen Morden nichts zu tun, aber ich war trotzdem mit der Mafia verbandelt. Es wäre nicht gut für dich gewesen. Ich war so stolz, daß du allein so gut zurechtgekommen bist. Und seit diesem Tag habe ich dich nie aus den Augen gelassen.«

»Und als Ivan dir erzählt hat, daß ich ins Star's komme, hast du beschlossen, auch zu kommen?«

»Nicht direkt, Püppchen. Ja, ich habe gewußt, daß du hierher kommst – Ivan hat mir erzählt, daß er vielleicht deine Schwester gefunden hätte. Ich war es, der veranlaßt hat, daß du überhaupt noch hier untergekommen bist. Ricardo Cadiz, der Autor, ist ein Freund von mir. Und er hat seine Reservierung storniert, weil ich ihn darum gebeten habe. Er war mir einen Gefallen schuldig. Sei[illegible] Perth verlassen hast, war ich in ständiger telefonischer Verbin[illegible]g mit Ivan der mich über alle deine Schritte informiert hat. Aber ich bin nicht hergekommen, damit wir beide wieder zusammen sind. Ich hatte gehofft, ich könnte unerkannt wieder abreisen.«

»Das verstehe ich nicht. Warum bist du dann gekommen?«

»Um dafür zu sorgen, daß die Vorstandssitzung ein Erfolg für dich wird.«

Sie war fassungslos. »Du weißt von der Unterschlagung?«

»Ja, und ich war besorgt um deine Sicherheit. Du wolltest einen Kriminellen innerhalb deiner Organisation entlarven.«

»Du weißt, wer es ist?«

»Alan Scadudo.«

»Mein Gott«, murmelte sie. »Alan...«

»Ich hatte Angst, er könnte dir etwas antun. Deswegen habe ich Ivan gebeten, sich eine Pistole zu besorgen. Normalerweise trägt er keine.«

Plötzlich sah sie Danny Mackay vor sich, erschossen, in der Badewanne.

Johnny konnte wohl Gedanken lesen, er sagte: »Ich bin froh, daß ich Ivan gebeten hatte, eine Pistole mitzunehmen. Als Ivan dich gestern abend im Ballsaal nicht finden konnte und sah, wie Beverly offensichtlich sehr beunruhigt nach oben ging, folgte er ihr. Er hat uns allen einen Gefallen getan, als er Mackay erschoß.«

»Oh, Daddy«, sagte Philippa. Sie gingen unter den schneebeladenen Tannen, und es war wie einer der Spaziergänge früher in Tiburon. Der Arm, der sie stützte, war noch genauso stark wie damals. »Was weißt du noch?« fragte sie.

»Weißt du von Miranda International?«

Er nickte.

Sie musterte sein gebräuntes, faltiges Gesicht. Es war immer noch ungeheuer attraktiv. »Bist du Miranda International?«

»Ich stehe dahinter, wie bei einigen anderen Unternehmen auch.«

»Warum versuchst du dann, uns aufzukaufen?«

Er lachte. »Das versuche ich gar nicht. Das habe ich nur getan, um dich auf die Unterschlagungen in deiner Firma aufmerksam zu machen. Als Ivan mir erzählt hat, du wärst nach Australien gegangen und dort geblieben, habe ich mir Sorgen gemacht. Ich hatte Angst, du würdest dich in deiner Trauer um Paul vom Leben abkapseln und alles schleifen lassen, wofür du gearbeitet hast. Ich wollte nicht, daß du denselben Fehler machst wie ich – daß du vor der Wahrheit, vor der Realität wegläufst.

Ich konnte dich nicht direkt warnen, dann hätte ich mich zeigen müssen. Ich wollte, daß du es selbst herausfindest. Ich wußte, daß eine drohende Übernahme dich dazu bringen würde, deine Bücher zu prüfen. Und ich habe gehofft, daß du die fehlende Million entdeckst.«

»Dann gibt es gar keine Übernahme?«

Er lächelte: »Starlite ist nicht in Gefahr, Püppchen.«

Sie begann zu weinen. Er nahm sie in die Arme und drückte sie an sich. »Alles wird wieder gut, Püppchen«, sagte er. »Wir sind wieder zusammen.«

»Daddy«, sagte Philippa. »Ich möchte dir meine Schwester vorstellen.« Sie nahm Johnny an der Hand und führte ihn zu Beverly, die mit Simon Jung an der Einstiegsplattform stand. Johnny nahm Beverlys Hand und sagte: »Wir beide sind uns schon einmal begegnet. Sie waren das andere Baby.«

Er schüttelte den Kopf, und seine Augen wurden feucht bei dem Gedanken an jenen Tag vor so langer Zeit. »Meine Frau und ich konnten keine Kinder haben, Beverly, deshalb haben wir uns einen Anwalt gesucht, der eine Adoption arrangiert hat. Eure arme Mutter hat so gelitten, weil sie eine von euch zur Adoption freigeben mußte. Sie wollte so gern beide Babys behalten, aber eure Eltern waren arm, sie brauchten unbedingt das Geld. Ich habe ihr versprochen, gut für ihr Kind zu sorgen. Meine Frau und ich konnten ihm alles bieten.« Johnny sah Beverly liebevoll an. »Ich hätte genausogut Sie wählen können. Ihr wart beide so niedlich, so perfekt.«

Philippa und Beverly sahen sich an. Wenn Johnny sich anders entschieden hätte, dann hätte jede von ihnen das Leben der anderen gelebt.

Johnny sagte sehr ernst zu Beverly: »Ich weiß jetzt, was Sie durchgemacht haben, was Sie durch Danny Mackay für Leid erfahren mußten. Ich wünschte, ich hätte sie genauso behütet wie Christine. Ich hätte Ihnen soviel Schmerz ersparen können. Aber ich habe es einfach nicht gewußt. Ihr habt es aber trotzdem geschafft, man braucht euch ja nur anzusehen«, fügte er hinzu und lächelte. »Zwei bildschöne Frauen.«

Beverly lachte. »Aber ich war ziemlich häßlich als Kind.«

»Und ich war fett«, sagte Philippa.

Simon Jung kam und sagte: »Die Seilbahn ist da.«

Philippa bekam Angst: »Du fährst doch nicht wieder, Daddy? Ich lasse dich einfach nicht weg.«

Johnny streichelte lächelnd ihre Hand. »Keine Sorge, ich bleibe dir.«

Auf dem Weg zur Einstiegsplattform kamen sie an Smith vorbei, der gerade zu Marion Star sagte: »Wußten Sie eigentlich, daß Sie meine erste große Liebe waren?«

»Und ich bewundere Ihr Talent schon seit so vielen Jahren«, erwiderte sie. »Und ich habe mich immer gefragt, warum so ein gutaussehender Mann wie Sie nie geheiratet hat.«

»Wie der Zufall es will, meine liebe Miss Star, werde ich heiraten. Meine Ärztin.«

Die Gondel kam klappernd und schwankend zum Stehen, und junge Männer in Parkas halfen den Passagieren beim Aussteigen. Philippa hielt Ausschau nach Esther und ihrem Freund. Und dann dachte sie an Ricky, der gesund werden würde, und an Beverly und Johnny, die neben ihr standen.

Philippa lächelte.

Jetzt hatte sie endlich ihre Familie.